U0366065

School of Humanities,
Shanghai Jiao Tong University

人文艺术与美育研究

总第一卷（2024年春）

上海交通大学
人文学院

ARTS,HUMANITIES, AND AESTHETIC EDUCATION RESEARCH

夏燕靖·主编

上海交通大学出版社
SHANGHAI JIAO TONG UNIVERSITY PRESS

内容提要

《人文艺术与美育研究》上海交通大学人文学院、人文艺术研究院主办的艺术类学术论丛。《人文艺术与美育研究》坚持马克思主义美学立场，从人文视域出发，将艺术视为人文精神之表征，将其置于总体性与普遍性的社会文化与时代语境之中，研究艺术本体与特征、艺术功能与形态、艺术发生与发展、艺术创造与生产、艺术交流与传播、艺术批评与接受、艺术消费与管理等基本理论问题。本卷乃首卷，除首发卷致辞、编后记和一则学术简讯，包括"艺术学三大体系""艺术史""影视艺术""图像学""艺术管理""美育研究"诸栏目。本书可供艺术学与美学研究者参考。

图书在版编目（CIP）数据

人文艺术与美育研究. 总第一卷，2024年. 春／夏
燕靖主编. -- 上海：上海交通大学出版社，2024.5.
ISBN 978-7-313-31989-0

Ⅰ. I0-53

中国国家版本馆CIP数据核字第2024D5B816号

人文艺术与美育研究　总第一卷（2024年春）
RENWEN YISHU YU MEIYU YANJIU　ZONG DI-YI JUAN (2024 NIAN CHUN)

主　　编：夏燕靖			
出版发行：上海交通大学出版社	地　　址：上海市番禺路951号		
邮政编码：200030	电　　话：021-64071208		
印　　制：上海盛通时代印刷有限公司	经　　销：全国新华书店		
开　　本：710mm×1000mm　1/16	印　　张：25		
字　　数：374千字	插　　页：1		
版　　次：2024年5月第1版	印　　次：2024年5月第1次印刷		
书　　号：ISBN 978-7-313-31989-0			
定　　价：95.00元			

编委会及编辑部成员

目　录

【艺术管理】

【美育研究】

Contents

【 Iconology 】

【 Arts Management 】

【 Aesthetic Education Studies 】

首发卷致辞

夏燕靖

"春以水仙、兰花为命",这是李渔在《闲情偶寄》中所表达的对供喜爱之情,我想,若再有一枝只将"孤艳付幽香"的蜡梅与水仙、兰花相配,那么它们定将与我们喜迎新春的美好心情一起绽放。

今春之季,当得知上海交通大学人文学院全资投入出版《人文艺术与美育研究》之时,我们的心情格外激动。我们急切地期待着春色满园。交大素有人文教育之深厚底蕴,早在1908年,即设国文科。唐文治校长躬亲主讲国文课,其独创的吟诵诗文之唐调今日已然成为国宝级的文化遗产。交大是中国现代美育精神、艺术精神的孕育之地、生成之所,蔡元培、李叔同、谢无量、黄炎培、辜鸿铭、吴梅、傅雷等一代人文艺术巨擘曾在此执教或求学。如何继承人文艺术传统、再创中国艺术辉煌,无疑是我们交大艺术学同仁思考的重要问题。处于百年未有之大变局的今天,出版《人文艺术与美育研究》体现的正是上海交通大学坚守人文学科发展之宏愿,推动人文学科攀登高峰之壮举,这给予我们交大从事文艺学、艺术学与美育教学与研究的同仁以极大的鼓舞。

《人文艺术与美育研究》坚持马克思主义美学立场,从人文视域出发,将艺术视为人文精神之表征,将其置于总体性与普遍性的社会文化与时代语境之中,研究艺术本体与特征、艺术功能与形态、艺术发生与发展、艺术创造与生产、艺术交流与传播、艺术批评与接受、艺术消费与管理等基本理论问题。本论丛为凸显人文性、综合性、跨学科性,即从哲学美学、文艺学、历史学、人类学、传播学等多学科视角研究艺术，当然也包括从艺术的角度审视哲学美学、文艺学、历史学、人类学、传播学等，由此展现以上海交通大学人文学院为平台创办《人文艺术与美育研究》的优势所在。

各位同道、朋友，我们深知编辑一种之不易，需要辛勤的耕耘。然而，正是辛勤的耕耘，让我们倍感收获的喜悦。在筹备《人文艺术与美育研究》的过程中，我们收获了来自文艺理论、艺术理论与实践及美育教育等领域诸多专家学者的慷慨支持与热情鼓励。他们不仅以饱满的热情赐稿，更将心血之作倾囊相授。这份信任与支持，是激励我们前行的最大动力。现在，《人文艺术与美育研究》正式出版了，我们期待大家的宝贵意见。当然，这只是一个开始，未来的路还很漫长，所以衷心希望《人文艺术与美育研究》在广大同仁的支持下，不断发展壮大，能够成为国内外人文艺术与美育领域专家学者交流思想、碰撞智慧的重要平台；成为推动学术研究深入发展、促进学科交叉融合的重要力量；成为传承人类文明、弘扬美育精神的重要载体。同时，我们也将不断探索新的学术热点与前沿动态，并致力于特别关注与展现青年学者在各自研究领域内的深度探索与创新思考。因此，热忱欢迎广大博士生、博士后、青年学者不吝赐稿，为本书不断注入新的活力与灵感。我们期待与您一同见证《人文艺术与美育研究》的茁壮成长！

最后，衷心感谢各位作者、读者的支持与关注。让我们齐心协力、携手同行，在学术的道路上不断前行，共同迎接更加美好的未来。

当代中国艺术体系研究论纲①

李心峰

摘　要：国家社会科学基金艺术学重大项目"当代中国艺术体系研究"于2018年立项，于2024年初完成结项，并获得优秀鉴定等级。该成果以中国古代艺术体系和西方古代、近现代艺术体系为参照，立足中国当代艺术实际的结构构成，依循民族性与时代性两项基本规定，归纳出由书法艺术、绘画艺术、雕塑艺术、篆刻艺术、建筑艺术、工艺美术、音乐艺术、舞蹈艺术、戏剧艺术、曲艺艺术、杂技艺术、诗歌艺术、散文艺术、小说艺术、摄影艺术、电影艺术、电视艺术、计算机艺术（或曰"数媒艺术"）构成的中国当代艺术基本门类的体系，并在此基础上进一步概括出造型艺术、演出艺术、语言艺术、映像艺术四大艺术家族，对当代中国的艺术体系进行了重构。论文还对中西艺术体系研究的历史、该项目的意义、主要内容、基本思路、研究方法等问题做了简略论述。

关键词：艺术体系　基本门类　民族性　时代性　四大艺术家族

作者简介：李心峰，男，1958年生，中国艺术研究院研究员，深圳大学特聘教授、博士生导师，中国艺术学理论学会艺术理论专业委员会会长，中华美学学会艺术哲学专业委员会副会长。主要从事一般艺术学（艺术学理论）、中国艺术史与艺术理论史、日本近代美学艺术学、非物质文化遗产保护研究。著《现代艺术学导论》《元艺术学》《日本四大美学家》。

---

① 本文系李心峰主持的2018年度国家社会科学基金艺术学重大项目"当代中国艺术体系研究"（项目编号：18ZD03）的导论部分，在本卷发表时做了部分增补、修订。

A Research Framework for the Study of Contemporary Chinese Art Systems

Li Xinfeng

Abstracts: The major project of the National Social Science Foundation of China in the field of art, 'Research on Contemporary Chinese Art System', was initiated in 2018 and completed in early 2024, and was awarded an excellent appraisal grade. Taking the ancient Chinese art system and the Western ancient and modern art systems as reference, and based on the actual structure of Chinese contemporary art, the results summarise the two basic rules of nationalism and contemporaneity, namely, calligraphy, painting, sculpture, seal-carving, architecture, arts and crafts, music, dance, theatre, opera, acrobatics, poetry, prose, fiction, photography, film, art and art, and so on. art, novel art, photography art, film art, television art, computer art [or 'digital media art'], and further outlined four major art families: plastic art, performance art, language art, and video art, thus reconstructing the art system of contemporary China. On this basis, it further outlines the four art families of plastic art, performance art, language art and video art, and reconstructs the art system of contemporary China. The thesis also briefly discusses the history of the study of Chinese and Western art systems, the significance of the project, its main contents, basic ideas, research methods and other issues.

Keywords: art system   basic categories   contemporaneity   national character   four art families

2018 年，以我为首席专家申报的国家社科基金艺术学重大项目"当代中国艺术体系研究"获得立项。经过课题组全体成员的认真思索、不懈探索、艰辛努力、通力合作，已于 2023 年底按照预定研究计划，完成一部总论卷和四部子课题的结项成果——共五部研究著作，总字数 100 万字以上。目前，该项目已经结项，结项等级为"优秀"[①]。在这篇《当代中国艺术体系研究论纲》中，我对该研究的规划、设计、理论目标以及进展、完成的情况，总体的结构、思路，本研究所做出的具有创新意义的探索，尤其是本研究所探索和具体实践的研究范式、研究方法等，作一概述。[②]

[①] 艺规结字［2024］106 号。

[②] 需要说明的是，这篇《论纲》的写作，参考了我们的重大项目的学术团队骨干成员、各子课题负责人孙晓霞研究员、祝帅研究员、李若飞副教授、张月副研究员、秦佩副教授各自完成的子课题研究成果。谨在此对他们为该重大项目的完成所付出的非凡努力、所做出的决定性贡献表示由衷的感谢。

一、从"艺术体系"说起

我们先从"艺术体系"说起。什么是艺术体系？在艺术理论上，所谓艺术体系（德语kunstsystem；英语art system），一般指艺术的分类体系，或曰艺术的类别、种类、门类的体系，是对艺术的类别、种类、门类进行系统划分所形成的体系。在学术研究中，人们也将有关艺术体系的理论认知成果称为"艺术分类学"或"艺术体系学"（德语kunstsystematik）。艺术体系学这一学科术语，最初由一般艺术学倡导者、德国美学家、艺术学家玛克斯·德索提出并使用。我国现代著名美学家、艺术学家马采以德索的论述为依据，将"艺术体系学"视为艺术学中可与艺术心理学、艺术社会学相并列的重要分支学科，而且置于这两个历史传统深厚的艺术学分支学科之前。[①]

需要指出的是，艺术体系，是由许多不同的层次构成的；每个层次又是由许多不同的要素（艺术的种类、类别、体裁等）所构成的。其中，有一个核心层次——我们称之为艺术的"基本门类"层次。人们所讨论的艺术的分类或艺术体系，往往都聚焦于这个层次。比如，夏尔·巴托提出的5+2的"美的艺术"体系；黑田鹏信《艺术概论》的八种艺术的体系；丰子恺所提出的"一打艺术"的体系；王朝闻主编《美学概论》的九种艺术的体系。艺术体系研究中的核心问题，就是对于一般所说的艺术的基本门类所构成的体系的探讨。

围绕艺术的基本门类这一核心层次，还存在着一个比它更为宏观的层次，如费希纳提出的静态艺术与动态艺术；冯特提出的造型艺术与缪斯艺术；其他学者

[①] 马采在发表于1941年的《艺术科学论》（原载《新建设》1941年第2卷第9期）一文中认为："我们可把艺术学分为艺术体系学、艺术心理学、艺术社会学三种。"这里的艺术体系学（kunstsystematik）"以艺术种类的发生、各种艺术的特征、异同和亲属关系等为研究的主要对象"。见马采.艺术学与艺术史文集［M］.广州：中山大学出版社，1997：9.在该文中，马采还明确指出："艺术体系学这个名词，首见于1913年特索瓦在第一届国际美学大会年会上宣读的论文。这篇论文不久刊登在《美学和一般艺术学》杂志上面，题为《艺术体系学和艺术史》。后来又收录在他的《一般艺术学论集》中。"见马采.艺术学与艺术史文集［M］.广州：中山大学出版社，1997：10.马采《艺术科学论》在收入上述马采《艺术学与艺术史文集》时，标题改为《从美学到一般艺术学——艺术学散论之一》。马采文中所说的特索瓦，现在一般译为德索。

提出的空间艺术、时间艺术与时间-空间艺术；视觉艺术、听觉艺术与视觉-听觉艺术，等等。我们的重大项目团队把这个层次界定为艺术体系的"中观层次"或"中间层次"。这是在比艺术的"基本门类"更宏观的层次上进行的划分。如果从比艺术的"基本门类"更微观的层面来看，当然也存在一些更微观、更具体的层次。如对音乐、舞蹈、绘画、雕塑、戏剧、电影等艺术基本门类的进一步的划分，以及再往下所做的愈益精细的划分。

在这里，我想特别强调的一点是：艺术体系不同于艺术学体系。我们千万不能在这二者之间简单地画上等号，混为一谈。①

二、对以往相关成果的分析评述

"艺术体系"的研究，在国外美学、艺术哲学、艺术基础理论研究中，是一项十分重要的研究内容，有长久的研究历史和丰厚的学术传统。而且，"艺术体系"在西方艺术理论研究中，已经成为一个有明晰而确定的所指内涵的专有艺术理论概念，特指由艺术的种类或曰门类所构成的体系。西方围绕艺术的体系所进行的学术研究，已经形成一种学术范式，许多美学家、艺术学家不仅在构建其美学或艺术理论、艺术学学科体系时对艺术体系的相关研究多有涉猎，还发表了一些专门以艺术的体系为研究对象的学术论文或学术论著，如18世纪法国的夏尔·巴托《归结为同一原理的美的艺术》，20世纪20年代法国的阿兰（一译艾伦）《美的艺术体系》，20世纪美国的克里斯特勒《现代艺术体系：一种美学史研究》，中国20世纪40年代丰子恺《艺术的园地》《艺苑的分疆》，20世纪60年代李泽厚《略论艺术种类》，苏联美学家卡冈《艺术形态学》，美国自然主义美学家托马斯·芒罗有关艺术形态学（亦即艺术分类学、艺术体系学）的研究。

关于艺术体系的研究，西方经历了不同的历史阶段，而每个历史阶段对艺术体系的认识，往往都与当时的艺术现实以及人们对艺术概念的理解与阐释密

---

① 参阅李心峰.当代中国艺术体系与中国艺术学三大体系建构［J］.艺术学研究，2023（5）.

切相关。

第一阶段自古希腊、古罗马到文艺复兴时期，是关于艺术体系的探索萌芽期。在柏拉图和亚里士多德的艺术理论中，便含有关于艺术的概念、艺术的世界、艺术的构成等思想资料。尤其是亚里士多德在《诗学》中讨论"史诗和悲剧、喜剧和酒神颂以及大部分双管箫乐和竖琴乐"这些不同艺术形式时，认为它们有一个共同的本质即"摹仿"，而划分各种艺术的标准有三点，即"摹仿所用的媒介不同，所取的对象不同，所采的方式不同"，从而在西方艺术理论史上，最早系统地提出了划分艺术世界内部各个艺术种类的主要标准，为西方艺术理论史之后有关艺术的分类、艺术的体系的研究，提供了最初的系统的学理依据和理论的参照。它们至今仍在艺术体系研究中产生显著影响。由于在古希腊、古罗马时期，艺术的概念指含有技艺的生产性制作活动，所以其内涵是相当宽泛的，并没有把我们今天称之为"美的艺术"的艺术构成一个单独的系统，因而并没有形成有关独立的艺术体系的理论。中世纪，虽然奥古斯丁、波伊提乌以及阿奎那等人在艺术体系思想方面也提出了一些观点，并且流行着诸如"七种自由艺术"（"三艺""四科学"）等关于艺术体系的理论，但由于当时所谓的艺术与科学是难以区分、混合的，当时所谓的艺术体系，与其说是艺术体系，毋宁说是对那时"科学"的体系的归纳。文艺复兴时期是艺术体系思想史上的一个重要转折时期，此时原有的艺术格局和艺术体系被打破，但新的艺术体系尚未建立。这一时期的艺术实践活动空前活跃，尤其是造型艺术取得很大的发展，艺术和艺术家的地位也发生变化，人们对艺术的概念的理解也发生了迅速而显著的变化，将艺术与技艺分离开，而仍然将艺术和科学活动视为一体。达·芬奇、但丁、阿尔伯蒂等人在相关论述中谈及艺术体系问题，但尚未形成完整系统的艺术体系理论。

17世纪，人们对艺术概念的理解依旧延续着文艺复兴时期的认知。直到18世纪"美的艺术"概念的提出，以及在这一观念统领之下形成的全新意义上的"艺术世界"的理念、有关艺术世界的主要构成要素的概括，才标志着现代艺术体系的建立，以及丰富研究成果的获得。这是第二阶段。法国的夏尔·巴托在1746年出版的《归结为同一原理的美的艺术》一书中系统论述了"美的艺术"概念，指出"美的艺术"由五大主要艺术即音乐、诗歌、绘画、雕塑、舞蹈构成，并将这些不同的艺术种类都归于同一个艺术世界之中，概括出一个艺术的体系。他运用一个崭新的"统一的原则"，即"模仿美的自然"的原则，以取代自古希腊以来统治了西方艺术理论达 2 000 年之久的旧的原则，即摹仿原则，建立了以美为核心价值尺度的艺术体系，这标志着古代艺术概念开始被现代艺术概念所取代；古代含混的艺术体系被现代"美的艺术"体系所取代。而艺术从此与科学和技艺真正分离，取得了独立自足的地位。之后，法国的达朗贝尔在《百科全书》的引言中又修正、发展了巴托"美的艺术"的体系，把巴托的"音乐、诗歌、绘画、雕塑、舞蹈"这五种主要艺术中的"舞蹈"替换为"建筑"，从而将西方现代五种主要的"美的艺术"种类定格为"音乐、诗歌、绘画、雕塑、建筑"这一经典表述形式。这种新的艺术体系在欧洲得到广泛承认并产生巨大影响。自此，"美的艺术"体系开始确立并得以巩固。门德尔松、鲍姆加登、索尔策、赫尔德、大卫、克鲁格等人也就艺术体系问题提出了各自的观点，艺术体系研究形成一种知识范式。18 世纪末至 19 世纪上半叶，康德、谢林、黑格尔等人从德国古典美学的立场将这一艺术体系的研究推向理论化、逻辑化、哲学化。特别是黑格尔的《美学》第三卷把其著名的象征型艺术、古典型艺术与浪漫型艺术三大逻辑与历史相统一的艺术类型学说最终落实到建筑（象征型艺术）、雕刻（古典型艺术）、绘画、音乐与诗歌（三者均属于浪漫型艺术）这五大主要艺术种类，实现了对现代美的艺术体系的最富逻辑色彩的理论论证。

第三阶段发生在 19 世纪中叶到 20 世纪中叶，艺术体系理论在继承以往研究成果的基础上开始在多样化的道路上向纵深发展。这一时期，一方面，随着科学技术的发展以及考古的新发现，人们对艺术的发生学意义上的先后顺序有了新的看法；另一方面，艺术实践本身的发展，使不同的艺术流派纷纷出现，迅速更替。这些艺术实践直接或间接影响了人们对艺术体系的理解。这一时期的艺术体系理论，主要包括：① 思辨-演绎派，代表人物有德国的威斯、费肖尔、哈特曼、法国的卡特梅尔·德·甘西、F·拉梅纳以及俄国的别林斯基等；② 心理学派，代表人物有拉查鲁斯、拉罗和荣格等；③ 功能派，代表人物有森普尔、哈曼、塔本贝克和弗兰卡斯特尔等；④ 历史-文化派，代表人物有丹纳、奥斯瓦尔德·施本格勒等；⑤ 综合派，代表人物有俄国的雅科布、德国的阿多利夫·采辛、德索、费多尔·施密特等；⑥ 怀疑派，主要代表人物是意大利的克罗齐、根梯勒等。①

第二次世界大战之后，西方艺术体系研究走向一个新的历史发展阶段，此为第四阶段。这一时期的艺术体系研究呈现出更加复杂化、综合化、系统化的特点，并且通过对以往艺术体系研究成果的扬弃、辨析、综合、总结，把以往美学、艺术理论中出现的种种艺术体系思想按照一定的逻辑关系整合于统一的艺术体系框架。这是当代艺术体系研究所取得的重大突破，标志着艺术体系研究在方法论、研究对象和范围以及体系结构等重要问题上实现了真正的自觉。E.苏里奥、约翰·霍斯伯斯、斯蒂芬·邦、苏珊·朗格、杜人海纳、奥尔德里奇以及苏联的波斯彼洛夫、斯托洛维奇和日本的今道友信、山本正男等从各自的角度对艺术体系进行研究，促进了艺术体系理论的多样化。尤其值得关注的是这一时期，有关艺术体系研究的系统化取得突出成就，包括美国的托马斯·芒罗的"艺术形态学"、苏联卡冈的"艺术形态学"、日本竹内敏雄的"艺术类型论"等。

美国学者克里斯特勒的《现代艺术体系》是当代西方关于艺术体系最具代表性、对我们最具直接参照意义的研究成果。他搜集了西方近代以来大量有关艺术体系研究的第一手资料，清晰完整地梳理了西方艺术体系探索的思想脉络，尤其是对夏尔·巴托在西方现代艺术体系形成过程中的决定性意义给予了充分而到位的评价。如他所说：西方近代的艺术概念"首先包括绘画、雕塑、建筑、音乐和诗歌这五门主要艺术。这五门主要艺术构成了现代艺术体系的不可分割的核心"。"当然，巴托的艺术体系中许多部分来自先前的诸多作家，但同时我们不能忽视，他是写专论确立美的艺术体系的第一人。""巴托几乎完成了美的艺术的现代体系，而他的前辈只是为此作了准备。"《百科全书》尤其是它著名的导言，完善了美的艺术体系，它追随并超越了巴托的分类，更由于《百科全书》的声誉和威

---

① 参阅卡冈.艺术形态学［M］.凌继尧，等，译.北京：生活·读书·新知三联书店，1986.

望，从而使这一体系最广泛地传播于全欧洲。"①

西方对艺术体系的这些研究，其共同特点是立足于西方的艺术历史传统与现实存在，总结的是西方的艺术体系。这种艺术体系不是放之四海而皆准的，甚至是有缺陷的，即存在着明显的西方中心主义，因而决不应生搬硬套，而只能作为我们的参照系之一。但这个参照系却是必不可少的，原因如下。第一，没有比较，无法彰显自身特点。第二，它是在现代的社会历史语境下产生的，带有某种"现代性"。这必然对我们产生深刻的影响。第三，在中国迈向现代社会的过程中，西方的现代美的艺术观念与体系，随着"西风东渐"的大潮被引入我国，它与中国古典艺术体系产生了碰撞、交融，促进了中国古典艺术体系的现代转型。其中，从西方引进的一些艺术种类，开始在中国生根发芽，并得到民族化、中国化的重构、转化。为了准确理解中国现代艺术体系的形成过程，不能不对来自西方的现代艺术体系加以认真研究。

自18世纪到现在，无论中外，有关艺术体系的思想资料十分丰富，即使是专门的、系统的有关艺术体系的研究成果，也有很多。在这里，我们限于篇幅，仅选择几项主要的、更具影响力的、对我们最富有启示意义的专门研究艺术体系的成果作简明评述。

黑格尔《美学》第三卷对艺术体系的系统研究成果特别值得重视。黑格尔《美学》中译本共三卷，第三卷总标题即《各门艺术的体系》。该卷第一部分建筑、第二部分雕刻、第三部分"浪漫型艺术"所讨论的第一章绘画、第二章音乐、第三章诗，一方面将第二卷讨论的理想所发展出的艺术美的三大类型同时也是逻辑与历史相统一的三大艺术类型即象征型艺术（以建筑艺术为代表）、古典型艺术（以雕刻艺术为代表）和浪漫型艺术（包括绘画、音乐与诗），具体地体现于、落实于五大艺术门类上；另一方面，将西方自巴托和法国百科全书派以来逐渐形成并达成共识的五种主要艺术，镶嵌到他的三大艺术类型的逻辑叙述框架之中，从而对西方近代以来诞生的由五种主要艺术构成的美的艺术体系，作了

---

① 克里斯特勒.艺术的近代体系［M］//范景中，曹意强.美术史与观念史Ⅱ.南京：南京师范大学出版社，2003：464-466.

最富于逻辑色彩、最为哲学化、最为严谨的论述，使这一美的艺术体系上升到美学的高度、哲学思辨的层次。这对于西方这一美的艺术体系的经典化、模式化以及进一步的传播、普及，可谓起了巨大的推波助澜的作用。但是，由于黑格尔学说的过度逻辑化、思辨化，往往让历史服从于逻辑、让现实屈从于思辨、自上而下、头足倒置这一致命缺陷，也使他对于五大主要艺术的历史发生顺序的判断、相互类型上的逻辑关系的判断以及艺术体系构成要素上的结论等，呈现出一种削足适履、人为设计、主观牵强、封闭落伍的状态。比如，在他的时代，欧洲的戏剧艺术已经获得极大的发展，在理论上也出现了要将戏剧作为独立于"诗"（文学、语言艺术）的一个艺术基本门类的时代要求。但是，由于黑格尔理论体系的逻辑优先及封闭性，他只能按其惯用的"三段论"式，把既有的五种主要美的艺术安排到其三大艺术类型学说之中，建构起带有鲜明黑格尔思辨、逻辑、体系印迹的"各门艺术的体系"。

美国学者克里斯特勒于1951—1952年在《观念史杂志》（*Journal of the History of Ideas*）上发表的《现代艺术体系：美学史研究（上、下）》（The Modern System of the Arts: A Study in the History of Aesthetics Ⅰ、Ⅱ），明确提出了"现代艺术体系"的概念，对这一现代艺术理论中十分重要的关键词作了详备的研究。他将现代艺术体系作为构成现代美学与艺术学科之基础的历史范畴，从知识谱系学的角度，对文艺复兴以来的艺术概念发展进程进行整理，通过历史研究还原艺术真貌，颠覆了当时学界所持的固化的"艺术"观。该文的突出贡献在于：第一，通过历史研究，克里斯特勒发现美的艺术（beaux arts）不只是关于视觉艺术的概念，而且指一个更为宽泛的包括绘画、雕塑、建筑、音乐和诗歌五大门类的艺术体系，这一确立于18世纪的艺术体系正是构成当今艺术世界的基础性架构。第二，克里斯特勒所确定的事实是，现代艺术体系的形成不是某一个思想家的理论发现或演绎结果，而是在巴黎和伦敦社交圈内的谈话与讨论中发展和确定的，因此，这种"美的艺术"的现代艺术体系的形成是一个逐渐浮出的自然过程，是艺术类型自我演进的近代历史产物。第三，他发现在这个演进过程中，业余爱好者及作家、哲学家对于诗歌、音乐的兴趣及他们的艺术批评发挥了非常重要的助推作用，因此突破了当时主流的以艺术作品、艺术家为主的艺术考察路径，将艺术理论研究推向了思想史与社会学研究层面。第四，在研究方法方面，克里斯特勒突破了当时西方盛行的分析哲学、实用主义和逻辑实证主义等学派的思维与方法局限，通过历史研究方法将现代艺术体系同涉及其生活和活动的原始资料结合起来进行考察。作为一个西方古代思想史和哲学研究领域的重要学者，克里斯特勒对于现代艺术体系的历史考察，阐述了"艺术"作为一种历史产物的本质特征，开创了还原历史现场的艺术理论研究路径，厘清了当时含混的艺术体系及相关艺术观念，改变了艺术理论研究的主导方向，对于我们理解当代中国的艺术体系具有十分重要的启示和参考价值。

苏联学者卡冈的《艺术形态学》出版于 20 世纪 70 年代初，是 20 世纪后半叶整个世界范围内诞生的最为系统、最富理论价值的艺术分类学（即卡冈所谓"艺术形态学"）专著。该书共分三编。第一编"学术发展史和方法论"，是关于整个人类对于艺术的分类体系、艺术的系统的理论认识的历史梳理，并讨论了艺术体系划分的理论原则与方法论。第二编"历史：从原始艺术的混合性到艺术的现代系统"，是对人类的艺术从远古的原始混合形态发展至今天的"艺术的现代系统"的历史进程的描述。相对于第一编着眼于人们对艺术体系认识的历史追踪而言，这一编则直接面对艺术自身体系的形成历史加以回顾。第三编"理论：艺术作为类别、门类、样式、品种、种类和体裁的系统"，是作者对现代艺术体系的自觉建构。他的理论建构并不只在某一层次如我们所说的艺术的基本门类进行建构，而是试图在卡冈所谓的"类别、门类、样式、品种、种类和体裁"这六个层次上构筑庞大复杂的"艺术的现代系统"。必须承认，他对现代艺术体系的观察是细致的，他所关心的层次也是立体的、丰富的、复杂的，他所建构的这样一个复杂的现代艺术体系，是对艺术体系研究的一项重大成果，对于我们今天研究当代中国的艺术体系也能够提供宝贵的思想资料和学术参照。但是，卡冈的"艺术形态学"，其哲学的、美学的、思辨的、逻辑的色彩仍旧比较浓，对于艺术的"自然的体系"，尤其是艺术体系上的历史的、民族的规定缺乏关注。另外，他对艺术分类六个层次的划分，以及对每个层次的命名，不免有人为的、任意的、主观化的嫌疑，很难形成共识，也就不易转化成有效的知识范式。

在我国学者中，丰子恺1949年前在他的几部著作中所概括并经过不断修正而产生的"一打艺术"的体系学说，对于我们今天探讨当代中国的艺术体系，可能是最具参考价值的。丰子恺所谓"一打艺术"，是将当时我国主要的艺术样式概括为12种（即整整"一打"）艺术。他说："艺术共有十二种。即① 绘画，② 书法，③ 金石，④ 雕塑，⑤ 建筑，⑥ 工艺，⑦ 照相，⑧ 音乐，⑨ 文学，⑩ 演剧，⑪ 舞蹈，⑫ 电影。"他还把这"一打艺术"所构成的艺术体系形象地比喻为"艺术之园的一张地图"，将这一打艺术，以动与静的区别为划分标准，安置于东部、西部两大区域，绘画、书法、金石、雕塑、建筑、工艺、照相七种艺术位于东部；音乐、文学、演剧、舞蹈、电影五种艺术位于西部，"东部七境皆静景，西部五境皆动景"。与近代以来许多美学家、艺术理论家关于艺术的分类、艺术的体系等理论表述相对比，可以发现丰子恺关于"一打艺术"的艺术体系有许多值得称道的优长。第一，它照顾了中华民族传统艺术创造所形成的一些重要艺术形式，诸如书法、金石；第二，他考虑了当时一些新兴艺术样式，如照相、电影。就是说，他的艺术体系，在他那个时代，既体现了时代性，又体现了民族性，所以才使他所概括的艺术体系比较合乎当时艺术体系的自身实际。当然，丰子恺的艺术体系学说，也不免时代的局限、视野的局限，而且他关于艺术体系的论述还是比较简略的，没有形成专著而得到充分的论述。

李泽厚发表于20世纪60年代之初的《略论艺术种类》长篇论文，是有关艺术分类、艺术体系的一篇重要专论。他将艺术划分为五个大类：实用艺术、表情艺术、造型艺术、语言艺术（文学）、综合艺术。论文对五大类艺术的划分原则、划分方法等进行了初步探索。关于艺术基本门类的构成，他列举了九种基本艺术的门类，即工艺、建筑、音乐、舞蹈、雕塑、绘画、文学、戏剧、电影，并把这九种艺术基本门类安置到他所概括的五大艺术类别的大框架之中。李泽厚在这里所列举的九种艺术的基本门类的划分，也被多年以后出版的、由王朝闻先生主编的《美学概论》全盘接受。由于王朝闻先生在美学和艺术理论界的崇高地位和巨大影响，以及《美学概论》作为中国高校统编教材的地位，《美学概论》自出版以来，就成为我国高校使用最为广泛、影响最大的一部美学原理教科书，所以，这种由李泽厚先生最早表述、后由王朝闻主编《美学概论》全盘接受并传播开来的九种基本艺术门类的体系，成为 1949 年后影响相当深远的一种权威理论表达。但是，这一艺术体系所存在的缺陷，特别是如果与在它之前便已产生的丰子恺的"一打艺术"的体系相比，其不足之处就显得更加突出，主要表现在：第一，它没有把书法等具有鲜明中华民族特色的艺术样式概括进来；第二，它也没有将摄影艺术考虑进来。就是说，无论是在体现时代性还是在体现民族性方面，它皆存在着不如人意之处。该论文在基本艺术门类这一层次之上，拓展出一个层次，将九种基本艺术种类概括为五个大的类别，这一点值得予以应有的肯定。但其中也存在不少值得商榷的问题。如语言艺术（文学）既出现在五个大的艺术类别所构成的分类层次上，又出现在它下面的一个层次即艺术的基本门类的层次。就是说，它既与实用艺术、表情艺术、造型艺术、综合艺术处于同一层次，又与工艺、建筑、绘画、雕塑、音乐、舞蹈、戏剧、电影处于同一层次，这显然存在着逻辑上的自相矛盾。它的优长与缺陷，都能给我们今天探讨当代中国的艺术体系提供宝贵的参考。[①]

我们的研究作为"当代中国艺术体系的研究"，要借鉴国内外一切有价值的艺术体系研究的既有成果，汲取其中的合理成分，避免其问题与不足，真正使这一问题的探讨获得显著的、实质意义的推进。

首先，我们的研究，要体现鲜明的中国立场、中国视角，立足于中国的文化艺术传统与民族美学与艺术的创造实践，使我们所概括的艺术体系体现鲜明的中华民族的特点。我们不仅要将丰子恺等学者所高度重视的书法、金石等中华民族传统艺术形式概括到我们的艺术体系中，而且要将丰子恺还没有概括进来的其他一些具有鲜明中华民族特色的艺术样式，如曲艺艺术、杂技艺术等概括进来。另外，在艺术分类的其他一些层次上，也有必要充分考虑中华民族所特有的艺术品

[①] 李泽厚将他所说的九种主要艺术概括为五个大的类别：实用艺术、表情艺术、造型艺术、语言艺术（文学）、综合艺术。这五个大的类别的概括，如果再细致地加以分析，其实还存在着划分标准不统一、某些艺术类型概念已失效等缺陷。对此，我们将另文详细分析，这里不多展开。

种，把它们纳入中国当代艺术体系。如绘画艺术中的中国山水画、花鸟画，戏剧艺术中的中国戏曲，从而体现当代中国艺术体系的鲜明的民族性。

其次，要立足于21世纪这一崭新的时代，关注当下的社会、经济、文化等的飞速发展变化给艺术世界带来的深刻而显著的变革，关注最新艺术种类、艺术表现形式的存在情况，真正概括出"当代的"艺术体系。这种当代的艺术体系，不仅要关注摄影艺术、广播艺术、电影艺术、电视艺术这些映像艺术、新媒体艺术样式，还要关注那些更新的艺术形态如计算机艺术、多媒体艺术、虚拟技术艺术，从而使我们对于当代中国艺术体系的探讨具有更为鲜明的时代性。

再次，在把艺术的基本门类的层次作为研究的重心和轴心的基础上，要向上一个层次拓展，概括更宏观的、更大的艺术分类框架，我们将其命名为"艺术家族"。而关于艺术的家族应概括为几大类，如何概括，理论依据何在，这一个层次的艺术体系概括意义何在，等等，这些问题都具有很大的探索空间。

最后，我们的研究，还要在艺术的基本门类的层次的基础上，向下一个层次拓展，探索各艺术基本门类下一级的分类体系，使我们的艺术体系研究更加深化，更加细化，使我们通过艺术体系的细化、多层次多维度的研究达到更加真切地了解艺术国情的学术目标。

三、学术价值、应用价值和社会意义

我们的研究以"当代中国的艺术体系"为研究对象，在总结借鉴中西方关于艺术体系的已有研究成果和理论资源基础上，结合中国当下的艺术国情，将艺术体系的研究推向纵深化与系统化，具有重要的学术价值、应用价值和社会意义。

本研究的学术价值主要体现在四方面。其一，本研究以宏观的视角研究艺术体系，力求将中国古代以及西方古代尤其是现代关于艺术体系的思想脉络梳理清楚，澄清艺术体系这一重要的艺术概念的理论渊源。其二，在研究过程中，一方面，注重对基本艺术种类进行自下而上的归纳总结，以这一层次的艺术基本种类体系为研究重心与核心；另一方面，以这一核心层次为轴心，分别向上、向下作双向拓展——向上拓展，概括宏观的艺术家族体系；向下拓展，细致分析每个艺术种类之下的艺术类别，将学界对艺术体系的认识系统化、细致化。其三，虽然关于艺术体系的研究已取得众多成果，但这些研究或多或少都存在各种局限性，以至于人们对于艺术体系的认识始终没有形成共识，本研究将在前人研究的基础上，一方面结合艺术实际情况，另一方面加强逻辑论证，力求构建一个既符合艺术实情又具学理依据的当代中国艺术体系。其四，本研究中的"艺术体系"以西方近代以来"美的艺术体系"为基础，但更强调结合中国的文化艺术国情，构建有中国特色的艺术体系，这对于构建艺术学理论研究的中国话语体系具有重要价值。总之，无论是对于艺术基础理论研究，还是对于艺术学一级学科以及其他艺术学一级学科有关艺术世界的结构、艺术家族的构成等研究，本研究均将提供理论创新价值。

本研究还具有巨大的应用价值和社会意义，主要体现在五方面。其一，构建当代中国艺术体系，对于我国文化艺术管理的体制、机制、机构建设乃至未来的调整、改革，提供了重要的科学依据。其二，对于我国的艺术教育、教学以及学校与社会的美育体制、机制，相关学科结构的调整与重构，提供必要的学理上的参考。目前我国一些院校在学科划分、院系设立上还显得比较混乱，尚无法适应当代乃至未来我国艺术领域的变革与发展需要——本研究有志于解决这一问题，可为当代中国艺术体系的构建提供学理依据。其三，本研究对当代中国艺术体系的深入、系统、全面的阐释，对我国艺术生产以及艺术批评、艺术接受的体制机制的调整、改革、完善，也能起到有益的参考作用。其四，本研究强调艺术体系是一个开放的系统，艺术的概念和艺术体系的构成都会随着社会时代的发展变化而变化，为此在研究过程中要密切关注社会发展历程，深入研究艺术体系与社会发展的关系并总结规律，既可以通过社会发展规律来预示艺术的发展，也可以通过艺术的发展来预示社会的变革。其五，构建当代中国艺术体系，既要了解、掌握中国的文化艺术国情，又要比较国外艺术的发展情况，这不但体现着中国文化自觉的时代要求，而且可以促进中外文明交流互鉴、中外艺术及艺术理论的交流互鉴。

四、总体思路、研究视角和研究路径

本研究的总体思路可概括为：一个总的研究对象和研究目标、三大主要参照系和三个叙述层次。以下分述之。

一个总的研究对象和研究目标，是指本研究自始至终、一以贯之，紧紧围绕同一个确定的、具体的研究对象，即"当代中国的艺术体系"；树立同一个研究目标，即总结出一个既不同于中国古代艺术体系，也不同于西方艺术体系，而是一个立足于中国当代艺术世界的实际存在的当代的、中国的、完整的艺术体系。这一当代中国艺术体系体现了两大鲜明特点：一是鲜明的中国特性，或中华民族的"民族性"；二是鲜明的时代性，即立足当下的"当代性"。

三大主要参照系，是指我们对于当代中国艺术体系的研究，必然要在与它息息相关的三大参照系统的紧密联系、相互对比、异中见同、同中见异的艰苦探索中循序渐进地展开。第一个参照系是中国古代的艺术体系。之所以将中国古代艺术体系作为研究当代中国艺术体系的主要参照系之一，是因为中国古代艺术体系是当代中国艺术体系的渊源，是当代中国艺术体系的母体，关乎当代中国艺术体系的生命根源、民族特性等。因此，本研究致力于梳理、阐述中国古代艺术体系的特性、基本构成，将它作为研究当代中国艺术体系的一个来源和一面对照的镜子。第二个参照系，是西方艺术体系尤其是西方近代以来逐渐形成的现代艺术体系。将西方现代艺术体系作为我们研究当代中国艺术体系的重要参照，一是因为西方现代艺术体系是当今世界最具影响、最具范本意义的艺术体系。为了更清晰地观照中国当代的艺术体系，有必要寻找一个异质的、比较的对象，而西方现代艺术体系可谓最好的选择。二是因为中国古代艺术体系在朝现代、当代艺术体系的转型过程中，恰好遇到"西风东渐"大潮的冲击，西方现代艺术体系也随着这股大潮被引入我国，对我国艺术世界的重构、艺术体系的转型产生了深刻而巨大的影响。中国现当代艺术体系的形成与继续发展、变化、充实、丰富，离不开西方艺术体系引进所带来的深刻作用。应该说，西方现代艺术体系，也构成了当代中国艺术体系的一个重要来源。总之，西方现代艺术体系，对于当代中国艺术体系的形成与发展而言，既是重要的来源之一，甚至是推动转型、变革、发展的一股重要助力，又是必不可少的可供对照的镜子。第三个参照系是指，物化的艺术的体制、机制、制度。比如，当代中国的艺术体系，有时会在文联、作协这些艺术团体的构成上，在宣传、文化管理体制机制上，在高校艺术教育体系上，得到一定的体现。当代中国艺术体系的研究，也可以把这些物化的艺术生产、艺术管理、艺术教育体制、机制、体系作为自己有益的参照系。

三个主要叙述层次，是指当代中国艺术体系的研究在以下三个主要层次展开。核心层次是艺术的基本门类的层次。以这一核心层次为轴心，还将本研究往上、往下分别拓展出各自的层次：往上拓展，展开关于几大艺术家族这一重要层次的研究。此乃本研究的亮点与重要创新点之一。往下拓展，展开对各艺术基本门类次一级的艺术分类体系的研究。这是全面了解中国当代艺术的现实存在，了解中国当代的文化国情、艺术国情的重要拓展，是之前很少有人系统展开的研究领域。

本研究的视角，主要是艺术类型学中的艺术分类学的研究视角，更确切地说，是艺术体系学的研究视角。如前所述，艺术体系的研究已经成为一个内涵明确、对象清晰的研究论域，形成一个学术传统与研究范式。这就是以巴托、达朗贝尔、黑格尔、阿兰、克里斯特勒等为突出代表的艺术理论家所形成的理论范式，专指对于艺术的种类或曰门类所构成的体系进行研究的理论范式。

研究路径是指，以当代中国的艺术体系为研究对象，以当代中国所存在的艺术种类为抓手，通过对不同的艺术种类进行自下而上的归纳、概括，从而达到构建当代中国艺术体系的目的，为当代中国的艺术理论研究和艺术管理实践提供可供参考的统一的艺术体系。

五、研究方法、研究手段和技术路线

由于艺术的种类划分与人们对艺术的概念的理解密切相关，而不同时代、不同民族、不同国家对艺术的概念的理解是不同的。相应地，不同时代、不同民族、不同国家所存在的艺术种类也是不同的。当代中国的艺术体系研究既要立足于当代中国的文化艺术国情，又要对古代中国的艺术分类、艺术体系等作一个明确的脉络梳理，做到"知古鉴今"；既要立足于中华民族对艺术分类、艺术体系认识的民族特殊性，又要广泛借鉴吸取国外关于艺术分类、艺术体系方面的理论资源和研究成果，做到"知中知外"。为此，本研究要凸显艺术体系的时代性、民族性与开放性等特点，在研究中综合运用艺术体系学、历史研究、比较研究、媒介学研究、文献学研究、跨学科研究等方法，努力做到历史与现在的统一、理论与实践的统一等。

　　本研究以艺术体系学、历史研究、比较研究为三大基础路线，辅以媒介研究、文献研究及跨学科研究等多种方法，全面考察当代中国艺术体系。艺术的分类体系研究是本研究的核心内容。无论是总结艺术的基本门类层次的体系，还是概括宏观的艺术家族结构体系，或是更细化地归纳总结各艺术基本门类下一级次的艺术类别体系，都首先是共时性的要素与结构的分析，是对艺术世界的分类研究。因此，艺术分类学、艺术体系学的研究方法是最基本最核心的研究方法。在研究艺术体系的过程中，还要考虑其在中国及西方各自的历史变迁，考察当代中国艺术体系形成的来龙去脉、历史演进过程。因此，本研究充分重视历史的研究方法，考察宏观的艺术体系演进规律和具体艺术门类的发展规律，以及微观层面的子系统的演进过程。同时，考察人们对于艺术体系认识的发展过程及规律，这就涉及学术史、概念史等诸多历史方法研究，因此历史研究方法也是本研究的重要路径。对中国当代艺术体系的研究不可能孤立地进行，而必然要在与中国古代艺术体系、西方艺术体系的参照与比较中进行。因此，本研究必然涉及古今中西等多个视角，在这个意义上，最为可行的方式就是引入比较研究的方法：一方面，横向比较不同文化区域、不同民族的艺术体系特征；另一方面，纵向地在历史层面比较中西艺术体系形成的逻辑动因、知识谱系与社会心理结构等多方面特性。上述三种主要研究方法应该能清晰把握当代中国艺术体系的基本特征。此外，还需应用媒介学的研究方法，以适应当代新媒体技术条件下的新兴艺术门类特征，以及它们对当代艺术形态、审美心理、创作方式、审美方式等产生的多种影响的理论认知需求。文献学是历史研究的重要技术通道，通过搜集、鉴别、整理文献，形成对事实及历史的科学认知，这种方法可信度高、可操作性强，是梳理和把握当代中国艺术体系的历史脉络、规律及当代形态成因的可靠路径之一。此外，跨学科研究方法如新兴的艺术社会学、艺术人类学等方法的介入，重新确证了艺术的多样性特征，扩展了艺术的理论界域，有利于我们以开放的、多民族的理论视域把握中国当代艺术特色，亦是本研究十分重要、可行的研究方法。

六、总体问题、研究对象和主要内容

本研究要解决的总的问题是：中国传统的富有鲜明民族特点的古典艺术体系，如何在近代以来引入西方现代艺术体系的过程中，不可避免地发生中国传统艺术体系与西方现代艺术体系之间的碰撞、对话、交流、交融，以及中国传统艺术体系朝着现代艺术体系的转型、重构，从而形成今天既是中国的又是现代的"当代中国的艺术体系"。因此，研究对象也十分明确，就是直面当下中国艺术的现实存在，对"当代中国的艺术体系"展开系统、深入、富有学理的科学研究。

本研究的主要内容可以概括为：第一，中国传统艺术体系具有怎样的构成、怎样的演进过程以及哪些特点？第二，西方近代的艺术体系如何从其古典混沌的状态中凸显？其经典的表现形式如何？第三，西方现代艺术体系在我国近代以来"西学东渐"总的历史文化语境之下是如何被引进并逐渐扩散影响的？对中国传统艺术体系造成强烈冲击，促使其朝着现代形态转型，并如何走过由被动转型到主动自我重构的过程？第四，今日中国的现代艺术体系，其基本要素、结构构成，应如何予以科学描述？这一体系的形成，走过了哪些主要的历史阶段？第五，当代中国艺术体系，可以概括为哪几大艺术家族？其学理依据为何？为什么要概括这样一个层次？第六，当代中国艺术的基本门类所构成的体系是本研究的重心。如何归纳、总结艺术的基本门类？第七，对各艺术基本门类次一级的艺术种类现象予以归纳、概括，总结它们各自所构成的艺术体系，从而深化我们对于当代中国艺术世界的全面认识。

（一）总体研究框架和子研究构成、子研究与总研究之间、子研究相互之间的内在逻辑关系

总体研究框架：本研究主要由一个总论卷、四个子研究总共五部分构成。四个子研究与一个总论，可以区分为两大板块：第一大板块，为整个研究的总论卷，包括"当代中国艺术体系研究"的"总导论"，其后，从理论和历史的结合上，阐明研究对象、研究框架、基本思路、学理根据、研究方法与路径、研究的价值意义、主要理论观点以及在各子研究成果基础上进一步归纳概括的整个研究的若干总的结论。四个子研究为第二大板块，将当代中国艺术体系中所有"基本艺术种类"，按照艺术发生学、艺术生产论、艺术媒介论等方面的"亲缘关系"以及"家族相似性"原理，划分为"艺术世界"的"四大家族"，分别进行其内部体系的逻辑的与历史的总结、分析、阐释、概括。其中，第一个子研究，梳理当代中国"造型艺术"（美术）的艺术体系的构成（具体包括书法、绘画、雕塑、篆刻、建筑、工艺美术等艺术基本门类）①；第二个子研究，探讨当代中国"演出艺术"的体系构成（具体包括音乐、舞蹈、戏剧、曲艺、杂技等艺术基本门类）②；第三个子研究，讨论当代中国"语言艺术"（文学）家族的艺术体系的构成（具体包括诗歌艺术、散文艺术、小说艺术等艺术基本门类）③；第四个子研

---

① 关于美术在艺术体系中如何定位，在中国当代美术学、艺术学研究中，主要有两种理论理论范式：其一是将绘画、雕塑等与音乐舞蹈戏剧电影等相并列，视为艺术的基本门类，李泽厚《略论艺术分类》、王朝闻主编《美学概论》是其代表；其二是把美术列入艺术基本门类层次，与音乐、舞蹈、文学、戏剧、电影相并列，而把绘画、雕塑等视为次一级的艺术类别，《艺术概论》（文化艺术出版社1983年版）是其代表。我们的课题通过历史的梳理，认为第一种理论范式与西方近代以来以及中国近现代以来艺术分类的理论传统保持一致，更具合理性，因此采用了这一理论范式（其具体的艺术基本门类的构成内容或各有差异，此处不赘述）。参阅李心峰.美术与中国现代艺术体系［J］.美术人观，2021（12）.

② 关于"演出艺术"与舞台艺术、表演艺术等概念的辨析，参见李心峰.艺术类型学：第五章［M］.北京：文化艺术出版社，1998.张月."演出艺术""舞台艺术""表演艺术"：中国艺术体系中的类型概念辨析［J］.艺术学研究，2023（5）.

③ 关于语言艺术（文学）是应该置于艺术基本门类的层次，还是应置于比基本门类更高的中间层次即"艺术家族"的层次，是我们课题最早明确提出并尝试解决的学术问题。问题的焦点在于以往人们往往既把它与音乐、舞蹈、绘画、雕塑等相并列看作艺术基本门类，又常常把它与造型艺术、表情艺术、综合艺术等相并列，置于比艺术基本门类更高的艺术中间层次（如李泽厚），从而出现了（转下页）

究，总结当代中国"映像艺术"的体系构成［具体包括摄影、电影、电视、计算机艺术（或曰"数媒艺术"）］①。上述这六种造型艺术、五种演出艺术、三种语言艺术、四种映像艺术，合起来，共有18种艺术基本门类。这就是本研究基于当代中国艺术实际的结构构成所概括的当代中国艺术基本门类的体系。在这一总的叙述框架内，《导论卷》是整个研究的原理、总论部分。这一部分也为第二大板块中的四个子研究，提供理论依据、方法论的遵循、总体观念的前提与基础。

　　第二大板块的四个子研究，是对总的导论即整个研究的总论部分的具体展开、细化的论证、实证的验证。如果没有导论部分所提供的原理、方法、观念为前提和基础，后面的四个子研究便无法在一个统一、完整的理论框架之下合乎逻辑地、井然有序地展开。而如果没有后面四个子研究的系统展开、细化的实证研究，整个研究目标，即系统呈现当代中国的艺术体系的目标，便会仅仅停留在理论的假设阶段而得不到具体的落实，从而不可避免地落空。第二大板块的四个子研究之间也具有紧密的内在逻辑联系：第一个子研究"造型艺术"，在存在方式上，都是"空间的"存在；在感知方式上，都是"视觉的"艺术；在媒介材料的运用上，都是运用物质性的、实体性的材料进行艺术形象的创造，是以物为中心的媒介体系。第二个子研究"演出艺术"，在存在方式上，都是在时间中持续的、在场的、实际进行中的表演方式提供给现场的接受者；在感知方式上，通过听觉或听觉与视觉相结合的方式，直接感知现场的艺术演出。其创造艺术形象的媒介，往往都离不开艺术演出者利用自己的嗓子、身体、语言、表情，以及作为他们的身体的延伸的其所掌握的器材如乐器、道具，这是以人体本身为中心的媒介体系。第三个子研究"语言艺术"，所使用的都是"语言"这种独特的媒介，是以语言符号为中心的媒介体系，它们所创造的艺术形式往往带有语言符号的超媒介性质，它往往也要诉诸人们的听觉或视觉，但并不能通过听觉或视觉直接感受其艺术形象，而必须"诉诸想象"，

（接上页）逻辑上的混乱。我们的课题原创性地明确提出把文学作为艺术的中间层次，看作一个艺术家族，同时明确主张要把诗歌艺术、散文艺术、小说艺术置于艺术基本门类的层次（戏剧文学因属于戏剧艺术的一个有机组成部分，故不作为艺术的基本门类），重构当代中国的艺术体系。参阅李心峰.试论文学与现代艺术体系［J］.艺术学研究，2022，2（2）.

① 关于"映像艺术"这一概念，参阅李心峰主编《艺术类型学》有关章节。

间接地感受、接受其所创造的艺术形象。第四个子研究"映像艺术",是现代科技条件所催生的新兴艺术所构成的体系,其存在方式是映像、影像,可能是空间的,也可能是时间的,更有可能是时空结合的,甚至是电子的、数字化的;其感知方式,可能是视觉的,也可能是听觉的,更可能是视觉、听觉相结合的;在传达媒介上,与前几种根本不同,是映像、影像,甚至是虚拟的,数字的,它是以映像为中心的媒介体系。在演出艺术中,既有"单一艺术",也有"复合艺术"或"综合艺术",如戏剧艺术的各种具体艺术形式,往往就综合了语言艺术、造型艺术以及演出艺术中其他艺术表现形式像音乐、舞蹈等要素,形成戏剧艺术的不同表现形式。"映像艺术"家族中,大部分艺术表现形式如电影艺术、电视艺术、多媒体艺术,往往综合了更多艺术的表现形式,成为更为复杂的综合性艺术。

(二)本研究在学术思想理论、学科建设发展、资料文献发现利用等方面的预期目标

本研究试图在艺术基础理论研究领域,对"艺术的体系"这一重要研究内容,作出中国学者应有的贡献,弄清楚今日中国艺术体系形成的历史文脉,填补有关当代中国艺术体系的完整、深入、细化的系统研究的空白,形成有关当代中国艺术体系的系统理论形态和中国话语表达方式,对艺术基础理论乃至艺术学一级学科建设作出应有的贡献。在资料文献方面,力图尽可能地将国外近代及当代围绕艺术体系研究而产生的重要、经典的文献引介到中国,对于某些具有代表性的艺术体系研究专论、专著,还可以有选择有重点地翻译介绍;对于中国古代有关艺术分类、艺术体系的思想资料,尽可能地搜集、挖掘,予以现代的阐释;对于我国近代以及当代有关艺术体系的思想资料、研究成果加以系统梳理、整理,以为本研究的材料依据,也可以评述形式发表,以惠及更多学界同仁。

七、重点、难点及创新之处

本研究拟解决的关键性问题,是中国古代艺术体系在19世纪末20世纪初引进西方现代艺术体系后朝着现代形态转型，逐步形成中国现代的艺术体系，这种中国的现代艺术体系，到了20世纪下半叶特别是进入21世纪以来的当代社会，在新技术新媒体高速发展的特殊历史语境下，中国现代艺术体系是怎样发展、建构为"当代中国的艺术体系"的？这种"当代中国的艺术体系"，比之中国现代艺术体系，发生了哪些具体、实际的发展与变革？出现了哪些新的艺术家族与艺术类别？艺术世界的结构、艺术领域的格局发生了怎样的重构？应该如何归纳、总结、概括这种"当代中国的艺术体系"？

本研究需解决的重点问题有：中国古代艺术体系的基本构成与其民族特性；西方现代艺术体系的形成及其特性；西方现代艺术体系在中国近代"西学东渐"大潮中被引入中国的过程；这种引进对于促进中国古典艺术体系向现代艺术体系转型所产生的影响；美学家、艺术理论家对于中国现代艺术体系的理论总结成果；中国现代艺术体系向当代中国艺术体系的演进；对于当代中国艺术体系的归纳、总结、概括；当代中国艺术体系中最为重要的层次或核心的层次即基本的艺术门类层次应概括为多少种艺术，它们由哪些具体的艺术种类所构成？这些艺术的基本门类可以概括为哪些更宏观的、更大的艺术类别即艺术家族？划分的依据、划分的意义如何？在概括艺术家族时，我们为什么摒弃以往人们常用的一些艺术分类概念和分类模式如"综合艺术""实用艺术"，而大胆地提出诸如"映像艺术"的分类概念？其学理根据、创新价值何在？在艺术的基本门类研究的基础上，向下一个层次拓展，应如何概括艺术基本门类次一级的各门艺术的内部构成体系？其意义何在？等等。

本研究的难点在于：如何准确地、完整地、系统地概括当代中国的艺术体系？它与近代中国艺术体系相比，发生了哪些实质性的发展、变化？与中国古典艺术体系相比，有哪些继承关系？与西方现代艺术体系相比，受到了哪些影响，又发生了怎样的变异？

提炼这些问题的理由，第一是艺术基础理论研究中有关"艺术的体系"研究学术传统、学术范式应用于中国当代特殊文化历史语境的必然产物。艺术理论中对于艺术的体系的研究，不能仅限于对西方艺术体系的研究，也不能停留于对中国古代艺术体系的研究和现代艺术体系的研究，还必须立足于当下中国的艺术现实，概括中国当代的艺术体系。第二是考察、了解、认识中国当代艺术现实的迫切需要，是了解文化国情、艺术国情的重要内容。当代中国的艺术国情，可以从许多不同的层面和维度去考察、认识。但是，当代中国艺术在基本艺术门类上的体系构成、在艺术家族体系上的新的建构、在艺术基本门类下面一个层次上各艺术门类内部的类别构成等，将成为了解、认识当代中国艺术现实的基础性工作，也将成为重要的抓手。提炼这些问题的依据，主要在于艺术的自下而上的自然分类体系所必然具有的两大基本规定，即时代性的规定与民族性的规定。这两大规定，必然引导本研究既要聚集于"中国的"艺术体系，又要进一步聚集于"当代中国的"艺术体系。

本研究在问题选择上，突出了在艺术体系研究这一学术范式下，如何对"当代的""中国的"艺术体系进行自下而上的归纳，总结这种问题意识。这就使本研究是在有关艺术体系的研究这一共同理论范式下展开的研究，但本研究既不同于对于西方现代艺术体系的研究，也不同于对中国传统艺术体系的研究，甚至与以往有关中国现代艺术体系的探讨所产生的研究成果也有显著的区别。本研究特别注重我们所置身其中的"当代"的特殊历史语境在社会、经济、文化、科学技术上所发生的历史变革以及它给艺术领域所带来的深刻变革，它给艺术的类别、艺术的结构、艺术的体系所带来的深刻影响和显著的变化。这种在与多维的历史的与空间的参照系的对比中凸显研究对象在时间维度与空间维度上独一无二性的追求，便是本研究最大的原创意义。由于研究对象的独特性，研究目标的明晰性，研究领域的拓展，学术资源、理论依据的丰富性，本研究在学术观点上会产生许多原创性的新理论、新范畴、新观点，诸如"当代中国艺术体系"的学术命题、"艺术家族"的范畴及其理论概括、"映像艺术"家族的提出与理论概括、按照艺术的发生学上的亲缘关系将摄影艺术等艺术样式重新定位等。在研究方法上，以发生学的亲缘关系、自下而上的归纳的、实证的研究方法为核心，综合运用历史学、比较学、文献学、媒介学、跨学科等研究方法，形成真正符合研究对象需要的方法论结构。在文献资料方面，除了充分运用国内有关艺术的古代典籍、近代以来有关艺术的研究著述以外，根据参加本研究的学者的知识结构，深入考察和挖掘国外相关领域的学术研究资料。重点是英语、法语、德语中有关艺术分类、艺术体系的研究资料，同时也注意搜集、挖掘俄语文献和日语文献中有益的参考资料，使本研究真正体现国际化的学术视野，积极汲取国外有关艺术体系研究的有益成果的学术养分，站在相关领域研究的国际学术前沿，努力对以往一些研究成果做出积极的扬弃和有效的超越。由于我们的研究对象本身是具有鲜明中国特色的当代中国的艺术体系，这种研究对象的本土性、民族性，以及研究主体的学术自觉，必然使我们的研究注重在艺术理论中国话语的建构上做出我们的探索与贡献。

在具体论述中，本研究提出一些不同于人们日常见解的创新观点，探讨一些崭新的艺术种类现象，对一些有争议的问题明确提出自己的看法。比如，在以往的艺术体系研究中，往往从艺术功能上的纯艺术与实用艺术的区别上，在艺术世界中划分出"实用艺术"或"实用工艺"这样一种艺术类型。本研究根据每一种艺术样式均不可避免地存在着纯艺术与实用艺术以及二者相互结合的艺术现象，以及后现代社会日益打破、消除审美与实用、单功用艺术与复功用艺术之间的界限，从而摒弃了这种分类框架。再如，过去一般把摄影艺术作为美术或造型艺术中的一种来对待。本研究则从艺术的"亲缘关系"和"家族相似性"的原理，从艺术的生产过程、展示方式、感知方式及媒体特征等方面综合考虑，将其纳入"映像艺术"家族，甚至把它看作映像艺术的源头，作为之后的电影艺术、电视艺术、计算机艺术、多媒体艺术等的技术与媒介的起始点来看待，认为只有这样才能真正解释清楚摄影艺术的本质特征、艺术构成原理及与其他艺术之间历史的与逻辑的关联，而不应仅仅从感知方式这单一标准从表面上将它列入造型艺术家族。

余　　论

在上述论纲式的讨论中，我们不仅阐明了当代中国艺术体系研究的对象、内容、目的、意义及价值等，还以相当的篇幅就当代中国艺术体系的知识来源进行梳理，就中国艺术体系的基本架构选取示例，就其与文学、美术的纠葛关系以及相关问题进行了清理。在这篇"论纲"的最后，我想稍用一点篇幅，总结一下我们的课题在具体实施的几年间，我们自觉地、有意识地对于一种特殊的研究范式的探索与实践。这样一种研究范式，就是在一般与特殊之间打破壁垒，架起彩桥，形成一种对研究对象即当代中国艺术体系更加富有成效的研究方法，简明地说，就是让一般艺术理论的研究与具体艺术门类的研究直接沟通、对话、交流，从而达到一加一大于二的效果。

在艺术学研究中，我们往往会遇到一个很大的困惑，这一困惑对于我们的影响还比较广泛、深远。我要讨论的一个问题，就是多年来一直困扰着我们艺术学理论学科的一种普遍性问题。这就是一般艺术理论、一般艺术学与个别艺术门类理论、特殊艺术学的关系问题。在这个问题上，出现了关于艺术学理论的路径应该是由个别上升到一般，还是由一般沉降到个别、或曰将一般与个别相结合、拿个别（这里的个别可能是复数的而不一定是单数的）作为例证来验证一般这样两种明显不同的研究取向。这两条路径各自的优劣长短不是我今天要讨论的问题，我讨论的重点在于我们的实践探索所形成的一种比较独特的、颇见成效的研究范式。这种研究范式，就是试图搭建一个舞台，努力在艺术世界的一般与特殊（个别）、整体与局部这两级之间，打破人为的壁垒，架设起跨越横亘在二者之间的彩桥，让我们的艺术研究获得一种新的视界的融合、认知的深化与升华。

这样一种研究范式，就是以我们这个重大课题的申报、推进、完成为契机，组织系列学术论坛，直接将从事一般艺术理论、一般美学研究的学者，与各特殊艺术门类的史论学者组织在一起，进行直接的对话、沟通、交流。目前，我们课题组已经组织了这样几次论坛：一次是"文学与中国现代艺术体系"高端学术论坛，一次是"摄影艺术与现代艺术体系"高端学术论坛，还有一次是"戏剧、戏曲艺术与中国现代艺术体系"高端学术论坛。在我们的计划中，最近这几年，还将围绕中国现代艺术体系中其他一些主要的、基本的艺术门类与中国现代艺术体系的整体关系问题，依次组织相关论坛进行深入研讨。从已经成功举办的几次论坛来看，我们的研究取得了超出预期的效果。

有时，我认为不一定都去自己组织这样的论坛和研讨，而是通过其他形式或途径，也可以达到同样的打破壁垒、架设彩桥的目的。比如，我几年前应北京电影学院的邀请，在其"艺术学论坛"上做过"电影艺术与现代艺术体系"的大会主旨发言；也在中国曲艺家协会举办的论坛上做过"曲艺艺术与中国现代艺术体系"的学术演讲；等等。这在一定程度上，也达到了在一般与特殊、整体与局部之间打破壁垒、架设彩桥的目的。而且，我认为，有一些从事具体的、特殊的艺术门类的研究的史论学者、一些论坛和研讨会的组织者，他们有一种胸怀和自觉，就是要"出圈"，要跳出个别艺术门类的孤立封闭的小天地，实现个别门类艺术的研究与一般艺术理论研究这两个阵营的直接、充分地对话、沟通、交流。在我的印象中，北京电影学院近几年的艺术学论坛就邀请了不少我们艺术学理论领域的学者，有王一川、彭锋、夏燕靖等专家。中国曲艺家协会的论坛除了邀请我参加之外，也邀请过仲呈祥等著名艺术学理论专家。

当然，作为个体研究者，也总是要努力实现从个别到一般、再从一般到个别之间的无限往复运动，从而实现一般与个别的有机统一、高度协和。但这样一种一般与个别的交融，与我们所说的从事艺术学理论研究的学者与从事个别艺术门类研究的学者的直接对话、沟通与交流，仍然是有区别的。一般而言，就对于某一个别艺术门类的了解之深入、具体、准确等来看，从事个别艺术门类研究的专家，诸如音乐学者、舞蹈学者、书法史论研究者，对于其各自领域的研究，可谓"术业有专攻"，往往是我们从事艺术学理论研究的学者难以望其项背的。同样，从事一般艺术学研究的学者对于艺术一般原理的掌握、对于艺术世界整体结构的把握，其宏观的视野与理论抽象、概括的能力等也往往有自身的优势。与此同时我们也不得不承认，他们各自的优长之处，可能也恰恰体现了他们各自的薄弱之处。如果我们能够通过一种有效的机制或形式，让这两个阵营的专家坐在一起，直接地、充分地切磋交流，各自扬己所长、抑己所短，取他人之所长、避他人之所短，庶几可以使我们的研究提高效率，提升水平。

另外，这样一种研究范式，也不同于那些在同一层次上的所谓跨学科、跨门类、跨领域、跨媒介的研究以及比较研究。当然这样的研究也是一种基本的、重要的研究范式，而且是我们当下很热衷很重视的一种研究范式。我对这种研究范式也一直持一种赞成、倡导与促进的态度。本文想指出的是，现在探索的这种研究范式，是个别与一般这两个不同逻辑层面、不同存在层面之间的直接沟通交流。这种研究范式显然具有其独有的价值与效能。

我的基本观点是：一方面，从事艺术学理论研究也就是一般艺术学研究的学者，应主动积极地邀请各个别艺术门类的史论学者交流沟通对话；另一方面，各艺术门类的史论学者，也能够更为积极、自觉地与艺术学理论界加强沟通、交流、对话，形成一种良性的互动关系。探索这种对话交流的规律、机制、形式，概括、总结这种研究范式的合理性、必要性、重要性。对于这两个阵营，最应该提倡的是经常自觉地反省自己的研究对象、研究方式之不足，从对方的研究对象、研究方式中汲取合理成分；而最要不得的恐怕是如下两种态度：一是画地为牢，自我封闭，自说自话，闭目塞耳；二是盲目自信，唯我独尊，轻视同道，不求新知。

此外，需要说明的一点是：我们所探索、实践的上述这种研究范式，是从本研究的需要出发，为本研究服务，而不是让我们的研究对象、研究任务为某种方法服务，为某种研究的范式提供例证与验证。应该说，方法与对象二者的关系，也是经常困扰着研究者的一个老话题。主张方法论至上的人，会让对象服从于方法，为方法提供例证与验证。而我们则反其道而行之，围绕对象的需要、研究的目标选择乃至探索、实践适用的方法与范式。我们上文所总结的这种研究范式，以及本研究所选择、运用的其他研究方法、路径，莫不是遵循着同样的原则。在此不一一赘述。

甲辰冬月廿一（冬至）于深圳南山大通堂

参考文献：

1. 卡冈.艺术形态学［M］.凌继尧，等，译.北京：生活·读书·新知三联书店，1986.

2. 克里斯特勒.艺术的近代体系［M］∥范景中，曹意强.美术史与观念史Ⅱ.南京：南京师范大学出版社，2003.

3. 李心峰.当代中国艺术体系与中国艺术学三大体系建构［J］.艺术学研究，2023（5）.

4. 李心峰.美术与中国现代艺术体系［J］.美术大观，2021（12）.

5. 李心峰.试论文学与现代艺术体系［J］.艺术学研究，2022，2（2）.

6. 李心峰.艺术类型学［M］.北京：文化艺术出版社，1998.

7. 张月.“演出艺术”“舞台艺术”“表演艺术”：中国艺术体系中的类型概念辨析［J］.艺术学研究，2023（5）.

【本篇编辑：谢纳】

在新的历史起点上构建中国
自主的当代艺术体系[①]

陈岸瑛

摘　要： 在中国式现代化更高的发展阶段上回望百年历史，有助于突破"西学东渐"过程中形成的带有时代局限性的艺术观念，从而在新的历史起点上建构中国自主的当代艺术话语体系。在理论上有必要建立一种超越"古今之争"的艺术本体论，既可认知古代艺术，也可评价当代艺术；在实践中可通过传承发展非物质文化遗产，活态地复兴中国传统艺术体系，使之与辉煌的中国古代艺术史无缝对接；同时打破学科专业界限，使艺术走出学院，走出"白立方"，在社会生活中形成活态、自然的聚集。在此基础上，可逐渐形成中国自主的当代艺术实践及对世界有贡献的当代艺术话语体系。

关键词： 艺术学　当代艺术　中国式现代化　现代性　文化主体性

作者简介： 陈岸瑛，男，1977年生，哲学博士，清华大学美术学院系主任、教授、博士生导师。主要从事艺术社会学、艺术理论和艺术史的研究，尤其关注艺术与文化实践的互动及艺术的社会功能。著《艺术概论》《工艺当随时代——传统工艺振兴案例研究》等。

Building an Independent Contemporary Art System in China at a New Historical Starting Point

Chen Anying

Abstract: Looking back on a hundred years of history at a higher stage of development of Chinese-style modernization will help to break through the art conceptions with the limitations

---

① 本文系2023年度马克思主义理论研究和建设工程委托项目"全面建设社会主义现代化国家与推进文化自信自强研究"（项目批准号：2023MYB012）阶段性成果。

of the times formed during the process of 'learning from West', so as to construct China's own contemporary art discourse system at a new historical starting point. Theoretically, it is necessary to establish an ontology of art that transcends the 'ancient and modern controversy', so that both ancient art and contemporary art can be evaluated; In practice, the transmission and development of intangible cultural heritage can help to revitalize the traditional Chinese art system in a living manner, so that it can be seamlessly integrated with the glorious ancient Chinese art history; at the same time, try to break the boundaries of disciplines and specialties, and encourage the arts going out of the academy, out of the "white cube", so that form a living, natural gathering in the social life. On this basis, China's own contemporary art practice and discourse that contributes to the world can be gradually formed.

Keywords: art studies　contemporary art　Chinese-style modernization　modernity　cultural subjectivity

习近平总书记在文化传承发展座谈会上指出，文化自信来自文化主体性，而这一文化主体性是"中国共产党带领中国人民在中国大地上建立起来的；是在创造性转化、创新性发展中华优秀传统文化，继承革命文化，发展社会主义先进文化的基础上，借鉴吸收人类一切优秀文明成果的基础上建立起来的；是通过把马克思主义基本原理同中国具体实际、同中华优秀传统文化相结合建立起来的"①。

中国自主的当代艺术体系是以这一现代文化主体性为基础的。这意味着，无论我们有多么悠久的艺术创作和评论传统，都有必要经历一次或多次现代性转化，以此匹配与时俱进的现代化和现代生活形态；无论西方艺术现代化取得了多么丰富的创作和理论成就，都有必要和中国具体实际相结合，与本土实践相结合，才能为我所鉴、为我所用。

新文化运动以来的中国现代艺术实践已充分表明食古不化和食洋不化均非艺术发展之正途，但不同历史阶段的认知难免有这样或那样的局限性，对何谓食古不化、食洋不化的认知也因人而异。在中国式现代化发展到较高阶段的今天，有必要站在一个新的历史起点上，对现代化不同阶段产生并流传至今的现代艺术观念进行反省，突破其历史局限性，建构新的理论体系和话语体系，开辟中国当代

---

① 习近平.在文化传承发展座谈会上的讲话［J］.求是，2023（17）：9.

艺术实践的新领域。

一、从中国式现代化视角重审艺术现代化与"西学东渐"

西方艺术现代化形成的知识和话语系统，可粗略分为古典、现代和当代三大体系。在欧洲各国，这三大体系出现的先后次序与社会历史进程基本上是一致的。

古典艺术缘起于文艺复兴，兴盛于18世纪启蒙时代，衰落于19世纪下半叶，它是在欧洲封建社会解体、资产阶级走上历史舞台过程中诞生的一套精英化、理性化的现代艺术体系。19世纪上半叶，古典艺术分化出浪漫主义和现实主义两种艺术思潮，二者都是对都市现代性的某种早期回应。

19世纪下半叶，加剧演进的都市现代化催生了反古典、反传统的现代主义艺术思潮。现代主义艺术运动在巴黎、米兰、慕尼黑、柏林、维也纳、圣彼得堡、莫斯科等现代都市此起彼伏，编织成一张国际化的网络，在第一次世界大战后达到高潮，产生了诸多载入史册的群体、流派和作品。

第二次世界大战后，在走向丰裕的西方消费社会中，现代主义艺术在一次次的自我否定中走向当代，在融入画廊、拍卖行、艺博会、双年展等现代艺术体制的同时，也出现了各种反体制的社会性艺术。

上述这些艺术思潮都能在其原生环境中找到必然如此的原因和理由。它们是工业化、城市化的阶段性产物，是不同阶段、不同层面的现代化在艺术实践中的凝聚和升华。

在后发现代化国家，上述三种艺术体系是舶来的、横向移植的，也是时空错乱的。在跨文化传播的过程中，无论是古典、现代还是当代艺术体系，其历史脉络和原生逻辑都不再有效，而是在新的社会情境中被误读、挪用和再创造。例如，在20世纪初的新文化运动中，西方古典和现代艺术体系几乎同时传入中国，二者对于彼时的中国艺术界来说都是新颖的。从"美术革命"到"二徐（徐悲鸿、徐志摩）之争"，争论双方一方面在讨论要哪种"西方"，另一方面也在讨论要哪种"传统"，例如要"写意"还是要"写实"的艺术传统。但是，对中国艺术传统的这些界定，更多是用以讹传讹的西方话语切割中国艺术传统的结果。相对而言，西方现代派的拥护者对于传统是更为友好的，西方古典派的拥护者对于传统来说是更具颠覆性的，但二者均未建立全面认知中国艺术传统的理论框架。

改革开放以来，西方现代主义艺术再次随西方当代艺术一起传入中国，并被笼统地命名为新潮、前卫和实验艺术。20世纪以来，随着中外文化交流和学术研究的深入，人们才逐渐分清现代与当代，并对古典艺术有了更全面的认知。如康有为、陈独秀、徐悲鸿等"古典派"代表人物所见，西方古典艺术的确是和"科学"相关的，但古典艺术的科学性并不简单地等同于眼手心合一的素描训练，而是隐含着一条从透视、暗箱到摄影、电影和数字影像的媒介技术变革之路。然而在"美术革命"的年代，人们尚无这种先见之明。很长一段时间以来，透视、解剖、色彩被视为"先进""科学"的原理，但只是被学院派用于指导手工绘画和雕塑创作，它们与那些被学院派轻视的传统书画和手工艺一样，都是身体性、经验性的，并没有体现出"先进"与"科学"的特性。如此这般的"美术革命"是令人生疑的。

在商品房、私家车大规模出现在日常生活中之前，中国艺术界中的"现代派"更多从形式自律、个性表达等角度去解读西方现代主义艺术，并倾向于将它们与游戏笔墨的文人艺术相联系。但是，西方现代主义艺术更多是与工业化特别是与城市化进程相关的艺术形态，诞生于有轨电车、轿车、地铁、写字楼、拱廊街和百货商场的现代都市环境。在马克思、恩格斯生活的年代，现代主义艺术虽未成型，但工业化导致的城市病已在伦敦、巴黎等大城市显现，狄更斯、巴尔扎克、雨果等继承了古典传统的现实主义或浪漫主义作家，均对都市现代化进行了敏锐的观察和批判。如今我们才发现，以往那些被贴上现实主义、浪漫主义标签的欧洲艺术思潮，其实是可以与现代主义纳入同一个都市现代化进程加以考察的。而未充分经历都市现代化进程的学者很难产生这种视角，因此也难以理解从巴尔扎克到印象派的艺术社会发展史，难以真正读懂从本雅明到T.J.克拉克的19世纪巴黎研究。

现代化包括经济、政治、社会、文化和日常生活等不同层面，一般来说，日常生活的现代化是最晚到来的现代化。日常生活现代化在文化上的表征，是艺术的大众化与日常生活的审美化，以及与此相抗衡的艺术介入与日常生活革命。20世纪90年代末以来，日常生活现代化、审美化对中国人来说不再陌生，甚至1968年前后流行于巴黎的日常生活革命理论也不再显得那么难以索解。密涅瓦的猫头鹰总在黄昏时起飞。在历史发展的更高阶段上，我们终于有条件更好地理解来时之路。

站在现代化发展的更高阶段上回望中西方艺术现代化之路，曾经陌生的东西将变得熟悉，曾经熟悉的东西将变得陌生，由此产生一种新的自我理解。这种理解是更客观、更深刻也更自信的，不仅是对舶来知识的一次重新清点，也是对"中西古今土洋"这一经典问题的再度思考。如此才能放下包袱，轻装前进，在现代化新征程中孕育扎根中国大地的当代艺术体系。

二、建构超越古今中西之争的艺术本体论

相对于漫长的人类文明史，现代化不过是一瞬。仅仅对现代化的历史进行反思，尚不足以弥合传统与现代之间的断裂。唯有建构一种超越"古今之争"的艺术本体论，才可能建立一种"长时段"的艺术学理论，由此既能认识和评价当代艺术，也能认识和评价古代艺术，在漫长的人类文明史中探寻艺术发生、发展的规律。

从马克思主义视角来看，与一般社会生产类似，艺术生产也是由生产、分配和接受三个环节构成的。马克思很早就注意到艺术生产从一般劳动生产中独立出来的过程。这种"独立"并不是指艺术与社会切断联系，而是指在社会子系统中形成一套专业化的艺术体制：专业院校分门别类地培养专业创作人才，其作品通过剧院、音乐厅、美术馆、画廊、拍卖行、唱片公司、出版社等专业机构分配给公众和消费者。在这套专业分工体系中，生产、分配和接受三个环节有着清晰的区分，尤其是分配环节变得更为专业化、职业化了。分配环节的独立，是现代艺术体系形成的一个重要标志。

现代艺术体制以一种不同于中世纪行会的新标准对艺术进行分类，这种新分类体系在18世纪的欧洲被命名为"美的艺术"（Beaux-Arts），包括音乐、诗、绘画、雕塑、舞蹈等艺术门类，是"以使人愉悦为首要目标的艺术"。[①]在康德之后，越来越多的人开始用审美——无关利害的个人好恶，超脱功利的快感——来看待和评判艺术，到了19世纪，更是形成了一种关于艺术的神话：艺术活动是天才式的个人创造，其成果是具有独创性的艺术作品，接受艺术作品的最佳方式是无关利害的审美观照。

这种现代审美观念将主观化的个体意识视为艺术创造的核心，将现实中复杂的艺术生产简化为"艺术家—作品—欣赏者"的单线传递，对艺术分配环节及艺术管理因素视而不见，还将错综复杂的艺术接受和消费简化为某种神秘的心理过程。20世纪初，这套话语传入中国后迅速与传统文人艺术观念相结合，产生了一种延续至今的审美话语体系，如直觉、想象、审美、意境、意象、写意。然而，这套审美话语既遮蔽了传统，也遮蔽了现代，使人们无法看清文人艺术所具有的超前的"现代性"，更无法认知造成这一特殊现象的社会原因。实际上，就个体创作、审美欣赏这两点而言，前现代时期的中国文人艺术与走向现代的西方"美的艺术"具有高度可比性，二者之间并不是简单的传统与现代的关系，而是不同程度、不同类型的"艺术现代性"之间的关系。

然而，以"个体创作、审美欣赏"为基础的艺术理论，难以解释以集体生产为基础的艺术类型，如古代的宗教艺术、民间艺术、现代的大众流行文化。甚至，当这种理论用于解释中国古代文人艺术或欧洲古典艺术时，也会产生诸多盲点。例如，文人艺术同样涉及集体性的分工协作，若无工匠精心制作的笔墨纸砚，文人的书画创作从何谈起？再如，误以为文人艺术仅仅指文人亲自参与创作的艺术。其实，文人艺术既包括文人创作的艺术，也包括为文人服务的匠技艺术，还包括模仿文人艺术效果的宫廷、宗教和民间艺术。只有将更广阔的物质生产和社会交往活动纳入文人艺术研究，才可能揭示文人艺术更完整的面貌。唯有

[①] 夏尔·巴托.归结为同一原理的美的艺术［M］.高冀，译.北京：商务印书馆，2022：13.

看清这一全貌，才能更好地比较中国文人艺术与西方美术的异同。唯有辨明这一异同，才能认清"美术革命""中国画改造"等命题究竟建立在什么样的前提假设下，并意识到这些前提假设的历史局限性。

一旦摆脱了个体创作和审美欣赏这两个美学假定，一幅更为广阔的艺术图景便展现在我们面前，由此建立的艺术本体论有望超越中国式现代化进程中的"古今中西之争"，更为有效地解释古往今来不同类型的艺术现象。这种融通古今的艺术本体论与马克思主义基本原理高度契合，与同样带有社会批判视角的艺术社会史研究方法和当代艺术批评话语殊途同归。

与后两者略有不同的是，艺术本体论涉及更多"本体"问题，如艺术定义和艺术分类等基础性问题。新的艺术定义，将从生产—分配—接受三个环节全景式地把握艺术现象。新的艺术分类将突破现有的学科专业分类，关注艺术在社会中自然形成的聚散离合状态；对不同艺术类型的划分，将不再固守时间艺术、空间艺术、语言艺术、视觉艺术、听觉艺术、综合艺术等传统的分类方式，而是从问题出发，找到更具实质意义的艺术分类方式，如从造物艺术和表意艺术的区分出发，重新界定材料、工艺、媒介、内容、形式、功能等基层概念，阐释以往忽视的艺术现象，揭示具有普遍意义的艺术底层逻辑。只有将这些基础性、本体性问题解决好，把思想地基打好，才可能完成站位更高、视野更广阔的当代艺术实践和理论思考。

三、继承、激活中华优秀艺术传统

新文化运动以来，新的艺术观念往往是从新式学堂中产生并向社会扩散的。因此，老一辈艺术家和理论家往往也是艺术教育家。这是特定的历史环境使然。除了艺术院校教育，美术馆、音乐厅等分配环节的现代艺术体制也是从西方引入的。在此过程中，受关注的不再是在历史和生活中自然形成的传统艺术聚集，而是在新式学堂、美术馆、音乐厅、剧院等现代艺术体制中聚集的"新艺术"，亦即横向移植的西方艺术体系。

　　人们往往只记得用这些"新艺术"去反映生活、介入生活，却忽视了生活中固有的艺术形式，即便对它们有所关注，也仅仅将它们当作已终结的艺术传统或边缘化的民间艺术现象来看待。然而，这注定只会是一种阶段性的历史现象。传统与现代并不必然是割裂的，新艺术也并不必然全盘取代旧艺术。"中国式现代化是赓续古老文明的现代化，而不是消灭古老文明的现代化；是从中华大地长出来的现代化，不是照搬照抄其他国家的现代化；是文明更新的结果，不是文明断裂的产物。"①在新时代文化建设中，有必要重建文化自信，激活、赓续一度被中断或边缘化的中国艺术传统。

　　21世纪以来建立的中国非物质文化遗产保护体系，将非物质文化遗产分为十大类。这十大类多数为中国传统的艺术活动，如民间文学、传统音乐、传统舞蹈、传统戏剧、曲艺、传统美术、传统技艺、传统体育、游艺与杂技。虽然这些门类划分方式还受到西学东渐以来学院派艺术分类的影响，但就其整体而言，可谓迄今为止对中国艺术传统最完整的一次集成。更为重要的是，这些艺术传统是活态的，并以当代人的当代实践为基础。这些艺术是在不断适应新的自然环境和社会环境过程中活态传承与发展的艺术，是活在当下的艺术，因而也成为中国当代艺术的有机组成部分。

　　我们一度习惯于将传统文化视为博物馆和故纸堆中的文化，只能原汁原味、原封不动地保存和研究。非物质文化遗产概念的引入提示我们，在一个现代社会中，前现代时期产生的传统文化仍然有可能以活态的方式存在，与时俱进，不断革新。不仅如此，甚至那些历史久远的文物和典籍，也有可能通过创造性的当代实践"活"在当下。只要方法得当，就能"让收藏在禁宫里的文物、陈列在广阔大地上的遗产、书写在古籍里的文字都活起来"②。

　　让文物和典籍"活"起来的现代科技手段有很多，从虚拟现实、增强现实到数字分身和元宇宙，不一而足。然而，更为重要的是如何让作为"过去完成时"的文物、典籍与作为"现在进行时"的非物质文化遗产无缝对接、融古通今、继

---

① 习近平.在文化传承发展座谈会上的讲话［J］.求是，2023（17）：9.
② 习近平.加强文化遗产保护传承弘扬中华优秀传统文化［J］.求是，2024（8）：6.

往开来。事实上，在不少非物质文化遗产聚集区，如在景德镇、龙泉等陶瓷产区，历史遗存与当代实践交相辉映。人们可以到古河道、古窑址体验人与自然的和谐共生，到大师工坊见证传统工艺的传承与再创造；也可以到艺术市集感受年轻人的创意，到美术馆感受形态各异的当代艺术。在古代专制和等级制度下，人民主体性受到了诸多抑制，艺人群体更是不得自由。在人人平等、走向共同富裕的市场经济条件下，多数传统艺术会比古代发展得更好、更繁荣。例如，当代景德镇陶瓷产区无论是在产业规模还是在艺术的创造性、丰富性上，均已超过古代最繁荣的时期。

非物质文化遗产集中的区域，一般来说是钟灵毓秀、文化积淀深厚的区域。巴蜀文化、荆楚文化、吴文化、越文化、徽文化、岭南文化等历史上形成的文化区，无不具有独特的自然风光、丰富的历史遗存和流传千古的诗篇。在这些特色文化区域，多数非物质文化遗产项目都与当地的地理环境和历史传统密切相关。就非物质文化遗产传承而言，只有更紧密地建立与地方自然、历史、文化传统的关联，非物质文化遗产项目才能具有更好的发展前景。反过来，一个地区的非物质文化遗产发展越有生命力，该地区的历史文化传统越能直观、真实、生动地在当下展现。

长期以来，在复兴和重建中国传统艺术话语体系上，人们常常习惯于"言必称先秦"，从两千多年前的先秦典籍出发来构造当代艺术品评理论。这种做法无疑是缺乏历史感且过于书卷气的。且不说鸦片战争以来的三千年未有之大变局，单论周秦之变，就是中国历史上一次翻天覆地的大变化。秦汉之后的中国艺术，是按照先秦诸子的学说所发展，还是在不断适应新的社会环境过程中形成新的传统？广而言之，任何一种传统的延续和发展，都是在社会实践中的延续和发展，而不是在书斋中臆想出来的"心传"。以当下活态演变的非物质文化遗产传承为切入点的传统艺术复兴路径，无疑是更具实践性和现实意义的。

考古发掘和古代艺术史研究为传统艺术在当代的创造性转化提供了坚实的知识基础，但单凭这些尚不足以修复断裂的艺术传统，打通古今艺术的任督二脉。唯有以非物质文化遗产当代传承发展为切入点，将古与今在当代实践中衔接起来，才可能在实质上跨越现代性鸿沟，在实践中续写中华艺术发展史。这一实践不是复古和倒退，与此相反，它是立足当代，放眼未来的。通过这一实践，中国传统艺术将摆脱古代专制社会和现代化初始阶段的种种不自由和不得已，在现代化更高发展阶段上获得一次自由、自主的重生。唯其如此，中国艺术传统才可能"活着"进入当代，创造新的可能和新的传统。以此为血脉的中国当代艺术才是自主的而不是移植的，才可能真正对世界有所贡献。

四、回归生活、走向广阔社会天地的艺术

"艺术源于生活"是俄国唯物主义哲学家、文学评论家、作家车尔尼雪夫斯基在《艺术对现实的审美关系》一书中提出的艺术创作观点。在新的时代条件下，艺术将更好地融入生活，成为生活的艺术和艺术的生活。不同的艺术门类将不再固守学科专业边界，而是走出学院、展厅和剧院，走向广阔的社会天地，在社会空间中形成千姿百态的聚集，形成富于历史感和地域特色的美好生活样式。

如前所述，非物质文化遗产是在院校外、社会中生长的文化形态。这种活的艺术，使生活更有味道，更具魅力。近年来，不少艺术院校秉持"把论文写在祖国大地上"的精神，积极参与非物质文化遗产保护、艺术乡建、城市更新和社区文化服务。在此过程中，艺术走出院校，走出美术馆、剧院和音乐厅等"白立方"，在广阔天地中汲取能量、迸发活力。

毋庸讳言，院校艺术有相当一部分是在百年现代化进程中引进的"外来物种"，也有一部分是在特定历史条件下被改造的中国传统艺术，如国画、工艺美术、民族音乐、民族舞蹈。这些学院中的艺术，在学科化、专业化过程中，难免沾染一些不谙世事的"学院腔"。如今，它们纷纷走出学院高墙，成为社会的艺术、生活的艺术，在城市更新、乡村振兴中发挥积极作用。

改革开放以来，公共艺术专业在中国高校蓬勃发展。最初的公共艺术创作，仍然是以艺术家和作品为中心的创作。例如，将艺术家创作的雕塑直接搬运到广场和公园，不考虑其内容形式是否与当地环境协调，也不考虑是否与地方文脉和

百姓需求相关。近年来，公共艺术创作呈现出以人民为中心的趋向，更多采取一种在地创作的方式，也即根据特定空间、特定人群构思和制作作品，如各类大地艺术节中的装置作品。也有一些艺术家突破了以作品为中心的创作模式，如在羊磴艺术计划[1]中，组织当地民众开展带有艺术性、公共性的活动，并不留下有形的艺术作品。在这些艺术乡建活动中，艺术发挥其情感沟通和社群认同功能，真正做到了以人民为中心。

当代中国的艺术分配机制由市场体系和公共文化服务体系两部分构成。这两部分都需要在满足人民群众日益增长的美好生活需求过程中不断推陈出新、与时俱进。在此过程中，原国有院团、画院等文化事业单位在文化体制改革中不断提升其公共服务效能。总的来说，一方面是艺术产品的品质提升，另一方面是艺术服务的可及性提升。在公共文化服务体系中，如何"打通最后 公里"是一个重要而紧迫的问题。近年来，艺术进社区、乡村美术馆建设等实践形式，极大地提升了艺术的可及性。

从一个更宏观的层面来看，艺术"可及性"归根结底取决于能否打破艺术与生活的区隔。一种真正的文化繁荣状态，应该是艺术扎根生活，为衣食住行、节庆和公共空间增光添彩。如德国哲学家加达默尔所见，"审美区分"（ästhetische unterscheidung）这一现代观念加剧了艺术与生活的区隔，站在"面向事情本身"的现象学视角来看，那些为审美体验所撇开的目的、作用、内容意义等非审美性要素恰好更能体现艺术与生活的现实关联。以建筑为例，一幢成功的建筑在满足实用目的、解决"建筑任务"的过程中，"给市容或自然景致增添了新的光彩"。[2]

加达默尔描述的这种艺术与生活的无间状态，多见于欧洲历史文化名城，自古延续至今。然而，艺术与生活的无间状态，在中国古代更为常见。例如，在山

---

[1] 四川美术学院在贵州羊磴镇实施的公共艺术计划，旨在通过艺术激活乡村社区，促进当地文化的发展。

[2] 汉斯-格奥尔格·加达默尔.真理与方法：哲学诠释学的基本特性：上卷［M］.洪汉鼎，译.上海：上海译文出版社，1999：109，204.

水艺术中，整个自然被转化为如诗如画的山水，如潇湘八景、西湖十景，这一山水又通过亭台楼阁、建筑装饰、园林、花鸟虫鱼、文房清供、诗书画印、古琴昆曲等不同艺术形式得以展现。这既是一种跨媒介的大型主题创作，也是一种艺术聚集现象，其最终的结果是生活世界与艺术世界达到完美融合。西方也有风景、风景画和园艺，但多为局部性的，很少像中国这样将整个自然转化为如诗如画的山水；西方的风景多从一个视点观赏，而中国的山水却能分出多个景别，移步换景，曲径通幽；中国的山水艺术具有至大无外、至小无内的特性，大到山川田园，小至盆景叠石，既可咫尺千里，也可芥子须弥，由此形成以大观小、以小观大的独特审美品格。

自古文人多雅集。雅集是文人雅士的聚集，也是多门类艺术的聚集。如果不仅考虑文人亲自参与的艺术活动，而且考虑为文人服务的各类匠伎艺术，如笔墨纸砚、文玩、叠石、盆景、昆曲，那么我们将看到文人艺术聚集的规模相当之大。以苏州为例，从文徵明到文震亨，一代代文人雅士、能工巧匠聚集于此，留下层层艺术积淀，整个空间环境和生活内容为艺术所浸润，形成一种延续至今的雅致的生活样式。对于苏州，人们以往只看到吴门画派、苏州园林等具体的艺术样式，却很少关注多门类艺术在这一地区形成的整体关联。这种视野上的局限性是需要我们在今天加以反省的。

与此类似，人们习惯于在一个狭窄的专业视域中讨论山水画的复兴问题，却没有认识到，复兴山水艺术是复兴山水画的前提。百年来，人们习惯于将绘画视为美术史的主体，甚至独尊某一类型的绘画，如架上绘画、卷轴画。殊不知绘画只是山水艺术跨媒介生成的一个环节，孤立地看待和放大这个环节，是只见树木不见森林。此外，山水艺术不仅涉及艺术创作，还涉及环境和生态。在此意义上，复兴山水艺术与建设山水中国是一个问题的两面，需要在实践中通盘考量。山水艺术的复兴离不开生态修复和环境保护；反过来，山水艺术也为山川田园注入了神气与灵韵。在历史文脉中建设美丽中国，在相当程度上是建设如诗如画的山水中国。在一个人人都有条件成为文人的现代社会中，寄情山水的需求正与日俱增。

结　　语

在现代化进程中，中国从西方横向移植了古典、现代和当代三大艺术话语体系。中国艺术传统在不同历史阶段和社会情境下与这三大话语体系相逢，产生了诸多"西体中用"的混合艺术形态。然而，站在现代化更高的发展阶段上，我们会发现自己对西方艺术缺乏足够的了解，对中国艺术不乏这样或那样的偏见。特定历史阶段上融合中西艺术的努力，既未能充分消化西方艺术，也未能给中国艺术传统创造足够的自由。为此，有必要在新的时代语境中反思这段历史，突破现代化初始阶段形成并流传至今的艺术观念，让中国艺术传统得以重生，在宽松的环境中自由生长。

在新的历史起点上建构中国自主的当代艺术话语体系，不是独尊中国、盲目排外，而是不断拓宽艺术视野，平等地看待古与今、中与西。不同历史阶段上形成的艺术话语，以各说各话、各行其是的方式并存于当代，彼此之间难以沟通。因而有必要探索建立一种超越古今中西的艺术本体论，在其概念地基上，既可以研究古代的艺术，也可以认知今天的艺术；既可以评价西方艺术，也可以衡量中国艺术，从而为当代艺术实践的开拓创新拓宽视野。

在新的历史起点上建构中国自主的当代艺术话语体系，不是复古泥古，而是传统的复兴与重生。单纯地研究古代艺术史，并不足以保障传统艺术在当代的赓续。言必称先秦，更是无济于事。非物质文化遗产在当代的活态传承发展，是中国艺术传统再生与更新的一个重要契机。以此为契机，可以将古代艺术史与当代艺术史在实践中衔接起来，续写中国艺术史的当代篇章。

中国艺术的当代发展，有必要打破百年来形成的学科和专业界限，在满足人民群众日益增长的美好生活需求中，在社会空间中形成千姿百态的艺术聚集，形成富于美感的生活样式。在中国古代艺术发展过程中，以山水审美为中心，形成了一种大尺度的跨媒介共创和艺术聚集现象，由此导致生活世界与艺术世界高度重合。这一独特的历史经验，为复兴中的中国艺术带来了一个美好愿景——与致力于走出"白立方"的西方当代艺术相比，中国当代艺术与中国艺术传统血脉相连，在打破艺术与生活的区隔方面有更深厚的传统和更多样化的手段。让古老的中国艺术在新的社会条件下自由生长、自主创造，不仅有助于形成中国特色，而且会对世界文明做出新的贡献。

参考文献：

1. 巴托，C.归结为同一原理的美的艺术［M］.高冀，译.北京：商务印书馆，2022.
2. 汉斯-格奥尔格·加达默尔.真理与方法：哲学诠释学的基本特性［M］.洪汉鼎，译.上海：上海译文出版社，1999.
3. 习近平.加强文化遗产保护传承弘扬中华优秀传统文化［J］.求是，2024（8）.
4. 习近平.在文化传承发展座谈会上的讲话［J］.求是，2023（17）.

【本篇编辑：周庆贵】

艺术学、美学的历史交织与互动

——兼论中国艺术学自主知识体系的构建①

孙晓霞

摘 要：艺术学与美学在学科生成的历史中不断交织与互动。首先，回顾艺术概念的发展历程可知，西方艺术学的学科历经了"技艺"主导、自由七艺主导、机械艺术知识化、现代艺术体系形成等阶段，美学与现代艺术体系在"摹仿美的自然"这一统一原则下建立迁接。其次，艺术学史的三次转型及其带来的艺术理论与实践方面的影响决定了艺术学的学科特性。再次，分析美学学科的特征，总结、反思、梳理艺术科学兴起的相关问题，阐明西方现代美学对艺术学科发展的重要意义和理论空隙。最后，当下中国艺术学自主知识体系的建构需要将西方艺术学与美学的发展历史作为参照，立足本土美学与传统艺术理论资源，突破单一审美标尺的束缚，建立更包容、多元的中国艺术学自主知识体系。

关键词：艺术学与美学 互动关系 历史转型 中国艺术学自主知识体系

作者简介：孙晓霞，女，1977年生，文学博士。现为中国艺术研究院艺术学研究所副所长、《艺术学研究》主编、研究员。主要从事艺术原理、艺术思想史和艺术学史等研究。著《西方艺术学科史：从古希腊到18世纪》《柏拉图的艺术学遗产》《艺术语境研究》等。

---

① 本文系国家社科基金艺术学重点项目"20世纪以来中国艺术学自主知识体系的思想史研究"（项目编号：24AA002）的阶段性成果、2023年度国家社科基金艺术学重大项目"中国艺术学学科体系、学术体系、话语体系现状评估与建构目标及评价标准研究"（立项号：23ZD01）的阶段性成果。

The Historical Interplay between Art Studies and Aesthetics — On the Construction of China's Independent Knowledge System in Art Studies

Sun Xiaoxia

Abstract: Art and aesthetics are constantly intertwined and interacting in the history of the discipline's generation. First of all, reviewing the development of the concept of art, it can be seen that the discipline of Western art has gone through the stages of 'technique' domination, free seven art domination, mechanical art intellectualisation, and the formation of modern art system, etc. Aesthetics and modern art system are connected under the unifying principle of 'imitation of the beauty of nature'. The connection between aesthetics and the modern art system was established under the unifying principle of 'imitating the nature of beauty'. Secondly, the three transformations in the history of art and their impact on art theory and practice determine the disciplinary characteristics of art. Thirdly, we will analyse the characteristics of the discipline of aesthetics, summarise the relevant reflections, sort out the problems related to the rise of art science, and clarify the significance of modern Western aesthetics to the development of the discipline of art and its theoretical gaps. Finally, the construction of an autonomous knowledge system of Chinese art science needs to take the history of the development of Western art science and aesthetics as a reference, base itself on local aesthetics and traditional art theory resources, and break through the constraints of a single aesthetic yardstick to establish a more tolerant and diversified autonomous knowledge system of Chinese art science.

Keywords: art and aesthetics interactive relationship historical transformation autonomous knowledge system of Chinese art studies

艺术学与美学这两门姊妹学科均产生于18世纪后的西方社会。作为这两门学科共同的发源地，德国先后在美学与艺术学这两个学科上都打上了浓重的民族文化烙印①，并在20世纪的不同时期对中国艺术的思想观念、创作活动等产生重要影响。而在当前加快构建中国自主知识体系新背景下，艺术学作为一门独具中国特色的自主学科，也步入了知识架构重组和基础理论再创造的发展阶段，其中关键之一便是在当代新时代语境下处理好艺术学与美学的关系。目前，国内学界已基本达成共识：艺术学作为一门系统化的学科，涵盖了艺术的创造、表现、传播以

---

① 这与黑格尔当年"教会哲学说德语"的不无关系。

及社会功能等多重维度，而美学则更侧重于艺术的感知、体验和理论化反思。两者在理论和实践上既有交集，又有独立的研究范畴，艺术学的知识结构需要在这种复杂的学科关系中进行适应性重构和创新。但是，作为两种不同属性的知识体系，同样发源于西方历史的艺术学与美学究竟如何作用于其艺术的实践？二者的关系又是如何影响其艺术的学术化进程的？这就需要在历史的长河中审视两者的互动与纠葛。

一、"美"与"艺术"的分与合

古希腊时期，统一在技艺概念之下，政治、诗歌、医术、御车、耕作、木工、乐器演奏、造船、陶艺、打铁、纺织、厨师、驾船、渔猎、绘画、雕塑、建筑、算术、音乐、天文、文法、修辞、演讲等知识混杂一体。决定绘画、雕塑、建筑等类艺术定位的依据在于摹仿。柏拉图借用了神话故事普罗米修斯从雅典娜和赫菲斯托斯那里盗取技艺的故事《普罗泰戈拉篇321A–322D》，来暗示技艺中的神性元素。在"神性"这一原则下，柏拉图区分出生产生活应用性技艺、与神交往的技艺、政治的技艺、哲学的技艺等类。其中，画家、雕塑家等工匠也"充分地拥有深刻的知识"[①]，他们懂得哲学家所不懂的，但是他们掌握的是关于技艺的具体操作，因而是只拥有某个具体领域知识的专家。此刻，诗人、工匠与政治家一样，所拥有的知识是低于"神谕"的人的智慧，是有局限性。

基于上述技艺原则，柏拉图按照摹仿论划定西方艺术类型的基本模式。摹仿作为一个行为并不是柏拉图所反对的，但摹仿技艺由于未能真正遵循真理与理性的教引而受到柏拉图的挞伐。《理想国》中，柏拉图是从知识的可靠度来考量摹仿的。摹仿者对于所摹仿题材的美丑，既没有知识，又没有正确见解，正如描画战争的画家并不需要专门的军事专业，因此，"摹仿者对于摹仿题材没有什么有价值的知识；摹仿只是一种玩意儿，并不是什么正经事"；诗歌以及一般摹仿

---

① 柏拉图全集：第1卷［M］.王晓朝，译.北京：人民出版社，2002：8.

术，如绘画等，都称为不可靠的，这类艺术只能根据"普通无知群众所认为的美来摹仿"。①诗歌等活动中是摹仿感官层面的"美"的艺术，但却并背离真实的存在，因此并非真正的"美"；希腊名词中 κάλλος（kallos）可以对应"美"，而其形容词是 καλός（kalos），其真正含义类似于"值得热烈赞美的"，用以指涉道德的、智力的、审美的、实践的多个领域的"好的"或品质优良的。同理，画家所绘制的并非真正的存在，只是对具体实在所显示出来的影像进行摹仿。绘画创造的东西远离真实，只满足物质的感官意义上的美的要求。与原物相比，摹仿所产生的知识既缺乏有用性，又缺乏可靠性，只能提供无知虚假和非理性，因此居于知识体系的低下层级，诗歌、绘画等门类的艺术被统一在"摹仿"这一范畴中，成为第三等级的真实，因而受到柏拉图的贬斥。

亚里士多德将美规定为"形式"，即认为形式是美的本质，但亚里士多德也是技艺等级论者，他将知识体系分为理论、实践与创制三大类，技艺就被归为第三类，即创制部分。他认为，那种为生活所必需的技艺不如供消磨时间的技艺更高级，更接近智慧，因为后者是技艺知识自身，而非为了实用，它们是一种既不提供快乐也不以满足必需为目的的科学。②在这种原则下，亚里士多德重点论述的艺术门类有诗歌与音乐。《诗学》中他讨论了情节、语言这类专门性问题；在《修辞学》中则讨论了风格问题，在《政治学》中则讨论了音乐在教育中的重要性问题（1339a），涉及音乐的意义与价值。特别在《诗学》（Poetics）这部著作中，亚里士多德形成了关于艺术的最富建设性的艺术摹仿理论。围绕摹仿，亚里士多德形成了一种新的艺术门类界分依据。他强调摹仿是摹仿事物的本质和规律，而不只是摹仿事物形象，因而尽管各门艺术所依赖的媒介、所摹仿的对象及摹仿方式不同，但摹仿行为本身具有一致性。他强调诗之所以重要，一是因为诗是摹仿，而摹仿是人的本能，人是通过摹仿获得了最初的知识；二是因为诗可以激发人的快感。在《诗学》（1447a、b）开篇，他就特别提到了"正像那些（或靠技艺，或凭工作经验）使用颜色和图形来摹仿事物的人那样，与他们相比，有

---

① 吴国盛.什么是科学？［M］.广州：广东人民出版社，2017：79.
② 亚里士多德全集：第7卷［M］.苗力田，译.北京：中国人民大学出版社，2016：29.

一些人则使用声音进行摹仿"①;他所提到的史诗、悲剧诗、戏剧、酒神颂、笛子演奏术和竖琴(Lyre)演奏术等类的技艺则是用节奏、语言和声音来摹仿的。乐器演奏用和声和节奏,舞蹈则用节奏来摹仿人的性格、情感和活动,而史诗艺术,只用语言来摹仿,等等。显然,区分各种艺术的标准在于"摹仿的手段"。②艺术由摹仿而统一,与美并没有直接的关联。

古罗马人更重视的是自由人的美德。他们对技艺所涉及的知识门类进行了调整和分类,依靠手工操作技艺和基于智慧的技艺所需要特殊的教育和训练两种知识被分别组织起来,各自发展为一种专业,萌发出机械(粗俗)艺术与自由艺术的早期区分③,造型艺术就以机械艺术的身份长久而分散地依附于自由艺术。其中,西塞罗的目的在于通过博学教育建立和完善人性④,在他看来,那些迎合感官快乐的职业如鱼贩子、屠夫、厨子、家禽贩子、渔夫、香料商、舞蹈演员以及整个的低级歌舞演出队,都在从事低贱的职业,不适合上等人;⑤而绘画、雕塑、建筑等手工产品,在他看来,也都是为报酬而表演的内容,其目的如与善的技艺无涉,则其生活方式是粗鄙的。在西塞罗全人教育技艺门类的基础上,塞涅卡将诸艺分为四大类一:是教授德行的艺术;第二是"希腊人称之为通识、罗马人称为自由的"的艺术;三是跳舞、唱歌、绘画和雕塑等小(frivolous)艺术;第四包括一切手工劳动的艺术。⑥按照物以类聚、同级并列等原则来理解跳舞、唱歌、绘画、雕塑等,它们都不过是宵小之艺,且绘画、雕塑和大理石工匠等类手作仅是为奢侈服务的,它们是"我们公认的低等艺术,即那些以手工为基础的艺术"⑦,

---

① 亚里士多德全集:第9卷[M].苗力田,译.北京:中国人民大学出版社,2016:641-642.
② 亚里士多德全集:第9卷[M].苗力田,译.北京:中国人民大学出版社,2016:642-643.
③ L SHINER. The invention of art: a cultural history[M]. Chicago: The University of Chicago Press, 2001: 23.
④ 参考戴维·L.瓦格纳.中世纪的自由七艺[M].张卜天,译.长沙:湖南科学技术出版社,2016:57.
⑤ 西塞罗.论义务[M].张竹明,龙莉,译.南京:译林出版社,2015:61.
⑥ 在赵又春、张建军译本《幸福而短促的人生——塞涅卡道德书简》中,并没有明确查阅到此方面的内容,但在葛怀恩《古罗马的教育——从西塞罗到昆体良》所参考的版本介绍了此观念。(参见葛怀恩.古罗马的教育:从西塞罗到昆体良[M].黄汉林,译.北京:华夏出版社,2015:67)
⑦ 塞涅卡.幸福而短促的人生:塞涅卡道德书简[M].赵又春,张建军,译.北京:生活·读书·新知三联书店,1989:190.

与美德毫无关联，它们的存在意义仅在于服务生活。

进入中世纪后，思想家们曾一度在自己的知识域内完全地驱除了工匠技艺的内容，收缩为"自由七艺"，成为一种专指精英的自由人知识概念，同时也被"圣化"为引导人们走向"上帝之城"的重要路径，并在基督教知识体系中确立了根基性地位[①]，它们也被限定为一种沉思性的纯理论知识。奥古斯丁认为一切"美"都源自上帝。在426年完成的基督教教科书《论基督教教义》中，他以哲学取代了七艺中的天文学，从而形成了新的自由七艺模式，包括语法、逻辑、修辞、几何、代数、哲学和音乐。这一变革体现了奥古斯丁对自由七艺的接纳和对天文学的理性维护，正如参考资料所示，他不仅破除了占星术对天文学的冲击，还开启了用七艺论证神学疑难的先河[②]。卡佩拉（Martianus Capella）在《语言学和墨丘利的联姻》（*Marriage of Philology and Mercury*）中，语言学女神与墨丘利的婚姻代表了知识与逻各斯理性的结合，象征了语言符号象征着通过哲学被神化的人类灵魂[③]。自由七艺以一种异教的知识体系在基督教的神学之外，以复调的形式保存并支持了世俗世界的知识根系，而绘画、雕塑、建筑等具体艺术门类则主要在宗教的具体生产中而存在，机械的、粗俗的成为它们的共同特征——由手工制造的机械艺术（mechanical ars）是非理性的。将机械艺术提升为哲学内容的是12世纪的圣维克多·于格（Hugh of Saint Victor）。他将艺术界定为"由规则和法度组成的一门技艺"，相信艺术是如建筑这类在物质中得以实现，借由行动而发展的一类知识。基于这样一个由哲学统领的艺术定位，于格提出了机械艺术这一新的艺术原则。于格认为，真正的艺术与依附性的艺术之区别在于：真正的自由艺术包含在哲学中，它们拥有确定和稳定的哲学部分，正如语法、辩证法和其他这类艺术的主题内容；而依附性艺术只能处在哲学的外围，它

---

① 丹尼尔·威廉姆斯.奥古斯丁对自由七艺的接纳［J］.张文琦，译.基督教文化学刊，2016（36）.
② 安维复.教父时代科学思想传承何以可能？：基于文献的考量［J］.科学与社会，2021（1）.
③《语言学和墨丘利的联姻》一书共二卷九章，各章标题分别为订婚、婚礼、语法、辩证法、修辞学、几何学、算术、天文学和和声学，见 M CAPELLA. Martianus Capella and the seven liberal arts Ⅱ, the marriage of philology and mercury, willian Harris Stahl and Richard Johnson with E. L. Burge［M］. New York: Columbia Universtiy Press, 1977.

们所处理的只是一些额外的哲学性内容[①]。在此基础上，于格将机械的哲学分支则分为七大类技艺：① 编制（fabric making）；② 装备（armament）；③ 商贸（commerce）；④ 农业（agriculture）；⑤ 狩猎（hunting）；⑥ 医学（medicine）；⑦ 演剧（theatre）[②]。其中绘画、雕塑、建筑与其他的几类技艺一同被列入"装备"的亚类。一种新的艺术同质依据逐渐萌生。机械艺术被视为一类重要的知识，由此各门类艺术开始寻求自身理论化、专业化，但艺术与美的关联并没有由此而真正建立。

文艺复兴时期，艺术特别是视觉艺术借由科学知识而获得身份地位的擢升，艺术家基于自身所从事职业的直接经验展开理论思考，推动艺术理论与实践的完美合体，促使艺术实践的相关议题被正式纳入知识体系的核心范畴。绘画、雕塑、建筑、各门艺术家从具体的创作需求，借助精确的自然科学如物理和数学原理，结合人文主义的诗歌、修辞学、历史学、道德哲学等，构建了自身的原理性知识体系，进而引发了对艺术本质的深刻探讨，促进了各艺术门类的专业化进程，并催生了以之为基础的统一艺术观念的萌芽。基于对艺术创作视角的思考，各门艺术的理论发展起来，绘画、建筑、雕塑等诸门类艺术开始强调科学思维的、自由艺术性的理性目标。在文艺复兴时期，视觉艺术如绘画、雕塑和建筑成为科学的意识极盛。文艺复兴时期的人文主义者、建筑家和思想家阿尔贝蒂，通过《论绘画》（1436年）、《论建筑》（1450年）和《论雕塑》（1464年），为各门类艺术奠定了理论基础。特别是《论绘画》一书，它不仅被认为是西方第一部系统的画论，还首次系统化、理论化地阐述了透视法，并提出了绘画的最高评价标准"istoria"。阿尔贝蒂的这些著作，被誉为"艺术形式文艺复兴的里程碑和第一流的权威著作"，对后世产生了深远的影响。他所强调的是，绘画等不是卑微的装饰手艺，而是至高无上的艺术，因为它的规则和技艺是所有建筑家、铁匠、

---

① J TAYLOR. The didascalicon of Hugh of ST. Victor, a medieval guide to the arts［M］. New York: Columbia University Press, 1991: 88.

② 七类的拉丁原文分别是 *lanificium, armatura, navigatio, agricultura, venatio, medicina, theatrica*。J TAYLOR. The didascalicon of Hugh of ST. Victor, a medieval guide to the arts［M］. New York: Columbia University Press, 1991: 89.

雕塑家、作坊和行会都要尊崇的，这些技艺和规则由根源于大自然的数学知识所主导。绘画以及以其为基础的雕塑、建筑三类艺术在数学这门知识上得以统一。[①]被举为艺术史写作第一人的瓦萨里认为，建筑、雕塑和绘画是三门最优秀的艺术，它们共同的本源和基石在于"早在上帝创造万物之前就已经完美地存在了"[②]的"构图"。以造型构图为原则，瓦萨里立足当时已趋于科学化的技艺知识，以摹仿自然为原初命题，在时代风格的外衣下，将中世纪的艺术技艺论与人文主义的文学批评[③]传统糅合，将绘画、雕塑、建筑三门艺术作为一个共同体，浇筑出其时视觉艺术史的书写模式，成为后世很长一段时期内的写作蓝本。

处在一个自由七艺与机械艺术之边界受质疑、确定性科学知识备受推崇的时代，哲学家费奇诺曾提出一个新主张，即将绘画、雕塑、建筑、诗歌置入自由艺术的系统，称赞文法、诗歌、修辞、绘画、建筑、音乐以及古代奥菲士的歌唱是当时代最伟大的知识之进步，强调一种人文主义性格的自由艺术体系[④]，但他无暇对各种艺术类知识的成因提出经验层面的思考和分析，而达·芬奇正在此方面有所尝试。在《诸艺比较》中，达·芬奇将绘画学与科学、音乐、诗歌及雕塑等同期"优势学科"一一进行了对照比较，他强调：第一，绘画学与超越科学；第二，绘画具有超越诗歌与音乐的视觉优先性；第三，绘画以数学特性优于雕塑。与科学相比，绘画这门科学中蛰伏着深刻的理论性、科学性、精神性和思想性；与音乐相比，绘画同历经两千年之久的音乐理论艺术一样，是一门拥有较高智慧的科学知识；与诗歌相比，绘画同样是一门具有想象和思想性的艺

① 尤金·赖斯，安东尼·格拉夫顿.现代欧洲史：早期现代欧洲的建立 1460—1559 ［M］.北京：中信出版集团，2017：150.

② 乔尔乔·瓦萨里.意大利艺苑名人传：中世纪的反叛［M］.刘耀春，译.武汉：湖北美术出版社，长江文艺出版社，2003：21.

③ 尼格尔·勒维林研究发现在古典时代和中世纪的艺术史写作都没有得到文学形式的认可，或进入人学探讨的适合领域，因此都称不上是真正的艺术史。只有在 16 世纪特别是瓦萨里的艺术史中，才形成了一种带有文学性质的传记体的艺术史传统。参见尼格尔·勒维林.艺术史的历史［M］// 乔尔乔·瓦萨里.意大利艺苑名人传：巨人的时代（下）.刘耀春，等，译.武汉：湖北美术出版社，长江文艺出版社，2003：569-571.

④ 转引自 P O KRISTELLER. Florentine platonism and its relations with humanism and scholasticism［J］.Church History, 1939,（8）3: 201-211.

术。可以说，达·芬奇塑造了一种科学的、学术化的、体系化的绘画艺术概念。达·芬奇选择比较的对象中，除了科学以外，绘画、音乐、雕塑、诗歌这一套内容几乎可精准地对应于后世的现代艺术门类，基本贴合18世纪确立的"美的艺术"体系结构。这说明，尽管没有美学和所谓自律审美的观念，但在达·芬奇所生活的时代，诸门艺术的知识形态之间已然呈现出一种内聚化的发展趋势。无论是艺术家还是哲学家，都已意识到诸门艺术的统一性特质，只是还缺乏有效的、可证实的理论融合剂。从切尼尼、阿尔贝蒂到达·芬奇、瓦萨里，文艺复兴时期的艺术家关于艺术的理论界说，走出了古希腊哲学中要求所有艺术追逐最高理性的形而上"黑洞"，也挣脱了中世纪艺术理论的纯粹技艺性的形而下"泥潭"，在艺术自身的问题域内借助应用数学的相关知识，建构了一套基于视觉感官科学性的新艺术体系。

与此同时，艺术中也更多注重差异性与本体论，门类艺术的异质性特征得以凸显。音乐、绘画、雕塑等各门艺术在杂糅交错了启蒙思想、民族意志及工业技术等多重元素后，更多地将视线聚焦在实践性的本体理论。在艺术的诠释中，绘画已不再是上帝或人类的颂歌，转而成为对绘画本身的颂扬。艺术致力于展现美，而非道德或宗教的教条，各门艺术逐渐从技艺层面的知识束缚中解脱，追求更深层次的精神内涵。

此外，文艺复兴时期还有几个值得关注的特点。其一，音乐学进入了实践主导理论的历史阶段，形成了关于音乐新的统一原则和普遍性特征。音乐不再是传统自由艺术中那门能够探触天体宇宙秘密和魔力的数学性学科，也不再是能够提供理性认知世界的纯粹科学知识，而是成为一门与想象发生联系的学科。音乐作为一门专业知识的时代特性彰明较著。例如1725年音乐对位理论著作《攀登帕纳萨斯山》（*Grauds ad Parnassum*）出版，其末章的标题是"今日的音乐体系"[①]，昭示一个崭新的、迥异于前的音乐理论时代，这是18世纪音乐理论转型为现代音乐体系的象征性时刻。其二，建筑出人意料地受到思想家的重视。狄德罗

---

① 伊恩·本特.攀登帕纳萨斯山：1725年的对位理论的先驱者与继承者［M］//托马斯·克里斯坦森.剑桥西方音乐理论发展史.任达敏，译.上海：上海音乐出版社，2011：519.

在自己所撰写的"美"这一词条中着墨颇多处正是建筑。狄德罗对建筑的信赖，是出于其中对对称原则的追求。1772 年，22 岁的歌德被斯特拉斯堡主教堂的伟大哥特式艺术所震撼，写下了《论德意志建筑》（*Von deutscher Baukunst*），歌颂了哥特式建筑师施泰因巴赫（Erwin von Steinbach），并首次以诗的语言表达了对哥特式的审美感受[①]；激发了人们对于建筑的热情体验。他从中看到的是建筑中的完整性、完美的比例、合于自然的法则[②]，这一法则毋宁说是古典主义的，不如说是科学主义的。不过，对艺术—科学法则的景慕之情在 20 多年后的建筑写作中消失了。歌德在 1795 年完成的《建筑艺术》一文中，将建筑划分为三个阶段，旨在达成三种目的：第一阶段旨在满足即时需求，即建筑的基本功能需求；第二阶段是表现出与人们感觉相协调的形式；第三阶段则致力于满足人的精神需求，要求以符合自然法则的方式，创造出更为高级、精致且充满诗意的建筑形式变化。建筑的最高目的应该是满足人的精神需要，歌德的这次转变显示出建筑作为一门艺术的现代意识的生成。其三，绘画方面，雷诺兹（Sir Joshua Reynolds，1723—1792）在 1769—1790 年发表的《艺术讲演录》（*Discourses on Art*，前七篇于 1778 年发表）中不断强调绘画的文雅艺术特征，强调绘画是以普遍的和知性的美为对象的。他思考的关键问题是，绘画艺术在何种程度上是可以用语言来教授的？规则在训练艺术家和评价作品中的地位如何？雷诺兹明确指出，虽然理性在艺术中占据主导地位，但他也强调，在某些关键时刻，情感应当超越理性，成为创作的核心。[③]他认为如果绘画是一门艺术，那么就必须有原理，其目的也应该是发现和表现美。

各个艺术门类都在具体实践的理论方向迅速推进，同时在思想层面，各种艺术门类的理论也立足规则而试图涵容天才论，自由与想象、创造等已经越来越多地成为艺术的新标签，相关理论研究也愈益厚重，由各门艺术组成的现代体系就是在这样一种现实条件下不断丰盈并最终得以确立的。

---

① 陈平.西方美术史学史［M］.北京：中国美术学院出版社，2016：85.
② 陈平.歌德与建筑艺术：附歌德的四篇建筑论文［J］.新美术，2007（6）.
③ 参见门罗·比厄斯利.西方美学简史［M］.高建平，译.北京：北京大学出版社，2006：125.

二、摹仿美的自然：美学与现代艺术体系的连接点

就在各门艺术理论不断走向专业分化的同时，对于诸艺彼此间的共性研究在哲学界引起普遍关注，寻找艺术统一性原则和思维独特性成为当时的一种话语时尚。人们意识到，艺术正是凭着各门类艺术彼此间的共振而连结为一体，并逐渐与科学、工艺等其他人类活动分离开来。因此从传统的摹仿、自然到新晋的想象力、创造力、趣味、情感等理论交织混杂，各色理论皆旨在为各种门类艺术设定一个共有的原则和统一基础，以证明艺术与科学的泾渭之别。由此推动了各门类艺术的统一和内聚，以及以美的艺术为原则的现代艺术体系的确立。

影响较大的是杜博神父（the Abbe Dubos，1670—1742）。在1719年出版《对诗歌、绘画与音乐的批判性反思》（*Réflexisons Critiques sur la Poésie et sur la peinture*）中，杜博首次明确将依靠知识积累的科学知识与依靠天才的艺术知识区分开来，从艺术的共性问题出发，分析作为"美的艺术"的一类，绘画、诗歌、雕塑、音乐这一组群的知识共性。而伏尔泰在《趣味的殿堂》（*Temple du Gout*）中通过趣味这一轴心，将音乐、绘画、雕塑、建筑、舞蹈等几种美的艺术联系起来，但他未能进一步形成清晰的体系。雅各布（Hildebrand Jacob）认为各门艺术之间都必须借助于其他同时期艺术的形象和术语才得以清楚地阐释，雅各布称诗歌、绘画只有将天赋和技艺（art）幸运地统一时，技艺所隐藏的美才会进一步成为美好的、真正的、优雅的，它们的共性在于摹仿与激情。英国哲学家詹姆斯·哈里斯（James Harris，1709—1780）认为三门艺术都在摹仿，只不过摹仿的方式和手段不同。一方面，各门艺术理论在新旧观念的交织中持续演进；另一方面，人们对艺术间共性的探讨热情高涨，各种理论学说纷至沓来。在概念和理论的纷繁复杂中，艺术的概念、理论和学科知识显得尤为冗杂，整个学界迫切期待更具说服力的理论出现。

关键时刻的到来在1746年。巴托于当年完成并出版了《简化为单一原则的美的艺术》，解决了三个问题：一是给出艺术普遍性的简化定义；二是对艺术进

行分类；三则对艺术的起源问题进行探讨。他提出了三种类型的技艺：机械技艺、美的艺术和中间艺术。巴托综合了时人观点，以机械艺术和美的艺术为标签，将美的艺术的主要功能归结为非实用性，旨在提供快乐，因此，严格意义上的美的艺术仅包括诗歌（文学）、绘画、雕塑、音乐和舞蹈。至于雄辩术和建筑，巴托认为二者都是基于实用价值上的美的艺术，其第一性是实用艺术，因此并不能属于严格意义的美的艺术，也因此不能它们置入美的艺术体系，而只能属于中间艺术①。同时，依据艺术与自然的关系，巴托将艺术分为两类：一类是通过视觉感知的，如绘画、雕塑及舞蹈（巴托特别指出，舞蹈动作的媒介是自然且有生命的，与画家画布和雕塑家大理石的无生命媒介形成对比）；另一类则是通过听觉感知的，如器乐、声乐及诗歌。至于其他感官就与美的艺术无关了。巴托将绘画、雕塑和舞蹈三门艺术定义为通过色彩、三维形状和身体姿态来模仿美的自然；音乐和诗歌则是通过声音和节奏来摹仿美的自然。②诗歌可以不用音乐、表演和布景；音乐可以不使用语言，也依然可以表现一种本质。但这些艺术有时又会混合和联结，例如，在诗歌表演中，台上的演员会有舞蹈动作，音乐也会丰富朗诵的音调。这些艺术会由于共同目的而彼此提供支持而形成一种互惠性联盟，却又不会损害各自的独特权力和本性。更重要的是，诗歌、音乐、绘画、雕塑、舞蹈这些门类的艺术可以综合在戏剧中，戏剧是所有艺术的综合体，这样所有艺术就在实践层面获得了统一性的载体。巴托就在摹仿美的自然这一标准下，从理论到实践层将诸美的艺术门类统一起来，又明确了各门艺术的独立特性，最终确立了由诗歌（文学）、绘画、雕塑、音乐和舞蹈五种门类艺术构成的"美的艺术"体系③。在这里巴托不仅回到正统的古典艺术道路，以模仿和自然两个关键词支持了艺术的美学本质，还从媒介方面对各类艺术予以区分和界定，艺术体系从外在

---

① C BATTEUX. The fine arts reduced to a single principle［M］. J O YOUNG, translated. Oxford: Oxford University Press, 2015: 22–24.

② C BATTEUX. The fine arts reduced to a single principle［M］. J O YOUNG, translated. Oxford: Oxford University Press, 2015: 19–21.

③ C BATTEUX. The fine arts reduced to a single principle［M］. J O YOUNG, translated. Oxford: Oxford University Press, 2015: 20.

表现形式（媒介）到内在本质性规定（美的）既与古典理论形成观照，又有新的推进，艺术得以走向独立体系。

夏尔·巴托与达朗贝尔将诗歌（文学）、绘画、雕塑、建筑、音乐，有时再加上舞蹈、修辞或景观园林等艺术门类集合为一体，各门艺术在超越实用性的道路上快速发展，形成了一个自主、自律、具备自我独立性的艺术世界。不过，以"摹仿美的自然"为统一原则所构设起来的诗歌（文学）、绘画、雕塑、音乐和舞蹈这五种艺术门类之间是否具有真正内核，这一问题在21世纪遭到质疑。他们究竟是定义松散的条目集合，还是一个拥有共同性的有机体系？它们究竟是关于艺术本质的探索，还是仅仅基于文学分析框架下的产物？①一如詹姆斯·波特所质疑的，以模仿美的自然为原则的所谓现代艺术体系虽然将各门类艺术集合，但这一理论很大程度上仍然纵向从属于文学，从媒介到形式都没有实现自律和纯粹。这一批评与19—20世纪媒介理论的充分发展不无关系。作为各门艺术彰显本体特性的重要路径，媒介问题在各重要思想话语中被应用，在突出各门艺术个性的同时，也从不同的理论层面强化了彼此间的共性。

在夏尔·巴托以"模仿美的自然"这一原则凝聚并确立了现代艺术体系之后，康德在《判断力批判》中则明确借助哲学的通道，依托"审美无利害"这一艺术的哲学信条，按照媒介特性将统一后的艺术进行界分，先后划出语言艺术（诗艺、修辞学和演说术）、造型艺术（绘画、雕塑、园林、装饰）和感觉的美的游戏的艺术（音乐和色彩）三大类②。尽管康德的方案没有被后世所认可或接受，但他同样是从哲学的知识构成出发，在媒介共性与特殊性的意义层面组织起一个审美的艺术体系，显示出媒介对于艺术系统内部强大的黏合剂作用和分类依据。

谢林在其著作中认可了艺术的独立性，并在哲学与艺术之间架起了桥梁，将艺术提升至与哲学同等重要的地位，从而开创了艺术哲学（Philosophie der Kunst）这一研究领域。不同于前人如鲍姆嘉通及康德等人要在哲学中证实艺术的价值，

---

① 詹姆斯·波特.艺术是现代的吗：重思克利斯特勒的"现代艺术体系"[J].毕唯乐，译.艺术学研究，2021（2）.
② 康德.判断力批判[M].邓晓芒，译.北京：人民出版社，2002：168-170.

谢林明确地将哲学和艺术划分为两种独立的知识体系，并致力于阐明它们的本质差异与内在联系。他坚决反对那种依赖"柔和媒介"的艺术哲学研究方法，认为哲学家若仅局限于通过媒介的感性艺术进行评判，则最终可能只能通过极端地否定艺术，来与僵化的感性认知保持距离。① 谢林提出了一种超越媒介、具有神圣性的精神性艺术，视其为'诸神之手'，并深入探究了作为客观实在的艺术与作为主观观念的哲学之间的融合之道。② 但是，意识到艺术实体中的语文学、诗歌与造型艺术等皆需借助一定的质料媒介而存在，谢林首次以现实序列和理念序列相对立的结构，就艺术的媒介形式构建了一种哲学属性的知识架构。据此，谢林以造型艺术和言语艺术为主，思考各门艺术的媒介特征。以造型为媒介特征的艺术包含音乐、绘画、雕塑。其中音乐又分为节奏、转调、旋律；绘画又分为素描、明暗对比、调色；雕塑又分为建筑、浮雕、雕像。以言语为媒介特征的艺术包含抒情诗、叙事诗、戏剧诗③。谢林以跨门类的方式，依据艺术的媒介特性架构了一套哲学性的知识体系："我所导出的，与其说是艺术，不如说是以艺术为形态和形象的唯一和大全（Ein und Alles）。"④ 艺术于哲学的意义在于，将绝对同一体从艺术作品中反映出来，这是艺术所独有的一种直观——美感直观⑤，艺术自身成为哲学现身的"媒介"。由是，谢林既强调哲学和艺术都具有一种永恒性理念的本质，却又各自具有理论的特性，这种理论的特性所呈现的重要通道就存在于各类艺术的媒介之中⑥。

以媒介作为进入艺术哲学的重要通道，黑格尔成功地将艺术的历史与哲学世界关联起来，反思艺术与宗教、哲学三种知识在内在精神方面的一体性，并形成了名为美学、实为艺术哲学的一门新学科，强调了基于媒介自身哲学特征的三种艺术类型：象征型、古典型和浪漫型。黑格尔认为建筑的媒介自身是按照重力规

① 谢林.学术研究方法论［M］.先刚，译.北京：北京大学出版社，2019：246.
② 先刚.试析谢林艺术哲学的体系及其双重架构［J］.学术月刊，2020（12）.
③ 谢林.艺术哲学［M］.魏庆征，译.北京：中国社会科学出版社，1996：157-211.
④ 谢林.艺术哲学［M］.魏庆征，译.北京：中国社会科学出版社，1996：25.
⑤ 谢林.先验唯心论体系［M］.梁志学，石泉，译.北京：商务印书馆，2016：313.
⑥ 谢林.艺术哲学［M］.魏庆征，译.北京：中国社会科学出版社，1996：9-21.

律来处理的，难以把精神性的东西表现于适合的形象；而雕刻同样要以有重量的物质为媒介，却胜在能将材料转化为适合精神及其理想的古典美的形象；绘画的媒介特征在于，将三度空间压缩为二维的面，因而以一种被雕塑更为抽象的方式打破了空间整体性、用光影、明暗、色彩来实现自身完美的整体。与前三种造型艺术所采用的木石、金属、颜色等空间媒介不同，音乐的感性材料在于声音运动的时间长度，即拍子、节奏、旋律等，这种即生即灭的媒介特质，使音乐比实际存在的物体更富观念性，更适合成为符合内心生活的表现方式①。黑格尔从精神演绎的哲学层面借助媒介研究，确证了现代艺术体系的合法性。至于他所埋下的伏笔，即由艺术媒介向内在精神的不断"进化"和媒介中质料的日益消散所导致的艺术的"终结"，则是黑格尔在哲学学科内对艺术宿命的预言，另当别论。

谢林与黑格尔以哲学为贯通一切的媒介，将各门艺术的媒介问题交织于哲学学科下，对艺术进行归纳、发展和原理建构，巩固了各艺术的媒介间性，启动了艺术知识的现代性之路。同时，艺术与哲学的学科跨越及其媒介间的相互关联和架构，不仅带来了艺术哲学这门学科，还促使艺术理论中质料因与形式因两端的断裂被弥合，现代艺术在理念世界与物质实在之间、在形而上与形而下之间获得统一：在学科的交错和媒介的确认中，现代将自身的话语边界扩展到知识的最顶点（哲学）和最底层（质料与技术特性），从而在"形而上"与"形而下"两端加强了诸门艺术之间的共性和联系，确保了其知识体系拥有牢固的底座。

三、三次转型与艺术学的学科属性

追溯历史可知，艺术学的发展并非一条平滑的线性轨迹，而是充满了褶皱与折叠。唯有超越现代艺术学科的局限，深入历史语境与学科脉络，重访那些被遗忘或忽视的旧知识与思想传统，从知识谱系的视角剖析各时代艺术的概念与存在形态，方能发现两千余年的演变中，艺术概念的演进所表现出的不同阶段性特

① 黑格尔.美学：第3卷上［M］.朱光潜，译.北京：商务印书馆，1979：229-237，334-337.

征：第一阶段为"技艺"主导期。在古希腊，技艺概念广泛覆盖多个学科，艺术作为技艺的分支，在知识系统中具有明确的定位。第二阶段为自由七艺的主导期。古罗马兴起的自由艺术经中世纪基督教义的洗礼，成为世俗知识的重要学科。然而，现代艺术的主要门类（音乐除外）几乎被排斥，仅在后期以"机械艺术"的名义获得理论空间。第三阶段是机械艺术知识化时期。文艺复兴时期，艺术活动、人文学科与自然科学相互渗透，视觉艺术（尤其绘画）的知识领域得以扩展，重新塑造了艺术的学科地位。第四阶段为现代艺术体系形成期。启蒙时代，"美的艺术"概念与美学学科相融合，形成了以五大门类为核心的现代艺术体系，并在美学的支撑下获得哲学的合法性，从而确立了艺术作为一门独立学科的地位。这四个阶段凸显了西方艺术学科史各自鲜明的时代特征，但其间始终贯穿着艺术概念的内核特质：即以理性知识为基础的理论化追求。值得注意的是，此间"艺术"与"美"并非自始至终密切相关，只是抵达第四阶段也就是启蒙时代才真正完成完美的结合与支持关系。这种统领理性与感性的艺术观带有鲜明的现代意识形态的知识特性，在理性主宰的世界中维护了人类感性的、自由的、创造性的领导权。但无论如何，美学对艺术议题的接管只是一种现代学术的有意图的设计，而非艺术固有且唯一的知识属性。

（一）西方艺术知识化的三次转型

古希腊时期艺术与美并无直接关联，尤其是在柏拉图眼中，技艺才是人类生存技能与理性知识的汇合点。技艺以理念为终极目标，引导世人不断追求各种专业的理论化，构成了一套实际操作经验与演绎性理论交织的知识之网。从技艺概念的本质构成、思想根源、理论内核及分类体系可知，技艺论具备知识性特征、中介性质，并追求确定性知识与体系化的理论构建。而在具体艺术实践方面看，早期各门艺术的知识是被分散在其他各个学科中的。绘画、雕刻、建筑等作为技艺的一类被归纳在工匠层面的"创制（亚里士多德）"体系中；戏剧、诗歌被纳入城邦的"戏剧政制（柏拉图）"中；而音乐理论（非音乐表演）因为自毕达哥拉斯起就与数学知识紧密相关，被归为高贵的自由艺术之列（古希腊-文艺复兴时期）。艺术始终被形而上的理性所召唤，但按照身体与精神的区隔要求，各自分散在不同的知识层级内。

第一次重要变革标志着艺术概念的深刻调整。中世纪继承并发展了古希腊罗马的自由艺术观念，形成了著名的"自由七艺"体系。这一体系包括修辞、语法、逻辑（辩证法）、数学、几何、天文和音乐七门学科，它们不仅在神学领域之外得到重视，而且构成了中世纪教育的核心内容。"自由七艺"以自由、高贵、导向理性为知识特质，垄断了中世纪的基础教育，强化了艺术的学科属性与理论化的最终指引。然而，在具体实践中，无论是造型艺术还是音乐，多数情况下仍仅充当宗教叙事的附庸。神学家们在论及自由七艺时，常以否定的视角评价绘画、雕塑、戏剧等艺术形式。进入12世纪，绘画、雕塑与建筑的理论化悄然萌芽。圣维多的于格提出了与"自由七艺"相对的"机械七艺"概念，将建筑、戏剧等实践性内容纳入"艺术"范畴，从而一定程度上承认了这些领域的理论化潜能。然而，"机械七艺"仅被视为对应"自由七艺"的低端知识体系，地位远逊于后者。"自由七艺"与"机械七艺"作为一组二元对立的知识框架，较早期技艺概念更明确地揭示了理论性"艺术"与实践性"艺术"之间的层级分野与知识隔阂。

文艺复兴时期迎来了艺术发展的第二次显著且最为深远的变革。这一时期，虽然"自由艺术"概念依然占据核心地位，但其学科体系发生了重要分化。文科"三艺"扩展为五门人文学科，而数科"四艺"中，数学与几何对艺术的影响尤为深远，推动了艺术知识边界的不断拓展。首先，在人文主义兴起、宗教权威退缩、实验科学萌发等交织的知识革新背景下，造型艺术通过吸收数理知识，逐步打破了自由艺术与机械艺术之间的固有壁垒，建立起跨学科的知识桥梁。其次，"高级技艺工匠"的涌现使艺术超越了传统手工劳动的范畴。这些工匠不仅实践理性知识，还将其系统化为理论文本，以感性经验的理性表达证实了艺术的自由属性与知识的正当性，这无疑是一项里程碑式的突破。此外，绘画等艺术形式深度介入自然科学，为艺术功能的拓展注入了新的活力。从解剖学、植物学到工艺生产领域，艺术以插图这种独特的直观方式替代部分文本语言，承担起知识传播与认知的功能，在某种程度上分享了文本的知识权威。最后，传统自由七艺中的音乐理论也因实践需求而发生了重大转变。数学比例不再占据主导地位，取而代之的是演奏与歌唱中声音和谐的现实需求。音乐的感官愉悦与审美功能逐渐取代其作为数学学科的知识定位，标志着音乐从理性走向感性的价值转换。

艺术史在这一阶段首次出现了知识的激增与广泛流通，理性理论知识与经验实践之间的互动达到前所未有的频率。理论与实验之间的双向对话成为艺术界的核心趋势，自由知识的精英性与机械实践的世俗性逐步融合，形成了一种前所未有的合作共生关系。17 世纪是这一转变的重要过渡与准备阶段。培根的经验主义和笛卡尔的理性主义从不同视角推动世界向确定性与清晰性发展。培根思想引发的实验科学兴起，不仅重新发现并肯定了诗歌的想象力，还挖掘了技艺性知识的价值，强调哲学在统领实用知识与探究本源意义中的作用。这些观念为机械艺术在知识体系中的地位跨越提供了可能。而笛卡尔则通过数学途径，将机械艺术的知识重新引回技艺概念的原初意义，将理性确立为艺术美的根基，进一步深化了知识的理论化。尽管理论与实践、自由与劳作之间的知识区隔仍然存在，培根对感官和感觉在人类认知中的积极作用的肯定，以及笛卡尔对激情理论和身心关系的深刻剖析，为技艺规则和情感理论的分化奠定了基础。这一分道扬镳不仅为"美的艺术"概念的成熟提供了思想土壤，也为美学学科的生成架设了理论桥梁，揭示了艺术与哲学深度融合的可能性。

18 世纪伊始，随着王室和私人的艺术收藏逐渐向公共博物馆转变，艺术品开始面向大众开放，标志着艺术的世俗化与公众化进程的开始。这一转变不仅体现了知识间等级壁垒的逐渐瓦解，也与启蒙时代自然科学与人文科学的逐步专门化紧密相关。艺术的知识差序面临消解，美的艺术作为一种社会现象获得了前所未有的关注。艺术的感性知识得到了重新发掘并被赋予了重要地位，这极大地激发了人们对美的艺术知识体系深入探索的兴趣。与此同时，理性的疆域不断扩张，从超验的理念世界和神学的上帝世界转向人的现实世界。哲学家以理性的视角审视情感、趣味及激情等感性问题，为感性世界及艺术问题带来了全新的阐释与解读，这一思潮直接催生了美学学科的兴起。17 世纪末巴黎上流社交圈的热点议题，在杜博神父、夏尔·巴托和达朗贝尔等人的推动下，逐步演变为一套独立且具有统一理论基础的艺术知识体系。于哲学范畴内，鲍姆嘉通与康德等学者依托形而上学的知识体系框架，通过美学这一新兴学科进一步充实美的艺术的思想内涵。此举不仅承袭了传统技艺观念中对理论探索的执着精神，更将自由艺术在知识层面的精英主义特质推向极致，从而奠定了艺术理论与实践发展的新框架。

18世纪现代艺术体系与美学学科的汇合，支撑普遍鉴赏力的艺术审美命题从哲学上支持了世俗化的现代艺术，也加强了艺术知识体系的内在统一性；确保了艺术获得了定义的自主性和知识的自律性。但是这一行为也从本质上重新撕裂了艺术的理论与实践之关系。"美的艺术"的理论视域，被拉回并困囿在哲学的纯粹思辨层面，其结果并不利于艺术的发展。这一矛盾被黑格尔看在眼里，他感慨道，"我们现时代的一般情况是不利于艺术的"[1]。黑格尔指出，在一个偏重理智的情境中，本应是实践的艺术家也受到了普遍的思考习惯和风气的影响，这种对艺术进行思考判断的倾向，使得他们偏离了艺术的实践本质，从而被引入歧途。艺术家"总是把更多的抽象思想放入作品里"，如此一来，"就它的最高职能来说，艺术对于我们现代人已是过去的事了。因此，它也丧失了真正的真实和生命，已不复能维持它从前的在现实中的必需和崇高地位，毋宁说，它已经转移到我们的观念世界里去了"[2]。黑格尔所感慨的"丧失了生命"的艺术问题是由于艺术的历史误入歧途，还是其必然宿命所致？这一"丧失生命"的艺术现象究竟是历史发展的误入歧途，还是艺术的必然宿命？与其将这一现象归咎于现代艺术在知识层面上的内在矛盾，不如承认它源于理性主导的古老艺术概念中理论与实践的固有分隔与偏重。这种理论支配实践的天性不仅塑造了艺术学科的底层逻辑，而且成为其发展的根本动力，也深刻影响了艺术的命运。

（二）艺术学的学科属性

从学科归属来看，只有在18世纪，把艺术品界定为仅对其进行审美感受的

---

① 黑格尔.美学：第1卷［M］.朱光潜，译.北京：商务印书馆，2008：14.
② 黑格尔.美学：第1卷［M］.朱光潜，译.北京：商务印书馆，2008：15.

人工制品时，人文主义和自然科学之间才真正出现了区分。在此之前，艺术与其他各类知识包括哲学的、神学的、人文的、自然科学等学科之间长期保持着高度的内在统一性和历史的同步性。但不可否认的是，艺术概念中原初就有的自由、理性精神，促进自身属性不断朝着高贵的自由的知识方向进阶，从而与其他学科（包括自然科学与社会科学）的知识更迭保持了历史的同步。"自由是艺术与科学的共同特质。当希腊精神在它们的主体中回响时，它们立刻认识到彼此是失散多年的兄弟"①，只是这里的自由必须是保持有古典含义的。在理性的、自由艺术概念的召引下，古代艺术理论或借道哲学、数学、物理学等自然学科，或是由人文学科的相关内容，日益形成自身理论化的知识结构系统。但无论如何，西方艺术理论始终受制于古希腊确立的形而上学和目的论，艺术在对真理的不断趋同中完成了对技法公理、原则等内容的超越，成就了西方艺术在哲学层面拥有了学科和理论的普遍性，为其席卷全球的强势话语提供了智识支撑。

从理论与实践的关系来看，"技艺"主导的艺术知识体系中始终存在一种理论与实践（theory-practice）的内在张力：形而上的理论表达与目的性实践原理之间的二元对立。无论是古希腊城邦事务中的艺术功能，还是中世纪与文艺复兴时期艺术作为宗教生活的延伸，艺术都与其他生产形式共处于同一生态链之内。记谱法、透视法等材料、工具与原理的探索构成了艺术理论的知识核心。然而，"技艺"概念的知识特性推动了理性理论与技艺性实践的流通与交互：自由七艺的抽象知识渗入艺术实践，而艺术家则以实践经验为基础，逐步形成系统的理论表述。

美学与艺术学的关系在这一过程中逐渐显现。美学试图从哲学层面对艺术的感性与理性层面加以整合，而艺术学则致力于探索艺术实践的规律与知识体系。两者的交汇，不仅使艺术获得了更高层次的理论支撑，还进一步强化了理论与实践的互动。形而上学的知识体系与手工实践虽然存在等级差异，但通过美学的框架得以在更高层次上实现内在连续性。这种融合交汇深刻推动了自由技艺与机械

---

① WU GUO SHENG. Science and art: a philosophical perspective［M］// M BURGUETE, L LAM. Arts, a science matter. Co. Pte. Ltd.: World Scientific Publishing, 2011: 76.

艺术的相互渗透，为艺术理论与实践的共生共荣提供了坚实的哲学基础。历史的进程折射出经验知识向理性目标的不断靠拢，精英与世俗的知识壁垒逐步消融。这种不同等级知识间的双向运动，不仅推动了艺术知识的不断蜕变与重塑，还为美学作为一门独立学科的兴起奠定了基础。美学对艺术理论的哲学深化，以及艺术学对实践规律的系统探索，二者共同成为西方艺术知识更新的思想动力和学术引擎，也驱使艺术理论与实践汇合与共谋。这些都是促进西方艺术知识不断更新、蜕变、塑形的推动力。

就艺术的知识构成而言，古老的技艺之本义中所要求的规则、秩序等理性目的贯穿了历史的始终，直到18世纪结束时，其特性和威力都没有完全消散，而是以一种式微的表象隐退到纯粹的理论，继续发挥影响。塔塔尔凯维奇评价道，在18世纪时，古代理论这条"高速路"似乎走到了尽头，而"现在出现了很多条道路，但它们谁也无法成为'高速主路'"①。现在看来，这句话只说对了一半，现代艺术理论似乎"群龙无首"，但古代艺术理论化的动力内核并没有消散；相反，它以情感、审美等不确定知识为掩护，更加隐秘且更富威权地发挥着理性对感性、理论对于实践的控制和引导力。一如黑格尔所预判的那样，19世纪时的艺术实践就已在美学引导下走向了一种观念化的、抽象的表现方式，理论与实践有控制的张力关系久盛不衰，时下观念艺术、抽象艺术显然是一种理论控制实践，或曰实践追逐理论的必然结果。

四、艺术的现代性审美特性与艺术学的兴起

综上可知，18世纪之前，美的问题基本没有与艺术理论发生本质性关联，更谈不到主体构成；18世纪后，美的艺术问题逐渐被纳入审美范畴，思想家在颇具政治色彩的美学框架下，致力于艺术精神层面的价值创造与意义阐释，感性的美学研究因此成为浪漫主义精神的代表学科，影响了各个艺术领域。美学也因

① W TATARKIEWICZ. Did aesthetics progress? [J]. Philosophy and Phenomenological Research, 1970, 31 (1): 47-59.

此成为重要的一类知识。

（一）美学的学科特征

第一，单纯从知识的共性角度来看，艺术的诗性化（文学化）和哲学的统一是美学生成的重要基础。18世纪很多杰出思想家都同时兼通哲学、文学批评、艺术批评、美学，尤其是哲学与文学批评，这绝非偶然，乃是由于两个思想领域的问题具有深刻的、内在的必然联系的结果。卡西尔认为几个世纪以来的文学批评和美学沉思吐出的千丝万缕应该被织成一块织物。当时人们相信，包含艺术活动在内的文艺批评与哲学的本性应该是统一的、有密切联系的，只是难以用精确无误的概念来明确表达。彼时文学与艺术批评被认为能用纯知识照耀的感觉和鉴赏力，而哲学的理性与艺术的感性是完全冲突、截然对立的两个结构，但出于对共性的向往，人们开始追逐二者在理智上的综合，"这种综合又为18世纪的系统美学提供了基础"①。在寻求统一性的过程中，系统美学便从二者的相互依存和统一的看法中脱颖而出。无怪乎后世评价道："与其说'美学'是一门（无论什么级的）'学科'，倒不如说诗歌重大的现代性问题。"②

不过，在18世纪，尽管美学与艺术学形成了学科共同体，但它们本质上是不同的概念或学科。艺术的概念及其知识体系开始明确区分工艺技艺与美的艺术，同时批评家试图寻找艺术的统一性原则。艺术家挑战艺术理论的界限，深入探讨各门艺术的特征与价值。哲学家则致力于研究审美问题，探索艺术的感知方式。艺术就是在这样一种时代背景下，实现了从概念、分类、体系、理论等多维度的同步发展，并在追求自身体系的统一原则中形成了具有自主性特征的知识体系，即美的艺术现代形态。而从美学方面看，虽然诸多思想家，尤其是康德和鲍姆嘉通都在自己的美学理论中对美的艺术问题有所论述，但此时美学与艺术体系分属两类知识，不论是鲍姆嘉通力举美学为科学，还是康德反对美的科学这一论断，美学都是哲学层面上的一种思辨性的智性游戏。

---

① E.卡西尔.启蒙哲学［M］.顾伟铭，等，译.济南：山东人民出版社，2007：257.
② 刘小枫.德语美学文选：上卷［M］.上海：华东师范大学出版社，2006：编者前言4.

第二，从社会条件来看，美学学科具有复杂的思想背景。除心理学和哲学基础外，当代思想界已深刻地意识到了美学学科的政治性本质。韦勒克以为美学归根结底还是建基于一种上层精英的知识偏好。他指出，18世纪时"那些靠体力劳动养家糊口的人毫无趣味可言，至少缺乏在美的艺术中起作用的那种趣味。考虑到这一层，人类中的大部分人便成了门外汉，剩下来的多半相信一种败坏的趣味，所以没有发言的资格。人类的尝试就应当局限于这些范围以外的少数人"。于是，"排斥了如此众多阶层的人，合格的品评美的艺术的人便减少到一个较少的范围"①。确实，从趣味和知识偏好来看，美学作为一门精英化的学科知识特征自然带有强烈的阶层与政治属性。

彼得·盖伊也指出，启蒙哲人认为"批评共和国应该由精选的少数人组成，它在功能上是一个贵族集团"，但好在这个集团是开放的，"任何靠勤奋或是幸运而有钱有闲、能够培养鉴赏力的人都可以加入进来"。②时至今日，人们已普遍确认，美学学科的兴起深深植根于那场波澜壮阔的文化启蒙思潮。刘小枫教授提出，美学其实是传统政治哲学的现代替代品，"'美的科学'是后基督时代的公民科学的代名词"③这是美学在哲学层面被忽略的重要价值。"现代美学用审美意识取代传统的伦理意识，意味着用所有公民共通的'趣味'或'鉴赏力'之类的风尚取代高贵与低贱之间的伦理品质区分，其结果因此是伦理相对主义"④。雅克·朗西埃则直接将美学的本质界定为政治，认为是艺术的这种功能架构了时间及空间中的人民⑤。用一种不那么直白的表述，美学至少是基于社会公民德性的俗世智慧与美的问题的探讨合体并生。

上述观点的形成并不是针对美和艺术的一次人为设定，也不为某一个单个人的意志力所决定，当时学界多认同的是，从表面看，美学是基于感性的哲学论

---

① 韦勒克.现代文学批评史：第1卷［M］.杨凯深，译.上海：上海译文出版社，1987：146.
② 彼得·盖伊.启蒙时代（下）：自由的科学［M］.王皖强，译.上海：上海人民出版社，2016：290.
③ 刘小枫.巫阳招魂：亚里士多德《诗术》绎读［M］.北京：生活·读书·新知三联书店，2019：引言71-73.
④ 刘小枫.巫阳招魂：亚里士多德《诗术》绎读［M］.北京：生活·读书·新知三联书店，2019：引言29，31.
⑤ 雅克·朗西埃.美学中的不满［M］.蓝江，李三达，译.南京：南京大学出版社，2019：24.

说，实质上却是18世纪启蒙运动中社会公民德性养成与个人趣味提升的重要话语通道。借助审美问题和美的艺术在鉴赏层面的普遍性、无目的特征，公民社会凭借公共性的审美趣味，削弱了传统社会在伦理道德层面的差异。因此，审美话题具有深刻的政治意味。美学的确立，从国家政治层面极大地促成了艺术这门学科的生成；与审美相捆绑的现代艺术也同时以一种积极而隐晦的方式，发挥了现代政治学意义上的新社会功能。关于这一点的论辩在后世的理论中不绝如缕。前有席勒的美学目的是用艺术和美消除社会和自我的分裂①，后有先锋派理论着力强调艺术及其理论在社会政治中的批判价值②等。因此，现代艺术越是强调艺术的非传统政治或宗教功能，其实质发挥的影响就越大。③可以说，不论是话语层面还是政治意识方面，审美意识的出现和生成，使得艺术在现代化的进程中被赋予了知识的独特性，以及创作的神圣性和意识形态方面的新使命。在纯粹审美标准下，艺术被引向了自律的理论方向，获得了现代的知识属性和学科形式。艺术理论借由美学通道跃入哲学性的精神高地，步入自己的"成年"时代。

（二）关于美学学科的反思

虽然美学对现代艺术观念产生了重大影响，但艺术中的古代传统在此时并没有彻底消退，甚至在19世纪初期，还改头换面地继续发挥过着本有的影响。黑格尔坚持自己所论说的美学不是鲍姆嘉通意义上的感性科学，而是美的艺术哲学，要在自然美之外研究艺术美。黑格尔反对那种"令人腻味的"俗见，即将美的艺术的理论视为非科学的④。黑格尔不同意美的艺术的没有必然性也就不是科学的说法，他借传统的力量，以自由艺术这个正统知识的定义为切口，将艺术问题领入哲学领域。黑格尔认为艺术是一门从经验出发的科学。这门学科的标准和法则也同其他经验性科学一样处理历史上形成的不同观点。"这些观点

---

① 门罗·比厄斯利.西方美学简史［M］.高建平，译.北京：北京大学出版社，2006：226.
② 彼得·比格尔.先锋派理论［M］.高建平，译.北京：商务印书馆，2002.
③ 刘小枫.巫阳招魂：亚里士多德《诗术》绎读［M］.北京：生活·读书·新知三联书店，2019：引言71–73.
④ 黑格尔.美学：第1卷［M］.朱光潜，译.北京：商务印书馆，2008：9.

经过挑选和汇集形成，然后经过进一步的更侧重形式的概括化，就形成各门艺术的理论。"① 而在谈艺术教育的目的时，黑格尔也对那种由美学所强调的抽象和普遍性的艺术作品进行批判："但是如果把教训（教育）的目的看成这样：所表现的内容的普遍性是作为抽象的议论、干燥的感想、普范的教条直接明说出来的，而不是只是间接地暗寓于具体的艺术形象之中的，那么，由于这种割裂，艺术作品之所以成为艺术作品的感性形象就要变成一种附赘悬瘤，明明白白摆在那里当做单纯的外壳（Hülle）和外形。这样，艺术作品的本质就遭到了歪曲。"② 黑格尔指出，艺术作品所提供观照的内容不能只以其普遍性出现，普遍性须经过明晰的个性化，化成个别的感性的东西。否则，"艺术的想象和感性的方面就变成一种外在的多余的装饰，而艺术作品也被割裂开来，形式与内容就不相融合了"③。

就艺术与自由的关系，黑格尔认为"自由一般是以理性为内容的"④，自由有着三种层次：第一是感官的外在的满足；第二是"从知识和意志，从学问和品行里去找一种满足和自由"，无知者是无法自由的；第三阶段是心灵的绝对领域中的自由，艺术就属于心灵的绝对领域的一种形式。⑤ 只有在绝对真实中消除了自由与必然、心灵与自然、知识与对象，规律与动机等的对立，才是真正的自由，也才会是哲学的、科学的⑥。可以说，在一定程度上，黑格尔还是以自由规定着美的艺术，只是他将自由艺术和美的艺术两个概念都与绝对心灵相关联。正是在"自由艺术"的思想传统内，黑格尔将自由对知识的追求转换为自由与绝对心灵的结合，不仅将艺术确定为一个普遍的、带有必然性的哲学范畴，而且对美的艺术概念、本质规律及艺术类型等历史性质进行了深刻揭示，探讨各门艺术分类——外在的艺术（建筑）、客观的艺术（雕刻）、主体的艺术（绘画、音乐

---

① 黑格尔.美学：第1卷［M］.朱光潜，译.北京：商务印书馆，2008：19.
② 黑格尔.美学：第1卷［M］.朱光潜，译.北京：商务印书馆，2008：63.
③ 黑格尔.美学：第1卷［M］.朱光潜，译.北京：商务印书馆，2008：63.
④ 黑格尔.美学：第1卷［M］.朱光潜，译.北京：商务印书馆，2008：124.
⑤ 黑格尔.美学：第1卷［M］.朱光潜，译.北京：商务印书馆，2008：124-127.
⑥ 黑格尔认为哲学就是按照必然性来研究对象的，因此与科学密切相关，而艺术从内容到形式都是必然性的，因此也是科学的。

和诗歌），并依照感性与理念的关系界定了三种艺术类型。可以说，黑格尔正式确立了艺术哲学这样一种新"美学"①方向。黑格尔与康德走在两条不同的美学道路上。

艺术概念、美学与艺术哲学的学科交织，揭示了理论史的发展并非直线推进，而是各种知识相互斗争、交锋与妥协的复杂过程。就18世纪的美学与艺术的关联而言，有人认为美学与艺术有共同的属性与本质，他们是以两种不同的方式来实现同一个价值；也有人认为美学与艺术拥有不同的价值。在1904年的《哲学评论》上发表的一篇文章中，乔治·桑塔亚纳就曾坦言："美学一词不过是学术界最近对一切与艺术作品或美感有关的事物使用的一个松散的术语。"②今日，人们关于审美价值的自主性早已达成共识，但在艺术价值方面的分歧却不断生发，如罗伯特·斯泰克（Robert Stecker）认为："美学与艺术是两种不同的价值，美学价值是独立的，不来自其他价值，因此是自律的；而艺术价值是依赖于并来自其他的价值，是由其他价值所构成，因此是他律的。"③贡布里希也曾有过总结："划分艺术科学与美学（后者被看作为哲学，探讨的是艺术和自然中的美感问题）以及历史科学的界限因人而异，有的强调艺术科学与历史方法的关联，有的则欲突出它与心理学的联系。"④当历史研究采用一种客观描述方式，而不只是感性审美的阐述方式时，在美学的、美的艺术等一系列现代概念内涵、社会属性、知识分类、体系对象的生成过程中，我们看到了不同领域的人群因为统

---

① 黑格尔声明自己的艺术哲学只是借用了"美学"这个学科名称，其主体仍是关于艺术的。

② G SANTAYANA. What is aesthetics? ［J］. Encyclopedia of Aesthetics, 1904.［M］// O SCRIPTA, B SCHWARTZ, J BUCHLER.. Lec tures, essays and reviews. New York: Charles Scribner's Sons, 1936: 32.

③ ROBERT STECKER. Aesthetic autonomy and artistic heteronomy ［M］// OWEN HULATT. aesthetics and artistic autonomy. London: Bloomsbury Aacademic, Bloomsbury Publishing Plc.: 31.本书中大量讨论了艺术与美学的自律性问题。书中指出，作为美学思想汇集者的鲍姆嘉通对人应该如何正确地形成一个关于自然美与艺术美的趣味判断之问题，是一种将历史上的他律转变为自律性的艺术与美学观。而黑格尔的理论引发了新的艺术问题：认为艺术史与艺术形式并不是艺术家所决定的，艺术史实际上反映了一种意识的对向性发展，这种意识有一种内部逻辑与动力，驱动了人类在艺术、哲学等方面向前发展。因此现代艺术的发展并不是由于艺术内部自身的革新动力，而是由于外在于审美的（extra-aesthetic）精神（geist）所决定的。

④ 贡布里希.艺术科学［M］//范景中.艺术与人文科学：贡布里希文选.杭州：浙江摄影出版社，1989：425.

一的概念而形成一个共同体，不同的对象因为学科的分类和重组而被关联，学科体系的形成打破了艺术间不同层级知识的界限与隔阂。以自由艺术为基础的演绎性知识传统，与以博物的、机械艺术的描述性知识传统在长时间争锋后，最终被美的艺术概念所统纳。"美的艺术"一枝独秀，通过美学在哲学层面得以论证和巩固，艺术在知识领域的学科地位稳定了。这正是美学对于艺术的学科意义与价值。

美学学科的确立，为艺术知识体系提供了哲学的引领，成功地将各类艺术从其他学科中分离出来，成为一门独立的学科，因此，美学无疑是艺术学科发展的基石与核心。但问题的症结也正在于此，尽管艺术的实践还在现实社会中活泼泼地存在着，但由美学规约后的现代艺术的概念被孤绝在精神层面。尤其是先前与美学无涉的各类艺术理论，原本是艺术学科生成历史的主体，如今却在美学主导的知识体系中几无立锥之地。托马斯·门罗提醒世人，"美学作为一套价值评价系统，它所描述和定义的是理想中的艺术而不是现实生活中的艺术"[1]。阿多诺也指出，美学这门学科的结构性问题在于，它"在艺术作为一个积极的现实力量和艺术作为一种过去的历史之间形成了紧张关系"[2]。美学的出现和定型，在一定程度上切断了艺术自身与历史的关联，美学统帅下的艺术理论难免有些暮气沉沉。

（三）艺术科学的兴起

19世纪末，被誉为"艺术学之祖"的康拉德·费德勒（Konrad Fiedler，1841—1895）意识到了美学与艺术理论的本质不同，他以视觉艺术为主要研究对象，断言"美与愉悦的情感有关，而艺术是遵循普遍规律的真理的感觉认识，其本质是形象的构成"[3]，从而将艺术哲学与美学区分开来。后世评价费德勒的贡献正在于打破"墨守成规的美学"束缚，将艺术的评判权交予艺术创作，发现了视

---

① 陈岸瑛.从艺术史论角度看艺术社会学的潜能与限度［J］.艺术学研究，2020（1）.
② T W ADORNO. Aesthetic theory［M］. London and Boston: Routledge & Kegan Paul Plc., 1984: 4.
③ 竹内敏雄.美学百科辞典［M］.池学海，译.哈尔滨：黑龙江人民出版社，1987：68.

觉的智慧。①其后，格罗塞（Ernst Grosse，1862—1927）《艺术学研究》（1900年）中提倡应采用人类学、民族学的方法研究艺术科学②；1906年，德索（Max Dessoir，1867—1947）提出了一般艺术学的学科构想，他基于美学与艺术学关系的复杂性，主张构建一般艺术学，旨在从认识论的角度探讨特殊艺术学的前提、方法和目的等问题③，拉开了"艺术科学"之幕，成为20世纪中国艺术学科建立的主要理论依据。

艺术的体系化、学科化是其知识系统演进的必然结果。而古典时期的艺术概念和相关知识虽散落各处，但它们与哲学、自然科学及其他人文科学彼此交融，互为促进，生发出自身无尽丰富的价值和意义，历史上的艺术，作为专业知识的一种，不仅承载着道德伦理、政治教化、审美娱乐等多重功能，而且具备认知世界、完善知识体系、追求理性思考等深远价值；而其永恒性中更包纳着无数的辩证关系。中国学界对此早有论断，如李泽厚认为，艺术作品的永恒性中蕴藏着人类心理共同结构的秘密，或可称其为"人性"："人性不应是先验主宰的神性，也不能是官能满足的兽性，它是感性中的理性，个体中有社会，知觉情感中有想象和理解，也可以说，它是积淀了理性的感性，积淀了想象、理解的感情和知觉，也就是积淀了内容的形式，它在审美心理上是某种待发现的数学结构方程，它的对象化的成果是……'有意味的形式'（significant form）。这也就是积淀的自由形式，美的形式。"④这段话提示，艺术的永恒性在于理性与感性、个体与社会、想象与理解、自由与美的协调与平衡，以及待发现心理学的数学结构方程。但今天又有多少人会对真正对艺术作如是辩证解读？

当代的艺术理论常常会在古典美学或现代自律艺术概念的裹挟下，单一强调情感、表现、形式、精神等不确定性知识的繁衍，导致当前的艺术理论研究治丝益棼。视理性技艺为敌，与艺术的技艺本质、材料工艺、生产价值、社会功

---

① 汉斯·埃克施泰因.费德勒其人及其思想［M］//康拉德·费德勒.论艺术的本质.丰卫平，译.南京：译林出版社，2017：176.
② 竹内敏雄.美学百科辞典［M］.池学海，译.哈尔滨：黑龙江人民出版社，1987：68，69.
③ 玛克斯·德索.美学与艺术理论［M］.兰金仁，译.北京：中国社会科学出版社，1987.
④ 李泽厚.美的历程［M］//美学三书.合肥：安徽文艺出版社，1999：209.

能等为敌，并将这一断绝联系的理论诉求扩展到艺术的历史价值及现实意义方面，建立起一个铜墙铁壁的自律世界，导致了学科理论整体上的凌空蹈虚。艺术的美学体制，作为一种感官形式，"它降临在一种特别的经验之中，不仅悬隔了日常生活之中表象与现实之间的关联，也悬隔了日常的形式与材料、主动与被动、理解和可感性之间的关联"①。艺术学科层的理论阐述与现实生活无涉，与大众日常无关；与门类艺术的具体作品和理论不能妥协或流通；对自身历史也免不了圆凿方枘。换言之，以审美无功利为标准的现代艺术观，实际上无法完整辐射艺术的知识界域，甚至都无法有效阐释西方艺术自身的历史。在美学支持下的美的艺术论说，建立了现代艺术的体系大厦，却也打造了一个艺术理论的金丝笼。

就艺术本体而言，现代思想者多笃信"美乃艺术的基础和目的，艺术乃美的完成与升华"②；历史表明，美学是艺术思想史发展中的一个特定阶段，而非涵盖艺术的全部维度。尽管审美是艺术的重要属性，但绝非其唯一价值。在更广阔的视域中，艺术的知识体系是一个多维度、多领域、多学科的复杂构成。从技艺、模仿、自由、想象、趣味到审美，艺术范畴各具特点；从道德伦理、政治、神学、科学到美学，没有哪一种原则能够单独定义艺术的本质或支配其多样性。这些范畴与原则在历史长河中不断积淀，拓宽了艺术理论的深度，并拓展了学术话语的边界。从学术史视角探讨艺术理论，并非意在否定美学价值，而是要避免局限于美学所构建的现代艺术理论框架之中。恰恰相反，需要适当松动美学的绳规，突破其在艺术理论中的主导地位，拓宽艺术研究的视野。通过跨越艺术门类与学科分野，可以重新定义艺术的时空范畴与知识边界，构建更加开放、多元、充盈的艺术理论体系。这一过程不仅是对艺术历史与现状的反思，更为艺术学科未来发展拓展了新的可能性。

---

① 雅克·朗西埃.美学中的不满［M］.蓝江，李三达，译.南京：南京大学出版社，2019：31.
② 张法.作为艺术内容的美学（上）：美乃艺术的基础和目的［J］.艺术学研究，2020（4）.张法.作为艺术内容的美学（下）：艺术乃美的完成与升华［J］.艺术学研究，2020（5）.

五、立足本土艺术学与美学传统资源，构建
中国艺术学自主知识体系

对于当下的中国艺术学科而言，西方现代艺术理论已不再扮演"灯"的光照角色，但它的历史形态依然具有"镜"的参照价值。作为一面能够反观自身的镜子，对它的解读与思考在当前阶段仍是不可或缺的存在。这不仅要求我们认真审视其理论构成与历史逻辑，更需不断打磨、精细化这一参照系统，使之更加清晰、更加契合自身需求，从而为中国艺术学科的独立构建和持续发展提供更加有效的借鉴与启示。

18世纪结束后，艺术学科逐步迈入美学主导的时代。西方艺术理论在美学的引领下，更多走向哲学化的言说路径。与之相伴的是对艺术学科本体问题的冷淡态度——关于艺术分类标准、研究方法、观照对象及研究目的等基础性问题的探讨日渐式微。尽管其间偶有重要思想或观点涌现，却少有能够巩固并完善艺术学科构架的划时代之作，西方艺术学科理论的探索长期停留在襁褓阶段。直至19世纪末20世纪初，德国学界兴起"艺术科学论"，试图突破美学的学科封锁，为艺术理论开辟新的局面。然而，由于战争等多重因素，这场一般艺术学运动最终未能成气候。20世纪中叶，保罗·克利斯特勒在其《现代艺术体系》一文中提出了具有启发性的理论思考，为艺术理论增添了一抹亮色。但这一努力并未获得广泛的呼应，相反，质疑之声层出不穷，最终未能从根本上扭转西方艺术学科理论整体薄弱的局面。艺术理论的发展在这一时期依然徘徊于美学的影子之下，难以独立出更加全面和多元的学术体系。

中国艺术学的发展，在20世纪多个历史阶段与西方现代艺术学科展现出深刻且内在的联系。回顾中国艺术学百年的现代发展历程，自20世纪初至今，中国艺术学在引进和借鉴西方美学和艺术学的基础上逐渐形成和确立起来。宗白华先生的《艺术学》讲演被视为中国艺术学的缘起，标志着中国艺术学的滥觞期，这一时期由美学所支持的现代艺术观念，在中国艺术学史中影响深远。这一源

于18世纪确立的无功利性、纯粹审美的艺术理念，其背后是西方现代工业文明所塑造的价值秩序与精神特质。这种理念构成了现代艺术体系及其理论长久不衰的思想与社会根基，也正是中国思想界早年引入这一艺术概念及其学科建制的初衷。以现代"艺术科学"为基础，中国艺术学科的确立在很大程度上依赖这些外来理论依据。这些标尺为中国艺术问题提供了重要的参照，也深刻形塑了中国现代艺术观念。然而，随着时代变迁，这一体系的弊端也随之显现。特别是在20世纪80年代以来，美学被过度阐释，加剧了对单一现代审美标准的迷恋。这种执念不仅导致中国艺术理论体系在完成现代转型时被定型于纯审美的框架内，还将古往今来丰富多样的艺术实践局限于单一的评判标准中。在此情景下，作为一门后起的学科，国内艺术学的理论图景也曾一度在被西方现代话语所填充，这种外来知识体系的强势介入导致本土艺术学的独立思考不足。进入21世纪，中国艺术学在本土语境中激发出独特的理论思潮，为艺术学科的发展注入新鲜活力。这不仅是对传统的承接与创新，更是开启艺术学科新历程的重要契机。由此，重新审视由美学所主导的现代艺术观念的普适性与局限性，并探讨如何突破单一标尺的束缚，建立一个更包容、更多元的艺术学术体系，真正反映艺术的复杂性与多样性就显得十分必要。

前述历史考察表明，即便是西方"现代艺术"这一看似完备无缺的知识体系，其发展历程亦充满了变化与差异。而美学这门学科之外，无论是概念范畴、研究对象、学理目标，还是知识界域、各文明与历史中的艺术概念，都有其独特的理论结构与方式，并不存在一个放之四海皆准的艺术定义或固定的学科体系。艺术的成长并非单纯依赖于审美理论框架，而是在与多种价值体系的碰撞、妥协、博弈中不断积蓄力量。从思想史的进程来看，这些形态多样的艺术价值虽未必符合现代艺术的审美标准，却蕴藏着一种"孩子气"的力量。这种力量顺应艺术历史的内在逻辑，逐渐累积成我们对艺术的现代认知。这些资源生机勃勃与光彩璀璨，它们深藏着深远的文化意义与强大的思想力量。从中国当前艺术学自主体系建构的理论需求出发，中国本土美学与传统艺术理论资源将是艺术不断焕发活力的关键，是我们激活传统文化资源、认识中国艺术理论、构建多元理论体系的富矿。我国的艺术学需要从美学与艺术学相交汇的历史视角出发，立足本土美学与传统艺术理论资源，拓宽视野，激活丰富的学术想象与理论可能，为构建中国艺术学自主知识体系奠定坚实基础。

参考文献：

1. E.卡西尔.启蒙哲学［M］.顾伟铭，等，译.济南：山东人民出版社，2007.

2. 安维复.教父时代科学思想传承何以可能？：基于文献的考量［J］.科学与社会，2021（1）.

3. 巴托，C.柏拉图全集：第1卷.王晓朝，译.北京：人民出版社，2002.

4. 彼得·盖伊.启蒙时代（下）：自由的科学［M］.王皖强，译.上海：上海人民出版社，2016.

5. 陈岸瑛.从艺术史论角度看艺术社会学的潜能与限度［J］.艺术学研究，2020（1）.

6. 陈平.歌德与建筑艺术：附歌德的四篇建筑论文［J］.新美术，2007（6）.

7. 陈平.西方美术史学史［M］.杭州：中国美术学院出版社，2016.

8. 戴维·L.瓦格纳.中世纪的自由七艺［M］.张卜天，译.长沙：湖南科学技术出版社，2016.

9. 丹尼尔·威廉姆斯.奥古斯丁对自由七艺的接纳［J］.张文琦，译.基督教文化学刊，2016（36）.

10. 葛怀恩.古罗马的教育：从西塞罗到昆体良［M］.黄汉林，译.北京：华夏出版社，2015.

11. 汉斯-格奥尔格·加达默尔.真理与方法：哲学诠释学的基本特性：上卷［M］.洪汉鼎，译.上海：上海译文出版社，1999.

12. 黑格尔.美学：第1卷［M］.朱光潜，译.北京：商务印书馆，2008.

13. 黑格尔.美学：第3卷上［M］.朱光潜，译.北京：商务印书馆，1979.

14. 康德.判断力批判［M］.邓晓芒，译.北京：人民出版社，2002.

15. 李泽厚.美的历程［M］.合肥：安徽文艺出版社，1999.

16. 刘小枫.巫阳招魂：亚里士多德《诗术》绎读［M］.北京：生活·读书·新知三联书店，2019.

17. 玛克斯·德索.美学与艺术理论［M］.兰金仁，译.北京：中国社会科学出版社，1987.

18. 门罗·比厄斯利.西方美学简史［M］.高建平，译.北京：北京大学出版社，2006.

19. 乔尔乔·瓦萨里.意大利艺苑名人传：中世纪的反叛［M］.刘耀春，译.武汉：湖北美术出版社，长江文艺出版社，2003.

20. 塞涅卡.幸福而短促的人生：塞涅卡道德书简［M］.赵又春，张建军，译.北京：生活·读书·新知三联书店，1989.

21. 吴国盛.什么是科学？［M］.广州：广东人民出版社，2017.

22. 西塞罗.论义务［M］.张竹明，龙莉，译.南京：译林出版社，2015.

23. 先刚.试析谢林艺术哲学的体系及其双重架构［J］.学术月刊，2020（12）.

24. 谢林.先验唯心论体系［M］.梁志学，石泉，译.北京：商务印书馆，2016.

25. 谢林.学术研究方法论［M］.先刚，译.北京：北京大学出版社，2019.

26. 谢林.艺术哲学［M］.魏庆征，译.北京：中国社会科学出版社，1996.

27. 雅克·朗西埃.美学中的不满［M］.蓝江，李三达，译.南京：南京大学出版社，2019.

28. 亚里士多德全集：第7卷［M］.苗力田，译.北京：中国人民大学出版社，2016.

29. 亚里士多德全集：第9卷［M］.苗力田，译.北京：中国人民大学出版社，2016.

30. 尤金·赖斯，安东尼·格拉夫顿.现代欧洲史：早期现代欧洲的建立1460—1559［M］.北京：中信出版集团，2017.

31. 詹姆斯·波特.艺术是现代的吗？：重思克利斯特勒的"现代艺术体系"［J］.毕唯乐，译.艺术学研究，2021（2）.

32. 张法.作为艺术内容的美学（上）：美乃艺术的基础和目的［J］.艺术学研究，2020（4）.

33. 张法.作为艺术内容的美学（下）：艺术乃美的完成与升华［J］.艺术学研究，2020（5）.

34. 竹内敏雄.美学百科辞典［M］.池学海，译.哈尔滨：黑龙江人民出版社，1987：68-69.

35. G SANTAYANA. What Is aesthetics?［M］// J B, B Schwartz (Eds.), Obiter Scripta: Lectures, Essays and Reviews. New York: Charles Scribner's Sons, 1936.

36. G S WU. Science and art: a philosophical perspective［M］// M Burguete, L Lam.Arts, a science matter. Singapore: World Scientific Publishing Co. Pte. Ltd, 2011.

37. J TAYLOR. The didascalicon of Hugh of St. Victor, a medieval guide to the arts［M］. New York: Columbia University Press, 1991.

38. L SHINER. The invention of art: a cultural history. Chicago: The University of Chicago Press, 2001.

39. R STECKER.Aesthetic autonomy and artistic heteronomy［M］//O HULATT.Aesthetics and artistic autonomy［M］. London: Bloomsbury Academic, Bloomsbury Publishing Plc, 2013.

40. T W ADORNO. Aesthetic theory［M］. London and Boston: Routledge & Kegan Paul Plc, 1984.

41. W H STAHL, R JOHNSON, E L BURGE. Martianus capella and the seven liberal arts II, the marriage of philology and mercury［M］. New York: Columbia University Press, 1977.

42. W TATARKIEWICZ.Did aesthetics progress?［J］. philosophy and phenomenological research, 1970, 31(1)

【本篇编辑：侯琪瑶】

艺术史

景德镇民窑：工匠知识的建构与变迁[①]

方李莉

摘　要：本文从历史人类学和艺术人类学的角度出发，深入研究了景德镇民窑在千年历史中的发展变迁。通过文献分析、田野调查、物质文化研究等方法，揭示了景德镇陶瓷工匠在生产技术、社会组织、行业文化、国际贸易等方面的知识体系及其演变过程。本文提出了"瓷文化丛"这一概念，将景德镇的陶瓷生产视为一种复杂的文化型式，涵盖了手工业生产方式、行业信仰、社会习俗及国际文化交流等多方面内容。景德镇民窑不仅是地方性知识的典型案例，更是全球化背景下文化互动的重要体现。景德镇的陶瓷生产不仅塑造了中国传统手工业城市的形态，还在全球范围内创造了广泛的文化和经济影响。本文通过对景德镇陶瓷工艺的复兴与现代化转型的分析，探讨了传统手工艺在全球化和后工业社会中的意义与未来发展路径。

关键词：景德镇民窑　陶瓷文化　历史人类学　艺术人类学　手工艺复兴

作者简介：方李莉，女，1961年生，博士，现为中国艺术研究院研究员、博士生导师。主要从事中国陶瓷艺术史、民窑工艺与文化史研究。著《传统与变迁——景德镇新旧民窑业田野考察》等。

Jingdezhen Folk Kilns: The Construction and Transformation of Craftsmen's Knowledge

Fang Lili

Abstract: This article explores the historical evolution of Jingdezhen folk kilns over a

---

[①] 本文为作者新著《景德镇民窑千年史》导论，本卷首发。

millennium from the perspectives of historical anthropology and art anthropology. Through literature analysis, field investigations, and material culture studies, it reveals the knowledge systems of Jingdezhen ceramic artisans in areas such as production techniques, social organization, industry culture, and international trade. The concept of a "ceramic cultural cluster" is proposed, viewing Jingdezhen's ceramic production as a complex cultural form encompassing handicraft production methods, industry beliefs, social customs, and international cultural exchanges. The author emphasizes that Jingdezhen folk kilns are not only a quintessential example of localized knowledge but also a significant manifestation of cultural interaction in a globalized context. The study demonstrates that Jingdezhen's ceramic production has shaped the form of traditional Chinese handicraft cities while creating extensive cultural and economic impacts on a global scale. By analyzing the revival and modernization of Jingdezhen ceramic craftsmanship, the article explores the significance and future development paths of traditional handicrafts in the context of globalization and post-industrial society.

Keywords: Jingdezhen folk kilns   ceramic culture   historical anthropology   art anthropology   craft revival

一、概　述

笔者从20世纪90年代中期至今，花了20多年的时间追踪研究景德镇的陶瓷工匠及他们所创造的历史和文化的变迁。《景德镇民窑》是笔者研究景德镇的第一部书，1996年笔者从中央工艺美术学院（现清华大学美术学院）史论系毕业并获得博士学位后，以"景德镇民窑"的论著获得进入北京大学社会学人类学博士后流动站作博士后研究的资格。此后，笔者一方面继续完成"景德镇民窑"的研究，另一方面开始关注景德镇新兴民窑业的萌发与生长。

笔者在研究中将民窑定义为：首先是非官方的自由经济；其次是家庭作坊式的个体生产单位，当然也有做得比较大的手工业工场，这里还有一个含义，是从传统工艺一直延续下来的手工业生产方式。

在没有深入景德镇田野中进行实地考察时，笔者一直以为这种传统的民窑业只存在于20世纪50年代以前的景德镇。1949年以后景德镇实行公私合营，将一些小的作坊合并成了大的集体工场，后来又实行机械化生产，成立了国有工厂。

从此，景德镇的传统手工艺陶瓷作坊作为"落后的生产方式"基本消失。

当年，在写《景德镇民窑》的同时，笔者还写了一本《飘逝的古镇——瓷城旧事》，之所以写这样一本书，是因为随着改革开放，中国的现代化进程不断加速，景德镇传统的城市风貌在不断的拆建中逐步消失，在这样的背景中，笔者担心传统的工匠知识和工匠的生产组织形式也将随着老一代工匠生命的消失而烟消云散。所以，每年寒暑假从北京回到景德镇，笔者都会找一些老工匠，让他们回忆一些民国时期的陶瓷手工业的生产状况，还有他们所知道的一些工匠知识及工匠技术，笔者试图将这些即将消失的传统及工匠的知识保存记录下来。

但当笔者进入北京大学社会学人类学博士后工作站并学习了人类学的研究方法后，出于对地方性知识的关注，笔者开始对景德镇民窑业的研究有了新的认识角度。笔者认识到，所有手工业都是农业时代人与自然环境互动的结果，是不同区域的人们利用不同区域的自然资源，经过改造进行生产，由此形成的一种具有很强的地域性的生产劳动方式，其世世代代积累下来的知识也具有很强的地方性特点。而且这种多元化的特点是保持文化多样性的重要基础。

从20世纪90年代开始，"全球化""后现代主义""地方性知识"等概念开始在不同的学科领域里出现，同样影响了人类学领域，尤其是人类学家吉尔兹提出来的"地方性知识"，引起了学者们的广泛关注。而且吉尔兹认为，对地方性知识的寻求是和后现代意识共生的[1]。同时，他还认为，后现代的特征之一就是"地方性"（localize）——求异，不管它的结果是异中趋同，还是异中见异、异中求异[2]。当时，联合国教科文组织还没有制定非物质文化遗产保护的公约，但笔者已经意识到文化多样性保护的重要性，并决心要将景德镇陶瓷工匠知识记录、保存下来。

---

① 克利福德·吉尔兹.地方性知识：阐释人类学论文集［C］.王海龙，张家瑄，译.北京：中央编译出版社，2000：19.

② 克利福德·吉尔兹.地方性知识：阐释人类学论文集［C］.王海龙，张家瑄，译.北京：中央编译出版社，2000：19.

二、研究框架与研究目标的确定

在北京大学社会学人类学专业受过训练以后，笔者发现，仅仅记录和保存是不够的，还必须有一定的研究方法，并且能形成自己的研究范式和理论体系。人类学能否真正被视作像物理学一样的科学，学者们对此一直有争论。但是，绝大多数学者同意人类学至少同物理学具有一些联系（如拥有一个单一的宏观框架，在这方面指的是对人类的理解），以及在这个框架之内，有更多的独特范式（比如功能主义和结构主义）①。

而笔者受美国人类学家博厄斯的影响，力图将景德镇民窑业和其拥有的工匠群体作为一种文化型式来研究。按韦斯勒的解释，一个部落的文化包括许多单位，这便是文化特质，研究者入手时须以一个特质为单位。这些特质其实也不是简单的事物，它必有许多附带的东西合成一个"文化丛"，一个部落的文化丛常自成一种型式，这便叫"文化型式"②。为此，笔者以陶工们的造物方式来将其划分为一个"瓷文化丛"，"瓷文化丛"的载体不是一个部落，而是一个行业，是通过其制瓷行业生产而附带出的各种事件的结合体。"瓷文化丛"深入依赖其所生存的人们的行业崇拜、生产劳动和生活方式的方方面面。

确定了这样的研究范式以后，笔者收集了大量景德镇民窑业的各种资料，从历史变迁谈到其社会组织、生产方式、行业崇拜、行业规则、忌禁、习俗等，形成了《景德镇民窑》这部著作，这也奠定了笔者后来对景德镇研究的种种基础。在这一研究过程中所要提出的问题是，通过这样的记录和研究，追问"我们试图要发现什么"，而且进一步解释"为什么这门知识是有用的"③等问题。

在笔者看来，通过《景德镇民窑》的研究，能够让我们透过这一地方性的行业个案解剖来理解中国传统的农工相辅的文化基因。费孝通认为，在传统的中国

① 阿兰·巴纳德.人类学历史与理论［M］.王建民，刘源，许丹，等，译.北京：华夏出版社，2008：42.
② 林志祥.文化人类学［M］.北京：商务印书馆，1996：42.
③ 阿兰·巴纳德.人类学历史与理论［M］.王建民，刘源，许丹，等，译.北京：华夏出版社，2008：4.

乡村，人民除种田外，多从事一种手工艺以为副业。往往一村之内，全村居民均赖此为生，该村即以此种小工艺而著闻于当地。①因此，在那样的时代，每个农民多少同时是个工人。②其实，不仅是传统的中国农民多少是一个工人，宋以后，中国就开始出现了商业化的城市，其中就包含手工业，并促使一些手工行业从乡村中分化出来，逐步走向专业化。明代以后，中国开始形成了一些以某种行业为中心的手工业城市，景德镇就是当时众多的手工业城市之一。但有关手工业的历史，尤其是传统手工业城市的历史，并没有得到很好的研究，如果我们不理解中国的这一部分历史和文化基因，就不能真正明白：传统的中国不仅是一个农业大国，也是一个手工业大国。因此，传统的中国不能简单地称为乡土中国，也应该可以称为手艺中国。这一认识的重要性不仅关乎我们认识传统的中国与手工艺的关系、认识当下的中国与手工艺的关系，甚至包括了认识未来的中国与手工艺的关系，还包括认识手工艺不仅是一门技术，也是一套价值体系和社会结构，这样的价值体系与社会结构会促进中国乡土社会走向生态社会。当然这样的讨论并不包含在这两本书内，但这两本书的研究成果为笔者提出的这一理论打下了坚实的基础。

也就是说，当1997年笔者完成《景德镇民窑》的写作，进入田野以后，惊异地看到，笔者在《景德镇民窑》一书中所描述的传统景德镇的工匠生活重新出现在景德镇。虽然是不同的时期，但他们却是用同样的传统手工加家庭作坊的方式生产陶瓷。面对这样的场景，笔者想起了费孝通先生所言："文化中的活和死并不同于生物的生和死。文化中的要素，不论是物质的或是精神的，在对人们发生'功能'时是活的，不再发生'功能'时还不能说死。因为在物质是死不能复生的，而在文化界或说人文世界里，一件文物或一种制度的功能可以变化，从满足这种需要转向去满足另一种需要，而且一时失去功能的文物，制度也可以在，另一时又起作用，重又复活。"③由此观照，我们以为已经消失在景德镇历史

---

① 费孝通.中国乡村工业［M］//费孝通，方李莉.费孝通论中国乡村建设.北京：商务印书馆，2021：207.
② 费孝通.中国乡村工业［M］//费孝通，方李莉.费孝通论中国乡村建设.北京：商务印书馆，2021：204.
③ 费孝通.重读《江村经济·序言》［M］//潘乃谷，马戎.社区研究与社会发展.天津：天津人民出版社，1996：26.

中的家庭手工业的劳动方式，于20世纪90年代复活了。为什么会复活？这是一个值得思考又必须思考的问题，正如费孝通先生指出的，我们的研究不仅要"为将来留下一点历史资料，而是希望从中找到有前因后果串联起来的一条充满动态和生命的'活历史'的巨流"①。这条"活的历史的巨流"是如何形成的？新的工匠知识又是如何在原有的工匠知识的基础上得以重建，并发生变迁与重构？这对景德镇的当下意味着什么？对景德镇的未来意味着什么？这是笔者在《传统与变迁——景德镇新旧民窑业田野考察》这部书里研究的主要内容。

费孝通先生在他的研究中曾提出"三维直线的时间序列（昔、今、后）融成了多维的一刻"②的理论，也就是说，在做研究时不仅要站在此刻进行思考，还要回望历史和未来的时间轴，只有站在一条动态的时间轴上，才可以理解当下所要研究的问题的意义。所以他指出"要了解一种文化就是要从了解它的历史开始"③"这种文化的根是不会走的，它是一段一段的发展过来的"④。非常有幸的是，面对20世纪90年代景德镇所遭遇的社会转折和变迁，笔者由于先前已做了大量有关景德镇民窑历史的研究。有了这样的基础，面对新问题就很容易将其纳入历史的视野来审视，同时作对比研究。而且将这一现象与当时的全球化和后现代主义思潮相结合，让笔者在传统中不仅理解了现实，还理解了未来。这就是费孝通先生的"多维的一刻"理论的实际运用。

记得当笔者把自己完成后的博士后研究报告交给费孝通先生，他读完后非常兴奋，把笔者叫到他书房里，告诉笔者他对这一研究成果的看法。他说："中国的人类学研究离不开传统和历史，因为它的历史长，很多东西都是从这里边出来的，因此，许多的问题都要回到这里边去讲起。"⑤他还说："以发展的观点结合过去同现在的条件和要求，向未来的文化展开一个新的起点。你写的书就是表达这

① 费孝通.重读《江村经济·序言》[M]//潘乃谷,马戎.社区研究与社会发展.天津：天津人民出版社,1996：26.
② 费孝通.对文化的历史性和社会性的思考[M]//费孝通论文化与文化自觉.北京：群言出版社,2005：511.
③ 费孝通.文化的传统与创造[M]//方李莉.费孝通晚年思想录.长沙：岳麓书社,2005：47.
④ 费孝通.文化的传统与创造[M]//方李莉.费孝通晚年思想录.长沙：岳麓书社,2005：48.
⑤ 费孝通文集：第14卷[M].北京：群言出版社：1999.

样一种思想的一个例子之一。"①

笔者在这里讲了诸多以往研究的回忆，是因为江西美术出版社即将出版《景德镇民窑千年变迁史》，本书糅合了当年《景德镇民窑》和《传统与变迁——景德镇新旧民窑业田野考察》两本书的内容，并做了许多补充和修订。一方面突出"活历史"这一概念，另一方面突出地方性知识这一概念，此外还想突出一点：地方性知识也在应对着全球化的发展，今天我们所形成的是全球化的本土性知识，传统依然存在，但传统在变化和生长，并从过去延伸到今天，甚至未来。

笔者认为这部著作出版的最大意义在于，让我们明白历史并未终结。笔者在20世纪90年代考察景德镇陶瓷手工艺复兴时就曾预言，当时手工艺作坊生产的陈设仿古瓷并不是景德镇的未来，未来复兴的一定是具有新艺术感的生活化的手工日用瓷，当然也有艺术瓷和陈设瓷，但真正能将其推向高峰的，一定是生活化的日用瓷器。因为生活化的日用瓷器不仅是产品，而且是塑造新时代生活方式的文化设备和文化器具。

景德镇在过去的20年间发生了巨大的变化，其陶瓷手工艺复兴经历了仿古瓷阶段，又经历了大师瓷阶段，现在真正进入全面复兴的阶段。所谓全面的复兴不只是产品的丰富、就业人数的激增，最重要的是吸引了全国各地年轻的、受过良好艺术教育的学子，投身于景德镇的陶瓷手工艺制作。不仅如此，景德镇还吸引了来自世界各国的艺术家前来创作和设计。这也证明了笔者当年预测景德镇正在从工业社会转向后工业社会的准确性，其之所以准确，就在于笔者的研究是扎根于本土的，同时也是扎根于历史的。这样的研究证明，历史是活水，过去的遗产也是我们今天发展的一部分，甚至是未来发展的一部分。因为笔者又看到，景德镇陶瓷手工艺的复兴不仅体现出后工业社会的特征，而且体现出后农业社会的特征，这是一个大胆的预测，如果没有对景德镇历史有深刻的研究，是不可能做出这一预测的。每当我们对人类社会的未来看不清楚时，就需要回到文化发生的原点去重新思考，因为宇宙的时间并非直线，往往是循环往复的，只有回到历

---

① 费孝通文集：第14卷［M］.北京：群言出版社：1999.

史，才能看清未来。这部专著主要讲历史，以及20世纪90年代景德镇出现的历史回归现象。有关景德镇的当下和未来的研究，笔者在《景德镇模式》一书中做了深入探索，《景德镇模式》的研究是建立在《景德镇民窑千年变迁史》的基础之上的。

三、曾经的文明高地：为世界王公贵族做瓷器的地方

笔者在写这本书时，与以前写过的《景德镇民窑》相比较，不仅在书的结构上有所改变，内容也有所不同，其主要原因是笔者看待问题的角度和思路的改变。第一个改变是，笔者近期阅读了费孝通先生写的一些文章，印象颇深的是当年马林诺夫斯基对他的期待——他的博士论文《江村经济》当年得到马林诺夫斯基的高度重视，这篇论文开启了人类学对文明社会研究的先河。人类学在20世纪30—40年代前，一直以当时欧洲人口中的"野蛮人"作为研究对象，而费孝通的《江村经济》则以中国这样一个有着几千年历史的文明大国为研究对象，正因如此，当时马林诺夫斯基从费孝通的博士论文里看到了一股新风气，他说："这个新风气就是从过去被囚禁在研究'野蛮人'的牢笼里冲出来，进入开阔庞大的'文明世界'的新天地。"[①]马林诺夫斯基曾期待中国的人类学研究可以"为人类学跨过'野蛮'进入'文明'进行一次实地探索"[②]。半个多世纪过去了，马林诺夫斯基所期待的、在中国得到实践的、研究中国本土的"文明人类学"已经有了很大的发展。但"文明人类学"与"部落人类学"研究的区别在什么地方？这是值得思考的。

笔者的《景德镇民窑》和费孝通的《江村经济》这两本书，相同之处在于研究中国这 文明礼会，但个同之处在于其研究的不仅不是部落文化，甚至不是村

---

① 费孝通.重读《江村经济·序言》[M]//潘乃谷，马戎.社区研究与社会发展.天津：天津人民出版社，1996：26.

② 费孝通.重读《江村经济·序言》[M]//潘乃谷，马戎.社区研究与社会发展.天津：天津人民出版社，1996：26.

落文化，而是具有世界影响力的传统手工业城市文化。景德镇可以说是一个曾经的文明高地，它从宋代就开始为皇家制瓷，元代皇帝在景德镇设立浮梁瓷局，专为皇家制瓷，到明清时期皇帝正式在景德镇建立官窑，从此景德镇名声大振，全国的制瓷资源都向景德镇集中。不仅如此，全球的陶瓷市场也在向景德镇集中。如果说景德镇的官窑是为中国的王公贵族制瓷，那么景德镇的民窑则是为全世界的王公贵族做瓷器。如果我们极目全球，就会看到，无论是在土耳其的皇宫、伊朗的皇宫、俄罗斯的皇宫、印度的皇宫、日本和韩国的皇宫，还是欧洲各国的皇宫，都能看到当年由景德镇民窑制作的瓷器。这是一种文明的象征和先进生产力的象征。

因此在研究景德镇民窑历史时，一方面要关注其具有地方性知识的一面，另一方面要关注其城市开放性的一面。其开放性就在于，景德镇在历史上就是一座世界名城，是世界不同国家王公贵族所向往的地方。景德镇的瓷器精美，当时由于运输的困难，几乎成为奢侈和文明的象征，拥有它就拥有了地位与财富。尤其是欧洲地理大发现以后，景德镇这座城市开始进入欧洲市场的视野。有学者写道，1497 年达伽马自葡萄牙出发，展开他绕过非洲前往印度的划时代之旅，葡萄牙王曼努埃尔一世千叮万嘱，交代他务必带回两样西方最渴求的物事：一是香料，二是瓷器。[①] 可以说，15 世纪以后，由于元青花瓷的生产和官窑在景德镇的建立，中国的陶瓷生产局面已由宋代的瓷区遍布大江南北改变为景德镇一花独放，景德镇不仅成为中国的产瓷中心，还成为世界的产瓷中心。

当时欧洲购买的中国瓷器大都是青花瓷。罗伯特·芬雷在《青花瓷的故事》一书中写道："14 世纪激发了一股商业冒险活动的兴起，无论规模、数量，都是近世以前的世界从所未见——绘饰瓷器图案的钴蓝色料由波斯输往中国，在那里制作成大量的青花瓷后，再销往印度、埃及、伊拉克、波斯的穆斯林市场。16 世纪起，青花瓷又由西班牙船只载运，从菲律宾和阿卡普尔科运往墨西哥城与秘鲁的利马；与此同时，旧世界的欧洲贵胄则向广州下单定做专属瓷器。及至 18

---

① 罗伯特·芬雷.青花瓷的故事：中国瓷的时代［M］.郑明萱，译.海口：海南出版社，2015：5.

世纪，瓷器营销各地数量之巨、遍布之广，已足以首度并充分地证明：一种世界级、永续性的文化接触已然形成，甚至可以说，所谓真正的'全球性文化'首次登场了。"[1]在这些出口的青花瓷中，最精美的部分都来自景德镇，只有少量是由沿海地区模仿景德镇瓷器制作的。在这样的背景下，景德镇所生产的瓷器被销往世界各国，它所创造的文化影响了世界；同样，世界不同国家的文化也影响了这座城市。

据记载，从葡萄牙人来华算起，三个世纪内共有三亿件中国瓷在欧洲登岸；另外还有巨额瓷器销往东亚及东南亚各地。300年间，中国瓷器外销欧亚每年合计高达300万件。这些瓷器多数产自景德镇，虽然广东、福建沿海数百座窑也产制了相当数额，供应韩国、日本和东南亚等地，地位往往不及景德镇。[2]正因如此，我们才能在韩国、日本、伊斯兰地区或美国及欧洲国家的许多博物馆中可以看到景德镇瓷器的珍贵陈列。

这就是景德镇民窑业所创造的具有全球意义的文化和经济的历史，这些创造者是在景德镇这方土地上生存和生产的陶瓷工匠，他们所创造的物品流通于世界。他们所建构的知识和技术如何得到了世界性的建构？至今为止，还没有得到认真的书写，包括笔者自己。20年前，笔者受研究视野的局限，在当时完成的《景德镇民窑》一书中对于这一内容的重视程度远远不够。

中国研究古陶瓷的人很多，但却鲜有人从文化和文明的视角，从人类学以及全球化的视角去剖析其历史价值和意义。庞大的古陶瓷研究队伍多数是为古陶瓷鉴定而做研究，为收藏古陶瓷的行业服务。不只在中国，在西方国家也是如此。大规模的中国瓷器外销活动，较少见到深入、量化的探索，而只是局限于古文物式研究，乃至只为辨识这些贸易瓷上所绘的18世纪不列颠纹章[3]。近年来这种情况虽然正在改变——如《青花瓷的故事》就是一本具有人类学视野的、描述陶瓷文化的全球视域的著作，其开辟了陶瓷艺术史跨文化研究的新思路。我国也有不

① 罗伯特·芬雷.青花瓷的故事：中国瓷的时代 [M].郑明萱，译.海口：海南出版社，2015：7.
② 罗伯特·芬雷.青花瓷的故事：中国瓷的时代 [M].郑明萱，译.海口：海南出版社，2015：27.
③ 罗伯特·芬雷.青花瓷的故事：中国瓷的时代 [M].郑明萱，译.海口：海南出版社，2015：13.

少论文写作正在走出传统的研究方式，进入一个更宽广的、全球互动的视野中进行研究，但将景德镇这座城市放在一个全球背景中来认识，把它作为当时的一个文明高地，并将其陶瓷生产行为与陶瓷艺术品的世界流通联动起来进行跨文化研究，在中国还没有真正开始。笔者趁这次研究的机会，补充一些新的资料，做一点新的尝试性研究，并提出一些新的研究理念，以期为后来的研究者们打开一个新的研究窗口。

顺着这样的研究思路，笔者认识到，有关中国本土性文明人类学的研究才刚刚开始，因为传统的部落人类学研究的是封闭的、与外界交流较少的小型社会，这样的小型社会没有文字记录，物品遗存也非常有限。但中国作为一个文明古国，不仅有着与世界不同文明交流的历史，且留下了大量、完整的文献记录。最重要的是，这些文献记录保存在中国的博物馆里；同时，在世界不同的博物馆里也都存留着许多古代的器物，其中有些是国家之间交往的礼品，有些是战争的掠夺品，但大多数还是古代贸易中的商品。这也告诉我们，人类很早就开始相互交往，尤其是文明古国与文明古国之间远距离的商业贸易至少有两千多年之久。因此，作为文明国家的研究，首先要关注其历史性和自古以来的开放性。尤其是保留在中国以及世界博物馆里的既不会腐烂又不会变色的中国瓷器，这是研究中国文明史的最重要的宝库。

大多数人类学者做的是地域性知识的切片研究。但以笔者的田野经验来说，我们进入田野时，如果对所要考察的对象的历史构成状态不清楚、不明白，那么对其今天所发生的种种事件也很难有深刻的认识，这就是当年笔者选择在景德镇做田野调查时从研究其历史开始的原因。

布罗代尔明确指出"长时段"具有优先地位：它们是"所有社会科学学科共同进行观察和反思的最有用的单位"[①]。也就是说，人类的群体行为总是在较长期的生活和劳动中积累完成的，要理解景德镇工匠所创造的陶瓷历史以及其知识体

---

① F BRAUDEL. Geschichte und sozialwissenschaft［M］//M BLOCH, F BRAUDEL, L FEBVRE, et al. Schrift und materie der geschichte: vorschlage zur systematischen aneignung historischer prozesse. C HONEGGER. Frankfurt am main: Suhrkamp, 1977: 80.

系，只有把时间段拉长，才能看到历史形成过程和知识积累过程。所以，研究文明体的人类学家最好同时也是历史学家，其优点在于：人类学家是朝前行进的，寻求通过他们早已深知的有意识现象获得对无意识的越来越多的了解；而历史学家却可以说是朝后行进的，他们把眼睛死盯着具体和特殊的行为，只在为了从一个更全面和更丰富的观点上来考察这些行为时才把眼光离开它们。这是一个真正的两面神伊阿努斯。正是这两门学科的结盟才使人们有可能看到一条完整的道路。① 也就是说，历史是一个来自过去的故事，它解释了我们所知道的世界是如何成为今天的样子的，当历史学和人类学结合，历史就不再仅仅是过去，而是成为与今天联系在一起的"活历史"了。

当下人类学的角度也在开拓历史学的视野，现在西方流行的历史人类学与传统的历史学的最大区别就在于，它重视的不再只是精英史、帝王史和政治史，而是眼睛向下，形成一个新的学派，其特点是在研究方向上"从下层着眼"，在研究兴趣上则注重"扩展边缘"，这不仅涉及开辟新的研究对象，而且更多涉及理解他人的东西的可能性和局限性，以及让外来的东西在自己的文化中得到呈现的问题。② 这样的研究往往能突破以自我为中心的倾向，将眼光转向跨文化和跨阶层的比较研究。"1993 年创刊的《历史人类学》杂志（*Hito-rusche Anthropologie*），这本杂志把从事日常生活史研究，从事包括文化史在内的社会史研究以及从事历史文化研究的各个方面的代表人物聚在了一起。"③

而笔者 20 多年前作这一研究时，就是因为受这一学术思潮影响，将研究的目光转向景德镇的民间陶瓷工匠。为此，景德镇工匠所创造的陶瓷历史，包括他们在日常的生产劳动和日常生活中所构成的知识体系，包括其创造的历史开始进入笔者的研究视野，笔者希望将自己的这一系列研究归纳为人类学对文明社会研究的一部分。

---

① 克洛德·莱维-斯特劳斯.结构人类学［M］.谢维扬，俞宣孟，译.上海：上海译文出版社，1995：29.
② 关于这方面的研究文献概览，请参见范迪尔门《历史人类学：发展、问题、任务》、德雷塞尔《历史人类学引论》、布尔格哈尔茨《历史人类学/微观史学》。
③ 雅各布·坦纳.历史人类学导论［M］.白锡堃，译.北京：北京大学出版社，2008：7-8.

　　笔者同时认识到，研究一个巨大的文明体，如果没有历史的维度，几乎是很难深入的，将人类学与历史学结合，不仅提供了两门学问的共同研究领域，同时还提供了一种很有前景的可能性，那就是更好地利用跨学科研究工作的理论，形成一种新的研究范式。

　　这一研究范式的特点如下：

　　第一，我们可以把历史看成一个活的生命体，这个活的生命体不仅活在过去，而是活到今天以至未来。如果以这样的观点来看待历史，对于历史材料的处理是截然不同的。意即我们不仅在描述一段历史，而且为了今天的问题回望过去，去寻找过去与当下有关联的某种生命力，也可以说去理解其中所包含的某种基因，在这样的背景下，研究者"创造或者不妨说重新创造"了自己的材料，也就是说，"史学家不是像一个碰运气的拾荒者那样，毫无成功把握地在过去中徜徉，而是怀着确切的意图，带着应予解决的问题和应予检验的假说穿越过去"[①]。而且由此认识，"历史事实并非是具体给定的"事实，而是研究者自己的、积极构建的结果，正是这种构建才把史料变成文献，然后再把这种文献、这种史实当作问题加以构建[②]。在如此观念的引导下，笔者在研究景德镇民窑工匠所建构的陶瓷历史以及他们的技术知识、生产和生活方式时，开始有了一个全新的理解。通过研究，笔者不仅知道了这一历史的过去，还发现这一过去仍然埋藏在这片土地上，滋养着景德镇新一代工匠的成长，并由此培育出新的文化。这是一个令人激动的、以往从未有过的研究方式，也是人类学与历史学的合谋后才出现的新的研究方式。

　　第二，人类学关注一手资料。因此，在做有关景德镇工匠历史的研究时，笔者在关注文献资料与口述资料的同时，还关注所能接触的物质事实，也就是景德镇工匠制作的、陈列在世界不同博物馆的瓷器，还有遗留在景德镇这片土地上的

---

① L FEBVRE. Ein historiker pruft sein gewissen［M］//Das gewissen des historikers. Berlin: Wagenbach, 1988: 13.

② J LE GOFF. Vorwort［M］//M BLOCH. Apologie der geschichtswissenschaft oder der beruf des historikers. Frankfurt am Main: Suhrkamp Verlag, 2021: XVII.

人文景观、瓷片、窑具、窑址等。正如费弗尔所说："一把钢斧、一个未经烧制或经过烧制的陶罐、一个天平或其若干砝码，总之都是一些可以触摸和可以攥在手里的东西。人们可以检验它们的阻抗力，而且可以从它们的形状当中得出涉及当时人们和社会的生活的无数具体提示。"①这些遗物正是一种来自历史的痕迹，而正是人类学式的提问才能让人们看到痕迹本身，从而形成借以构建历史考察的那种自明性。正如雅各布·坦纳所说的，我们"通过痕迹获得的认识"②，这种通过"物"和"痕迹"获得认识的研究方式与笔者所关注的艺术人类学的研究有着密切的关系。

四、作为"物"的历史视角

景德镇是世界上唯一的以单项行业而支撑了一座城市兴衰的案例，可以说，景德镇是一座因陶瓷而生、因陶瓷而鼎盛、因陶瓷而衰败、又因陶瓷而再次复兴的城市。从景德镇的生长过程中，我们可以看到，它在唐五代时期并不起眼，即使在宋代初露峥嵘，但还是和其他窑口平分秋色；元以后，原料的改革、皇权的青睐、国际市场的繁荣等因素使其生产地逐步向城区集中；到明清官窑正式建立时，周边的农民工开始向城区迁徙，颇有欧洲工业化时期的感觉。许多农民开始脱离土地进入城市，成为出卖劳动力的手工匠人。尤其是17世纪地理大发现以后，宽广的海外市场进一步刺激了这座城市的扩张和劳动力的集中，加之处于改朝换代的空档期，民窑摆脱了官窑的控制，进入了相对自由的发展时期。由于官窑的培训以及官搭民烧的苛刻要求，景德镇民窑的制瓷能力在世界上的精细程度无与伦比，在没有竞争对手的情况下，景德镇瓷器成为欧洲及不同国家皇权和财富的象征，并形成了景德镇官窑为中国皇帝做瓷器、景德镇民窑为全世界王公贵族做瓷器的标识。

---

① L FEBVRE. Ein historiker pruft sein gewissen［M］//Das gewissen des historikers. Berlin: Wagenbach, 1988: 11, 69.
② 雅各布·坦纳.历史人类学导论［M］.白锡堃，译.北京：北京大学出版社，2008：72.

（一）物的文化传记

景德镇民窑史里面涉及两个主体，一个是人（工匠），一个则是物（瓷器），历史上那些造物的工匠已经消逝了，但他们所造的物和造物时留下的遗迹还存于我们的生活。而笔者这本书实际上写的是有关这些物（瓷）的文化传记。讲述这些"物"的故事，不仅为笔者提供了一条非常重要的研究路径，还能够阐明物品文化中普遍存在的生活方式和审美意识等。在这些阐述中，不仅涉及物品本身，还涉及物品连带出来的"文化丛"。也就是说，在景德镇这块土地上，虽然 1 000 多年来同样在生产瓷器，但在不同时间语境中的生产方式、生活方式、社会生活，以及不同的造物理念中，散发出不同的文化气息。此外，它的图像符号也不同，这是一张张被绘制以及不断被重新绘制的文化地图。人类学家的任务，就是要把这一张张的文化地图绘制成一张连续不断的长卷，就像《清明上河图》。

从文献记载来看，景德镇自汉代就开始制陶，但是从考古学来看，它最早的窑址是在中晚唐时期的。在中晚唐和五代时期，景德镇的陶瓷业并不是特别发达，只为周边制瓷。到了宋代以后，景德镇的瓷器开始得到发展，并且深受皇帝的喜爱。景德镇初名昌南镇，后更名为新平镇。北宋真宗下诏建立景德窑，并烧制印有"景德年制"的瓷器，镇即改名为景德。元代以后，皇帝在景德镇设立专门为皇室制瓷的机构——浮梁瓷局。明清以后，在景德镇专门设立官窑，为皇室御用制瓷。最引人注目的是明末清初，17世纪地理大发现开启了景德镇陶瓷的世界贸易，对于当时的欧洲人来说，景德镇瓷器就像是从天而降的、超越自然的完美量产的产品。景德镇在历史上为中国四个朝代的皇权制瓷，而此刻却开始为世界不同的皇权制瓷，成为世界瓷都。这就是古代景德镇的"物"的文化传记。

（二）"物"的文化地图

晚唐五代的时候，景德镇人是亦耕亦陶的，还没有完全从农业生产里分工而出。一般从事制陶的人都是农民，他们农忙时种地，农闲时制陶。宋代蒋祈在《陶记》中记载了景德镇烧造陶瓷的历史："景德陶，昔三百余座，埏埴之器，洁白不疵，故鬶于他所，皆有饶玉之称。"这里的"饶玉"即形容景德镇瓷具有"温润如玉"的特点。所以窑址大多是分散在景德镇周边50千米到100千米的乡村，它的交换也仅供周边的市场使用。那时景德镇只是一个卖瓷器的集市，但宋代以后，景德镇的瓷器受到安徽繁昌窑的影响，人们开始做青白瓷，而且景德镇的青白瓷做得出色，像玉一样透明，被皇帝看中。于是，景德镇的瓷器一部分送给皇上，一部分就开始销售到海外，还有一部分在国内市场上销售。为了方便在集市上售卖，瓷窑开始向景德镇附近、市区延伸，但此时依然是亦耕亦陶。到了元代，景德镇发现了高岭土，高岭土能烧到1 300度以上，其他地方的窑只能烧到1 200多度。提高了温度以后，瓷的致密度和玻璃化程度就提高了，瓷度高于其他地区，因而皇帝在景德镇设立浮梁瓷局。并且元代版图横跨欧亚大陆，瓷器的贸易销售范围更为广阔。那时，波斯以及阿拉伯国家来到景德镇定制青花瓷，青花瓷实际上是伊斯兰国家定制的外贸瓷，最后发展成为具有景德镇本土特点的陶瓷产品。

由于海内外的巨大需求，景德镇开始走向专业化，向市区集中。走向专业化以后，工匠就不再种地，而成为专业化的工匠。明清时期，皇帝在景德镇正式设立官窑，周边所有作坊都集中到景德镇市区，景德镇从最开始的集散地变为生产地，同时成为世界陶瓷生产的中心。而且随着国外市场的快速扩大，尤其是欧洲地理大发现以后，景德镇的瓷器销售走向整个世界的国际市场，而不再是局部的国际市场。

（三）古代景德镇工匠所面对的消费世界和信息系统

古代景德镇工匠所面对的信息系统和消费世界非常重要。古代景德镇陶工所制造的瓷器，不仅是日常用具，还是制造意义的象征物，其消费者来自全球的皇权社会和贵族社会。在这样的社会中，消费是意义的创造，而不只是物的创造，生产的商品成为消费者进入的意义世界。在这样的市场中，效用只是商品性质的组成部分。最重要的是，它们是社会地位的标志，是各种社会类别的区隔，这些社会的标志与类别在相关的商品中得到表达。当时景德镇所生产的外贸瓷多是定制的奢侈品和家族的象征品，这些奢侈品和象征品成为社会地位的代码、信息和符号，在商品中流通。当时景德镇瓷器不仅可以证明你是谁，而且它还能够让你成为谁。这就是景德镇瓷器的价值。

虽然笔者研究的是一个小地方，但看到的却是世界的全景图。从唐代开始，中国的丝绸之路得以完善。唐早期完善的是陆上丝绸之路，唐晚期以后，海上交通也开始完善，景德镇的陶瓷大量走水路。唐代陶瓷的中心不在景德镇，而在巩县（今巩义市）、长沙。但是宋代以后，景德镇就开始参与全球贸易，它是从海上陶瓷之路运输的。从沿海港口进入中国海，随后穿过马六甲海峡进入印度洋，再从印度洋进入波斯湾、红海。这条路上重要的地方是斯里兰卡，还有菲律宾、马来西亚，这些都是当时非常重要的贸易点。因为在古代一口气走完贸易全程很难，所以有时候中国的商人就会把物品送到印度尼西亚或者菲律宾、马来西亚售卖，还有一些可能送到斯里兰卡售卖。波斯以及其他阿拉伯国家的人也来到这里交流。

笔者曾经和王永健（中国艺术研究院副研究员）、李思辰（中国艺术研究院硕士研究生）组成一个考察队，在斯里兰卡考察。在考察的过程中，我们发现了许多中国唐代和宋代的瓷器。斯里兰卡的中国大使馆文化处帮助我们联系当地的考古学家和博物馆专家以与我们交流。我们到斯里兰卡的一些博物馆考察，在不少博物馆里发现宋代龙泉窑和景德镇窑的青瓷、青白瓷。在贾夫纳博物馆，馆长拿了一大包碎瓷片让我们鉴定，其中有许多景德镇青白瓷的瓷片。但有意思的是，在斯里兰卡有许多中国宋代的瓷器，也有许多明清时期的景德镇瓷器，但却很少看到元代的瓷器，难道是元代中国瓷器外贸的路线有所改变吗？这需要以后进一步考证。

从 15 世纪末开始，葡萄牙人就绕过好望角进入印度洋，再从印度洋进入中国。西班牙的船队穿过中美洲，进入太平洋，到达菲律宾，以菲律宾为跳板，进入中国做生意。他们到达菲律宾的时候，发现在菲律宾的中国商人竟然有 5 000 多人，说明那时中国的外贸生意已经非常兴隆了，当然有很多是走私贩私的生意人。

另外，葡萄牙和西班牙是最早到中国贩卖瓷器的国家，后来才被荷兰所取代，再后来英国、德国、法国等欧洲国家陆续加入。由于路途遥远，景德镇的瓷器在欧洲非常昂贵。欧洲人的奢侈品也是当时金钱和权力的象征，那时皇帝就用景德镇瓷器来显示自己的地位和权势，因此瓷器成为皇权的符号象征。

从17世纪到18世纪，整个欧洲掀起了一场中国热，其中，景德镇的瓷器起了重要的作用，尤其是青花瓷。如果没有青花瓷，景德镇不会成为西方人追逐的对象。因为这些青花瓷最早来源于伊斯兰国家的来样定制，所以以前的中国瓷器都画得较为疏朗，没有过于复杂的图样。青花瓷上复杂、丰富的图样主要受到伊斯兰国家的影响，而且伊斯兰国家与欧洲国家有很多的往来。古罗马占领过整个西亚，甚至南亚（包括印度）。他们的文化有很多渊源，因此在审美上有共同的爱好。景德镇人在这些源自波斯的舶来品的基础上进行本土创造，他们创造的图样受到了当时欧洲人的特别喜爱。于是，大量欧洲人不仅到景德镇来购买青花瓷，还开始来样定制。最早，西班牙人和葡萄牙人到中国来买景德镇的瓷器，后来是荷兰人，再后来法国、德国、英国，包括俄罗斯等国的人都来景德镇购买瓷器。18世纪末以后，美国也加入进来。此时的景德镇虽然只是一个小小的城市，但它为全球做陶瓷，这是非常令人惊讶的一件事情。当时的景德镇要面对整个世界的巨大市场，不同国家有不同的来样定制要求，这就需要景德镇的工匠具有极强的模仿力和创造力。因此，从明末到清中期，景德镇出现了许多具有异国风情的新品种，如景德镇现在有一类瓷器叫作"墨彩"，实际上是当时欧洲的石刻版画转化而来的。传统中国绘画中没有明暗画法，但景德镇工匠把欧洲来样订货中的油画效果也模仿出来，景德镇民国时流行的瓷板肖像画就是当时景德镇工匠在模仿写实油画过程中打下的基础，包括后来的粉彩瓷、新彩瓷等都是在外来需求和技法中糅合中国传统而创新生成的。

当我们进入不同国家的重要博物馆时，就会发现里面几乎都陈列着景德镇的瓷器，英国的大英博物馆、维多利亚博物馆，法国的吉美博物馆，德国的德累斯顿博物馆，美国的大都会博物馆、皮博迪博物馆等都陈列着大量景德镇瓷器，其精美程度和多样程度都令人惊叹。

长期以来，学界有一个偏见，认为民窑生产的瓷器不如官窑，但只要进入这些博物馆，我们就不会这样认为。有许多精美的瓷器当时在国内制作完就运到了国外，我们在国内无法看到。因此，笔者写这部景德镇千年变迁史的目的就是希望我们能重新认识景德镇，重新认识景德镇的民窑业。历史上，景德镇民窑不仅要承担"官搭民烧"（为皇家做瓷器）的重任，还要承担各个国家的来样订货，满足各种市场的复杂要求。因此，其制瓷的能力不仅可以与官窑媲美，还具有超越官窑的各种创新能力。而且面对当时巨大的国内外市场，景德镇聚集了十万之众的工匠，如何将这些工匠组织起来，进行有序而有效的劳动，完成知识体系的传授与传承以及原料的开采与炼制等，是复杂的过程。这一劳动生产过程所需要的物质设备，如窑炉、作坊、瓷行、各种辅助业的店铺，遂形成了这座城市的人文景观，成为这座城市的符号系统与表征系统等。

以往研究景德镇和景德镇陶瓷的著作很多，但学者很少将它们放在全球化的角度来审视，也很少从完整的文化工程来认识它。如果更换了研究角度，我们对景德镇的历史价值就有了新的认识。

第一，15—18世纪的景德镇是为全世界生产陶瓷奢侈品的手工业城市：官窑为中国皇帝生产瓷器，民窑为全世界的王公贵族生产瓷器。景德镇是全世界最早又最完整地进入全球贸易的城市，没有可替代性，也没有可比性。

第二，为了提高产能与生产质量，这座城市有全世界最完备的手工陶瓷分工合作的作坊、窑房的营造体系，有当时最发达的手工流水作业线体系。

第三，为有效地提高社会的组织能力，形成了最完整的由血缘、地缘构成的业缘关系网络，有手工业时期最完整的行业分工组织形式以及管理模式。

第四，为有效地提高管理能力，形成结合了情与理的礼俗社会中的行业规矩、信仰体系，有效指导了当时复杂的行业运行机制。

第五，城市的行业营造设备与手工技艺、行业分工、行业运行模式有机结合，形成了这座城市的特色，并形成了世界上独一无二的人文景观。

五、来自艺术人类学视角的启示

人类学一直关注有关艺术的研究，但在很长的时间里，人类学家研究艺术造型和绘画时，都将其放在物质文化的研究领域中，所以物质文化人类学研究和艺术人类学研究有许多重合之处。霍华德·墨菲在其《艺术即行为，艺术即证据》的论文里，将艺术作为人类行为的一部分，以及文化证据的一部分。这对笔者的研究有很大启发。景德镇工匠在创造他们的历史知识和劳动生活的过程中留下了许多痕迹：他们挖泥、做坯、烧窑，绘制瓷器的各种纹饰，设计瓷器的各种造型。为完成这些工序，他们建造窑房、坯房、柴房、彩绘的红店，以及各种辅助陶瓷生产的手工业作坊，还有出售瓷器的瓷庄、瓷行，各种行业神崇拜的庙宇，塑造出景德镇乡村和城市的传统风貌。这些来自历史的形形色色的痕迹，有助于"扩展我们关于过去的图像"[1]。尤其是瓷器上留下的图案和绘画，它们是艺术品，也是生活的实用品，承载了许多珍贵的历史信息。

　　人类学家认识到，物质文化品的语义学和审美维度是与该物品的用途和场所整合在一起的。它关注物品的形式，意在发现物品形式对使用该物品的语境的作用。历史人类学之所以在理论课题上具有创新性，恰恰因为它是从一种对人类痕迹的更为宽泛的理解出发的。文字材料以外的痕迹再次被转变成有意义的符号，于是这些符号将成为"历史事实"，它们可以纳入对长达若干世纪之久的古老历史的叙述[2]。但后来由于艺术人类学的发展，不少人类学家开始关注物质和图像的世界流动所带来的文化现象。正如美国学者罗伯特·芬雷在其作《青花瓷的故事》中所写："所谓物质文化的'全球化现象'，其实始自哥伦布和达伽马的纪元，中国瓷器的纹饰、色彩和形制，则是全球化最早也最普遍的首场展示。"[3]这里展示的不仅是物，还有各种具有文化寓意的图像符号，也可以称之为一种中国的艺术形式的全球化展示。

　　如果说，宋元以前中国的瓷窑分布于大江南北，即使是元代，由于战乱，有些活跃在宋代的瓷窑已经衰败，但当时的龙泉窑、磁州窑尚能与景德镇平分天下。但到明清以后，则是景德镇窑独霸天下，当时声誉最高、质量最好的瓷器都

---

① L FEBVRE.. Ein historiker pruft sein gewissen［M］//Das gewissen des historikers. Berlin: Wagenbach, 1988.

② 雅各布·坦纳.历史人类学导论［M］.白锡堃，译.北京：北京大学出版社，2008：72.

③ 罗伯特·芬雷.青花瓷的故事：中国瓷的时代［M］.郑明萱，译.海口：海南出版社，2015：15.

集中在景德镇，目前我们在世界各大博物馆中见到的中国明清瓷器，大部分来自景德镇。也就是说，这一具有全球视野的瓷器首场展示是从景德镇开始的，而景德镇登上世界舞台远早于地理大发现，其所生产的瓷器，从宋元就已经开始出口到亚洲各地以及东非与北非。瓷器还有一项特殊之处，就是不易腐烂变色，只要不破碎，就能恒久如新。因此，"其不仅历时长在，还在文化相互影响上发挥了核心作用"①。同时因为其长期陈列于世界各大博物馆，对于全球文化"造成了普世性的冲击"②。

虽然这些瓷器早已成为历史学、考古学者不可缺少的信息来源，然而有关其与物质文化、商品、消费的历史研究，包括其与生产地、生产者之间的关系，却迟至近几十年方才开始被关注。这样的研究必然会与物质文化人类学、艺术人类学、历史人类学等方面的研究相关，这正是笔者所关注的跨学科领域。

笔者之所以将其作为一项跨学科研究来看待，主要是因为在学界有一个长期纠结的问题——如何定义异域器物的性质。有人认为这是艺术，有人则认为这是文化③。包括我们如何去看待由景德镇工匠绘制的各种精美图案的瓷器，也具有复杂性和多面性，我们可以称其为艺术品，因其具有审美性；但也可以称其为文化器具，因其承载了大量复杂的文化信息。

许多现代艺术人类学研究不仅关注艺术品所呈现的显性意义的研究，还针对艺术作品中所包含的隐含信息关系的研究，将象征符号视为一个系统，置于整个艺术领域以及更广阔的社会象征体系中加以研究④。笔者对景德镇不同时期的瓷器艺术的研究也是如此，不仅在研究中关注其图像和造型的世界性传播，还关注图像符号全球性再造时，导致不同文化产生误读、同时又在误读中产生新的想象力和新的创造力的文化现象。这样的视角为历史中的景德镇民窑瓷器提供了一个跨文化交往和理解的平台。在这样的平台上，我们能够理解"在许多社会中，艺术

---

① 罗伯特·芬雷.青花瓷的故事：中国瓷的时代［M］.郑明萱，译.海口：海南出版社，2015：12.
② 罗伯特·芬雷.青花瓷的故事：中国瓷的时代［M］.郑明萱，译.海口：海南出版社，2015：12.
③ 雷蒙德·弗思.艺术与人类学［J］.王永健，译.民族艺术，2013（6）：79.
④ 雷蒙德·弗思.艺术与人类学［J］.王永健，译.民族艺术，2013（6）：81.

与价值创造过程是一个整体"，并将其作为人类的一种行为方式来看待。这样的视角摆脱了将其作为脱离生活场景的孤立物品或艺术品来研究的传统，而是将其置于一个更宽广的历史空间中，透视其多面性。让我们看到瓷器艺术既是由景德镇工匠制作的物质产品，又是具有全球性、流动性的具有多重价值的艺术品和文化商品。

六、工匠知识的构成与研究

20世纪80年代从日常生活史和历史文化学这两门学问中形成了历史人类学的关注焦点，在日常生活史考察中，人们大抵把这个概念想成一个单独的领域，一个与许多重要相对立并与之区分开来的"小人物世界"[①]。这种"小人物的世界"也就是普通人的世界，这在中国历史上乃至世界许多国家的历史上都是较少得到关注的。景德镇工匠也一样，他们创造了辉煌的景德镇陶瓷历史，通过他们的双手制作出来的风格各异的精美的瓷器几乎销往各个国家。但是有关这样一个群体的生产方式、生活方式、生产技术、组织形式、宗教信仰、行业规则等，却很少得到深入的研究和完整的记叙。这是一个重要的工匠知识的宝库，需要得到发掘和整理，这也是笔者当年写《景德镇民窑》的初衷。现在这方面的研究得到了越来越多学者的关注，相关论文和专著也逐步增加，但在当时，这样的研究的确是冷门。

本书以景德镇民窑建构的景德镇陶瓷历史构成了全书的上卷，这一卷基本是以历代景德镇民窑所生产的瓷器为主题来进行描述的，由于时间段拉得较长，而且所涉及的贸易范围也很广，几乎是全球性的，所以，这只能是一种宏观的远镜头的描述，在这样的描述中我们几乎看不到活动在其中的工匠的身影。为此，笔者很赞同坦纳提出的"不断往还于微观史学和宏观史学之间、往还于'特写镜头'（close—ups）和'远景镜头'（long shots）或'特远景镜头'（extreme long

---

① 雅各布·坦纳.历史人类学导论［M］.白锡堃，译.北京：北京大学出版社，2008：87.

shots）之间"①的研究方法，并决定尝试在研究工作中运用这种方法。

如果本书上卷是特远镜头，那么本书下卷的第一、第二编就把镜头从远景拉到了近景。在这样的镜头里，笔者开始了从宏观的有关"物"的描述进入微观视角的有关物与文化之间关系的描述，在这里我们已经能看到有人的行为活动而建构的各种工匠的文化知识及技艺知识。雅各布·坦纳的看法是，微观视角和宏观视角的更换所开启的另一个问题方面在历史与记忆的相互作用和相互影响关系之中。人类社会是在传统的基础上构建起来的，它们总是在跟记忆和回忆打交道，从而形成了文化演变。只有在能够形成文化流传和具备记忆存储器的时候，才有社会时间。②在社会时间的宏观描述中，笔者借助的主要资料来自三个方面：第一，文献档案资料；第二，瓷器的实物资料；第三，图像和地图资料。

但当把镜头拉到景德镇工匠的生产和生活的所在地，把镜头对准这些在历史文献资料中并没有得到详细记录的工匠的生产生活的方方面面时，就会发现在描述宏观的长时段历史的文献资料中，很难找到这一群体的身影。只有将其聚焦在当地进行微观的研究，才能清楚地看到这一切，能找到的资料大多只能来自当地工匠对过往的"记忆和回忆"。如果这些只存在于工匠大脑中的"记忆和回忆"被最后一代工匠带走，我们就无法找寻了。

所幸景德镇市政协从20世纪80年代即开展系列景德镇口述史的工作，编辑了一套《景德镇文史资料》。在20世纪90年代，笔者也利用自己在当地的各种关系，找到不同行业的不同工种的工匠，记录系列口述资料。这些资料看上去虽很琐碎，但完整地勾勒了传统工匠的生产、生活，包括价值体系、社会组织、社会秩序和行业语言的方方面面，构成一个相互关联的"瓷文化丛"知识体系。传统景德镇的陶瓷工匠们并不掌握文字，他们的许多知识都是靠口口相传、代代记忆的，这些口述史承载着文献中很少记录的行业崇拜、行业组织、行业规则、行业语言、生产技术等内容。我们把这些集体记忆转化成文献，同时通过这些记忆来理解这些工匠对世界的认识、文化的认知、技术的认知等方式。而且这些集

---

① 雅各布·坦纳.历史人类学导论［M］.白锡堃，译.北京：北京大学出版社，2008：97.
② 雅各布·坦纳.历史人类学导论［M］.白锡堃，译.北京：北京大学出版社，2008：97.

体记忆"从内部"表现着它所涉及的那个群体或社会，它维系着连续性的感觉，它为传承提供保障。因此，社会群体在巩固着一幅过去的图像，在这幅图像里，即便在文化演变速度加快的条件下，社会群体也能一再认出自己，并能重申自我评价。

随着时代列车的飞驰，那些曾存在于景德镇千年之久的工匠知识，有的完全消失了，有的还部分留存于今天（主要是手工技术和文化习俗）。但即使在现实生活中已消失，只要被记录了，被整理了，就永远成为景德镇历史的一部分，尤其是被学者们解释过了，其就成为人类知识的一部分，被储存于人类的文化基因库中，将会被不同地域不同时期的人们共同学习和借用。

通过这些资料，我们看到了当时工匠的群体活动，正是这种群体活动决定了当时景德镇民窑业独特的生产模式，其中包括行业生产的组合方式、行话俗语的运用方式、生产技术的掌握方式、行业社团的组织方式、行为规范的决定方式、行业崇拜的祭祀方式等。这些内容是在景德镇陶瓷工匠群体世世代代的历史经历中形成的一种珍贵的社会遗产，是由社会行动者通过各种社会传导过程（适应社会上存在的文化类型）获得的，而不是由个人的经历构成的，这些知识和价值只存在于社会群体的集体表征，而非个人行为。而许多知识都包含在工匠的传统习俗中，由三种体系构成：一是信仰体系，即工匠的行业神崇拜，这是一种持久的关于宇宙的一个或几个方面的认知结构。二是行为体系，即一种持久地为达到满足需要的目的而设计的行为模式结构，这种行为结构决定了景德镇工匠的社会组织形成，只有组织起来才能有效地进行生产劳动。三是规范体系，即一种持久的可以据以判断行为好坏的原则结构。这一原则结构是由景德镇工匠的行业规范所构成的，没有这些行为规范，就没有生产秩序和工匠文化。在研究中我们看到，景德镇工匠对文化规范的遵守，同其他地方一样，"通过作为社会控制手段的积极的奖励和消极的惩罚来实现的[①]。"除了对工匠文化中的这三个体系的记录外，笔者纳入其行业语言的记录，因为"人类的一切世界体验都不可避免地取决于语

[①] M·E·斯皮罗.文化与人性 [M].徐俊，等，译.北京：社会科学文献出版社，1996：116.

言"[87]人之所以能感知世界，主要取决于语言，就如莫里斯·梅洛一庞蒂所说的，"感知乃是人在世界上存在的根本"①不同的语言往往决定着不同地方性的群体感知与群体经验。

在这样的记录和研究中，我们看到的是，景德镇陶瓷工匠们的行为模式是由景德镇陶瓷工匠们所共同建构的社会一代接一代创造和发现的。人类与现存的行为模式（包括他们的社会系统）相结合产生文化的独特性之一，就是它的积淀性。但是，就绝大部分而言，都是由最初一代之后的各代从前代那里获得了他们的社会系统，而不是他们自己创造或发现的。简言之，任何一代人的社会系统在某种程度上都是下一代的文化继承物；后者的社会系统是从前者的社会系统获得的。当然，这一社会系统从19世纪末开始受到挑战，到今天被彻底改变了，但历史并未消失。我在第三编主要讨论的就是今天和历史的关系。

总之，在下卷第一编中记录的陶工的日常生产劳动和日常生活中的常规习惯和重复结构，显示着陶工的实践活动的社会方面，这类实践已经纳入持久的符号认定。爱德华多·格伦迪就曾强调，"习惯"和"习俗"这类词，既涉及规范的法律方面的实践，也让人想到那本身又同政治表达形式紧紧系在一起的礼仪的文化价值②。当然，这本书虽然从人类学的角度出发，对这些资料做了一些归纳和分析，但实际上对这些材料所形成的各种符号系统还没有做深入的剖析，但其材料的丰富性可以提供给不同领域的学者，以便他们在未来进行更深的发掘和利用。

下卷第二编主要记录的是景德镇民窑生产技术的劳动过程，包括从原料的开采到陶瓷制作生产流程中的每一个步骤，以及最后包装、运输的所有详细内容。之所以记录这些内容，是因为长期以来中国具有重道不重器的传统，将工匠的技术视之为"雕虫小技"，并认为"劳心者治人，劳力者治于人"，所有掌握技术的工匠在传统社会精英的眼里都是"下里巴人"。因此，中国历史上的文人，大都是研究庙堂文化的人，他们主要关注的是社会规则的建构和维护，很少关注具体的生产劳动。擅长研究人与人的关系，但在研究人与物的关系上是相对落后的，

① 雅各布·坦纳.历史人类学导论［M］.白锡堃，译.北京：北京大学出版社，2008：108.
② 雅各布·坦纳.历史人类学导论［M］.白锡堃，译.北京：北京大学出版社，2008：100.

这也是近代中国走向落后的一个重要因素。记得罗伯特·莱顿教授曾用李约瑟之问来问笔者，即"为什么资本主义和现代科学起源于西欧而不是中国或其他文明"。笔者思考良久后回答道，其主要的原因在于，传统的中国常常将技术的文化与社会规则的文化相互分离，传统的知识分子不关注出工匠和农民所掌握的技术文化，而传统社会的农民与工匠大多是文盲，导致大多数的技术文化只是属于家族或地域传承的经验性技能，难以通过传播和研究上升为理论，演变为科学而发生革命性的转化。

笔者通过研究和记录景德镇民窑的技术和劳动过程，也发现这方面的记录基本是空白，即使是在提倡非物质文化遗产保护的今天，人们开始关注景德镇工匠文化的研究，但只限于习俗传统，有关生产技术方面的记录和研究还远远不够。

因而在这里，笔者力图将景德镇民窑作为一种"文化型式"来研究，这是美国人类学家博厄斯提出的观念。按韦斯勒的解释，一个部落的文化包括许多单位，这便是文化特质，研究者入手时须以一个特质为单位。这些特质其实也不是简单的一件事物，它必有许多附带的东西合成为一个"文化丛"，如食米的文化丛必附带培养、收获、保存、烹食等技术以及财产权、法律、社会惯例、宗教禁忌等事件结合为一团，这便可以称为"米文化丛"。此外，如猎头、图腾、麦、马、外婚、杀人祭神都是著名的文化丛。一个部落的文化丛常自成一种型式，这便叫"文化型式"①。在这里，韦斯勒是以一个部落的食物摄取来划分"文化丛"的。在这本书中，我想以陶工们的造物方式来将其划分为一个"瓷文化丛"，"瓷文化丛"的载体不是一个部落，而是一个行业，通过其制瓷行业生产而附带出的各种事件的结合体。和"米文化丛"一样，"瓷文化丛"深入依赖其所生存的人们的生活的方方面面，不仅包括其生产方式、宗教崇拜、行业规则、禁忌、习俗等，而且包括其衣、食、住、行等生活细节。正因为有了这种指导思想，所以笔者在研究的过程中便希望能在工艺美术学的基础上从社会学、人类学和民俗学等其他人文学科中吸取自己所需要的养分，采取多视角和多维度的综合性的研究方

① 林志祥.文化人类学［M］.北京：商务印书馆，1996：42.

式，做到宏观研究与微观研究相结合，综合研究与个案研究相结合，将关注点不仅放在工艺美术学中常常作为中心的器物以及制造这些器物的工具、技术及艺术装饰语言的运用上，而且还放在这些器物背后隐含的活动着的人（器物的制造者）、这些人与器物的关系，以及这些人所创造的"瓷文化丛"，也就是他们的人文世界以及知识体系。

其实研究传统知识也就是在参与人类构建经验性的文化空间，正如有学者认为的，在这一空间中不仅有人的活动，而且还有物类，即那些作为人类行为前提和以多种方式从人类行为当中产生出来的万物①。对于景德镇工匠的知识空间中，不仅有工匠和其所创造的"物"，也就是瓷器，还有链接工匠和瓷器的生产技术以及劳动工具，还有作为劳动对象的自然资源。技术基本上可以被说成人类的积极构建精神的物质化的外部现象化，同时，通过研究景德镇工匠如何使用这些技术和工具，能有效地帮助人们了解所研究的景德镇陶瓷工匠的知识系统：哪些为其独具，哪些与人共有。综上所述，笔者确定了这两编的内容。

福柯认为，"知识"推动主体化向前发展，知识是"认识工作"的结果，而通过这种工作，人就构建了一个新的客体领域、一个观察空间同时还在其中确定自己作为观察和认识主体的位置。②也就是在这样的研究方式中，笔者确定了自己的研究位置和观察的角度。通过这样微观的研究和透视，笔者看到，景德镇的工匠文化有其来自农业文明时期手工业劳动所形成的社会文化的独特性，因为在传统地域性的多元和相对封闭的情况下，地方性知识不可能达到跨文化的普遍化。尽管文化目标是地区性的，但大多数人类的内驱力——因为这些内驱力植根于共同的生物环境和共同的社会生活条件——可能是普遍存在的。因此，一般说来不太难证明（当然是在相当高的普遍性层次上）不同社会的十分多样化的目标以及作为达到这些目标的手段的角色在功能上是相同的；它们有助于满足相同（的某种功能）的内驱力。③因此，多元性和一致性是往往是对立统一的，只有我

---

① 雅各布·坦纳.历史人类学导论［M］.白锡堃，译.北京：北京大学出版社，2008：14.

② 转引自 Foucault. Der Mensch ist ein Erfahrungstier［M］.

③ M·E·斯皮罗.文化与人性［M］.徐俊，等，译.北京：社会科学文献出版社，1999：125.

们有了足够多的不同地方工匠知识的完整研究，通过对比才能得出真正的结论。但有关这方面的类似研究还不够多，同时也没有人做横向的对比研究。笔者也是如此，希望未来有更年轻的一代人来做这样的研究。

七、"活历史"的新视野

在这本书中，笔者将当年在景德镇樊家井田野考察的案例编了进去，使其成为下卷第三编的内容。如果说上卷是远镜头，下卷的第一、二编是近镜头，这第三编则属于特写镜头，也是取样式的切片研究，这是一种更加微型的显微镜式的研究，是对要研究的肌体选取某种"活体组织"来进行研究。因此，相较近景镜头，这里则选取当时景德镇的一个做仿古瓷的村庄所做的超特写镜头的研究。笔者希望通过这样一种细致的生理结构的分析与研究，对20世纪90年代的整个社会肌体的变迁发展性质、发展趋势进行准确预判。

如果说远景镜头是通过物的国内外市场流动以及表现形式和图像的研究来观察其历史的动态发展过程，那么近景则是通过人在造物过程中所建构的社会组织、文化规范及技艺知识等来描述一个"瓷文化丛"，许多研究资料既来自文献，也来自工匠的记忆。而20世纪90年代，当笔者亲临研究现场，选取一个微型案例来做研究时，看到的不仅是文献中和记忆中的景象，而且是活生生地正在运行的一个活体组织，所打交道的不再是文字和语言，包括活动着的人，还可以直接观察和讲述这些人的行为和故事。

这样的写作结构，改变了人类学的传统研究角度与写作方式，使人类学的研究将不再是简单地"发现新大陆"，也不再是简单地把他者的文化翻译成可以理解的对象，抑或把他者的文化风俗"陌生化"，而是致力于发现全然陌生而试图提示的领域。例如、一、传统会像我们想象的那样走向全然的消失，还是会以我们完全想不到的新的形式再造？二、在后现代社会中，传统与现代化的相融，是否会让其生长出既传统又有别于传统的新文化形式？三、全球化如何与地方性相辅相成，最后发展出全球化背景下的再地方性的文化现象？而且在全球化过程中，传统的复兴是否有可能存在着具有强大力量的新兴的替代式现代性？也就是说它不再是一个历史的记录，还是一个从现实回望历史、同时展望未来的研究。在这里，历史不再是逝去的岁月，而是链接着今天和明天的活体与洪流。

下卷第三编的研究内容主要发生在20世纪90年代，旨在说明景德镇民窑在消失了近一个世纪后又重新复活了，而且得到了前所未有的发展。这种生命力来自何方？这是非常值得探讨的问题。通过研究我们看到：历史上每一次景德镇民窑业发展都是来自两个因素：第一是市场因素，第二是外来工匠的输入。因此，景德镇自古以来就有"工匠来八方，器成天下走"的俗语。在清康熙年间，景德镇瓷器的市场需求量巨大，工匠就有"十万之众"；民国期间，由于市场的萧条，大约只剩下 25 000 人；1958年以后公私合营以及十大国营瓷厂成立后，景德镇面对计划经济时期的全国市场，共有65 000名产业工人，但传统的民窑业式的手工业作坊基本消失。到20世纪90年代，随着改革开放和市场经济的发展，周边的农民工开始进入景德镇打工，国有工厂进不去，他们大多进了个体的制作仿古瓷的手工业作坊，于是，传统的手工业作坊开始复兴，也就是新兴民窑业出现。当时的市场需求是日本、新加坡、韩国等具有儒家文化传统的国家和地区对于传统陈设瓷的需要。

2000年以后，中国经济得到飞速发展，艺术化的手工日用瓷、陈设瓷、艺术瓷有了巨大的市场，于是景德镇出现了成千上万家手工业作坊和陶瓷艺术工作室，从业人口达15万之多，可以说达到了历史的高峰。大量新的高端人才进入景德镇，这些人有的是来自国内外的陶艺家、艺术家、设计师，还有来自国内外各艺术院校毕业的大学生，有本科生，也有硕士生，这些人来到景德镇，有的是为了创作自己的作品，也有的是到这里来建工作室、创造新的就业机会。不少年轻人在这里安家，就像传统的手艺人一样，往往是男女朋友或年轻的夫妇搭档，组成类似家庭手工业作坊式的生产结构。这些人的加入形成了备受当地政府关注的"景漂"现象，彻底改变了景德镇传统的工匠结构，使其变得知识化和艺术化了。这是一个非常值得研究的社会现象，它不仅与当下的景德镇发展有关系，还可以作为案例，引发我们对中国社会发展未来的新思考。

　　这一思考一定要从其发生之时开始研究，要理解今天的景德镇的出现，一方面与其历史文化和传统土壤息息相关，另一方面，20世纪90年代为今天的景德镇传统文化复兴打下了坚实的基础。20世纪90年代，景德镇新兴民窑业得到发展的最重要因素是国家的开放，景德镇传统精美的手工陈设瓷所面对的海外市场得以出现，尤其传统官窑的瓷器得到了海外市场的青睐，这样的市场需求引发景德镇周边出现了传统的、生产仿古瓷，尤其是仿官窑瓷器的手工艺作坊。当时景德镇的国营瓷厂还存在，只有少量下岗工人加入这一队伍，大量劳动力来自周边农村。在这样的背景下，由于仿古瓷的生产要求比较高，当时景德镇艺术瓷厂和少量瓷厂里还有一些为国家换取外汇而保留的手艺人，这些手艺人白天在国有工厂上班，晚上出来帮个体户工作，并培训从乡村来的农民工，可以说仿古瓷的生产成为后来景德镇新手艺人成长的练兵场。通过十几年的训练和不断向官窑精品瓷的学习和模仿，景德镇出现了一批具有高超传统技术的手工艺劳动者，为2000年以后吸引大量来自国内外的艺术家和青年学生来景德镇创作艺术作品和创业打下了良好的基础。因为这些手艺人成为景德镇重要的工匠技艺库，他们是所有到景德镇来的艺术家及年轻学子的最好的和最重要的合作者。

　　在这里我们看到的是社会的新变化。第一，社会已经由资本经济进入了知识经济，文化资源、文化资本的概念开始得到真正的使用。也就是说，景德镇的制瓷资源不再只是其自然资源，而且是其拥有的历史文化资源和工匠的手工技艺资源，这种资源常常被今天称之为非物质文化遗产，在这里我们看到的是其不再只是"遗产"，而且已转化成可以创造生活的资源，这正是笔者提出来的"从遗产到资源"的理论。第二，全球经济诱因造成了史无前例的、巨大的人口迁移和社会重组。哪里有资源，哪里就能吸引人才，而且各种资源在世界范围内得到共享。也就是说，景德镇能够吸引来自世界各地的艺术家以及毕业于艺术院校的青年学子，就在于其丰厚的历史文化资源和手工艺资源。正是在全球资源重组和人口流动的背景中，景德镇不再是一个地域化的城市，而是一个国际化的城市。在这里我们看到的是：一方面，其国际化和全球化的因素在加强；另一方面，其本土文化与本土价值又得到复兴和提升。第四，我们正在经历"第四次工业革命"，随之也正在经历与之相伴的文化转型，这一转型与伴随前三次工业革命的文化转型同样深刻。其中最深刻的是网络经济和智能化设备所引起的思想和文化观念方面的革命，景德镇的手工艺复兴与传统有关系，更与高科技以及新的价值观和生活方式的成长有关系。尤其是网上的电商销售，为景德镇开辟了一条网络陶瓷之路，并将其伸向世界各地，这也是值得关注的新现象。第五，如果说我们这本书所研究的从古代的景德镇到 20 世纪，景德镇工匠的主要工作还是造物，主要开发和利用的对象还是自然资源，但是 20 世纪 90 年代以后的景德镇又发生了巨大的变化，尤其是 2000 年以后的景德镇，已经从工业社会进入知识社会，由造物进入一个造景的时代。在这个时代，不仅生产方式、社会结构、消费方式以及人们面对的社会场景和文化场景发生了巨大的变化，而且人们开发和利用的对象也从自然资源转化为人文资料了——那是我正在写的另一部书的内容，当然与这部分内容紧密相关，更与景德镇的未来紧密相关。

也就是说，景德镇工匠所创造的历史和传统的知识体系，通过这样的"活历史"的阐述，让我们不仅看到了它的历史价值以及它与今天的景德镇发展的紧密相连的价值，还看到了它与景德镇未来发展的价值，这种价值将生发出"从造物到造境 / 镜 / 景"的新的社会预判的可能性。任何社会切片，无论多小，都是人类社会这个大肌体中的一部分，当其发生变化的时候，我们也可以判断，这也许是人类社会整体转型的某种信号。

结　　语

西方的人类学家常常认为，人类学就是通过研究异族和异地的文化，创造一面能引起本文化反省的镜子[①]。我之所以研究景德镇民窑，不只是因为它是我的故乡，而在于我对现代陶瓷艺术及陶瓷历史有着相当程度的熟悉和了解。我熟知陶瓷的原料和技术流程中的每一个标准的世界通用的科学术语，这是在学陶瓷工艺

---

① 王铭铭.社区的历程［M］.天津：天津人民出版社，1997：16.

学时书上写的和老师教的。因此，研究传统的景德镇民窑文化对于我来说应该属于一种本土文化甚至一种本行业文化。但我发现当地老一辈陶工告诉我的各种传统的有关陶瓷原料和制瓷技艺方面的名词，都是我完全不懂和不熟悉的。因此，对于一个只受过正规的现代知识教育的我来说，这些传统民窑业中的文化和知识完全属于一种我难以理解的"异文化"。这种"异文化"的形成并不是由于地理位置或是行业的不同所造成的，而是由于时间，是时间的差距和时代的维度使我们的祖辈完全生活在与我们不同的经验世界里。这样的经验世界，如果我们不去整理记录甚至解释清楚，我们就有可能会失去了解一个重要历史知识的机会。

甚至还可以说，这样的景德镇工匠历史和知识的个案研究，不仅是对一个知识体的记录，还是一种有关景德镇发展模式和发展道路的研究。其不仅对景德镇有意义，对整个中国甚至世界的现实发展及未来发展都有意义。因为全中国不同的地域都有自己的地方历史和地方文化，都在面临着与景德镇同样的转型问题，同样的地方性的全球化问题，也都在面临着传统与现代的融合及再生问题。也许同样发生着"从造物到造景"的转型的问题，这与未来的互联网、人工智能等高科技的发展都有着密切的联系。

也就是说，"所有这些理论都邀约我们去探索当代世界中由地方条件的塑造及其影响而出现的理论立场上的差异"。[①]通过景德镇传统的和现代的工匠知识的重构，即在历史上所体现出来的延续性的研究，我们不仅看到景德镇的本土文化和中国的文化正在发生剧烈的变化，世界范围内也在发生着同样的变化："一方面西方资本主义的扩张造成了同一，另一方面世界也因非西方土著社会对全球化的适应而重新分化。"[②]也就是这种分化才使"这种新的星球性组织"被我们描述为"一个由不同文化组成的（大写的）文化，这是一种由不同的地方性生活方式组成的世界文化体系。"[③]而构成这样的新的世界文化体系的基础是发生在各种本

---

① 纳日碧力戈，等.人类学理论的新格局［M］.北京：社会科学文献出版社，2001：41.
② 马歇尔·萨林斯.甜蜜的悲哀［M］.王铭铭，胡宗泽，译.北京：生活·读书·新知三联书店，2000：123.
③ 马歇尔·萨林斯.甜蜜的悲哀［M］.王铭铭，胡宗泽，译.北京：生活·读书·新知三联书店，2000：123.

土文化复兴的基础上的，包括目前的"非物质文化遗产保护""文化自觉""文化自信"等现象，都在告诉我们：所有的地方性文化、地方性知识和地方性的价值体系都在进行重构和复兴，这种现象不仅在中国，在其他国家也一样。当前"世界上没一种族群不在谈论他们的'文化'或者与文化类似的地方性价值。"①正如萨林斯所指出的，"在西方资本主义扩张过程中，实际上我们更多看到的是人们对自己文化的更加自觉，以及现代性的本土化。从这个意义上说，人类学研究的时空变迁也就成为必然"②。

也正因如此，笔者希望自己的研究不仅对景德镇有意义，而且对中国以及整个世界范围内的文化发展也都有意义。这样的研究不仅对当下的景德镇发展有所启迪，而且对景德镇的未来以及中国的未来乃至全人类的未来发展都具有启迪性，因为人类的未来需要有来自历史和传统的重新照耀。这也许是一场新的文艺复兴的到来，开启的是一个新的文明时代的新建构，笔者希望自己的写作和研究能成为这一新时代来临的启示录的一部分。

参考文献：

1. M·E·斯皮罗.文化与人性［M］.徐俊，等，译.北京：社会科学文献出版社，1996.
2. 阿兰·巴纳德.人类学历史与理论［M］.王建民，刘源，许丹，等，译.北京：华夏出版社，2001.
3. 费孝通.对文化的历史性和社会性的思考［M］//中华炎黄文化研究会.费孝通论文化与文化自觉.北京：群言出版社，2005.
4. 费孝通.文化的传统与创造［M］//方李莉.费孝通晚年思想录.长沙：岳麓书社，2005.
5. 费孝通.中国乡村工业［M］.费孝通论中国乡村建设.北京：群言出版社，2005.
6. 费孝通.重读《江村经济·序言》［M］//潘乃谷，马戎.社区研究与社会发展.天津：天津人民出版社，1996.
7. 克利福德·吉尔兹.地方性知识：阐释人类学论文集［C］.王海龙，张家瑄，译.北京：中央编译出版社，2000.
8. 克洛德·莱维-斯特劳斯.结构人类学［M］.谢维扬，俞宣孟，译.上海：上海译文出版社，1995.
9. 雷蒙德·弗思.艺术与人类学［J］.民族艺术，2013（6）.
10. 林志祥.文化人类学［M］.北京：商务印书馆，1996.
11. 罗伯特·芬雷.青花瓷的故事：中国瓷的时代［M］.郑明萱，译.海口：海南出版社，2015.

---

① 马歇尔·萨林斯.甜蜜的悲哀［M］.王铭铭，胡宗泽，译.北京：生活·读书·新知三联书店，2000：123.
② 马歇尔·萨林斯.甜蜜的悲哀［M］.王铭铭，胡宗泽，译.北京：生活·读书·新知三联书店，2000：124.

12. 马歇尔·萨林斯.甜蜜的悲哀［M］.王铭铭，胡宗泽，译.北京：生活·读书·新知三联书店，2000.

13. 纳日碧力戈，等.人类学理论的新格局［M］.北京：社会科学文献出版社，2001：41.

14. 王铭铭.社区的历程［M］.天津：天津人民出版社，1997：16.

15. 雅各布·坦纳.历史人类学导论［M］.北京：北京大学出版社，2008.

16. F BRAUDEL. Geschichte und sozialwissenschaft［M］//M BLOCH, F BRAUDEL, L FEBVRE, et al. Schrift und materie der geschichte: vorschlage zur systematischen aneignung historischer prozesse. C HONEGGER. Frankfurt am main: Suhrkamp, 1977.

17. J LE GOFF. Vorwort［M］//M BLOCH. Apologie der geschichts wissenschaft oder der beruf des historikers. Frankfurt am Main: Suhrkamp Verlag, 2021.

18. L FEBVRE. Ein historiker pruft sein gewissen［M］//L FEBVRE. Das gewissen des historikers. Berlin: Wagenbach, 1988.

【本篇编辑：刘畅】

克罗齐史学思想对艺术史学的启示

夏燕靖

摘　要： 克罗齐史学思想在当代艺术史学研究中引发"克罗齐命题"，尤其是所提出的"历史与哲学同一""一切历史都是当代史"两大核心论断，彰显对历史认知深刻洞察的同时，更为当代艺术史学研究提供富有启发性的理论支撑。以克罗齐《历史学的理论和历史》为研究文本，围绕其建立在"精神一元论"基础上的新观点展开探讨，将历史认知精神活动划分为"认识"与"实践"两大范畴的思想内涵，并与其美学理论体系互相关联，为艺术史学研究提供三重启示：其一，艺术史研究凭借史料关注精神活动与直觉表现的内在统一，从而揭示艺术创造中心灵活动与形式表达的辩证关系，实现对艺术史实的深层理解；其二，从现实关切出发理解历史，既重视艺术史实的客观记载，又通过当代视野激活历史，使艺术史叙事呈现出鲜活的生命形态；其三，艺术史的建构应重视学科交叉与多元视角的融通，以拓展研究的理论维度。事实上，克罗齐史学思想为我们提供了一个观照艺术史的理论视域，在前人研究基础上有所继承、突破与创新，构成艺术史的特殊"心物"写照，提供重要的理论资源与方法论意义。

关键词： 克罗齐　史学思想　艺术史学　历史与哲学同一　一切历史都是当代史

作者简介： 夏燕靖，男，1960年生，博士。上海交通大学人文学院特聘教授，主要从事艺术史与艺术史学、古典艺术理论、艺术教育研究。著《中国古典艺术理论体系建构研究（上下卷）》《艺术史论的存在形式与新视域》《唐宋艺术史的物质化书写——服饰与染织绣艺术史考》。

The Impact of Croce's Historiographical Thought on Art History

Xia Yanjing

Abstract: Croce's historiography has triggered 'Croce's propositions' in the study of the history of contemporary art, especially the two core assertions of 'history and philosophy are the same' and 'all history is contemporary history'. In particular, the two core assertions of 'history and philosophy are the same' and 'all history is contemporary history', which demonstrate a deep insight into historical cognition and at the same time provide inspiring theoretical support for the study of the history of contemporary art. Taking Croce's Theory and History of Historiography as a research text, we will focus on his new viewpoint based on 'spiritual monism', and explore the ideological content of dividing the spiritual activity of historical cognition into two categories: 'cognition' and 'practice'. It divides the spiritual activity of historical cognition into two categories of 'cognition' and 'practice', and interrelates them with its aesthetic theoretical system, which provides a three-fold revelation for the study of art history: firstly, the study of art history pays attention to the intrinsic unity of spiritual activity and intuitive expression by virtue of the historical materials, so as to reveal the dialectical relationship between spiritual activity and formal expression in artistic creation, and to realise a deeper understanding of the historical facts of art; secondly, to understand history in terms of realistic concerns, and to pay attention to the historical facts of art. Secondly, to understand history from the perspective of practical concerns, not only attaching importance to the objective record of art historical facts, but also activating history through contemporary vision, so as to make art historical narratives present vivid life forms; thirdly, the construction of art history should pay attention to the intersection of disciplines and the integration of multiple perspectives, so as to expand the theoretical dimensions of research. As a matter of fact, Croce's historiographical thought provides us with a theoretical field of view on art history, which is inherited, broken through and innovated on the basis of the previous research, constituting a special 'mind and matter' portrayal of art history, and providing important theoretical resources and methodological significance.

Keywords: Croce   historical thought   art historiography   history and philosophy as one   all history is contemporary history

所谓"克罗齐命题",即是意大利文艺批评家、历史学家和哲学家贝内德托·克罗齐的名言"一切历史都是当代史"所包含的思想。在历史研究中,这种紧密联系体现为"现实关怀"和"历史写作"的无限张力。故而,借助克罗齐史学思想来认识精神活动,可以分为"认识"和"实践"两大类别。"认识"和"实践"又可各分两个阶段,即"认识"始于直觉,然后是概念;"实践"始于经济活动,然后是道德。如是,精神活动就发展为若干阶段,分别是属于认识直觉的概念阶段,属于实践活动的道德阶段。其价值分别是:美、真、益、善,与其对应的则是美学、逻辑学、经济学、伦理学等诸多哲学与人文领域。由此可见，克罗齐史学思想与其美学理论体系是相互关联的。而克罗齐史学思想非常关注历史书写的"现实关怀"，这与他的美学理论体系可谓一脉相承，富有思想张力。由之，"克罗齐命题"有着丰富的含义，这让史学家可以凭借史料在自身的精神活动和内心世界重述过去的历史情境。鉴于这种精神活动所展现的是史学家所处现实社会的写作，则应和了"一切历史都是当代史"的命题，或者说是史学家的现实书写。因而"克罗齐命题"的重要内涵就是从当前生活出发，去理解历史和阐释历史。而这一史学观念同样可以比照艺术史与艺术史学研究，即以当代视角来审视艺术历史的发展——艺术家通过与世界的接触而获得对世界的感受和认知，构成古今中外艺术的代有相传，也代有不同。并且，凸显出每个时代艺术家、艺术作品以及艺术风格和艺术思潮均在对前人的认识基础上有所继承、有所突破、有所创新，构成艺术史特殊的"心物"写照，显现出艺术史"以心感物"的特色，最终成为今日文化艺术生活的重要资源。

意大利史学家克罗齐[①]的重要著作《历史学的理论和历史》，在批判客观主义和实证主义思潮中，提出了"历史与哲学同一""一切历史都是当代史"等系列史学理论观点，对西方以及中国的史学发展产生了重要的影响。于此，我们在探讨艺术史学问题时，可以说，克罗齐的史学理论对于摆脱艺术史学研究的局限性有着重要的启示，因而有必要重新审视、思考和借鉴克罗齐的史学理论。

众所周知，在世界史学界，克罗齐向以分析历史的哲学家而闻名。就分析历史学而言，这是现当代历史编纂学较为新颖的范式，主要着眼于分析各个历史时

---

① 贝内德托·克罗齐（Benedetto Croce，1866—1952 年）意大利著名文艺批评家、历史学家和哲学家，他在哲学、历史学以及史学方法论、美学领域学术造诣颇深。克罗齐最具有代表性的著作有四种，即《美学原理》（1902 年）、《逻辑学》（1909 年）、《历史学的理论和历史》（中译本又名《历史学的理论和实际》）及《实践活动的哲学》（1908 年）。他一生著作等身，出版著作超过 80 种。克罗齐有句治史名言"一切历史都是当代史"，从认识论的角度来分析，历史正是以当前的现实生活作为其参照系，这意味着过去与当前相重合，才能有清晰的坐标；从本体论来看，不仅人们的思想认识是当前的，其实所谓的历史，也是存在于人们当前的感受。所谓"当代"，自然是指构成人们当前物质生活和精神生活的主体，尤其是精神生活永远是反映时代特征的。因此，对克罗齐来说，时间或许不是独立的存在，也不是事物存在的外在条件，而只是精神的一部分。故此，我们可以说早已消逝的古罗马荣光其实是在精神感召下的存在，即存在于我们的精神生活当中，而不断影响着我们。

期与社会形态发生的不同作用和不同社会功能。尤为重要的是，克罗齐以史学编纂为切入点，提出了两个基本理论诉求：其一为历史认知的批判性思考，其二为编史方法的科学性构建。这种研究路径不仅涉及对官方与民间史学理论的得失辨析，更着眼于拓展史学研究新径，进而形成对历史发展的新解释体系与框架。质言之，克罗齐在历史思辨和哲学分析层面的诸多思考，对史学研究具有深远的意义。特别是他提出的"历史与哲学同一""一切历史都是当代史"等重要命题，为20世纪以来史学理论的发展奠定了理论根基。

一、克罗齐"历史与哲学同一"观念的理性判断

就克罗齐提出的"历史与哲学同一"命题而言，其思想渊源可追溯至对客观主义史学与实证主义史学的反思。这两种史学思潮的共同点在于强调史料在研究中的核心地位，追求从实际出发以探寻历史发展规律，这种研究思路试图将主观性因素排除于客观存在的"历史"之外。对此，克罗齐提出了富有洞见的批判，他认为历史知识的形成实质上离不开史学研究者的个体判断；克罗齐进而在对历史认知的思考中，站在了反对客观主义与实证主义的立场，质疑这两种思潮运用科学方法来解释历史。值得注意的是，在此期间，克罗齐对历史认知的理解经历了显著转变。在其早期思想中，他将历史研究视为一种艺术形式，强调历史与艺术都具有同一的直觉性特征，由此质疑将自然科学方法应用于历史研究的合理性。而在后期，他逐渐转向从历史与哲学的内在关联来思考历史本质，进而形成了建立在"精神一元论"基础上的新观点。这一理论框架揭示了三重维度的辩证关系：其一为精神发展与客观现实世界的互动关系，其二为哲学与精神的演变和两者的相互影响，其三为历史与客观实在的动态联系。显然，通过这种多层次的阐释，克罗齐为"历史与哲学同一"命题提供了充分的理论依据。

这种论述的依据何在？需要指出的是，克罗齐通过研读黑格尔著作而获得新的认知视角，他不再将史学与艺术相提并论，转而着重探讨历史与哲学的内在关

联。在历史与哲学关系的探讨中，克罗齐的思想形成受多重理论影响。第一，他从黑格尔的哲学获得启发，认识到历史不仅构成人类生活的基础，而且是理念展现的过程。这一观点与笛卡尔将历史边缘化的立场形成鲜明对照。第二，克罗齐形成"历史与哲学同一"的理论建构，除了受到黑格尔的影响，其青年时期与金蒂利（G. Gentile）的思想交流也起了关键作用。尽管他并未完全认同金蒂利的所有观点，但这种互动确实推进了其理论的发展。在《逻辑学》（1909 年）中，克罗齐系统阐述了其概念论。他将理论活动划分为两个层次：一是艺术活动，表现为对个别事物的直觉把握；二是逻辑活动，体现为更高层次的认识过程，其中"概念"是这一阶段的核心产物。[①] 值得注意的是，克罗齐对传统的形式逻辑提出批评，认为它仅停留在思想的形式分析层面，无法真正把握思想的生命力。在他看来，真正的逻辑学应当致力于发现真理，理解历史发展的整体性。因此，"概念"作为逻辑的基本事实，既包含普遍性，又与直觉保持密切联系。这种"概念"不仅涵盖判断和推理，而且体现为对事物关系的深层认知。

这表明，克罗齐具有哲学家的思辨能力，又具有史学家的实践能力，可谓是 20 世纪少数几位最具影响力的历史哲学家之一。由此可见，他提出的"历史与哲学同一""一切历史都是当代史"等命题至今仍具有重要的研究价值和研究意义。如前所述，在早期阶段，克罗齐主要从批判实证主义的角度思考历史学本质。然而，通过研究黑格尔学说，他发现历史与哲学相辅相成、密不可分。这种认识促使他确立了二者同一性的理论基础，由此提出了著名的"历史与哲学同一"论断。这一观点体现出他对历史本质的深入思索，强调历史研究蕴含着丰富的思想内涵与精神实质。基于"精神一元论"和"内在论"的立场，克罗齐坚定地否定了二元论与超验论的思辨历史哲学，同时也抵制实证主义者的历史决定论主张。事实上，克罗齐和马克思的理论都来源于黑格尔，他们批判和继承黑格尔哲学思想的内容存在着某些相同，当然也存在着很大的差别。克罗齐延续了黑格尔的思想，批判黑格尔历史哲学中的二元论趋向，走向唯心主义，而马克思则批

---

① 参见彭刚. 评克罗齐的历史与哲学同一论 [J]. 哲学研究，1998（9）：72-79.

判黑格尔的唯心主义，借助费尔巴哈走向唯物主义，并在人的实践活动的基础之上建立了自己的历史观。

正是在这样的思想观念触动下，使得克罗齐的史学理论饱受争议，尤其是学界对克罗齐另一个"一切历史都是当代史"命题的诠释呈现出多元探讨的特征，这说明历史判断往往与史学家所处时代密切相关，即个别的判断总是在变化着的，很可能在几年内形成的历史判断，都会被新的史料或是新的认识推翻而给出新判断。进而言之，"一切历史都是当代史"的核心命题，其实很好地阐释了历史是不能割裂的，历史上发生的事情都会以新的形式再现，历史学家总是从现实生活中的关切出发，将自己的目光投向过去。历史学家从来都不会仅仅是史料的被动接受者和考订者。正是基于此，克罗齐对这一理论命题进行了深入阐发，这与科林伍德①的观点有所不同，克罗齐认为，历史是当代人对过去的重新解释。意思是说，历史只存在于历史学家对历史的思想认识之中，而科林伍德则强调历史事件背后的思想活动。因此，科林伍德又提出"一切艺术史都是思想史"。应该说，历史观是对历史现象作出阐释和判断的前提和依据，而历史观的构成又要以历史哲学为基础，只要历史阶段之间存在不同的形态，就会有不同的历史观。那么，理解只能是在历史中去理解。因此，对任何艺术史的理解都不可能达到完全的一致，真正的理解不是去消除历史性，而应该正确评价和适应这一历史性，从这个前提出发，一切历史都是思想史就不能理解了，这也揭示了克罗齐提出"一切历史都是当代史"核心命题的理论意涵。

综其所述，历史判断具有可变性。当然，历史在不断判断的过程中实现重构。并且，在此核心命题下，历史判断皆发生于"当代"时空。换言之，历史本质上是现实主体对往昔生活的主观判断与重构。值得注意的是，克罗齐所言"当

---

① R.G.科林伍德（Robin George Collingwood，1889—1943年）是英国哲学家、史学家、考古学家、美学家，也是西方分析历史哲学的典型代表，主要著述有《宗教与哲学》《心灵之镜》《历史的观念》《艺术哲学》《艺术原理》等，当中的思想对西方历史理论和艺术理论均产生较大影响，在其代表作《历史的观念》中，科林伍德提出"一切历史都是思想的历史"这一著名论断，强调历史研究的主体性，认为历史学家不应仅限于史料的简单陈述，而更应着重探究历史事件背后的思想活动。他主张历史研究的价值不在于对史实的机械重现，而在于对其意义的阐释与理解。这一历史哲学观既是对传统思辨史学的突破，也为艺术史研究提供了新的方法论思路。

代"不仅指涉时间维度，而且以"当代兴趣"的意蕴去理解核心命题。他特别强调"兴趣"在历史认知中的关键作用，由此揭示历史实为史学家基于现实观照，对符合当代思想旨趣的历史事实所做的探究成果。依此，将克罗齐的史学观点联系到艺术史学而论，有三点值得关注。

其一，关于克罗齐对历史与哲学同一说的论证，如前所述在克罗齐的哲学体系中，阐明了理论活动的两个阶段：艺术活动通过直觉把握个别事物，逻辑活动则对一般事物进行认识，同时强调"概念"是第二阶段的重要产物。这是克罗齐继承黑格尔对于传统的形式逻辑的批判，认为形式逻辑所研究的不是活生生的思想的发展，而只是思想形而上的认识。故而思想被当作极其典型的对象来进行解剖，如是发现形式逻辑并不能发现真理，只能从外在形式上来解释已被发现的真理。从这样的观点出发，借助克罗齐认为概念乃是唯一的逻辑事实的话题来解说，艺术可说是逻辑的基础。艺术所呈现的现象是鲜活的、多样的，而艺术史学研究则是形而上的，是对其史料、史证和史观的提升认识。

其二，植根于"精神一元论"的理论洞见，克罗齐对于艺术史治史观念的认识特别重要。因为艺术史构成，一方面是艺术现象，如艺术家的创作表现、艺术作品的形式构成；另一方面关涉艺术风格或艺术思潮，则多半是形而上的认知起作用。克罗齐是爱好文学艺术的，在美学和文学评论方面有很深的造诣，甚至他的哲学论著在表达风格上也称得上清澈流畅。如若我们加以审视会发现，克罗齐富有哲学精神的论断是从逻辑学出发的；换言之，概念本身就是判断，概念与判断具有同一性。据此，我们可以认为克罗齐历史观的知识逻辑，其最基本的形式乃是个别判断。那么，个别判断是否都是历史判断呢？如果个别判断并不都是历史判断，那么克罗齐的结论还是有待商榷的。诚然，黑格尔的"凡是合乎理性的东西都是现实的；凡是现实的东西都是合乎理性的"[1]这些通常被视为是哲学的命题，也要被归于历史知识之列了。这样的历史概念如果成立，便是历史与哲学、历史思维与哲学思维二者的统一性体现。克罗齐始终认为，如果说哲学是历史学

---

① 黑格尔.法哲学原理［M］.范扬，张企泰，译.北京：商务印书馆，1961：11.

的一个必要前提的话，便可佐证历史与哲学有相似的体系或哲学命题为基础。故而艺术史学归根结底乃是在特定的时空条件下，由某一特定个人的心灵中所产生的。

其三，艺术史的发展同样为"一切历史都是当代史"这一命题提供了有力佐证，同时彰显了该学科的连续性和固有特质。就艺术史学而言，其研究注重历史上发生的艺术史实的记载，但更重要的是以史实来揭示艺术形式的再次出现，这符合此命题的阐述，即克罗齐认为"在一切历史判断的深层存在的实际需求，赋予一切历史'当代史'的性质，因为从年代学上看，不管进入历史的事实多么悠远，实际上它总是涉及现今需求和形势的历史，那些事实在当前形势下不断震颤"[1]。延伸解读，对应中国史学来说，"历史"一词，最初以单字"史"表述。甲骨文中"史实为事字之初文""故事、吏、使等字应为同源之字"，可见"史"字近于"事"，指涉具体事件与现象；[2]同时《说文解字》释："史，记事者；从又持中，中，正也。"揭示"史"字初本为记录之官，引申为其所记载之事，即文字记述的既往事件，从广义而言，指涉客观世界的发展进程。[3]而英文"history"对应于"历史"二字，其词源可溯至本义为"调查、探究"的希腊文"historia"，见于古希腊"历史之父"希罗多德的《历史》。[4]这就再明确不过了，历史叙述的关键在于研究，这必然是对当代而言的问题探讨。比如，在艺术史学界探讨的热点问题"宏大叙事"与"个人叙事"之类的后现代史学观点中，就是典型的当代史学对应过往历史而形成的判断。并且，强调艺术史的叙事需要重建，而重建之法，正是艺术史学当代性的体现。表现在其史述背后，存在着艺术家与艺术作品，乃至艺术作品与接受者，以及接收者与艺术家交织的跨时空与跨文化的阐释性互动关系，涉及这三重关系所处的历史、文化、社会、经济、政治等诸多相关艺术史的语境因素，是为观念性。

---

① 贝内德托·克罗齐.作为思想和行动的历史［M］.田时纲，译.北京：商务印书馆，2012：6-7.
② 徐中舒.甲骨文字典［M］.成都：四川辞书出版社，1989：316-317.
③ 许慎，段玉裁.说文解字注［M］.上海：上海古籍出版社，1981：116.
④ 希罗多德.历史［M］.徐松岩，译.上海：上海人民出版社，2018：51.

二、克罗齐"一切历史都是当代史"之
完整和系统的阐释

进一步解读克罗齐历史的哲学思想，《历史学的理论和历史》可谓一部专题性历史哲学的理论著作。该著作主要由理论与历史两大板块构成，其中前半部分侧重于史学理论阐释。在理论建构中，克罗齐通过历史与编年史的辩证关系阐释其史学观。其一，就其性质与时间维度而言，历史展现动态生命力，着眼当代视野，编年史则呈现静态记录，侧重过往事实。正如，历史是活历史，是一部当代史，而编年史是死历史，是过去史。其二，在行为层面，历史关注思想的能动性，编年史体现意志的外显性。其三，就联系而言，历史中具有紧密关联，编年史中则割裂联系。其四，在序列与文献特征方面，历史遵循逻辑顺序，是活着的文献，编年史依循的是编年顺序，记载用词抽象及空洞。其五，从认知深度看，历史深入探究事件的本质与核心，编年史停留在表层现象。[①]这种区分中，历史的形成先于编年的记述，并在此基础上，克罗齐进一步辨析了真历史相对于其他历史形态的积极性质、人性、分期等核心问题范畴。

后半部分则勾勒了史学思想的演进脉络，从古希腊罗马时期出发，依次探讨了中世纪、文艺复兴、启蒙运动，直至浪漫主义、实证主义，最后延伸至19世纪"新史学"，这些论述反映了克罗齐对史学方法的基本观点与原则，即历史"总是由文献或变为文献或按文献对待的叙述构成"。[②]的确，文献使史学可证实，却也有被刻意叙事化的偏见，克罗齐清楚"历史在其中被具体化的叙述"，从而总是强调针对历史研究注重客观性的事实。即便是有特殊性（普遍在特殊中的表现）也要确定其具体的、可证的史实依据。这是克罗齐一贯主张的，需要从现在生活的兴趣出发，来把握过去的事实。诚如克罗齐所言："当我曾思考或将思

---

① 参见贝内德托·克罗齐.历史学的理论和历史［M］.田时纲，译.北京：中国社会科学出版社，2005：总序.
② 贝内德托·克罗齐.历史学的理论和历史［M］.田时纲，译.北京：中国社会科学出版社，2005：6.

考它们，就根据我的精神需要重构它们，对我来说，它们也曾是或将是历史。"①
它们作为被保存的"过去的回忆"使精神得以从这些"确定的个性化"文献中创
造出更丰富的确定和个性化"并永远把以前的确定和个性化变为不定和非个性
化"②，同时，"根据生活发展赋予我们无限观点来构建无限进程，实际上历史在
时间上既无起点又无终点"③。这也正说明，一切历史都是在继续被重新思考和补
充完善的，以至新的历史时期之所以"新"，恰恰是因为对比而来的历史认识。
所以说，历史是当代史，并永远是未完成的一部历史学。

当然，读克罗齐这部《历史学的理论和历史》的同时，需要对应理解扬巴蒂
斯塔·维柯（Giambattista Vico，1668—1744年）的哲学史学观。④维柯的这一
哲学历史观，是将人类历史意识臻于成熟的一个标志，在西方历史思想史研究中
不再是一种新奇的观点。这就不仅以历史本体为对象的思辨哲学历史观而言，而
且对作为近代历史思想新特征的分析历史哲学来说，也是适宜的。学界热衷于维
柯对历史本体结构及过程的描述，然而，维柯的学说中真正触动20世纪历史思
想的，则是他对历史学本质的理解和他的独特的方法论。

这一现象源于西方古典时期和中世纪对历史学的认识立场：历史学不仅未被
纳入科学范畴，反而被视为与科学相对立的领域。诸如，在希腊思想传统中，历
史所呈现的变动性特征使其较之诗歌更远离科学的范畴。及至启蒙时代，伴随自
然科学与理性主义思潮的兴起与发展，知识界对历史学的轻视态度愈发明显。其
中，笛卡尔的观点最能体现这种认识，他将历史研究仅仅视作满足世俗好奇心

---

① 贝内德托·克罗齐.历史学的理论和历史［M］.田时纲，译.北京：中国社会科学出版社，2005：6.
② 贝内德托·克罗齐.历史学的理论和历史［M］.田时纲，译.北京：中国社会科学出版社，2005：15.
③ 贝内德托·克罗齐.历史学的理论和历史［M］.田时纲，译.北京：中国社会科学出版社，2005：229.
④ 扬巴蒂斯塔·维柯（Giambattista Vico，1668—1744年）是生活在17世纪末、18世纪初的意大利哲
学家。维柯之所以在哲学史上留下印迹，并在20世纪重新引起哲学和历史学界的注目，是因为他在
科学理性的倡导中开始获得思想界承认的地位，即他强调历史、政治、法律、哲学等人文学科的价
值，在研究方法上强调古希腊以来的"论题"（topica）法则的意义。他甚至反对将笛卡尔的"批判"
（critica）之法运用于一切学科和领域。对此，维柯提出笛卡尔的真理观，即普遍的、超越时空的真
理仍然只是一种妄想。为了寻找学问的正当性的依据，必须探明其历史的由来。在真理观上，维柯
提出"真理—创造物说"，即人只能认知人创造的东西，或者说只有人创造的东西才是可认知的观
点。20世纪60年代后，伴随着后现代主义思潮的兴起，在欧美出现了维柯研究热。维柯作为近代历
史哲学之创始人以及精神科学原理的奠基者而逐渐为人们所认识。

的活动，认为其与培养、增进人类理性的知识毫无关联。受到自然科学的新成就（尤其是牛顿定律的发现）与笛卡尔历史怀疑主义的挑战和刺激，历史学家对传统历史学进行了改造。于是，17世纪，西方历史学界出现了以揭示历史规律、创建科学历史学的新尝试。维柯的学说与这一史学研究新趋势紧密相连。他不仅要为历史学在人类知识理性构成中争一席地位，而且要像牛顿建立关于自然世界的新科学那样，建立一门关于人类历史的新科学。维柯意识到，问题不在于论证历史学是不是一门科学，而在于它能否形成一门科学。从而可以看出，维柯并不要求科学现成地打开一扇允许历史学进入学术研究的大门。由此，在真理判断依据与历史学对象及性质诸问题上，他与笛卡尔处于尖锐的对立中，而当时盛行的历史怀疑主义正是建立在笛卡尔哲学的基础上。所以，维柯要通过对笛卡尔哲学的批判来为自己开辟道路。说到这里，可以看到维柯的历史哲学标志着西方历史思想的重要转向，其理论意义主要体现在两个方面：一是对历史本体的思辨性探究，二是对历史研究方法的创新性贡献。尤为重要的是，维柯对历史学本质的理解和其独特的方法论，对20世纪历史思想的发展产生了深远影响。通过考察维柯对历史学性质的系统探讨，我们得以更深入地理解克罗齐在《历史学的理论和历史》中的理论建构。克罗齐对维柯思想的继承是一种深化性的发展，他在把握维柯历史哲学观点的基础上，进行了更为系统的理论阐释。虽然克罗齐的论述在后半部分出现了一些概念界定不够清晰之处，也存在论证过程中的某些矛盾，但他提出的"一切历史都是当代史"这一核心命题，既深化了维柯关于历史认知的思考，也构建了更为完整的历史认识论体系。这一理论既延续了维柯对历史主体性的探讨，又将历史认识与当代性的关系提升到新的理论层面，通过克罗齐更为清晰的论述，实现了对历史与哲学、历史与当代关系命题的新诠释。

进而言之，克罗齐在书中将史学研究分为史学理论和史学史两个部分，这是了不起的学术作为。在史学理论探索中，确立了"一切历史都是当代史"这一命题作为其理论基点，反驳语文性历史、诗歌性历史、普遍史、超验论、进步论、实用主义和自然史等史学理论，这种批判一直渗透到其后的史学史阐述部分。在史学史部分里，克罗齐论述古典时代、中世纪、文艺复兴时代、启蒙运动时代、浪漫主义时代与实证主义时代的史学特征，针对不同时代的史学理论展开批判。从某种程度上来说，克罗齐继承了维柯的复演理论和黑格尔的辩证法，不同时代的史学特征在克罗齐这里呈现出明显的"复演"与"循环"特征。克罗齐的史学理论是一种调和的理论，他并不走向任何一个极端，而是将哲学、历史与语文学等都纳入自己的学说范围，使其各安其位。但是根本上，克罗齐还是将思想作为史学的本质特征，只有经过思索，过去的事件才能成为历史，历史即是历史本身。

由此，"一切历史都是当代史"这一最为著名的命题，亦可以看作克罗齐此书的核心思想，它体现了克罗齐的精神哲学与历史主义的思想特征。在我看来，这一命题可以从以下三个层次进行阐释：历史的精神性、当代史的含义以及历史与其他历史的区分。

第一，正如前文所言，作为理论基石，克罗齐主张历史本质上是精神发展的历程，是精神创造与行动的历史。这一观点并不能简单地理解为一个认识论的命题，而应当看到它具有的本体论意义。在批判性考察黑格尔与维柯的历史哲学思想中，克罗齐进一步明确了历史的精神性内涵。在他看来，黑格尔的"绝对理性"与维柯的"天命"等概念都是一种二元论与超验主义的表达方式。他们将个人与"绝对理性"或"天命"区分开，并将后者看作一种高级的存在，而前者是低级的存在。历史发展的过程就是"绝对理性"或"天命"引导个人达到较为崇高的精神境界的过程。在这一过程中，"绝对理性"或"天命"通过"理性的狡黠"等手段，将个人作为实现历史目的的工具。个人在无限的错觉当中达到自己没有看到的最终目的。而克罗齐则反对这种二元论与超验论的历史哲学。在他看来，个体与"绝对理性"或"天命"是一回事，二者完全是重合的、同一的。在历史的发展过程中，并不存在崇高的精神与作为其随从的个人，存在的只是一种处于不断发展过程当中的精神，这种精神存在于所有个人当中，因此，历史便是一种普遍的与个别的辩证统一的精神史。按照克罗齐的说法，政治与伯里克利、哲学与柏拉图、悲剧与索福克勒斯，都是无法分开的，我们不能为了一方而抛弃另一方。由此，克罗齐就将历史描述为一种个人的作品，同时个人的创造活动当中又体现了某种普遍的精神，即历史是某种"永恒的个性化的精神的作品"①。这就意味着，我们要理解历史，不能从外部入手，只能从历史过程本身入手，从历史中个人的精神入手。而由于历史是不断发展的，某一历史阶段的个人与精神已经逝去，我们如何才能接触过去的精神从而对历史有所了解？这就来到了"一切历史都是当代史"的论断。

第二，克罗齐所提出的"一切历史都是当代史"的论断，其内涵究竟是什么？问题的关键便在于"当代"这一概念。在克罗齐看来，当代指的并不是我们所处的某一个时间段或时间点，而是"紧随以完成的行动生产、作为对此行动的意识的历史"②。这种当代史是直接从当下生活当中涌现的历史。克罗齐认为自己在写这本书时，为自己撰写的历史便是一种当代史，它是他自己的写作思想。同时，那种"非当代史"指的则是一种已经过去的历史，当它所述的事迹出现在历史学家的心灵当中时，它就变成了当代史。因此，克罗齐的当代史所要突出的便是我们的当下心灵与过去历史的联系，即历史只有经由我们当下生活的兴趣才能被激活。当我们对某一特定的历史对象或历史问题不感兴趣时，它对于我们来说，就是一堆僵死的材料或空洞的字句；而一旦我们对其产生兴趣，过去的历史就被代入我们当下的生活中，它就具有了与我们所面临的种种现实问题相同的生命力，我们能够在自己的心灵当中获得对它的理解。在这里，克罗齐进一步引入了"历史"与"编年史"的辩证关系来进一步说明自己的观点。其一，历史是具有生命力的编年史，而编年史则是静止的历史。编年史仅仅是一系列空洞的证据，它是一种纯粹的意志活动，缺少对过去的生动的感知。而历史则是我们真正理解了过去的思想与精神。一旦历史证据当中的思想与精神不再为人所理解时，历史就蜕化为了编年史。而当历史证据能够被人所理解时，编年史也能够变成历史。其二，克罗齐提醒我们，我们不能将编年史与历史的关系简单地理解为从低级到高级的线性关系。一方面，编年史并非历史的反面，它作为历史的遗迹，实际为我们能够理解历史提供了物质性保障。克罗齐说："抄写空洞的历史，收集

---

① 贝内德托·克罗齐.历史学的理论和历史［M］.田时纲，译.北京：中国社会科学出版社，2005：69.
② 贝内德托·克罗齐.历史学的理论和历史［M］.田时纲，译.北京：中国社会科学出版社，2005：5.

死文献，是一种替人生服务的生命行动。它们将使我们在我们的精神中再现过去的历史，使其更丰富，还把它变为现在的：这一时刻定会到来。"①编年史尽管是空洞的叙述和僵死的证据，但它依然是精神的创造物，在它当中依然存留着人类历史的精神记录。另一方面，如果没有当下生活的指引，堆砌再多的证据与叙述也无法使编年史变成活生生的历史。既然历史是由当下生活的兴趣所引导，那是否意味着历史学完全任由历史学家摆布呢？很显然，克罗齐并未走向这种完全主观主义的立场。克罗齐认为，真历史与各种假历史存在本质区别。

第三，在批判各种假历史的基础上，克罗齐进一步明确了自己真历史的内涵。首先确定的是语文表述的历史严谨性。因为语文学家往往致力于保存历史文献的完整性，他们在抄录古代作家的文本或历史文献时，往往非常重视将其加以考据、整理、汇编，认为这种工作能够最大程度地保留历史的原貌。然而，克罗齐从史学研究更高的层面来作判断，认为这种做法也只是体现渊博的编年史治史方法，它依然是从外部的文献证据去理解，它的研究兴趣是一种源于学科内部的、超历史的兴趣，而非一种源于当下生活的兴趣，因而它无法与历史产生精神上的连接。同时，由于缺乏明确的兴趣指引，语文学的历史无法对历史文献进行有价值的批判。其次是诗歌性历史。与语文性的历史相反，诗歌性历史则走向了另一个极端，即将历史研究完全主观化，历史学成为展现自己好恶的工具。对此，克罗齐进行两个方面的批判。一是我们应当区分思想的价值与情操的价值。历史是精神的历史，精神当中必然蕴含着价值。支配真历史的应当是思想的价值，它是一种理性的价值立场，引导我们去思考个人在历史当中的作用。而支配诗歌性历史的则是情操的价值，它代表着一种带有个人情感烙印的价值立场，进而扭曲了历史的面貌。二是诗歌性历史对待历史证据的错误态度。在自身情操价值的驱动下，诗歌性历史将自己捏造的历史与历史证据相混合，选择性地使用材料。这种主观性的态度显然会损害历史的可信度。克罗齐认为，我们无法抛弃历史想象，但同时我们必须将这种想象限制在思想的价值当中，必须在追求真理的

---

① 贝内德托·克罗齐.历史学的理论和历史［M］.田时纲，译.北京：中国社会科学出版社，2005：15.

目标之下使用这种想象。最后是这种诗歌性历史，实际上指的是以一种既存的历史为前提，以一种实际目的叙述的历史。它的代表是古代的演讲术或修辞学的历史，是一种利用历史叙述作为手段的实用性活动，它能起鼓舞人心、传授哲学等实际的作用。克罗齐认为，这种历史作为一种实际活动是不受责难的。但同时，克罗齐又坚持认为，我们所说的真历史绝不是这种以实际目的为导向的历史，而是理解过去思想的历史。①

总之，"一切历史都是当代史"的命题实际是精神哲学与历史主义思想的进一步延伸。由于历史是人类精神创造的历史，那么要理解过去就必须凭借当下的精神或思想。在这里，克罗齐实际上受到了维柯的"真理即创造"与狄尔泰的"移情"②思想的影响。借由历史的精神实质，克罗齐能够将过去与当下连接，进而达成对历史的理解。同时，通过区分真历史与假历史，克罗齐对"当下"进行了限定，使其免于陷入彻底的主观主义。换句话说，克罗齐依然强调历史学自身的严谨性，历史学研究是在历史学家的理性思想的指引下对过去所做的探究，它力图获得对过去的真理性认识。

再回到克罗齐《历史学的理论和历史》这部书。这部书可说是克罗齐在史学理论方面阐释的代表作，集中体现了克罗齐史学与哲学思想当中的两个重要思维：一方面，在精神哲学与历史主义的一元论框架之下，克罗齐将历史主义推向极致，将历史知识看作唯一的知识形式，而哲学与科学都变成了获取历史知识的手段；另一方面，精神的同一性被克罗齐预设为历史学能够跨越历史主义的任何时间距离，由此得出"一切真实历史皆为当代史"的理论命题。此外，克罗齐对史学史的看法也延续了其精神哲学与历史主义的思想。在《历史学的理论和历史》中集中展现了其思想体系的两个核心思维意涵。

---

① 参见贝内德托·克罗齐.历史学的理论和历史［M］.田时纲，译.北京：中国社会科学出版社，2005：24-31，177.
② 威廉·狄尔泰（Wilhelm Dilthey，1833—1911年）是19世纪德国重要的哲学家，其"移情"理论是理解他人的重要方法论主张。在其早期的心理学进路中，狄尔泰认为对他人的理解主要通过"类比推理"实现，即以自身体验为基础，将他人视为另一个"自己"，通过移情来理解他人的情感和体验。在其后期思想中，狄尔泰通过引入"表达"和"客观精神"的概念，将移情理论延展至更广阔的诠释学框架中，强调理解不仅依赖直接的心理移情，而且需要通过文化背景的中介作用来实现。

由此，这部书是克罗齐精神哲学体系的总结与收尾之作。在这部书之前，克罗齐已经出版了《美学》《逻辑学》和《实践哲学》三部著作，而这部书与前三部著作可以说构成了克罗齐"精神哲学"体系[①]的作品序列。也就是说，这部书其实延续了克罗齐的精神哲学思想的认识阐述，其核心思想彰显了历史的本质乃是人的思维与精神活动。这一理论论证始自对"当代史"与"非当代史"的根本区分。并且，强调只有与现实生活相关的，仍然处于活的历史才是真正的历史。故而，克罗齐对"真历史"的理论建构与史学理论贡献在于：通过将思维活动融入编年史，使其转化为富有生命力的历史。这源于他对历史与哲学互为前提、相互制约关系的深入阐发，从而揭示两者的同一性。由此，"一切真历史皆为当代史"这一命题彰显出其积极意义。应该说，克罗齐的精神哲学思想的认识在融入历史哲学后，为我们以科学视角重新审视历史哲学的价值提供了理论指引，这构成了其历史哲学思想的重要启示。

再者，这部《历史学的理论与历史》是克罗齐历史哲学思想的集大成之作，表明他在思想史研究谱系当中，已经被看作历史主义的代表人物。尤其是他的学生、罗马大学教授卡洛·安东尼更是将其思想定性为"绝对历史主义"。卡洛·安东尼撰写了一部阐述欧洲"历史主义"思潮的论著《历史主义》。[②]作为启蒙为欧洲带来的理性主义，在法国大革命时期走向了巅峰，卡洛·安东尼抱持历史主义态度，强调民族历史对当代历史构架和社会伦理的重要作用，鲜明地支持导师克罗齐的史学观立场，阐明人类应从诸多神话中解放出来，立足现实基础，考察人类社会的发展历程，即康德所谓的"人类灵魂的优美和尊严"。因此，我们借助卡洛·安东尼的认识论，来观照克罗齐在这部书当中的阐释，可以见识到克罗齐历史哲学思想当中具有的浓厚的历史主义色彩。尤其是在这部《历史学的理论与历史》书中突出体现了克罗齐思想当中的"精神哲学"与"历史主义"两个向度，同时这两个向度很大程度上又呈现出混合或曰融洽的特征，从这两个

---

① 克罗齐的《精神哲学》体系分为四部分：《美学》《逻辑学》《实践哲学》和《历史学》。参见贝内德托·克罗齐.历史学的理论和历史［M］.田时纲，译.北京：中国社会科学出版社，2005：前言译注.
② 卡洛·安东尼.历史主义［M］.黄艳红，译.上海：格致出版社，2021.

向度出发对这部书进行梳理，对阐明克罗齐历史哲学的思想内核是有极大帮助的。

考察克罗齐的历史研究路径，早年间他以一篇论文《普遍艺术概念下的历史》开始介入历史哲学的研究领域，将历史学纳入一种广义的艺术范畴进行阐述，认为艺术是一种具有个性的直观洞见，是对个体的一种认识活动，而科学则是关于一般规律的知识，进而提出历史学涉及个别的、具体的事实，它的责任在于叙述事实。[①] 所以，历史学并不像科学那样，以一般规律来理解具体事实，它仅在于对具体事实的洞见。由此，克罗齐将历史学与艺术并论，认为艺术在于表现或叙述可能的事情，而历史学则是表现和叙述实际发生的事实。在此基础上，克罗齐并未满足自己的探求愿望，而是进一步提出将科学纳入历史学研究。在他看来，科学的概念分为经验和抽象两类。从经验角度来说，科学将自然转化为一种可实在认知的事项，我们可以将其作为历史知识的一部分来认识。而从抽象角度来看，科学从自然当中抽象出一系列规律，这种抽象概念是非实在的，克罗齐称之为是一种"伪概念"，是不真实的。通过这两种区分，科学和历史的区别就明确了，将科学纳入历史学的范畴，这意味着人类历史中所具有的精神性也适用于自然。

其实，在人类产生的艺术活动中亦是如此。历史的"科学"话语一直是史学观念讨论的话题，尤其是探讨"艺术性"与"科学性"的问题，直接涉及史学研究中"客观"与"真实"的本质。学界已对"史学性质"及"历史学是科学还是艺术"等命题展开广泛讨论，同时史学与艺术的关系问题，也在一定程度上获得了充分探究。在欧洲文艺复兴时期，作为历史叙事的"艺术"，便在错综复杂的历史背后，产生出极为丰富的史学认知。实际上，这种认识对于把握史学、科学和艺术的联系具有深远意义，而非将其简单切分，或认定三者间互不相干。众所周知的是，"文艺复兴"始于 15 世纪初的佛罗伦萨，一直延续到 16 世纪末。艺术领域出现的重大突破是将数学方法用于平面空间表现，画家致力于用科学方式描绘现实世界。15 世纪以来，绘画彻底摆脱了中世纪的束缚，如当时最先进的高科技——线性透视，被佛罗伦萨建筑家布鲁内莱斯基运用其建筑设计上，不仅

---

① 参见彭刚.精神、自由与历史：克罗齐历史哲学研究［M］.北京：清华大学出版社，1999：14-17.

创造了圣母百花大教堂巨型穹顶，还开创了全新透视法，成为绘画史上的重大创新。借此，我们理解克罗齐的史学观，自然有其内在精神的价值，这种精神不能完全被历史所呈现，但能被自然本身所认识。人类只能利用科学的方法从外部认识自然。因此，对于人类而言，要达到对自然的真正理解，历史知识不可或缺。而克罗齐认为："'自然史'虽然也是历史，但它奇怪地遵循有别于唯一历史法则的法则。正是通过使自然史降为伪历史才解决了这种对立。"①这构成了克罗齐在《历史学的理论和历史》上篇"历史学的理论"中对实证主义罗列史料依据的批判论证，从而确立历史学本身的独立性，并将科学纳入历史学研究的范畴。这是一种激进的历史主义表达。

三、克罗齐哲学与历史的逻辑命题有着 美学与艺术观念的展现

在《历史学的理论和历史》的第二部分"历史学的历史"篇中，克罗齐试图将哲学纳入历史学的研究范畴。在这一部分里，克罗齐提出的一个中心命题便是"历史学与哲学的同一性"。这是克罗齐阐述历史哲学观念中最为引人注目的论点，但又是最令人费解的观点之一。这是克罗齐从哲学与历史、哲学思维与历史思维相互并存的认识论中形成的历史哲学思想，通过推理可知，哲学思维着重解决历史判断的逻辑性问题，这被克罗齐认定为史学与历史思维构建的必要前提。并且，这是历史理论中的一个内在的重要因素。换言之，历史的呈现是连续性的，且是真实的连续。那么，逻辑作为历史思维的产物，应该是与历史形成相互印证的统一，若不是相互印证统一，逻辑就不能证实历史的真实，历史的真实也难以成立。

例如，美国当代著名建筑评论家肯尼斯·弗兰普顿（Kenneth Frampton）就强调："现代建筑史既涉及建筑本身，也同样涉及人们的意识和论争中的意向。"②

---

① 贝内德托·克罗齐.历史学的理论和历史［M］.田时纲，译.北京：中国社会科学出版社，2005：93.
② 肯尼斯·弗兰姆普敦.现代建筑：一部批判的历史［M］.张钦楠，等，译.北京：生活·读书·新知三联书店，2004：4.

这是为求证艺术史叙事模式而提出的问题，艺术史何尝不是这样？它既是艺术作品本身的历史，也是整个文明进程的组成部分，其相互逻辑必然自洽。又如，高居翰在研究中国绘画史中特别指出，从艺术史叙事视角看，明清时期奉为正统的文人画仅为绘画史发展的一种表征。此观点源于传统文人阶层将艺术创作与画家个人素养、性情和身份相融通的论述，却遮蔽了诸多出身寒微而技艺精湛的画家。高居翰在晚年特别推重以宋画为代表的中国绘画，作为一种再现性艺术，认为其成就可与文艺复兴并峙。由此揭示了中国绘画史研究中的关键命题：有必要辨析收藏家、画家对"师承谱系"的建构，与绘画作品本身呈现的视觉特质之间的差异。前者体现了艺术史家的理论诉求、艺术家们的"期望"以及绘画形式的内在特征，同时涉及画风、雅趣的文化内涵及画者身份等叙事要素；后者则统摄了艺术创作与鉴赏过程中的"有意识"和"无意识"因素，尤其反映了画家们在特定时代的审美范式，以及运用的绘画造型手段中所潜藏的艺术风格倾向，这是艺术史需要关注和揭示的富有艺术哲学意味的思想观念。①对照而论，克罗齐提出的逻辑作为历史思维的产物，在艺术史叙事意义上给予的断言，即艺术从创作到鉴赏过程中的"有意识"和"无意识"，可谓是哲学与历史学的并存认知。事实上，历史理论如果有一个问题，即是一个哲学命题需要解决的问题。这是因为哲学是统一于历史中的。然而，哲学和历史、哲学思维与历史思维二者的关系，究其本源，应该是统一性的，克罗齐由逻辑学说出发明确地回答了这个问题，阐释了二者的关系：或者是统一，或者是同一，二者必居其一，而不可能是分离的。这就言明哲学和哲学思维统一于历史和历史思维。既然哲学所研究的概念与历史知识所构成的叙事判断具有同一性，那么，哲学与历史的同一性就是历史理论的基本认知的原点。当然，也可以说，这一命题贯穿和渗透了克罗齐的全部历史理论，对这一命题的理解和把握，乃是我们进入克罗齐史学思想领域的通道。

克罗齐的历史理论分析不只是严肃的哲学与历史的逻辑命题。克罗齐还是文

---

① 参见熊鹤婷.艺术史学者的价值判断［N］.文汇报，2023-04-10（文艺百家）.

学艺术的爱好者，他在美学和文艺评论方面有很深的造诣，他的哲学思想中有相当一部分覆盖美学与艺术领域。比如，在美学理论上，克罗齐通过《美学原理》提出了颇具价值的思考。其理论贡献主要表现在两个方面：就建构性成果而言，他深入阐发了形象思维与抽象思维的对立关系，虽尚未触及二者的统一性；同时，他注意了艺术的整一性特征，即在自然美与各类艺术美中探寻共同本质，但这种关注也导致对具体差异性的忽视。就批判性贡献而言，他对既有美学观念进行了深入反思，尤其是对快感主义、联想主义、"理智的直觉"说、同情说以及鉴赏力与天才对立说等理论的批判，为美学发展扫清了一些认知障碍。在探讨直觉与表现的统一性时，克罗齐认为直觉知识本质上就是表现知识。这种直觉具有其独特性质，它既独立于理智活动，也不受后起的经验区分、实在与非实在的界定，以及空间时间的形成与感知所制约。作为一种形式存在，直觉或表象有别于感受的流转和心理素材，其根本特征在于表现本身。此外，关于艺术与直觉知识的关系，克罗齐认为直觉（表现）知识与审美（艺术）事实构成统一整体，通过艺术作品来阐明直觉知识的特性，也以直觉的特征来理解艺术作品，这种观点实际上对当时流行的"艺术是特殊直觉"说提出了质疑，表明艺术与直觉的关系需要更深入的理论思考。[①] 如是，克罗齐的历史观可谓孕育了美学与艺术观，既反映出19世纪末20世纪初西方文学艺术的走向，又为20世纪西方现代文学艺术思潮奠定了坚实的发展基础。其特征为突出主体创造性活动，强调"直觉—表现"，对20世纪现代西方美学产生了广泛影响。

在中国学者中，朱光潜在《文艺心理学》中专门探讨了克罗齐的美学思想。他指出，克罗齐"直觉说"的核心在于"美感经验就是形象的直觉"[②]。朱光潜进一步阐释道："无论是艺术或是自然，如果一件事物让你觉得美，它一定能在你心眼中现出一种具体的境界……使你聚精会神地观赏它，领略它，以至于把它以外的一切事物都暂时忘去。这种经验就是形象的直觉。"[③] 其中，形象作为直觉客

---

① 参见克罗齐. 美学原理［M］. 朱光潜，译. 北京：商务印书馆，2012：序13-14.
② 朱光潜. 文艺心理学［M］. 上海：复旦大学出版社，2009：10.
③ 朱光潜. 文艺心理学［M］. 上海：复旦大学出版社，2009：5.

体属物，直觉作为心智活动属物，心物相接即为直觉，而物通过形象显现于心。由此可见，朱光潜是在吸收了克罗齐的基本观点上形成的认识，即"形象的直觉"，这从直觉是形象的推理逻辑中，揭示出美感与艺术表现的密切关系。在这一点上，朱光潜与克罗齐有着较为一致的观念，都承认直觉的形象呈现于内心，并强调直觉具有的积极主动的创造性。此外，朱光潜选用瑞士学者布洛的《作为艺术中的因素和一种美学原理的心理距离》来阐述美学中的"心理距离"，认为美感的产生是由于人与对象保持了距离，而这个距离不是时间或空间上的距离，主要是心理上的距离。朱光潜还列举了王实甫《西厢记》的创作实例，作为阐释艺术"直觉说"的立论依据，感叹读《西厢记》必须心怀神圣，心存敬畏，心思洁清，心领神会，这是典型的"直觉说"体验。[①]的确，《西厢记》之所以成为元杂剧的"压卷之作"，如同朱光潜对读诗的评价，"趣味是对于生命的彻悟和留恋，生命时时刻刻都在进展和创化，趣味也就要时时刻刻在进展和创化"。[②]进一步阐述艺术审美现象超越认知界限的关键在于人们能以客观超然的态度观照世界。这印证了克罗齐将艺术界定为直觉意象的理论基础，他对克罗齐"直觉说"的阐释，着重探讨了创造意象如何受到传达过程的影响，尤其强调了心理机制和意象传递的核心作用。

就美学理论发展而言，朱光潜的美学创新主要源于对克罗齐思想的研究与思考。二者的美学思想关联主要体现在"直觉说"与"文艺伦理观"两个理论范畴。朱光潜在接受克罗齐审美思想的基础上实现了一定的超越，构建了"纯美主义"的美学思想，进而发展为"人生美学"，其特质在于立足现实、关注人生，意图通过美学维度实现对人生的改造。从理论旨趣来看，朱光潜将美学定位为改造人心、美化人生的方法论体系，这构成了其现代美学的核心价值。其理论以人的存在为基点，将审美活动延伸至社会实践领域，揭示了物质生产与审美活动的内在关联。而克罗齐确立了美学的独立性地位，同时回归人本主义视角进行考察，这与朱光潜的理论取向形成了思想共振。这说明，朱光潜对克罗齐"直觉

---

① 参见朱光潜.文艺心理学［M］.上海：复旦大学出版社，2009：12-28.
②《朱光潜全集》编辑委员会.朱光潜全集［M］.合肥：安徽教育出版社，1987：352.

说"的接受体现了其思想传承的一面。更重要的是，通过创立人生美学，朱光潜实现了对克罗齐理论的拓展。如果说克罗齐将美学局限于人的精神活动层面，那么朱光潜则将美学视域扩展至人的整体生活领域，涵盖精神生活与物质生活两个维度。质言之，朱光潜的人生美学主张将艺术与生活紧密联系，展现艺术的人生意蕴与所体现的美学观念，这体现出他在接受克罗齐思想基础上的理论的选择取向与发展路径。

四、克罗齐的历史认识论与艺术史学路径的指引

话说回来，克罗齐早在青年时代就开始了对历史哲学的思考。19世纪欧洲自然科学的人踏步前进，自然科学的路数和方法因其取得了巨大的成功而深刻影响着欧洲的史学界，尤其实证主义在此时风靡。在克罗齐看来，自然科学的方法不仅适用于研究自然界，而且也适用于研究全部的人文世界，这是他"历史学与哲学的同一性"的认识基础。这一点早在克罗齐于1909年出版《逻辑学》一书中，已经试图证明历史学与哲学之间的同一性。克罗齐认为，传统上将真理分为"普遍的"和"个别的"这两种分析法。而个体的存在，同时也蕴含着某种普遍性；相应地，某种普遍性也必然以个体作为表现形式。因此，"普遍的"和"个别的"属于同一性。"普遍的"真理只有体现在一个个具体的例子当中才能成真，而个别的真理，也必然要借助普遍的概念才能表达。在此基础上，克罗齐将哲学与历史学相联系，使这两者成为一个有机的整体。而到了撰写这部《历史学的理论和历史》一书时，这一思考变得更加成熟。克罗齐借助他在"精神一元论"基础上新的体系，在哲学与历史学之间搭建起桥梁，更为系统地探讨起历史哲学与历史理论。

正如，克罗齐所言，从逻辑上看也是很明显的，因为"历史哲学"所代表的是关于实在的超验概念，而决定论所代表的则是内在概念。[①]克罗齐以论带史，

---

① 参见贝内德托·克罗齐.历史学的理论和历史［M］.田时纲，译.北京：中国社会科学出版社，2005：44.从哲学上看，超验概念（transcendental concept）是指那些超越经验和感知的概念，即在现实世界之上、不可直接通过经验或理性完全理解的观念。超验概念往往超出具体的事物之（转下页）

以问题方式提出历史哲学的命题概念，始终强化"论"的点击以激活历史学的研究。从此，历史学研究走出趋史避论的"客观历史编纂学"的误区，史论结合，双向互动，互相促进。这便是对"一切历史都是当代史"这一命题显现出积极的引申与发展，这表明任何历史研究都与当代历史有着无法割舍的关系。为此，克罗齐在区分"历史"与"编年史"的认识过程中，提出"精神每时每刻都是历史的创造者，也是全部以前历史的结果。因此，精神含有其全部历史，历史又同精神一致……精神肯定并审慎地保存'过去的回忆'"①。从中可以看出，通过"当代史"与"非当代史"的辩证区分，克罗齐认为唯有与当下生活产生关联、处于动态发展中的历史现象，方可构成真实历史的本质内涵。据此，他通过对真实历史与编年史的分类界定，丰富了史学研究的方法论体系。其创见在于将非历史性思维元素纳入编年史范畴，从而使历史叙述呈现出鲜活的生命形态。

通读《历史学的理论和历史》一书，可以在开端中的"我援以历史方法的这些公式，是为了改变'一切历史都是当代史'这一命题的荒谬外观"②首次感受这一命题的呈现。诚然，克罗齐命题论及历史，自然也关涉当代，这是历史的当代性。为此，克罗齐还引用了西塞罗的名言"历史是生活的导师"③。在书中，对承载"克罗齐命题"的上下文考察亦属题中之义，仔细研读，有两个至关重要的问题呈现：一是何为当代史？二是何为真历史？在克罗齐看来，"当代"这一概念的建立在特定条件之上，即与当下展开的实践行为相伴而生的历史意识及其呈现形态。"当代"本质上是一种精神活动，它跳脱于时间之外，没有先后之分。它可以是过去的一小时、一天，也可以是过去的一年、一世纪。因此，过去的历史事件一旦与当下生活关注的兴趣点相融合，其意义便不再体现

（接上页）上，在康德的哲学体系中，超验是指知识的源泉不依赖于直接经验，而是人类心智的先天结构提供了可理解的框架，因为它们先于经验而存在，是我们理解世界的条件；内在概念（immanent）指那些存在于经验之内、可以通过直接体验或观察理解的概念。内在概念集中在对象的内在本质或属性中，不超越其本身的实际存在，在哲学讨论中，内在概念倾向于通过对具体现象的研究揭示存在的本质，而不需要借助任何超越对象本身的比喻或理想概念。

① 贝内德托·克罗齐.历史学的理论和历史［M］.田时纲，译.北京：中国社会科学出版社，2005：15.
② 贝内德托·克罗齐.历史学的理论和历史［M］.田时纲，译.北京：中国社会科学出版社，2005：6.
③ 贝内德托·克罗齐.历史学的理论和历史［M］.田时纲，译.北京：中国社会科学出版社，2005：6.

为对历史的追溯，而是转向现实问题的探讨，它就是当代史。何为真历史？克罗齐在下定义时，引入了编年史的概念，编年史与（真）历史是两种不同的精神态度，即历史若失去思想内涵，仅剩抽象文字记录，便转化为编年史。其区别在于：活的历史即是当代史，编年史则是死的历史；历史主要表现为思想行动，而编年史主要体现为意志行动。更为关键的是，当历史脱离活文献并变成编年史之后，它就不再是一种精神行动，而是沦为一种物，成为声音和其他符号的复合物。[①]

自然，从克罗齐的历史认识论来分析，将非历史思维置于历史思维之上，即有唯心主义历史观的显现，从而削弱了从真实事件历史角度看问题、思考问题和分析问题的力度。这是克罗齐唯心主义史观的表现，有着过分强调历史的现实作用，以至于把历史的现实作用看作历史成为历史的唯一条件。他强调的是主观化的历史，这既是他的优点，也是他的缺点。当然，让历史学走出象牙塔，关注现实生活，这是历史学最为重要的作用。然而，克罗齐将其绝对化，使客观存在的历史变成主观臆想的历史，否认历史的客观性。从另一角度来说，克罗齐以哲学思考反思历史，对历史重新作出判断，这对于历史学理论和历史研究有着积极的作用。这是辩证地看待克罗齐的历史观。应当承认，克罗齐史学观的最大特点就是将哲学完全融入史学，将哲学思考锁定为历史的走向，而非实证的、形而上的或者是神学的臆断，这是克罗齐史学的"新"，这也是克罗齐对黑格尔历史哲学的进一步发展。因此，另一本《作为思想和行动的历史》中[②]，在黑格尔"历史是自由历史"这一名言的基础上，探讨了"作为自由历史的历史"这一篇章，不同于黑格尔将自由理解为一个固定历史含义（东方世界，古典世界，日耳曼世界＝一人自由，一些人自由，一切人自由），克罗齐强调自由是历史的永恒创造者、一切历史的主题本身。在这个意义上，自由既是历史进程的解释原则，又是人类的道德理想。由于生活即历史，理想必须符合历史，使历史性在其中得到接受和

---

① 参见贝内德托·克罗齐.历史学的理论和历史［M］.田时纲，译.北京：中国社会科学出版社，2005：5–12.
② 参见贝内德托·克罗齐.作为思想和行动的历史［M］.田时纲，译.北京：商务印书馆，2012：40–44.

尊重，并成为产生更伟大事业的条件。这种将"历史是自由历史"的进一步诠释与理解，实际上将历史视为一种主观精神的学科，是从黑格尔"精神本身就是历史"发展到克罗齐"历史就是精神的行动"的理论进程。如此，克罗齐将历史和哲学融为一体，使历史成为"人的理性精神的自觉"。这种历史运动既非纯粹的哲学真理或历史真理，也非错误或梦想，而是道德意识的运动、历史的演进过程。

由此，克罗齐将历史与精神哲学等同，理解这一观点的要义，便是克罗齐对"精神"概念的界定。作为新黑格尔主义的代表人物，克罗齐的"精神"概念必然受黑格尔"绝对精神"的影响。因此，对黑格尔与克罗齐精神哲学的准确判读，需建立在对其理论整体性的把握基础之上，其核心在于理解历史发展的本质实为精神领域的持续演进，即在继承前人绝对精神理念的基础上，承认历史本质特性而产生的意识，乃至万事万物都可归为历史的精神产物。与此同时，历史和哲学具有同一性，且有规律可循，一切历史都以人的意识为认识前提。应该说，克罗齐的精神哲学更加突出人的个体性，而非形而上的超验存在。对照艺术史发展来看，克罗齐的这一观念有其历史的真实性。以贡布里希《艺术的故事》为例，我们读完这本书之后会发现，艺术属于个人欣赏的产物，艺术家则是具有超凡意志而富有艺术塑造能力的人，是值得尊敬的天才。贡布里希为此断言道："实际上没有艺术这种东西，只有艺术家而已。"[1]如若依照贡布里希的这种说法，我们也可以说：原本没有历史，只有撰写历史的千千万万个写作者，是他们作为历史的第二缔造者，完成了历史叙事，当然也完成了艺术史的叙事，进而让艺术家和艺术作品得以传播与接受，获得更多的欣赏者认可，这赋予艺术一种独特的生命力。如是，当我们欣赏艺术时，就如同阅读历史，打破了习以为常的贫乏生活。应该说，《艺术的故事》这部书不仅以时间和地域为顺序，向我们传达了艺术史叙事中的历史脉络以及重要的艺术知识，而且向我们集中介绍了欣赏艺术作品的认知态度和评判方法。那么，如何判断欣赏艺术作品的方式方法呢？贡布里

---

[1]　贡布里希.艺术的故事［M］.范景中，译.桂林：广西美术出版社，2008：导论.

希实际已经给出了答案，就是要"用心"，借以指导用自己的眼睛去看艺术，满足自己欣赏艺术的感受。这应和了克罗齐关于一切历史都是以人的意识为认识前提，且历史与精神哲学更加突出人的个体性的观点。当然，至为关键的问题是要感受艺术家想要传达的心情，尤其是表达的感觉和践行过程中的思考，这实际上体现了克罗齐将历史与精神哲学等同起来的设想。

质言之，克罗齐的"精神哲学"体系包含着理论与实践两个部分，前者包括直觉与逻辑，后者包括经济与伦理。克罗齐在1902年创办《批判》杂志时就着手建立自己的"精神哲学"体系。在理论渊源上，克罗齐继承了黑格尔关于绝对精神和普遍精神构成世界根基的基本立场。克罗齐认为精神就是整个实在，除了精神没有其他实在，因而除了精神哲学，没有其他哲学。由之，进一步推论直觉是精神（心灵）的基本活动，直觉的特点就在于其对象的直接性和具体性。克罗齐强调的是，直觉中的一切都是原始的和纯粹的，其中没有主体和客体的区别，没有一种事物与另外一种事物的比较，甚至没有时空系列的分类。简言之，直觉论成为克罗齐美学思想的基础。依此，他认为只有直觉中的东西才是美的，即美的东西不能有任何杂念。那么，艺术和美，就是直觉及其表达形式的综合反映。这是克罗齐在精神一元论指导下给予哲学的唯一事实判断，即精神的发展过程。至此，历史学与哲学就经由"精神"这一桥梁架构并连接，这也是克罗齐将哲学视为历史学方法的依据的来源。

据此，克罗齐认为："哲学，由于已处于新的关系中，只能必然的是历史学的方法论环节：即对构成历史判断的范畴的解释，或对指导历史解释的概念说明。"[①]然而，个体的存在同时也蕴含着某种普遍性，而某种普遍性也必然以个体作为表现形式而出现。因此，个别和普遍是同一性的。普遍的真理只有体现在具体的案例当中才能成为"真实"，而个别的真理也必然需要借助普遍的概念才能表达出意义。在此基础上，克罗齐将哲学与历史学相关联，主张历史学的研究对象应突出个体，但同时对于个体的历史判断，必然蕴含着一种普遍性的观念，而

---

① 贝内德托·克罗齐.历史学的理论和历史［M］.田时纲，译.北京：中国社会科学出版社，2005：104.

这个观念的解释意义就是哲学，抑或是精神哲学，这是历史思维的一部分。至此，克罗齐将历史学置于哲学当中给予考察，严格地说，在精神哲学层面之上，认为只有赋予哲学思想的史学才是一种真实的存在，也就是历史性的实实在在的体现，而哲学则需要考察历史个体当中具有的普遍性成分。由此，对照来看艺术史进程中的这种现象，应该是具有哲学意味的史学认知，以表达一种真实的存在。

例如，西方艺术史通常归为19世纪的德国，即学术史领域的记载说兴起于德国。于是，便有了艺术史的叙述母语是德语的说法。美国艺术史学家汉斯·贝尔廷和海因里希·迪利、沃尔夫冈·肯普的《艺术史导论》一书①的译者这样说：

> "艺术史的母语是德语"这种说法的滥觞，大抵在于德语艺术资料浩如烟海，德国或神圣罗马帝国的艺术传统源远流长：从卡洛琳时代的"文艺复兴"，到罗马式、哥特式建筑艺术，到巴洛克的兴盛、浪漫主义的风行，再到20世纪以后的现代艺术，德国艺术本身始终保持着独特的民族性，其作为某种底色或隐喻，蕴藏在诸如风景、信仰、精神、表现、大众等关键词中。

对于德国艺术的德国性，一方面，史学家乔治·德希奥（Georg Dehio，1850—1932年）和威廉·品德尔（Wilhelm Pinder，1878—1947年）的著作提供了精妙注解。另一方面，"艺术史的母语是德语"还提示：作为一门学科的艺术史同样发轫于德语世界。早在1799年，哥廷根大学就设立了第一个艺术史教席，之后柏林学派、维也纳学派、慕尼黑学派、汉堡学派相继兴盛。第二次世界大战中，德国学术精英流亡，客观上也导致多种艺术学术语言的深度融合。无怪乎在后来的艺术史领域出现了大量流行的文本。在倡导国际化、全球化的当今时代，

---

① 汉斯·贝尔廷，海因里希·迪利，沃尔夫冈·肯普.艺术史导论［M］.贺询，译.北京：北京大学出版社，2021.

德语艺术史却依旧保有一种质朴的"土味"（德国人所谓provinziell），它因循守旧，却也深刻内敛，仿佛在回避瞬息万变的时尚风潮。①

由此可见，具有传统特性的西方艺术史与艺术史学研究，无论是其史学基础知识结构，抑或是其所包含的诸多艺术家、艺术作品和艺术风格，都是进入艺术史叙事的重要主题。并且，西方艺术史的治史原则，即研究对象、媒介材料、理论及方法，乃至发展趋势等，在这部书里也有较为系统的阐述。比如，针对西方艺术史的形成条件，书中专题论述了在艺术史学科诞生之初，其与整个人文学科有着密切的联系，即与哲学、历史学、考古学和美学的联系，不仅是学科间的互补，更是知识结构的交错需求。况且，也证明19世纪下半叶欧洲的艺术史家，一般都具有各自学历出身的背景，诸如历史、法律、文学和哲学，这是德国艺术史乃至西方艺术史极具人文学科特性之所在。根据文献记载，当时欧洲从事艺术史研究的学者，基本都是来自历史学与文化史学的学者，他们将艺术史研究视为是历史学与文化史学研究的重要支撑。正是这批先行学者的努力，才将艺术史逐渐建成为一门人文学科重要的组成——艺术科学（Kunst und Wissenschaft），它具备古物学、铭文学、古文献学等学术基础。同时，又充分介入或利用19世纪在欧洲兴起的人类学、心理学、语言学等学科的成果来丰富艺术史与艺术史学的研究，使之摆脱了早先人文学科的辅助地位，而获得学科的独立地位。

正是学科间的交叉互融，以及学科支撑的多元性，西方艺术史与艺术史学研究掺入许多在艺术史叙事体系里的"主体—客体""中央—边缘""真品—赝品"等辨析性书写内容，并从这类二元对立跳了出来，得以在艺术鉴赏中真正实现艺术史治史的原本主张。例如，古物研究（Antiquarianism）在德国体现出独特研究的精神与贡献，以及对考古与历史研究毫不妥协的态度，这是德国人具有的传统信念和执着起因，也因此，艺术史与艺术史学关系成为研究的整体。可以说，西方现代考古学与艺术史学，就是从古物研究孕育、生成并发展起来的。古物研究自然指称对文物的鉴定、收藏与研究，而"古物"包容的范围甚广，其涉及的

---

① 汉斯·贝尔廷，海因里希·迪利，沃尔夫冈·肯普.艺术史导论［M］.贺询，译.北京：北京大学出版社，2021.

领域与艺术史采信的史料或实证可谓大量重叠。故而，古物学家与艺术史家在面对同一件艺术藏品所给出的判断，首先是鉴定，其次才是进行测量、分类、著录以及文献记载。所以说，古物学家通常也是鉴定家、收藏家，甚至就是艺术史家。而古物研究，在欧洲最初始于 16 世纪，到 18 世纪成为十分盛行的显学科，这比艺术史研究要早得多。在这 300 年间，西方古物研究领域针对古希腊、古罗马的考古发现有了重大进展，这也促进了西方古典文化研究的成熟，甚至成为欧美上层人物与富家子弟的"教育旅行"（grand tour）研究项目，是对艺术史与艺术史学研究繁荣的重要推动。从史学研究角度来说，这是典型的学科互融，不仅在史述中存在，而且在其史论知识领域中也存在。这种由个别引出对普遍性的评判，正是克罗齐将哲学与历史学关联，主张史学研究应于个体的历史判断中显现出一种普遍性的历史认知观念。

正是在克罗齐"精神一元论"的主导下，其史学理论的认知是美学与艺术都是产生于精神世界的产物。故而，克罗齐的史学理论中体现出独特的美学思维与艺术理念，他在学术研究中不仅专注于理论探索，而且重视研究方法，认为方法构成了通向学术高度的重要路径。从其论著考察，克罗齐在系统构建"精神哲学"体系的进程中强调将历史学理解为一种判断活动，即通过思考确立个体对象的普遍意义。由于历史本质上是人的创造，而人受心灵支配，因此把握历史的关键在于理解心灵活动。在此基础上，他将哲学定位为历史学的方法论，认为历史学是出于现实生活兴趣而对过去的思考。因此，克罗齐的心灵哲学完成了从认识论向价值论的重要转向。他将心灵活动理解为价值创造，构建了以情感为初始形态的价值体系：将美、真、益、善等具体价值作为哲学对象，把直觉、逻辑、经济、道德等规定为心灵活动的基本形式，相应地形成了美学、逻辑学、伦理学的哲学体系。这一理论既区别于形而上学的抽象思辨，也有别于实证主义的物理现象研究，实质上构成了一种为人类创造和诠释历史提供方法论依据的价值哲学。[①]历史是人的创造，体现为人的活动，而人的活动要受心灵的支配，因此把握历史

---

① 参见张敏.克罗齐美学论稿［M］.北京：中国社会科学出版社，2002：16，53，243.

的关键在于把握心灵活动。哲学不过是历史学的方法论，追求美、真、益、善的心灵哲学，作为对心灵活动形式与规律的研究，其意义在于为创造历史和阐释历史提供方法论的依据。[①]

在上述阐释中，本文从精神哲学与历史主义的角度出发，分析了《历史学的理论和历史》当中两个主要的史学理论问题，见识了克罗齐对于史学史的看法，延续他在史学理论部分的主要论点，并依然带有精神哲学与历史主义的特征。克罗齐对史学史的讨论可以分成两部分：一是史学史的方法论与对各时代史学状况的看法，二是通过举证来证实前者说法的真实意义。

第一，在对史学史方法论的讨论中，克罗齐强调史学史本身的独特性。他对史学史的科学定义延续了对"真历史"的讨论看法，承认历史就是人类精神的历史，而历史学则是在当下的兴趣引导下，通过历史学家的思想对过去所做的研究。因此，史学史就蕴含着史学家的思想。借此，克罗齐澄清了史学史、文学史或社会政治史的差别。比如，克罗齐认为文学史关注的是个人情操，它将历史著作看作一种文学与艺术作品，而没有看到历史思想。这与中国史学界看待《史记》有异曲同工之妙。再者，克罗齐主张"历史与哲学的同一"，认为不同时期的史学家都在一定程度上受当时哲学思想的影响，历史思想与哲学思想在史学家身上是统一的，因此，哲学史与史学史是统一的。这种统一使得双方都得到一种史学思想的扩充。一方面，哲学的视野得到极大丰富，具有反思精神的史学家可以被纳入哲学史中而发挥思想的自由驰骋，而哲学也得到了历史学的材料支撑，从而使自身不再局限于个别哲学家的思想，而是与整个历史过程相结合。另一方面，历史学也得到了哲学的理论指导，并能够使我们反思历史学当中所隐含的前提和假设。

第二，在针对各时代史学状况的讨论中，克罗齐对从古希腊到实证主义史学进行了较为详尽的分析。他的分析有三种特征：一是将史学史看作是不断发展的历史之流，而不是局限于某一个历史片段的"开启"。二是避免用一种简单化

[①] 参见张敏.克罗齐美学论稿［M］.北京：中国社会科学出版社，2002：16，53，243.

的目光看待史学史，克罗齐认为不要将某个时代的历史观等同于那个时代。三是史学史被描绘为一个辩证发展的过程，这一观点在浪漫主义和实证主义的关系当中表现得尤其明显，促使启蒙史学、浪漫主义和实证主义构成了正反合的逻辑关系，进而构成了新的二元对立。

结　语

综上所述，克罗齐《历史学的理论和历史》是一部史学理论体系完整的著作，这个维度凸显的是精神哲学为历史主义提供了一种本体论的支撑，尤其是历史主义为精神哲学提供的一种时间维度上的认识论指引。转介到艺术史研究领域，即以当代视角来审视艺术历史的发展，感悟艺术家通过与世界的接触而获得对世界的感受和认知，构成古今中外艺术代有相传也代有不同的风格。并且，凸显出每个时代艺术家、艺术作品以及艺术风格和艺术思潮均在对前人的认识基础上有所继承、有所突破、有所创新，构成艺术史特殊的"心物"写照，显现出艺术史"以心感物"的特色与特点，最终成为当代文化艺术生活的重要资源。而这一切完全可以切入克罗齐将历史知识看作知识形式，是从历史主义出发并对当时实证主义、形而上学的反击。特别是"一切历史都是当代史"的命题，也是精神哲学与历史主义思想的延伸，克罗齐以"精神"在现在与过去之间搭起了桥梁，这使得我们理解历史的过去成为可能。总之，在克罗齐的史学思想框架之下，理解《历史学的理论与历史》的主旨，可以为艺术史学构成研究框架获得多个维度的有力支撑。

参考文献：

1. R.G.科林伍德.历史的观念［M］.范景中，译.北京：商务印书馆，1981.
2. 贝内德托·克罗齐.历史学的理论和历史［M］.田时纲，译.北京：中国社会科学出版社，2005.
3. 贝内德托·克罗齐.作为思想和行动的历史［M］.田时纲，译.北京：商务印书馆，2012.
4. 狄尔泰.论精神科学的基础［M］.北京：商务印书馆，1999.
5. 贡布里希.艺术的故事［M］.范景中，译.桂林：广西美术出版社，2008.
6. 汉斯·贝尔廷，海因里希·迪利，沃尔夫冈·肯普.艺术史导论［M］.贺询，译.北京：北京大学出版社，2021.

7. 黑格尔.法哲学原理［M］.范扬，张企泰，译.北京：商务印书馆，1961.

8. 肯尼斯·弗兰姆普敦.现代建筑：一部批判的历史［M］.张钦楠，等，译.北京：生活·读书·新知三联书店，2004.

9. 彭刚.评克罗齐的历史与哲学同一论［J］.哲学研究，1998（9）.

10. 希罗多德.历史［M］.徐松岩，译.上海：上海人民出版社，2018.

11. 熊鹤婷.艺术史学者的价值判断［N］.文汇报，2023-04-10（文艺百家）.

12. 徐中舒.甲骨文字典［M］.成都：四川辞书出版社，1989.

13. 许慎，段玉裁.说文解字注［M］.上海：上海古籍出版社，1981.

14. 扬巴蒂斯塔·维柯.论新科学［M］.朱光潜，译.北京：人民文学出版社，1997.

15. 张敏.克罗齐美学论稿［M］.北京：中国社会科学出版社，2002.

16.《朱光潜全集》编辑委员会.朱光潜全集［M］.合肥：安徽教育出版社，1987.

17. 朱光潜.文艺心理学［M］.上海：复旦大学出版社，2009.

【本篇编辑：侯琪瑶】

影视作品文化修辞风格六维度①

王一川

摘　要：影视作品文化修辞风格，是指电影和电视艺术作品中媒介、形式、形象、品质和余衍等系统之间相互交融所形成的特殊表意风貌及其独特个性。在考察影视文化修辞风格时，需要在已有的艺术作品五层面构造基础上新增文化语境效果和明星时尚两方面元素，从而形成相互交融的六维度状况：影像媒介—构型维度，影像形式—意义维度，影像明星—时尚维度，影像形象—语境维度，影像品质—蕴藉维度，影像余衍—后效维度。

关键词：影视作品文化修辞风格　感兴　余衍层　影像明星—时尚维度　影像余衍—后效维度

作者简介：王一川，男，1959年生，文学博士，北京语言大学艺术学院教授、博士生导师。主要从事文艺理论、美学与文化研究。著《意义的瞬间生成》《语言乌托邦》《修辞论美学》等多部学术著作。

The Six Dimensions of Cultural Rhetorical Style in Film and Television Works

Wang Yichuan

Abstract: Cultural and rhetorical style of film and television works refers to the special ideological style and its unique personality formed by the intermingling of media, form, image, quality and aftermath in film and television art works. When examining the cultural rhetorical

① 本文为国家社科基金艺术学重大招标项目"'两个结合'与中国当代艺术理论创新研究"（项目批准号：24ZD02）阶段性成果。

style of film and television works, it is necessary to take into account the six dimensions of the intermingling: image medium-constructive dimension, image form-meaningful dimension, image star-fashionable dimension, image image-contextual dimension, image quality-implicative dimension, image quality-implicative dimension, and image quality-implicative dimension. image-contextual dimension, image-quality dimension, image-implicity dimension, and image-reproduction-after-effect dimension.

Keywords: cultural rhetorical style in film and television　sense-making　residual layer　image star-fashion dimension　image residual-after-effect dimension

　　影视作品文化修辞风格，是指电影和电视艺术作品中媒介、形式、形象、品质和余衍等系统之间相互交融所形成的特殊表意风貌及其独特个性。对于这种影视风格予以探讨，是根据多年观察、思考和研究而形成的现代中国影视艺术品的一条阐释路径。其具体考虑有如下几点：一是以中国艺术美学传统中"感兴"论为基础，二是综合当代文化学术界有关艺术媒介及艺术传播等的近期见解，三是把包括文学、音乐、舞蹈、戏剧、美术、电影、电视剧等各艺术门类在内的艺术品都视为中国式"兴辞"的传达成果，四是确认中国艺术品的层面构造特征，五是将中国艺术品及其层面构造纳入特定文化语境中去阐释。按照这一阐释路径，文学作品的文学文本应当由五层面构成：一是媒型层，二是兴辞层，三是兴象层，四是意兴层，五是余衍层。①进而运用这同一路径去拓展地考察所有艺术门类的艺术品，可以获得艺术品的五层面构造：艺术媒介层、艺术形式层、艺术形象层、艺术品质层和艺术余衍层。②

　　不过，从这五层面构造之说去把握影视作品文化修辞风格时，还需要根据作为大众艺术门类的影视作品的实际特点，酌情加入两个关键因素：文化语境效果和明星时尚效果。文化语境效果，是说正如任何艺术作品的实际社会效果都必须和只能在特定文化语境中实现，影视作品的文化修辞效果也只能发生在具体文化语境中。人们当然可以从任何一种路径去考察影视作品，例如艺术模仿（或艺术再现）、艺术形式（或艺术符号）、艺术表现（或艺术直觉）等，这里选择的则

① 见王一川.文学理论：修订版［M］.北京：北京大学出版社，2011：173.
② 见王一川.艺术学纲要［M］.北京：北京大学出版社，2015：85.

是一条把影视作品修辞风格放到具体文化语境中去考察的路径，即影视作品文化修辞风格分析路径。不过这种文化语境效果不应当单独列出，而需要同原有的艺术形象层面紧密交融起来考虑，从而有影像形象—语境维度。明星时尚效果，则是从影视作品所具有的明星饰演角色以及在社会中产生时尚影响力这一现象来说的，当代影视作品往往采取明星饰演主要角色的路线，由此增强其在文化语境中与社会观众的互动及共情效应。

综上，这里的影视作品文化修辞风格，是指电影和电视剧作品中媒介、形式、形象、品质和余衍等五层面之间在特定文化语境中相互交融所形成的表意风貌及其独特个性对于社会观众的作用，从而需要在其中不仅把文化语境效果增补到艺术形象层面并与之紧密交融，而且还需要另行增加考虑明星—时尚效果。具体地说，在考察21世纪早期中国影视潮的美质及其风格时，需要同时兼顾影视作品中相互交融的六维度文化修辞风格状况：影像媒介—构型维度、影像形式—意义维度、影像明星—时尚维度、影像形象—语境维度、影像品质—蕴藉维度、影像余衍—后效维度（见图 1）。

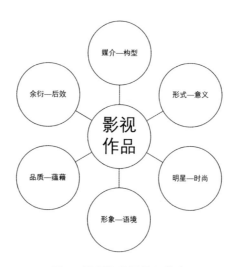

图 1　影视修辞风格六维度

对影视作品文化修辞风格的阐释或许不只有这六个维度，但它们无疑是其中不可缺少的。下面就对上述影视修辞风格六个维度作简要论述。

一、影像媒介—构型维度

影像媒介—构型维度，是指电影和电视剧分别运用各自擅长的影院两小时左右片长的单片观赏方式和客厅连续剧40集左右的观赏方式去构造其基本意义模型的方面。尽管有的电影采取上下集方式（例如《长津湖》片长176分钟和《长津湖之水门桥》片长149分钟）或系列片方式（例如《建国大业》《建党伟业》和《建军大业》等"建国三部曲"，以及《我和我的祖国》《我和我的家乡》和《我和我的父辈》等"国庆三部曲"），以及有的电视剧采取短剧集的方式（1986年的电视剧《新星》只有12集，近年享有盛誉的《山海情》才23集），但电影和电视剧各有其如上常规式艺术媒介和艺术门类形态，是确信无疑的。顺便说，电视剧剧集之所以一般需要不少于40集的长度，是由于至今未成文但又多年约定俗成的商业广告效应原因：电视剧如果按每天播放2集计算，需要连续播放15天以上才能有真正的广告效应。合起来看，电影和电视剧的庞大生产和再生产成本分别高度依赖影院票房的回报和收视率及插播商业广告的回馈，无疑让这两大艺术门类同商业、消费文化和时尚等之间形成了更加紧密的联系。

从电影与电视剧这两大艺术门类相互比较的意义上可见，电影更擅长于让观众在公共影院的黑暗封闭环境下静心观赏一般两小时长度的影像系统，电视剧则更擅长于让观众在其家庭客厅、并在不中断其日常生活进程的前提下，连续若干天分时段观赏剧情连续的影像系统。前者宛如夜晚梦境下观众沉浸于镜头故事中；后者恰似白日梦境下观众边生活边编织其生活梦想。前者更讲究领先摄像技法的运用、剧情紧凑、故事完整、戏剧化程度高、编、导、表、摄、录、美、音、剪等各个环节都制作精细、便于观众把赴影院观影当作社交生活形式等，后者更注重剧情的连续不断的吸引力、故事曲折多变、具备悬念、便于观众边生活边观赏等。同样讲述北京胡同当代生活故事，电影《老炮儿》在137分钟片长里刻画当代北京胡同居民六爷在几天中经历的寻子并为其出头单挑富二代的故事，续写了这名京城胡同侃爷最后的"辉煌"；46集电视连续剧《情满四合院》则在

23天时间里（以每天播放两集计算）历时性地连续播放北京胡同幸福大院主人公傻柱的30年风雨历程。前者通过六爷寻子和挑战小飞的紧张和紧凑情节，集中展现其仁义精神的当代传承，后者让傻柱与秦淮茹之间漫长的情感波折曲线以及与许大茂之间的长期激烈冲突牢牢地吸引观众的注意力。前者让观众只需经历两个多小时就可以获得对于六爷形象的完整鉴赏，而后者则让他们连续23天观看才得到傻柱、秦淮茹和许大茂等主要人物的结局的完整信息。观众对于前者，可以津津乐道于其中某些印象深刻的镜头或场面，而对于后者则可能专注于其充满悬念的故事情节和纷纭繁复的情感纠葛线索。

二、影像形式—意义维度

影像形式—意义维度，是影视作品运用其特有的镜头语言（画面、音响、色彩、特写、全景、中景、蒙太奇、长镜头等）以及特技特效手段，去实现表意效果的方面。电影正是一种善于运用领先的摄像技术和语言，精心追求在有限的两小时时长中实现最完美影像表达的艺术门类，而电视剧则希望能让剧情适合于观众在日常家庭生活过程中连续多天地观看而不丧失其追剧到底的冲动。

当然，也有电影和电视剧交互借鉴对方形式特长的实例。有的电视剧作品喜欢运用电影形式擅长的蒙太奇技法和制作精细等特点去表达。20集电视剧《民工》在其18至20集就注意运用电影特有的蒙太奇手法，将不同空间下人物的不同表现组合成一体，也就是使得被驱逐的李平、家中的鞠永旺夫妇、鞠广大和鞠双元父子、郭家婆媳等的不同凡响或表现被组接起来，实现同一效果的多方面共时化状况，给予观众以深刻有力的印象。

同时，也有的电影则像电视剧那样给人以流水账似的客观如实记录的平常印象。电影《八月》简要地和如实地记录下12岁少年张小雷的暑假生活记忆，仿佛从未添加什么特别的表现手段，难免给人以正在观看电视连续剧的某种印象，但其实它的每一个镜头几乎都是精雕细刻的结果，因而属于一种刻意虚拟成的纪实效果。"国庆三部曲"系列片《我和我的祖国》《我和我的家乡》和《我和我的父辈》分别讲述中华人民共和国成立70周年中的七个关键时刻发生的故事（《前夜》《相遇》《夺冠》《回归》《北京你好》《白昼流星》《护航》），脱贫攻坚历程中的五个喜剧故事（《北京好人》《天上掉下个UFO》《最后一课》《回乡之路》《神笔马亮》）以及革命、建设、改革开放和新时代中的四个父辈传奇故事（《乘风》《诗》《鸭先知》《少年行》），究其实质，也可以视为电视剧手法在电影创作中的一种借用。

三、影像明星—时尚维度

影像明星—时尚维度，是电影和电视剧都擅长的利用知名演员的粉丝受众群体和广泛的社会关注度而制造消费时尚风潮的方面。

电影和电视剧都特别善于利用知名的或有着固定粉丝群的演员去饰演角色，以便助推作品的社会语境效果，或者甚至拉动消费时尚潮。电影《寻枪》中的主要人物马山、李小萌和韩晓芸，《亲爱的》中的田文军、鲁晓娟、李红琴、韩德忠，《我不是药神》中的程勇，《老炮儿》中的六爷、闷三儿、话匣子、晓波、小飞等，扮演他们的演员都是影视界已经成名或有社会关注度的明星。电影《没事偷着乐》和电视剧《贫嘴张大民的幸福生活》中张大民的扮演者分别是相声界和话剧界的知名演员。电视剧《大江大河》中宋运辉的扮演者更是粉丝众多的当红明星。电视剧《下海》《装台》和《山海情》都起用同一名明星分别饰演其主人公或主要人物陈志平、刁顺子和马喊水。电影《立春》中主人公王彩玲的人物设计几乎就是为饰演她的明星演员本身量身定制的。也有的影视作品把未知名演员"捧"成了大明星，例如《天下无贼》中的傻根、《少年的你》中的小北、《我的姐姐》中的姐姐、《士兵突击》中的"钢七连"群体等，扮演这些主要角色的演员都由此次扮演而获取较大或更大的知名度。

不过，电影和电视剧的真正成功并不会单纯也不会主要取决于是否用明星以及是否由此而产生时尚流拉动效应，而是需要综合考察其编、导、表、摄、录、美、音、剪等各个环节的总体协调是否倾力服务于作品题旨的完美表达。反过来说，正是影视作品的优质往往可以增添演员的知名度甚至将其塑造为明星。《我不是药神》中除了程勇的扮演者是明星外，其他演员都还算不上真正的明星，但正是由于他们共同倾力服务于该片题旨的完整表达，因而结果是他们都在观众中增添了知名度，例如吕受益、彭浩、刘思慧、张长林、刘牧师等人物的扮演者。

四、影像形象—语境维度

影像形象—语境维度，是所有艺术作品都必备的依托特定文化语境去刻画富于表现力和意义蕴藉的生活世界画面及其在特定文化语境中产生效果的方面。具体地看，影像的形象是影视作品通过特定的媒介和形式组合系统而塑造的富于表现力和意义蕴藉的生活世界画面，包括人物形象、景物形象、场景形象、器物形象、时代环境形象等方面。电视剧《觉醒年代》的人物形象有陈独秀、李大钊、蔡元培、鲁迅、毛泽东、陈延年、胡适、辜鸿铭、黄侃等。其景物形象有北京大学校园、陈独秀的北京住宅、《新青年》编辑部、北京街头、上海街头、长沙街头等。影像的语境，主要是指文化语境。文化语境在此包含双重意思。一重意思，是指作品中故事赖以发生的社会的文化语境，即是说特定的艺术形象总是发生在特定社会的文化语境之中，需要依托该语境才能获得理解。《觉醒年代》试图再现的是百年前"五四"时期的即新文化运动、五四运动和建党活动的文化语境，因而对这部作品的观赏和理解就需要回到这个文化语境中去。文化语境的另一重意思，是指观众观赏作品故事时所身处于其中的特定社会的文化语境，即是说特定的艺术形象总是由生存于特定文化语境中的观众去理解的，从而观众对于艺术形象的理解就离不开他们所身处于其中的特定社会的文化语境。《觉醒年代》的创作和观赏都离不开建党百年时中国社会所处的特定文化语境。要真正把握影视作品的艺术形象的意义，就需要将它们纳入这样两重文化语境中去看，如此看到的就不只是艺术形象的似乎可以无所不在的普遍意义本身，而是艺术形象在特定文化语境中具体生成的意义。例如，该剧可以把陈独秀列为主人公加以塑造，以及初次完成后又经历两年多修改和完善，包括在原有的单一主人公陈独秀身旁大幅度添加李大钊的戏份而形成双主人公的叙事格局，以及增添毛泽东、赵世炎、陈延年等的戏份等，无疑都需要紧密联系建党百年这个文化语境才能得到更加合理而又完整的理解。[①]

影视作品的文化修辞风格阐释的特色，正是主要通过影像形象—语境维度而得到突出的。要理解《我不是药神》中的程勇、吕受益、彭浩、刘思慧、张长林等人物形象，需要紧密联系发生在21世纪第二个十年中国上海的与白血病患者相关的贩假药事件。同时，该片上映后也确实在当时社会的文化语境中产生了广泛的社会效果，甚至促成国家着手修改医药管理规定使之方便患者。

也有文化语境属于虚拟的情形。电视剧《武林外传》和电影《西游记之大圣归来》的故事发生年代，分别为明代大约万历年间北方七侠镇的同福客栈和唐代长安城，其实这两个故事中的文化语境都是虚拟的或假托的，而真正值得重视的文化语境是它们得以创作成并在其中发生社会影响的2006年和2015年中国文化语境。因而要理解这两部作品的文化修辞风格的形成及其社会效果，都应更加关注它所创作成和发生社会影响的当代社会的文化语境而非它所虚拟或假托的往昔年代文化语境（尽管对其加以理解也有其必要性）。

五、影像品质—蕴藉维度

影像品质—蕴藉维度，是指影视作品创造的影像世界中所可能蕴含的深长兴味及其品位，这既包括艺术家有意识地蕴含在其中的兴味及其品位，也包括观众在观赏时自己新发现的兴味及其品位。

中国艺术理论传统要求优秀艺术品都应当有着深厚的兴味蕴藉，小中见大、一中含多、万取一收、言不尽意、余味无穷等。同时，还形成了依托人物品藻而进行艺术作品的品质品评的久远传统。宗白华发现，"'君子比德于玉'，中国人对于人格美的爱赏渊源极早，而品藻人物的空气，已盛行于汉末。到'世说新语

时代'则登峰造极了"。①根据他的研究，《世说新语》第六篇《雅量》、第七篇《识鉴》、第八篇《赏誉》、第九篇《品藻》、第十四篇《容止》，都体现出这种鉴赏和形容"人格个性之美"的社会风尚。"美学上的评赏，所谓'品藻'的对象乃在'人物'。中国美学竟是出发于'人物品藻'之美学。美的概念、范畴、形容词，发源于人格美的评赏。"②这种品评式艺术传统或人物品藻传统应当是中国艺术传统中最具民族独特性的一个方面，在电影和电视剧这两种最具现代性的艺术门类中也可以得到传承和创造性转化。

电影《一秒钟》通过20世纪70年代中后期犯人张九声逃出劳改农场寻找"一秒钟"胶片并与刘闺女和范电影产生纠葛的故事，抒发了对于胶片电影时代深深的迷恋与缅怀之情，还开放出对于电影艺术本体及电影艺术价值的进一步品评和反思的开阔空间，可以说是当代中国电影史上不可多得的一部富于深厚的兴味蕴藉的品质上乘之作。③

电视剧《大江大河》叙述改革开放时代国有企业、乡镇企业和个体企业的变革历程，塑造了宋运辉、雷东宝、杨巡、宋运萍等人物形象，传达出一种体现独特的历史兴亡感怀的"浪淘"史观，也是一部富有艺术品位的电视剧佳作。

六、影像余衍—后效维度

影像余衍—后效维度，是指影视作品在特定文化语境的观众中产生兴味余留和衍生效果，甚至进而给予观众生活以延后的持久影响。这一方面特别能够体现影视艺术对于观众日常生活的持续影响力。

电视剧《觉醒年代》在播映时引发网民观众发出"YYDS"（永远的神）的热烈点赞，呈现出李大钊、陈独秀、毛泽东、陈延年等历史人物与百年后当代青年观众之间的共情与互动效应，这种共情与互动效应想必还会继续延伸出余

---

① 宗白华.《世说新语》和晋人的美［M］//宗白华全集：第2卷.合肥：安徽教育出版社，1994：269.
② 宗白华.《世说新语》和晋人的美［M］//宗白华全集：第2卷.合肥：安徽教育出版社，1994：269.
③ 参见王一川.《一秒钟》：瞬间及其替代性［J］.电影艺术，2021（2）.

衍—延后效应，也就是给予当代网民观众的日常生活以更持久的潜移默化的后续感召。

不过，正像其他艺术作品一样，影视作品不可能直接影响社会生活进程，例如不可能直接推动地球运转，但可以通过影响观众的心灵而给予其日常生活以潜移默化的影响或浸润式濡染。尽管像《亲爱的》和《我不是药神》等部分影视作品在上映当年曾经给予国家相关立法和医药管理规定的制订或修改以有力的社会舆论助推，电视剧《琅琊榜》通过讲述"麒麟才子"梅长苏以病弱之躯卧薪尝胆、昭雪冤案、匡扶正义的传奇故事而被当作党风廉政建设的教科书[1]，但总体看来，影视作品余衍—后效维度还是更多地潜移默化于个体心灵或精神层面的，通过个体心灵涵濡而再给予其日常言行以微妙而又深厚的影响。

小　结

有关影视作品的文化修辞风格六维度的描述，不可能穷尽影视作品的事无巨细的全部方面，而只是概略地呈现其主要方面。即便如此，这也并不意味着说在分析每部影视作品时都必须考察这全部六维度，而只是说，它们全部都可以纳入考察总体范围，但确实不同影视作品有着不同的艺术特点，有的让其中一个维度特别突出，而有的则让其他维度特别突出，这些都需要具体分析。

特别就影视作品文化修辞风格的分析来说，影像形象—语境维度和影像形式—意义维度必然会成为两个最主要的阐释维度，是不言而喻的事。这是因为，影像修辞风格分析需要将作品的艺术形象置放到特定文化语境中去具体理解和阐释，而这一点又主要依赖于影像形式—意义维度的技法、手法等创作过程才获得具体落实。同时，影像品质—蕴藉维度和影像余衍—后效维度会分别针对那些有成就的影视作品和有社会影响力的作品而运用。影像媒介—构型维度，则是在考察电影和电视剧这两种不同的大众艺术门类时应当留意的。至于影像明星—时

---

[1] http://www.yanj.cn/goods-128824.html.

尚维度，是那些确实产生了明星与粉丝群之间的互动作用的作品需要考察的。不过，这种互动作用在当前融媒体时代或数智时代往往成为一柄双刃剑：既可能更大力度地吸引观众，也可能反过来由于明星临时"出事"或"翻车"而导致已经完成的作品却无法正常演播或放映。如此可见出影视作品在当前同时面临极度"风光"和极度"脆弱"的两面性。这就提醒影视创作者：真正重要的不是倚靠明星去诱惑观众，而是创作出真正能够给人们生活带来美学智慧启迪的作品。

参考文献：

1. 龙平平.我为什么要写《觉醒年代》[J].中国民族博览，2021（6）.
2. 王一川.文学理论：修订版[M].北京：北京大学出版社，2011.
3. 王一川.《一秒钟》：瞬间及其替代性[J].电影艺术，2021（2）.
4. 王一川.艺术学纲要[M].北京：北京大学出版社，2015.
5. 宗白华.《世说新语》和晋人的美[M]//宗白华全集：第2卷.合肥：安徽教育出版社，1994.

【本篇编辑：谢纳】

120年中国电影共同体美学视域：
地域影像艺术审美创造分析①

周　星　李昕婕

摘　要：电影是国家形态艺术表现的折射，也是民族文化共同体的显现。"共同体美学"作为近年来中国电影本土理论的重要倡导，逐渐在区域电影、地域电影、民族电影的研究中成为重要的理论支撑。中国影像艺术发展呈现出明显的地域影像创作倾向，其既是中国传统审美思想的在地表达，又是当下艺术实践的独特创造。各具特色的地域电影不仅形成差异性的艺术审美个性表达，更在现实基底、审美情感、文化理想等方面发展了中国传统美学的诗意共性。从共同体美学理论出发，聚焦中国东、南、西、北、中不同地域的影像审美创造，对审美活动中的对象和主体进行"个性趣味"与"共性品味"的梳理辨析，能够进一步明确共同体美学的理念价值和实践路径，为中国电影现代化发展提供借鉴。

关键词：共同体美学　中国电影　地域电影　艺术审美　中国传统美学

作者简介：周星，男，生于20世纪50年代，文学博士，北京师范大学艺术与传媒学院教授、博士生导师。现任北师大艺术教育研究中心主任、北师大亚洲与华语电影研究中心主任，以及教育部高校戏剧与影视学类专业教学指导委员会主任等职务。主要从事影视史论、艺术教育理论及艺术文化传播研究。著有《从文学之隅到影视文化之路》《中国影视艺术评论》等。

李昕婕，女，北京师范大学戏剧与影视学博士研究生，研究方向为影视理论与批评。

---

① 本文系教育部哲学社会科学研究后期资助重大项目"建党百年中国共产党价值观与中国电影发展路径研究"（项目编号：21JHQ005）阶段性成果。本文原载于《民族艺术研究》2024年第6期，本卷发表时，作者进行了修订。

120 Years of Chinese Cinema Aesthetics: Analyzing Aesthetic Creation in Regional Film Art

Zhou Xing　　Li Xinjie

Abstract: Cinema is a reflection of the artistic expression of the national form, as well as a manifestation of the national cultural community. As an important advocate of the local theory of Chinese cinema in recent years, 'community aesthetics' has gradually become an important theoretical support in the study of regional, local and national cinema. The development of Chinese video art shows an obvious tendency of regional video creation, which is not only the local expression of traditional Chinese aesthetic thought, but also a unique creation of contemporary art practice. Regional films with different characteristics not only form different artistic aesthetic personalities, but also develop the poetic commonality of traditional Chinese aesthetics in terms of reality base, aesthetic emotion and cultural ideal. Starting from the theory of community aesthetics, focusing on the aesthetic creation of images from different regions in East, South, West, North and Central China, and analysing the objects and subjects in aesthetic activities in terms of their individual interests and common tastes, we can further clarify the conceptual value and practical path of community aesthetics, and provide an opportunity for the development of China's traditional aesthetics. This can further clarify the conceptual value and practical path of community aesthetics, and provide reference for the modern development of Chinese cinema.

Keywords: community aesthetics　Chinese cinema　regional cinema　artistic aesthetics　traditional Chinese aesthetics

　　中国电影已经历经120年的历史发展，并且形成了自己的影像表达的审美系统和艺术创造的独特性。在中国电影120年的历史中有多样的审美把握值得分析。在近年的影视学术建构中，也有几个被学术界广泛注意的学术倡导观念相互呼应得到凸显，包括中国电影学派研究、电影工业美学研究和电影共同体美学研究等。笔者几年前关注以上观念并且作了聚合性的对比分析和分享。经过学术研讨多次发展、多角度认同，此学术阐释已广为人知，其中电影共同体美学因其具有超越影视认知而成为颇为热门的舆论话题。①实际上，"共同体"是作为一个现

---

① 可参看周星，张黎歆.对当代中国电影三个前沿理论构架的评述［J］.艺术评论，2021（3）：8-18；周星，饶曙光.电影共同体美学理论图谱的倡导与构建［J］.艺术教育，2022（12）.周星，吴晓钟.中国电影的创作共同体问题及其提升路径［J］.江苏师范大学学报，2023（2）.

代社会学的概念被广泛认知。学者王湘穗梳理比较了中西"共同体"概念及其源流，比较了亚里士多德、滕尼斯、波普兰、费孝通、安德森、吉登斯等人的西方思想史、社会学中的"共同体"概念，认为"一个组织、一个社区、一个地区、一个国家甚或是整个人类社会，都可以分别看作是'共同体'"①。共同体是一个基于共同目标和自主认同、能够让成员体验到归属感的人的群体，也是一个充满想象的"精神家园"。同时，整理中华民族在历史长河和文明演化中的"共同体"认知与实践后，发现"人类命运共同体"作为新时代以来中国重要的发展理念和外交政策，不断影响着政治、社会、文化的发展，也为中国电影发展提供的理论支撑和实践经验。

"共同体美学"这一本土电影理论正是基于此应运而生。

当前，中国电影艺术发展呈现独具特色的地域影像创作实践，并引起电影研究的空间转向。地域影像天然具有独特的文化价值，因为它不仅标示着影像所属地的文化融合，也凝聚着地域文化所呈现出的独特的人文思想的映射。②共同体美学作为中国电影理论的新近理论，在区域电影、地域电影、民族电影的研究中逐渐成为愈发重要的理论支撑。从此理论出发，地域影像在中国不同地域呈现出何种艺术创作特征？背后有何个性趣味、审美共性与文化意涵？共同体美学如何指引地域影像审美和实践探索？以上成为本文追寻的核心问题。

一、"共同体美学"理论与当下中国地域影像创造

相比其他新的倡导性影视理论，"共同体美学"不仅是指向影视的当前电影研究中独树一帜的电影理论，而且还被认为是扩展于更大范畴的审美理论概念。"共同体美学"基于"人类命运共同体"的理念，在呼应百年未有之大变局的境况下，寻求最大范围内的中国电影发展观念问题的解决之道，试图"在市场实践和主流形态、艺术创作与个体性的创作对象之间，能够更多地实现其所追求的一

---

① 王湘穗.三居其一：未来世界的中国定位［M］.武汉：长江文艺出版社，2017：76-82.
② 周星.地缘文化背景下的区域影像思考［J］.电影理论研究（中英文），2021，3（3）：42-47.

种大同特质的组织构架"①，从"中国传统话语体系的现代性表达，立足于中国历史和中国本土的概念"②的角度出发，"找到与观众沟通对话的渠道和方式"③。

包容于共同体美学范畴的"电影共同体美学"理论逻辑何以提出？"共同体美学"电影理论自2018年正式提出，以2011年《中国的和平发展》白皮书中的"命运共同体"新视角为理论开端，以发现中国电影产业"繁荣"背后的结构性矛盾为现实问题，以东西融合、开放包容的理念为美学路径，以解决中国电影在叙事、产业、传播的"再现代化"问题为价值旨归④。其"始于政策、根植现实、统一历史、面向实践"的理论逻辑理念，对中国电影现代化发展起着重要的指引作用。

学者饶曙光作为"共同体美学"的提出者和研究者，对该理论源流和方法论进一步阐释，认为其源自电影语言的"再现代化"和"新现代化"，基本诉求是"推动中国电影艺术美学进步，推动中国电影繁荣发展，走向电影强国之列"⑤，核心要解决的问题是"电影与观众的关系问题"⑥。

既然共同体美学既是以影视审美观念的思考为最初起点，又延展到更大的范畴，人们可以从多重角度来论析，而对于当下中国电影的研究也需要更为落地的探讨，故此本文所讨论的中国地域电影审美创造，正是基于"共同体美学"的核心问题展开。《中国审美理论》一书对审美研究概述，认为"审美对象与审美主体所构成的审美关系，便是审美理论研究的出发点……审美价值的稳定性及其发展变化，都是由审美关系决定的。审美是由主体的创造力和想象力与对象的审美潜质共同成就的"⑦。由此，聚焦于审美活动中的审美关系，即审美对象（电影）

① 周星，张黎歆.对当代中国电影三个前沿理论构架的评述［J］.艺术评论，2021（3）：8-18.
② 饶曙光，张卫，李彬，等.构建"共同体美学"：关于电影语言、电影理论现代化与再现代化［J］.当代电影，2019（1）：4-18.
③ 饶曙光，张卫，李彬，等.构建"共同体美学"：关于电影语言、电影理论现代化与再现代化［J］.当代电影，2019（1）：4-18.
④ 饶曙光.观察与阐释："共同体美学"的理念、路径与价值［J］.艺术评论，2021（3）：24-33.
⑤ 孙婧，饶曙光."共同体美学"的理论源流及其方法论启示：饶曙光教授访谈［J］.海峡人文学刊，2022，2（2）：88-96，158.
⑥ 孙婧，饶曙光."共同体美学"的理论源流及其方法论启示：饶曙光教授访谈［J］.海峡人文学刊，2022，2（2）：88-96，158.
⑦ 朱志荣.中国审美理论［M］.上海：上海人民出版社，2013：21.

与审美主体（观众）的审美内涵、文化品格及其"对话"互动关系，展开地域电影审美研究，亦恰是"共同体美学"所要研究的核心问题。

同时，"共同体美学"理论倡导"共同体叙事"的共情、共鸣、共振，电影与观众达成最大公约数；"共同利益观"机制下的双赢、多赢，形成有效沟通和对话渠道；"共同体"实体的可能性，如"产教研共同体""区域电影共同体"。[①]在文本、产业、路径等多重实践维度倡导下，立足"我者思维"基础上的"他者思维"，具有实践性、承继性、集合性等特点。[②]并试图从西方文论中融合与超越，将中国传统文化、人民性的创作理念融入其中。因此，目前中国地域电影创作现象，不仅是恰逢其时的产业形态，更是"共同体美学"理念的实践显现。

地域电影研究不时成为和创作相匹配的热点，举其大者是当年"西部电影"的倡导所带来的地域电影研究热潮，蛰伏多年也不时有对于西部电影重新振作的呼唤。而"共同体美学"促发下的地域影像研究则带来美学形态的观照和现实创作兴旺的呼应。当下，正是中国电影蓬勃发展之际，中国地域影像的丰富创造，不仅为电影产业发展贡献了票房力量，也为时代发展、文明建设与中国文化传播增添了精神力量。近年来，以地方文化、区域文明为主要表现对象的影像艺术创作不胜枚举，"共同体美学"理论促发下的地域影像研究也进入学界视野，足见其"成为方法"的可能性。如研究区域电影、地域电影、民族题材电影创作时，借助"共同体美学"理论中的"共同体叙事"视角去思考主流市场诉求和主流价值观的呈现，辅以民族类型和艺术美学手段。早在2019年，饶曙光、李道新、赵卫防、胡谱忠等从新疆电影、内蒙古电影、西藏电影等地域电影出发，对我国少数民族电影的发展现状和"共同体美学"的价值意义研讨，强调创作方面的"对话、共享"。[③]张燕等在香港电影研究中，从滕尼斯的理论出发，认为香港电影共同体美学的历史建构与当下转型表现在血缘共同体、地缘共同体、精神共同体三

---

① 万传法.中国电影的历史重述与理论建构［M］.北京：文化艺术出版社，2023：218.

② 饶曙光，刘婧."共同体美学"再思考：作为思维、创作、产业和传播的方法论［J］.艺术学研究，2023（1）：81-92.

③ 饶曙光，李道新，赵卫防，等.地域电影、民族题材电影与"共同体美学"［J］.当代电影，2019（12）：4-17.

个维度，并构成香港电影与观众之间的接受共同体关系。①吉平等从新丝路题材电影的文化多样性和交流多元性出发，将"共同体美学"作为方法，细数西部丝路电影的内容集成、主体呈现、传播形态，认为该类型电影在共同记忆、共通空间、文化链接方面实践了"共同体美学"。②

上述地域影像的"共同体美学"研究范例，可看作当前地域影像研究的一个缩影，其多聚焦在某一局部区域、地域、民族中，讨论其的历史文化、创作生成、交流表现等，少有从宏观视角对中国当下地域电影的整体美学把握，更缺乏不同地域间的比较分析和共性提炼，因而本文下述将从更高维度的"共同体美学"的比较和归纳，以期从不同地域影像中发掘中国电影的"个性趣味"和"共性品味"，一窥当下中国地域影像艺术审美的"对话"和"共享"。

二、现实对话：作为审美对象的地域电影的"个性趣味"

作为有120年历史的中国电影，就早期而言比较多的聚焦在上海作为产出的基地，但所表现的地域却未必仅仅限于江南。尽管中国电影是作为娱乐的产品出现，也从最初叫作"影戏"以满足当时人们对戏剧观念的认知而去认识影像。但是中国电影在20世纪30年代开始确立起它很重要的现实表现生活的一种传统。其表现的题材和折射的地域特点也并不拘泥于一时一地。影像自有它超越地域的生活折射和生活现实的表现优势。毕竟中国是一个庞大地域的国度，东西南北都有许多的故事可以进入银幕，因此从地域的特点来表现，也逐渐成为丰富性的中国电影多样表现并且汇聚成中国人多样生活的银幕对象。

既然共同体美学具有广阔的时代召唤力，也有开放的多元性，其在空间影响上对于电影的广阔地域投射也必不可少。中国地域电影表现丰富，在中国东、南、西、北、中五大地域，呈现出不同的电影审美创造。作为审美对象的地域电影，在与现实呼应和对话的过程中，呈现出不同的审美趣味——既有东部地区以

---

① 张燕，钟瀚声.香港电影共同体美学的历史构建与当下转型［J］.当代电影，2020（6）：33-40.
② 吉平，李嘉欣.新丝路题材电影与共同体美学［J］.电影文学，2023（15）：82-86.

北京电影为主的江湖血性和故土情思，又有南部地区如上海电影的时尚摩登、江南水乡的灵动诗韵；既有西部地区的西北电影乡土人情和西南电影的神秘哲思，亦有北部如东北电影的工业困顿与内蒙古的原野自由，当然还有中部如长沙电影的城市烟火气。对不同地域电影艺术特征的深入分析，可以发掘根植传统文脉和地域风情文化所形成的独特创造，它们以影像勾勒出与现实对话的"个性"审美趣味。

（一）东部：京派电影的"飒爽血性"与"故土情思"

中国的东部地区代表了发达的经济社会与城市面貌，表现北京的地域电影常被称为京派电影，而北京这座城市，也一直以来被认为是古老文化和现代文明的象征。纵观历史，京派电影既有像《城南旧事》（1983年）、《骆驼祥子》（1982年）的古城与胡同文化，又有《顽主》（1989年）的戏谑人生与《阳光灿烂的日子》（1994年）的部队大院情结。

近年来，中国地域电影中凸显京派电影的作品不乏佳作，较为突出的是管虎导演的《老炮儿》（2015年）和张律导演的《白塔之光》（2023年）。《老炮儿》讲述号称北京"老炮儿"的顽主六爷，为救儿子重新出山，却发现时代更迭，有一群"小炮儿"当道，自己已失江湖地位，且力不从心，但他却毅然决然迎接对战，单挑。影片获得金马奖最佳男主角、大众电影百花奖最佳女主角奖、中国电影导演协会年度影片等诸多奖项。影片不仅延续表达北京胡同文化，还进一步讨论了城市变迁、新旧碰撞、文化更迭的时代议题，面对传统和现代的不同生活方式冲撞中人们逐渐疏离、产生隔阂的困境。影片的主人公既是具有北京人的飒爽、血性的爷们，又是怀抱传统生活、对曾经时代饱含深切怀念与眷恋的文人。

同样，作为艺术电影的《白塔之光》也是一部透视北京本土生活与文化形象的影片。其选择北京的地标性建筑白塔为主要叙事意象，细致入微地刻画着北京时代变迁痕迹。"过去特殊历史时期的影子、北京发展红利期的影子、北京奥运会的影子、老北京'土著'们的影子等等，都让这部影片的格调充满了时代的印记。"①影片中跟不上时代车轮的主人公谷文通，他悠然生活，适应不了城市快节奏，选择在胡同中慢下来，却无法化解一个人的精神孤独。只有在回到北戴河找到父亲冰释前嫌，他才终于寻到"白塔之影"象征的精神故乡，才终于和自我的孤独和解。影片中《北京欢迎你》这首奥运歌曲的改编重唱，令人无比动容、无限唏嘘、怅然若失，那些逝去的传统、离去的人、变换的都市，在古老文化与现代文明中反复交织碰撞，是人们共有的"故土情思"与"精神寻乡"的审美情感的外化。

（二）南部：海派电影的"摩登"与江南电影的"水韵"

中国南方地区以东南沿海地区为主，海派电影和江南电影的艺术表现独具审美趣味。海派文化的内涵是东西交融、海纳百川的胸襟，是欧美现代工业进入上海后所形成的，特有的多元、个性、兼顾个人与社会的商业文化。②"时尚"与"摩登"的现代性是其独特的文化审美趣味。以电影《爱情神话》（2021年）为例，影片以上海男女老友的爱情、友情、亲情故事串联，影片获中国电影金鸡奖最佳编剧和最佳剪辑奖，并获最佳故事片提名。老友家中相聚、几顿饭局、谈天说地，将上海人的小资、时尚、国际、艺术感展露无遗，茶余饭后的闲聊，烟火气息浓厚的小吃，构成了上海人交往的主要方式。2024年初王家卫执导的电视剧《繁花》也与此电影有异曲同工之妙，共同展现着海派电影中的"摩登"气质。

同为南方文化的江南文化，则有另一番风情，它是充满诗意的乡村水韵文化。学者刘伯山认为目前谈论"江南文化"的著述，所进行的多为"诗意"描述，如"水韵江南""诗性文化""夜航船"等，而理性来看，其在结构上分为"乡村文化、市镇文化、都市文化"三个层面。③江南电影《春江水暖》（2019年）即从乡村、市镇和都市三重维度展现江南风情，获得了中国电影金鸡奖最佳中小成本故事片和最佳音乐提名等。影片可视为一张用现代影像呈现的传统文人画，一幅电影版的《富春山居图》。电影中熟悉却陌生的乡音方言，以点带面的人物

---

① 李昕婕，王小尚.2023年中国艺术电影综述［J］.西部文艺研究，2024（1）：20-27.
② 周星，李昕婕.上海电影与节展建设：构筑城市文化的四重向度［J］.电影文学，2023（7）：10-16.
③ 刘伯山.江南文化的结构、互动与思想基础［J］.学术界，2022（9）：92-103.

出场方式，四季更迭的山水风光，静水流深的世俗现实生活，将杭州富阳为代表的水韵江南和人生四季展露无遗。影片将现实的真实残酷与诗画美景进行交织，江南人所代表的独特处世方式，亦正是中国人骨子里的"文人精神"之展现。

此外表现南粤地区的动画片《雄狮少年》等中国更为南部地域的影像，既有独特的地域文化特色，又体现了中国社会中普通人的生活和人心需求，更在呼唤人们克服各种困难，为了精神期望的实现而勃发向上的果敢追求，也是在中国社会深具广泛共识的拒绝躺平奋发努力的体现。

（三）西部：西北电影的"乡土"与西南电影的"神秘"

中国西部电影以独具乡土气息的西北电影、宗教哲思浓郁的西南电影最为出众。电影史上中国的西部电影以多元类型著称，西部文化以黄土地的广漠、农村的苍凉、生活的贫困、文明的传统落后为文化基底，既有吴天明《人生》（1984年）的乡土文明和现代工业文明冲撞，有《黄土地》（1985年）的绵延山路与女性悲剧，有《双旗镇刀客》（1991年）的千里黄沙与侠义勇气，更有《美丽的大脚》（2003年）的乡村教育和质朴人情，还有《可可西里》（2004年）的戈壁危险与人性疯狂。

西部电影中，西北电影一方面在农村与城市、自然与文明的挣扎中展开共同体叙事。近年来，西北电影如田波执导的《柳青》（2021年），以社会主义农村合作化运动为背景，讲述了干部、作家柳青的人民史观和他的恢宏巨著《创业史》的创作诞生。影片表现的人物是中国文坛中十分重要却常被忽略的作家，柳青的现实主义和人民性文艺理念与创作精神影响了路遥、陈忠实等一批陕西作家。电影中柳青扎根乡土的坚毅，对人民的深沉的爱与奉献，是"胸中怀大义、笔下有乾坤"的文艺高峰的银幕呈现。此外，白志强的儿童电影《拨浪鼓咚咚响》（2020年），这部获得金鸡奖最佳儿童片的电影，描绘了陕北公路上的半路"父子"，他们在黄土地上结伴同行，一面透视人生本悲凉的残酷现实，一面又一次次被亲情温暖击中人心。李睿珺导演的《隐入尘烟》（2022年）更以边缘笔墨描绘了甘肃农村被家庭抛弃的两个孤独人的动人爱情和守望相助，平凡渺小的人在卑微又倔强地努力在黄土地上追逐易碎的幸福，田野油画般的"乡土浪漫"，令观众伴随着主人公的生活苦难，不禁生出美和希望。

西部电影中的西南电影则呈现出另一风情。其以少数民族的生死哲思、民俗奇观、神秘宗教丰富了影像文化表达。如毕赣的《路边野餐》（2015年）在长镜头中交织三代人跨越时空的平行爱情、亲情与离别，是对生命轮回的哲思，"小茉莉"的歌曲在公路上飘荡，美丽而神秘。他的《地球上最后的夜晚》（2018年）也同样以梦和长镜头贯穿整个影片，故事扑朔迷离之外，却饱含着时光不再的诗意情思。藏区电影万玛才旦的诸多电影如《撞死了一只羊》（2018年）、《气球》（2020年）、《雪豹》（2024年），也是一些关于故乡和人生的电影梦，影片大多以诗意影像展开与现实世界的对话，在慈悲的人文关怀中揭开现实的重重矛盾，思考人性与宗教、传统与现代、生命与信仰的和解之道。在万玛才旦的监制下，儿童电影《千里送鹤》（2023年）、悬疑片《一个和四个》（2023年）这些具有浓郁藏区风貌的类型电影大量涌现，带着朝圣信仰、公路行进、族群语言，跨越地域进入大众视野。

重庆、成都等川渝电影是西南电影，同样构成别具特色的地域影像创造。如张艺谋的《坚如磐石》（2023年），光怪陆离的霓虹美学表现出山城重庆的隐秘和人性的黑暗。又如《没有一顿火锅解决不了的事》（2024年），以悬疑、反转将重庆的火锅文化、川剧文化混入谜团故事，尽管叙事有其不足，但其中透视网络文化盛行的现代都市，反思传统与人心本性何处安放的初衷也依稀可见。

（四）北部：东北电影的"困顿"与内蒙古电影的"自由"

中国北部地区的电影以东北电影和内蒙古电影最具地域特色。东北文化中自带的喜剧和幽默，消融着冰雪覆盖的平原山丘的冷酷和残忍，而伴随改革开放，东北作为重工业城市在今天面临着消逝的怅惘和困顿，下岗潮、工业基地拆迁、人口流失，东北的失落、荒凉与曾经的发达形成鲜明对比，而东北人幽默调侃的语言魅力和艺术想象力，在困顿中依然保持达观的喜剧精神、幽默戏谑的人生态度，恰构成东北电影的文化底色。近年来，《钢的琴》（2011年）、《白日焰火》（2014年）、《东北虎》（2022年）、《悬崖之上》（2021年）、《保你平安》（2022

年）、《燃冬》（2023年）等电影，从中年的危机、荒诞的世道、困顿的人生、雪原的景观、冰上的摇摇欲坠、孤寂的灵魂等一切现实的描绘塑造东北，侧重从寒冷中生发热情、从困顿中找到喜感的反差感，笑对人生、笑面困境，这正是东北文化与东北电影独具个性的审美精神。

内蒙古电影也是中国北部电影独树一帜的存在。内蒙古的草原游牧文化、马背文化孕育着豪情、自由与生命力。《东归英雄传》（1993年）就将民族史诗、创世奇迹、武侠奇情与草原边疆风貌融合，别具豪情。《草原母亲》（2002年）描述牧民以草原的博大胸怀接纳上海三千孤儿的故事，家国亲情令人动容。近年来，内蒙古题材电影不乏佳作，《海的尽头是草原》（2022年）以"三千孤儿入内蒙古"的故事背景，展开了一场走向生命尽头的草原寻亲之旅。《脐带》（2023年）则跟随儿子带阿尔茨海默病的母亲回归阜原故乡的路途，重返精神游牧生活，那根象征脐带的绑住儿子与母亲的绳子，正是乡土、家庭的牵绊的外化。影片在生死之际，思考了自由和人生。

（五）中部：长沙电影的"市井烟火"

我国中部地区以河南、湖北、湖南的影像创作为主，中部大地的城市市井生活和人间烟火气是影片审美的主要方面。以湖南长沙为表现对象的《长沙夜生活》（2023年），影片全程是夜景拍摄，展现着长沙小吃、路边摊等夜生活，以温情笔调书写长沙的人情味和都市烟火气，在年轻人面临人生的相遇和自我的和解时，人情是最重要的都市魅力，也构成了普通人面对人生难题时支撑下去的理由。城市市井文化在中部地区借由电影的凸显人间温情所在，市井烟火气，是人们热爱脚下这片城市故乡的最终缘由，也是地域影像审美创造的核心。

三、理想共建：作为审美主体的地域人文的"共性品味"

共同体美学既有复杂的世界变革带来的审美坚定性努力，也折射着中国传统文化的合和之美的理想追求。在影像上，中国电影始终在表现着人们内心朴质的期望，尤其是多有历经艰难而不舍大团圆的精神祈望。地域电影作为审美对象，独具个性，表现丰富。作为审美主体的带有地域文化熏染的观众，又有着何种跨越地域和民族的"共性品味"？其审美理想如何构建？这是文章下述主要讨论的内容，笔者认为人文情思的理想共融、审美传统的理想共通、中西艺术的理想共建，共同构成了跨地域的中国审美理想品格，是以成为地域影像艺术美学精神"理想共同体"。

（一）人文情思的叙事理想共融

纵然不同地域影像所呈现的地域风貌、民族文化、民俗习惯特征各不相同，但其精神内核却具有某些共性的理想特质，比如对家国故土的眷恋、对家庭亲情的难舍、对人性温暖的追求、对普通人的同情、对无常人生命运的反思、对世间美好和谐的追求。概括起来，这样的人文情思和共同体叙事包含"情、义、念、理、诗"五个方面。

一为人情浓度。地域影像的表现主体是地域文化中的人情。中国传统美学中，明代书法家祝允明认为"身与事接而境生，境与身接而情生"，艺术创作需要"才"，才是为了表现情，情是由境引发的，境是在生活经历中获得的。[①]因此艺术创作需要从情境出发，着重表现人性情感。在不同地域影像中，人情冷暖的展现是恒久不变的主题，也是影片叙事的主要方面。无论是北京电影《白塔之光》的父子之情，西北电影《隐入尘烟》的夫妻爱情，上海电影《爱情神话》中的老友友情，长沙电影《长沙夜生活》的烟火人情……由地域之景，引发凡人之情，诉诸衷情，借景抒情，人与人之间的情感连接及其情感浓度，是影片触动观众心灵的关键，也是审美主体经由生活经验与银幕上的主人公对话呼应的主要方式。好的地域电影，其中最主要的评价标准便是人情浓度。

二为道义尺度。如果说人情是感性层面的人性表现，那道义就是理性层面的人性表现。中国人由于格外看重道义，"公平""正义"是各地中国文化共同遵循的价值标准，成为影片的价值尺度。《论语》所谓"士志于道"，即人的真正人生

---

① 叶朗.中国美学史大纲［M］.上海：上海人民出版社，2019：328.

价值和最高人生目标是理想中的"志于道",也就是追求真理。如西北电影《柳青》之所以能够代表一方地域文化,正是其身上的责任与道义,对人民饱含深情。又如东北电影《保你平安》、北京电影《老炮儿》,主人公可以为朋友两肋插刀,也可为真相孤注一掷,那是对正义抱有期待。而这正是审美主体心中情感价值的求真的理想外化。

三是恩念温度。中国人无论在何地域,浓重的感恩情结始终镌刻于心。时常讲"滴水之恩,涌泉相报",报恩是"求善"的价值标准,是在上述道义之外的重要审美价值标准,是中国人文情感的底色。不仅有父母之恩以孝报之、夫妻之恩以情报之,更有知遇之恩以命报之、路人之恩念念不忘、天地之恩无以报之。此外还有君恩、师恩,懂得感念,怀抱恩情,重塑人与人之间的关系,是诸多电影的叙事表达方式。诸如《拔浪鼓咚咚响》本无血缘关系的"父子"在路途中建立了亲情,并守望相助。《白塔之光》长达四五十年没有联系的父子,竟在血脉承载的相似的孤独中互相谅解。恩念的温度,构成审美主体的人文底色,因而才能与银幕上的虚构故事和虚构人物形成共鸣。

四是伦理深度。中华文明以伦理生活为基础,中华民族在伦理生活实践中形成的中华民族共同体意识催生了中华文明的共同价值,共同价值反过来铸牢了中华民族共同体意识,指导着中华民族的伦理生活实践。①家庭伦理是在各地的地域影像最为常见的共同叙事主题。家庭是最早也是最小的"共同体",纵观中国电影史,有记载的最早的电影故事长片《孤儿救祖记》便以家庭伦理叙事著称。电影《春江水暖》《白塔之光》《隐入尘烟》《脐带》故事各不相同,东南西北,风情迥异,地域文化亦千差万别,但其中的家庭却又如此相似,相似的亲子伦理、夫妻伦理、手足伦理,成为所有地域影像故事的共通主题,承载着万物一体、和谐共生的理想共同体意识。

五为诗意向度。中国的诗意风情绵延在自然风光、历史故事、文化传承当中,既是独特的文化现象和精神追求,又融入了人民性价值观念,不仅体现在书

① 郭清香.中华文明的伦理基础和内在逻辑［EB/OL］.（2024-05-27）［2024-04-08］. http://theory.people.com.cn/n1/2024/0408/c40531-40211293.html.

画艺术作品中，而且呈现在当下的地域影像中。譬如《脐带》，最后母亲在篝火旁载歌载舞，重温草原故乡文化，远处的月亮和近处篝火的零星火光，宛如天边烟火照耀着母亲的一生，而她的生命也恰在此刻戛然而止，为死亡蒙上了一层诗意而璀璨的面纱。又如《隐入尘烟》有铁在溺亡妻子的手背虎口用小麦种子印下诗意的"印花"，那是苦难生活中唯一值得纪念的爱的浪漫瞬间，而这份带着泥土气的质朴却可贵的爱，随着已逝伊人，永远不复存在了，只留下亡妻手背上的"印花"。更不必说《春江水暖》将诗情画意写在江畔四季美景和横移的长镜头中。正是这些寓情于景的诗意影像，将中国审美中的诗性理想显露无遗。

（二）审美传统的美学理想共通

上述人文情思是将审美对象之情放在首要考虑，但情之所起，往往源于诗意的审美意象。审美意象作为审美创造的核心，通常在审美主体与审美对象的连接反应中悄然发生。"审美意象是在审美活动中主体以非认知无功利的态度对对象的感性形态作出动情的反应，并且借助于想象力对对象进行创构，从而使物象在欣赏者心目中成为新的形象，即意象。这种审美意象既体现了对象的感染力，又反映了主体的创造精神，还包含了主体的审美理想。"[1]

非认知、无动力的动情反应和主体的创造精神，构成了中国地域影像的独特审美意象，其背后是中国传统美学的文人理想。明代书画家董其昌说："画家以古人为师，已以上乘，进此当以天地为师。"[2]以古人传统绘画为师进行学习已经是上乘了，再进一步应以天地自然为师。画家唐志契也在《绘事微言》一书中强调"凡学画山水者看真山水""画不但法古，当法自然"。[3]

仍以江南电影《春江水暖》为例，其之所以艺术成就颇高，便在于其不仅师法古人，而且师法自然。影片受黄公望纸本水墨画《富春山居图》的艺术审美理念启发，为生"情"，直入"境"。不仅模仿《富春山居图》美术作品，将其"可

---

① 朱志荣.中国审美理论［M］.上海：上海人民出版社，2013：23.
② 叶朗.中国美学史大纲［M］.上海：上海人民出版社，2019：328.
③ 叶朗.中国美学史大纲［M］.上海：上海人民出版社，2019：329.

远观可近看"、悠然于山水之间的审美理想，以浏览移动重叠的视点在银幕上加以呈现，山光水色，峰峦叠嶂，山涧清泉，大量的横移镜头呈现当代富春江的两岸秀丽景色，这是对技术手法的模仿。

更重要的是电影的艺术精神内核模仿。《春江水暖》取景于当代富春江两岸自然景观，在自然中表现现实的人情冷暖。导演的创作理念取自中国传统绘画的散点透视，人物的出场方式和叙事皆未按照常规的故事起承转合，而是以点带面，以一个人物牵动一批人物的出场方式来写作和叙事，镜头跟随现代的江畔美景，呈现出浮动世态与众生群像。这种文学、艺术、哲学与影像的互动，艺术与艺术之间的审美技巧流动，皆源自中国人共同的审美传统——写意传神、虚实相间、形散意不散。

此类散文化影像风格在中国审美传统和影像艺术创作中，形成独树一帜的美学风格，在影视经典散文诗电影《小城之春》（1948年）、《早春二月》（1963年）、《那山那人那狗》（1999年）中一脉相承，形成共通的美学理想。

（二）中西互鉴的艺术理想共建

本雅明在《历史哲学论纲》中谈及艺术突破时，认为"艺术作品的'同时代人'对于艺术作品的'接纳'乃是艺术作品现如今所具有的影响的'一个组成部分'"[①]。从这个角度出发，审美主体的创造性加工、审美主体如何接纳作品，是艺术审美活动的重要部分，也是指导艺术再创作的重要途径。

纪实美学和长镜头作为当前中国地域影像的创造力表达，是中西艺术文明互鉴的成果，构成了中西互联的艺术审美创造。当下，中国电影自"电影语言的现代化"讨论以来，极大地学习和补充了西方影视理论，但"西学东渐"之外，中国的地域影像独特影像语言创造，并不是仅仅依靠对西方技术的学习。仍以《春江水暖》为例，其中最令人赞叹的长镜头，空间的重叠与时间的交织，在中国江岸层叠的空间景象中，老三和他的相亲对象沿江行走，带出孙辈女孩儿和穷老师

[①] 杨俊杰.本雅明历史哲学论纲考辨［M］.北京：中国社会科学出版社，2018：141.

的相爱过程，两对情人以声画对位的方式，造成传统与现代的冲撞和区隔，而江岸楼梯恰好构成了有起伏、有折叠的天然场面调度方式，这对中国电影长镜头美学表达而言，无疑是具有标志性创新作用的。而随后江岸一个十多分钟的长镜头来展现江岸走路与江中游泳的比赛。谁比较快到达对岸？这也是别有用心将西方的"悬念叙事"和中国古诗中"空山不见人，但闻人语响"的诗意形成文化交融。跳出二人的叙事性关系，这样一个长镜头又成为影像《富春山居图》的象征和隐喻。妙就妙在影片的虚实交叠中，观众同时看到了传统历史与时代当下，看到了西方具象，又看到了中国写意山水，看到了现实的真实生活，又看到了四季美景的人生隐喻。当然，万玛才旦、毕赣、张律、管虎等诸多导演的地域影像作品中，皆有经典的长镜头和场面调度，它们融合本土的自然地貌和文化背景，形成了中西互鉴的"美学共同体"，共建了地域艺术审美理想。

结　语

120年生日的中国电影创造出许多出色的作品，也逐渐形成了中国电影学派独特特性的世界电影的重要存在。除了是世界上第一多的银幕数的国家和第二高票房的世界电影市场之外，以独特的意识形态和文化承传，以及对于世界影像艺术技术的吸纳，而不断探讨创造了自己立于世界电影之林的中国电影的出色成果。在这其中，中国电影这些文化承传、文化观念，包括共同体美学的观念都在其中起着重要作用。以百年未遇之大变局的视野来看中国电影，事实上在呼应着100多年自己逐渐形成的美美与共的银幕理想而满足的天下大同的艺术追求意味。从这一个角度而论，中国电影无论遇到什么样的困难，必然会在这条道路上以艺术梦想去实现人类的艺术审美的精神境界。

随着时间流逝，共同体美学的广泛性映射更显示出独特魅力。影像作为现代文化的聚焦点，无论就其高科技支撑和市场生存更需要审美的内质来坚挺其价值，还是就其表现人民美好生活的时代要求更汇聚为共体的审美联系，都必然拥戴共同体美学的倡导。而中国地域影像蓬勃发展，艺术审美创造丰富，形成了东、西、南、北、中不同美学趣味的地域审美形象，它们的"个性趣味"背后，是根植华夏文明大地的审美理想"共性品味"。共同体美学以现实"对话"和理想"共享"，将地域个性与文化共性融入当下影像艺术创作实践。此时，共同体美学，便不仅仅是民族的共同体、全球的共同体，更是艺术的共同体、人类的共同体。借助共同体美学，中国地域影像在彰显地域个性文化的同时，不断开拓尝试，以开阔的视野、共同的审美理想、包容的文化胸襟、多元的影像方式完成地域对话和艺术再创造，最终将中国地域影像拓展至更大、更广阔、更现代的世界舞台，为中国电影"现代化"发展贡献理论与实践指引。

参考文献：

1. 郭清香.中华文明的伦理基础和内在逻辑［EB/OL］.（2024-05-27）［2024-04-08］.http://theory.people.com.cn/n1/2024/0408/c40531-40211293.html.
2. 吉平，李嘉欣.新丝路题材电影与共同体美学［J］.电影文学，2023（15）.
3. 李昕婕，王小尚.2023年中国艺术电影综述［J］.西部文艺研究，2024（1）.
4. 刘伯山.江南文化的结构、互动与思想基础［J］.学术界，2022（9）.
5. 饶曙光.观察与阐释："共同体美学"的理念、路径与价值［J］.艺术评论，2021（3）.
6. 饶曙光，李道新，赵卫防，等.地域电影、民族题材电影与"共同体美学"［J］当代电影，2019（12）.
7. 饶曙光，刘婧."共同体美学"再思考：作为思维、创作、产业和传播的方法论［J］.艺术学研究，2023（1）.
8. 饶曙光，张卫，李彬，孟琪.构建"共同体美学"：关于电影语言、电影理论现代化与再现代化［J］.当代电影，2019（1）.
9. 孙婧，饶曙光."共同体美学"的理论源流及其方法论启示：饶曙光教授访谈［J］.海峡人文学刊，2022，2（2）.
10. 万传法.中国电影的历史重述与理论建构［M］.北京：文化艺术出版社，2023.
11. 王湘穗.三居其一：未来世界的中国定位［M］.武汉：长江文艺出版社，2017.
12. 杨俊杰.本雅明历史哲学论纲考辨［M］.北京：中国社会科学出版社，2018：141.
13. 叶朗.中国美学史大纲［M］.上海：上海人民出版社，2019：328.
14. 张燕，钟瀚声.香港电影共同体美学的历史构建与当下转型［J］.当代电影，2020（6）.
15. 周星.地缘文化背景下的区域影像思考［J］.电影理论研究（中英文），2021，3（3）.
16. 周星，李昕婕.上海电影与节展建设：构筑城市文化的四重向度［J］.电影文学，2023（7）.
17. 周星，饶曙光.电影共同体美学理论图谱的倡导与构建［J］.艺术教育，2022（12）.
18. 周星，吴晓钟.中国电影的创作共同体问题及其提升路径［J］.江苏师范大学学报，2023（2）.
19. 周星，张黎歆.对当代中国电影三个前沿理论构架的评述［J］.艺术评论，2021（3）.
20. 朱志荣.中国审美理论［M］.上海：上海人民出版社，2013.

【本篇编辑：侯琪瑶】

图像学

"欧罗巴"的诞生

——焦秉贞、冷枚传派美人图与弗朗索瓦·布歇的女神形象

李 军

摘　要：本文以18世纪中法通过海上丝绸之路进行的文化与艺术交往为背景，在具体图像领域，讲述中法艺术家交流互鉴的故事。一方面，探讨了康雍时期宫廷画家焦秉贞、冷枚等人绘制的《耕织图》场景和美人图形象是如何接受"海西法"的影响，从而形成不同于传统的独特面貌；另一方面，进一步追踪画中的中国艺术形象和中国趣味反过来如何影响著名画家弗朗索瓦·布歇的艺术创作之历史过程。这些影响从装饰艺术开始，但又不限于装饰艺术，而终于被法国艺术界所接受，并被改造为欧洲风俗画和历史画中的女性形象。本文旨在揭穿西方艺术史中广为流传的一个神话，即"中国风"的影响仅限于装饰艺术的领域，并未被西方的主流艺术所接受。本文以充分的事实依据和细腻的图像分析，指出这一说法并非事实。

关键词：焦秉贞　冷枚传派　美人图　弗朗索瓦·布歇　风俗画　历史画　"欧罗巴"

作者简介：李军，男，1961年生，博士，澳门大学艺术与设计系主任、讲座教授、博士生导师。主要从事艺术史与美术理论研究。著《可视的艺术史》《跨文化的艺术史》《希腊艺术与希腊精神》等。

The Birth of "Europa"
—Jiao Bingzhen and Leng Mei's School of Beauty Paintings and François Boucher's Goddess Imagery

Li Jun

Abstract: Against the background of the cultural and artistic exchanges between France and China through the Maritime Silk Road in the 18th century, this paper tells the story of the exchanges and mutual understanding between Chinese and French artists in the specific field of images. On the one hand, it explores how the scenes of 'Cultivation and Weaving' and the images of beauties painted by court painters Jiao Bingzhen and Leng Mei during the Kangxi and Yong periods were influenced by the 'Hercynian method', thus forming a unique look different from the traditional one; on the other hand, it further traces how the Chinese artistic images and Chinese taste in the paintings influenced the art creation of the famous painter Francois Boucher, and how they were influenced by his own art. On the other hand, it further traces the historical process of how Chinese artistic images and Chinese interest in the paintings in turn influenced the artistic creation of the famous painter François Boucher. These influences began with, but were not limited to, the decorative arts, and made their way to France, where they were transformed into the famous female figures of European genre and history paintings. The purpose of this article is to debunk the myth, widely spread in Western art history, that the influence of the Chinese style was limited to the realm of decorative arts and was not accepted by mainstream Western art. The paper demonstrates that this myth is not true, with a strong basis in fact and a detailed analysis of the images.

Keywords: Jiao Bingzhen Leng Mei chuanpai pictures of beauties François Boucher genre paintings history paintings "Europa"

导　言

在17—18世纪欧洲兴起的"罗可可"艺术风格和"中国风"趣味是同时出现的现象；长期以来，西方学界对此的讨论有三个主要历史范式。

第一，把"中国风"当作事先已经存在的"罗可可"风尚的一部分。这一范式的主要代表人物是19世纪下半叶的法国作家龚古尔兄弟（Les Goncourt）。在他们看来，是弗朗索瓦·布歇在罗可可风尚的盛期，"把中国转变为罗可可的一个省份"（faire de la Chine une provinces du Rococo）[①]。"罗可可"（Rococo）一词来源于法文"Rocaille"（意为"岩石"），原指利用鹅卵石、贝壳等营造人工岩洞或喷泉的一种装饰技艺，在19世纪，该词被西方学者用以表述18世纪欧

---

① EDMOND ET JULES DE GOUCORT. L'art du dix-huitième siècle: tome premier [M]. Paris: Rapilly, Libraire et Marchand D'estampes, 1873: 245.

洲整体（特指法国在路易十五统治时期）艺术的总体特征，即一反路易十四时代的庄重严肃而热衷于轻巧明快、绚丽繁复的风格，总体上呈现出曲线、反曲线、不对称、色彩明快鲜艳的形式特征。它被认为是一项独立的艺术风格，源于此前的西方艺术风格"巴洛克"，同时又是对于前者的颠覆和反动①，而来自中国的艺术品，因为其出现的"异国情调"，正好迎合了"罗可可"艺术趣味，因此才被龚古尔兄弟视为"罗可可世界"的一个"省份"。最近几年，在"全球艺术史"和"物质文化史"研究风尚的影响之下，有关"中国风"研究的方式和方法均出现了重要的变革。但即使在一些优秀的研究著作和展览图录中，如法国巴黎塞尔努奇博物馆2007年主办的同题展览的图录《神像与龙：1720—1770年欧洲罗可可时期的异国情调和幻想》（*Pagodes et dragons: Exotisme et fantaisie dans l'europe rococo*, 1720—1770）、法国贝桑松博物馆2019年主办的同题展览图录《罗可可的一个省份：弗朗索瓦·布歇梦想的中国》（*Une des provinces du rococo: la Chine rêvée de François Boucher*）中，这种视"中国风"为"罗可可"之一部分的"龚古尔主义"窠臼仍未脱尽，体现出这一范式的历久弥新②。

第二个范式在前者基础上，进而把"中国风"当作欧洲艺术史中的一种独立风格看待，认为它与真正的中国艺术无关。这种看法的代表人物即英国艺术史家休·昂纳尔（Hugh Honour），他的《中国风：契丹之异象》（*Chinoiserie: The Vision of Cathay*, 1961）可谓西方中国风研究的奠基之作。在他看来，他的书是为了那些像他那样"对中国艺术只有粗浅认识者而写"，"中国风"并非汉学家所认为的对于中国艺术不尽如人意的拙劣模仿，而是一种典型的欧洲趣味，是从中世纪以降的长时段中，"西方艺术家和工匠们看待中国和表现中国的种种异象"（regarded

---

① "虽然有时被视为巴洛克风格的最后阶段，但洛可可艺术还是创造了自己独特的风格，代表着一个创造性的、智慧性活动高度发达的时代。"参见H.W.詹森，J.E.戴维斯，等.詹森艺术史：插图第7版［M］.艺术史组合翻译实验小组，译.北京：世界图书出版公司北京公司，2012：757.

② PAGODES ET DRAGONS. Exotisme et fantaisie dans l'europe rococo 1720-1770［M］. Musée Cernuschi, Paris musées, 2007. Une des provinces du rococo.la Chine rêvée de François Boucher, Musée des Beaux-Arts et Archéologie de Besançon, Fine éditions d'art, 2019.

the Orient and expressed their vision of it）①。正如"异象"（vision）一词所示，昂纳尔所关心的是欧洲人心目中的中国和对中国的看法，即西方人投射于中国的各种"异国情调"（exotism一词大量出现在昂纳尔的书中）、幻想和梦境，是一种放飞他们想象力或者做白日梦的场所，所以与真实的中国无关。这种研究思路抛弃了简单的影响—接受模式，致力于在欧洲艺术与文化史范畴内，从欧洲人的"异国情调"或"梦境"来寻找他们对于"中国风"产生兴趣的原因和动力，该研究路向近年来在西方有加强之势。同样出现了一批相当优秀的研究著作，如大卫·波特（David Porter）的《18世纪英格兰的中国趣味》（*The Chinese Taste in Eighteenth-Century England*，2010）、斯泰西·斯洛巴达（Stacey Slobada）的《中国风：18世纪英国的贸易与装饰的演进》（*Chinoiserie: Commerce and Critical Ornament in Eighteenth-Century Britain*，2014），Vanesa Alayrac Fielding的《在启蒙运动时期英国人想象中的中国》（*La Chine dans l'imaginaire anglais des Lumières:* 1685-1798，2016）和《梦想中国》（*Rêver la Chine*，2017）②等。这些作者的身份基本上都是欧洲本土艺术与文化研究者，故而他们的方法论存在着一定的局限性，即对于故事另一头的同时代中国和中国艺术的真实情形，兴趣并不浓厚，往往流于二手、三手资料，难于登堂入室。

关于"中国风"研究的第三种历史范式，则属于几乎所有研究者的共识，即"中国风"的影响仅仅局限于欧洲装饰艺术范围。昂纳尔曾经提到汉学家的看法，以一位中国美术史学家苏利文（Michael Sullivan）为代表。苏利文是英国人，也是中国和东方美术的行家里手，他的《东西方艺术的交汇》（1973年）一书影响深远，其中对"中国风"艺术所持的看法，应该说在东西方语境中都有典型意义。他认为，当时的欧洲尚缺乏鉴赏"真正的中国绘画"（genuine Chinese

---

① "I have, perforce, approached the subject from a strictly European standpoint, attempting to discover how western artists and craftsmen, from the Middle Ages to the nineteenth century, regarded the Orient and expressed their vision of it. For chinoiserie is a European style and not, as is sometimes supposed by sinologues, an incompetent attempt to imitate the arts of China." H HONOUR. Chinoiserie: the vision of cathay［M］. London: Icon Editions, 1973: 1.

② D PORTER. The Chinese taste in eighteenth-century england［M］. Cambridge: Cambridge University Press, 2010. S SLOBADA. Chinoiserie: commerce and critical ornament in eighteenth-century Britain［M］. Manchester: Manchester University Press, 2014.

paintings，如水墨山水画）的语境，流传到欧洲的"中国物品"，仅仅是迎合西方人猎奇的"假中国货"（pseudo-Chinese），不登大雅之堂，故它们所产生的影响，也仅仅限于欧洲的"次要或装饰艺术"（the minor or decorative arts），对于"高雅艺术"（high art）则可以忽略不计。他甚至说，"尽管布歇一定看到过真正的中国画，但他从没有想用真正的中国方式来尝试画画；同样，华托笔下的任何一根线条都不能证明，他曾经受过中国毛笔的影响"①。

三个范式通过其著作的出版和翻译，相当程度上影响了全球大多数人（包括中国学界）的主流看法。但迹象表明，它们中种种隐藏起来的偏见、无知和未经证实的假说，也随之大行其道。为了恢复历史的真相，也为了开辟18世纪美术史研究的新路径，一项建立在图像研究和方法论创新之上的深刻的跨文化研究，已成为必需。

鉴于上述三种范式主要围绕着法国艺术家布歇（François Boucher，1703—1770）这位核心人物展开，我们有必要先以布歇为个案，针对以上历史范式提出新的问题，尝试作新的解答。

第一，布歇所言中国的"异国情调"和"梦想"背后所对应的同时代中国艺术和绘画的历史真相是什么？他对于中国艺术和绘画有多少真实的了解？

第二，布歇难道真的没有按照"真正的中国方式"画画？影响了他的装饰艺术的"中国风"是否进一步影响了他的风俗画和历史画？

第三，"罗可可"趣味影响了布歇的"中国风"艺术，还是"中国风"艺术造就了布歇的"罗可可"艺术面貌？抑或"罗可可"与"中国风"在布歇身上和布歇之前，本来就是共生的艺术，是同一种风格的两种表述？

本文力图回答第一、二两个问题，对第三个问题将另文专门研究。

---

① "The vogue for things Chinese, or pseudo-Chinese, that swept Europe is only obviously discernible in the minor and decorative arts, in the arabesques and *singeries* of Huet and Pillement, in the exotic furniture, textiles and wallpapers that figure so largely in the Rococo style ... But the effect on high art was negligible. Boucher never, so far as we know-though he must have seen genuine Chinese paintings- consciously attempted a composition in real Chinese manner; not a line of Watteau's suggests that he had learned the lesson of the Chinese brush." M SULLIVAN. The meeting of eastern and western art［M］. New York: New York Graphic Society Ltd, 1973: 99–100.

一、"取西法而变通之"：清代《耕织图》的新形态

首先回答第一个问题：与布歇相关的同时代中国绘画的历史真相。

笔者曾经以"一个故事的两种讲法"为题概括"跨文化美术史"的研究方法①，即对同一个对象的研究完全可以有不一样的立场，进而讲述不一样的故事。例如笔者十几年前曾经对意大利阿西西圣方济各教堂图像与空间关系进行过综合研究，所讲述的是一个从西方看西方的垂直的故事，却忽视了当时欧亚大陆两端很多横向的联系。2018年，笔者又以跨文化视角对同一个对象进行了新的考察，把图像与空间的关系放置在同时代欧亚大陆更为宏阔的语境中——元帝国所开创的世界性文化交往和互动网络之中，从而讲述了与前一个故事迥然不同的故事，一个与真实的东方和中国息息相关的故事②。这就是"一个故事的两种讲法"——因为地球是圆的，不仅可以有从西方角度出发的立场和视角，还可以有从东方角度出发的立场和视角。

以同样的方式，笔者曾经研究过南宋一位叫作楼璹的地方官员绘制出的一套《耕织图》对14世纪中叶意大利锡耶纳地区文艺复兴早期艺术的影响③，这是故事的第一种讲法。但《耕织图》还可以有另一种讲法，即到了清初康乾时期的《耕织图》较之以往，置身于更复杂的东西方之间双向的跨文化交流与影响的网络之间。

第二个故事开始于康熙1689年的南巡。他于途中从江南士人手中获得了一批宋版书，其中包括一部"於潜公《耕织二图诗》"④——显即南宋於潜县令楼璹《耕织图》的某个宋代刻本；康熙正是根据这个刻本，命宫廷画师焦秉贞新绘

① 李军.跨文化美术史年鉴1：一个故事的两种讲法［M］.济南：山东美术出版社，2019.
② 李军."从东方升起的天使"：一个故事的两种讲法［M］//李军.跨文化美术史年鉴1：一个故事的两种讲法.济南：山东美术出版社，2019：43-80.
③ 李军.丝绸之路上的跨文化文艺复兴：安布罗乔·洛伦采蒂《好政府的寓言》与楼璹《耕织图》再研究［J］.香港浸会大学.饶宗颐国学院院刊，2017（4）：215-292.
④ 清万作霖识语.（农书［M］//知不足斋丛书：第9辑.长塘：包氏开雕）

《耕织图》，同时还令内府另行镂版刻印《御制耕织图》本（1696年）以赐"臣工"。楼璹原本共分两卷，前卷《耕作图》21个场面；后卷《蚕织图》24个画面，全图共45个画面，每个画面均配以楼璹自书的五言诗一首，完整记录了作为传统立国之本的"农桑"活动的全过程。焦秉贞的《耕织图》与楼璹原本相比有两个明显的特色。第一，在内容上，他将原图的45个场景调整为46个场景，形成前后各23个场景的对称格局；第二，在形式上，他在原图基础上糅入西式焦点透视技法，使得画面的空间表达呈现出与原图相比十分鲜明的特色。

我们试将现存最早的楼璹《耕织图》的元代摹本——美国弗利尔美术馆的程棨本——与焦秉贞本作一比较①。以《耕》图的第一幅"浸种"为例，程棨本（见图2）与焦秉贞本（见图1）的场景和内容上基本差不多，都是表现两个男人合作，准备把捧在手里的篓子放到田里去，以便于种子可以在水里发芽；旁边都有一个拄杖老人在观看。但在空间表达上面，二者截然不同。程棨本运用的是传统的轴测法或者叫平行透视，空间有一定深度表现，但没有纵深感；而焦秉贞本

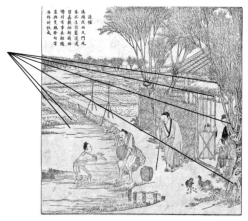 

图1 焦秉贞《耕织图》场景：《浸种》，1696年，盖蒂研究会　图2 楼璹《耕织图》（元代程棨摹本）场景：《浸种》，弗利尔美术馆，华盛顿

———————

① 关于楼璹原图在历史上的各种摹本的情况，参见李军.丝绸之路上的跨文化文艺复兴：安布罗乔·洛伦采蒂《好政府的寓言》与楼璹《耕织图》再研究［J］.香港浸会大学，饶宗颐国学院院刊，2017（4）：241-246.

则明显运用了焦点透视法，画面中所有退缩的线条都能够汇聚在一起而形成一个灭点。更准确地说，焦秉贞在这里运用的是一种成角透视，它的灭点不在画面内部，而是在画面的外部形成一个倾斜的角度，正是这种角度造成了画面内部纵深的空间感。

焦点透视法的应用还导致了焦秉贞采取了别具一格的空间想象以转换和生成新的画面。我们试以表现同一场景的两个画面来作一分析。其中楼璹《耕织图》的另一个元代摹本大都会忽哥赤本（见图3）中的"持穗"场面，是四个农民两两成双用连枷为谷物脱粒的横向构图；在他们背后有一个呈圆锥状的草垛，而画面左侧，可以看到有两只鸡正在啄食。但在焦秉贞本（见图4）中，尽管该场面的原型（即康熙获得的宋版刻木）无疑与忽哥赤本拥有同一来源，但在空间表现上，焦秉贞进行了大幅度的改造。首先是场景中的斜向构图和空间深度表现，显示他所受西洋成角透视法的影响；更重要的是，他把原图中位于画面左侧的鸡和画面中心的草垛转移到画面的前景处，甚至只让草垛露出一部分局部；原先草垛所在的画面中心则出现了一个蹲坐着的农民。细细琢磨，这一变化在视觉上十分合理。焦秉贞本的构图实际上等于是把忽哥赤本的构图进行了180度的翻转！现在焦秉贞构图中心那位旁观者眼中所见，其实即忽哥赤本构图中原先观众眼中的情景；而原先的观众如今变成了画面中的形象。这说明画家不再满足于传统图像

图3 楼璹《耕织图》（元代忽哥赤摹本）场景：《持穗》，大都会博物馆，纽约

图4 焦秉贞《耕织图》场景：《持穗》，1696，盖蒂研究会

的构图，而是根据焦点透视法的规律和真实的视觉经验进行空间想象，从而创获了令人耳目一新的画面。

那么，这一切从何而来？根据画史资料可知，焦秉贞，字尔正，山东济宁人，生卒年不详。清朝前期宫廷画家，康熙时官钦天监五官正，供奉内廷。擅画人物，吸收西洋画法，重明暗，楼台界画，刻画精工，绘有《仕女图》《耕织图》（1696年，康熙三十五年）等[①]。清代胡敬《国朝院画录》称焦秉贞：

> 工人物、山水、楼观，参用海西法。
>
> 海西法善于绘影，剖析分刌，以量度阴阳向背，斜正长短，就其影之所著而设色，分浓淡明暗焉。故远视则人畜、花木、屋宇皆植立而形圆，以至照有天光，蒸为云气，穷深极远，均粲布于寸缣尺楮之中。秉贞职守灵台，深明测算，会悟有得，取西法而变通之，圣祖之奖其丹青，正以奖其数理也。[②]

所谓的"海西法"即明末清初由西方传教士和画家带至中国的西方风格绘画的总称。这种画法予以当时中国人最大的印象，无疑是其明暗画法和焦点透视法，亦即胡敬上述话中所揭橥的"浓淡明暗"和"穷极深远"二则；而焦秉贞的特点，正在于能做到"会悟有得，取西法而变通之"，也就是将"海西法"应用于传统中国画技法而融会贯通。胡敬话中也透露了焦秉贞所学之"海西法"的来历和渊源，即他在"职守灵台"也就是在钦天监担任"五官正"时期所学。已如上述，他绘制的《耕织图》中可见"海西法"影响的深刻痕迹，而他完成该图的时间在康熙三十五年，也就是1696年。那时候，后世最著名的清宫洋画家如郎世宁、王致诚、艾启蒙等尚未来到中国，遑论影响焦秉贞辈。

故而，有学者指出，焦秉贞的"海西法"应该来自当时在钦天监担任监副的

---

① 张庚.国朝画征录［M］//于安澜.画史丛书：第3册.上海：上海人民美术出版社，1963：31-32.
② 胡敬.国朝院画录［M］//于安澜.画史丛书：第5册.上海：上海人民美术出版社，1963：1.

比利时传教士南怀仁（Ferdinand Verbiest，1623—1688）[1]。南怀仁并不是专业画家，他只是为当时的康熙皇帝绘制过工程图和为康熙十三年（1674年）刊刻的《新制灵台仪像志》绘制了大量插图，包括西方的工具和仪器，以及所谓的"世界七大奇迹"（如罗马斗兽场和亚历山大灯塔）的图像[2]。从法国国家图书馆收藏的早期工程图的木刻版画来看，南怀仁的绘画能力并不算太高，空间表现方面焦点透视法运用得不够彻底，有时还有使用轴测法的痕迹。但在《新制灵台仪像志》的某些图像中，确实可以发现与焦秉贞处理空间十分相像的方式。如一幅《滑轮助天球上天台图》（见图5），南怀仁在前景画了一个滑轮装置正在帮助把一个巨大的天文仪器（"天球"）运上观象台（"天台"），而在远景，我们看到南怀仁有意运用了透视法近大远小的法则，把河对岸一个正在拉车的驴子画得很小，造成了明显的空间纵深感。这种表现方式与焦秉贞《耕织图》中的"灌溉"一景（见图6）如出一辙。如果我们把焦秉贞的"灌溉"与楼璹原图中的同一场景作一比较的话，即可看出焦氏处理法的革命性进步。楼璹图（见图7）中，被重叠在一起的水车与桔槔，在焦秉贞图中，被处理成类似于南怀仁《木板滑轮助天球上天台图》中的天球与驴车的关系，即他把农民用桔槔打水设置在近景，而把水车设置在河对岸的远景，空间表达堪称绝妙，甚至远远超出了南怀仁的原图——在没有新的证据证实焦秉贞之"海西法"另有来源的情况下，只能将上述情形视作学生胜过老师的一个例证。

学界近年来还倾向于将康熙时期一幅著名的油画归诸焦

图5　南怀仁《灵台仪器志》场景《木板滑轮助天球上天台图》

① 刘璐.从南怀仁到马国贤：康熙宫廷西洋版画之演变［J］.故宫学刊，2013：247.
② 刘璐.从南怀仁到马国贤：康熙宫廷西洋版画之演变［J］.故宫学刊，2013：244-247.

图6　焦秉贞《耕织图》场景《灌溉》，图7　楼璹《耕织图》（元代程棨摹本）场景《灌溉》，
1696 年，盖蒂研究会　　　　　　　　弗利尔美术馆，华盛顿

秉贞名下①。现藏故宫博物院的《桐荫仕女图》（见图8）绘于一架八折屏风之上，绢本设色，被视为中国最早的油画作品之一。因为其背后有康熙帝手书临董其昌《洛禊赋》行书，并钤"日镜云伸""康熙宸翰""敕几清宴"三印，故屏风整体无疑应视为康熙时期的作品。画面呈现一派江南景象：一座临水的厅堂，左边栈桥连着另一座厅堂，右边一棵梧桐树；画面前景和中景伫立着七位美人；云雾缭绕中的远山和浩渺的湖面构成远景。根据笔者的视觉经验，整体景象非常类似于杭州十景"平湖秋月"的实景。事实上，"西湖十景"的称谓虽然始自宋代，但其现有定名和碑刻均在康熙第三次南巡（1699 年）时确立。据史料可知，康熙南巡时在杭州的行宫之一即"江南行宫"，其地望在孤山；而十景之一的"平湖秋月"，恰在孤山路口，立碑之前此地本有"望湖亭"，立碑之后"望湖亭"始易名"平湖秋月"②。雍正《西湖志》卷三"平湖秋月"载：

---

① 聂崇正.一幅早期的油画作品：康熙时仕女油画屏风［M］//宫廷艺术的光辉：清代宫廷绘画论丛.台北：东大图书股份有限公司，1996：249.周珂琪.康熙朝屏风油画《桐荫仕女图》绘制年代的初探［J］.书画艺术学刊，2012（13）：441-471.
② 洪泉，董璁.平湖秋月变迁图考［J］.中国园林，2012（8）：93.

图8　焦秉贞《桐荫仕女图》，18世纪初，故宫博物院

康熙三十八年，圣祖巡幸西湖，建亭其址，前为石台，三面临水，上悬御书"平湖秋月"匾额，旁构水轩，曲栏画槛，蝉联金碧。①

而据《西湖志》所附图（见图9）和建筑平面复原图（见图10）观察，除了没有"御书'平湖秋月'"牌匾之外（很可能牌匾悬挂在临水的一面），《桐荫仕女图》中的细节皆可与之一一对应，说明此图具有鲜明的实景写生性质。当然，聂崇正尤其是周珲琪的研究，通过给出在仕女服饰和人物姿态方面的图像证据，说明此图与焦秉贞《历朝贤后故事图册》的渊源②。尽管焦秉贞是否曾追随康熙参加南巡邃难断定，但上述分析至少可以帮助我们确定，此画年代一定在1699年即康熙第三次南巡之后，发生在本次驻杭或者以后三次南巡（1703年、1705年、

---

① 转引自洪泉，董璁.平湖秋月变迁图考［J］.中国园林，2012（8）：98.文章还说："书中'平湖秋月'版画近距离地记录了当时景点情况。图中远处有楼阁隐现，近处明确描绘的建筑有3座。主体建筑'御书亭'为单层三开间歇山造，四面开敞，次间设有坐凳栏杆。亭下为入水平台，四周围以栏杆。其右侧有一座三开间临水建筑，应为'水轩'。该建筑四面开敞，临水一侧为半墙，下为毛石台基。再往右还有一座两开间硬山建筑，间不等宽，较宽一面水侧有美人靠，山墙上开圆形窗。"

② 聂崇正.一幅早期的油画作品：康熙时仕女油画屏风［M］//宫廷艺术的光辉：清代宫廷绘画论丛.台北：东大图书股份有限公司，1996：249.周珲琪.康熙朝屏风油画《桐荫仕女图》绘制年代的初探［J］.书画艺术学刊，2012（13）：441-471.

 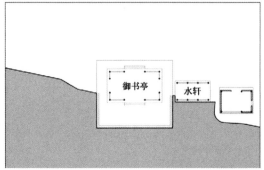

图9　乾隆十八年(1753年)《西湖志纂》　图10　《西湖志纂》"平湖秋月"建筑平面复原图
"平湖秋月"

1707年）的任何一次期间。

　　此外,《桐荫仕女图》在清宫绘画中第一次尝试了正面焦点透视法，其灭点在绘画中轴线的最上方，而不是像运用成角透视法的《耕织图》那样位于画面外侧面，也说明该画应绘于《耕织图》（1696年）之后。但是，这种焦点透视法并不纯粹。如果按照正常的焦点透视法，其灭点应该在远山构成的水平线上[1]，但此画将其放置在屋顶中央最上方，似乎是出于某种人工的目的（考虑到屏风背面的是康熙临董其昌的书法《洛禊赋》，这种灭点很可能是为了表示"圣上"的存在；此外，左右两侧建筑和树枝的对称格局，以及它们与中央建筑的正面性所构成的关系，也可能表示相似的意蕴）。

　　另一个年代限定的条件是油画技法。鉴于清宫第一位西洋专业画家乔万尼·盖拉尔迪尼（Giovanni Gherardini，1655—1729）进宫的时间是1700—1704年，以及他确曾于清宫内教授学生绘制油画，且其学生在其回国之后仍在从事油画创作的事实[2]，焦秉贞的油画学习和尝试，至少也应该发生在这段时间或随后的数年之内。这就意味着后三次南巡的时间更可能是绘画发生的时间，而这一判断，与周珊琪根据屏风背后康熙书法风格而判断的时间（康熙四十年至五十年，

---

[1] 据中央美术学院油画系马佳伟老师提示，在此谨致谢忱。
[2] 参见刘辉.康熙朝洋画家：杰凡尼·热拉蒂尼：兼论康熙对西洋绘画之态度［J］.故宫博物院院刊，2013（2）：35.杰凡尼·热拉蒂尼，笔者译为乔万尼·盖拉尔迪尼。

1701—1711年）基本符合。当然，如果无法解决焦秉贞曾经随驾南巡的问题，也可以考虑其根据某个曾经去过实地的西洋画家留下的素描或速写而重新绘制的可能性，因为这样的画家确实存在。当康熙第三次南巡（1699年）驻跸镇江金山时，曾经接见过以白晋（Gioachim Bouvet）为首的法国耶稣会传教士一行十人，其中包括一位画家卫嘉禄（Charles de Belleville）；随后不久，康熙在杭州行宫再一次接待了白晋等人，还让他们登上画舫，游览西湖。白晋等人正是中西文化交流史上鼎鼎大名的"国王的数学家"（les mathématiciens du Roy）。他们蒙法国国王路易十四派遣，乘坐著名的商船"安菲特利特号"（Amphitrite），经万里长途不久前刚刚到达广州，而今正在晋京路上。

除了卫嘉禄以外，同行中还有 位画家，那就是第二年进宫并成功教画授徒的乔万尼·盖拉尔迪尼，而焦秉贞很可能是他的学生之一。当然，也存在着油画为焦秉贞的学生冷枚所作的可能性。因为冷枚既然从焦氏学画，自然习得焦氏画法的真谛；而他曾画过《康熙南巡图》，符合到过杭州现场的条件；从冷枚遗世作品如《春归倦读图》来看，冷枚较之焦秉贞在明暗画法上更为娴熟和擅长，如他曾经学过油画的话，是完全有条件画出《桐荫仕女图》的。

盖拉尔迪尼虽然是一个意大利人，但他是乘坐法国人之船、被法国人带到中国的。从此，世界史上崭新的一页开始了，一个以启蒙运动、罗可可和中国风为标志的时代，一个本质上是跨文化的时代开始了。

二、"帝国易位"：从葡萄牙、荷兰到法兰西

为了更好地开展我们的研究，有必要回顾一下中欧关系史上几个重要的年代。

首先是1453年。这一年发生了一个历史事件：奥斯曼帝国占领了拜占庭帝国首都君士坦丁堡，导致传统上沟通欧亚大陆两端的陆上丝绸之路被迫中断；同时，也开始了欧洲国家重新寻找海上道路以恢复东西方贸易、重构丝绸之路的努力。其具体形式表现为：如何从海上寻找到通往东方和中国的新航道？

　　葡萄牙与西班牙同属伊比利亚半岛国家。与西班牙相比，葡萄牙因为在地理上与地中海经济中心隔绝而偏居一隅，是一个纯粹的大西洋国家，当时十分贫穷。但它又位于欧洲面向非洲的最前哨。中世纪时，伊比利亚半岛被阿拉伯人占领；到了中世纪晚期，葡萄牙在"收复失地运动"（Reconquista）中最早获得了独立，非洲成为葡萄牙谋求发展的目标和方向。15世纪时，当时的"航海王子亨利"（Henry the Navigator），发起了一次又一次向西非的探险；到1459年，探险正好达到了西非的几内亚湾。同一年，葡萄牙国王阿方索五世获得了一张圆形世界地图，地图由意大利威尼斯制图家弗拉·毛罗所画，这张地图的左半边是富庶的、梦幻一般的中国与东方，右半边是欧洲诸国。但自1453年奥斯曼帝国占领了君士坦丁堡之后，从欧洲经陆路通到中国的道路被中断了，地图中的东西两半变得不能通行。弗拉·毛罗在地图上用图形语言向阿方索五世指出了另一条道路，指出葡萄牙的历史使命，即在于探索非洲西南大西洋上从未有人涉足的道路，到达非洲南端，从而与西印度洋上到处游弋着中国式海船的中国人的世界融为一体^①。

　　1488年，葡萄牙日后正是沿着弗拉·毛罗指引的道路前进。30年之后，迪亚士率船第一次越过非洲南端的好望角，把葡萄牙人的势力扩展到了印度洋；1498年，达伽马率船队横穿印度洋，到达了印度西岸的卡利卡特；再过十几年，葡萄牙于1511年占领了控制东西方贸易的黄金水道国家马六甲；1517年出现在中国海域；1557年，葡萄牙人获得了在澳门的居住权——这一过程以上述不断加速的时间表来标识。而从弗拉·毛罗为葡萄牙国王指出葡萄牙的使命，到葡萄牙最终定居澳门，只用了不到一个世纪。从此之后，小小的葡萄牙登上了世界历史的舞台，变成一个世界性帝国。而根据1494年的《托尔德西比亚斯条约》，它甚至与西班牙一起瓜分了整个世界。西班牙同样从15世纪末开始崛起，其原因正如哥伦布西航的初始动机一样，是渴望寻找到一条到达中国和日本的海路，最后阴差阳错地发现了美洲。葡萄牙由此还获得了在东方的保教权（Padroado），

---

① 参见李军.图形作为知识：十幅世界地图的跨文化旅行［M］//湖南省博物馆.在最遥远的地方寻找故乡：13—16世纪中国与意大利的跨文化交流.长沙：湖南省博物馆，2018：270-274.

规定在东方传播和保护基督教是葡萄牙的责任；而任何国家的传教使团，都必须按规定先到里斯本，换取葡萄牙护照并乘坐葡萄牙船只才能到达中国澳门。从此，澳门和里斯本，连通着中国与欧洲，变成了一个无形管道的两个出口，输送着欧亚文明交流的重要成果。

1582年，早期耶稣会士罗明坚、利玛窦等人，正是乘坐葡萄牙商船，顺着这个管道，被从欧洲输送到澳门；利玛窦最终于1602年进入北京，向万历皇帝献上了他所画的最新世界地图——《坤舆万国全图》。这张地图呈现出一个全球化的"世界剧场"（*Theatrum Orbis Terrarium*，拉丁文"世界地图"之意），其中线在靠近中国的地方，形成中央与两翼，或以亚洲为中心、以欧洲和非洲以及南北美洲为两翼的一个鼎足为三的格局。这一格局反映了16世纪世界体系中的真实关系，即一个正在崛起中的西方挟带着地理大发现之力，并始加入早已存在了数百年的欧亚世界体系[①]。

1603年，仅仅再过一年，局势又一次遽变。一艘叫"圣卡特琳娜号"（Sta. Catarina）的葡萄牙商船，满载的丝绸、漆器和黄金，以及十万件瓷器，在从中国出发去印度的途中，在马六甲海峡被两艘荷兰商船劫持了。荷兰人把圣卡特琳娜号劫持到了阿姆斯特丹，把货物卸下进行拍卖，获得了巨大的利润。这一战在世界史意义上，标志着海洋强国荷兰的崛起，以及世界海洋霸权开始从一个南大西洋国家向一个北大西洋国家、从南欧到北欧的转移——用一位荷兰诗人的话说，即意味着"帝国易位"（*So Empires changed*）[②]。而从文化史意义上讲，随着大量中国艺术和工艺品进入阿姆斯特丹，又随着商业民族荷兰的足迹扩展到全欧，1603年的这一时刻意味着欧洲"中国风"热潮的开端。从此，17世纪成为荷兰的黄金时代，北欧国家纷纷登上世界舞台。

1699年，与荷兰同葡萄牙争夺海洋霸权相似，17世纪，欧洲另外几个列强

---

① 参见李军.图形作为知识：十幅世界地图的跨文化旅行［M］//湖南省博物馆.在最遥远的地方寻找故乡：13—16世纪中国与意大利的跨文化交流.长沙：湖南省博物馆，2018：282.
② 1639年荷兰剧作家冯德尔（Joost van Vondel）的诗句. R FINLAY. The pilgrim art: cultures of porcelain in world history［M］. Berkeley and Los Angeles, California: University of California Press, 2010: 258.

也开始同葡萄牙争夺政治、经济和文化霸权。除了各国相继成立了自己的东印度公司之外，路易十四统治下的法国还开始挑战葡萄牙的保教权。1685 年，他派出白晋、张诚和李明等六名耶稣会神父代表国王本人，从法国港口布列斯特出航，绕过葡萄牙直接到达亚洲，于 1687 年到达宁波，并于翌年到达北京。1693 年白晋在成为康熙的特使后返回法国，1698 年以白晋为代表的第二批法国耶稣会士一行九人，乘坐"安菲特利特号"从拉罗舍尔出发，并于 1699 年到达广州[①]。正如"国王的数学家们"的雅号所示，来华的法国耶稣会士个个身怀绝技，经常身兼学者、科学家、画家和艺术家。他们在世纪之交的到来时开启了一个新的时代，即整个中欧关系进入以中法关系为主导，以文化、艺术和科学交流为主体的时代。这个时代正是法国于欧洲崛起的时代，也就是路易十四的时代。

但是，这个时代的意义不仅仅是法国与西方在中国的出现，更是中国和中国文化在法国和欧洲的出场和登台。"安菲特利特号"不仅带来了"国王的数学家"和欧洲的画家，而且带走了中国的艺术与文化。

三、挪用与改造：布歇与《耕织图》

1771 年 2 月 18 日，巴黎卢浮宫的一个豪华套间内正在进行一次特殊的拍卖会。拍卖的对象来自"国王的首席画师"弗朗索瓦·布歇的收藏品，而拍卖场所正是布歇生前在卢浮宫的居所。根据对拍卖图录的统计可知，在所有的拍（藏）品中，有 320 个单项总共 701 件拍品是来自亚洲的物品，其中中国拍品包括 71 幅绘画（含版画）、93 件漆器、39 件人像雕塑、20 件铜器、16 件银器，更多的则是瓷器，约占总数的五分之二[②]。这些物品体现了收藏家极高的鉴赏品位，其选择

---

① P PELLIOT, LE Premier Voyage de "L'Amphitrite" en Chine. L'Origine des relations de la France avec la Chine, 1698-1700［M］. Paris: Paul Geuthner, 1930.

② Y RIMAUD. Les couleurs célestes de la terre. La collection d'objets orientaux de François Boucher［M］. Besançon: Musée des Beaux-Arts et Archéologie de Besançon, Fine éditions d'art, 2019: 63-66.

藏品的标准，用古董商雷米（Pierre Remy）的话说，即"在所有的类型中，他只选择那些因其造型或色彩而取悦于他的物品"①。当然，除了满足收藏家的快乐之外，作为艺术家的布歇，其收藏在他的艺术生涯中扮演了十分重要的角色。近年来的研究中，这种角色越来越引起学者的关注；尤其是来自中国的藏品，它们成为布歇创作灵感和母题的重要来源②。

我们现在看到的两幅图，左边的是出版商兼版画家于基埃（Gabriel Huquier）根据布歇的素描刻制的版画《妇人与孩子和仆人》（见图11），右边那张是焦秉贞《耕织图》中的《二眠》（见图12），可以明显看出二者之间的承袭关系。布歇直接挪用了后者的建筑框架，但把它处理成一个四面镂空的凉亭，甚至还把后者卷起的竹帘改造成一张随风飘逸的布帘；人物组合关系更是照搬后者，只是把他们换到了室外。焦秉贞原图中处理的是一个劳作场景：女主人在照料桑蚕之余坐下休息，趁机欲安抚一下吵闹的孩子，或者是给他哺乳。但在布歇那里，可能是因为他不了解故事的背景，或者出于误读，人物被处理成一个典型的风俗场景。母亲和身后的女仆都变年轻了；她们手上端着的是花盘，而原图中女仆手上的本是养蚕的竹篓；左边的女仆被换成一个男人，吵闹的孩子也变成手持乐器的姿态，整个画面充溢着罗可可式的轻松放逸。

第二组图像同样如此，图13直接从图14中化出。原图中的孩子踮起脚跟站在凳子上，欲跟趴在墙头的两个孩子玩耍；布歇的构图中，也有一个男孩子站在椅子上，但他伸出双手的目的并不是要跟人玩耍，而是接过上面的舞台一个男人（杂要艺人？）递出的鸟笼。

---

① P REMY. Avant-Propos［M］ // Catalogue raisonné des tableaux, desseins, estampes, bronzes, terres cuites, laques, porcelaines de différents sortes (...) qui composent le cabinet de feu M. Boucher, Premier peintre du Roi. Paris: Musier père, 1771.

② Perrin Stein. Boucher's chinoiseries: Some New Sources［J］. The Burlington Magazine, 1996, Vol. 138, No. 1122: 598−604; Perrin Stein. Les chinoiseries de Boucher et leurs sources: l'art de l'appropriation［C］ // Pagodes et dragons: Exotisme et fantaisie dans l'Europe rococo 1720−1770. Paris: Musée Cernuschi, Paris musées, 2007: 86−97; Perrin Stein. François Boucher, la gravure et l'entreprose de chinoiseris［C］ // Une des provinces du rococo: la Chine rêvée de François Boucher. Besançon: Musée des Beaux-Arts et Archéologie de Besançon, Fine éditions d'art, 2019: 222−237.

图 11　布歇绘、于基埃刻《妇人与孩子和仆人》，　图 12　焦秉贞绘、朱圭刻《耕织图》场景《二
　　　　大都会博物馆，纽约　　　　　　　　　　　　　　眠》，盖蒂研究会

图 13　布歇绘、于基埃刻《儿童接雀笼》，1740　图 14　焦秉贞绘、朱圭刻《耕织图》场景《练
　　　　年左右，大都会博物馆，纽约　　　　　　　　　　丝》，盖蒂研究会

我们现在看第三组图像。焦秉贞原图中的场景，描绘一个挂杖的祖母弯下腰，正用棒棒糖安抚一个哭闹的孩子；旁边是一个年轻的女仆，她一手端茶盘，一手拽着孩子的手，正回首看着发生的场景（见图15）。布歇再一次把劳动场景中发生的一个插曲改造成一个风俗场面，背景也从庭院移到了野外（见图16）。侍女基本保持原样，甚至连手上的茶盘也一样；但原图中的老祖母变成了一位年轻的女性，她在身后扶着男孩，好像是在帮后者学步；但她弯腰的姿态显得十分不自然，背上好像驮着什么东西，或者她原本就是个驼背！但实际上，她的身姿是从原图中直接搬移过来的——布歇为了原封不动地挪移前者的构图，只好将原图中那位佝偻着身子的老太太处理成一个驼背的年轻女人。

以上观察均由美国大都会博物馆的佩琳·斯坦因（Perrin Stein）作出。以往的学者在讨论布歇"中国风"作品（版画和挂毯设计）的图像志来源时，更多地依据17—18世纪欧洲旅行家（如尼霍夫和蒙塔努斯）的插图版旅行记。但斯坦因不仅仅利用了东方旅行记中的图像，更直接利用了来自中国的原始图像和实

图15　焦秉贞绘、朱圭刻《耕织图》场景《攀花》，盖蒂研究会

图16　布歇绘、于基埃刻《两个牵孩子的妇女》，1740年左右，大都会博物馆，纽约

物，开辟了将图像证据与实物证据相互比对、融为一体的研究路径，其一系列开创性工作令人印象深刻①。需要指出，笔者的工作正是在斯泰因和其他学者研究的基础之上进行的。在具体推进我自己的讨论之前，有必要就斯坦因和其他学者的研究先做几点补充观察。

第一，斯坦因和其他学者的研究已经能够证明，相当一部分布歇的"中国风"作品均有图像志和实物（收藏）来源，例如此处的《耕织图》②；但我们不清楚，这种图像引证的范围究竟有多大？无疑，这一比对工作还需继续进行。

第二，布歇早年曾为华托等重要艺术家的作品大量复制版画，他自己作为大收藏家又广泛搜求绘画、版画、陶瓷、漆器等各类东西方艺术品，以作为图像资源，再加上他热衷于打破高雅艺术与工艺美术的边界，积极参与18世纪艺术世界中几乎所有门类的艺术实践活动（涉及架上绘画、壁画、挂毯、陶瓷、家具、玩具设计和商业广告、书籍装帧等），他的工作经历、收藏习惯和跨媒介的艺术创作，都使他的艺术生产超越了传统形态，成为早期现代机械化复制生产和全球性跨文化艺术生产的先行者。他对于东方母题和图式的挪用和改造，则是这一艺术生产中不可或缺的组成部分。

第三，具体而言，布歇对于东方母题和图式的挪用首先采用"去语境化"的方式，而这一方式与他的收藏趣味或选择藏品的方式高度吻合，即致力于"选择那些因其造型或色彩而取悦于他的"部分或细节。前面三个事例已经能够证明，布歇在挪用他所喜欢的构图时，毫不顾忌原图的用意和图形之间的整体结构关系。第一组图像中，劳动的苦辛被置换为生活的欢愉；第二组图像，生动的场景被代之以矫饰的戏剧；最极端的是第三组图像，里面年轻女子的驼背像说明，某种程度上，布歇心目中构图的完整性，要优先于人物的合理性。

---

① P STEIN. Boucher's chinoiseries: some new sources［J］. The Burlington Magazine, 1996, 138(1122): 598-604.

② P STEIN. Boucher's chinoiseries: some new sources［J］. The Burlington Magazine, 1996, 138(1122): 601. Yohan Rimaud. Les couleurs célestes de la terre. La collection d'objets orientaux de François Boucher ［M］// Une des provinces du rococo: la Chine rêvée de François Boucher. Besançon: Musée des Beaux-Arts et Archéologie de Besançon, Fine éditions d'art, 2019: 68.

第四，但不要忘记，布歇的艺术生产的另一面则是挪用之后的改造。如果说布歇在挪用之际优先考虑的是形式的要素，那么在挪用之后，他所考虑的是"再语境化"，即重新赋予整体画面以某种整体的氛围和意境。这种氛围和意境虽然并非被挪用原图所有，但也不是与之毫无关系，而是被挪用的形式和精神在挪用者所在文化语境中的一种重生。在以上三个案例中，我们看到的还是尚显生硬的挪用和重生，随着人物和场景被从室内故意移至室外，东方也被挪置到了西方。其结果是自然变成了园林，西方带上了东方况味——东方与西方开始交织。

四、"弯环磬折"的美人：从布歇、焦秉贞到冷枚

现在开始处理提出的问题。在上述第二组图像（见图15、图16）中，有一处斯坦因没有关注的细节：布歇不仅亦步亦趋地模仿了焦图中老太太的"驼背"，也惟妙惟肖地模仿了年轻女仆婀娜多曲的姿态：这条曲线从女仆的侧脸开始，经过身体、大腿和小腿的转折，形成一条一波四折的S形曲线。令人惊异的是，布歇一方面在自己的图像中挪用了这条装饰性的东方优雅曲线，却为人物添加了十分具体的西式明暗光影，正如他在另一方面放弃了焦图中本来学自西方的焦点透视，反而为自己的空间增添了许多装饰性曲线和想象性的意趣（尤其在描绘植物和建筑上）。这种矛盾也可见于同一系列版画的另一件作品《中国夫妻》（见图17）中。这里，出现在一对中国夫妻身上的明暗光影更加强烈，但斜倚在椅背上的女士的S形身姿也更形明显和戏剧性，他们的身后热带植物和

图17　布歇绘、于基埃刻《中国夫妻》，1740年左右，大都会博物馆，纽约

柳树的装饰性也显得更加平面化和具有东方神韵，使我们不禁去猜测它们背后具体的东方来源。

　　事实上，在《耕织图》成形的康熙朝，这种 S 形曲线的女性身姿并不罕见，可谓当时宫廷绘画中一个常见的图式。《耕织图》中有，焦秉贞其他的作品（如《历朝贤后故事图》《仕女图》）中也有，其他如冷枚、陈枚等焦秉贞传派画家有，许多无名款画家的作品也很多见。

　　下面两件作品即出自无名款的《雍正耕织图》（见图 18、图 19）。该画画于康熙朝后期，是当时尚为恭亲王的胤禛为讨好康熙而命院画家仿焦秉贞《耕织图》所作，场景全同于焦图，但细节有所变化。最大的特点是《雍正耕织图》中使用了类似于今天流行的"角色扮演"（cosplay）的方式，把胤禛自己和他的福晋的形象嵌入图中，分别扮演图中的老农和农妇。其中身着蓝衣蓝裙的胤禛和胤禛福晋的形象，正好以正反的 S 形呈现出一对镜像，显示出这对人物在图像中的特殊性。胤禛的例子还说明，这种 S 形身姿的形象也不限于女性，有时也可以

图18　《雍正御制耕织图》场景：淤荫，18世　图19　《雍正御制耕织图》场景：耙耨，18世
　　　纪初　　　　　　　　　　　　　　　　　　纪初

用在男性身上，但显然应该具有不同寻常的含义。例如，图中老农（胤禛）类似于女性的婀娜身姿，显然是赞助人刻意逢迎讨好其"皇父"心态的反映。

迄今为止最充分地展示了上述S形身姿的宫廷画家作品，当推现藏于天津艺术博物馆的冷枚巨幅人像《春闺倦读图》（见图20）。该画为绢本设色立轴，画芯高175厘米、宽104厘米，超过了一般人的身高。画幅表现一左手持书、右手托腮，斜倚方桌并若有所思的女性，其身姿从头到脚十分夸张地形成了一个正S形。如果加上她头上黑发和跪曲在绣凳上的右腿的转折，这个S形足足回环往复转折了五次[①]。作者的署款"甲辰冬日画，冷枚"题于女子背后的一幅山水画

图20　冷枚《春闺倦读图》，175 cm × 104 cm，绢本，1724年，天津艺术博物馆

中，而与冷枚相关的"甲辰"年当是清雍正二年（1724年）。冷枚为康乾两朝的宫廷画师，只有雍正年不在宫中，这幅画应属冷枚在宫外鬻画谋生时期的作品，这帮助解释了此画超越了宫廷绘画之雍容华贵而具有异乎寻常的商业趣味的原因。

冷枚，约生活于17世纪后期至18世纪前期，字吉臣，号金门画史，山东胶州人。曾经跟随康熙时宫廷画家焦秉贞学画，约于康熙中期进入宫廷供职，后屡进屡出，直至乾隆七年（1742年）[②]。擅长画人物、仕女及山水，面风工整、细致，色彩较浓丽，具有装饰性，画风糅合中西技法。作品有《十宫词图》《养正图》。据《胶州志》记载，"秉贞奉敕绘《耕织图》，枚复助之"[③]。也就是说，焦秉贞的《耕织图》中可能也有冷枚的一份功劳。新发现的史料王沛恂《匡山集》中记载

---

① 我的同事、中央美术学院的邵彦教授在一次研讨会上称之为"Z"字形。
② 王幼敏.清代宫廷画家冷枚生平事迹新考［J］.故宫学刊，2017（1）：109—122.
③ 王怀义.清代宫廷画家冷枚生平补正［J］.故宫博物院院刊，2017（5）：51.

图21　冷枚《十二美人图》之一：消夏赏蝶，182 cm×98 cm，1709—1722年，故宫博物院

他"鬻（画）以自给"，并称他"写人面皆丰起，有骨有肉而精神现"①，说明较之于乃师焦秉贞，冷枚身上的"海西法"影响更充分——既谙熟透视法更擅长明暗和体积塑造，正如在《春闺倦读图》中呈现的那样。

冷枚此作的发现有助于人们去解决同时期画史上一件悬而不决的疑案，即著名的《雍正十二美人图》（或《胤禛围屏美人图》）的作者归属问题②。《雍正十二美人图》绢本十二幅，每幅尺寸均纵182厘米、横98厘米，无作者款印。每图均绘一古装美人，十二美人姿势不同，眉眼相似，服饰华贵，家居摆设十分精丽。其实任何人只需把《春闺倦读图》与《雍正十二美人图》放在一起对读，尤其是其中的《消夏赏蝶》（见图21），即可发现二者之间，无论材质、尺幅、构图、人物的眉眼、身姿、器物和摆设，相似之处比比皆是。尤其是两位美人，虽然一位穿旗服，一位着古（汉）装，但她们共同的弯折多姿的S形曲线，恰如一对镜像，犹如从同一个人物身上正反幻成。12张美人图从圆明园深柳读书堂围屏上拆下，其绘制时间因为有画中胤禛"破尘居士题"款和"圆明居士"印，可知应创作于胤禛受赐圆明园到他当上皇帝，即清康熙四十八年（1709年）至康熙六十一年（1722年）；但其画中人的身份和作者，则存在较大争议而殊遽难下。现在看来，既然作于雍正二年（1724年）的《春闺倦读图》与《十二美人图》在年代和风格上都一脉相

① 王怀义.清代宫廷画家冷枚生平补正［J］.故宫博物院院刊，2017（5）：52.
② 学者于悦最早提出《春闺倦读图》与《雍亲王题书堂深居图屏》（即《雍正十二美人图》）之间在"尺幅内容、构图、题款方式"方面的一致性，但没有作进一步的论定。参见于悦.细编欲展又凝思：冷枚《春闺倦读图》与清初仕女画样式［J］.收藏家，2014（10）：32-35.

承，那么认为两者均出自冷枚的观点应该是可信的[1]。

既然《国朝画征录》记载了冷枚在宫廷曾跟随钦天监五官正焦秉贞学习人物画和西洋画法，那么，他的女性人物画风也得自焦秉贞，自然成理。但最近王怀义提出新的看法，认为其实冷枚除了以焦秉贞为师，还曾追随江苏太仓画家顾见龙学艺[2]。根据宣统年间编纂的《太仓州镇洋县志》记载："顾见龙，字云臣，善画人物，宗仇英，工写照，丰神态度无不毕肖，世祖召入画院，呼为顾云臣。"他自号"金门画史顾见龙""金门画史云臣""云臣"或"金门画史"。据朱万章的研究，他曾在宫中任职达20年[3]。故王怀义认为，冷枚不仅与顾见龙有交集，而且还在后者离职或过世之后，继承了后者"金门画史"的别号[4]。如果此说属实，那么冷枚的仕女画新风就有可能另有来源[5]。

事实上，同时代的文献强有力地支持仕女画新风来源并不单一的观点。张庚在《国朝画征录》中即观察发现：

> 古人画仕女，立体或坐或行，或立或卧，皆质朴而神韵自然妩媚；今之画者务求新艳，妄极弯环罄折之态，何异梨园弟子登场演剧与倡女媚人也，直令人见之欲呕。[6]

《国朝画征录》的成书于1722—1735年，即康熙末年到雍正末年，故他所观察到的现象至少应该反映清初已经蔚然成风的态势。所谓的"古人"当指清初之

---

① 邵彦在一次研讨会上如此论断。
② 王怀义.清代宫廷画家冷枚生平补正［J］.故宫博物院院刊，2017（5）：54.
③ 朱万章.十七世纪宫廷画家顾见龙研究［C］//澳门艺术博物馆．像应神全：明清人物肖像画学术研讨会论文集.北京：故宫出版社，2015：206.
④ 王怀义.清代宫廷画家冷枚生平补正［J］.故宫博物院院刊，2017（5）：54.
⑤ 顾见龙是江苏太仓人。据朱万章，他的老师曾鲸可能跟曾鲸属于同族，故与波臣派有关。朱万章.十七世纪宫廷画家顾见龙研究［C］//澳门艺术博物馆．像应神全：明清人物肖像画学术研讨会论文集.北京：故宫出版社，2015：208.另，太仓就在苏州附近，故顾见龙也可能跟苏州艺坛有渊源。聂崇正即把包括顾见龙在内的一大批苏州周边画家均称为苏州画家。参见聂崇正.清代宫廷中的苏州画家［J］.紫禁城，2016（8）：100-107.
⑥ 张庚.国朝画征录［M］//于安澜.画史丛书：第3册.上海：上海人民美术出版社，1963：64.

前（明或明以前），这时的"仕女"行住坐卧"皆质朴而神韵自然妩媚"，与张庚所谓的"今人"之"务求新艳，妄极弯环罄折之态"，何啻天壤之别！李晓愚把明清闺思题材绘画的风格之变概括为从"高楼思妇"经"园中佳丽"再到"深闺美人"的转变[1]，正好用来说明美人画姿态的这一"明清之变"——张庚所谓的"新艳"。这里的"高楼思妇"和"园中佳丽"相当于张庚的"古人"（"皆质朴而神韵自然妩媚"），"深闺美人"相当于张庚的"今人"（"务求新艳，妄极弯环罄折之态"）。但李晓愚"深闺美人"的表述稍欠停当，因为这里的"深闺美人"其实并非传统意义上的"深闺美人"，而是要从张庚的表述上来理解，即"何异梨园弟子登场演剧与倡女媚人也"——二者的差别其实既不是"古今"之别，也不是女性之变，而是集中在仕女画之上的艺术观念之变和艺术功能之变。

　　一旦注意到冷枚两幅画的女主角都把目光含情脉脉地投向画面外的观众，就会明白张庚的话绝不是无的放矢。恰如梨园中的戏子和青楼中的娼妓，画中的美人之所以作出 S 形的媚态，不正是因为意识到了画外观众的存在，不正是因为这种意识而使自己的身姿变得更加"弯环罄折"了吗？李晓愚解释了个中的原因：

　　　　清代早期闺思画的制作者都是职业画家，禹之鼎、顾见龙、冷枚都曾供职于宫廷画院，顾见龙和冷枚还在宫外拥有画室。这意味着他们大部分的闺思画是为了迎合雇主（君主）或市场的趣味而绘制的。这些画的功能类似于今天的美女招贴海报，可以装饰室内，给男性观看者带来视觉享受。它们具有与明代诗意风格的闺思画不同的特质：画作的材质是绢布而非纸张，画面上没有显著的诗词题跋；画作的尺寸很大，画中的佳丽与真实的美女几乎同等身量；画家采用的是"泯除性"（erasive），而非"展演性"（performative）的笔法。[2]

---

[1] 李晓愚.从"高楼思妇"到"深闺美人"：论明清闺思题材绘画的图式与风格转变 [J].文艺争鸣，2019（6）：191-198.

[2] 李晓愚.从"高楼思妇"到"深闺美人"：论明清闺思题材绘画的图式与风格转变 [J].文艺争鸣，2019（6）：196.

　　李晓愚正确地指出了这位画外的观众即"雇主（君主）或市场的趣味"，但需要补充两点。

　　第一，作为"职业画家"的冷枚们，并不仅仅是迎合或满足这种趣味，而首先是用他们的职业技能参与和引导了这种趣味。换句话说，这些画的功能并非如"今天的美女招贴海报"般，只是起装饰室内的作用，而本身就是类似于奢侈品的高级商品，体现在材质、工艺、工本以及画面人物形象塑造的几乎每一个方面、每一个细节。这就是冷枚们总是要让这些美人们穿上最豪华的锦缎、在室内摆上几件同时代最时尚、最昂贵的物品，甚至于把美人直接安置在陈列珍稀物品的多宝格中间（见图22、图23）的缘故。但这并非仅如乔迅（Jonathan Hay）所言，旨在让美人因此而成为"混合的装饰品"（a hybrid decorative object）[①]；而是

图22　冷枚《十二美人图》之二《博古幽思》，182 cm×98 cm，绢本，1709—1722年，故宫博物院

图23　冷枚《十二美人图》之三《持表观菊》，182 cm×98 cm，绢本，1709—1722年，故宫博物院

---

① J HAY. Sensuous surfaces: the decorative object in early modern China［M］. Honolulu: University of Hawaii Press, 2010: 381.

要通过画家炫技式的表演，主动地把观众的眼光引向美不胜收的画面本身，最终引向画家异乎寻常的绘画能力。

第二，也因为以上原因，有必要对李晓愚文中借用的一对布列逊术语——"泯除性"和"展演性"——有所评论。布列逊用前者指涉西方油画传统笔法的本质，即"泯除"和限制痕迹以突出物象；而用后一个术语指涉中国画的本质，即用书法性笔法来进行"展演性"呈示①。李晓愚指出了布列逊的偏颇，即中国画也有"泯除性"笔法，而例证即为以冷枚等为代表的清代早期仕女画。事实上正如我们所分析的那样，冷枚等的笔法与中国文人的书法性笔法一样，同样是一种"展演性"笔法，只不过它们是以"泯除性"面目出现的"展演性"笔法而已——用修辞学术语而言，前者是隐喻，二者是转喻。就此而言，从隐喻向转喻的演变，不失为一种理解明清之际仕女画转型的方法。

在张庚的描述中，"弯环罄折"一词极为准确地表述了面向"雇主和市场"的清初仕女画形象的形式特征。其实该词应分为"弯环"和"罄折"两部分。仕女形象的"弯环"或者小幅度的 S 形并非是清初才出现的现象，远至南北朝、隋唐时期的佛教雕塑，近至明代吴门画家的美人图中，都不乏此类身影的踪迹。但像清初仕女图中的"弯环"，张庚的用语上使用了"妄极"的最高级表述，其形式特征只能用"罄折"（极度的转折）来形容。也就是说，这种极度夸张的"Z"字形女体姿态，是清初才出现的形式特征，但它很快伴随着那个时代已经全球化的商品贸易网络，成为最行销的商品符号之一，传遍欧亚世界。

图 24 中的中国女人正是 Z 字形身姿在欧亚传播的证据之一。她那斜倚家具的姿态和她身下的绣凳揭示了它们与冷枚式仕女图（见图 20、图 21）的亲缘关系，但她的发型和腰间的拂尘似又暗示她与道教女神的联系。图 25《麻姑献寿》是欧洲木板基金会冯德宝先生（Christer von der Burg）收藏的姑苏版版画，撑船的麻姑的姿态恰好是前者的一个镜像反转，其高耸的发髻和向两边延伸的发簪，都可以在布歇所画的中国女人身上找到对应。更有意思的是，布歇同时期的

---

① N BRYSON. Vision and painting: the logic of the gaze［M］. New Haven: Yale University Press, 1983: 89-92.中译文引自柯律格.明代的图像与视觉性［M］.黄晓鹃，译.北京：北京大学出版社，2010：13.

图 24　布歇绘、于基埃刻《中国 图 25　《麻姑献寿》，姑 图 26　布歇绘、于基埃刻《两个牵孩
夫妻》铜版画局部《斜靠在 苏版画，18 世纪 子的妇女》铜版画，1742 年
椅背上的女人》，1742 年左 上半叶，冯德宝 左右，大都会博物馆，纽约
右，大都会博物馆，纽约 藏品

另一张版画（见图 26）中的中国女郎，除了其撑船的姿态、所撑的船与姑苏版相似，我们还可以找到更加确凿无疑的证据，如麻姑腰间的葫芦和船上的仙鹤，证明此女郎的原型即一张姑苏版《麻姑献寿图》——布歇所做的主要的改动，是将原图中船头的花篮，替换为一个他从别处（可能也是《耕织图》中）撷取的光头男孩而已。

　　此处的分析还有助于揭开 18 世纪罗可可艺术生产史一幅著名图像上的某个奇怪形象的生成奥秘。图 27 采自布歇为博韦挂毯厂绘制的十幅中国主题系列挂毯之一《中国渔夫》（1742 年），其被制成的一套挂毯曾经被路易十五当作外交礼物送给乾隆，后在圆明园遭英法联军焚毁，只剩下一幅被法军从北京带回法国[①]。其中这位"中国渔夫"双手高举着渔网，身体摆出了一副十分矫揉造作的姿态，我们现在知道，这位白胡子老者的动作其实并不奇怪，应该出自对同时代中国流行图式的一个异性兼易容的 cosplay 版。

① A ANANOFF, F BOUCHER. La bibliothèque des arts: tome 1 ［M］. Lausanne et Paris: La Bibliothèque des Arts, 1976: 338.

图27　布歇《中国渔夫》局部：身姿婀娜的中国渔　图28　王致诚《圆明园澄观
夫，布面油画小样，Musée des Beaux—Arts et　　阁东稍间西墙美人图》，
Archéologie de Besançon　　　　　　　　　　　　墨线稿，1759年，法国
　　　　　　　　　　　　　　　　　　　　　　　国家图书馆，巴黎

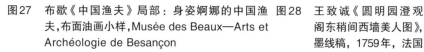

　　除了这些图像比对之外，迄今仍然能够在欧洲各地（如英国、法国、德国、奥地利、瑞典）看到这一时代这类图像的大量遗存[①]。下面列举的仅仅是在法国的两个案例。其一为法国国家图书馆收藏的两幅仕女画墨线稿，其作者是乾隆时期著名的法国耶稣会画家王致诚（Jean-Denis Attiret，1707—1783）。两幅墨线稿均是王致诚为圆明园长春园澄观阁东稍间所设计的美人图，其一是一位美人坐在绣凳上凭桌写字，她的身姿也是典型的"弯环磬折"（见图28）。不妨拿它与布歇笔下那位有着婀娜身姿的老渔夫对读，看看同一种图式的时尚穿越时间和空间在东西方跨文化旅行的程度。其二为位于法国诺曼底地区的菲利埃尔城堡

---

① 据英国国家名胜古迹信托2014年出版的《为英国国家名胜古迹信托所有的别墅中的中国壁纸》一书的统计，仅英国一地，现存拥有18—19世纪中国壁纸的别墅就达到149座之多，此书作者认为，实际数目当在此数倍以上。EMILE DE BRUIJN, ANDREW BUSH, HELEN CLIFFORD. Chinese wallpaper in national trust houses［M］. London: National Trust Enterprises, 2014: 10-11.另据徐文琴的研究，18世纪姑苏版画广泛地存在于英国、法国、奥地利、德国、瑞典等国。参见徐文琴.流传欧洲的姑苏版画考察［J］.年画研究，2016（秋）：10-28.

图29　四折屏风两扇,姑苏版画,墨版套色敷彩,108 cm×55.5 cm,屏风每折64.5 cm,约1750年,菲利埃尔城堡,法国（徐文琴拍摄）

（Château de Filières）的中国厅，其中有大量姑苏版版画遗存。例如两架四扇中国屏风上，有八幅《仕女童子四季图景》（见图29），每幅上都有S形身姿仕女赫然在目，画作的时代约在18世纪上半叶[①]。正如姑苏版版画和王致诚的宫廷设计图稿这两类物品所示，以欧洲诸国东印度公司为中介、以外销商品为中心而展开的东西方贸易网络，以及以安菲特利特号肇始的法中之间长达一个世纪的、以外交礼物和文化交流为中心的往返酬酢，便成为18世纪"弯环罄折"的美人图式在欧洲产生影响的两种典型的方式。

五、布歇的换装游戏：三张"风俗画"的故事

1741年，画家古斯塔夫·伦德伯格向法国皇家绘画与雕塑学院提交了一幅肖像画，以作为入选资格作品，画中的人物正是著名画家布歇（见图30）。古斯塔夫·伦德伯格按照欧洲当时的行规，把画家塑造成一位不食人间烟火的高等级贵族；画上的布歇戴着假发，身穿带蕾丝的衣袍，骄傲地看着画外的观众，没

① 徐文琴.流传欧洲的姑苏版画考察［J］.年画研究，2016（秋）：17.

图30　古斯塔夫·伦德伯格，《布歇肖像》，蓝纸色粉，1741年，卢浮宫博物馆，巴黎

有透露一丝手工劳动的痕迹。画家只用了一个细节来暗示这位后来成为"国王的第一画师"（le premier peintre du Roy）、被誉为"最有才能的艺术家"的画家的职业特征：让布歇摆在胸口的左手，用两个手指轻轻触摸领口处的一朵蕾丝花。正如艺术史学家艾娃·拉耶尔-布尔查特（Ewa Lajer-Burcharth）在一项最新的研究中所指出的，同时代人认为"真正的触觉器官"是人手指的内表面，而此画中的细节正是强调了画家的这种超乎寻常的能力：他的"触感"（tact）①。

令人遗憾的是，尽管拉耶尔-布尔查特的研究饶有兴味，但她在整个研究中几乎不曾提及布歇的"中国风"艺术作品②，遑论关注这种艺术实践和他的相关中国艺术收藏，在布歇的艺术感性（他的"触感"）之形成过程中所产生的实质性影响。这种影响在装饰艺术领域的讨论，我们已经在前文处理过了。现在，我们要将视野转向他其他领域的创作，尤其是他的风俗画和历史画，讨论他对于中国艺术的"接触"与"敏感"，如何以一种草蛇灰线的隐形存在，参与塑造了他成熟期代表性作品的面貌，并帮助他摘取了18世纪罗可可艺术的桂冠。

首先映入眼帘的是同一时期另一版本的版画作品《中国象棋》（见图31）。一位面目姣好的中国女子手背托腮坐在靠椅上，陷入了沉思，她的膝盖上摆着一副"中国象棋"（其实是国际象棋）；右侧是一个光头的中国男孩正在观棋；男孩背后的柜子上，摆放着一只巨大的中国瓷罐；瓷罐顶上坐着一个敞胸露怀的胖和尚——一个瓷质弥勒佛——向下观看着一切。画面弥漫着一种静谧的气氛，

---

① EWA LAJER-BURCHARTH. The painter's touch: Boucher, Chardin, Fragonard［M］. Princeton: Princeton University Press, 2018: 11-12.

② Lajer-Burcharth在书中只提到了布歇的两件中国风作品，没有做任何分析。EWA LAJER-BURCHARTH. The painter's touch: Boucher, Chardin, Fragonard［M］. Princeton: Princeton University Press, 2018: 27, 31.

图31　布歇绘、于基埃刻《中国象棋》铜版画，1742年左右

图32　布歇《累赘的包袱》局部，素描，1742年左右，私人收藏

图33　中国雕塑《坐着的夫妻》，多种材料，18世纪上半叶，布伦瑞克（Braunschweg），安东·乌尔里希公爵博物馆（Herzog Anton Utrich Museum）

好像所有人物都被凝固在下午的阳光浸润着的此时此刻，还流露出一种甜美的气息，来自画面背部巨大的椰子树上那颗成熟欲坠的果实，以及画面左角一个已经开裂的巨大水果……女子长着细长的丹凤眼和双眼皮，小巧的鼻子和弯弯的小嘴；穿着高领的内衣，内衣领子没有扣上，故导致右侧领子垂在左侧之上。

再看第二张画，那是布歇的素描原稿，画一个拄着拐杖的老者背着他年轻的妻子在路上行走（见图32）。然后可以发现，这位年轻的妻子与前一张画中的女子长着几乎同样的眉眼、鼻子和嘴；尤其是她内衣的领子，以同样的方式耷拉着，暗示这两个人其实是同一个人，或者拥有共同的来源。

第三张图（见图33）正好给出了这一来源。在中国外销雕塑《坐着的夫妻》中，妻子穿着与前两者同样的内衣与外裙（只是高领没有坠下来）；她的五官（尤其是细长的眼睛和外凸的双眼皮）与前两者毫无二致；她的发型与两根筷子般的发簪与第二位完全一样，与第一位梳着抓髻的女子在形态上也可以呼应。换句话说，布歇笔下的这两位中国女子有着确切的中国原型；但与原型不一样的是，布歇对她们略作打扮，让她们扮演了不同的角色①。

从中国艺术原作到"中国风"艺术创作，上述案例有助于我们理解布歇如何在风俗画中挪用和改造中国原型的生产方式。

（一）第一个故事：《斜倚在躺椅上的女子》（*Femme sur son lit de repos*，1743）

1743 年，也就是布歇画前两张"中国风"的同一时期，在所谓的"高雅艺术"领域，他完成了著名的风俗画作品《斜倚在躺椅上的女子》（见图 34）。传统看法通常认为女主角是布歇夫人或至少是以她作为原型，但今天多数学者已不赞同这

图 34　布歇《斜倚在躺椅上的女子》，布面油画，57 cm×68 cm，1743 年，弗里克收藏（The Frick Collection），纽约

个观点。从她身穿的最新款式时装，戴的最流行的软帽和手链和室内布置来看，她应该是一位被泯除了个性特征的时髦巴黎女郎；甚至是一位欢场女子②。鉴于以上讨论给我们提供的路径，我的看法更进一步，她其实是一位戴了面具的中国女人，论证如下。

第一，从形式母题上来说，布歇的画有一个直接的前身——华托的一张未完成的同名素描

① 布歇藏品拍卖图录第 664 号，在"印度泥塑像"栏下，记录布歇的一件藏品："一老者 11 英寸高，挂着拐杖，他的背上驮着一个年轻的中国女人"，这应该是图 32 布歇的作品《累赘的包裹》中背妻子的老者的原型。P REMY. Catalogue raisonné des tableaux, desseins, estampes, bronzes, terres cuites, laques, porcelaines de différents sortes (...) qui composent le cabinet de feu M. Boucher, Premier peintre du Roi［M］. Paris: Musier père, 1771: 89. 类似的实物可见瑞典德罗宁霍姆王宫所藏的一件彩绘泥塑，但老者和年轻女子的长相与布歇画中不同；布歇画中年轻女子的眉眼，更接近于图 33 瓷雕中的女子，说明布歇可能接受了不止一件中国物品的影响。P STEIN. François Boucher, la gravure et l'entreprose de chinoiseris［M］// Une des provinces du rococo: la Chine rêvée de François Boucher. Besançon: Musée des Beaux-Arts et Archéologie de Besançon, Fine éditions d'art, 2019: 233.

② A DULAU. In focus: lady taking tea and woman on a daybed［M］// A DULAU. Boucher and Chardin: masters of modern manners. Glasgow: University of Glasgow and Paul Holberton Publishing, 2008: 9–24. 关于"欢场女子"的讨论详下文。

图35　华托《斜倚在躺椅上的女子》，素描，1718年，弗里　图36　布歇《斜倚在躺椅上的
茨·吕赫特收藏（Frits Lugt Collection），巴黎　　　　女子》局部《壁架上的
青花茶具和瓷雕》

作品（见图35）。华托画中的女人也是斜倚在一张同样造型的躺椅（法文lit de repos，直译为"休闲的床"）上；她的左手也托着腮和耳朵。只不过华托画中的躺椅和女人的头部都在右侧，而布歇的在左侧，二者正好形成一个镜像的反转。华托画中有一个很暧昧的细节：躺椅上女人的胸部是裸露的；她的右手被遮掩在一间宽大的袍服下，好像在做什么动作。那么，她究竟在干什么呢？而在布歇的画中，布歇的女人裙服完好，但她的左手却奇怪地放在两腿之间的裙服处；再则，华托的女人眼睛朝向画面的左侧，布歇的女人眼睛朝向画面外的观众。这似乎意味着，二者之间不仅在形式上有联系，而且在意蕴上也存在联系：布歇画的内容似乎是华托画之后的进一步发展，它一方面遮盖了前者所暴露的内容，另一方面又暴露了前者所欲遮盖的内容。布歇的发展进一步表现为，他让他的女主角意识到了画面外观众的存在，正把脸转过来面向观众。

　　第二，整个房间的布置是一个典型的女性内室——一间闺房（boudoir）。整个闺房基本的调子和氛围充满东方情调；仔细观察即会发现，它的色彩关系都是从房间里的东方或中国物品——屏风上的金与红、壁架上茶壶的蓝与白、瓷塑的粉与黑——发展出来的，或者有意造成与前者的呼应和协调。中间的女士也不例外，她脸上肌肤的粉与白，与她身穿的丝绸裙服、所戴的帽子、所穿的高跟鞋，与躺椅的颜色都形成对比和对位——在背后金色壁纸的衬托下，实际上使她自己也变成了周遭东方物品世界中的一部分。

第三，两层壁架上大肚弥勒佛状的瓷雕与瓷器（茶壶）一上一下，与前景中托腮女子的组合关系并不陌生，与我们前文刚刚分析过的图31中的人物组合完全相同，不禁令我们疑惑：那位正沉浸在中国象棋中的东方女子，与现在这位斜倚在躺椅中的西方女人，不是同一个人吗？如果她抬起头，不也会望见画面外的观众，就像现在的画面中那样？

第四，我们需要再一次回到华托和布歇画中的情景：那位躺椅上的女子正在干什么？一幅年代稍晚的画作给我们提供了明确的线索。《女子阅读》为布歇的女婿鲍杜安（Pierre-Antoine Baudouin）所画，描绘了一个正在阅读过程中的女性读者情不自禁的自慰行为（见图37）。画中的女性同样仰卧在一个躺椅上，她像华托画中的女性那样裸露着胸部，并把左手放在裙服之下；她的闺房里同样放着一架展开的东方屏风，这一切表明，鲍杜安非常清楚上述元素的蕴含，以及他又是如何主动走在了华托和布歇的延长线上。

鲍杜安的故事中有几个耐人寻味的细节：导致画中女性情不自禁的原因是一本书，如今正从她的手上滑向狗窝；狗窝里有一只中国哈巴狗，饥肠辘辘地盯着地面上的空盘子。而她背后的墙面上，高悬着一幅冠冕堂皇的女性肖像；中间则是以中国屏风为背景的女性。从高处的女性肖像经由中国屏风、女性的手和书，再到小狗，构成了一条从美德到动物性的女性"堕落"之线。导致西方女性堕落

图37　鲍杜安《女子阅读》，水彩画，1760年，法国装饰艺术博物馆，巴黎

的书，显然是一部小说——其东方背景、对面桌上的地球仪和地图则暗示——它极可能是一部"东方"小说。问题是，真有这样的小说吗？

无独有偶，早在布歇绘制此画的三年前，伦敦出版了一部叫《一个中国传奇》（*A Chinese Tale*，1740）的色情叙事诗①。该书的作者冠名"司马迁"（Sou Ma Quang），实际上是当时著名文人哈切特（William Hatchett）的假名。故事讲述在北京紫禁城中，高傲的宫廷美人姜央（Cham-yam）拒绝了一位"满大人"的求爱；"满大人"买通了姜央的侍女瓶金（Pinkin）之后，藏身于姜央卧室的一个大瓷瓶内，然后他观察到了一幅诱人的场景：他心爱的美人躺在一张沙发床上，正对着一面镜子自慰；"满大人"跳了出来，终于如愿以偿。事实上，当时的欧洲，各式各样的"中国传奇"十分流行。其中既有耶稣会引进的儒家学说和道德寓言，更有迪俗言情的各式读物。最能说明问题的当数本书的作者哈切特，他一人身兼二职：1741年，他不仅出版了本书，还出版了脍炙人口、影响深远的正剧《中国孤儿》（*Chinese Orphan*）。道德的坚守与个性的解放，看上去矛盾，其实正是欧洲18世纪启蒙运动欲将天国拉回人间的两个命题，而这两个命题都与中国相关。鲍杜安画中女主角所读的书，很可能是这样一本书。

从该书出版时所附的原版插图（见图38）来看，中国美人姜央实际上长着一副西方人的模样，其家具式样也都是罗可可式的。诗句道出了个中缘由：原来"我们说着中国的哲言/却宁愿作英式的装扮"（*The Chinese Idiom we express, / The rather in an English Dress*）②。声东击西、挂羊头卖狗肉，这一策略也与布歇的画完全一致；而且，布歇画中的几大要素——美人、屏风、美人后面的瓷瓶、瓷瓶上的中国人，在这里均已具备。

① W HATCHETT. A Chinese tale［M］. London, 1740.原书扉页的部分说明译出如下："一个中国传奇。原作为中国长老、滑稽的司马迁所作，他是一位著名的文人。原书的标题是《姜央翘脚》（*Chamyam Tcho Chang*），意为'姜央把她的腿翘在桌子上'。最初由一位著名的耶稣会士翻译，现由语言学家协会重译，署名为短号中卫、霍尼伍德将军的龙骑兵 Thomas Dawson 先生。……""A CHINESE TALE. Written Originally by that PRIOR of CHINA. The facetious Sou ma Quang, A Celebrated MANRINE of LETTERS; Under the Title of CHAMYAM TCHO CHANG, or, Chanyam with her Leg upon a Table. First translated by a famous Missionary: And now Re-translated by a SOCIETY of LINGUISTS. Inscribed to *Thomas Dawson* Esq; Cornet in Lieutenant-General Honeywood's Dragoons".
② W HATCHETT. A Chinese tale［M］. London, 1740: 5.

图38　哈切特《一个中国传奇》铜版画插图
　　　《姜央翘脚》，1740 年

下文还将展示更多的线索，证明布歇与同时代自由派文人的密切交往，使他完全有机会看到哈切特的文学作品。种种迹象表明，布歇笔下的那位斜倚躺椅的巴黎女郎，实际上正是哈切特书中的美人——一位乔装打扮的中国美人。她犹如道教的神仙麻姑，摇曳生姿，风情万种，跨越千山万水，飘然降临在大洋彼岸，随后化身画卷。

其实，这位化身美人仍然保留着其化身的明显踪迹。正如拉耶尔-布尔查特注意的，女子脸上那层"闪烁发亮、扑粉搽红的妆容"，使她看上去就像是戴上了一个面具，而她的手指正好触碰了这个面具的边缘，"就好像她的手指稍一用力，这副面具就会很容易脱落下来"[①]——尽管拉耶尔-布尔查特并没有认出，面具下其实是一张东方面孔。

（二）第二个故事：《系袜带的女人》（*Femme nouant sa jarretière*，1742）

我们所讲的第二个故事与第一个故事紧密相连，不仅因为第二幅画《系袜带的女人》（见图39，以下简称《系袜带》）的尺幅（52.5 cm×66.5 cm）与第一幅画（57 cm×68 cm）基本相同，它们一开始可能就是出于同样的目的、为同样的主顾而制作的[②]；而且两幅画中出现了相同的道具——如屏风、壁纸、茶壶和茶杯、摊开的书信、蓝色的丝带和白色的丝线团，相同的女主角——如小巧精致的五官、黑色

---

① EWA LAJER-BURCHARTH. The painter's touch: Boucher, Chardin, Fragonard［M］. Princeton: Princeton University Press, 2018: 71.

② 阿拉斯泰尔·兰因（Alastair Laing）的观点。FRANÇOIS BOUCHER. The metropolitan museum of art ［M］. 1986: 218.

的眉毛和眼睛、"绵羊卷"的发型、粉色的内裙和脖带（位于壁炉台上）和有粉色蝴蝶结的白色帽子（在仕女手上）。但是，两幅画的构图和场景设计非常不同。虽然都是室内世界，相对于前者单人世界的简洁、稳定和静谧，《系袜带》可谓相当复杂、纷乱，有一种说不清道不明的暧昧。

图39　布歇《系袜带的女人》，布面油画，52.5 cm × 66.5 cm，1742年，卢浮宫博物馆，巴黎

首先，画中的人物是两个，除了女主人外，还有一位仕女的背影。其次，除了我们刚才提到的《斜倚在躺椅上的女子》中已有的元素之外，画中更多呈现的是此画独有的物件，充塞在画面的几乎每一处；我们仿佛无意中进入了女主人未经收拾的内室，见证了女主人似欲见某人而忙于梳妆打扮、无暇他顾的瞬间。最后，与《斜倚在躺椅上的女子》中没有深度但一览无遗的空间不同，《系袜带》的空间凹凸参差，层层遮掩；我们也说不清楚事情发生的具体时间：阳光从左侧面照进来，与布歇三年前所画的《早餐》（1739年）相同，但是壁炉里木柴正在熊熊燃烧，烛台上的蜡烛也已经烧了一段时间，也可以表示傍晚正在来临。还有，女主人背后的门奇怪地半开着，但此处摆放着黑色的漆茶几，本来不应该有门开合的余地，何况这扇门也缺乏与墙面的连接处，不知是如何安上去的。

当然有人说，不规则和不对称正是罗可可式构图的典型特征。但我并不以为然，因为这等于取消了布歇艺术独特的魅力。如果你仔细看看，就会发现情况并非如此，在布歇的混乱中隐隐存在着秩序。

例如，有意思的是，画中的侍女从各方面都与主人形成对位关系：主人坐着，仕女站着；主人呈四分之三正侧面，侍女呈四分之一侧背面；主人在白色长袜上系粉色的袜带，仕女手持有着粉色蝴蝶结的白软帽。换句话说，主人看不见的部分正好由侍女来补充，反之亦然。她们好像合成了同一个人，或者是同一个人的不同方面在形成对话。

还有，尽管画面背景参差错落，不在同一个平面上，但还是有规律可循的。门和墙之间以明暗关系多次交替、转换，从右向左，形成了另一种意义上的"屏风"，并与它前面真实的东方屏风，形成了空间呼应；而那扇无来由开启的玻璃门，其实就相当于东方屏风中的折叠部分，其目的正是为了造成了空间"屏风"的复杂多变，同时创造空间的韵律。

再有，如果我们把正在交流的两位女士的眼神连成一线，即可以此为轴线，发现屏风上，两只凤鸟也在互相酬唱和。

这些暗示着，布歇这张画的主题似乎并不是寻常意义上的"风俗画"，而是与某些更为抽象和高级的诉求有关。进一步观看和思考，将把我们带到布歇和罗可可艺术最内在的本质中去。我们将要指出，为什么这种本质自始至终都与中国艺术的影响脱不了干系。

我的第一个观察是这幅画的色彩。在前文中我曾对《斜倚在躺椅上的女子》一画有过分析，但是鉴于此画的绘制年代要早于前画，我要强调一下，前画中类似的追求只有联系布歇这一年的色彩实验才是可以理解的。

1742 年，在布歇设计著名的博韦挂毯的同一年——无疑也是布歇中国风创作的

图 40　布歇《中式饮茶》，单色布面油画，104 cm×144 cm,1742 年,奥罗拉艺术基金(Aurora Art Fund)

高峰之年，他曾画过一些并不起眼的小画。《中式饮茶》（见图 40）是布歇为迈耶伯爵夫人（ le comtesse de Mailly ）在苏瓦西城堡（ château de Choisy ）的蓝色大厅所特制的两幅画之一。该大厅用以专门展示中国青花瓷器和模仿青花瓷器色调的工艺品。布歇的画被预定放在蓝色大厅的两扇门上方，

虽然是油画，但为了适应大厅整体蓝白的调子，画采取单色画形式，只用蓝色绘制。画面展示一位中国女子坐在方桌前饮茶，她对面的两个光头小男孩正看着脚下的一只猫；而猫则正对着画面外的观众，它的外形和表情与《系袜带》中的猫如出一辙。同样的猫与中国女子的组合，也出现在布歇同年的另一张素描中。这个细节可以帮助我们佐证，《系袜带》中的女主人或许也有中国女人的身份。但是，对于我们来说更重要的是布歇这里的色彩实验：开始尝试以中国瓷器的眼光来统一规定和塑造他画中所有人物与景色的形态。另一张画《卖花女》（见图41）也是为门顶空间而设计的，同样模仿了中国瓷器，但此处布歇借用了同时代流行的中国粉彩的色彩关系，在青花的色彩中加入其他颜色，尤其是红色、粉白、绿色和灰色。布歇精心画出了罗可可式的装饰性画框；他把框外的空间涂灰，却保留了画布地仗层的素白，以模仿瓷器中透明釉层覆盖下白色瓷土的本色，并让远景中的树木和建筑直接呈现在背景中，一定程度上让笔触清晰可见。第二种方式的尝试，与布歇为博韦挂毯厂所作的《中国挂毯》系列的油画设计稿（见图42）一脉相承，其画面空间中保存了大量留白，并非传统的西方油画造型方式。第一种方式却以某种隐匿的形态，进入布歇同时代的风俗画创作中。

例如，中国屏风上的金、红、绿三色溢出了边框，在更大范围的壁纸、门框

图41　布歇《卖花女》，布面油画，82 cm× 97.5 cm，1742年，私人收藏

图42　布歇《中国花园》，布面油画小样，40.5 cm×48 cm，1742年，贝桑松美术与考古博物馆（Musée des Beaux-Arts et Archéologie de Besançon）

和织物上得到扩散和回响；而女主人和她的"背影"的色彩关系，则是她身边瓷质茶壶上的蓝、白、红三色的扩散和回响，以至于从某种程度上来说，女主人和她的"背影"可谓某种更精致的瓷器，类似于某种"瓷娃娃"，这还可以从她们紧致细腻的皮肤、身上所穿丝绸的流光溢彩与瓷器的光润和晶莹相似得到证明。不仅如此，我们甚至可以说，布歇的整幅画，都是从屏风和瓷器这两类器物，以及它们之间的关系中衍生的。

例如，画中的屏风不仅是用来看的，还是用来听的。我们已经提到了屏风上有两只凤鸟在互相酬唱，其实不只有这两只鸟在酬唱：屏风最右边有一只凤鸟和第四扇屏风上一只正回首飞离的小鸟也在相互应答，而正欲飞离屏风的小鸟与停在画面左边壁炉架上的一只翘尾巴瓷鸟似乎也存在什么关系……或许就是那只小鸟的化身亦未可知。除了鸟的声音，我们还听到了别的动物的声音——那只女主人脚下的猫，正在张嘴对着画外喵叫；而壁炉中柴火劈劈啪啪燃烧的声音，又在两种声音之间，加入自然界的大合唱。

除了声音之外，我们还闻到了什么。你看，黑漆方几上的茶壶正冒着热气，茶香飘逸；而茶水的氤氲之气，又混合蜡烛燃烧的香气，还有壁炉中木柴的清香……尤其是，壁炉架上还有一只香炉，这个香炉中的香，与其他香构成一组对话；这个香炉本身——它的东方器身和西方的金属框架——又构成了一种东西方的对话。

从瓷器出发，我们还可以有味觉体验——茶的甘馥与醇厚，茶的苦涩与香甜。

从瓷器出发，更可以有触觉体验。仿哥窑香炉的美感，除了内蕴含蓄、晶莹剔透的视觉美，除了芳香宜人、沁人心脾的嗅觉美，更在于摩挲把玩的触觉美。在画中，提供这种触觉美感的器物处处皆是；瓷器之外，还有漆器、象牙骨扇、丝绸和不同质感的衣袍，也许还有猫。

我们再回看画中的女主角。

她或"她们"正在干什么？她正在用一条粉色的丝带（袜带）把她的长筒袜系在大腿上，这正是一个关涉触觉的动作。随后我们可以感到，她的蓝色丝袍和白色丝衬裙，会在她的手下留下丝滑柔顺的感觉，也许还会发出窸窸窣窣的细响；之后我们看到，她抬起她那张精致的、点着美人痣的小脸，目光迎向另一个她；而另一个她，站立着，准备把一顶软帽递给前者——绘画即将发生的下一个动作，是这顶软帽会落在女主人烫着绵羊卷的头上，落在这位"瓷娃娃"身上。所有这一切都在暗示一种触觉的发生，暗示一位类似今天的芭比娃娃的无个性美人在进行不断变妆和换装的游戏；而在她的周围，所有貌似杂乱无章的器物都变得有序，都参与一种整体氛围的塑造——鸟的鸣叫、火的燃烧、茶的香、丝的滑、瓷的润、色彩和人物的相互应和，参与一场感官的盛宴。其意境不由令人想起一百年后法国诗人波德莱尔所写的一首著名的诗来——

感　应

波德莱尔

自然是一座殿堂 那里活生生的柱廊

偶而发出含混不清的声响；

当人们穿越这象征的林莽

它们凝视着人 投以亲切的目光。

仿佛绵长回响来自迢遥的远方

逐渐汇入这幽暗而深邃的苍茫，

邈邈如夜乡，无端涯如光，

芬芳、颜色和音响，互相应答。

有的香味新鲜犹如孩童的肌肤

有的柔美如笛，如芳草青翠

　　——有的香味烂熟 生猛而丰沛

融入这无边无际的氛围

琥珀，麝香、安息香和乳香共竞芳菲

在精神和感官的交响中陶醉。①

最后交代一下布歇灵感的来源。《五感的寓言》（*Allégories des cinq sens*）本来是一项源远流长的欧洲传统，也是欧洲艺术家乐此不疲表现的艺术母题之一。根据亚里士多德的哲学，五感是获取知识的基础。但中世纪以后，在基督教的影响下，五感所代表的感官快乐因为被认为与堕落和原罪相关，故而在艺术表现中，出现在画面中的代表性器物往往具有负面的道德寓意②。到了18世纪，尤其到了布歇那里，该母题开始与中国风题材相结合。在1740年，布歇创作了一组五幅《五感的寓言》（见图43—图47），画中的主角全由中国人担任。虽然风格上依然是这一时期布歇所热衷的典型中国风，人物表现较夸张，但画面里的

图43　布歇绘、于基埃刻《五感的寓言》铜版画之一《视感》，1740年，大都会博物馆，纽约

图44　布歇绘、于基埃刻《五感的寓言》铜版画之二《听感》，1740年，大都会博物馆，纽约

---

① C BAUDELAIRE. Les fleurs du mal［M］. Librairie Générale Française, 1972: 10. 中文为笔者所译。

② OLGA ANNA DUHL, JEAN-MARIE FRITZ. Les cinq sens entre Moyen Âge et Renaissance: enjeux épistémologiques et esthétiques［M］. Dijon: Éditions Universitaires de Dijon, 2016: 7–18.

图45　布歇绘、于基埃刻《五感的寓言》铜版画之三《触感》，1740年，大都会博物馆，纽约

图46　布歇绘、于基埃刻《五感的寓言》铜版画之四《味感》，1740年，大都会博物馆，纽约

中国人却个个享受生活的快乐。到了风俗画《系袜带》中，五幅画被聚合为同一张画，代表五种感官的器物也被聚合在一个西方场景；但西方传统的道德寓意被取消了，取而代之的是中国器物和艺术品带给五感的全部美感，并借布歇精微而细腻的画面形式语言，使一幅平凡的风俗画升华为一曲动人心弦的歌。

图47　布歇绘、于基埃刻《五感的寓言》铜版画之五《嗅感》，1740年，大都会博物馆，纽约

（三）第三个故事：《棕发宫女》(l'Odalique brune，1745)

我们眼前的这张画（见图48）算得上是布歇最著名的画，也是他最招物议的一张画。1767年，哲学家狄德罗这样描述该画：

> 七八年前，在那一届沙龙，难道你们没有看到，一个全裸的女人趴在枕头上，一条腿这儿，一条腿那儿，（向观众）展露她表情淫荡的头，最美的背和最美的屁股，以让人最方便、最轻易的方式，摆出一副寻欢作乐的姿态……既然布歇先生自己毫无羞耻地像妓女一样出售他的妻子，让她摆出画中的形象[①]，那么我这么说就不会冒犯他。

长期以来，现代读者对于布歇产生负面印象的缘由，多半可以归结为狄德罗和他的艺术批评。在他眼中，布歇的画是"趣味、色彩、构图、人物形象和表情乃至素描"全面"败坏"的典型，而伴随着这一切的，是"风俗的败坏"[②]。这种批评最典型的例证莫过于上述引文，其中最重要的依据是狄德罗认为，布歇《棕发宫女》的模特儿是他的妻子玛利（Marie-Jeanne Buzeau），而他居然把自己的妻

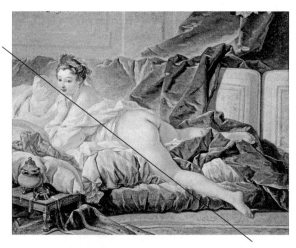

图48　布歇 《棕发宫女》，布面油画，53.5 cm×64.5 cm，
1745年，卢浮宫博物馆，巴黎

① DENIS DIDEROT, RUINES ET PAYSAGES. Salon de 1767［M］. Paris: Éditions Else Marie Bukdahl, Michel Delon et Annette Lorenceau, 1995: 373-374.
② G FAROULT, F BOUCHER. L'odalisque brune［M］. Paris: Éditions EL VISO, Musée du Louvre, 2019: 26.

子画成如此无耻放荡的样子，则无异于待妻如娼。今天的研究已经能够证明，狄德罗不可能看过布歇的原作，因为该画是布歇受某位贵族［很可能是亚历山大·让·约瑟夫·勒·里什·德·拉·波佩利尼埃尔（Alexandre Jean Joseph Le Riche de La Popelinière），1693—1762］秘密委托而绘制，在布歇生前从未展出过；狄德罗看到的应该是根据布歇原作（甚至复制品）而制作的版画作品[1]。当然，也没有任何证据表明画中的女子是布歇的妻子。事实上作为接受委托而内容带有情色的作品，画家一般也不可能径直以自己的妻子为对象。那么，狄德罗的指责是不是空穴来风呢？正如梅莉莎·海德（Melissa Hyde）新近指出的，狄德罗的指责实际上是为了建构一种二元对立的价值观；这种价值观把"男性"与"女性"、"自然"与"人工"、"进步"与"反动"、"有意义"与"无意义"对立起来，而把布歇看成是后者的代表。鉴于狄德罗的启蒙运动主将之一的身份，这种对立逐渐被后人当作"启蒙运动"与"罗可可艺术"的对立；到了19世纪以后，更被艺术史家们视为"旧体制"与"大革命"、"罗可可"与"新古典主义"的二元对立，从而建构了艺术史的经典叙事[2]。但需要指出的是，狄德罗只是代表了18世纪的观点之一，用这种观点看问题难免以偏概全，遮蔽了那个时代的真相。

根据卢浮宫博物馆的最新技术检测，这幅作品是现存两件几乎一模一样的作品中的原作（另一件现藏法国兰斯美术馆），其时间是1745年[3]。在我们的研究中，它也是我们所讲的故事中的第三个，而这个故事无疑应该放在前两个故事的语境下来重新讲述。

第一，女主角的身份应该与前两个故事中的一样。即她同样不是一个有具体身份的人，而是一种抽象——一个"瓷娃娃"。这可以从她同样拥有精致、细腻的肌肤、娇小玲珑的身材，以及几乎相同的眉眼（尤其与《系袜带》的女主人）看出。只不过前两者的身体上都穿着重重叠叠的衣裙，这里则袒露了本真罢了。

---

① G FAROULT, F BOUCHER. L'odalisque brune［M］. Paris: Éditions EL VISO, Musée du Louvre, 2019: 27.

② M HYDE. Making up the rococo: François Boucher and his critics［M］. Getty Research Institute, 2006: 1–27.

③ G FAROULT, F BOUCHER. L'odalisque brune［M］. Paris: Éditions EL VISO, Musée du Louvre, 2019: 32–34.

第二，从构图上来说，我们已经证明《系袜带》中的两个女人实际上是同一个人；她们在《斜倚躺椅上的女子》中则呈现为一个人（二者拥有同样的屏风、茶壶、茶杯、丝线团和同样的内裙、丝带）；而在《棕发宫女》中，人物的姿势相当于《斜倚躺椅上的女子》中人物的一个180度的翻转：她们的身下，是同样被称作"lit de repos"的"休闲床"（只不过较之于后者的法国式，这里换作土耳其式）；她们的身后，在《斜倚躺椅上的女子》中放置中国屏风的地方，《棕发宫女》中放置了土耳其靠垫，前者的帷幔是金色的，后者的是蓝色的，而且更大。从这种意义上说，较之于《系袜带》，《斜倚躺椅上的女子》与《棕发宫女》因为共享更多的东西，应该具有更多的意义联系。这一点也可以从两件作品年代相近一事得到说明。

第三，但《棕发宫女》同样与《系袜带》存在直接的联系。它从前者中继承了四件法宝。第一件是放置在《系袜带》壁炉架上的那只镶嵌着金属框架的青瓷香炉，现在被放置在《棕发宫女》中画面左下角的矮几上（见图49）。这件香炉釉色丰厚，器身下面能够分辨出断续的开片，其原型显然是一件清代仿哥窑的青瓷器，应该属于布歇自己的收藏。另外三件也从前者的另一件瓷器中化出：正如前文所述，《系袜带》中的女主人其实是从漆几上瓷质茶壶的三色（蓝、白、红）中化出的，以至于女主人（以及她的蓝、白、红三色的衣裙）本身即成为一个"瓷娃娃"；而现在，仿佛是这个"瓷娃娃"褪去了衣裙进入下一个画面，而她褪去的衣裙，则化身为更大面积的蓝色帷幔、白色的衬裙和枕头，还有摇曳在她头顶上的红色羽饰，簇拥堆叠于她的周围——她的身上、身下和身边，犹如一个三色海洋。

图49　布歇《棕发宫女》局部《矮几上的青瓷香炉》

换句话说，《棕发宫女》其实是从《系袜带》中截取的一个片段。除视感（觉）之外（这是造型艺术不可或缺的），它从前者复杂的五感交响中尤其截取了一感——也就是触感，并将这发扬光大，臻于极致。有一个细节可以帮助说明这一点：这位女士的左手正用两根手指的内表面——"真正的触觉器官"，轻轻地攥着一串珍珠，那种晶莹剔透、光泽滑润的手感，正

图50　布歇《棕发宫女》局部《漆盒与珍珠项链》

是"触感"①。而更充分、更多、更好的"触感"，无疑来自对中国陶瓷和漆器的体验。这就是画中的矮几上，另有两串珍珠，与一个中国漆盒和一件中国青瓷摆放在一起的缘故（见图50）。

　　以上是从图像形式上，联系与前两件作品的互文关系而对《棕发宫女》所做的简要分析。最近，卢浮宫博物馆的纪尧姆·法鲁（Guillaume Faroult）从图像志角度对该画做了新的阐释，有助于我们补充对于该画意蕴及其与东方关系的新认识。

　　法鲁发现，布歇从青年时代开始，即与巴黎的自由派贵族和文人过从甚密。他的朋友圈里既有达官贵人，例如路易十五的摄政王奥尔良公爵菲利普（Philippe d'Orléans，1674—1723），是当时的文坛领袖如丰特奈尔（Bernard Le Bovier de Fontenelle，1657—1757）和伏尔泰的拥趸，以及瑞典大使卡尔·古斯塔夫·泰辛（Carl Gustaf Tessin，1695—1770）等人；也有自由派文人如作家勒孔特·德·卡伊吕斯（le comte de Caylus，1692—1765）、克雷庇雍（Claude de Crébillon，1707—1777）和诗人亚历克西斯·皮隆（Alexis Piron，1689—1773）等②。《棕发宫女》一画的订制者亚历山大·让·约瑟夫·勒·里什·德·拉·波佩利尼

---

① 无独有偶，在中世纪晚期至文艺复兴时期，"五感的寓言"中传统表达"触感"的形式母题，正是女士手握一串珍珠。最著名的作品可见《五感的寓言》挂毯，现藏巴黎克吕尼中世纪博物馆。

② G FAROULT. François Boucher. L'odalisque brune ［M］. Paris: Éditions EL VISO, Musée du Louvre, 2019: 35.

图51　克雷庇雍《沙发》第二版扉页铜版画插图，1749年　　图52　克雷庇雍《沙发》第二版铜版画插图《内室中的沙发》

埃尔（Alexandre Jean Joseph Le Riche de La Popelinière）也属于这个圈子。尤其是诗人皮龙（Piron）对他青眼有加，曾经帮助他获得了在卢浮宫的住房；克雷庇雍则收藏了很多布歇的素描和版画。[①]这些自由派人士放浪形骸，经常出没于巴黎的青楼。而当时青楼的时尚是按照"土耳其风"来陈列布置。《棕发宫女》中的矮几、铺陈在地上的床垫和靠背，正是该风尚的体现，意在造成土耳其后宫的况味。

　　克雷庇雍从18世纪30年代以来即热衷于撰写一系列以东方为背景的色情小说。法鲁认为，前者于1742年出版的新小说《沙发——一则道德故事》（*Sopha. Conte moral*）[②]，可能给出了布歇画作的文本依据（见图51）。故事讲述一位名叫阿曼泽伊（Amanzeï）的男人被人施了魔法变成了一具沙发（见图52），随着不断地搬迁，从而见证了不同人家里的故事。最后一段故事讲，他搬到一个叫泽伊尼斯（Zeïnis）的女子的闺房里，从而爱上了这个女子；有一天，女子突然跳到沙发上，开始与沙发（阿曼泽伊的化身）缠绵……

---

① G FAROULT. François Boucher. L'odalisque brune［M］. Paris: Éditions EL VISO, Musée du Louvre, 2019: 35-36.

② CLAUDE DE CRÉBILLON. Sopha. Conte moral［M］. 1742.

法鲁注意到，小说描述阿曼泽伊眼中所见的细节，如她身上仅穿着内衣；她头下的靠垫如何靠近她的嘴；她的脸如何"染上了可爱的红晕"，都与布歇画中的情形相应①。这些观察十分精彩。但是，当他把布歇画中趴伏在沙发上女子的姿态，直接视为是小说中的情节——泽伊尼斯一边自慰、一边接受（阿曼泽伊的）爱抚的反映②，却不免忽视了图文之间的差异，有过度阐释之嫌。

在我看来，如果补充上两个新的观察，法鲁的证据将更值得采信。

第一点，法鲁没有关注小说扉页上的两个细节：它明确标出的出版地点居然是"北京"（PEKIN），出版机构是"皇家印刷厂"（l'Imprimeur de l'Empereur）。要知道，鉴于小说的性质，该书在法国是匿名出版的；小说作者后来因为此书还吃了官司并因此流亡英国。但是，在小说作者心目中，当时的中国，却是一个化外之地，全少是这类"自由派"（法文libertin有"自由"和"放荡"两种含义）行径和出版物的合法之地。尽管小说的故事发生在"印度"，但在当时欧洲人的观念中，从"印度"往东的地方均可称为"印度"，故说它发生在"中国"亦无不可。前文介绍过，英国作家哈切特的叙事诗《一个中国传奇》，即是一个发生于北京紫禁城的故事，但作者把故事的主人公和环境都想象成西方人的样貌。事实上，哈切特此书与克雷庇雍之书，其情节和细节本身即多有相似，它们都可归为一类当时十分流行的"中国传奇"——正如斯黛西·斯洛巴达（Stacey Slobada）所分析的，它把"异国情调"（the exotic）和"色情"（the erotic）结合起来，将中国想象成某种"性愉悦之场所"（a site of sexual pleasure）③。但这种想象并非单纯的异国情调虚构（可以发生于任何地方），而是存在着充分的经验基础，是与大量输入欧洲的中国艺术和物质文化产品（瓷器、漆器、丝绸和茶叶）对于西方人审美趣味施加的影响（通过近距离接触、摩挲把玩、耳鬓厮磨、熏陶浸染），从日常经验内化为审美感性的结果；其中，布歇画中的"瓷器"

① G FAROULT. François Boucher. L'odalisque brune［M］. Paris: Éditions EL VISO, Musée du Louvre, 40.

② G FAROULT. François Boucher. L'odalisque brune［M］. Paris: Éditions EL VISO, Musée du Louvre, 41.

③ S SLOBADA. Chinoiserie: commerce and critical ornament in eighteenth-century Britain［M］. Manchester: Manchester University Press, 2014: 115.

（china）、"中国"（China）和女人的三位一体，即是一个将"触觉"融入"视觉"，从而塑造了西方油画以及罗可可艺术之新"感性"（sensibility）的例子。

第二点，如果法鲁的分析是对的，那么题材对于布歇所起的作用也不必像法鲁所说的那样发生，即画面图解了小说描述的情节。事实上，论断画面中的女人是不是小说中的泽伊尼斯，她是不是处在自慰的快感之中并不重要；重要的是她在画面构图中的实际呈现。也就是说，一个优雅的女性人体以对角线方式斜贯画面，漂浮在帷幔和床垫组成的大片的蓝色，就像是置身于大海的波涛汹涌；

她身上的白色衬裙在波涛的拍打下堆叠分开，露出女性紧致滑润、白里透红的肌肤，又像是一堆卷起的白色泡沫，在她的肌肤上下起伏波动；她身下蓝白相间的软垫呼应着波涛与泡沫的蓝与白，正如左侧灰色与金色条纹的半透明丝巾，呼应着矮几上青瓷的灰与框架的金；她右手怀搂着的白色枕头，与其他浅色织物一起，像是一种承载物（船筏或者动物？），被从另一个对角线倾泻而下的蓝色波涛有力推送着，似乎刚刚安全地抵达彼岸；而在彼岸，也就是另一条对角线的终点，矮几上停放着刚刚到达的舶来品——我们前面描述过的中国青瓷、漆盒和珍珠。

那么，这个女人是谁？

她难道不是从太阳所升起的东方——另一个彼岸——舶来的女神吗？

六、从"神女"到"女神"："欧罗巴"的诞生

1748 年的《沙龙展》在卢浮宫开展之后，批评家圣耶夫（Charles Léoffrey de Saint-Yeve,）在所写的评论集《对 1748 年的艺术和卢浮宫展出的部分绘画和雕塑的观察》（*Observations sur les arts et sur quelques morceaux de peinture & de sculpture, exposés au Louvre en 1748*，1748）中，提到了布歇艺术生涯中一个无法抹去的事实：

> 那些喜欢他的人，不得不陷入担忧之中，怕布歇先生长期以来对
> 于他情有独钟的中国趣味的摩挲玩习，会破坏他笔下人物优雅的轮廓。
> 倘若他仍然徜徉于其中而执迷不悟的话，那么他画中的甜美就将丧失殆

尽，而人们也就难以承认这位富有魅力的画家，是有史以来最好的画家，是唯一配得上画维纳斯、爱神和美惠三女神的画家。①

作为布歇的忠实粉丝，圣耶夫一方面把时人对于布歇的批评称作"妒忌"，认为这些訾言丝毫无损于他的伟大；另一方面，他似乎也不得不承认他的论敌们的逻辑：布歇的"中国趣味"（du goût Chinois）对于布歇的形象是有害的。这里面最关键的逻辑推理在于：布歇是一位——或许是有史以来最好的一位——"画维纳斯、爱神和美惠三女神的画家"，而"中国趣味"的实践将导致他笔下人物"优雅的轮廓"（la grace de ses coutours）和"甜美"（la douceur）都"丧失殆尽"。熟悉西文者会马上会懂得其中的双关语："美惠三女神"（Graces）与"优雅"（Grace）是同一个词，而布歇在他生前，即获得了"优雅的画家"（le peintre des Graces，直译"美惠三女神的画家"）的称号②。"优雅的画家"之所以重要，还跟一个相应的文化语境密切相关。法国于1648年成立了"皇家绘画与雕塑学院"（Académie royale de peinture et de sculpture），不久在著名的古典主义理论家菲利比安（André Félibien，1619—1695）的倡议下建立了"画类等级制"（la hiérarchie des genres），规定学院内最高等级的画种是"历史画"（peinture d'histoire）；其次分别是"肖像画""风景画"和"静物画"。以后又增加了"风俗画"（la peinture de genre）和"雅宴画"（peinture de fêtes galantes）。"历史画"高居画类等级制的榜首，不仅仅因为题材的高贵（以人的行动为核心，包括伟大的历史事件、寓言、宗教、神话和战争故事）；而且还因为绘制的难度（涉及并包括其他所有画类），因此只有"历史画家"才有资格在学院担任教授③。

---

① CHARLES LÉOFFREY DE SAINT YEVE. Observations sur les arts et sur quelques morceaux de peinture & de sculpture, exposés au Louvre en 1748 ［M］. Leyde: Elias Luzac Junior, 1748: 28–29.

② P REMY. Avant-propos. Catalogue raisonné des tableaux, desseins, estampes, bronzes, terres cuites, laques, porcelaines de différents sortes (...) qui composent le cabinet de feu M. Boucher, Premier peintre du Roi ［M］. Paris: Musier père, 1771.

③ B ANDERMAN. Félibien and the circle of colbert: a reevaluation of the hierarchy of genres ［C］// D DONALD, F O GORMAN. Ordering the world in the eighteenth century. London: Palgrave Macmillan, 2006: 143–157. T KIRCHNER. La nécessité d'une hiérarchie des genres ［C］// La naissance de la théorie de l'art en France 1640–1720. Paris: Editions Jean-Michel Place, 1997: 187–196.

而布歇的雅号则说明，他正是一位绘制神话题材的"历史画家"。圣耶夫的那段引文非常耐人寻味。一方面，这段话反映了众多布歇崇拜者为他痛心疾首的心态，认为他们心爱的画家再继续接受"低劣的东方艺术"影响，就会败坏了纯正的趣味；但一方面，这段话确实透露了一个事实，即同时代文献承认，布歇曾经长时间接受"中国趣味"的影响。那么，究竟应该如何评判这种影响？前文已经讨论了布歇风俗画中的相关问题，那么，这一切也发生在历史画领域吗？事实会不会与布歇崇拜者的想象和担忧恰恰相反，其"优雅"和"甜美"，在相当程度上来自或得益于这种影响呢？

关于布歇在装饰艺术中接受东方影响，最新的研究把时间框定在18世纪30年代末期至40年代末期。前一段时间是正当布歇入选院士之后，同时结识了巴黎的古董商吉尔尚（Edme-François Gersaint）；后一段时间是他在创作中彻底放弃了中国风题材，但仍然收藏中国艺术品[①]。但在我看来，上述两个时间段均有调整的余地。

布歇于1734年1月入选皇家学院成为一名"历史画家"，为他获得资格的是一幅历史画《里纳尔多与阿尔蜜达》（Renaud et Armide，1733—1734），描述在十字军东征期间一个西方骑士和东方美女发生的爱情故事。正如Laing所说，画中充塞着的各种物品和将人物安置在成排的建筑背景中，均非布歇所惯用，说明该画更多出于迎合学院的目的[②]；但女主人公阿尔蜜达的形象十分动人：她半裸着身体，摆出一副婀娜的坐姿，位于画面中心（见图53）。在学院和公众的眼里，这个形象当属布歇所创造的一个最早的"优雅"形象，但这个形象另有来源。

在布歇申请院士的同一时段（1732—1734年），他为巴黎的一位平民律师Derbais（德尔拜斯）的公馆无偿画了一组四张的大画，其中之一即《劫掠欧罗巴》（见图54）。我们首先看到，画面中心坐在公牛背上的欧罗巴，她的姿势正是前

---

① P STEIN. Les chinoiseries de Boucher et leurs sources: l'art de l'appropriation ［C］// Pagodes et dragons: exotisme et fantaisie dans l'Europe rococo 1720–1770. Paris: Musée Cernuschi, Paris musées, 2007: 87. Y RIMAUD. Les couleurs célestes de la terre. La collection d'objets orientaux de François Boucher ［C］// Une des provinces du rococo: la Chine rêvée de François Boucher. Paris: Musée des Beaux-Arts et Archéologie de Besançon, Fine éditions d'art, 2019: 65–66.

② François Boucher ［M］. New York: The Metropolitan Museum of Art, 1986: 160.

图53　布歇《里纳尔多与阿尔蜜达》局部《阿尔蜜达的形象》，布面油画，1733年，卢浮宫博物馆，巴黎

图54　布歇《劫掠欧罗巴》，布面油画，231 cm×274 cm，1732—1734年，沃莱斯收藏馆（Wallace Collection），伦敦

画中阿尔蜜达的原型——或者说一个"反像"。其次，我们把左边侍女、天上的小天使、乌云和右边云上的鹰连接起来，即可发现所有人物都被安置在一个稳定的金字塔形中；从这个金字塔中央画一条垂直线，即可发现另一对人物镜像的反转：欧罗巴和画面右侧的一位女性的背影——后者既像另一个女人，又像一个犹豫不决的欧罗巴，或正在出发的欧罗巴的一个行动的反像。总之，画面最重要的部分，其中心就是欧罗巴，一个曲折多姿的女人；我们不妨数一下，会发现她从头到脚，一共转折了四次——正是一个"弯环罄折"的女人。

　　与此同时，这张画还存在另一个中心，一个今天的观众很少会关注的中心。即在画面的左侧，两个侍女身后，其实还存在着另一座金字塔（尽管只呈现了一半）：一座山背衬着天空，逐渐退向远方，并展开一片风景；悬崖上凌空长出一棵椰子树，枝叶在空中摇曳；两道瀑布顺着山体顺势而下，在沟底汇成湍流……同时代的一位见证者、画家巴肖蒙（Bachaumont）看了画之后大为惊赞地对布歇说："您画画就像是天使一样。我在这儿听到了激流之声；想一想您在德尔贝

图55 布歇《劫 图56 布歇《猎豹图》，布面油画，174 图57 帕代《中国狩猎图》，布面油画，
掠欧罗巴》局部 cm×129 cm，1736年，皮卡第博物馆 172 cm×127 cm，1736年，皮卡第博物馆
《瀑布与椰子树》 （Musée de Picardie），阿米恩（Amiens）（Musée de Picardie），阿米恩（Amiens）

公馆所做的一切。"[1]这里所说的"天使"，是极言布歇具有（如天使般）点铁成金的魔力，能使画中左侧的瀑布，像真的激流一样奔泻与喧哗。这幅隐藏在"历史画"中的"山水画"还有另一处令人惊艳之处—— 一棵在悬崖上凭风招摇的椰子树（见图55）[2]，它的东方色彩更形明显；而它与瀑布的组合则不仅未见于布歇以前的作品，亦罕见于通常意义上的西方绘画。瀑布的来源我尚未明确答案，但椰子树的东方来源却是千真万确的。

1736年，布歇第一次接受王室委托，为路易十五的王后在凡尔赛宫的"王后室"绘制了一幅东方题材的绘画《猎豹图》（见图56）；与这幅画构成一个系列的还有另外五位画家的作品，共同组成六幅《异国狩猎图》（*Chasses des pays étrangers*）。其中布歇的画与华托的学生帕代（Jean-Baptiste Pater，1695—1736年）的画（见图57）

① A LAING. François Boucher［M］. New York: The Metropolitan Museum of Art, 1986: 159.
② 在布歇的原意中，该树也可能表示棕榈树，因为神话发生地"腓尼基"（Phoenicia）在闪米特语中意为"棕榈树"。但追踪此树画法的谱系让我们得出它是椰子树的结论，因为当这种树的形象出现在与中国而不是中东相关的语境时，它更多指椰子树。当然，棕榈树和椰子树长得非常相像，对于非专业普通人（包括画家）来说是难以分别的。具体讨论详下文。

都呈现了十分相似的构图：狩猎的场景均发生在两山之间的峡谷，两边的山体或悬崖上，都有伸展在空中的椰子树的剪影。布歇的画虽然表现的是土耳其人的《猎豹》，帕代的则指明是《中国狩猎图》；所以帕代还在画的远景，清晰地画出了典型的中国宝塔和中国城市的剪影。换句话说，在当时画家心目中，椰子树和宝塔一样，都是东方乃至中国的符号。

　　而对于布歇和帕代来说，造成这一认知的最重要原因，在于它们有一个共同的图像来源。1731年，布歇接受了华托的好友朱里安纳（Jean de Jullienne）的委托，将一套华托绘于巴黎近郊穆埃特城堡（château de la Muette）的组画《中国人物杂像》刻成铜版画并付诸出版。这套图向来被认为是西方"中国风"题材艺术创作的开端之作。我们发现，在华托原图、布歇所刻的一幅《伊埃宋地区的玛兹梅女人》（*Femme de Matsmey à la terre d'Ieço*，见图58）中，中国女人背后的一棵枝叶散乱的椰子树，正是布歇后两幅画中图像的出处。而帕代作为华托的学生，尽管有传言他可能追随华托参与了穆埃特城堡的作画，故应该有理由知道华托树的画法[①]；但仅从图像而言，帕代的椰子树枝叶整饬而繁密，与华托的简约疏放有所不同，或另有来源。当然，对帕代图像来源的探寻，也跟华托图像的来源问题密切相关：华托的椰子树又是哪儿来的？

　　前人的研究早已指出，17世纪欧洲旅行家和传教士的文献也是中国风艺术

图58　华托绘、布歇刻《中国人物杂像》铜版画之一《伊埃宋地区的玛兹梅女人》，1731年，法国国家图书馆

---

① G BRUNEL, H CHOLLET, V MONTALBETTI. Pagodes et dragons: exotisme et fantaisie dans l'Europe rococo 1720–1770［M］. Paris: Paris-Musées, 2007: 134.

的重要来源之一①。但对于旧材料的关注仍然可以有新的发现。笔者最近即从基歇尔（Athanasius Kircher，1602—1680）的《中国图说》（*China Illustrata*，1667）、尼霍夫（Johan Nieuhoff，1618—1672）的《荷使初访中国记》（*l'ambassade de la Compagnie Orientale des Provinces Unies vers l'Empereur de la Chine，ou Grand Cam de Tartarie*，1665）和卜弥格（Michel Boym，1612—1659）的《中国植物志》（*Flora Sinensis*，1656）中检出数条相关图像材料，可大致交代华托和帕代椰子树图像的出处。第一条取自基歇尔《中国图说》（见图59），绘一穿着女装的河南妇女，她的背景即一棵椰子树，与华托画中的组合相同，只不过华托画中的妇女改成坐姿而已。但基歇尔一生从未到过中国，他书中的图像各有来源。其中之一是尼霍夫的《荷使初访中国记》。中国宝塔的形象，无疑是尼霍夫对于西方图像史所做的最大贡献之一；是他第一个向西方介绍了包括南京大报恩寺的著名琉璃塔（见图60）在内的一系列中国塔，促成塔的形象日后在西方广为传播，造成大量形象仿制和实物仿造（如伦敦的邱园塔）。图61 描绘荷兰使团第一次造访中国（1655—1657年）时途经江西泰和之所见；图中我们既看到了华托式的椰子树，更看到了帕代式的将椰子树与中国宝塔和城市相组合的模式。但有一个细节颇耐人寻味：从保留至今的尼霍夫原图（见图62）可证，铜版画中的宝塔相当真实地保存了尼霍夫水彩画的原

图59　基歇尔《中国图说》铜版画插图《河南省的女装》，1667 年

① Perrin Stein. Boucher's chinoiseries: Some New Sources［J］. The Burlington Magazine, 1996, 138, 1122(9). Perrin Stein. Les chinoiseries de Boucher et leurs sources: l'art de l'appropriation［C］// Pagodes et dragons: Exotisme et fantaisie dans l'Europe rococo 1720-1770. Musée Cernuschi, Paris musées, 2007.

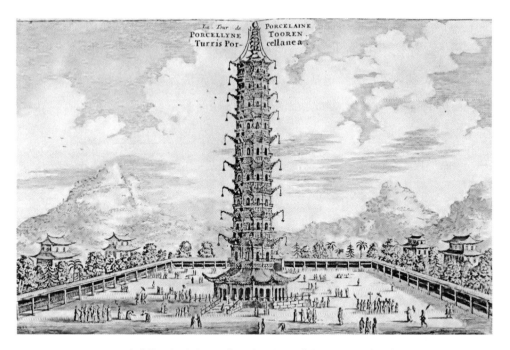

图60　尼霍夫《荷使初访中国记》铜版画插图《南京大报恩寺塔》，1665年

图61　尼霍夫《荷使初访中国记》铜版画插图《江西泰和》，1665年

貌；但铜版画中的椰子树，则为原图所不见，显系铜版画家之所增饰。同样形态的椰子树与宝塔组合（见图63）也可见于两年之后出版的基歇尔《中国图志》（见图64）。既然尼霍夫（包括基歇尔）书中的宝塔是尼霍夫所绘，那么，这些组合图像中的椰子树又是从哪儿来的呢？

图62　尼霍夫现场所绘水彩画《江西泰和》，1655年，法国国家图书馆

图63　尼霍夫《荷使初访中国记》版画插图《椰子树》，1665年

图64　基歇尔《中国图说》版画插图《解蛇毒　图65　基歇尔《中国图说》铜版画插图《菠萝
的圆石和蛇》，1667年　　　　　　　　蜜树》，1667年

　　椰子树的形象虽然不是尼霍夫所画，但它事实上通过一个间接的渠道，还是来自中国。基歇尔书从内容到形式还大量借鉴了在中国的耶稣会传教士。例如，他书中的动植物形象很多来自波兰籍耶稣会传教士卜弥格（Michel Boym）①，后者的《中国植物志》（*Flore Sinnesis*）于1656年在维也纳出版。如基歇尔书中著名的"菠萝蜜树"图像（见图65）即从卜弥格处（见图66）来。卜弥格之书开篇介绍的第一种中国植物即"椰树"（Yay-cu）；他把这种植物理解为"波斯、印度或中国的棕榈树，通常叫作Coco或印度胡桃"（Palma Persica & Indica seu Sinica，quae vulgo Coco & Nux Indorum）②。他进而将"棕榈树"分成两种：第一种是"叙利亚、阿拉伯和波斯"地区的棕榈树，这类棕榈树有性别，长椰枣；另一类是"东印度和中国"（Orientales Indiae & Regna Sinarum）的棕榈树即"椰树"，它们结"椰子果"③。从形态上他区分了两类棕榈树的差别，即"波斯"棕榈树皮"上面长刺"，"印度"（东印度包括中国）棕榈（即椰子树）树皮上面"很光滑"④，但因为两种树都叫"Coco"，而且，在卜弥格的书中，这两类树都没

①　M BOYM. Flora sinensis［M］. Vienna: Austrie, 1656.相关中译文参见卜弥格.卜弥格文集：中西文化交流与中医西传［M］.张振辉，张西平，译.上海：华东师范大学出版社，2013：299−357.

②　M BOYM. Flora sinensis［M］. Vienna: Austrie, 1656: f.

③　M BOYM. Flora sinensis［M］. Vienna: Austrie, 1656: f.

④　M BOYM. Flora sinensis［M］. Vienna: Austrie, 1656: f.

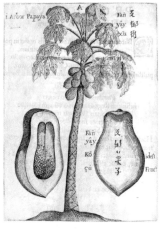

图66　卜弥格《中国植物志》图67　卜弥格《中国植物志》图68　卜弥格《中国植物志》
铜版画插图《菠萝密　　　铜版画插图《反（番）　　　铜版画插图《芭蕉树》，
树》，1656年　　　　　　椰树》，1656年　　　　　1656年

有附上图，所以为后世在图像表现上的混淆留下了伏笔。这大概就是为什么尼霍夫书中的插图画出了两类棕榈树的图像，一类有刺，一类无刺；而有刺的一类树，因为标出的字样是"Cocos"，实际上指的也是椰子树；这也解释了为什么华托的树虽然有刺，但表现的却是椰子树的形象。

　　卜弥格《中国植物志》中最早的两幅插图是"反椰树"（见图67）和"芭蕉树"（见图68）。所谓"反椰树"实际上应该是"番椰树"，也就是"番木瓜"[①]，其形象有些类似椰树，但树叶明显不同。第二幅图像"芭蕉树"，则在图中尤其强调了树干上"与它连在一起的大片的树叶"[②]。这可以帮我们解释，为什么在基歇尔的书中，出现了一类树干上有密集的笋叶状叶片，但树叶呈尖状的奇怪的树（见图64），这类树实际上是从卜弥格的"芭蕉树"那里化出来的。

　　基歇尔与卜弥格书的联系已如上述。但实际上，比《中国图说》早两年出版

① 卜弥格图中的汉字是"反椰树"；但此处"反"字不合情理，疑是"番椰树"之讹误。即卜弥格从当地人口中听到此语，但在记录时把"番"误解成"反"。因为"番木瓜"原产于中美洲墨西哥，于地理大发现之后引入中国，故当地人最初用"番椰树"称谓之。

② M BOYM. Flora sinensis［M］. Vienna: Austrie, 1656: B.中文参见卜弥格.卜弥格文集：中西文化交流与中医西传［M］.张振辉，张西平，译.上海：华东师范大学出版社，2013：307.

的《荷使初访中国记》已经出现了椰子树、宝塔的形象和它们的组合。尤其是，在图63和图64中，除了相同的宝塔、椰子树和芭蕉树的组合，甚至还有几乎一模一样的、树叶呈扇页状的树同时出现！这样的雷同已经超出了巧合的范围，只能诉诸其间客观的因果联系。

其实，这个问题并不难解决。原因在于，虽然卜弥格的《中国植物志》出版于维也纳，但《荷使初访中国记》和《中国图说》却具有同样的渊源——实际上出自同一位出版商，即阿姆斯特丹的雅各布·冯·默尔斯（Jacob von Meurs，法文版写成Jacob de Meurs，拉丁文版写作"Jacobum à Meurs"），他同时也是一位铜版画家。准确地说，应该是这家出版社同样的铜版画家（很可能即雅各布·冯·莫尔斯本人）和同样的图像资源，造成了二书中图像的雷同：它们共同借鉴了卜弥格《中国植物志》或同时代其他东方来源的图像、知识和经验。

至于椰子树图像的具体来源，卜弥格的书中有这样一段话透露了其真实的信息："以上所述波斯和印度椰子的图像在书中和地图上都不难找到，所以我们再在这里附上就没有必要了。"[①]意为这种图像非常常见，所以没有必要专门画出。

下面提供的一幅荷兰绘制的东印度地图正是这种十分常见的图像之一，于1664年（《荷使初访中国记》出版的前一年）同样在阿姆斯特丹出版（见图69）。从中我们可以清晰地看到，《荷使初访中国记》和《中国图说》中，那种类似的风格化椰子树图像，在上面迎风招展。也就是说，卜弥格只有文字

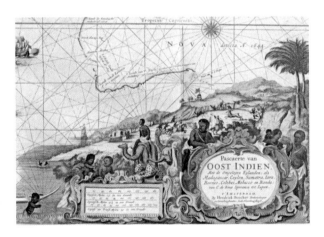

图69　亨德里克·党克尔(Hendrick Doncker)，《东印度地图》(*Pascaerte van Oost Indien*) 局部《椰子树》，阿姆斯特丹，1664年

---

① M BOYM. Flora sinensis［M］. Vienna: Austrie, 1656: f2.中文参见卜弥格.卜弥格文集：中西文化交流与中医西传［M］.张振辉，张西平，译.上海：华东师范大学出版社，2013：302.

描述而没有画出的中国椰子树，在后两部书那儿，是被 Jacob von Meurs 或其作坊的其他工匠，用荷兰人熟悉的东印度（印度尼西亚）椰子树形象填补了空白，画在了表现中国城乡的图像之上。

椰子树与宝塔的案例说明，早期中国图像的生产，是各项因素综合发生作用的结果；其中出版商和铜版画工匠作为重要的中介也参与其中。他们与图像和知识的原作者与被挪用的视觉资源，最终是万里之遥的中国风物和山水胜景，共同创造了令西方人梦牵魂绕、欲罢不能的东方景观；这种景观亦真亦幻，随万里长风和涓涓清流，融入一幅又一幅著名的西方画卷（例如华托、帕代和布歇的作品）之中，在里面轻语喧哗，有待于知音者的聆听。

至于布歇笔下，那位"弯环罄折"的西方美人[①]也有一个明确的东方出身。

她是一位美丽的腓尼基公主，是亚细亚的女儿。在画中故事发生的前一天晚上，她做了一个梦，梦见两个女人在争夺她。一个女人是亚细亚，是她的母亲，温柔和热情地要得到她；但另一个陌生的女人却像强盗一样抓住她，要把她带到一个陌生的地方去，而前者就是那块地方的化身。她从梦中惊醒，心里慌乱得跳个不停。在清晨的阳光里，她和她年轻的伙伴们来到海边，在草地上采摘鲜花并编制花环，随后，海滩上走过来一头高贵而华丽的公牛，公牛在她面前驯良地跪了下来，让公主爬上它宽阔的牛背上去——然后，绘画里面描述的故事就开始了：

根据希腊神话，公牛是天神宙斯，公主是欧罗巴；宙斯爱上了欧罗巴，变成一头公牛把她劫掠到对面的大陆去；后来欧罗巴在那儿生子，那块大陆也从她那儿获得了名字，这就是起源于亚洲（亚细亚）的欧洲（欧罗巴）的故事。

在画面上，我们分析过，欧罗巴和右边的一个女人的背影构成了一对"反像"；那个女人也许正是亚细亚，是欧罗巴的母亲，或者是另一个欧罗巴，一个

---

① 西方传统中也有类似的 S 形曲线的女性形象，这无疑是一个事实。从古希腊、罗马的雕塑到文艺复兴时期的绘画，从维纳斯、圣母到美惠三女神，都呈现类似的 S 形。但是，其曲线很少会出现像布歇画中那样的"弯环罄折"的程度。以布歇为代表的西方绘画中女性形象出现的变化，非常类似于清初中国仕女画出现的变化，即从"弯环"向"罄折"转化，需要有特殊原因。在我看来，明清商品经济的发达、奢侈品消费的兴盛以及全球化贸易的形成，是其中的重要原因。此外，还需注意布歇笔下的女性形象往往具有如同瓷器般的光润细腻的皮肤和色泽，这也是区别于通常西方画家笔下的女性形象（如鲁本斯）的关键特征。

不走的欧罗巴，一个欲继续忠实于母亲的欧罗巴。而她弯曲的身影，与前景中的大地，与右面的山水与椰子树，正好构成了一个连续的环形大陆，一个完整的亚细亚；同时，与此相对的，是我们曾经指出的画面人物构成的一个正金字塔，塔的顶端是正在升腾的小爱神和云彩，他们的方向代表着即将发生的下一个动作：跪着的公牛即将起身，带离欧罗巴向远方飞驰而去。此时的欧罗巴正看着她的母亲，把手伸向她，或者她的另一个自己。可以看出，她似乎对未来充满期待，又似乎恋恋不舍。她的Z字形的身体，她的"弯环罄折"，似乎正是欧罗巴和亚细亚、她和她的母亲、她和她自己，那种左顾右盼、纠缠不清、难以取舍的矛盾与冲突的反映；同时她也在优雅的姿态和矜持中，似乎正在享受和消费着这种矛盾。正是这种张力构成了这幅美丽的画的魅力，也预示着年轻画家布歇一个东张西望、左右逢源时期的开始，也把他接受中国艺术影响的时间，提前到1732—1734年。

15年之后，到了本节开头，批评家圣耶夫提出人们之担忧的时刻，在布歇的绘画，尤其是他的"历史画"中，那种他曾获益匪浅的矛盾与张力已然消弭。在他更著名的一幅《劫掠欧罗巴》（见图70）中，出现了一种我称之为"再语境化"的修辞策略。尽管画面仍然以布歇所惯用的对角线构图展开，但置身于画面中心的欧罗巴，完全没有该母题（"劫掠"）题材本身带有的紧张感，而是一个十分优雅自如的形象：她坐在公牛背上，好似在做一个舞台亮相。画面中原先的东方暗示（如瀑布和椰子树）被抹得干干净净，所呈现的腓尼基和腓尼基人，都更是一派西方和法兰西风貌；那个作为欧罗巴反像的背影妇女不见了，那种在亚细亚与欧

图70　布歇《劫掠欧罗巴》，布面油画，160.5 cm×193.5 cm，1747年，卢浮宫博物馆

罗巴行还是停之间调停斡旋的矛盾冲突也随之消失。现在，人物所组成的形式关系——无论是空中飞行的小爱神和他们手中展开的帷幔，还是欧罗巴左手的姿态和海中岩石的走向，都明白无误地指向画面右方——指向远处荒凉的海岛或大陆，也就是宙斯（公牛）所要去向的目标，即克里特和欧洲。画面看上去，与其说是公牛要劫掠欧罗巴而去，毋宁更像是欧罗巴自愿前往；她手中牵着的缰绳好像正欲驱使公牛起身，更强化了这一印象。布歇笔下的这位欧罗巴，令人想起中国作家曹禺新编历史剧《王昭君》（1978 年）中的新版女主人公。 曹禺一反传统王昭君故事中宫闱秘事、凄惨悲切的格调，将王昭君塑造为一个出于民族团结的大义而主动和亲的形象；我们好像听到布歇版的欧罗巴口中，正在道出曹禺版王昭君的诗意台词：

> 我淡淡妆，
>
> 天然样，
>
> 就是这样一个汉家姑娘。
>
> 我款款地行，我从容地走，
>
> 把定前程，我一个人敢承当。①

　　我们看看这位王昭君，再看看这位欧罗巴，似乎没有丝毫的违和感，好像是这位"汉家姑娘"经过换装，现在变成了"欧罗巴"。这样的一个"换装"游戏，无疑是真实的历史过程的折射，因为无论是传说中还是历史上，亚洲都在欧洲的形成过程中发挥作用——换言之，欧洲"（欧罗巴）"正是在与亚洲（"亚细亚"）发生的种种关系中诞生的②。

　　与此同时，曾经风光一时的布歇的中国风题材创作，从布歇艺术生涯中悉数消失，这一过程也与中国文化和中国风的热潮在西方经历的一个由盛而衰、由仰

---

① 田本相，刘一军.曹禺全集：第4卷［M］.石家庄：花山文艺出版社，1996：259.

② D F LACH. Asia in the making of europe［M］. Chicago: University of Chicago Press, 1965, 1970, 1993.

慕到排斥的过程基本上重合①。传统上主要从西方对于中国的认识产生变化(即从理想到现实)，以及西方按照自己的文化逻辑来想象中国，而与真实的中国无关，从这样的角度来阐释其过程，现在看来该类模式显然不得要领。在我们看来，其真正的意义，要在欧洲艺术家和欧洲的自我，如何吸收中国艺术的趣味并借助中国他者的镜像，进而自我认同和自我建构的跨文化层面加以厘定。本文的研究仅仅是一个初步的尝试，而更多的工作则有待于进一步展开。

但是，中国风题材的消失并不意味着中国趣味在布歇作品中的消逝。透过欧罗巴婀娜的身姿，我们显然能够从中辨识出几分，她原先的东方式"优雅"。

尾　声

1751年，布歇接受蓬巴杜尔夫人的委托，为她完成了《维纳斯的梳妆》(见图71)一画。这件著名的作品，一向被法国批评家称为反映了典型的"银行家趣味"(le goût financier)，一方面是因为画中到处都是各种珍贵的物品和金光铮亮的器皿，另一方面是因为它的主人蓬巴杜尔夫人出身于一个银行家家庭，而她日后成为了路易十五的情妇——该画正是为装饰她与国王约会的蜜巢之浴室而订制。以后，该画又继续辗转流传于大银行家之手，直至它最后进入大都会博物馆的收藏。

画中，裸体的维纳斯坐在一个金色的沙发或"躺椅"之上，再一次令人想起克雷庇雍小说《沙发》中的插图；其玲珑的身姿正好与1747年版的欧罗巴形成

---

① 一般认为，17、18世纪为欧洲兴起"中国风"热潮的时间段落；这一时间内，几乎"所有欧洲国家都不能幸免于"这种影响。昂纳尔将法国的"中国风"分成"巴洛克中国风"(1660—1715年)、"罗可可中国风"(1715—1774年)和"路易十六中国风"(1774—1789年)；将"中国风"的衰落看作是从18世纪中期升始，其标志是欧洲"新古典主义"风格的兴起。H HONOUR. Chinoiserie: the vision of cathay [M]. New York: Icon Editions, 1973: 53, 87, 175. Georges Brunel认为，1710—1740年间是法国"中国风"趣味最流行的时期。G BRUNEL. Chinoiserie: de l'inspiration au style [C] // Pagodes et dragons: exotisme et fantaisie dans l'Europe rococo 1720-1770. Paris: Musée Cernuschi, Paris musées, 2007: 13. Yohan Rimaud则认为，布歇艺术生涯中的1735—1745年，是他献身于中国艺术趣味的十年。Y RIMAUD. François Boucher: aujourd'hui et demain [C] // Une des provinces du rococo: la Chine rêvée de François Boucher. Besançon: Musée des Beaux-Arts et Archéologie de Besançon, Fine éditions d'art, 2019: 65-66.布歇的"中国风"艺术创作与"中国风"在欧洲的流行的高峰时期基本重合。

图71 布歇《维纳斯的梳妆》，布面油画，
108.5 cm×85 cm，1751年，大都会
博物馆，纽约

镜像关系。布歇加强了维纳斯周边的绿色帷幔、蓝色天空、红色绒毯，与中央的维纳斯肌肤的粉红、纱巾的轻盈、白色鸽子的耀眼之间的冷暖对比，把人们的注意力不由自主地聚焦在如同没有一点阴影、珠圆玉润、光洁无瑕的维纳斯的身体之上。与1747年版的《欧罗巴》相似，1740年前后布歇画中频繁出现的中国器物和艺术品，在这里消失殆尽，映入眼帘的是西方古典式的金属执壶、贝壳状银盘和铜质香炉，它们与躺椅的镀金外观交相呼应，营造出十分浓厚的珠光宝气、纸醉金迷的"银行家趣味"。尽管画中

的维纳斯被认为是蓬巴杜尔夫人的化身（因为她曾于同年在《维纳斯的梳妆》一剧中扮演女主角），尽管画中充塞着西方古典式器物，我们从那些熟悉的姿态或道具——透明的条纹丝巾、珍珠项链、没有个性特征的脸、"弯环罄折"的姿态，

图72 布歇《维纳斯 图73 布歇《棕发宫
的梳妆》局部 女》局部《青
《金属香炉》 瓷香炉》

尤其是细腻光润的皮肤，以及通过鸽子欲啄食的形态所强调的触觉优先性——可以发现，这个维纳斯依然是出没于前面一系列画面中的那个"瓷娃娃"。

甚至连画面右角那个正冒着香气的西式香炉（见图72），其形态也不真实存在，而是来自对前画中中国香炉（见图73）的一种逐字逐句的翻译与包装；同理，前景中那两个闪着高

光的金属执壶和银盘，也不过是前画中中国瓷质茶具的转换和替代而已。这种"翻译"同时也意味着，在布歇的"历史画"中一而再、再而三地存在着我们前面提及的"再语境化"过程，即刻意地让原先的中国艺术趣味销声匿迹，重新赋予画面整体以某种西方和古典式的氛围和意境。

最后，画中的维纳斯再一次重复了《斜倚在躺椅上的女子》中女主角的姿态（见图74）：她的左手触碰着自己的脸颊和耳朵，像是触碰到一张面具（见图75）；这一行为似乎再一次提醒人们，即使如欧洲最重要的女神维纳斯和欧罗巴，都可能在美丽的外观下，隐藏着另一张面孔和另一种文化。

图74　布歇《斜倚在躺椅上的女子》　图75　布歇《维纳斯的梳妆》局部：
　　　局部：女子的右手触碰她的脸　　　　　维纳斯的左手触碰她的脸

参考文献：

1. 卜弥格.卜弥格文集：中西文化交流与中医西传［M］.张振辉，张西平，译.上海：华东师范大学出版社，2013.
2. 洪泉，董璁."平湖秋月变迁图考"［J］.中国园林，2012（8）.
3. 胡敬.国朝院画录［M］// 于安澜.画史丛书：第5册.上海：上海人民美术出版社，1963.
4. 李军."从东方升起的天使"：一个故事的两种讲法［M］// 跨文化美术史年鉴1：一个故事的两种讲法.济南：山东美术出版社，2019.
5. 李军.跨文化美术史年鉴1：一个故事的两种讲法［M］.济南：山东美术出版社，2019.
6. 李军."丝绸之路上的跨文化文艺复兴：安布罗乔·洛伦采蒂《好政府的寓言》与楼璹《耕织图》再研究"［J］.饶宗颐国学院院刊，2017（4）.
7. 李军.图形作为知识：十幅世界地图的跨文化旅行［M］// 湖南省博物馆.在最遥远的地方寻找故乡：

13—16世纪中国与意大利的跨文化交流.长沙：湖南省博物馆.

8. 李晓愚.从"高楼思妇"到"深闺美人"：论明清闺思题材绘画的图式与风格转变［J］.文艺争鸣，2019（6）.

9. 刘璐.从南怀仁到马国贤：康熙宫廷西洋版画之演变［J］.故宫学刊，2013.

10. 刘辉.康熙朝洋画家：杰凡尼·热拉蒂尼：兼论康熙对西洋绘画之态度［J］.故宫博物院院刊，2013（2）.

11. 聂崇正.清代宫廷中的苏州画家［J］.紫禁城，2016（8）.

12. 聂崇正.一幅早期的油画作品：康熙时仕女油画屏风［M］//宫廷艺术的光辉：清代宫廷绘画论丛.台北：东大图书股份有限公司，1996.

13. 田本相，刘一军.曹禺全集：第4卷［M］.石家庄：花山文艺出版社，1996.

14. 万作霖.农书［M］//知不足斋丛书：第9辑.长塘：包氏开雕.

15. 王怀义.清代宫廷画家冷枚生平补正［J］.故宫博物院院刊，2017（5）.

16. 王幼敏.清代宫廷画家冷枚生平事迹新考［J］.故宫学刊，2017（1）.

17. 徐文琴.流传欧洲的姑苏版画考察［J］.年画研究，2016（秋）.

18. 于悦.细编欲展又凝思：冷枚《春闺倦读图》与清初仕女画样式［J］.收藏家，2014（10）.

19. H.W. 詹森，J.E. 戴维斯，等.詹森艺术史：插图第7版［M］.艺术史组合联合翻译小组，译.北京：世界图书出版公司北京公司.

20. 张庚.国朝画征录［M］//于安澜.画史丛书：第3册.上海：上海人民美术出版社，1963.

21. 朱万章.十七世纪宫廷画家顾见龙研究［C］//澳门艺术博物馆.像应神全：明清人物肖像画学术研讨会论文集.北京：故宫出版社，2015.

22. A ANANOFF, F BOUCHER. La bibliothèque des arts: tome 1［M］. Lausanne et Paris: La Bibliothèque des Arts, 1976.

23. A DULAU. In focus: lady taking tea and woman on a daybed［M］// Boucher and Chardin: masters of modern manners. Glasgow: University of Glasgow and Paul Holberton Publishing, 2008.

24. B ANDERMAN. Félibien and the circle of colbert: a reevaluation of the hierarchy of genres［C］// D DONALD, F O GORMAN. Ordering the world in the eighteenth-century. New York: Palgrave Macmillan, 2006.

25. C BAUDELAIRE. Les fleurs du mal［M］. Paris: Librairie Générale Française, 1972.

26. CHARLES LÉOFFREY DE SAINT YEVE. Observations sur les arts et sur quelques morceaux de peinture & de sculpture, exposés au Louvre en 1748［M］. Leyde: Elias Luzac Junior, 1748.

27. D DIDEROT. Ruines et paysages. Salon de 1767［M］. Paris: Éditions Else Marie Bukdahl, Michel Delon et Annette Lorenceau, 1995.

28. D F LACH. Asia in the making of Europe: I–III［M］. Chicago: University of Chicago Press, 1965, 1970,1993.

29. D PORTER. The Chinese taste in eighteenth-century England［M］. Cambridge: Cambridge University Press, 2010.

30. EDMOND ET JULES DE GOUCORT. L'art du dix-huitième siècle: tome premier［M］. Paris: Rapilly, Libraire et Marchand D'estampes, 1873.

31. E L BURCHARTH. The painter's touch: Boucher, Chardin, Fragonard［M］. Princeton: Princeton University Press, 2018.

32. G FAROULT. François Boucher. L'odalisque brune［M］. Paris: Éditions EL VISO, Musée du Louvre.

33. H HONOUR. Chinoiserie: the vision of cathay［M］. London: Icon Editions, 1973.

34. J HAY. Sensuous surfaces: the decorative object in early modern China［M］. Honolulu: University of Hawaii Press, 2010.

35. M BOYM. Flora sinensis［M］. Vienna: Austrie, 1656.

36. M HYDE. Making up the Rococo: François Boucher and his critics［M］. Getty Research Institut, 2006.

37. M SULLIVAN. The meeting of eastern and western art［M］. New York: New York Graphic Society Ltd, 1973.

38. N BRYSON. Vision and painting: the logic of the gaze［M］. New Haven: Yale University Press,1983.

39. O A DUHL, J M FRITZ. Les cinq sens entre moyen âge et renaissance: enjeux épistémologiques et esthétiques［M］. Dijon: Éditions Universitaires de Dijon, 2016.

40. P PELLIOT, Le premier voyage de "L'Amphitrite" en Chine. L'Origine des relations de la France avec la Chine, 1698–1700［M］. Paris: Paul Geuthner, 1930.

41. P REMY. Catalogue raisonné des tableaux, desseins, estampes, bronzes, terres cuites, laques, porcelaines de différents sortes (...) qui composent le cabinet de feu M. Boucher, Premier peintre du Roi［M］. Paris: Musier père, 1771.

42. P STEIN. Boucher's chinoiseries: some new sources［J］. The Burlington Magazine, 1996, 138（1122）.

43. P STEIN. François Boucher, la gravure et l'entreprose de chinoiseris［C］// Une des provinces du rococo: la Chine rêvée de François Boucher. Besançon: Musée des Beaux-Arts et Archéologie de Besançon, Fine éditions d'art, 2019.

44. P STEIN. Les chinoiseries de Boucher et leurs sources: l'art de l'appropriation［C］// Pagodes et dragons: exotisme et fantaisie dans l'Europe rococo 1720–1770. Paris: Musée Cernuschi, Paris musées, 2007.

45. R FINLAY. The pilgrim art: cultures of porcelain in world history［M］. Berkeley and Los Angeles, California: University of California Press, 2010.

46. S SLOBADA. Chinoiserie: commerce and critical ornament in eighteenth-century Britain［M］. Manchester: Manchester University Press, 2014.

47. T KIRCHNER. La Nécessité d'une hiérarchie des genres［C］// La naissance de la théorie de l'art en France 1640–1720. Paris: Editions Jean-Michel Place, 1997.

48. W HATCHETT. A Chinesetale［M］. London, 1740.

49. Y RIMAUD. Les couleurs célestes de la terre. La collection d'objets orientaux de François Boucher［C］// Une des provinces du rococo: la Chine rêvée de François Boucher. Paris: Musée des Beaux-Arts et Archéologie de Besançon, Fine éditions d'art, 2019.

【本篇编辑：刘畅】

《姨母育佛图》与《圣母子图》比较

李倍雷

摘　要： 元人王振鹏的《姨母育佛图》创作于14世纪初期，契马布埃的《圣母子图》创作于13世纪末期，不同时期、地域、题材、母题与艺术家所处理的方式，在主题、造型和表达上却有惊人的相似之处。这种惊人的相似是否缘于双方的相互影响？东西方文化的传播在古希腊罗马时期就存在，但是，《姨母育佛图》和《圣母子图》这样的图像不可能存在。因为支撑二者的宗教文化一个刚刚开始，另一个还没有产生，对偶像的崇拜没有出现。这里人们的眼光自然会盯着意大利人马可·波罗。马可·波罗在1275年到达元朝大都，游历中国17年，也许正是马可·波罗把意大利画家契马布埃的《圣母子图》带到中国，影响了中国王振鹏的《姨母育佛图》的创作，或者在契马布埃之前，已有相关的（中国或印度）图像如《诃利帝母图》被马可·波罗带回意大利并影响了契马布埃《圣母子图》的创作。当然，也可能是"异体同构"。总之，一个或两个女性怀抱一个或两个婴儿的图式结构，是艺术史上一个值得探讨的有趣的图式结构现象。

关键词： 《姨母育佛图》《诃利帝母图》《圣母子图》 敞开式图式结构　内合式图式结构

作者简介： 李倍雷（本名李蓓蕾），男，1960年生，博士，现任东南大学艺术学院教授、博士生导师，博士后流动站合作导师，从事美术史学研究，从事油画创作。

A Comparative Study of *The Aunt Raising the Buddha* and *The Madonna and Child*

Li Beilei

Abstract: The Aunt Nurturing the Buddha by the Yuan dynasty's Wang Zhenpeng was created in the early 14th century, and the Madonna and Child by Chemabue was created in the late 13th century. The different periods, regions, subjects, and mother themes and the way the artists dealt with them are strikingly similar in subject matter, modelling, and expression. Does this striking similarity come from the mutual influence of both sides. The spread of East and West cultures existed during the Greco-Roman period, but images like Auntie Nurturing the Buddha and the Madonna and Child could not have existed. Because the religious culture that underpinned the two one had just begun, the other had not yet arisen, and the worship of idols had not appeared. Here one's eye naturally goes to the Italian Marco Polo. Marco Polo arrived in 1275 in the Yuan dynasty metropolis, travelling through China for 17 years, perhaps it was Marco Polo who brought the Italian painter Chimabue's Madonna and Child back to China, influencing the creation of China's Wang Zhenpeng's Auntie Nurturing Buddha, or perhaps there were already related (Chinese or Indian) images such as the Holliday Mother before Chimabue's, which were brought by Marco Polo back to Italy influencing Chimabue's creation of the Madonna and Child. Of course, it could also be a case of 'isomorphism'. In any case, the graphic structure of one or two women carrying one or two babies is an interesting graphic structure phenomenon worth exploring in the history of art.

Keywords: *Aunty-breeding Buddha Figure   Holliday Mother Figure Holy   Mother and Child Figure   open figure structure   inside composed figure structure*

导　　语

在世界历史上，东西方有四次较大的接触，促使了双方文化发生相互的影响。第一次是亚历山大大帝（前356—前323年）东征，于公元前327年侵入印度，古希腊艺术尤其是雕刻艺术与当时犍陀罗地区艺术交汇，形成了我们今天称为的"犍陀罗风格"的艺术。这是西方对东方艺术的影响，同时东方艺术也传到西方，有了希腊化时期的艺术风格。第二次是十字军东征（1096—1291年），东西方文化的交流有了进一步加强，东方的罗盘、火药、棉纸、代数以及阿拉伯数字陆续传到欧洲，被认为在某种意义上刺激了欧洲的文艺复兴。第三次是蒙古人于1219—1260年的三次西征，最远打到了欧洲多瑙河中游，又在一定程度上促进了东西方的文化交流。第四次是非军事行动的商业贸易，马可·波罗（Marco Polo，1254—1324）出身于意大利威尼斯商人之家，1271年随父亲以及叔父前往中国，于1275年到达元朝的首都，在中国游历长达17年，马可·波罗寻访过当时中国西南与东南等地区。曾口述《马可·波罗游记》（《东方见闻录》Il Milione），由意大利作家鲁斯蒂谦（Rustichello da Pisa，生卒年不详）写出，从此《马可·波罗游记》在欧洲广为流传，加强了欧洲对中国文化的了解。当然，马可·波罗是否来过中国一事也存有争议。

这四次东西方不同"行为"的交流方式，在很大程度上促进了东西方文化的交流与传播。接下来我们要探讨的问题是：中国元代画家王振鹏的《姨母育佛图》作为佛教题材的绘画作品，其图像中的母题、题材和主题表达，以及造型处理方式，与相近时期的西方契马布埃的《圣母子图》这一基督教题材的绘画作品，在母题、题材、主题的表达方面的关系。这是一个非常有意义的值得探讨的史学课题。尽管两幅图像看似题材不同，但在母题、主题等方面却有一些相似之处，尤其在图式结构和造型处理方式上更有相似的地方，是一种文化对另一种文化影响的结果，还是不同文化背景下的主题同构，抑或它们之间隐藏一种神秘关联？对于这诸多的问题，我们有必要将《姨母育佛图》与《圣母子图》这两幅图像置于跨文化的框架下进行比较研究，用主题学理论做尝试性分析与探讨。

一、《姨母育佛图》的图式与母题

元代王振鹏（生卒年不详）《姨母育佛图》（见图1）是以佛教故事为题材所绘制的绘画作品。《佛本行经集经·姨母养育品·第十》记载：

> 尔时太子，既以诞生。适满七日，其太子母摩耶夫人，更不能得诸天威力，复不能得太子在胎所受快乐。以力薄故，其形羸瘦，遂便命终。或有师言，摩耶夫人，寿命算数，唯在七日，是故命终。虽然但往昔来常有是法，其菩萨生，满七日已。而菩萨母，皆取命终。何以故？以诸菩萨幼年出家，母见是事，其心碎裂。即便命终。萨婆多师，复作是言，其菩萨母，见所生子，身体洪满，端正可喜，于世少双。既睹如是希奇之事未曾有法，欢喜踊跃，遍满身中，以不胜故。即便命终。尔时摩耶国大夫人，命终之后，即便往生忉利天上，生彼天已。即有胜妙无量无边诸天婇女，左右围绕，前后翼从，各各持于无量无边供养之

具，曼陀罗等。诣菩萨所，处处遍散，为欲供养于菩萨故。从虚空下，渐渐而坠到于人间净饭王宫。到王宫已，语净饭王，而作是言。大王当知，我得善利，善生人间。我于往昔，胎怀于彼清净众生。大王童子，满足十月，受于快乐。今我生于三十三天，还受快乐，如前不异，彼乐此乐，一种无殊。大王从今已往，愿莫为我受大忧苦，从今已去，我更不生。时彼摩耶，即以天身。……时净饭王，见其摩耶国大夫人命终之后，即便唤召诸释种亲年德长者，皆令云集，而告之言。汝等眷属，并是国亲，今是童子，婴孩失母，乳哺之寄，将付嘱谁。教令养育，使得存活，谁能依时。看视瞻护，谁能至心，令善增长，谁能怜愍。爱如己生，携抱捧持，以慈心故，功德心故，欢喜心故，时有五百释种新妇。彼等新妇，各各唱言。我能养育，我能瞻看，时释种族，语彼妇言。汝等一切，年少盛壮，意耽色欲，汝等不能依时养育，亦复不能依法慈怜。唯此摩诃波阇波提，亲是童子真正姨母。是故堪能将息养育童子之身，亦复堪能奉事大王。彼诸释种，一切和合。劝彼摩诃波阇波提，为母养育，时净饭王。即将太子，付嘱姨母摩诃波阇波提，以是太子亲姨母故，而告之言。善来夫人，如是童子，应当养育，善须护持。应令增长，依时澡浴。又别简取三十二女，令助养育。以八女人，拟抱太子。以八女人，洗浴太子。以八女人，令乳太子。以八女人，令其戏弄。[①]

上面这段文字说明，年幼的佛陀释达多王子，在他生下后的第七日，母亲摩耶皇后亡故，净饭王令其由皇后之妹摩诃波阇波提养育释达多王子。但需我们注意的是，这段文字没有具体的"情境"描述，包括人物服饰着装都没有具体描述，仅提到三十二女辅助姨母育佛的分工。王振鹏《姨母育佛图》呈现的是姨母摩诃波阇波提怀抱佛陀这样一个"想象"的情境图像，它是图像的主体部分。图像的左边还有一个小孩子，应该是他同父异母的弟弟提婆达多，即难陀，也是姨

---

① 那崛多.佛本行集经：姨母养育品［M］//大正藏：第3册.扬州：江北刻经处，1916：701.

图 1　王振鹏《姨母育佛图》，美国波士顿美术馆藏

母摩诃波阇波提的亲生儿子。这个身份略显复杂。从父系关系讲，他们是同父异母的兄弟；从母系关系讲他们则是表兄弟。但是，我们更需要注意的是这种图式结构关系。即摩诃波阇波提怀抱婴儿——王子释迦牟尼，旁边有另一婴儿——表弟或异母同父弟弟难陀，身旁有一侍女扶着他。此种图式"情境"结构应该是王振鹏"想象"的创作，《佛本行经集经·姨母养育品》并没有这样的描述，这也是我们后面主要探讨与比较的内容。

王振鹏《姨母育佛图》这幅卷绘作品在中国出现比较早，时间上与西方文艺复兴时期接近，以后明代也出现了相同母题、题材和主题的图像，但这些并不作为本文探讨的对象。关于王振鹏的生卒年至今没有一个确切的考证，我们也看到一些有关王振鹏生平考，然而无法得出一个明确的生卒年时间。俞剑华所编《中国美术家人名辞典》，其"王麟"条说王振鹏"成宗顺第时人，至正十年（1350 年）尚在"[①]，如果这可信，我们大致知道王振鹏活动在 13 世纪末至 14 世纪中叶，这个时间与马可·波罗的活动时间相近。王振鹏这幅《姨母育佛图》无题款，从技法上看，应该属于他中年以后所作，也就是说大致完成于 14 世纪初期。一个艺术家的创作高峰期，应该始于 30 岁左右，如果说王正鹏 30 岁，那也应该在 1300 年左右。我们这可以从王振鹏另一幅有款识的绘画作品《维摩不二图》（美国大都会美术馆藏，见图 2）为参考或印证，这是一幅临马云卿的《维摩不

---

① 俞剑华.中国美术家人名辞典［M］.上海：上海人民美术出版社，1981：148.

二图》作品，该图题跋为："至大元年二月初一日拜往怯薛弟二日，龙福宫花园山子上西荷叶殿内，臣王振鹏特奉仁宗皇帝潜邸圣旨，临（金）马云卿画《维摩不二图》草本。"元至大元年即1308年。这幅作品从用线到人物造型的绘画技法程度与《姨母育佛图》技法相差无几，可以推测《姨母

图2　王振鹏《维摩不二图》

育佛图》也应该在这个时期所画。与此同时，就流传下来的作品而言，西方中世纪末出现了最早的《圣母子图》（见图3），作者为乔万尼·契马布埃（Giovanni Cimabue，1240—1300），时间上还略早于王振鹏《姨母育佛图》。问题也就产生了，中西不同文化背景下的图像，《姨母育佛图》和《圣母子图》在图式结构上有很接近的地方，题材、母题方面也有相似的地方，那么它们是一种什么关系呢？

图3　契马布埃《圣母子图》

关于王振鹏《姨母育佛图》图像的母题、题材与主题，目前也尚有不同的看法或争议。目前大部分中外学者认为王振鹏的这幅所表现的是"姨母育佛"的主题，故此对该图的名称确认为是《姨母育佛图》。譬如李烈初在《元王振鹏〈消夏图〉考辨》一文中提及《姨母育佛图》，并认定是"姨母育佛"的内容，认为图像是"画释迦牟尼婴儿时受姨母抚养的情境"。[1]同样，杨振国在《美国藏元画考释（四）》一文

① 李烈初.元王振鹏《消夏图》考辨［J］.收藏界，2008（5）：112.

中也是这样认为的："幼小的悉达多因其生母摩耶皇后已故而由摩耶之妹扶养教育，悉达多的这位继母名叫摩诃波阇波提，她自己原有一幼子，名叫提婆达多，但为了照顾姐姐的孩子却将提婆达多交给侍女照看。"①认为王振鹏这幅作品为《姨母育佛图》的国外学者主要是日本学者富田幸次郎（Tomita Kojira，1890—1976），他在《两幅描绘佛和姨母的中国绘画》中认定为王振鹏所画的是"姨母育佛图"，②研究者张薇认为富田幸次郎是最早认为王振鹏该图为"姨母育佛图"的学者。同时，张薇还在她的研究中提出了完全不同的观点，她认为王振鹏的这幅《姨母育佛图》应该为《诃利帝母》或《鬼子母》图像。另外，张薇在《论王振鹏〈姨母育佛图〉非"姨母育佛"》提到了"姨母育佛"的图像，在元代不流行，在明代甚为流行，最后的结论是该图为《鬼子母图》。③这个观点有《诃利帝母真言经》文本所描述的内容支撑。《诃利帝母真言经》描述："画诃利帝母作天女像，纯金色，身着天衣，头冠璎珞。坐宣台上，垂下两足，于垂足边，画二孩子，傍宣台立，于二膝上各坐一孩子，以左手怀中抱一孩子，于右手中持吉祥果。"④这个描述的确也有符合王振鹏作品图像所呈现的母题元素。也是说《诃利帝母图》图像的主要母题有"姨母"（摩诃波阇波提）、"佛陀"（释迦牟尼）、"难陀"（佛的弟弟）、"女侍"等，题材也就是"育佛"。这个特点与《姨母育佛图》很相似。另外，在邵彦的《美国博物馆藏中国古画概述》中，他用的是《姨母浴佛图》的名称。⑤二者图像的相似，也就成了关于王振鹏《姨母育佛图》有所争议的地方。这个争议不是一般的问题，而是核心问题，它关乎对图像的正确解读，当然也涉及我们后面所要探讨的问题。为此，我们也就不得不探讨一下有关"诃利帝母"或"鬼子母"的问题，即探讨《姨母育佛图》与《诃利帝母图》图像的相关问题。

---

① 杨振国.美国藏元画考释：四［J］.美苑，2008（5）：57.

② K TOMITA. Two Chinese paintings depicting the infant buddha and mahāprajāpati［J］. Bulletin of the Museum of Fine Arts, 1944, 42(247): 13-20.

③ 张薇.论王振鹏《姨母育佛图》非"姨母育佛"［J］.湖北美术学院学报，2015（1）：24-30.

④ 李鼎霞，白化文.佛教造像手印［M］.北京：北京燕山出版社，2000：155-156.

⑤ 邵彦.美国博物馆藏中国古画概述［N］.东方早报，2012-10-29.

我们从一些佛教石窟造像中可以发现，"诃利帝母"造像出现较早。如大足石窟中的宋代时期造像艺术，其中就有《诃利帝母造像》，造像大体与《诃利帝母真言经》文本相符。如北山佛湾第122、289龛，石门山第9窟，玉滩第3龛，石篆山第1龛，北山佛湾第122龛最具《诃利帝母》造像特征。[①]黎方银在《大足石窟艺术》中描述道："龛正中主像诃利帝母凤冠霞帔。身着敞袖圆领华服，足穿云头鞋，脚踏几，坐于有屏风背衬的中国式的龙头靠椅上。左手抱一小孩（头残）放于膝间，右手置膝上。左右两侧各站立一侍女，均双手拱揖，着宫服。龛左壁外侧有一乳母，敦厚丰肥，袒胸露乳，头扎巾，怀抱一婴儿，专注哺乳。原龛内其刻有九个小孩，或站、或坐、或伸臂、或屈腿，天真可爱，惜已残毁不全。"[②]严格来讲，这个石窟称为《诃利帝母造像》也有问题，它应该与"九子母"有关。不过这里还是暂时悬置这个问题，俟后另文探讨。

我们先从两个文本《佛本行经集经·姨母养育品》与《诃利帝母真言经》文字描述着手，考察一下"文"与"图"的对应关系。前面我们已经提示《佛本行经集经·姨母养育品》的描述，仅仅是讲了一个"姨母育佛"的事实，没有讲具体的情境，就是说姨母是如何抚养幼小佛陀的，没有提到"怀抱佛陀"的具体方式。在《诃利帝母真言经》却有具体的"情境"描述，而且还比较详细，文字中就有直接描述"怀抱婴儿"的"情境"。被称为《姨母育佛图》的王振鹏所画的图像，从内容上看有"姨母育佛"的主题，但是《佛本行经集经·姨母养育品》没有"怀抱佛陀"这样的情境描述，是不是王振鹏借用了《诃利帝母真言经》所描述的情境来"伪托"制造了一个"姨母育佛"的情节或叙事。从王振鹏的这幅图像造型特征来看，在前面提到研究该图像的文章里，基本上提到造型本土化这个特点。佛教自东汉传入本土后，佛教造像本土化的进程在北宋开始明显，如大足石刻的本土化特征就非常明显，有的是石窟造像中还有道教造像，还有佛、道、儒"三教合一"的石窟，更有本土民间造像的石刻，如大家都比较熟悉的《养鸡女》《吹笛女》《牧牛图》。大足石刻还有佛教和道教的教场，这种佛、道、

---

① 黎方银.大足石窟艺术［M］.重庆：重庆出版社，1998：154.
② 黎方银.大足石窟艺术［M］.重庆：重庆出版社，1998：154.

儒和民间生活混合体的石窟造像，对后世的佛教造像与绘画必然产生深远的影响。也就是说，宋以后的佛教题材，无论是绘画还是雕刻，都有本土化的特征与倾向。因此，元代的佛教绘画或造像的本土化成为一大特征也就不足为奇了。王振鹏的《姨母育佛图》从图像描绘的状况看，更倾向于《诃利帝母真言经》"怀抱婴儿"情境的描述，主角女性人物头冠璎珞，左手怀中抱一孩子（如是诃利帝母怀抱的应该是"毕哩孕迦"），右手中持桃子，半跏趺坐，跣足，右脚自然下垂踏于莲花台上。左边有一个侍女立于主角女性身旁，手牵一婴儿。图像中出现了两个婴儿，还有三个侍女立于主体女性身后，手持器物，图像中女性不分主次，所有穿戴几乎一致。唯有不同的是主角女性形象比其他四位女性都要大，这种图式结构是中国古典绘画艺术惯用手法。传为唐代阎立本《步辇图》中唐太宗的形体最大，其他侍者、侍女造型都小于太宗。王振鹏的《姨母育佛图》从主角女性形象判断，的确像观音菩萨造型，就是说更倾向于诃利帝母的形象，演化为略像中国本土化的民间俗称为"送子观音"菩萨。问题是世俗化的《诃利帝母图》图像中的婴儿，一般而言为三五个乃至九个，大足石刻的"诃利帝母石窟"据称原造像有九个婴儿，已毁坏不少，现能看见较为完整的有四个婴儿。如果"诃利帝母石窟"原有九个婴儿，极有可能是"九子母"的主题。《楚辞·天问》："女岐无合，夫焉取九子？"汉代王逸阐释为："女岐，神女，无夫而生九子也。"[①]清人丁晏笺注："女岐，或称九子母。"这就是"九子母"的原型。《荆楚岁时记》载："（四月八日）荆楚人相承，以是日迎八字之佛于金城。又曰，长沙寺阁下九子母神，是日，市肆之人无子者，供薄饼以乞子，往往有验者。"[②]大足"诃利帝母"石窟可能已经与"九子母"的母题、题材相互影响，使主题发生了变异。这说明了相似的母题、题材或主题在不同地域、不同时期，与另一地域文化邂逅，产生了不同程度的变异。而王振鹏的《姨母育佛图》只有两个婴儿，与《诃利帝母真言经》的描述一致，而《佛本行经集经·姨母养育品》没有提及有两个婴儿。人们只是依据《姨母养育品》内容来判定王振鹏的这幅图像，认为图像中两婴儿是佛陀与难陀兄弟，姨母手抱佛陀，

---

① 王逸，朱熹，洪兴祖.王逸注楚辞［M］.长沙：岳麓书社，2013：87.
② 宗懔.荆楚岁时记［M］.太原：山西人民出版社，1987：24.

而难陀侧身扭头望着自己的母亲。这一情节却有倾向于"姨母育佛"的情景。这成了该图像到底是"姨母育佛"还是"诃利帝母"的最纠结的问题。据以上的分析从主题学视角而言，我认为王振鹏的《姨母育佛图》应该是将"诃利帝母"与"姨母育佛"的叙事主题糅合的变体图像。从图像的母题和题材上看，虽然不同，但母题有容易"混淆"的地方，题材方面更容易显得"重叠"。诃利帝母从一个吃婴孩的"鬼子母"，被释迦牟尼用佛法点化后，转化为护持儿童的护法神。从现有的一些"诃利帝母"图像或造像中看，所表现的诃利帝母都是一位慈祥的观音菩萨的母性形象，一手怀抱婴儿，一手持圣果。"姨母育佛"的叙事主题是姨母抚育刚刚失母的佛陀，表达的是一位具有慈祥母爱的摩诃波阇波提代替姐姐抚育佛陀成长的故事，其母题也是婴儿与成熟女性。现存的图像或造像中，两种图像都有女性抱婴儿的母题与题材，旁边还有女性和婴儿的母题，而且都还表现出慈爱的母性与神圣。从选材的角度讲，二者有兼取有"母爱""呵护""养育"等素材，最为困惑的是"姨母育佛"和"诃利帝母"有两个重叠的母题：即婴儿、女性，同时出现在一个图像中，体现了相似的主题。这也是二者容易被混淆与难以区别的地方，至于其他细节，也可作为辨别图像主题的重要参考。

对王振鹏《姨母育佛图》的主题，我们可以做一个推测，画家本人可能对两种不同母题、题材、意象乃至主题做了综合的自我解读和处理，致使图像所显示的包含了二者共同的母题元素和一个相近的题材，表达母性对婴儿的慈爱、抚养或守护这个相似的主题。一些"诃利帝母"的图像中尤其被本土化以后，画三五个婴儿或九个儿童形象，可能与民间"五子登科""九子母"有一定关联。宋元的一些"诃利帝母"造型，不止两个婴儿图像，并不符合"诃利帝母"原本的母题原型。但是，王振鹏版本的图像只有两个婴儿，图像中的"姨母"（或"鬼子母"）眉间是"莲花"而非"白毫"，确实也让人产生疑问，这一点张薇在她的论文中注意到了，"王振鹏画中的诃利帝母眉心中间为一朵'莲花'，这与菩萨眉心描绘成圆点的'白毫'不同"[1]。但造像又像观音菩萨，很多因素难以解释。的

---

[1] 张薇.论王振鹏《姨母育佛图》非"姨母育佛"［J］.湖北美术学院学报，2015（1）：29.

确，如果判定王振鹏这个版本的图像为《姨母育佛图》，确有这些疑点存在。但是，如果将它判定为《诃利帝母图》，依然存在一些疑问。如《诃利帝母真言经》描述的只有一位女性两个婴儿。就是说，无论从哪个母题、题材去解释两个不同的"主题"，都有各自充足理由的同时，又有各自的疑点。这种疑点就使我们想到了大足石刻中另一造像，宝顶山 15 窟南宋时期的《咽苦吐甘恩》《抚育养育恩》，[①] 这两个场景的造型本是并置的，但是一般的解释是作为这两个主题的。事实上，只要我们稍加注意就会发现这个并置的造像与北山佛湾石窟第 122 龛的《诃利帝母图》造像很相像。宝顶山石窟 15 窟的造像，右边是很像诃利帝母怀抱婴儿，左边侍女怀抱在吃奶的婴儿，同时一只手摸着另一只乳房，而北山佛湾石窟第 122 龛的《诃利帝母图》只是左边这一婴儿手摸着乳房，右边诃利帝母怀抱婴儿。把宝顶山石窟 15 窟的造像解释为《咽苦吐甘恩》《抚育养育恩》也是有疑问的，有"断章取义"之嫌，它与北山佛湾石窟第 122 龛的《诃利帝母图》造像方面也很相似。这两个《咽苦吐甘恩》《抚育养育恩》造像实为一个整体造像，表达的是一个主题。但类似的问题是，《诃利帝母真言经》中描述是一位女性即诃利帝母，没有其他侍女，只有"姨母育佛"讲到两位以上的女性即姨母与众多侍女。这也应该是母题、题材和主题在流传过程中，吸收其他母题、题材等元素所发生的主题变迁的结果。

我们回到王振鹏的《姨母育佛图》的问题上来，从"母题"角度阐释王振鹏《姨母育佛图》。即母题、题材在历史流传的过程中产生了流变，母题与原型越来越远，使主题发生了异变。这种情况中西方都存在。某个母题、题材在不同的历史时期、不同的地域、不同的艺术家对母题的处理，常常使母题、题材等发生变化，使母体远离了它的原型，或者与其他母题、题材相互影响与混合，构成另一个母题或题材。譬如潘诺夫斯基在《视觉艺术的含义》中看到了文艺复兴的艺术，"把古典题材与古典母题重新结合起来，正是文艺复兴运用所享受的特权……古典题材脱离了古典母题，这种脱离不仅是由于缺乏再现性传统，甚至是

---

① 黎方银.大足石刻 ［M］.西安：三秦出版社，2004：122，124.

由于再现性传统的忽视而造成的"①。他注意古典母题、题材的流变问题——正是这一母题的流变，使其文艺复兴艺术的主题表达发生了变异或变迁。根据《佛本行经集经·姨母养育品》的内容推测，立于宣台旁侍女所手牵的婴儿应是摩诃波阇波提的儿子难陀。但这只是推测，因为《诃利帝母真言经》才有两位女性和两位婴儿的描述，这是属于王振鹏融合多种母题、题材所致。因此《姨母育佛图》类型的图像，基本上呈现的是两位女性与两位婴儿的图式结构：一位女性怀抱婴儿，另一位女性手牵婴儿。还有宣台后边的侍女，这是很重要的母题，因为《佛本行经·姨母养育品》描述了很多侍女陪伴佛陀，否则就不是"姨母育佛"的主题了。而《诃利帝母真言经》仅描述了一位侍女，并未描述这么多侍女。因此，我们可以这样理解"姨母育佛"母题、题材和主题，从东汉末年它与佛教其他母题、题材与主题及其造像传入中国，至元代经历了一千多年的历史，它与佛教其他相近的母题、题材与主题，或者与本土民间宗教文化元素必然产生某种影响或合流，使"姨母"母题的原型、"抚育佛陀"的题材或主题与"鬼子母"的母题、题材以及与送子娘娘母题、题材在邂逅中，相互吸收与相互影响，从而"姨母育佛"的母题、题材和主题发生变迁或变异。这样就使王振鹏的《姨母育佛图》有很多《诃利帝母图》的元素。

总之，王振鹏的《姨母育佛图》若要称为"姨母育佛"的主题，尚有一些疑问，但要称为《诃利帝母图》的主题，也有疑问。从图像看，"诃利帝母"形象更多一些。据不空译经的记载，诃利帝母"作天女形，极令姝丽，身白红色，天缯宝衣，头冠耳珰，白螺为钏，种种璎珞，庄严其身。坐宝宣台，垂下右足，于宣台两边，傍膝各画二孩子，其母左手于怀中抱一孩子名毕里孕迦，极令端正。右手近乳掌吉祥果，于其左右并画侍女眷属"②。这里需要注意的是"于其左右并画侍女眷属"的描述，前面所引《诃利帝母真言经》版本没有这个细节的描述。如果按照不空的译经，这样看来，王振鹏的《姨母育佛图》的确应该是在"诃利帝母"基础上杂糅了"姨母育佛"母题、题材和主题，成为一个演化性的主题，

---

① E·潘诺夫斯基.视觉艺术的含义［M］.傅志强，译.沈阳：辽宁人民出版社，1987：61.
② 阎文儒.中国石窟艺术总论［M］.桂林：广西师范大学出版社，2003：341.

体现了佛的慈爱与母性的守护这两个主题的重叠关系，在具体的绘画过程中，挪用了多种母题元素和题材，来表达这个富有"歧义性"的主题。

当然，下面我们在探讨图像的比较过程中，依然把王振鹏的图像称为《姨母育佛图》，来进行探讨与比较。

二、关于《圣母子图》图式与母题

13世纪末期，在意大利的教堂中出现了《圣母子图》或称为《圣母圣婴图》，较早的大概出自乔万尼·契马布埃之手。契马布埃是意大利画家，原名塞尼·迪·佩波（Zenni di Pepo），被15世纪的乔尔乔·瓦萨利（Giorgio Vasari，1511—1574）称"首次促成了绘画艺术的复兴"，[①]足见其影响。在瓦萨利《名人传》的记载中，契马布埃为教堂所画的圣母怀抱圣子的图像中，至少有两幅《圣母子图》。这两幅圣母子图像大概作于1280—1290年。他为佛罗伦萨三圣一教堂（S.Trinita）画了一幅《圣母子图》，"画中圣母怀抱圣婴，身旁围着许多可爱的小天使"。之后，契马布埃又为"圣十字教堂画了一幅木版画《圣母子图》，画的底色呈金色，画上圣母怀抱基督，身旁围着几个天使"[②]。两幅图像的图式结构几乎相同，圣母端坐圣坛宝座上，表情肃穆，右手怀抱圣子，左手掌心朝上，平举与胸部同高，圣母头部微微向右倾斜，左右两边各有四位天使手扶圣坛。圣母外着黑色圣袍，内穿红色圣袍，外袍帽盖着头顶后部，露出脸面。圣子外穿棕色袍褂，内穿红色圣袍。圣母、圣子和天使头部均匀背光，金色底色颇显辉煌。这种图式奠定了后来"圣母子"图式的基础与范式。

锡耶纳画派创始人杜桥（Duccio di Buoninsegna，约1255/1260—1315/1319）也创作过《圣母子图》，其技巧与风格极为接近契马布埃，图式结构亦几乎相同。

---

① 乔尔乔·瓦萨利.意大利艺苑名人传·中世纪的反叛［M］.刘耀春，毕玉，朱莉，译.武汉：湖北美术出版社，长江文艺出版社，2003：43.
② 乔尔乔·瓦萨利.意大利艺苑名人传·中世纪的反叛［M］.刘耀春，毕玉，朱莉，译.武汉：湖北美术出版社，长江文艺出版社，2003：39-40.

在这幅作品中，主体人物的造型延续了契马布埃的风格，只是两边的天使数量各减少一个，而三位天使扶着圣坛的姿态则演变为一腿跪地的半蹲状态。圣母怀抱圣子端坐于圣坛宝座之上，她的动态与着装虽与契马布埃的作品略有不同，但变化不大；特别的是，圣母左手轻轻护着圣婴的左膝关节部位。杜桥的《圣母子图》对拜占庭绘画风格表现出一定的反叛特征，尤其是在对空间的理解上，他开始探索从平面走向立体空间的表现。

此外，杜桥还有另一幅油画《荣耀圣母子》（见图4），这幅作品大致完成于1308—1311年。这是一幅场面宏大的主题画作，描绘了圣母怀抱圣婴端坐于圣坛宝座上的场景，圣母、圣子两侧不仅有天使环绕，还增加了众多朝拜的圣徒。尽管加入这些额外的人物，但图像并不属于"完毕式结构"。换言之，这幅图像自身不是一个封闭的叙事系统，它需要实际的朝圣者在朝拜圣子时，共同完成图像的全部意义。与此相对，"完毕式结构"指

图4　杜桥《荣耀圣母子》

的是图像本身构成一个独立完整的叙事体系，不需要外部参与者介入，例如王振鹏的《姨母育佛图》即为这种图式结构的一个实例，这也体现了中西方图像图式结构的差异。

乔托（Giotto di Bondone，1266—1337）作为文艺复兴的先驱，也是契马布埃的学生，他的技法超越了老师。瓦萨利高度评价乔托："在一个风格粗糙、技艺拙劣的时代，乔托居然能够以自己的方式，使时人懵懂无知的绘画重新焕发出生命力，不能不说是一个奇迹。"[①]乔托的《圣母子图》（见图5）在造型方面借鉴

① 乔尔乔·瓦萨利.意大利艺苑名人传·中世纪的反叛［M］.刘耀春，毕玉，朱莉，译.武汉：湖北美术出版社，长江文艺出版社，2003：85.

图5　乔托《圣母子图》

了杜桥的样式，尤其是圣母怀抱圣子的动态非常相似。然而，乔托在宝座的设计上更为精致，并且周围的空间感更加明显。宝座前左右两侧各有一位天使，他们双膝跪地，仰头注视着圣母子。圣母子两旁各有三位天使和六位男女圣徒，他们手捧宝物凝视圣母子，但并未触碰圣坛。这些细微的变化并没有影响对主题的表达或改变其含义。乔托的意义在于他对绘画中的空间、明暗对比和人物体积等元素进行了更为自觉的探索和表现，推动了绘画艺术的发展。

西方艺术史圣像画出现的原因是，"早期的基督教艺术主要关注的是大众的皈依，所以用图像来宣讲耶稣的生平事迹。因为清晰性对于传教来说是非常重要的，所以完全图解式的作品是最佳的形式"[①]。圣母、圣子的图像正是为了这一目的而产生的，尤其是圣婴诞生的主题，旨在让信徒首先了解耶稣的出生情况。因此，许多图像描绘了圣婴与马厩的关系，以及"受胎告知"的场景，即天使向圣母宣布她将怀上圣婴。这些作品具有明确的叙事性和主题性，环境母题清晰地暗示了时间、地点等信息，构成了叙事的图式结构。

随着基督教的发展，另一种类型的《圣母子图》逐渐出现，这类图像主要用于朝圣活动。文艺复兴时期的画家广泛创作了《圣母子图》，其中最著名的可能是拉斐尔（Raffaello Sanzio，1483—1520）的《西斯廷圣母》。这类图像的特点是摒弃了具体的背景和叙事性，"艺术家们首先是摒弃图像的叙事性，使主题'无时间性'。换言之，当形象没有背景时，主题就是一个没有地域特点的肖像，因而能进入到个体共有的现在时环境中……图像很快担当起神性的媒介角色，成为

---

① 约翰·基西克.理解艺术［M］.水平，朱军，译.海口：海南出版社，2004：124.

朝拜过程中的重要部分"①。这就是《圣母子图》的独立意义与功能。利波·梅米（Lippo Memmi，？—1357）所画的《圣母子图》（见图6）完全没有任何背景母题元素，同样，乌戈里诺（Ugolino da Siena，1260—1339）所画的《圣母子图》也无任何相关的背景元素，就连天使也没有。这类图像是比较典型的"偶像"图式结构，作为供奉朝圣用。

没有具体"史境"的《圣母子图》催生了西方"圣像学"或"图像学"理论的产生。早期基督图像的重要特征是没有具体的背景，因此对图像的辨认与阐释成为解读图像含义的首要工作，这就是通常所说的图像志。例如，早期的《圣母子图》中，

图6　梅米《圣母子图》

常见的母题包括宝座上端坐的圣母、怀抱的圣婴、带头盖的黑色圣袍、红色圣袍等。圣母右手怀抱圣子，左手掌心微向上方，或抚摸着圣婴膝关节处，圣坛与宝座，金色底色等元素构成了基本样式与结构图式。这些图像不属于叙事性的图式结构，而是需要朝圣者在朝拜过程中共同完成其意义。它们不是封闭的叙事系统，而是开放的朝拜对象。

到了文艺复兴盛期，《圣母子图》的图式结构发生了变化，逐渐向世俗化方向演化。譬如拉斐尔的《西斯廷圣母》的图式（见图7），没有将圣母安排在圣坛的宝座上

图7　拉斐尔《西斯廷圣母》

---

① 约翰·基西克.理解艺术［M］.水平，朱军，译.海口：海南出版社，2004：124.

端坐，而是从天而降，飘向人间，怀抱圣婴的方向也有变化，将圣婴置于圣母的左边，既像往外送，又像往回抱，这·"神秘"动态减少了"庄严"性，并且圣母与圣子的形象已经被世俗化了，表情不再僵硬呆板。

拉斐尔的另一幅作品《椅中圣母》更是将圣母子表现得像普通女性怀抱婴儿，连服饰也不是传统的圣袍，进一步体现了宗教形态向世俗形态的转变。这种世俗化的趋势反映了宗教文化的一个普遍特征：随着时间的推移，圣像逐渐失去了其作为朝圣崇拜初始功能的含义，转而成为更具人情味的艺术表达。因此，早期非世俗化的《圣母子图》主要用于圣徒朝圣，图式结构采用了圣母端坐于圣坛宝座上的正面形象，神态肃穆，目视前方，圣婴略有动作，但依然"成熟"地安坐在圣母怀抱中。一个微妙的细节是，圣母的头始终略微偏向圣婴，显示了她对圣婴的母爱情怀。

除了前面提到的"博士来拜""马厩里的圣婴"等主题外，值得注意的是，并非所有非世俗化的圣母与圣子图像都属于朝圣用途的"圣母子"主题，有些可能表现为叙事性的主题图像。在解读图像时，需要关注"史境"，正确辨别母题和题材的变化。有些母题的出现可能已脱离其原型含义，演化为其他主题。达·芬奇（Leonardo Di Serpiero Da Vinci，1452—1519）的《岩间圣母》（见图8）虽然不属于"圣母子"主题的直接演化图像，但仍与圣母子的母题密切相关。值得注意的是，"岩洞"这一母题意象属于"史境"，是解读该图像的重要元素。《圣经》中描述，希律王为了除掉新生的耶稣，派人在其诞生地大规模屠杀婴儿。约瑟得到天使的启示，带着圣母与圣婴离开伯利恒。他

图8　达·芬奇《岩间圣母》

们来到约旦河边，得知圣约翰正在这一地区传教，便相约在附近的岩洞中见面。[①]
达·芬奇的《岩间圣母》正是对《圣经》中这一叙事内容的再现。图像的结构采用传统方式，将圣母置于画面中央：她左手轻扶圣约翰，右侧是由天使托扶的圣婴。四人围坐在幽暗的岩洞中，洞外幽蓝的约旦河水延伸至远方。达·芬奇的《圣安娜与圣母子》同样是"圣母子"图像的变体，画面表现圣安娜（圣婴的外祖母）与圣母子同框。这幅图属于基督教"神圣家族"题材，以叙事主题性的"完毕式结构"呈现，区别于典型朝拜图像的"敞开"形式。

我们再来看一个典型的叙事性主题的"完毕式结构"图像。例如，在描绘东方三位博士朝拜圣婴的场景中，圣母怀抱圣婴端坐于圣坛上，周围有跪拜的三博士以及其他人物、马匹等。这类图像不能简单地理解为单纯的"圣母子"图像，而是基于《圣经》中的"三博士来拜"典故。譬如塔德奥·巴托利画的《东方三博士朝拜圣婴》（见图9）。在这类图像中，构图方面的一个显著特点是，圣母子通常不是正面形象，而是面向前来朝拜的三博士。这种构图方式被称为"内合式"绘画的对话空间图像，即图像中的角色之间形成一个封闭的对话空间，强调了叙事的完整性。因此，这类图像的图式结构是自成体系的"完毕式结构"，它在图像内部完成了所有叙事内容。这类图像的主要功能是宣教讲经，即通过图像讲解《圣经》内容，而不是用于实际的圣徒朝拜。

相比之下，《圣母子图》是一个固化的朝拜式原型，即"原始意象"的图像。它的目的与意义是提供给教徒朝圣膜拜的圣像或偶像。这类图像的图式结构是"敞开式"，即向

图9　巴托利《东方三博士朝拜圣婴》

---

① 圣经：新约全书［M］.北京：中国基督教协会，1988：2-3.

朝圣者或膜拜者敞开，让朝圣者或膜拜者面对圣母子进行朝拜，而圣母子也同时面对朝拜者接受膜拜。因此，《圣母子图》的人物形象通常是正面的形式，以便于朝圣者能够直接面对圣母子。"圣母子"图像这一原始意象，成为西方基督教图像的母题原型，很多图像因此与这个原型有关联，很多有关画有圣母、圣子的图像几乎都出自这个原型。作为母题原型的圣母、圣子，只是在不同时期、不同的艺术家那里，做了不同的处理，从而表达不同的主题与含义，使主题发生了变迁。

三、不同主题图像的分析与比较

在上面我们分析的有关《姨母育佛图》和《圣母子图》等图像包括了"诃利帝母"以及其他圣母、圣子的图像，它们有几个共同的特点：第一，尽管地域不同，但差不多出现在同一时期。第二，主题近似，母题也有相似性。第三，图式结构与造型接近。这几个相同的方面，到底是一种什么关系？这是我们关注与需要讨论的问题。

我们这里把《姨母育佛图》与《诃利帝母图》的争论暂时悬置，存而不论，毕竟它们同属于东方地域佛教文化中的不同母题、题材与意象，但在主题方面似乎又有一些相似的地方，我们把两者的共同之处提取出来，如王振鹏的《姨母育佛图》对母题、题材的处理，将它与西方地域的基督教文化中的《圣母子图》图像进行比较研究。即做一个跨越东方（中国）与西方文化视域下的艺术图像的主题、题材、母题以及造型等诸方面的比较研究。

从一些研究者的研究成果来看，大致认为诃利帝母的图像出现比较早。如李翎在《从鬼子母图像的流变看佛教的东传：以龟兹地区为中心》认为，印度阿旃陀石窟 2 号窟中的"鬼子母"是最早的石窟造像，造像显示的鬼子母抱一婴儿在左腿上，属于犍陀罗造像风格，而且，克孜尔石窟和云冈石窟也发现同样类型的鬼子母造像。[①]孟元老《东京梦华录》中记载有相国寺《佛降鬼子母揭盂》壁画

---

① 李翎.从鬼子母图像的流变看佛教的东传：以龟兹地区为中心［J］.龟兹学研究，2008（3）：261-271.

内容："大殿两廊，皆国朝名公笔迹，左壁画炽盛光佛降九曜鬼百戏，右壁佛降鬼子母揭盂。"①这里的"佛降鬼子母揭盂"这幅壁画，所描画的便是鬼子母开始被佛点化，不同于怀抱一婴儿的造像。被点化后的鬼子母（诃利帝母），成为守护婴儿或送子的神，宋以后中国石窟壁画或造像广泛流行的"诃利帝母"图像，即"接钵"后被佛点化皈依为守护神的造像。《诃利帝母图》的造像是一个慈祥的母性形象，不是恶煞吃婴孩的"鬼子母"形象。据李翎考察，印度早期的鬼子母造像属于犍陀罗风格，说明造像的风格受古希腊雕刻造像的影响。另一些国外学者如伊丽莎白·埃灵顿、乔·克里布、麦琪·克拉林布尔在他们合著的《亚洲的十字路口：形象与象征在古代阿富汗和巴基斯坦艺术中的转换》中认为，佛教造像中怀抱婴儿的诃利帝母形象，是来源于希腊幸运女神堤喀（Tyche）。②宋琛在《鬼子母神是谁——诃利帝母艺术形象的流变与溯源》也认为诃利帝母形象源于希腊提喀女神。③这就是说早期的鬼子母造像与古希腊堤喀神像"母题"有关。如果真如研究者所言，堤喀应该是诃利帝母的母题原型。也就是说，印度诃利帝母形象和母题都与古希腊雕刻与神话有关。说堤喀是诃利帝母的母题原型带有一定的推测性质，毕竟这两者的母题与主题完全不同。诃利帝母被佛点化后成为慈善母性的守护神，图像中通常将她表现为身旁或手抱一个婴儿的诃利帝母，与《诃利帝母真经》所描述的"于二膝上各坐一孩子，以左手怀中抱一孩子，于右手中持吉祥果"基本一致。因此，诃利帝母的原型是凶神恶煞吃婴的母夜叉，未必是古希腊堤喀神。除此之外，关于对"姨母育佛图"的考证，没有见到与"堤喀神"关联探讨作出结论的成果，仅仅见到一些《姨母育佛图》与《诃利帝母图》关联的研究与不同观点的结论成果，也间接说明了古希腊堤喀神不是诃利帝母的原型。这里我们指出"诃利帝母图"造像的意义在于它比《圣母子图》要早。同时，我们把《姨母育佛图》与《诃利帝母图》的争论悬置，聚焦二者的母

① 孟元老. 东京梦华录［M］. 济南：山东友谊出版社，2001：29.

② E ERRINGTON, J CRIBB, M CLARINGBULL. The crossroads of Asia: transformation in image and symbol in the art of ancient Afghanistan and Pakistan［M］. Cambridge: The Ancient India and Iran Trust, 1992: 142–144.

③ 宋琛. 鬼子母神是谁：诃利帝母艺术形象的流变与溯源［J］. 丝绸之路，2009（8）：79–81.

性与造像。如王振鹏的《姨母育佛图》，我们认为兼有"姨母"与"诃利帝母"的母题元素、相似题材和相似的造型。这个问题前文已有所讨论，不再赘述。问题是《诃利帝母图》这个母题、题材和主题的图像出现比契马布埃的《圣母子图》的图像要早，而《姨母育佛图》这个母题、题材和主题的图像又晚于契马布埃的《圣母子图》，而它们之间却又有某种关联，这是我们需要探讨的问题，也是我们感兴趣的地方。

无论是《姨母育佛图》，还是《诃利帝母图》，其母题、题材虽然不同，叙事的内容不同，但是它们有相近的慈母形象，也有相近的婴儿母题。当然对画家来讲，婴儿母题有不同的处理，从而构成不同的主题意象。《姨母育佛图》中的婴儿，一个是佛陀，一个是难陀；《诃利帝母图》中被怀抱的婴儿是"毕哩孕迦"，与另一个婴儿，还有五个或九个婴儿的造像，婴儿的数量不同，母题就有差异。这种差异是分辨"诃利帝母""送子观音"（"送子娘娘"）或"九子母"的基本依据，体现了佛教图像民间化、世俗化的演变结果。这些微妙的母题变化，多是母爱、吉祥寓意的主题表达。作为佛教题材的"姨母"与"诃利帝母"，都体现了这种慈母温情、呵护婴儿的母爱主题，多数图像表现姨母或诃利帝母怀抱婴儿、面带慈祥的表情便是证明，如王振鹏《姨母育佛图》的"姨母"慈祥地看着婴儿。有意思的是，西方有关圣母与圣子的图像，几乎也是这样的图式结构和叙事方式，圣母怀抱圣婴，或手扶婴儿，表情慈祥温情。当然早期作为朝圣所用的《圣母子图》图像，圣母与圣子都是面向朝圣者的，并没有圣母望着圣子的这个"动态"，表情也比较严肃，甚至有"冷漠"之感。当然，要找到"诃利帝母图"或"姨母育佛图"对西方的《圣母子图》产生直接影响的证据还比较困难，只有相关"诃利帝母图"比"圣母圣子图"要早的图像证据。

契马布埃的《圣母子图》画于 1280—1290 年，是一幅最早的圣母、圣子图像，早于王振鹏的《姨母育佛图》。杜桥的《圣母子图》与乔托的《圣母子图》图像，基本上画于 14 世纪初。印度阿旃陀石窟群开凿比中国敦煌石窟还早 1 000 多年，前面我们提到了有学者认为其中的 2 号石窟有"鬼子母"造像，大约完成在 7—8 世纪，应该是最早的"鬼子母"题材的造像。中国的克孜尔石窟亦有

"鬼子母"造像，但与王振鹏的《姨母育佛图》的图式结构有些差异。从时间上看，王振鹏的《姨母育佛图》最早也只能是14世纪初期，契马布埃在1300年去世，他所画的《圣母子图》最晚也在13世纪末。而王振鹏虽然生卒年不可考，但1350年左右可能在世。前面我们已经讲了，以这幅《姨母育佛图》的绘画水平判断，该图应该是王振鹏技巧臻于成熟的作品，故此当在1300年之后所为。马可·波罗1271年启程到中国，契马布埃1280年开始画《圣母子图》，从时间上看，同时也考虑空间因素，几乎不存在谁影响了谁的问题。但是早期的东西方文化交流的确又存在相互影响，也许正是这一点，比较二者的图像自有其价值和意义。

《姨母育佛图》包括《诃利帝母图》与《圣母子图》，尽管它们不属于相同宗教文化的图像，但它们在母题、题材、主题方面均有相似之处，在叙事结构尤其是造型方面均有类似点，一定程度上显示了宗教文化的共性特点。当然，它们也有各自的文化特征、各自的叙事内容和各自的造型特点。前面我们大致叙述了《姨母育佛图》《诃利帝母图》与《圣母子图》的图式特征。这里我们主要对王振鹏《姨母育佛图》与契马布埃《圣母子图》做具体的个案比较。

《姨母育佛图》图像中有姨母"摩诃波阇波提"（大爱道、大世祖）、"佛陀"（释迦牟尼）两个核心的母题，他们呈现在图像的中央。左边有一个侍女手扶一婴儿，是摩诃波阇波提的儿子难陀，他们是图像中的关键母题。摩诃波阇波提所坐的宣台后面还有三位侍女，侍女们是重要母题。左边帷帐边还有一位正在戏玩宠物狗的女仆童，这是辅助性的母题。图像的背景是一个华丽室内环境，交代了人物活动的空间范围，人物造型颇有唐代风韵，也属于辅助性母题。辅助性母题是指在辨认中处于比较次要地位的图像，经文中没有涉及，而多由画家凭借自己的想象或挪用其他母题元素添加。它们不影响我们对图像主题的判断。核心母题是图像主题的根本，是辨认图像主题的决定因素；关键因素是对图像主题的确认的材料，有时在关键母题被损坏的情况下，依据关键母题判断图像的主题，即也是经文中提到的那些同类母题；重要母题同样是经文中提到的母题，也是准确判断图像主题必不可少的母题。这些都是图像志研究的内容，辨认图像母题、题材和研究主题的意义。王振鹏《姨母育佛图》的核心人物摩诃波阇波提怀抱佛陀，在帐里宣台上呈半跏趺坐端，目光慈祥地望着佛陀，右手持有一个桃了。佛陀几乎是横躺在摩诃波阇波提的怀中，一手握住摩诃波阇波提的璎珞项圈，另一手伸向桃子，目光注视着桃子，造型略有世俗化倾向。除了戏弄宠物狗的女童仆以外，其他侍女都注目着摩诃波阇波提与佛陀。同时，摩诃波阇波提与侍女的服饰穿戴几乎相同，需要依赖图像的图式结构判断她们的身份区别，即依据图像中人物的位置与婴儿的关系、人物形象的体量大小等因素来判断。处于图像中心位置的毫无疑问就是摩诃波阇波提，她怀抱婴儿，体量比其他侍女都大许多，这些因素对判断与理解"摩诃波阇波提"这个母题并不难。但需要注意的是，《佛本行经集经·姨母养育品》并没有提到姨母怀抱婴儿的情境，只有《诃利帝母真言经》提及这情境，故此我们说它是融合了两个不同母题的形象。当然，按照情理推测，既然是姨母育佛，就必然要怀抱刚出生七日的婴儿，否则就谈不上有抚育佛陀的主题。那么，被姨母怀抱的这个婴儿解读为佛陀母题也就不难了，人物之间形成的抱与被抱的关系，可以说是确定摩诃波阇波提与佛陀的基本结构关系。没有这层"抱与被抱"的关系，或者说是其他关系，就需要谨慎判断。如旁边的侍女与婴儿关系不是"抱与被抱"的关系，基本上就否定了这不是摩诃波阇波提与佛陀，如同多数的《圣母子图》都是圣母怀抱圣婴的关系（偶有例外）。《姨母育佛图》的这种图式结构包含了一个叙事结构，描述了《佛本行经·姨母养育品》的主体内容。佛陀出生七日，生母摩耶夫人皇后去世，于是悲痛万分的净饭王（佛陀的父亲）决定让摩耶夫人的亲妹妹摩诃波阇波提来抚育幼小的佛陀，摩诃波阇波提放弃对自己亲生婴儿的照料，置于一旁让侍女照看，却精心地怀抱抚育佛陀。《姨母育佛图》属于佛教主题的艺术图像处理方式，其主题、母题、题材的流变与艺术家对母题、题材的不同处理也有关系，与不同时期、不同地域也有关联，但总体上看，它们与佛教中敬仰的"神"发生直接联系，属于讲佛经的图像，略同于变文变相中的图像，但还不完全同于石窟佛教艺术里变文变相系统中的图像。王振鹏的《姨母育佛图》是提取了"变文变相"的母题、题材、主题等元素，所描绘的《姨母育佛图》，并且把"诃利帝母"的母题、题材和主题也融入其中，这就形成了学术界对该图像的不同判读与认知。因此，从母题学与主题学视角看，王振鹏的《姨母育佛图》属于母题、题材在流变过程中融合其他母题与题材之后形成的主题变迁，但主题的基本路径并没有完全离开原型所赋予的母性对婴儿慈祥、抚育与呵护的表达。王振鹏的《姨母育佛图》中的母题是姨母，叙述了一种深情慈祥的女性注视着怀抱中的婴儿，但又不失摩诃波阇波提的神性与庄严。我们说过王振鹏的《姨母育佛图》属于变相一类的解读佛经故事的叙事性的图像，它在图式结构上显示的是内合式的自成系统的完整图像体系。就是说该图像不是用来作为朝拜的对象，而是为了让圣徒理解佛陀生长的经历，并了解摩诃波阇波提抚育佛陀的伟大胸怀和慈母温情，这类似于《岩间圣母》叙述的是《圣经》的内容，而不是用作朝拜的图像。

契马布埃的《圣母子图》与《姨母育佛图》在很大程度上具有相似性，乃是由宗教文化的某种共性所造成的。无论是佛教还是基督教，都需要对圣徒宣讲神的故事，需要给圣徒讲解有关"佛陀"或"圣婴"来历与成长经历，图像（变相）便是宣教的一种基本方式。宗教自从它们有了偶像崇拜以后，便开始造像，宗教建筑中的雕刻、绘画于是兴盛于世，东西方不同宗教文化莫不如此，前面说的《姨母育佛图》即是。西方基督教中有关"圣子"的图像在《圣经》插图本中或在教堂中应运而生。这就是所有宗教文化偶像崇拜的图像在产生中的相似之处。有关圣子的出生，《圣经》的新旧约全书中有不同的描述。《旧约·以赛亚书》中曾预言："必有童女怀孕生子，给他起名叫以马内利。……因有一婴孩为我们而生，有一子赐给我们，政权必担在他的肩头上。他名称为奇妙、策士、全能的神、永在的父、和平的君。他的政权与平安比加增无穷。"[1]《新约·马太福音》说：玛利亚"所怀的孕是圣灵来的"。[2]又说，玛利亚还是圣童的时候就怀孕了。《新约·路加福音》："天使答复她说：'圣神要临于你，至高者的能力要庇荫你，因此，那要诞生的圣者，将称为天主的儿子。且看，你的

---

① 圣经：旧约全书［M］.北京：中国基督教协会，1988：773，775.

② 圣经：新约全书［M］.北京：中国基督教协会，1988：1.

亲戚依撒伯尔，她虽在老年，却怀了男胎，本月已六个月了，她原是素称不生育的，因为在天主前没有不能的事.'"①但是，契马布埃的《圣母子图》不叙述这个内容，包括其他画家绘制的"圣母子"图像关系中，都是作为朝拜者的对象。因此，西方的绘画把圣子作为图像的视觉中心之核心地位，圣母所处的地位仅次于圣子。但在实际的图像中，因为耶稣还是婴儿，所以从体量上看，圣母比圣子大，而且作为婴儿的圣子被圣母怀抱——也是"抱与被抱"的关系。圣母与圣子的面部呈正面状态，图像唯一的视觉中心是圣母与圣子，是"敞开"图式结构的视觉中心。

契马布埃《圣母子图》的图式结构，显示的母题元素有圣母与圣子，圣母怀抱一婴儿，四周有天使这些重要的母题，这种图式结构与《姨母育佛图》极为近似。圣母玛利亚端坐在圣坛宝座上，圣坛分上下两层。上层为圣母子，占据约三分之二的最大限度画面空间，在视觉上和心理上，给圣徒以高高在上的神圣感。下层为圣徒，应该是圣保利努斯、施洗者圣约翰、圣安德烈和圣马太。圣坛两边全部为天使，她们手扶宝座围绕着圣母与圣子，因此也有艺术史学者将该图称为《被天使围绕的圣母子》。天使们的目光本应该是投向圣神的视觉中心——圣婴，也许是契马布埃的技法存在问题，并没有完全达到这一目的与要求。该作品绘制于1280—1290年，此时正是中世纪转向文艺复兴的过渡时期，因此在图像的处理上还有拜占庭式的绘图意识。譬如人物形体并不是重要的基础，人物形象还是概念化的方式缺乏个性特色，图像的空间性让位于神性精神，但仍有一些不经意的元素，带来了一些新方式，启发了他的学生乔托。乔托也用相同图式绘制了同样主题的《圣母子图》，所不同的是，乔托在老师的启发下，摆脱了很多拜占庭的绘画风格和图像观念。我们称乔托的绘画风格为"后拜占庭时期"风格。

在契马布埃的《圣母子图》中，圣母怀抱圣婴，居于图像中央，这是所有"圣母子"图像的基本图式结构，佛教的姨母与佛陀或诃利帝母与婴儿也是这种

---

① 圣经：新约全书［M］.北京：中国基督教协会，1988：17.

图式结构。但因宗教文化不同，《圣母子图》在对母题的处理方式上不同。圣母玛利亚怀抱圣婴是右边，左手指向圣婴耶稣，以及圣婴头上光环隐约的十字架隐喻了上帝临位于此。我们注意到圣婴左手做了一个特殊的手势，像上帝为臣民祈福的手势，隐喻恩典世俗的世界；圣婴的右手轻握书卷，隐喻上帝即真理；圣婴神情庄严肃穆，目光面向观众，隐喻审视芸芸众生的灵魂，在西方宗教艺术图像的处理中，几乎都把圣婴处理为"小大人"的形象，甚至有的比例也是按照成人比例画的。造像上因为拜占庭风格原因所致，圣母与圣子的造型较显僵硬板滞，但又正是这一原因才显示了与众生不同的"神性"。拜占庭绘画或造型的风格本身就是去掉现实性（世俗性），即去掉现实的欲望，所以在造型方面自有一套体现神性的模式与标准。契马布埃的《圣母子图》正体现了拜占庭风格转向后拜占庭的始端，即转向文艺复兴绘画风格过渡阶段的开始。《圣母子图》中的天使们扶持宝座左右，围绕圣母与圣婴，颇类似《姨母育佛图》身后的侍女们的图式结构。这两种不同宗教文化的两种图像的相似点十分有趣，"天使"或"侍女"都是围绕着"圣母与圣子"或"姨母与佛陀"，并服侍幼小的圣婴或佛陀。《圣母子图》的天使所穿的服装几乎也与圣母一样，天使与圣母子头部有背光，这样处理圣母子与天使的方式，与我们看到《姨母育佛图》中侍女与姨母所穿的服饰也是一样的，二者竟然有如此多的惊人相似之处，以至于我们"想象"它们是否出于同一原型母题，尔后才在不同的宗教文化路径中发生了重大的变迁。当然《圣母子图》的叙事结构是一个"敞开"式结构，而且它所叙述的不是《姨母育佛图》那样完整的属于一个自洽系统的故事。本质上看，《圣母子图》本身并不在叙事方面着力，它不描述圣母是如何怀孕生下圣婴的，或怎样抚育圣婴的。《圣母子图》图式结构的敞开式，为的正是留给圣徒朝拜有意识地呈现开放状态，它以图像中的圣婴与圣母为引力外界的中心。故此，我们把这种为圣徒们朝圣用图式，称为敞开式图式结构。《姨母育佛图》是完整的叙事结构，叙述了佛经故事，是辅助解读经文的变相的结果，我们称这种图式为内合式图式结构。

同时，需要注意的是在稍后的西方圣母、圣子图像中也出现了两个女人与

图10　达·芬奇《圣安娜与圣母子》

两个婴儿主体人物的图像，与《姨母育佛图》中的两个女人和两个婴儿的主体人物图式相近。如我们提到的达·芬奇所画的《岩间圣母子》和《圣安娜与圣母子》（素描稿，见图10）。当然，在《圣安娜与圣母子》正式油画作品中，达·芬奇用一只绵羊代替了小约翰，这是依据《圣经·马太福音》中"分羊比喻"所改画的。如果说，契马布埃《圣母子图》与《姨母育佛图》在主体人物数方面还有一点差异，那么达·芬奇的《岩间圣母子》和《圣安娜与圣母子》（素描稿）这两幅图像与《姨母育佛图》的主体人物就非常近似了（其他侍女除外）。《岩间圣母子》图像同时呈现的是圣母、圣婴、小约翰与天使，《圣安娜与圣母子》（素描稿）同时出现的则是圣母、圣婴、圣安娜和小约翰，尽管母题略有区别，主要人物区别在于前者是天使，后者是圣安娜。但从画面的图式结构和造型角度而言，《岩间圣母子》《圣安娜与圣母子》（素描稿）与《姨母育佛图》人物和图式结构十分相似，主体人物都是两位女性与两位婴儿的相同数量，人物关系也有几分相似。达·芬奇的这两幅作品显然在王振鹏的作品之后，晚了100多年，而达·芬奇绘制的第二幅《岩间圣母》在1508年左右，晚了近200年。这是天然的巧合，还是后者受到前者的影响？我们目前尚无证据证明达·芬奇的这两幅作品受王振鹏《姨母育佛图》的影响，虽然各有主题、母题和题材，但图像中出现了惊人相似的场景和图式结构，而且都是叙事性的图式表现，这不能不让我们去思考这到底是一个巧合还是有意接受影响的结果。也许，我们可以做一个推测，达·芬奇在处理图式方面有可能看到过王振鹏的这幅《姨母育佛图》或者《诃利帝母图》等图像。因为，马可·波罗从中国带了很多文化艺术信息回到意大利，他回意大利的时间正是1302年。当然，要证实这一推测，还需要其他文献与证据。

结　　语

　　主题学是探讨、分析与研究艺术作品中相同或近似的母题、题材、意象和主题，观察它们在不同时期与地域被艺术家处理或运用时发生的演变，以研究其流传变迁的因果关系。严格来讲，主题学研究的是跨文化视域下的艺术母题、题材、意象和主题的演变与变迁，这就是为什么主题学强调对"不同地域"的主题变迁的研究。主题学所说的"不同地域"实质上就是不同文化的地域，是跨文化视域下的主题学研究。我们这里选择了中西不同文化背景下的两幅艺术作品，一幅是元代王振鹏的《姨母育佛图》，一幅是中世纪末期契马布埃的《圣母子图》，对此进行了比较与分析，当然从中也引申出一些相关问题，如"诃利帝母""博士来拜"，并对这些相关问题也做了分析与探讨。这样做的意义在于，更好地梳理艺术主题自身的变迁与演变，使艺术的母题、题材和主题的流变路径更为清晰，从而给艺术比较研究工作提供了良好的逻辑基础与研究平台。

　　在中西不同文化、不同地域中，几乎在同时期，出现了十分有趣也值得探讨的"相似"的艺术图像，不同画家的图像居然有相似的主题、相似的母题，乃至相同的图式结构。这里或许有一个重要的因素，即二者都是宗教题材，都在一个相同的叙事结构里叙述佛教的"佛陀"与基督教"圣婴"各自的出生与经历，也可以说它们是相似的主题，因此采用了姨母与佛陀、圣母与圣子相似的母题与相近的图式结构。同时，世界三大宗教都产生在东方，基督教后来才移植西方并成为西方的主要宗教，佛教从印度传到中国以后逐渐兴盛，而在印度，佛教却几乎消失。但是，无论哪种情况，都留下了宗教文化及其艺术。也许正是这些原因，才使得中西文化背景中的《姨母育佛图》与《圣母子图》图像有了如此的"巧合"。当然，实际上还有许多的问题值得深入研究，我们这里没有完全解决两者图像到底是一种相互影响的结果，还是天然的巧合。说是"巧合"，总觉得还有一些时间上的问题没有解决；说是"影响"，但缺少一些必要的证据，譬如传播方式、传播路径、传播者、接受者，都需要求诸可信文献与材料深入研究。这里的探讨与分析多少带有一些推测，尽管依据了一定材料。幸而，我们运用了主题学与比较艺术学的理论，架构与探讨了我们所要解决的中西艺术异同的问题，提出了比较艺术学中的跨文化艺术比较的课题。

参考文献：

1. 黎方银.大足石刻［M］.西安：三秦出版社，2004.

 2. 黎方银.大足石窟艺术［M］.重庆：重庆出版社，1998.

 3. 李鼎霞，白化文.佛教造像手印［M］.北京：北京燕山出版社，2000.

 4. 李烈初.元王振鹏《消夏图》考辨［J］.收藏界，2008（5）.

 5. 李翎.从鬼子母图像的流变看佛教的东传：以龟兹地区为中心［J］.龟兹学研究，2008（3）.

 6. 孟元老.东京梦华录［M］.济南：山东友谊出版社，2001.

 7. 那崛多.佛本行集经：姨母养育品：第十［M］∥大正藏：第3册.扬州：江北刻经处，1916.

 8. 乔尔乔·瓦萨利.意大利艺苑名人传：中世纪的反叛［M］.刘耀春，毕玉，朱莉，译.武汉：湖北美术出版社，长江文艺出版社，2003.

 9. 邵彦.美国博物馆藏中国古画概述［N］.东方早报，2012-10-29.

10. 圣经：旧约全书［M］.北京：中国基督教协会，1988.

11. 圣经：新约全书［M］.北京：中国基督教协会，1988.

12. 宋琛.鬼子母神是谁：诃利帝母艺术形象的流变与溯源［J］.丝绸之路，2009（8）.

13. 阎文儒.中国石窟艺术总论［M］.桂林：广西师范大学出版社，2003.

14. 杨振国.美国藏元画考释：四［J］.美苑，2008（5）.

15. 俞剑华.中国美术家人名辞典［M］.上海：上海人民美术出版社，1981.

16. 约翰·基西克.理解艺术［M］.水平，朱军，译.海口：海南出版社，2004.

17. 张薇.论王振鹏《姨母育佛图》非"姨母育佛"［J］.湖北美术学院学报，2015（1）.

18. 宗懔.荆楚岁时记［M］.太原：山西人民出版社，1987.

19. E ERRINGTON, J CRIBB, M CLARINGBULL. The crossroads of Asia: transformation in image and symbol in the art of ancient Afghanistan and Pakistan［M］. Cambridge: The Ancient India and Iran Trust, 1992.

20. K TOMITA. Two Chinese paintings depicting the infant buddha and mahāprajāpati［J］. Bulletin of the Museum of Fine Arts, 1944, 42(247).

【本篇编辑：陈嘉莹】

"读图时代"的意蕴及相关问题辨析

李向伟

摘　要：今天，当人们把"读图时代"当作一种时代语境津津乐道时，却少有人对这一词语所涵涉的相关问题予以深究。比方说，图、象与图像之间有何异同？所谓"读图"究竟意味着什么？"读图"除了带给我们便利之外，又可能存在哪些陷阱或隐患？图像与语词（文本）之间是一种什么关系？读图意味着怎样一种思维方式？这些被笼统地裹在"读图时代"一词之中并轻易被人忽略的问题，实在值得我们一一辨析，深长思之。本文试从中拈出几个问题，略作梳理。

关键词：读图时代　形式与内容　图像的陷阱　语言文字

作者简介：李向伟，男，1951年生，南京师范大学美术学院原院长、教授、博士生导师。主要从事美术创作与艺术学理论研究。著《知无斋笔记》《道器之间》《装饰雕塑》等。

The Implications and Issues of the "Image-Reading Era"

Li Xiangwei

Abstract: Today, while people talk about the 'age of reading pictures' as a context of the times, few people look deeply into the issues related to this term. For example, what are the similarities and differences between graphics, images and pictures? What does it mean to 'read pictures'? What are the hidden troubles and pitfalls of 'map-reading' apart from the convenience it brings us? What is the relationship between images and words (text)? What kind of thinking does picture reading imply? And so on. These issues, which are generally wrapped up in the term 'picture-reading era' and easily ignored, are really worthy of our analyses and deep thoughts. In this article, we will try to pick out a few questions and sort them out.

Keywords: picture-reading era　form and content　pitfalls of images　language and text

今天的我们已深陷图像的海洋。每天，从我们睁开眼睛的那一刻起，触目所及，无处不是图像。用海德格尔的话说，这是一个"世界图像时代"，"从本质上看，世界图像并非意指一幅关于世界的图像，而是指世界被把握为图像了。"[①]就客观方面而言，"读图时代"一词可以看作对我们所处的历史时空的形象概括；从主观一面看，它也在某种程度上揭示了当代人类生存方式的深刻变化。

用图像的方式把握世界，并以之作为人际交流的媒介，原是人类的本能。从最初的岩壁石刻画、手绘图像，到由图像演变而成象形文字（类图像），其间大约数万年时间里，人类一直以图像为主要信息传播手段。此后数千年，人类经历了一段由文字构筑的思想世界。今天，随着现代网络技术和图像生产技术的迅猛发展，人类又突然跌落至一个铺天盖地的图像世界，而此前曾经沿袭千年、对人类文明做出过巨大贡献的印刷文化，正在被由图像构建的视觉文化所取代（至少可以说，其主流地位已经被分割）。人们在图像和影像的浸泡中接受各种知识和信息，并通过图像的发布与传播，来表达自己的思想和欲念。至此，一度由文字构建的知识等级体系被轻易打破，人们又回到一种由图像构建的民主时代。"在数字影像时代，任何人，无论年龄长幼、文化教养深浅、学识背景差异，都可以从影像所具备的由生存经验累积而成的公共性记忆中，平等地获得信息以及观念的认知。在省略了文字教育所必需的艰辛而漫长过程的同时，影像也助长了人们对抽象的、枯燥的文字及其内涵的思想的厌倦和冷落。"[②]

今天，当人们把"读图时代"当作一种时代语境津津乐道时，却少有人对这一词语所蕴涵的相关问题予以深究。比方说，图、象与图像之间有何异同？所谓"读图"究竟意味着什么？"读图"除了带给我们便利之外，又可能存在哪些陷阱或隐患？图像与语词（文本）之间是一种什么样的关系？读图意味着怎样一种思维方式？……这些被笼统地用"读图时代"一词所概括而被人忽略的问题，实在值得我们一一辨析，深长思之。本文且试从中拈出几个问题，略作梳理。

---

① 参见海德格尔.世界图像时代［M］//孙周兴.海德格尔选集.上海：上海三联书店，1996：899.
② 孙慨.技术进步与摄影革命［J］.繁荣，2015（53）.

一、图、象与图像

"读图"所涉及的第一个问题，即所读的对象。人们惯以"读图"一词统而称之，其实，它可以细分为图、象与图像等不同的层次与概念。

相对于"图像"而言，"图"的含义似更宽泛，它往往作为视觉对象这一谱系的前缀，统辖着各个子系统，如图片、图式、图表、图画、图典、图法、图样、图案、图象、图像、图腾、图谱。正因其含义宽泛，无所不包，它所指涉的内容及呈示的意义也芜杂而多样。因此，在大多数情况下，我们所读之"图"究竟指涉什么，便大可一问。实际上，它与下文所谈的"图像"有着显著的区别，实在值得我们细辨之，慎用之。

在汉语的各种词典中，"象"与"像"虽分别单列，但又都注明二者可以互换使用。近年来，在实际应用中，人们似更注意到二者的区别。一般而言，"象"是世界万物的显现方式，也是世界万物的抽象表达。"象"的最常用也最普遍的解释，是指某种形态或样子，如天象、气象、星象、万象、形象、现象、假象、物象。除了用于解释现实中的实象以外，"象"还用于现实中不可见的虚象，如想象、意象、表象、印象、幻象、卦象。此外，"象"还可与他词结合，成为形容词定语，来表示"象"的性质，如抽象、具象、拟象、泛象。总体来看，"象"的含义十分宽泛，它侧重于指涉那些非人工制作的原生的形态或样子，以及某些抽象理念的表达。

相对于"象"的原生性与抽象性，"像"则较多地带有人为加工的色彩。《辞海》中对"像"的解释是：① 人物形象的摹写或雕塑；② 从物体发出的光线经过平面镜、球面镜、透镜、棱镜等反射或折射后形成的与原物相似的图景。而当"像"与"图"结合成为"图像"时，则专指绘画、摄影或印刷等人工制作而成的形象。

通过以上简要梳理，我们大体可以明白，日常我们所读之"图"，既包括那些宽泛芜杂的、偶然的、无意义的视觉碎片，也包括那些经人工智力精心制作并蕴含意义的完整图像。事实上，在图像泛滥的今天，许多"图"都具有简单、浮躁、肤浅、无深度、游戏性乃至碎片化的特征，就其既无意义却又占据甚至污染我们有限的视觉空间这一点而言，我们完全有理由将这类"图"归为视觉垃圾或雾霾。

相对于碎片化的"图"，那些经由精心制作的图像则具有独立性、完整性、自足性和系统性等特征。"图像的'孕育性'具有图像学和叙事学的意义，可阐释，可叙事，包含了某种意义（象征、隐喻等），是'图'与'像'的整合，具有独立意义的传播功能。"①通常，构成一幅图像的最基本单位或元素包括母题、主题、结构、意象，以及与之相关联的符号元素。人们通过对图像的形式及母题的辨认，进而对主题中的象征、寓意进行阐释，这是图像研究的基本路径和手段。在西方，最早被认可为图像的不是别的，正是那些被今天称之为宗教的或古典的艺术作品。它们之中所蕴含的丰富信息，往往为后人研究宗教或历史提供了形象的矿藏；同时又以其图像的直观性优势，成为沟通观众、信徒与精神理念世界的桥梁。

时至今日，往昔古典主义时期图像的严肃性和经典性，早已被后现代主义的戏谑、反讽、拼贴、浅薄、碎片、恶搞等手段所解构，那些毫无意义的视觉碎片在"自由"和"民主"的旗号下，借助网络、影视、纸媒等各种信息渠道，恣意泛滥，侵入并占据了我们的每一寸视觉空间，成为令人窒息的"视觉雾霾"。在这样的情境下，作为一名"读图时代"的公民，我们对每日所读之"图"该如何鉴别与筛选，恐怕就不是一个多余的问题了。

二、"读图"之意蕴：形式，抑或内容

按照最通俗的意义区分，任何一幅图像都是由形式和内容两大要素所组成（为叙述简便起见，我们暂不讨论二者之间在一定条件下的相互转化）。在西方美术史上，由于对形式和内容的分别关注，形成了以沃尔夫林为代表的形式分析学派和以帕诺夫斯基为代表的图像阐释学派相互对垒的两大阵营。从某种意义上说，这两大学派对图像解读的不同着眼点，实际上也揭示了我们"读图"所面临的两种可能或两大取向：形式，抑或内容。

---

① 李倍雷.视觉文化：图与图像［J］.艺术百家，2013（4）.

德国美术史家沃尔夫林（Heihrich Wolfflin，1864—1945）以其代表作《艺术风格学》开创了形式分析美术理论之先河。该书以文艺复兴艺术与巴洛克艺术的不同特征为对象，列出二者相互对立的五组范畴，即线描与涂绘、平面与纵深、封闭的与开放的、多样性与统一性、绝对清晰与相对清晰，从形式分析的角度对它们逐一梳理。全书只谈形式，不谈形式以外的内容（诸如作者、社会背景、主题意义等），因此被称为一部"无名美术史"或"没有艺术家名字的艺术史"。沃尔夫林的形式主义观点大约可以集中体现在以下这句话中："在你看到圣母的地方，我看到的是等边三角形，而那正是你应该或力图看到的东西。"他的这种开创性的理论模式打破了此前以瓦萨里（Giorgio Vasari，1511—1574）和温克尔曼（J. J. Winckelmann，1717—1768）为代表的古典美术史的写作方法，同时也为后人提供了一种新的美术史研究视角。此外，他的这一理论对后来的现代主义艺术家也产生了深远的影响。例如英国雕塑家亨利·摩尔（Henry Spencer Moore，1898—1986）就指出：对于雕塑家而言，"形态只不过是形态，而非叙事或回忆。例如，他必须把一个鸡蛋看成是一个固体形状，而不应该联想到食物，或想到将来会变成一只鸡。他应该用同样的方法去观赏其他种类的固体形态，诸如贝壳、坚果、蘑菇、花蕾、骨头……以此为起点，他就能学会欣赏更复杂的形态或几种形态的混合体"[1]。总之，一旦艺术家将焦距对准了"形式"，他们就会逾越模仿的藩篱而直达艺术语言本体，由此进入艺术的自主与自为的世界。

当然，在许多人看来，沃尔夫林的这种只谈形式不顾内容的做法未免偏激和片面，他也自然招致许多人的反对，例如戈尔特施密特（Adolph Goldschmidt）就指出，沃尔夫林的这种分析只给不多的解释者提供了一种空洞的术语。对此，沃尔夫林的学生韦措尔特（W.Waetzoldt）给出了不同的强调，他说，沃尔夫林的美术史教学"从看开始，以描述结束。而看是描述前的必要一步，正像描述是对看的检验一样。这两种操作过程，既非常简单又非常复杂，是对任何一件艺术品进行严肃'说明'的准备步骤"[2]。今天，当我们重温沃尔夫林及其弟子的这些

---

① 转引自雷·H·肯拜尔.世界雕塑史［M］.钱景长，等，译.杭州：浙江美术学院出版社，1989.
② 转引自傅新生.沃尔夫林和他的五对概念［J］.艺术世界，2003（7）.

精彩言论时，或许能够对"读图"一词的含义有新一层的理解。

与沃尔夫林不同的是，另一位德裔美术史家欧文·帕诺夫斯基（Erwin Panofsky，1892—1968）针对沃氏的形式主义理论提出了截然不同的看法。帕诺夫斯基在其《图像学研究》（*Studies in Iconology：Humanistic Themes in the Art of the Renaissance*）一书的"导论"中，开宗明义地阐明了他写作此书的目的，他指出："图像志是美术史研究的一个分支，其研究对象是与美术作品的'形式'相对的作品的主题与意义。所以，我们首先应当确定主题［subject matter］或意义［meaning］和相对应的形式［form］之间的区别。"①这段话表明了帕诺夫斯基的鲜明的学术立场，同时也说明，他所关注的是与沃尔夫林的形式主义理论截然不同的另一领域，即包括主题和意义在内的作品的内容。

帕氏将他对图像学研究的一般性原则概括为三层次的解释理论，将对作品的解释落在三个层次上。在第一层，解释的对象是自然的题材，这一解释称为前图像志描述，其解释基础是实际经验，修正解释的依据是风格史。第二个层次的解释称为图像志分析，其对象是约定俗成的题材，这些题材组成了图像、故事和寓意的世界，其解释基础是文献原典知识，修正解释的依据是类型史。第三个层次的解释称为更深层意义上的图像志分析，或称图像学分析，它的对象是艺术作品的内在含义或象征寓意，其解释基础是综合直觉，修正解释的依据是一般意义的文化象征史。②

显然，帕氏的图像学方法与沃尔夫林的形式分析法大不相同，它是一种以内容分析为出发点，根据传统史的知识背景来解释艺术品象征意义的方法。这一方法开创了与沃尔夫林的形式分析法截然不同的另一领域。他的这一努力也使得艺术史成为"最早对探究意义感兴趣的学科，或者说最早的学科之一"③。

---

① 欧文·帕诺夫斯基.图像学研究：文艺复兴时期艺术的人文主题［M］.戚印平，范景中，译.上海：上海三联书店，2011：1.
② 欧文·帕诺夫斯基.图像学研究：文艺复兴时期艺术的人文主题［M］.戚印平，范景中，译.上海：上海三联书店，2011：中译本序.
③ 欧文·帕诺夫斯基.图像学研究：文艺复兴时期艺术的人文主题［M］.戚印平，范景中，译.上海：上海三联书店，2011：中译本序.

尽管帕诺夫斯基的理论也和沃尔夫林的理论一样遭到别人的批评，并且在以后的应用中暴露出自身的局限，但就其把对图像的观看提升到意义阐释这一点而言，他在学术上的开创性贡献仍然是不容忽视的。他的这一方法影响了许多艺术史家，并在20世纪中后期被广泛运用于其他艺术史领域的研究，产生了丰富的学术成果。

三、图像的陷阱

从某种程度看，帕诺夫斯基的图像阐释理论与美术史及考古学中的"以图证史"有相通之处。二者的共同基点，在于对图像所蕴含的历史信息及其可阐释性的认可。所谓"以图证史"，是将历史上的图像资料视为与文献资料具有同等价值的典籍素材，并与文献典籍互为补证。这一思路大体与王国维的"二重证据法"①及陈寅恪补充的"三重证据法"②相吻合。

把图像视为史证的素材或依据，其前提大抵有二：其一是这图像所记录之史实为确凿可靠；其二是图像中的视觉信息可以弥补或修正文献资料之不足。这也是我们对照相术发明之前的图像资料所能寄予的期望。例如沈从文在其《中国古代服饰研究》中，就通过一些具体的图像细节，订正了美术史上的许多谬误，还原了历史的真实面目。其他考古学者或美术史学者如苏秉琦、张光直、巫鸿、张朋川等人，也都从对彩陶器、青铜器或汉画像石等纹样的解读入手，挖掘图像背后的历史信息，阐发其蕴含的象征寓意。

其实，对图像资料的借重或信赖，多少也来自某种传统信念，即民间所谓"眼见为实""百闻不如一见"的心理。这些话体现了由个人生存经验累积而成的常识和信念。人们将对"目击者第一现场的真实感"的信赖转移至对记录现场的

---

① 王国维指出："吾辈生于今日，幸于纸上之材料外，更得地下之新材料。由此种材料，我辈固得据以补正纸上之材料，亦得证明古书之某部分全为实录，即百家不雅训之言亦不无表示一面之事实。此二重证据法惟在今日始得为之。"他的这一"二重证据法"被公认为科学的学术正流。

② 陈寅恪在王国维"二重证据法"的基础上，作进一步补充："一曰取地下之实物与纸上之遗文互相释证""二曰取异族之故书与吾国之旧籍互相补正""三曰取外来之观念，以固有之材料互相参证"。

图像的信赖，进而推衍至对所有图像的信赖。然而，正是由于这种信赖的盲目性及其在学术应用上的不规范性，导致了以图证史的大量误区和陷阱。

就中国的情形而言，以图证史的隐患首先来自其自身的制像传统，它与西方的情形有很大不同。西方自古希腊时期即已形成自然主义或写实主义的制像传统。到古罗马时期，更有将死者的面容拓印下来制成面具供人祭祀的习俗。这一习俗使得罗马人的肖像制作形成了逼真写实的传统特征。与西方这一写实传统不同的是，中国古代的制像大多依据程式或套路，呈现为概念化、公式化的稳定模式。例如，肖像艺术往往并不是现场写生，而是依据"三庭五眼"之类的祖传口诀，或"男无项，女无肩"之类的固定模式进行塑造的。这样的图像自然与对象的真实性相去甚远。就此而言，它们不仅不具备"第一手资料"（即现场目击所得印象）的真实性，甚至还可能成为落后于文字描述（第二手资料）的"第三手资料"。显而易见，治史者若是尽信这样的图像，难免会落入程式的陷阱。

除此之外，由程式造成的另一个陷阱，是所谓"程式的保守参数"。这是因为，历史上的图像，大多出于工匠之手，因而具有很大的保守性。正如贡布里希反复指出的那样："艺师们总爱修改既有的母题，而不创新腔。"因为创新很难，也不易为社会所接受，故"修改、丰富或简化一个既有的复杂图形，往往比凭空创造一个容易得多。"[①] "应该记住，在装饰方面，只要涉及宗教仪式的地方就不会有对新奇的要求。仪式主义艺术靠的是循规蹈矩的做法和维持旧传统的强烈愿望，而不是追求新刺激的欲望。"[②]贡布里希的这些话，已被中西方艺术史中的无数案例所证实。我们拿他的这些话来印证中国的情形，就会发现，"在这一点上，即使'士人'的图像中，也不免有陷阱。比如清人的画中，人物多博衣广袖、束发葛巾，少有长袍马褂、剃发拖辫子的人。设天下有谷陵之变，清代的遗物仅剩

---

① 贡布里希.秩序感：装饰艺术的心理学研究［M］.杨思梁，徐一维，译.杭州：浙江摄影出版社，1987：362.
② 贡布里希.秩序感：装饰艺术的心理学研究［M］.杨思梁，徐一维，译.杭州：浙江摄影出版社，1987：364.

这清人的画了，则以这画中人物的装束去推考清代的服饰，其不错者几稀。"[1]面对这样的情况，我们倒真的是"尽信图则不如无图"了。

除了"程式的保守参数"造成的陷阱之外，以图证史者尚需警觉的另一问题是图像所处的"历史语境"。举例说，一个人的内心独白跟他在官方场合言不由衷的应酬之言，即出于不同的语境。后人对其言论做研究时，非还原其语境，不能破解其真伪之谜。这种情形同样也适用于图像的判断。"因此我们读古人的书，也须像对图像那样，不能见'程式'就当真，须将之纳回于其所在的传统，并复活他们说话的'语境'，这样才可搞懂他们真正要说的，到底是哪一路话。"[2]

以上所述，还仅止于古人。至于现代的情形，恐怕更为复杂。由于图像技术的高度发达以及虚拟图像的出现，其造成的陷阱更远胜于古代。我们所说的虚拟图像，是指那些看似逼真、实则虚构的人造形象（比如美国电影《阿凡达》中的人物造型，或网络游戏中的3D人物造型）。实际上，在当代高技术环境下，任何形象（哪怕是来自现实的形象）都可以通过计算机加以篡改和修正，用以迷惑我们的眼睛。这些后现代的虚拟图像不断逃避我们的把握，进而导致了视觉性的危机。虚拟形象的广泛传播和全球化流通，导致了日常生活中视觉通货膨胀和意义的衰竭，导致了信息的危机。[3]这就迫使我们不得不自问：身处"读图时代"的我们，将如何自处？

四、图像与语言（文字）

图像和语言（文字）历来是人类把握世界的两种平行的智性工具。前文已述，人类最初是以图像而非文字为主要表述工具的。只是到了后来，文字才一度占了上风，成为几千年来占统治地位的智性手段。从某种意义上说，一部人类智

---

① 缪哲. 以图证史的陷阱［J］. 读书，2005（2）.

② 缪哲. 以图证史的陷阱［J］. 读书，2005（2）.

③ N MIRZOEFF. An introduction to culture［M］. London: Routledge, 1999: 7-8.

性史也可看做图像和文字争夺统治权的历史，二者的关系也一直是历代学者持续关注的话题。

早在古希腊时期，亚里士多德和诗人西摩尼德斯就提出诗歌与绘画是一种平行关系；后来拉丁诗人贺拉斯在《诗艺》中又提出"画如此，诗亦然"，他的这一观点影响深远，使得后人在很长一段时期将"诗画一致"说奉为经典。直至18世纪，德国学者莱辛（G. E. Lessing，1729—1781）在其名著《拉奥孔》中，明确论述了诗与画的界限，使得二者的符号功能及各自的有效性和局限性等问题凸显，图像与文字的关系问题也再度成为人们关注的焦点。在《拉奥孔》中文版的《译后记》中，朱光潜对诗与画的界限及各自功能做了一个大致的总结。今天看来，这一总结尚有许多值得充实、完善之处。本文在朱光潜的基础上，试将图像与文字的区别进一步归纳如下。

第一，从构成符号的基本元素（或材料）来看，二者具有显著的不同。图像符号是以点、线、面、色彩、肌理等视觉元素为基本单位，构成具有大小、明暗、颜色、空间等形态特征的视觉形象，由于它模仿或保留了客体对象的某些外部特征，使得主体很容易将它与客体对象视为同一，从而忽视了它的符号本质。相对而言，语言则是以人为的概念性符号为元素的，这种符号原本是人类为了方便交流而发明的一种对事物的命名。换言之，它仅仅是事物的"名称"或"标签"，而并非事物本身。因此，人们在对语词符号进行解读时，需要经由一番再造想象的功夫，将抽象的文字转译成相应的事物。这一过程的间接性和费力性，决定了它的解读难度要大于图像。正如国际美学协会前主席阿莱斯·艾尔雅维茨（Ales Eljavec）所言："图像就是符号，但它假称不是符号，装扮成（或者对于那些迷信者来说，它的确能够取得）自然的直接在场。而语词则是它的'他者'，是人为的产品，是人类随心所欲的独断专行的产品。这类产品将非自然的元素例如时间、意识、历史以及符号中介的间离性干预等等引入世界，从而瓦解了自然的在场。"①简而言之，就符号对其表征的事物而言，图像具有直接性、形象性、

---

① 阿莱斯.艾尔雅维茨.图像时代［M］.胡菊兰，等，译.长春：吉林人民出版社，2003：26.

自明性等特征，而语词则具有间接性、抽象性、隐喻性等特征。这是二者的首要区别。

第二，从文字符号的组合状况（由字而词，由词而句，由句而行，由行而篇……）来看，它的结构是线性的、一维的、历时态的，人们对它的解读也相应呈现为线性的、一维的、历时态的过程。就此而言，它长于叙述时间上先后承续的过程，而短于呈现空间上同时并列的物体。相对而言，图像（及影像）的结构则是二维、三维甚至四维的，人们对它的解读往往是统观的、共时态的，或曰一眼望去即可瞬间把握的。因此，它长于表现空间上并置的各种物体，而短于叙述时间上先后承续的过程。

第三，从符号系统的功能特征来看，二者亦有显著不同。语言（文字）符号系统是由意义明确的概念（词）和严谨的逻辑关系（语法）所组成，因此被称为推理形式的符号体系。在这一体系的逻辑结构中，包含着语言与对象的同一性原则，即符号与指称物一一对应、非此即彼，具有明确性、严谨性等特点，它可以胜任有余地表达那些确切的事物、关系、过程和状态。这些都是其优长之处。然而，在客观世界中，除了那些"精确"的存在形式以外，还有着巨量的"模糊"的存在形式，它们呈现为非此非彼又亦此亦彼、既相互交错又相互融合的无绝对界限的状态。面对这一状态，语言符号的机械性、不兼容性，以及对有机生命的肢解性等弊端便暴露了。相对而言，图像符号则具有与语言符号迥然相异的两大特征：其一，它可以是包含了多种复杂含义或信息的综合体；其二，它是以感性形态直接呈现于人的知觉面前，即所谓思想情感的"肉身化"，这就使得图像的解读可以具有模糊性、多义性、非逻辑性等特征，从而也为人们的"误读"提供了更大的弹性空间。正是在这个意义上，人们提出了"图像大于语词"的观点："图像制作具有直接性和当下性，它是语言的意义终结之地，因此它所凝结和呈示的生命信息永远多于语言的陈述。"[①]

第四，由于图像符号模仿或保留了客体对象的一些外部特征，因此适合表

---

① 马钦忠.艺术家作为图像生产者的人文职责［J］.美术观察，2006（9）.

现具体的、感性的对象。相对而言，语词符号则因其抽象性和间接性，更适合表现那些无形的、内在的和抽象的事物。恰如美国学者波兹曼所言："把摄影术确认为一种'语言'，无形中抹杀了两种话语模式之间的本质区别。……摄影是一种只描述特例的语言，在摄影中，构成图像的语言是具体的。与字词和句子不同的是，摄影无法提供给我们关于这个世界的观点和概念，除非我们自己用语言把图像转换成观点。摄影本身无法再现无形的、遥远的、内在的和抽象的一切。它无法表现'人'，只能表现'一个人'；不能表现'树'，只能表现'一棵树'……在照片的词典里我们无法找到可以表现'真理''荣誉''爱情''谬误'这些抽象概念的词汇。恰如加弗里尔·萨洛蒙所言：'看照片需要辨认，看文字却需要理解。'照片把世界表现为一个物体，而语言则把世界表现为一个概念。"①

综上所述，我们可以看出，图像和语词这两大符号体系各自在构成元素、结构类型、解读方式、功能特征及有效范围等方面，均存在着显著差异，二者既不可相互替代，也不可彼此或缺，它们作为人类把握世界和表达自身的两大手段，缺一不可。因此，如何正确地认识它们各自的优长与弊端，并在使用过程中扬其长，避其短，使之形成科学有效的互补效用，应是值得我们认真思考的现实课题。

五、读图与视觉思维

回首往昔，在文字为主导的历史阶段，图像之所以一度处于边缘和弱势的境地，除了它自身的生产方式（手绘、印刷）的复杂以及制作成本的高昂所造成的难以普及以外，还与人们对它的偏见有关。这种偏见主要体现为对读图这一智性模式的误解。例如，在传统观念中，人们一直认为：其一，凡思维一定是建立在抽象的概念和逻辑之上的，而读图的视觉行为是依赖表象的、非逻辑的，因此

---

① 尼尔·波兹曼.娱乐至死［M］.章艳，译.桂林：广西师范大学出版社，2011：78-79.

不是思维；其二，凡思维都是以语言为载体的，而读图的过程是直观的、非语言的，因此，这种视觉认知方式充其量只能叫作感觉或知觉，而不配称作思维。

以上两点，大致代表了传统认识论的"思维"观。这种观点将感性与理性、感觉与思维、形象思维与逻辑思维割裂并对立起来，将图像及其视觉认知方式排除于思维概念之外，从而也使艺术及其认知方式沦为低思维一等的奴婢。

事实上，这种观点是对"视觉"与"思维"的双重误解。为了纠正这一误解，近代以来，一些西方学者做出了许多努力，他们从生物学、心理学等方面着手研究，得出了一些革命性的见解。这些见解表明：艺术家的视知觉及其对事物的直观把握方式，本身就是思维。它在把握世界和表达自身的功能方面，与以语词为载体的逻辑思维并无二致。应当说，这一观点的提出，标志着视觉艺术心理学在现当代的诞生。而在这一领域中贡献最卓著者，当首推美籍德裔学者阿恩海姆，正是他的相关研究成果，为艺术家赢得了与理论家平等的地位。

阿恩海姆（Arnheim Rudolf，1904—2007）是格式塔心理学派的代表，他一生致力于对视觉心理的研究。他在《艺术与视知觉》《视觉思维》等系列著作中，着重探讨了视知觉具有的思维本质，力图以此来弥合感性与理性、感知与思维、艺术与科学之间的裂缝。阿恩海姆的大部分著述都是基于视觉思维这一概念的，他认为，视觉本身是思维的首要形式，并且具有思维的一切本领。他指出，"看"这种活动是一个理解过程，它与任何"纯粹的"精神活动一样复杂："我的论点是，被称作思维的认知活动不是超乎知觉之上，并处于知觉之外的精神过程的特权，而是知觉本身必不可少的组成部分。我这里指的是诸如积极地探索、选择、本质的把握、简化、抽象、分析、综合、完成、改正、比较、解决问题，以及结合、分离、置于来龙去脉中等等活动。在这一方面，即一个人直接观看这个世界时发生的情况与他坐下来闭着眼睛'思考'时所发生的情况，这两者之间没有什么差别。"①

基于上述认知，阿恩海姆不同意把思维分成形象思维和抽象思维，而坚持认

---

① 参见伊丽莎白·迪瓦恩，等.20世纪思想家辞典：阿恩海姆条目［M］.贺仁麟，总译校.上海：上海人民出版社，1996：14.

为二者是互为依存、相互补充、彼此渗透和交互作用的。他指出："抽象乃是感知与思维之间的不可缺少的链条，也是它们之间共有的最本质的特征。借用康德的话说，没有抽象的视觉谓之盲，没有视觉（形象）的抽象谓之空。"①

在强调视觉具有思维性质的同时，阿恩海姆还对语言的局限性展开了研讨。他认为，虽然语言有助于思维，但它并不是思维活动必不可少的东西："纯粹的语言思维是不产生任何'思想'的思维［或无思想思维（thouhtless thking）］的典型……它是有用的，但又是不生育的（或缺乏创造性的）。那么，是什么东西使语言成为思维的不可缺少的东西呢？这种东西绝不是语言本身！我们认为，思维是借助于一种更加合适的媒介——视觉意象——进行的。而语言之所以对创造性思维有所帮助，就在于它能在思维展开时，把这种意象提供出来……更确切一点说，人类的思维绝然超不出他的感官所能提供的形式。"②

总体来看，以阿恩海姆为代表的格式塔学派以及其他学派理论家的研究成果，为我们揭示了视觉中蕴含的多种功能与意义，包括：① 视觉具有提问与探索的功能，它不仅可以帮助我们去聚焦和跟踪目标对象物，而且可以揭示现象背后那些隐而未显的结构关系与脉络；② 视觉具有组织与建构功能，它可以帮助我们对刺激物进行分析、归纳、筛选与整合，形成心理或理念上的"完形"或"格式塔"，进而使之呈现"意义"；③ 视觉中还可以包含着想象与创造，它引导我们超越现实，进入幻想与理想，在虚拟空间里构建纯粹的主观世界。

事实上，在现实中，视觉的上述功能早已被无数艺术家和科学家的创造实践所证明。例如爱因斯坦就认为，书面语言与口头语言在他的思想机制中并不起什么作用，而起作用的是"能够'自动'复制或融合的……清晰的图像"。他认为，充当其思想成分的心灵现象具有"视觉类型"的特征：视觉范畴是首要的，只有在第二个阶段，他才寻求"语言或其他类型的符号"加以表述。③由此可见，在伟大的艺术家和科学家的心目中，艺术与科学本是一个整体，并无高下之分。艺

---

① 阿恩海姆.视觉思维［M］.滕守尧，译.北京：光明日报出版社，1986：284.
② 阿恩海姆.视觉思维［M］.滕守尧，译.北京：光明日报出版社，1986：338-341.
③ 转引自曹意强.艺术与科学革命［N］.中华读书报，2004-04-28（12）.

术不仅是科学发明的图解，而且是科学发现过程中的有机部分。

以上我们简要梳理了视觉在思维中扮演的重要角色，以及语言对思维的局限性。事实上，在阿恩海姆之前，已有许多中外先哲对此有所觉察。例如老子的"道可道，非常道；名可名，非常名"，庄子的"言筌"说，禅宗的"不立文字"以及棒喝、机锋对语言的破执，都是众所周知的例子。到19世纪末，语言对于真实意义的遮蔽作用及其引起的混乱，也引起西方哲学界的普遍注意。例如尼采就认为，语言与意识是同步发展的，它的作用是充当传达的标记。因此，它和意识一样仅属于人的社会学领域。在这个意义上，他轻蔑地称语法为"大众形而上学"①。在他看来，语言的遮蔽作用既表现在对外部对象的遮蔽上，也表现在对我们内心世界的遮蔽上。他指出，古人造一个词，用以给事物命名，多半是出于一种任意性，"就像　件衣服加之于事物，与其实质乃至表皮全然无关——由于对它们的信仰，以及一代代的生长，渐渐长到事物之上和事物之中，化作了事物的躯体；开始的现象最后几乎总是变成本质并且作为本质起作用"。为此他痛切地疾呼："现在我们碰撞到许多化石似的语词，即使碰断一条腿，也不能破一词！"②尼采还注意到，由于语词是一种用于公共交流的符号，因此它只能表示一般，不能表示个别，而且越是独特的思想和感情，就愈是难表达。应当说，尼采的这一观点正与强调独创性的艺术之本质特征不谋而合，他以哲学家的口吻，说出了艺术家内心深处的奥秘。

六、"读图时代"背景下对语言（文字）的再思考

如前所述，当代人类的阅读方式，正在经历着由语言主导型向图像主导型的转变。在以往文字传播为主的时代，人们必须通过较长时期的专业训练方能识字，进而读懂文字的意义。相对而言，图像则是对客观世界的直接反映或对抽象事物的具象表现，它往往不需要或很少需要专业训练即可完成"阅读"。因此，

---

① 尼采.在世纪的转折点上［M］.周国平，译.上海：上海人民出版社，1986：159.
② 尼采.在世纪的转折点上［M］.周国平，译.上海：上海人民出版社，1986：159.

人们更乐意进行这种"不费力"的阅读，而抛弃文字。目前，这种热衷图像而冷落文字的阅读方式已然成为时代风尚。

然而，历史的经验表明，任何事物一旦过了度，就会走向其反面。眼下人们对读图的热衷也是如此，它的弊端和隐患正日益显露出来。正如王蒙指出的那样："在大数据的潮流里，文学、纸质书籍首当其冲地被冲击。原因是语言文字在各种艺术介质当中最缺少直观性，最符号化。它们不像图画、音乐、歌曲、舞台表演、声像节目，更不像3D、4D（是不是正在出现7D、8D？）影院那样富有肉感器官刺激，它们不能给人们以视觉、听觉，直到嗅觉、味觉、触觉，还有臀部、腰部振动。语言文字是符号，是思想，不通过大脑的感受、解读、联想、思考，它们不过是一群乱码，对于蠢人，语言尤其是文字，完全不能传递足够的信息。这样，不喜欢动脑筋的精神懒汉，当然不希望通过语言文字而是通过身体与其器官，直接接受刺激与抚摸来获取信息。但恰恰是语言文字而不是3、4、5、6D们能发育与推动思维。当人们只会用耳朵、眼球、舌头、鼻孔、皮肉来接受信息的时候，很可能意味着头脑的萎缩与灵魂的干瘪，意味着白痴时代、低智商时代缓缓逼近。"[1]

王蒙的话绝非杞人忧天。事实表明，若我们一味沉溺于图像而忽略文字，人类智识的深度和广度将受到严重削弱，甚至可能引发文化灾难。人类精神文明史表明，对世界的探索始终依赖抽象思维与形象思维的协同合作。二者如同智慧的双翼，缺一不可。图像思维虽有其独特长处，但它无法取代抽象思维在智识发展中的核心作用。正如列宁所言："物质的抽象，自然规律的抽象，价值的抽象以及其他等等，一句话，那一切科学的（正确的、郑重的、不是荒唐的）抽象，都更深刻、更正确、更完全地反映着自然。"[2]尤其在人类文明的高端领域，如数学、物理、化学、文学、史学、哲学等，抽象的文字符号始终是核心的构建手段。正是抽象思维让人类摆脱了具象的束缚，使思想得以自由翱翔。若失去这双翅膀，人类将如动物般匍匐而行，难以触及文明的高度。面对"读图时代"的种种乱象，王蒙先生的话为我们敲响了警钟。他提醒我们重新审视语言文字的意

---

① 王蒙.触屏时代的智识灾难 [J].读书，2013（10）.
② 参见列宁全集：第55卷 [M].北京：人民出版社，1990：142.

义，以更加理智而全面的视角看待人类的智性模式；也警示我们，在图像泛滥的喧嚣中，保持清醒，并珍视语言文字的独特价值。

参考文献：

1. 阿恩海姆.视觉思维［M］.滕守尧，译.北京：光明日报出版社，1986.
2. 阿莱斯·艾尔雅维茨.图像时代［M］.胡菊兰，等，译.长春：吉林人民出版社，2003.
3. 曹意强.艺术与科学革命［N］.中华读书报，2004-04-28（12）.
4. 傅新生.沃尔夫林和他的五对概念［J］.艺术世界，2003（7）.
5. 贡布里希.秩序感：装饰艺术的心理学研究［M］.杨思梁，徐一维，译.杭州：浙江摄影出版社，1987：362.
6. 李倍雷.视觉文化：图与图像［J］.艺术百家，2013（4）.
7. 马钦忠.艺术家作为图像生产者的人文职责［J］.美术观察，2006（9）.
8. 缪哲.以图证史的陷阱［J］.读书，2005（2）.
9. 尼尔·波兹曼.娱乐至死［M］.章艳，译.桂林：广西师范大学出版社，2011.
10. 欧义·帕诺夫斯基.图像学研究.文艺复兴时期艺术的人文主题［M］.戚印平，范景中，译.上海：上海三联书店，2011.
11. 孙慨.技术进步与摄影革命［J］.繁荣，2015（53）.
12. 孙周兴.海德格尔选集［M］.上海：上海三联书店，1996：899.
13. 王蒙.触屏时代的智识灾难［J］.读书，2013（10）.
14. 伊丽莎白·迪瓦恩，等.20世纪思想家辞典［M］.贺仁麟，等，译校.上海：上海人民出版社，1996：14.
15. N MIRZOEFF. An introduction to culture［M］. London: Routledge, 1999: 7-8.

【本篇编辑：侯琪瑶】

城乡文化建设融合发展的基本理念与策略

田川流

摘　要：中国式城市和乡村建设的有机融合具有鲜明的中国特色，城市与乡村文化建设的融合发展是历史的必然要求。城乡文化建设融合发展需要以社会主义核心价值观为引领，加强城乡文化的交流与互动，在保持各自特色基础上实现互补和共生。其内涵主要体现在理论探索、政策与法治保障、运行机制的建构与实现管理科学化，及其以城乡公共文化服务、文化产业和文化遗产保护等领域为主体的建设维度等方面。城乡文化建设融合发展面临着较多的难题和瓶颈，需要不断研究社会主义建设时期城乡文化建设融合发展的历史经验，探索其理论体系，建构其运行机制，完善其融合发展的基本思路。城乡文化建设融合发展既具有理论研究的跨学科性，又具有社会实践的跨领域性，应当深化其建设路径与策略的理论探索和实践，把握城乡公共文化服务实现融合的发展趋势和方向，促进城乡产业文化及文化产业的多样与互融，探究城乡文化遗产和非物质文化遗产保护融合发展的模式和方法。

关键词：城乡文化建设　融合发展　基本理念　主要策略

作者简介：田川流，男，1953年生，山东艺术学院教授，兼任多所高校特聘教授及博士生导师。主要从事艺术学理论、艺术管理学、电影管理学和艺术批评学研究。著《艺术美学》《艺术与创意》《艺术学导论》等。

Basic Concepts and Strategies for the Integrated Development of Urban and Rural Cultural Construction

Tian Chuanliu

Abstract: The organic integration of Chinese-style urban and rural construction has distinctive

Chinese characteristics, and the integrated development of urban and rural cultural construction is an inevitable requirement of history. The integrated development of urban and rural cultural construction needs to be led by socialist core values, strengthen urban and rural cultural exchanges and interactions, and achieve complementarity and symbiosis on the basis of maintaining their respective characteristics. Its connotation is mainly embodied in theoretical exploration, policy and rule of law protection, the construction of operational mechanisms and the realisation of scientific management, as well as its construction dimensions mainly in the fields of urban and rural public cultural services, cultural industry and cultural heritage protection. The integrated development of urban and rural cultural construction faces more difficulties and bottlenecks, and it is necessary to constantly study the historical experience of the integrated development of urban and rural cultural construction during the socialist construction period, to explore its theoretical system, to construct its operation mechanism, and to improve the basic idea of its integrated development. The integrated development of urban and rural cultural construction is both interdisciplinary in theory and interdisciplinary in social practice, and it is important to deepen the theoretical exploration and practice of the paths and strategies of its construction, grasp the development trend and direction of the integration of urban and rural public cultural services, promote the diversity and intermingling of urban and rural industrial cultures and cultural industries, and explore the modes and methods of the integrated development of the urban and rural cultural heritage and the protection of non-heritage.

Keywords: urban and rural cultural construction   integrated development   basic concept   main strategy

在当代，促进城乡文化建设的融合发展已成为全社会人们的共识。中国式城市和乡村建设的有机融合具有鲜明的中国特色，是基于中国历史与当代社会政治经济和文化发展的现实抉择。城乡文化建设的融合发展是当代城乡综合发展的重要组成部分，其重心即在于城乡物质文明与精神文明相互促进、科技创新创造与弘扬优秀传统文化相互融合，以及制度模式的完善、价值体系的塑造，使中国式现代化城乡文化建设融合发展激发出巨大的物质力量和精神力量。精神文明建设主要表现为思想道德建设、教育科学文化建设，为物质文明的发展提供思想保证、精神动力和智力支持。统筹物的全面丰富和人的全面发展、协调城乡之间物质文明和精神文明建设的社会实践，已经成为当代中国城乡文化建设融合发展的特色。近年来各地呈现的艺术之乡建设等多彩景象，正是人们热切关注和推进城乡文化建设融合发展的重要实践。

一、城乡文化建设融合发展的基本内涵

城市与乡村文化建设的融合发展是历史的必然要求。只有对乡村文化和城市文化有充分的认识，才能在城乡文化融合发展中明确城乡文化各自所处的位置，以积极的姿态主动适应并不断融合，建立一个具有共同认可基础的秩序，实现多样性文化的共同发展。乡村文化是中华优秀传统文化的根，是城市人魂牵梦绕的乡愁寄托。近年来，在一系列文化惠农政策的支持下，传统的乡村技艺正在得到保护，传统村落的文化景观保护与文化旅游紧密相连，乡村文化中的某些元素催生了乡村文化产品的开发和文化产业的兴起，乡村文化表现出良好的发展势头。更多人士将目光转向乡村，试图建构城市与乡村的密切链接。要实现城乡文化的融合发展，必须把城市文化和乡村文化作为一个有机整体来进行谋划，在尊重城乡文化各自特点、实现城乡文化资源平等公平的自由交换基础上和谐均衡发展。

城乡文化建设融合发展应在中国式现代化目标指引下实施和运行。我们推进现代化，是中国共产党领导的社会主义现代化。生产力长期落后、经济长期贫困不是社会主义，信仰迷茫、思想腐朽、道德沦丧同样不是社会主义。我们追求人的全面发展，坚持以人民为中心的发展思想，将人的现代化作为社会整体现代化的核心内容，也就必然要让人民既享有美好物质生活，也享有美好精神生活；我们追求社会全面进步，不是某个领域、某个方面的"单兵突进"，而是各个领域、各个方面的协调发展，是物质文明、政治文明、精神文明、社会文明、生态文明的全面提升，也就必然要把物质文明建设和精神文明建设都搞好，实现国家物质力量和精神力量的全面增强。

（一）城乡文化建设融合发展需要坚守其基本原则

其一，以社会主义核心价值观为引领。核心价值观是文化软实力的灵魂、文化软实力建设的重点。这是决定文化性质和方向的最深层次要素。在城乡文化的融合发展上，要将社会主义核心价值观的原则要求融入城乡文化发展的各个方面、各项具体活动，努力营造培育和践行社会主义核心价值观的社会舆论氛围，让社会主义核心价值观内化于心、外化于行，成为推动城乡文化融合发展的指南针。

其二，加强城乡文化的交流与互动。实现城市文化与乡村文化的融合发展，将以往的城市文化对乡村文化的单向流动转变为乡村文化与城市文化之间的双向互动，促使各种文化要素在城乡之间的自由流动。

其三，实现城乡文化在保持各自特色基础上的互补与共生。其间，需充分尊重城乡文化之间的差别，凸显文化特色和文化多样性，使城乡文化在交流互动中相互借鉴，取长补短。一方面，乡村文化应吸收城市文化的先进理念、创新精神、开放态度，但由于城乡发展的路径、地域风格、居民受教育程度等方面的差异，不能照搬城市文化的发展模式。另一方面，城市文化也要尊重乡村文化的乡土性、丰富性和多样性，积极吸收乡村文化所蕴含的精神营养和哲学智慧，充实和丰富城市文化的底蕴。

（二）城乡文化建设融合发展具有鲜明的理论指向

其一，厘清城乡文化建设融合发展的基本内涵、历史沿革及其重要意义。深入研究城乡文化建设融合发展的基本理论，充分阐述我国城乡文化建设在精神文明融合发展背景下的地位和价值，深入研究马克思主义有关城乡融合的基本理论，以及我国现代化进程中党的各项相关政策，阐述城乡文化建设融合发展的功能和价值；追溯中国城乡二元发展的历史由来和现实状况，全面思考中国当代实施城乡文化建设融合发展的必要性和可行性；探求中国当代城乡文化建设融合发展的重要意义，从中国特色社会主义建设与前瞻性发展的视角透视其现实地位和历史意义。

其二，深化把握城乡文化建设融合发展的内生性价值和交互作用。中国城市由乡镇逐步发展而形成，乡村为城市发展提供各种动力，城市发展又对乡村建设与发展予以反哺。城市与乡村共同构成了中国农耕文明发展的动力系统。乡村的社会、经济、文化，伦理和习俗的演变，与乡村同城市间的距离存在引力关系。城市是乡村的另一种表现形态，特别是城镇，是乡村治理的行政中心所在地、经济交流的集散地；城市是乡村的另一种生存机制和生活场景，一种乡村文明的空间构造与表达系统。

其三，建构城乡文化建设融合发展中三大领域的运行机制。无论是公共文化服务，还是文化产业和非物质文化遗产保护及利用，均需要建构城乡对接与融合发展的运行机制。只有各种机制的建构，方能确保城乡文化融合发展的顺利进行。其运行机制包括城乡文化融合的管理机制、项目运作与实施机制、资源保护及配置机制、产品生产、传播及市场营销机制，人才交流与互动机制等等。在当下，各地城乡文化融合发展运行机制的建构很不平衡，亟待规范化建设。

（三）城乡文化建设融合发展的理论及实践探索蕴含丰富的内容

在理论探索方面，以多元理论为基础，推进城乡文化融合发展与维系多样文化的统一，重视引领与反哺，重视城乡文化建设融合发展的交互作用，强调城镇化在推进城乡文化建设融合发展中的地位和作用，坚持以城乡生态环境、生活形态、生存方式及生命理念为主导。

在政策与法治保障方面，推进城乡文化建设融合发展的政策引导，强化城乡文化建设融合发展的法律及法规保障，明确城乡文化建设融合发展的综合治理理念，健全城乡文化建设融合发展的地方行政规章扶持，发挥城乡文化建设融合发展中民间规约的积极作用。

在运行机制建构与不断完善方面，坚持以城乡文化的内生性为驱动，以城乡居民为主体的城乡文化建设的基本导向，完善城乡文化建设融合发展及其链接相关机制的建构，增强城乡文化建设融合发展运行机制的管理与保障。

在实现管理科学化方面，注重中国传统文化城乡融合管理思想的现代启示，关注国外城乡文化融合基本理念与元素的影响，加强城乡社会伦理的历史演变、现代影响及其制衡作用，促进城乡文化建设融合发展的人才交互流动，深化城乡文化建设融合发展的制度建构；推进乡文化建设融合发展评价体系的不断完善。

在探索融合发展创新思路方面，注重国家制度制定及调整，以及各类法规和制度的施行、监督，重视和建设文化创意的机制与平台，使更多优秀创意人才脱颖而出；强化城乡文化建设的融合发展各个环节的扶持力度，营造高效与和谐氛围的发展环境；重视文化制作的多样性发展，实现生产要素合理流动与资源优化配置；增进文化生产商业性创制的意识，在科技助力和金融扶持下获得文化产品到文化商品的良性转化。

二、城乡文化建设融合发展的基本理念

推进城乡文化建设融合发展，既需要在城乡各界形成广泛的共识，又应当深化其认知，建构具有共同精神诉求的价值体系和基本理念。而在当下，围绕城乡文化建设的重大目标，可以在其公共文化服务、文化产业、文化遗产和非物质文化遗产的保护利用几个领域凝聚共识，确认其融合发展的价值体系和基本理念。

（一）城乡公共文化服务融合发展是精神文明建设的需要

其一，公共文化服务是当代社会文化建设与发展的重要目标，同时也是社会主义制度优越性的充分体现。多年来，我国各级党委和政府对人民大众的文化服务付出了巨大的努力，取得了重大的成效。特别是改革开放以来，政府将对人民大众的文化服务上升到更高的层面来看待，逐年增加公共文化服务的经费投入，加大文化服务的力度，对满足人民群众当下的精神文化需求，提升人民大众的精神与审美文化水准，都起到了举足轻重的作用。21世纪以来，党中央作出了大力发展公益性文化事业和文化产业的战略目标，同时提出了建设与完善公共服务体系的部署，使公共文化服务成为公共服务体系中的重要组成部分，将公共性文化建设与文化服务上升到一个更高层次，并使之形成一个完善和巨大的系统，同时社会也对各领域文化服务提出了更高的要求。

其二，城乡公共文化服务具有十分鲜明和共同的特性。认识这些共同的特性，就能更深刻地了解各种文化之间的联系，有助于在当代文化产业与文化事业

并举的时代背景下，获得更大发展的主动性。

其三，城乡公共文化必须坚持服务性。公共文化的服务特性是其最为突出的特性之一，充分体现了当代社会文明与进步的特征。文化服务的根本目的在于满足社会大众精神文化方面的需求。人民大众不仅有对生活的物质欲求，同时也有着精神文化及审美方面的欲求，随着物质生活水准的提高，人们对精神与审美文化的诉求愈加凸显。在社会主义社会，优越的社会制度更是要求各级政府充分重视和满足人民大众不断提升的精神诉求。

其四，城乡公共文化必须坚持非营利性。公共文化服务区别于经营性文化产业的重心在于，文化产业所提供的产品和服务直接面向市场，具有突出的营利性，而公共文化或公益性文化则要承担对大众免费或低费的文化服务，使消费者无须支付费用或是仅支付平于甚至低于产品实际生产成本的费用，就可以获取满足自己文化需要的文化产品。其中，公共文化服务的资金主要来源于国民经济收入。此外，社会及企业、个人的捐助与对文化项目的承担和赞助等，都是公共文化服务的重要资金来源。依靠国家的政策扶持，以公益性的方式服务大众，平衡社会文化供给，普及文化成果，提高大众整体文化层次，正是公共文化服务的基本目的。

其五，城乡公共文化必须坚持大众性。公共文化服务面对广大人民群众，具有最广泛的大众性。公共文化服务表现出社会管理主体对人民大众文化权益的尊重，以及对大众文化利益的满足。在现代社会，是否充分尊重人民大众基本的文化权益，是社会进步与文明的重要表征。人民大众的文化权益如同其在政治、经济、教育等方面的权益，是人们应当拥有的基本权益之一，充分尊重这一权益，是对社会文明及其发展规律的遵循。人民大众逐步增长和越来越高的文化需求，以及对文化艺术多元和多层次要求的提出，正是人类不断发展与进步的表现。

其六，城乡公共文化必须坚持差异性。

首先，城市和乡村存在事实上的服务质量和水平的差异。公共文化的发展水平是城市或乡村文化品质与品位的体现，但由于城乡经济基础、文化基础的差异，以及大众文化素质的差异，城乡之间公共文化服务势必存在服务水平和质量的差别。公共文化服务既应开展丰富多彩的文化艺术活动与拥有大量的文化产品，又应注重涵育大众的艺术素养。艺术服务于大众，也引领着大众，提升着大众的品位。一个地区或城市的文化素质，与富有美的气息的艺术活动及其艺术家、艺术作品紧紧相连，同时也与具有一定艺术品位的大众相联系，艺术在这样的土地上孕育，懂得艺术的大众也在这样的土壤中形成，艺术生长于斯，又回馈于斯，文化在这样的过程中形成，又在这样的历史中走向辉煌。

其次，城乡公共文化服务具有一般形式的差异。城乡公共文化服务除了具有满足人民大众的文化需求、陶冶人的灵魂、提升大众审美文化层次等作用外，还具有其他多样的功能，在当代社会发展中发挥出十分积极和重要的作用。但城市和乡村仍然存在公共文化服务形式的差异，具体包括：① 文化活动形式多样性的体现；② 文化内涵当代形式历史感的深化；③ 新的文化与艺术形象及其意境的创造；④ 多样性的文化活动方式的出现；⑤ 大众的普遍参与和社会的广泛关注。应当说，提升公共文化服务水平，是城市与乡村文化精神与审美理想的升华，是社会在其本体意义上的提升。

最后，城乡公共文化服务具有科技含量的差异。公共文化服务与现代科技有着密切的融合，艺术与当代科技的融合，势必得到更广泛的瞩目。在当代，科技的发展将为艺术带来极其广阔的发展空间，为艺术的审美形式的丰富和提升营造十分自由的天地。因此，当代艺术的递进，意味着艺术与科技更为有机的融合。公共文化服务的基本指向，理应更多元地汲取和借鉴当代科技文化的因素，特别是在城市，应将高新科技尽可能地融入艺术创新，在开拓艺术的空间与提升艺术丰富性等方面发挥更重要的作用。但由于各种条件的不同，城市和乡村公共文化服务的科技水平和科技含量的差异是显而易见的。

（二）城乡文化产业融合发展具有鲜活的现实意义

在城乡文化融合发展进程中，应当高度重视城市和乡村产业的地位和作用。在广大城乡，其各类产业均具有多样性，特别是在乡村，以农业产业为主体，又以多种产业形态共同构成一个整体。而在乡村产业基础上生成的产业文化已成为乡村文化建设的重要组成部分。推进乡村产业文化的建设与发展，深度认知乡村产业文化的当代意蕴及其特征，辨析其价值实现的基本策略，是乡村振兴大业中的一项重要任务。

乡村农业产业是乡村产业的基础和根本。以土地种植为核心的农业产业，是农耕文化的延续和当代呈现，在当代乡村振兴中承担着十分重要的使命。乡村产业的主体是农业产业，这是乡民赖以生存的根本，是乡村社会最重要最凸显的产业。乡村社会拥有多样的产业。首先，农业产业是其最基本的产业形态。其次，多年来在乡村出现的与农业产业密切关联的工业已经具备产业的结构和规模。包括各种传统的手工业，也属于当代的乡村工业产业。最后，近年来蓬勃兴起的文化产业及相关服务业、旅游业已成为乡村振兴的切入点和重要产业之一。而在这诸多产业中，将其紧紧系于一体的是土地，是农业产业。将乡村农业产业置于文化的高度来观照，是当代乡村文化建设的必然走向。随着乡村产业的快速发展，其本身已经具有了越来越丰富的文化意蕴。产业作为经济活动的基本形态，从来也没有失去文化的支撑与融入。伴随经济活动中出现的各种文化现象，产业呈现出多样性结构与自组织发展的态势，其增长受到各种文化的影响和制约，有的产业业态甚至出现文化内涵的溢出，显现丰富的文化元素。乡村农业产业作为乡村产业的基础和根本，既显现其重要的物质生产特性，又显现其特有的文化属性。其文化属性既源于乡村经济类活动，也与精神性活动相关联。特别是在当代，众多属于经济类活动的业态相继显现出浓郁的文化特色，乡村农业产业愈发凸显其深厚的文化意蕴。

城乡文化建设融合发展旨在推进人的全面发展。城乡各类产业蕴含着丰富的文化内涵，形成厚重的产业文化。乡村产业不能脱离农业产业，乡村产业文化也不能脱离农业产业的文化内涵。在乡村社会活动及其生态构成中，农业活动始终是其主体，其基本内涵成为乡村活动的主要构成。以农业产业为主要发展方式的生存理念，即指乡民世代形成的关于生存的价值观。以满足人们基本物质需求为基点的生活理念，是指乡民的物质需求主要源自农业和土地，因而形成以农耕为基础的生活观。以提升乡民自由与全面发展为目标的生命理念，即在当代社会发展中，随着人们价值理念的提升，其生命的价值观也提升到新的高度。更多乡民将乡村视为自身生命及其精神的家园，甚或更多城市居民也将乡村田园视作化解城市弊病的有效方式。通过对土地及农业更高价值的追索，乡民逐步找到实现身心完善以及全面发展的路径，显现自身生命的价值和意义。乡村产业文化在其生成丰富意蕴的同时，逐步显现其鲜明的特征。乡村产业文化形态的渐变引发乡村生产关系及民风民俗的演变，产业机制的完善促使乡村伦理及人际关系的转型，社会文化流通的加速引领乡民价值观体系出现新的气象。准确与科学地把握乡村产业文化的特质，有助于促进其不断深化与发展。

（三）确立城乡文化遗产保护融合发展的历史意识和前瞻视野

实施对文化遗产保护的科学化管理，需要对文化遗产特性有着清醒和明晰的认识。特别是在非物质文化遗产保护中，重利用，还是重开发，或是二者并重，正是对非物质文化遗产本质特性认知的体现，同时也考量着人们的理性意识与科学精神。

非物质文化遗产与物质性文化遗产都是人类文明的宝贵结晶。不同的是，一般文化遗产具有凸显的物质性，非物质文化遗产则具有突出的精神性；一般文化遗产由于物质形态的相对充实，不易变形，而非物质文化遗产具有更突出的脆弱性、易变异性；一般具有丰富物质性的文化遗产常常承载于某一物质载体，以物质的形态呈现于世，而非物质文化遗产则常以人的技能与技艺来传承，传承人消失了，其技能与技艺也就随之而去。

非物质文化遗产不同于一般民俗事象。民俗事象大都具有非物质文化遗产的特色，但二者也有重要的区别。民俗事象可以有较高的文化价值，也可以不具备较高的文化价值，而非物质文化遗产，特别是已纳入保护序列的非物质文化遗产项目均具有较突出的文化价值、历史价值、审美价值和科技价值。

非物质文化遗产也不同于一般的民间手工艺。民间手工艺大部分也具有非物质文化遗产的特征，但是，并非所有民间手工艺均属于非物质文化遗产。非物质文化遗产一般已经失去市场的竞争力，而一些民间手工艺样式尚具有一定的市场活力；非物质文化遗产注重展示艺人操作的流程，这正是非物质文化遗产保护的核心内容，而民间手工艺同时注重其物质性、工具性等要素。科学和理性要求人们，应当充分重视和肯定非物质文化遗产的地位和作用，积极和主动地实施对非物质文化遗产事象的评价与认定，对非物质文化遗产样式应当在实施保护的基础上予以传承和利用，不宜动辄对非物质文化遗产实施产业或市场性开发。

三、城乡文化建设融合发展研究领域的现实瓶颈与反思

多年来，城乡文化建设融合发展研究领域推出较多重要成果，主要包括：对我国城市和乡村文化的历史沿革、发展现状作出翔实的梳理；对城市和乡村文化的现实境况的同一性和差异性予以较深入的剖析；对城市和乡村文化的融合发展的必要性、可行性进行全面的分析；对城乡文化融合的具体策略和举措提出各种具有建设性的意见；等等。

但同时，其研究领域明显呈现出一些不足，包括：对中国东西部、南北方城乡文化的基本特点及其差异的认识不够全面，出现以偏概全的现象；未能将城乡文化融合发展置于城乡一体化的整体发展格局中予以把控，出现孤立地论述文化的现象；未能将乡村文化发展与乡村农业产业为主体的发展状貌相链接，致使乡村文化发展与乡村整体社会发展相脱节；未能准确认识和把握乡村文化建设的主体及其地位，致使乡民的文化诉求与某些实施目标相游离；对城乡文化融合运行机制与制度建设虽有初步思考，但缺乏深入探索与创新；对城乡文化融合发展的思考有所空泛，某些实践活动脱离具体区域的现实状况。

基于该研究领域属于我国现代化建设以来在21世纪出现的新的课题，促使人们对更多社会问题予以观照，较多时代性的课题不断涌现，其中包括：梳理社会主义建设时期城乡文化建设融合发展的历史经验。70多年来，中国共产党人在社会主义建设中十分重视城乡文化建设的融合发展，取得丰硕成果，其基本理论建设与实践探索，均对新时代城乡文化建设融合发展具有重要意义。而今探索城乡文化建设融合发展运行机制的建构与完善，更加紧迫地摆在人们面前。中国当代城乡文化建设融合发展正处在不断建构的时期，作为文化建设重要领域的公

共文化服务、文化产业、文化遗产与非物质文化遗产保护和利用,均需要建构与完善其运行机制,其间既包括各领域的整体性运行机制,也包括不同区域、不同文化与艺术样式运行机制的设计、建构或完善。

中国艺术市场运行机制在基本建构上既具有合理性,又存在不够适应的方面。首先,中国地域广阔,自然、地理、生态、历史均具有一定差异,探寻科学的和适应当代中国各区域城乡文化建设融合发展的创新性策略,既是最具挑战性的课题,也是最大的难点。推进城乡文化建设融合发展,需要深化研究中国不同区域城乡文化的特点,充分依据现实条件和大众需求,深入探究适合不同区域城乡文化建设融合发展的基本策略。其次,长期以来,中国当代城乡文化建设融合发展的运行机制仍然存在不够规范、不够严谨,生产力和创新力不高等问题,这既与社会、经济、文化传统等因素相关,也与当下一些机制性的制约有直接的联系。最后,在深入开展城乡公共文化服务、文化产业、非物质文化遗产保护和利用融合发展的理论研究与实践探索中,对不同文化样式与艺术形态运行规律的研究相对偏少,尚未形成规范的、科学的运行机制。突出当代城乡文化建设融合发展进程中的政策、法律法规的探索及其运行规律和运行机制的探索,以及相互连接与融合方式及方法的探索,成为亟待研究的重要课题。

历史与现实表明,对新时代城乡文化建设融合发展的研究,需要从以下方面予以理论反思,同时不断深化社会实践。

城市和乡村文化建设的一体化已然成为当代中国社会发展的重要驱动力。城市文化与乡村文化血脉相连,城市文化的进步,从来也离不开乡村文化的基础和影响,以及对乡村文化的倚重和汲取。在对城乡文化建设融合发展过程的审视中,需要充分剖析其治理主体之间的关联性、内生性因素与外部动力因素的交织,对文化建设融合发展中文化价值、审美价值、产业价值的消解或提升,以及综合价值的实现路径等课题,提出具有创新性的理论构想。

城市文化对乡村文化的反哺,不仅是城乡文化建设融合发展的需要,同时也是深化城市文化建设的必需。城市文明超越乡村文明,是社会政治、经济、科技、文化发展的必然,但在中国,城市的根基在乡村,无数城市居民的精神源流在乡村，对改善生存和生态模式的指向在乡村，只有城市和乡村的同步发展，方能推进社会文化的整体提升。只有城市对乡村进行多方面的反哺，以及在经济文化等领域的全面联手，方能在推进乡村文化建设的基础上，使城市文明得到更高层级的提升。

必须明白城市社区居民和乡镇村民在城乡文化建设中的第一主体地位。政府对社区和乡镇文化建设的推进需要通过社区居民和乡镇村民加以实施；各阶层社会团体、企业、机构对社区和乡镇文化建设的助力，也需要依托社区居民和乡镇村民的直接参与；艺术家或企业家在社区和乡镇推动各类文化建设项目实施，更需要在符合社区居民和乡镇村民的意愿、获得人们广泛认同的基础上携手推进。

推进城乡文化建设融合发展中公共文化服务、文化产业、非物质文化遗产保护和利用之间的有机链接。作为城乡文化建设的三大领域，公共文化服务、文化产业、非物质文化遗产保护和利用已经成为当代城乡文化建设的重心，实现城乡文化建设的融合发展，需要在以上三个方面建构城乡链接及其融合的基本理念。基于城乡二元发展的历史状况，应当充分认识这一现象生成的历史原因及其经验和教训。当社会发展进入当今的数字经济时代，更多领域已然突破城乡间的界限和藩篱，开始走向城乡一体化发展的新纪元。不仅经济领域，而且在文化领域，实现城乡密切融合发展都是十分可行的。

城乡文化建设融合发展运行机制建构的多样性和多层次性。运行机制建构与完善是推进城乡文化建设融合发展的核心，只有建构起科学的、高效的融合发展运行机制，方能加快城乡在公共文化服务、文化产业、非物质文化遗产保护及利用的一体化进程。在各文化领域及其分支系统中，均需要充分考量其运行的多样性和多层次性，分别建构具有科学性和高效性的运行机制。同时还要在各种机制的治理和运作中，对其基本形态、价值链构成、制约因素等予以深入探究与把握。

城乡文化建设融合发展中基本策略的创新是推进其可持续发展的关键。社会进步将对城乡文化建设融合发展不断提出新的课题和挑战。面对各种新事物的兴起和矛盾的出现，需要深入研究其特点和规律，依据不同区域及其城市社区和乡村发展的需要，充分尊重社区和乡村居民的精神诉求，因地制宜、因时制宜，对城乡文化建设融合发展中的制度建设、政策与法律法规建设、机制建设等方面进行探索，为城乡公共文化服务、文化产业、非物质文化遗产保护和利用融合发展提供更具适应性和创新性的路径与策略。

四、城乡文化建设融合发展基本策略的思考

推进城乡文化建设融合发展，需要在党和各级政府对城乡精神文明建设决策的统领下，以中国当代社会城乡大众对文化需求和变化为基点，深化研究城乡文化建设融合发展中相关公共文化服务、文化产业、物质与非物质文化遗产保护和利用的基本规律，探索其多样性、多层级性运行机制，以及持续创新的路径与策略。

（一）城乡公共文化服务融合发展基本策略的思考

城乡公共文化服务融合发展具有丰富的理论空间，其要点包括：城乡公共文化服务融合发展的基本理念与问题呈现、城乡公共文化服务融合发展目标的整体性与一体化、城乡公共文化服务融合发展的制衡性与均等化、城乡公共文化服务融合发展的丰富性与优质化、城乡公共文化服务融合发展的区域性及精准化、城乡公共文化服务融合发展制度保障与管理体系等。

当下，城乡文化建设融合发展的运行机制亟待完善，比如，建构城乡一体性公共文化服务资源共享机制，打造城乡层级性文化服务运作机制，建构健全城乡融合下公共文化服务产品生产运行机制；建立城乡文化服务人才交互运作机制。

相关城乡公共文化服务融合发展基本策略的思考，主要体现为以下几点。

其一，合理开发、配置与使用城乡公共文化服务融合发展中的文化资源。公共文化服务须依赖于大量文化资源，作为公共文化服务的资源属于公共的和社会的财富，其资源包括有形的和无形的资源、自然的与文化的资源、历史的与现代的资源。当代文化产业的发展，对于本来属于公共文化服务的资源也形成了一定

的分享，如若处理不当，就会形成对公共文化服务的损害。因此，对于公共文化资源的调查、整合，以及合理的开发、配置与使用，已成为当代文化建设中的重要课题。

其二，促进城乡公共文化服务与市场需求的紧密结合，实现良好的社会效益和对经济成本的考量。公共文化服务大众艺术的地位和当代发展，不能离开对其市场性和产业性的考量，正是基于艺术本来就具有的经济价值，公共文化服务在展现其丰富内涵与艺术形式特色的同时，理应注重其社会的和市场的效应。公共文化服务虽以非市场化的形式服务于大众，但其服务的项目及其产品的生产却必须与市场相衔接，依托市场为公共文化服务提供源源不绝的文化产品。同时，作为产业和市场的文化也与公共文化服务的文化样式与产品紧密相连，市场的文化样式势必时常影响与冲击着公共文化服务，公共文化服务也从来不是停留于一个静止的和孤立的境地。

其三，凸显城乡公共文化服务的地域性特色。当今公共文化在职能上主要指向普及文化、提高人的素质、加强城市竞争力等方面，在一定地域的社会发展与提高其综合实力中发挥十分重要的作用。公共文化的地域特色大量地体现于文化样式、物象以及语言、形式等层面，包括文化创造活动中的工具、材料、载体，及其人们进行文化创造的技能和技艺等，均体现着地域文化的特色。对这些方面的因素的保护、继承与传播，也属于公共文化服务的重要组成部分。

其四，改善城乡公共文化服务的质量与服务方式。公共文化服务的产品质量不高，是当下困扰公共文化服务的重要瓶颈，特别是在艺术产品的服务方面尤为突出。在实施公共文化服务中，其文化艺术的样式与产品的总量，以及审美含量、娱乐性元素等方面，大都不及文化市场更为丰富与多样。改善公共文化服务的质量，一方面，应当改变传统的一味实施文化教育的理念，而应立足于实施社会文化教育与大众进行文化选择的双向运动，使文化服务的具体内容呈现为多样性、综合性与实用性，克服单一的教化性；另一方面，应强化公共文化服务的管理，确保有限的资金与设施切实使用于公共文化建设与服务，在对公共文化服务的设施建设方面不走样、不缩水，在对公共文化产品的采购方面，坚持思想性、审美性和娱乐性的统一，将最优秀的文化产品投放于公共文化服务之中。

其五，发挥城乡各界推进公共文化服务融合发展的积极性。首先，政府对公共文化建设与服务负有主要责任，应突出发挥政府的主导作用，强化政府第一责权人的地位与职责。其次，发挥城乡社会团体、事业与国有企业、民营企业及个人的作用，倡导社会各界履行公共文化服务的共同义务，鼓励企业和个人对公共文化建设投资，建设与完善各类文化艺术基金会，以及社会赞助制度，发挥基金会与社会各界在公共文化服务中的积极作用。最后，发挥各领域艺术家、文化艺术从业者以及大众接受的积极性，鼓励企业和个人兴建各类具有一定公共文化服务性质的文化设施，启发乡民开展不同形式的自主性文化服务，引领城乡公共文化服务人才的交互运行，构建数字技术助力城乡文化建设融合发展的体系。

（二）对城乡文化产业融合发展基本策略的思考

当下，亟待深入探索城乡文化产业融合发展的理论架构。其要素在于：城乡文化产业融合发展的特色化与凝合力、城乡文化产业不同主体的协同性与创造力、城乡文化产业与产业文化的渗融性与辐射力、城乡文化产业与公共文化服务的互动性、城乡文化产业与非物质文化遗产保护及利用的交叉性、城乡产业文化与文化产业的深度融合等。

强化城乡文化产业融合发展运行机制建构，应为当务之急，主要涵括：构建城乡文化产业的产业链运行机制，强化城乡文化产业运行系统的内驱力，健全城乡文化产业多元融合的社会机制，打造城乡文化产业项目运作的协同机制，营建城乡文化产业融合发展的信息传播机制，推进城乡文化产业市场营销与消费联动机制。

相关城乡文化产业融合发展基本策略的思考，突出指向以下方面。

其一，维护传统生产方式的传承与交汇。产业文化的传承，基于其历史的厚重积淀，重心在于传统生产方式的传承，以及与当代生产方式的交汇。社会发展促使生产方式发生较大变化，但在其本质上，依然具有传承的因素。新的生产方式的形成，来自传统生产方式的承续，也得益于当代各种因素的影响与促动，使之更加有利于生产关系的调整与生产力的增长。而作为当代多样性生产方式的交汇，是指人们充分顺应科学技术以及新的生产动能的进入，从而促使多元形态的生产方式的确立。特别在当下，应当强化创意在城乡文化产业融合发展中的作用，激活产业转型在城乡文化产业融合发展中的功能，提升城乡文化产业融合发展中资产重组的作用，探索特色小镇与城乡文化产业融合发展的链接，推进田园综合体在城乡文化产业融合发展中的创新。

其二，活化生产与生活习俗的渗溶与延续。城乡文化中有关生产与生活的习俗，生成于乡村农业生产活动之中，又对乡村产业予以极大影响。它既是精神的，又是物质的，蕴含于乡村产业的基本模式、运行过程及产品制作。其生产与生活习俗的不断演进，意味着人们认识世界、把握自然能力的提升，也是人的自觉意识和自我意志的提升。人们将天人合一、人与自然的和谐共处等因素根深蒂固地置于其间，成为农业文化的核心。又将乡村公共文化中人与人的和谐相处，对共同利益的维护，以及人的道德规范伦理操守等因素，与农业产业活动有机地融为一体，成为人们在生产活动中共同恪守的价值理念。

其三，推进城乡产业文化及文化产业的内生与聚合。在中国历史上，农业文明始终居于核心地位，直到今天，没有农业产业的支撑，就没有乡村产业文化的地位。正是基于农业及其相关产业的内生性及聚合性发展，形成了至今难以动摇的根基。乡村与城市产业文化的融会势必带来内在含量的增进，以及对人的精神的冲击和内化。具体表现如下几点：首先，经济和文化的内生与聚合。乡村与城市产业文化的融合，将以农为本的乡村传统主导理念与推进现代文化发展的城市文化理念相贯通，促使城乡产业文化及文化产业的激变。其次，城乡生态文化的交互与同化。乡村生态文化是乡村地域性风貌和环境特色的呈现，城市生态文化则是传统与现代文化的凝结，正是优质的城乡生态文化的融合，为当代文化产业带来历史性的发展机遇。最后，城乡多种产业的交叉与聚合。乡村建设以农业产业为核心，又以各种相关产业的汇聚为延展，城市以现代产业为依托，又可吸纳外来与传统元素，均为多种产业形态的发展提供依托。以各种产业的相互交叉为基础，城乡文化产业可以得到有机的融合。

其四，强化城乡产业文化和文化产业审美质素。城乡各类产业审美价值的呈现，越来越显现其重要的价值。一是形式美感的内聚与外溢，不仅体现于城乡文化产业及旅游产业，同时在乡村种植业、农产品加工、乡村手工艺等多个方面，均呈现出极为鲜明的审美质素。二是产业运作的审美性。在大量城乡产业活动中，人们已经不满足于一般的经济运作，而在其间融入较多审美及文化元素。特别是当一些生产活动摆脱了单调与重复的劳作，便生成更多愉悦的富有美感的因素，一些产品的生产及制作也在不断向审美化提升。三是产品加工的审美性。城乡各类产品加工业具有丰富的工艺性，经由大量艺术元素的融入，可以增进产品的审美含量，获得更大的经济价值。通过审美含量的增加，无论是那些手工艺特色极强的产品制作，还是那些以粮食生产为基础的农业产品的精加工，都能提升其经济价值。四是产业体验的审美性。城乡产业活动具有极为鲜明的体验性。人们通过对产业活动的参与，可以进入文化及审美体验。其产业运行的交融，可将具有乡村传统及当代城市的审美文化元素融为一体，打造具有沉浸式意味的活动空间，令人们获得审美感受的提升。

（三）对城乡文化遗产保护融合发展基本策略的思考

在现代化背景下，中国城乡文化遗产保护融合发展理论视域也在不断拓展。其重心体现为：城乡文化遗产保护目标的同一性与差异性；城乡非物质文化遗产保护与文化遗产保护、生态保护的一体性；城乡非物质文化遗产保护融合发展的紧迫性与可行性；城乡非物质文化遗产保护融合发展的主体性；城乡非物质文化遗产保护、利用与适度开发的科学把控等课题；城乡非物质文化遗产保护与艺术乡建的有机相融；城乡非物质文化遗产保护多样性保护形态的有机融合，也已进入人们的视野。

加强城乡文化遗产保护融合发展运行机制的建构，包括：城乡非物质文化遗产保护的一体化治理机制；城乡非物质文化遗产保护融合发展的动态性运行机制；城乡非物质文化遗产保护的资源发掘及配置机制；城乡非物质文化遗产保护融合发展人才主体互动机制；城乡非物质文化遗产保护、利用、教育、传播的联动机制；城乡传统手工艺、非物质文化遗产性演艺业、非物质文化遗产性体育及休闲业链接与互动机制。以上机制均需要加快建设与完善。

相关城乡文化遗产保护融合发展基本策略的思考，主要集中于以下层面。

其一，实施保护和利用两条腿走路。近年来，面临文化遗产文化样态生存与发展的两难命题，两条腿走路的构想有其合理性，符合当代文化遗产保护与文化发展双重命题的必然要求。一方面，是对非物质文化遗产样式原汁原味的保存与保护，使其免于遭受其他文化样式的冲击，在有效保护的基础上得到合理的利用；另一方面，将文化遗产中可以利用的元素加以开发，在产业运行与竞争中赢得市场，实现较高经济价值。实施两条腿走路的策略，需要各级政府有关部门的统一调控和管理。组织力量，健全机构，对某些已经处于濒危的非物质文化遗产样式施以本源样态的保护，不允许轻易改动，是必须恪守的原则；与此同时，允许相关人员和企业借重该项非物质文化遗产样式的社会影响及内在元素，实施产业性开发。但通常需要明示，该文化样式是在某非物质文化遗产样态的基础上派生而成，已不属于非物质文化遗产本体。倘若遭遇失败，即可自生自灭，不致对非物质文化遗产造成伤害。

其二，推进城乡非物质文化遗产保护融合发展的生态化保护。即指对包括非物质文化遗产在内的各种自然遗产和文化遗产的综合性保护。其间，人们一方面将各种属于历史或社会资源的成分予以保护、传承和利用，同时又对可能产生经济效益的自然与文化样态加以创新和开发，使之能够产生良好的经济效益。在实施生态化保护的地区，尤其应当将非物质文化遗产样式与其他自然和文化遗产加以区分，实行差异化管理，将开发的重点放在自然遗产与一般文化遗产上，而将非物质文化遗产样式分离出来，施以专项保护。

其三，以多样性方式激活非物质文化遗产保护和研究。一是活态性保护。即对一些非物质文化遗产样态实施一定区域和范围内的活态化管理，使之在相对适宜的环境中获得长期生存。强化社会机制的保障力度和增进环境的适宜度，是活态性保护的核心。二是传承人保护。如何引导年轻人自觉地接受传承人的技艺，成为新一代传承人，不仅需要必要的资金支持和其他条件的扶持，还需为传承人营造一种积极进取、宽松和谐的生活与工作环境。三是生产性保护。生产性保护未必直接导向市场和商业运作，而是通过组织一定规模的生产，使其在运营中延续自身的生命，或是借助市场显现存在的价值。四是博物馆保护。不仅那些民间手工艺等非物质文化遗产样式要将博物馆作为最后归宿，而且诸如口头和具有表演性技艺性的非物质文化遗产样态，也需借助博物馆实现保护和传承。

其四，以多元化形态实施非物质文化遗产的教育和传播。城乡各类陈列馆博物馆等机构为非物质文化遗产的研究、传播和教育提供了完备的条件，特别是当代科技的进入，不仅使非物质文化遗产保护和利用得以拓展，同时促使会议的教育和传播得心应手。有时也可采用双重方式，一方面通过活态的和传承人的方式加以保存和传承，另　方面不失时机地加以技术性保存，为后人的研究和借鉴提供完整和准确的资料。而在其间，借助于生产性保护，不以赢利为目的，可以在公共服务、传播与教育等领域发挥积极作用。

小　结

城乡文化建设融合发展课题的研究和推进，既是一个跨学科的课题，横跨文化学、艺术学、社会学、管理学等学科，具有学科贯通的意义，又是一个跨领域的课题；既与学术相关，又与社会各领域及其实践相关联，呈现厚重的实践价值。相关课题的研究体现出精神的广度和社会的深度，难度不小。正是基于此，亟待人们增强学术观照，深入社会实践，开阔视野，把握现实，推进中国式现代化城乡文化融合发展理论的不断演进和完善。

【本篇编辑：周庆贵】

美育研究

美育与人的改造[①]

高建平

摘　要： 美育在现代生活中起着重要的作用。中国古人留下了丰富的美育思想遗产，而美育的话语体系却是在现代社会通过中西交流才形成的。美育与人的改造相联系，这种意义上的美育是广义的美育。美育与其他学科关系需要进一步辨析，如美育与科学和技术、美育与教育、美育与宗教、美育与艺术教育，既有交叉之处，又截然不同。美育还可区分为家庭美育、学校美育、社会美育，它们有着各自的任务，最终实现在经济发展的同时，实现人的品味教育。

关键词： 美育　人的全面发展　品味教育

作者简介： 高建平，男，1955年生，博士，现任深圳大学美学与文艺批评研究院院长、教授、博士生导师。主要从事美学与文艺理论研究。著《画境探幽》《全球化与中国艺术》《回到未来的中国美学》等。

Aesthetic Education and the Transformation of Humanity

Gao Jianping

Abstract: Aesthetic education plays an important role in modern life. The ancient Chinese have left us a rich heritage of ideas about aesthetic education, while the discourse system of aesthetic education has been formed only in the modern society through exchanges between the East and the West. Aesthetic education is linked to the transformation of human beings, and in

---

① 本文系国家社科基金重大研究专项项目"新时代中国特色美学基本理论问题研究"（项目编号：18VXK010）的阶段性成果，本卷首发。

this sense it is aesthetic education in a broad sense. The relationship between aesthetic education and other disciplines needs to be further analysed, such as aesthetic education and science and technology, aesthetic education and education, aesthetic education and religion, aesthetic education and art education, and so on, which are both intersecting and distinct. Aesthetic education can also be differentiated into family aesthetic education, school aesthetic education and social aesthetic education, each with its own tasks, and ultimately achieve the education of human taste in conjunction with economic development.

Keywords: aesthetic education　all-round development of human beings　taste education

　　美育在现代生活中起着重要的作用。社会是人的组合，而人是受教育的。这种教育包括多个方面，其中也包括审美教育。美学是一种学术研究，有着自身的追求和意义，同时，美学的研究也要落实，要提高人的美育水平。这种美育水平，包括审美的趣味和取向，也包括对美的追求。当代美育成为一个重要的话题，讨论的人很多，但是，关于美育的概念、性质和功能，其中有很多问题需要澄清。有时，用非此即彼的态度，很难克服片面性。在研究中，与我们在处理一些现实问题时一样，要考虑个中曲折，理清思路，才能既考虑美育的历史，又看到美育的当代价值。

一、中华传统美育精神的内容与现代美育话语体系的形成

　　我们一般将美育看成美学的一个分支，即运用美学的知识进行教育，美学被看成是研究性的，美育是运用性的。然而，在历史上，不同时期美学的学科性质不一样，与美育的关系也不一样。在中国古代，没有成系统的美学体系，美育却很重要。古人谈到美与艺术时，绝大多数都在谈美育。到了近代，美学体系引入中国，美学研究的重心放在了美的本质与人的审美心理，以及艺术美学的研究。这三大块的组织成为美学的核心内容。例如，李泽厚的《美学四讲》主要包括"美学""美""美感"和"艺术"这四讲，每一讲再各分四节，共16节，其中没有专门的章节讲美育。王朝闻主编的《美学概论》由"绪论"和六章组成。"绪论"讲美学的对象与方法，第一章讲"审美对象"，第二章讲"审美意识"，其余

四章集中讲艺术，分别是"艺术家""艺术创作活动""艺术作品"和"艺术的欣赏和批评"，没有章节专门讲美育。①但此后的美学教材，则开始设立"美育"章节，并将之看作是必不可少的一章。杨辛、甘霖编的《美学原理》中，就专辟"美育"一章，讲述"美学史上对美育的探讨""美育的本质特征""美育的任务和意义""美育的实施"。②这在此后的美学教材中成为惯例，为绝大多数的教材所采用。当然，这并不是说，在美学出现前没有"美育"，但传统的美育与现代美育有着巨大的区别。

（一）中华传统美育精神的内容

中国古代的诗、乐、画，都具有强烈的教育和教化功能。对美和艺术的论述，正是从教育开始的。在《尚书》这部"上古之书"中，就有这样的记载："（舜）帝曰：'夔！命汝典乐，教胄子。直而温，宽而栗，刚而无虐，简而无傲。诗言志，歌永言，声依永，律和声；八音克谐，无相夺伦，神人以和。'夔曰：'於！予击石拊石，百兽率舞。'"③。朱自清说，这里所说的"诗言志"，是中国诗论的开山纲领。④当然，对于乐和舞来说，这也是"开山的纲领"。这里还有一层意思不容忽视，即"教育"。文中明确在说是为了"教胄子"，常被解释成公卿士大夫的子弟。其实，在舜之时，哪来什么"公卿士大夫"？社会中阶级差别也不明显。在这段话中，我们看到的是原始初民在诗歌乐舞活动中既释放激情，也逐渐被教化。他们被打磨掉原始的野性，转化成为文明人。

在中国古代，儒家有著名的"诗教"说。在孔子的心目中，《诗》要起文明的教化作用，是他那个时代的人的基本教科书。人们通过读诗、诵诗，形成了基本的文化教养。孔子对儿子孔鲤说："不学《诗》，无以言。"⑤当然，这不是说通过《诗》学会说话，而是指通过学习《诗》，学会"雅言"，能像一个有修养的

① 参见王朝闻.美学概论［M］.北京：人民出版社，1981.
② 参见杨辛，甘霖.美学原理［M］.北京：北京大学出版社，1983.
③ 孙星衍.尚书今古文注疏［M］.北京：中华书局，1986：69-70.
④ 朱自清.诗言志辨［M］.长沙：岳麓书社，2011：3.
⑤ 杨伯峻.论语译注［M］.北京：中华书局，1980：178.

人那样说话。孔子又教导学生说："诵《诗》三百，授之以政，不达；使于四方，不能专对；虽多，亦奚以为？"①这就是说，要学以致用。孔子是一位教育家，他教学生的目的，是为了让他们能够在行政和外交方面有所作为，成为有用的人。因此，通过学《诗》，能够从政，能够在外交场合应对得体。这是学《诗》的目的，如果不能达到这些目的，能诵再多的诗也没有用。在春秋战国时代，士大夫流行在说话时引经据典，《诗经》是重要的引用对象。用得恰当，可委婉地表达自己的意思，也使对话具有一种高雅的文化气息。不用或用得不好，就显得直白而粗鲁，给人以缺乏教养、品位较低之感。

这些都是孔子关于"诗教"的思想。在《礼记·经解》中，专门论述了"诗教"："孔子曰：'入其国，其教可知也。其为人也，温柔敦厚，《诗》教也。'"②这句话表明，到了一个诸侯国，通过观察那里的国民，就能知道他们所受的教育；那些受过诗教的人，能够表现出"温柔敦厚"的特质。而进一步地，《经解》指出："温柔敦厚而不愚，则深于《诗》者也。"③这意味着，"温柔敦厚"的人不会显得愚蠢，这是"诗教"成功的结果。学习《诗》不仅赋予人们知识，还培养出外表沉静、内心丰富且才华内蓄的修养。当然，学《诗》的作用远不止于此。孔子说："小子何莫学夫《诗》，《诗》可以兴，可以观，可以群，可以怨。"④这说明《诗》在社会生活中扮演着重要角色：它可以激发人的内在志向，让人了解和感知世界，促进人际交往中的得体应对，同时也提供了一种表达不满或批评的方式。总之，在孔子看来，《诗》之教是那个时代受教育者的必备内容。

诗与乐紧密相连，"诗教"同时也是"乐教"。正如前面所述，《尚书》提到乐是诗的延伸，从诗到乐，再到舞，形成了一种跨越多种艺术形式的情感表现体系。《左传》记载吴国公子季札对"观乐"的评论，他将各邦国的音乐与其社会状态联系起来，这反映了音乐与社会风气及国家治理状况的关系，说明通过观察音乐可

---

① 杨伯峻.论语译注［M］.北京：中华书局，1980：135.
② 王文锦.礼记译解：下［M］.北京：中华书局，2001：727.
③ 王文锦.礼记译解：下［M］.北京：中华书局，2001：727.
④ 杨伯峻.论语译注［M］.北京：中华书局，1980：185.

以了解风俗的盛衰。①这位来自南方新开化地区的吴国公子，以半旁观者的视角，提出了音乐能反映政治状态的独特见解，显示了他对当时文化的深刻理解。

对于古代社会而言，音乐与生活息息相关。《吕氏春秋·古乐》强调："乐所由来者尚也，必不可废。有节，有侈，有正，有淫矣。贤者以昌，不肖者以亡。"②这里指出了音乐的重要性及其对社会的影响。此外，《吕氏春秋·大乐》描绘了音乐起源的独立理论："音乐之所由来者远矣，生于度量，本于太一。太一出两仪，两仪出阴阳。阴阳变化，一上一下，合而成章。"③这段话描述了音乐的起源和发展，强调了它深远的历史背景和哲学基础。除了作为"诗"的延长之外，音乐也有其独特的起源和发展路径，这一点在上述记载中得到了体现。

这种思想与"天人感应"和"阴阳五行"结合起来，就出现了"以类相动"的观念，即认为"物—心—音"三者之间具有感应关系。"物"指外在的社会环境，"心"指人的思想情感，"音"指音乐。这三者的关系是双向的。这既可以是"物→心→音"，即如《礼记·乐记》所说："凡音之起，由人心生也。人心之动，物使之然也。"④从"物"到"心"再到"音"。与此相应，"感物而动""声音通政""功成作乐"等命题由此而生。这种关系，还可以是反向的"音→心→物"。例如："志微、噍杀之音作，而民思忧；啴谐、慢易、繁文、简节之音作，而民康乐；粗厉、猛起、奋末、广贲之音作，而民刚毅；廉直、劲正、庄诚之音作，而民肃敬；宽裕、肉好、顺成、和动之音作，而民慈爱；流辟、邪散、狄成、涤滥之音作，而民淫乱。"⑤有什么样的音乐，就产生什么样的心理状态，从而产生什么样的社会状态。由此产生"乐以节人"的观点，并进一步产生"乐教"的主张。"乐也者，圣人之所乐也，而可以善民心，其感人深，其移风易俗，故先王著其教焉。"⑥音乐感动人心，就可移风易俗，达到"乐教"的作用。

① 杨伯峻.春秋左传注［M］.北京：中华书局，2017：1161-1165.
② 吕氏春秋.古乐篇［M］//许维遹.吕氏春秋集释.北京：中华书局，2009：118.
③ 吕氏春秋.大乐篇［M］//许维遹.吕氏春秋集释.北京：中华书局，2009：108.
④ 王文锦.礼记译解：下［M］.北京：中华书局，2001：525.
⑤ 王文锦.礼记译解：下［M］.北京：中华书局，2001：540.
⑥ 王文锦.礼记译解：下［M］.北京：中华书局，2001：539.

"以类相动"的感应被认为具有重要的力量，给艺术与生活的相互影响关系赋予神秘的色彩。①

造型艺术可以从"铸鼎象物"谈起。这是一段来自《左传》的著名的对话。楚王派人问九鼎的轻重，内含觊觎天下之意。周定王的大臣王孙满义正词严地回答道："在德不在鼎。"并说出下列一番话，以示鼎的轻重是不可问的问题：

> 昔夏之方有德也，远方图物，贡金九牧，铸鼎象物，百物而为之备，使民知神奸。故民入川泽山林，不逢不若。螭魅罔两，莫能逢之，用能协于上下，以承天休。②

这段话的意思是说，从前，夏朝开始施行德政之时，远方各地把各种奇异物画成图像，各州贡纳金属，铸造成九鼎。将画成的各种奇异物铸在鼎上，教导人们区分神物与怪物。这样，当人们进入山川河泽和森林之时，就不会碰上不利之物，不会遇到像螭魅魍魉这样的妖怪。因而能谐和上下，受到上天的保佑。在作为镇国之宝的鼎上，所提供的是四方之物的图像，起的是教育意义。这里所讲的道理是，权力的合法性在于"有德"，而这种"有德"是通过"教化"的手段取得的。"文明"就是"教化"。

这种观点连绵不断。张彦远在《历代名画记》开篇就指出："夫画者：成教化，助人伦，穷神变，测幽微，与六籍同功，四时并运，发于天然，非繇述作。"③他还引用了陆机的话："丹青之兴，比《雅》《颂》之述作，美大业之馨香。宣物莫大于言，存形莫善于画。"④说明绘画的意义和作用。

这种"诗教""乐教"直到以图像施教的传统，以德育为主，但总是通过美育的手段来进行的。这构成了中国艺术以美育为中心的传统。此后，随着中国市

---

① 参见高建平."以类相动"：《乐记》体系初探［J］.天津师范大学学报，1985（3）：309-317.［M］//中国艺术：从古代走向现代［M］.北京：中国文联出版社，2019：309-317.
② 杨伯峻.春秋左传注［M］.北京：中华书局：669-671.
③ 张彦远.历代名画记［M］//俞剑华.中国画论类编.北京：人民美术出版社，2016：27.
④ 张彦远.历代名画记［M］//俞剑华.中国画论类编.北京：人民美术出版社，2016：13.

民社会的兴起，戏剧戏曲、说书评弹、小说与书画等成为艺术消费的新手段。在这些新的艺术门类中，也到处渗透着以美和艺术施教的精神。

（二）西学东渐与中国现代美育话语体系的形成

我们知道，19世纪末20世纪初，美学由西方传入中国，由此开启了较为漫长的"西方美学在中国"的时期。美学能够在中国生根发芽，其中最重要的原因在于，当时有一批教育家、学者接受了席勒等西方美学家的美育思想，希望从美育中寻求救国、改革社会的途径和方法，从而形成了一股重要的美育思潮。因此，西方美育的中国化进程也就是西方美学的中国化进程，二者相辅相成，不可分割；而担当这一双重使命的人物，如王国维、梁启超、蔡元培、朱光潜等，则既是美学家，也是美育学家，正是他们为我们铺设了中国现代美育传统的正道。

王国维可谓中国近代美学和美育思想的最早启蒙者和理论上的奠基人，1903—1906年，他先后发表了《论教育之宗旨》《孔子之美育主义》《去毒篇》《人间嗜好之研究》等专门研究美育和教育问题的重要论文，最早将"美学"这个译名介绍到中国，第一个明确提出了"美育"概念（作为"心育"之一），并第一个提出要把美育列入教育方针，全面分析了美育的特点、功能以及美育在教育体系中的特殊位置。他从教育的宗旨出发，提出了智、德、美三育并重不可偏废的观点，认为正确的美育应当能促进智育与德育，成为它们的有效手段，如其所言，"美育者一面使人之感情发达，以完善之域；一面又为德育与智育之手段，此又教育者所不可不留意也"[1]。可见，王国维对美育有着全面的认识，既强调了美育作为情感教育的独特性，又没有忽视美育对德育、智育的作用。

梁启超是中国最早引进西方美学，并将其与中国传统美学思想结合起来的尝试者，也是近代中国美育思想的开启者之一。1922年，他首次在《趣味教育与教育趣味》中提出了"趣味教育"的概念，把"趣味"（审美）当目的，而不是

---

[1]　王国维文集：第3卷［M］.北京：中国文史出版社，1997：58.

像近代欧美教育界那样把趣味当手段，所谓"趣味教育"实质上就是情感教育或曰审美教育。如果说梁启超前期为了新民启蒙的需要而偏重于文艺的政治作用的话，那么后期则为了反对功利主义和科学主义人生观，偏重于把艺术（尤其是美文）当作陶冶情感、提升人生境界的一种必需。在他看来，"艺术是情感的表现；纯熟的表现"，"音乐、美术、文学这三件法宝，把'情感秘密'的钥匙都掌握住了。艺术的权威，是把那霎时间便过去的情感捉住，令他随时可以再现，是把艺术家自己个性的情感，打进别人的情趣里头，在若干期内占领了他心的位置"。①可见，梁启超将陶冶人情、塑造人性的艺术教育视为审美（趣味）教育的利器。

蔡元培对美育的力量和实践等问题进行了系统研究和阐述，产生了深刻影响。他对美育思想作了更为系统的阐发，把美育称为"美感教育"，明确提出了美育的概念及目的，"人人都有感情，而并非都有伟大而高尚的行为，这由于感情推动力的薄弱，要转弱而为强，转薄而为厚，有待于陶养。陶养的工具，为美的对象；陶养的作用，叫作美育"（《美育与人生》）。其美感教育根本上仍是以道德情感的陶养为目的；他还明确了美学与美育的关系，他说，"美感教育者，应用美学之理论于教育，以陶养感情为目的者也"②。在实践上，他推动美学和美育课程的设立，主张通过美学和各种艺术实践类课程，以培养全面发展的人为理想。在理论上，他提出了"以美育代宗教"的命题，这是一个在美学界被人们反复阐释和论述，并引发了热烈讨论的命题。"美育代宗教"意味着什么？原本，代宗教的应该是科学。讲科学和民主，破宗教和迷信，是新文化运动前后的普遍要求。"美育"在这里能做什么？很重要的一条，是用"美"来启发民智，提升人生境界，在科学之外，进行情感教育。结合中国当时的语境，则具有现代意义的美育是让受教育者在艺术的熏陶中接受情感教育，获得自由发展和健康心智，而不是接受现成的教义，通过灌输的方式被教化。

在这之后的20世纪30—40年代，宗白华、邓以蛰、朱光潜等学者，在国外学习美学并介绍到国内，他们的美学研究基本上都借重了西方美学的研究方法

---

① 梁启超.饮冰室合集：第4册［M］.北京：中华书局，1989：72.
② 蔡元培美学文选［M］.北京：北京大学出版社，1983：174.

与成果，结合中国的传统文学艺术，或构筑体系，或探索中国的审美与艺术精神，而他们的美育理论同样具有"融西于中"的意味。尤其是朱光潜，可以说是20世纪中国研究美育最深、美育观念较新而且理论成果最多的理论家。他提出，"美感教育是一种情感教育……美感教育的功用就在怡情养性"，①所谓"怡情养性"，就是通过非功利性的、超越狭隘物质利害关系之上的审美活动（尤其是艺术），使受教育者的个人情感得以解放，爱美天性得以生展。从个体方面来说，可以维持心理健康，升华情感，由此完成自我人格的塑造；从群体方面来说，能够打破自我与他者之间的界限，伸展同情，从而加深对人情物理的认识。在他看来，美育是理想教育的重要组成部分，而理想教育就是"让天性中所有的潜蓄力量都得尽量发挥，所有的本能得到平均调和发展，以造成一个'全人'"。②缺少了美育的教育只可能培养"精神方面的驼子跛子"。所以，朱光潜始终坚持以人生为核心和旨归，又以"全人"或"整体的人"为美育的目标所在，他希望青年通过"怡情养性"的审美教育而"净化人心"，成为"全人"，实现"人生的艺术化"，进而改造社会，复兴民族。朱光潜的美育思想是其美学思想和教育思想的融汇和贯通，蕴含着浓厚的人文情怀、救世理想以及精英政治倾向，不仅在当时影响巨大，在今天也依然具有重要的当代价值和现实意义。

由于20世纪50—60年代受到苏联政治美学和工具论的影响，美育在20世纪80年代之前一直被狭隘化、工具化地理解为德育或者说思想政治教育的附庸，其自身的特殊性，以及在解放情感、塑造人格等方面的独特功能被忽略了。而随着新时期改革开放和社会转型，审美文化发生了急剧变化，"美学热"亦随之兴起，使得人们的价值观、审美观随之发生了巨大变化，也促使学界积极吸收西方美育思想，重新反思和汲取中国古代美育思想和现代美育思想，面对变化了的现实生活，对美育的本质、内涵、功能和意义等重要问题提出更全面更深入的理解和创新。一方面，美学界普遍认同美育是一种非功利、非认识而以自由和创造力为特征的"情感教育"，越来越看重艺术在美育中的地位和作用；另一方面，诸

---

① 朱光潜全集：第4卷［M］.合肥：安徽教育出版社，1988：145-146.
② 朱光潜全集：第4卷［M］.合肥：安徽教育出版社，1988：145.

多学者又由"情感教育"出发，进而提出了"感性教育""生命教育"的美育本质论，意在突破理性对人民大众的长期规约，从存在论意义上突出强调人的个体性、身体性和生命活力。这些都有力地促进了美育在当代的复兴，推动了艺术创作和艺术教育的繁荣。

从传统美育的"道德教化"转向现代的"情感教育"，再转向当代的"感性教育""生命教育"，人的情感需要、感性生存需求和生命意识日益凸显，成为美育的本质内涵。这是与中国美学的现代化进程相同步的，即逐渐摆脱"理性至上"的逻辑而转向"直面人的感性生存权利"；同时，这又与当代中国审美文化的感官化、形式化、物欲化、商业化等消费趋向密切相关。长期以来，现代中国美学和美育基本上偏重于认识论的意义，过分强调理性本体和精神价值信仰，而随着20世纪90年代以后中国社会和文化的变迁，尤其是大众物质生活水平的极大提高和人的感性本体价值的重新发现和确认，使得美学和美育话语的建构自然而然地从理性话语转向感性话语，从认识论慢慢转向人生论、生活论。近些年来，蔡元培、梁启超、王国维、朱光潜等现代美学家的美育思想的"人生论"内涵得到重新诠释，古代文人士大夫的日常生活美学得到进一步挖掘和阐发，大大推动了美育对大众感性诉求、物质生活等方面的现实关切和精神指引，使美育真正成为连接美学与大众并引导大众走向"美好生活"的桥梁——这可谓建设中国现代美育话语体系的一条创新之路。

二、西方美育思想与马克思关于人的全面发展的理论

美育作为广义的人性教育的一部分，不仅在中国，而且在其他国家和地区都存在。中国的汉族不依靠史诗，而是依靠诸如"诗教""乐教"等方式，对民众进行教化。《诗经》中的"国风"原本就是从民间采风，再将之经典化，反过来对民众进行教育。这种教育不是抽象的道德训诫，而是通过艺术的手段进行教化。这在当时具有重大意义，人类的文明就是这样开始的。通过教化，使一个民族走出原始的状态，实现知识和道德的启蒙。

（一）西方世界对人的审美培养的重视及其现代美育观的形成

世界上许多民族都有着发达的史诗。在一个依靠口传来对民众实施知识和情感教育的时代，史诗起着重要的作用。希腊人、印度人、波斯人，以及欧洲的许多民族都有各自的史诗。中国的一些少数民族，如蒙古族、藏族、维吾尔族，也都有史诗。史诗的内容各不相同，但从总体上讲，都是从原始社会向早期文明社会过渡时期的产物。同时，史诗也总是有力地促进和推动了这一文明化的过程。史诗既起着历史知识教育、语言能力教育的作用，也起着情感教育的作用。在这些民族的生活中，史诗仿佛是与生俱来的，是他们文化教养的底色，此后的教育都是建立在对史诗感受的基础之上的。

希腊史诗和神话构成了希腊人的基本教养。生活在希腊北部的山区，伯罗奔尼撒半岛、克里特岛、小亚细亚以及爱琴海上诸岛，甚至今天的意大利南部星罗棋布的众多希腊城邦里的人们，通过对史诗的传颂、对神话的信仰而结合起来，成为一个被称为希腊人的文化结合体。这些希腊人通过信一组神，听行吟诗人讲史诗故事，看悲剧和喜剧，以及共同参加四年一度的奥林匹克运动会，而形成一种文化上的存在。希腊的各城邦间固然相互争斗，战争不断，但这种文化上的力量，却是超越城邦的、由希腊人共享的财富。

这种公众的教育，到了罗马时期，有继承，也有发展。罗马人继续信仰希腊的神，只是改换了名字。罗马人改编了大量希腊戏剧，同时也有着自己的创造。然而，在罗马人统治的几百年间，文化上的趣味迅速世俗化。希腊人在他们的许多城邦里，都建起了圆形剧场，演出悲剧喜剧。与此相反，罗马人到了这些地方，常常就把剧场改造成角斗场。对于他们来说，角斗士与猛兽的搏斗，以及角斗士之间的厮杀，更具有刺激性。在地中海沿岸的广大地区，有着大量罗马建筑遗迹。这些遗迹，都是以凯旋门、角斗场、浴池这三大件为主，这成了罗马城市的标准配置。凯旋门用于庆祝战争的胜利，是尚武精神的纪念碑；角斗场提供刺激而血腥的娱乐；而浴池则提供休闲和社交的场所。生活的世俗化、精神力量的削弱，使得罗马帝国腐败之风盛行，这最终导致了基督教的兴起和罗马帝国的崩溃。

罗马帝国后期，基督教逐渐流行，并最终在社会中取得了统治地位，宗教美育逐渐成为美育的主要形态，大量宗教绘画和雕塑、唱圣歌、奏圣乐等宗教艺术既达到了宗教宣传的目的，也满足了民众对美育的需求。

综上所述，无论在中国，还是在欧洲，美育都是与文明的兴起相联系的。然而，当我们今天谈论美育时，现代意义上的美育，又与古代社会的这些文明的教化有着巨大的差别。现代意义上的美学作为一个学科，是从康德开始的。在康德之前，英国人夏夫茨伯里提出了"审美无功利"和"内在感官"的观点，意大利人维柯提出了"诗性思维"的观点，法国人巴托提出了"美的艺术"的体系，德国人鲍姆加登建议建立"美学"（aesthetica）这个学科。此外，还有休谟对"趣味"的论述，博克对"崇高"的论述，都对美学的形成具有重要的意义。康德晚年写出的《判断力批判》（1790年）一书，才将众多的概念相结合，形成一个完整的体系，这标志着美学作为一个现代学科的正式形成。我曾经在一篇长文中，详细描述了这个过程。①

我们今天谈"美育"，是在现代美学的基础上建立美育的含义。用史诗来化育，用"诗教"和"乐教"来感染，用宗教活动及其各种宗教仪式，以及相应的各种宗教艺术来宣传，都具有"美育"的性质，但是这与现代"美育"仍是有着根本区别的。这种传统社会的美育，本质上是利用文艺来教化。

教化中有美育的因素，但仍不是现代意义上的美育。只有建立在现代美学的基础上，美育作为一个学科的形成才有可能。康德的哲学美学著作发表之后，出现了众多的阅读者和阐释者。最早在康德理论基础之上建立"美育"理论的，是生活时代略晚于康德的席勒。席勒是著名的德国剧作家，也是一位重要的哲学家和美学家。1795年，仅仅在康德的《判断力批判》发表五年之后，席勒发表了美学论著《审美教育书简》。这本书如果依照原名直译，应为《关于人的审美教育的书信集》。席勒所说的"美育"，具有与此前的"教化"完全不同的含义。席勒的理论是建立在康德哲学的基础上的，但又包含着对康德的批判。康德从审美

---

① 参见高建平."美学"的起源［J］.外国美学，2009（19）：1-23.

判断的角度来讨论美和美感问题，认为由于"知解力"和"想象力"的和谐运动的"游戏"，才产生美感，而这种美感的对象才是美。席勒则认为，人天生具有两种冲动，即"感性冲动"和"形式冲动"，扬弃了这两种冲动，就可产生第三种冲动，即"游戏冲动"。席勒与康德的不同之处，在于他不仅从主体角度解释，而且强调他的"游戏冲动"有其对象，这个对象就是"活的形象"。席勒主张建立一个审美而自由的王国，通过教育，产生健全的人格，从而实现社会的改造。他的美育目的，是要克服当时的道德危机，克服普遍存在的肆无忌惮的快感追求，通过人性的和谐达到社会的和谐。这是一种实际上不可能实现的理想，它不可能成为社会实施方案，但作为教育理想，有一定的意义。①这是美育作为一个学科在初建时普遍具有的现象，即树立一个庞大的理想，不追求立竿见影的效果，但寄希望于潜移默化的功用。

美国学者约翰·杜威一方面继承了席勒的"美育"思想，另一方面也克服了席勒思想中的二元论倾向，强调艺术与生活的连续性。他认为，艺术并不是离开生活而独立存在的领域，它是生活的一部分。他用大地与山峰的比喻，说明山峰不过是大地的突出处，而不是一块飞来之石放在大地上。同样，艺术与生活也具有连续性，在生活之中，对生活起作用。这不是过去的那种生活与艺术相分离而相互感应的关系，而是通过艺术加强生活的经验，从而产生意义。杜威注重教育学研究，强调克服被动的"旁观式"书本教育，主张由受教育者在知行合一的原则下主动学习，强调教育为经验的改造服务，将爱好与学习结合。这是一种将对美的追求与对知识的追求相结合之路。

（二）马克思的教育理念与人的全面发展观

席勒的美育方案试图通过审美教育使人获得自由，这对马克思产生了重要影响。马克思虽然没有专门论述美育的论著，但马克思批判地继承了人类的美育传统尤其是席勒等人的启蒙主义美育思想，并对其进行了历史唯物主义的改造，形

---

① 参见高建平.席勒的审美乌托邦及其现代批判［C］//西方美学的现代历程.合肥：安徽教育出版社，2014：120-137.

成了以人学为理论基础的美学和美育思想。尽管学界对马克思人学理论的丰富内容有着不同解读，但基本都认为"以人为本"是其核心理念。马克思早在1844年发表的《黑格尔〈法哲学批判〉导言》中，就提出了"人本身是人的最高本质"这一重要的人学学说，并在《共产党宣言》中突出强调"每个人的自由发展是一切人的自由发展的条件"，并将共产主义社会的最根本标志归结为"个人全面发展"。可见，马克思不仅关注无产阶级解放和整个人类的解放，也关注个人的全面自由发展。这里的"人"既是集体概念，也是个体概念，是普遍的、一般的人。如果说席勒的局限在于没有认识到在私有制社会里，只是通过美育拯救人性改造社会而不变革社会关系，是难以实现的空想，马克思则批判了席勒的这种"可笑"，强调"人"首先是处于社会生产劳动实践之中的人。换言之，社会生产实践是人的最基本的存在方式。在《1857—1858年经济学手稿》中他明确指出，全面发展的个人，不是自然的产物，而是历史的产物，完整的人即共产主义新人的产生，是人的自我异化的积极的扬弃，是人的自身的复归。在《资本论》中，他又把人从片面畸形、不合理的状态到自由的、独创的、全面的发展过程，形象地描绘为是从"必然的王国"走向"自由的王国"。总之，马克思把人的全面发展视为社会发展和人的解放的条件，把审美教育当作培养全面自由发展的人、实现共产主义理想的重要途径，并从历史唯物主义的角度指出实现人的全面发展和审美教育的社会基础与途径，由此，"审美王国"就不再是席勒式的不可能实现的乌托邦，而是能够实现并正在逐步实现的美好的未来社会。

席勒在《审美教育书简》一书中谈到个人和社会环境的问题，包括环境造就人，人形成环境，人和环境的循环，个人和社会的循环，教育者和受教育的循环，有什么样的老师就有什么样的学生，有什么样的学生决定将来有什么样的老师，于是一直在循环。这个循环怎么打破？席勒在《审美教育书简》中说了这么一个想法："一个仁慈的神及时地把婴儿从他母亲的怀里夺走，用更好时代的乳汁来喂养他，让他在远方希腊的天空下长大成人。"18和19世纪的德国人对古希腊特别崇拜。我们知道歌德逃往希腊的故事，黑格尔认为，最美的艺术是古典型艺术，而这种古典型艺术以希腊艺术为代表。尼采也讲酒神精神和日神精神。这说明，在这些德国人心目中，普遍存在着将希腊理想化的倾向。席勒接着上面的那段话又说："当他变成成人之后，他——一个陌生的人——又回到他的世纪，不过，不是以他的出现来取悦他的世纪，而是要像阿伽门农的儿子那样，令人战栗地把他的世纪清扫干净。他虽然取材于现在，但形式却取自更高贵的时代，甚至超越一切时代，取自他本性的绝对不可改变的一体性。这里，从他那超自然天性的净洁的太空，向下淌出了美的泉流；虽然下面的几代人和几个时代在混浊的漩涡里翻滚，但这美的泉流并没有被它们的腐败玷污。"席勒认为，当时的德国就是一片垃圾，需要一个来自希腊的巨人把它们全部清洗干净，这才能改造德国，建设理想社会。这个人从哪来？要到远方的古希腊引来美的泉流。这是一个充满了理想、诗情画意的说法。

这样现实吗？马克思就觉得，这种理想说得那么漂亮，其实是有问题的。在《马克思致斐迪南·拉萨尔》这封信里，马克思就批评拉萨尔，说他作品中的人物变成"席勒式"的时代精神的传声筒。这就提出了"莎士比亚化"和"席勒式"的对立。莎士比亚表现现实生活中的人，展示其丰富性，而席勒式就是将一些观点通过人物之口直接说出来。马克思还批评席勒说，他把人分成了两半，一半是天使，一半是动物，或者说把社会分成了两半，一半是教育者，一半是受教育者。

马克思在《关于费尔巴哈的提纲》中说了这段话："有一种唯物主义学说，认为人是环境和教育的产物，因而认为改变了的人是另一种环境和改变了的教育的产物。"① 这就批判了席勒那种让婴儿"在远方希腊的天空下长大成人"，再来改造社会的说法。

马克思接着说："这种学说忘记了：环境正是由人来改变的，而教育者本人一定是受教育的。因此，这种学说必然会把社会分成两部分，其中一部分高出于社会之上［例如，在罗伯特·欧文（Robert Owen）那里就是如此］。"环境和人、教育者和受教育者是相互依存的关系，而这种所谓"唯物主义"的学说实际上是把社会分成两部分，社会需要改变，于是要迎来一批救世主，他们是高于普

---

① 马克思，恩格斯.马克思恩格斯选集：第1卷［M］.北京：人民出版社，2012：138.

通人的人，由他们来改造社会。那么，谁是救世主？谁在扮演救世主的角色？这种理论是有问题的。马克思认为环境的改变和人的活动一致，只能被看作并合理地理解为革命的实践。这是马克思的实践论思想。环境的改变和人的活动是互动的，是共同的，而不是只有超人才能改造环境。马克思敏锐地看到了席勒所提观点的症结，认为这种解答只是一种诗人式的、幻想性的解答，是不可能实现的。

记得很多年前，我在读大学本科时，曾听文学翻译家戈宝权先生讲演。颇具诗人气质的戈先生挥动大手，激情地说："天才总是成群而来，又集队而去。"他说的是俄国文学家普希金、莱蒙托夫、果戈理、屠格涅夫、托尔斯泰、陀思妥耶夫斯基等一大批作家先后出现，形成了一个19世纪俄罗斯文学的黄金时代。我们那批年轻学生都对这神奇的现象无比神往，也对文学艺术史上这种时起时伏的现象感到好奇和困惑。后来，我们读马克思的著作，读到了关于物质生产发展与艺术生产发展不平衡关系的论述。马克思谈道，"关于艺术，大家知道，它的一定的繁盛时期决不是同社会的一般发展成比例的，因而也决不是同仿佛是社会组织的骨骼的物质基础的一般发展成比例的"①。马克思谈到了希腊神话产生于一个经济社会不发达的时代，却具有永恒的魅力的现象。

文学艺术在什么时候、什么情况下就会突然佳作涌现，人才辈出？这是一个人们所盼望、憧憬的时期，也成为美学和文艺理论的一个重大问题。的确，不仅在古希腊，在19世纪的俄罗斯，在许多地方都是如此。例如，在意大利文艺复兴时期，在法国、英国和德国的近代，都有文艺上的繁盛时期。在中国，《诗经》《楚辞》、唐诗宋词、元曲、明清小说，都极一时之盛。对其追根溯源，有的可解释，有的则难以解释。

马克思在他的手稿里对此提出了一些猜想，但他并没有详加阐释。这个问题还有着进一步研究的巨大空间。一个时代的文艺繁荣，不能寄望于从天上掉下成群的天才，也不能直接从物质生产的发展状况中寻找答案。从物质生产的发展、经济社会的发达到文艺的繁荣，这其间还有着一个巨大的中间层，这就是通

---

① 马克思.《经济学手稿》导言（1857—1858年）[M] //马克思，恩格斯.马克思恩格斯论艺术：第1卷.北京：中国社会科学出版社，1982：148.

过美育而造就的文艺创作和欣赏的人群，这是文艺之花得以生根、发芽、开花、结果的土壤。美育造就了文艺的创作者，也培养出文艺的接受者，从而形成一个艺术的群体和阶层，这个阶层引领着艺术趣味，成为艺术的中心。美育所起的作用，是奠基的作用，而文艺的繁荣，要立在这个基础之上。

需要注意的是，席勒、马克思等思考的"美育"是广义的美育，即对人的性格的全面培养，造就健全的人，从而造就健全的社会。而在现代社会，美育常常被人们理解为狭义的美育，即对艺术和自然的审美教育，尤其主要指对艺术欣赏能力的教育。这就把美育仅仅视为一种专业教育，培养人们与艺术有关的技能。一个现代人掌握音乐、绘画、舞蹈等艺术的基本技能和欣赏能力是必要的，但如果把审美教育仅仅狭隘地理解为艺术教育，甚至在教育实践中进一步简化为某些艺术知识和技能的教育，则显然是片面的，片面的审美教育只可能培养出片面发展的人。事实上，在古代社会，审美教育并非是孤立的，也并非只是为了培养具有某种能力的人。在古代中国，周王官学要求学生掌握六种基本才能，即"六艺"，这其中既有礼、乐的审美教育，也有射箭、驾车这样的体育科目，还有书写、数学的能力训练。而在古希腊，雅典城邦戏剧盛行，是公民教育的重要手段。可见，美育的狭义与广义有着密切的内在联系，重要的不是区分或使二者对立，而是在具体的教育实践中，把美和艺术的欣赏与知识的学习、道德的培养整合起来，相互补充，相互促进，以美启真，以美储善，最终实现真善美的统一。

三、美育与科学等的辩证关系

美育是一个基础性的大问题，在具体实践中，需要处理好与科学、宗教、一般教育以及艺术教育等的辩证关系。

（一）美育与科学

科学倡导一种现代的理性精神。关于科学有很多的概念，英语世界里的"science"基本上是指带有数学性的、实验性的研究。这是一个较为狭义的概念，一般来说是指自然科学，比如某一个数学的规律，牛顿的万有引力、爱因斯坦的相对论等，它要化为一个数学的公式。所谓的社会科学，也是指运用数学和统计的手段所进行的社会方面的研究。科学不仅具有理性精神，而且具有现实的功利性。科学不只是简单地归结为探讨某种规律，而是要解决现实所出现的一些问题。实践向人提出问题，科学要去解决这些问题。由此可以说，科学研究是在理性指导下的活动。与此相反，美育则是感性教育。人本身就是感性的，不能只是从事着各种各样的理性活动。人充满感性精神、享受着感性乐趣、生活在感性之中。如果一个人或者一个社会中只有科学，那就会失衡，需要用感性来补充。

（二）美育与宗教

无论是在中国，还是在欧洲，庞大帝国的兴起，往往就带来了审美教育的新局面。这时，上层与下层的距离变得极其遥远。

在中国，春秋战国时代的诸侯分立的局面被秦汉大帝国所取代。同时，春秋时代残存的礼乐实践到了这一时期则荡然无存。在汉代即使重兴礼乐，也仅是朝廷装点门面而已，早已与普通民众毫无关系。民间对音乐的渴求，在乡村有民歌。汉代的乐府制度是一个重要的现象。在这一时期，值得重视的文化现象是宗教对民众日常文化空间的填补。汉代佛教东来，伴随着的是各种佛教艺术。佛教的变文、音乐、建筑、造像、法器、书法和绘画等，在一段时间成为主流，与普通人民大众的生活有着亲密的关系。

在西方，从罗马帝国后期开始，基督教开始流行，最终取得了统治地位。宗教以充满激情的演讲、分享会、奏圣乐、唱圣歌、观看宗教的绘画和雕塑等方式，来实现宗教宣传的目的，也填补了民众美育需求的空间。在漫长的中世纪，基督教式的美育取代了希腊人的美育。直到文艺复兴以后，宗教的美育仍占据着统治地位，尽管这时，人性的精神开始复苏。与此相应，其他各种宗教也大量采用艺术的手段来宣传教义。这些都在宗教活动中起着重要作用，通过种种艺术性的宗教实践，积累了强有力的宗教文化力量。

因此在历史上，无论是在欧洲还是在中国，艺术都曾在宗教组织的支持下得到了发展。通过艺术，宗教扩大了社群影响，有着对民众进行动员的力量。于是在深入人心、致力于形成情感共同体方面，宗教的仪式及其对艺术的采用，与美育有相似的地方。但是，宗教艺术有明显服务于宗教的目的，马克思说宗教是"无情世界的感情"，在特定的社会环境中的确需要这种感情，因此也就形成了一个时代、一个社会的独特需要。现代社会所追求的"以美育代宗教"，是要实现艺术独立，使艺术不再服从于宗教的目的，不让宗教制约其发展，这就是现代美育和古代美育的根本区别。古代美育服从于政治和宗教的需要，而现代美育要克服这些，它要通过人的自由而全面的发展，实现人的情感的结合。马克思说，每一个人的自由发展是一切人自由发展的条件，也就是说人的解放、人的全面发展是建立理想社会的条件。我们在理解"以美育代宗教"时，不能简单地解读为破迷信、讲科学，重要的是通过艺术的手段促进人的全面而自由的发展，实现人的情感的结合。

（三）美育与一般教育

现代教育的普遍特点是分科教育。大学或者说高等教育的英文"university"本来指"universal"，是普遍性的意思，有让学生全面发展的理想。但实际上，大学的教学又是分科的。一个好的大学就是要学科齐全，各学科都有好的教师，在教学和科研上有自己的建树。有一种说法，称某人是"科班出身"。进入大学，要进一个专业学习，接受专业训练，成为"科班出身"。现代社会的特点，就是要进行分工，分工是进步的表现，只有专门化，才能研究得精深。古代社会有全才，在各个学科都有建树。在现代社会，如果说一个人什么都懂，那等于说他什么都不懂。现代人只能懂一个专业，并在这个专业有深入钻研。这种情况是历史的必然，不分工，社会就没法进步。一个人的能力和生命是有限的，所能做的事情也是很有限的。

在这种情况下，美育应该成为人文教育的一部分。人能从事专门的学科，钻研得很精细，但假如一个人永远在做一个事情，就无法避免精神因片面化而空虚。所以要克服分科带来的精神的片面化，实现人的全面发展，实现经验的平衡，使人能够成为有弹性的、健全的人，而不是被限制在一个知识点上的异化的人。美育在这方面起着很重要的作用。看画展、欣赏音乐，参与这些艺术活动不但会促进智力的发展，也许还会带来种种意想不到的收获。真正的科学发明和发现都不是预期的，它们常常呈现为非预见性的灵感迸发，也许艺术就会帮助人们激发这些潜能。

（四）美育与艺术教育

美育常常被人们作两种不同的理解，一种是广义的，一种是狭义的。广义的美育指对人的性格的全面培养，造就健全的人，从而造就健全的社会。狭义的美育指对艺术和自然的审美教育，主要指对艺术欣赏能力的教育，即艺术教育。这种广狭义的提法可能会引起一些误读。这里有一个用词的困扰，"aesthetic education"在西方也常常指艺术教育，特别是在中小学的教育中，就有这样命名的课，教孩子们弹琴、唱歌、吹小号、画画、剪纸等等。这是以艺术教育的手段培养孩子的审美能力。这些孩子将来不一定要成为艺术家，但从小学一点艺术，对他们的审美能力的培养，有很大的好处。从这个意义上讲，这种中小学的美育，既是狭义的美育，也是广义的美育。当然，美育仍有着一些超越艺术教育的内容，这就是完善人的经验，促进人性的完整和完善，最终让人成为完整的人。

艺术欣赏需要培养能力，人需要成长为一个能欣赏艺术的人，这本身就包含着一种美学观。这种美学观是说，人的艺术能力并不是天生就具备的，是要通过学习获得的。这种学习，可以包括如下几方面。第一，学习有关艺术知识。在绘画中，关于线条、色彩和形体的知识，在音乐中，关于音乐调式、和声等方面的知识，这些都是艺术理解的重要因素。我们过去有一些艺术概论类的教材，给学生提供这方面的知识，帮助学生对艺术有一些基本的了解。第二，艺术欣赏能力的提高，并不是孤立地学习上面所说这些知识，而是要在艺术欣赏过程中培养欣赏能力。这就好比学习一门外语，抽象地学习几条语法规则，对于理解这门语言没有什么帮助。相反，大量地接触一门外语，在读写听说的活动中，浸泡在这门语言中，即使没有很高的关于该语言的语法方面的理论知识，也能达到对该语言的理解。第三，理解艺术，需要从历史到社会，从哲学到宗教等多方面的知识，如果说艺术是一个小宇宙的话，那么，对大宇宙的理解，也就成了对小宇宙理解的前提条件。第四，对艺术的理解，是与对生活的理解联系在一起的。对生活、对社会有着深入理解的人，有丰富的生活经验的人，才能在对艺术的理解方面达到一个很高的境界。这么说来，能懂艺术不是一件易事，要经过长期的学习，与各方面的知识有关，也与人生的阅历有关。

在美学史上，曾有一种将艺术欣赏等同于趣味判断的观点。我们知道，西方美学史上有一句谚语：谈到趣味无争辩。这种观点很容易滑到一种关于艺术欣赏的相对主义上去，即认为每个人的趣味都是平等的。你喜欢贝多芬，他喜欢摇滚乐，你和他的趣味平等吗？你纵论神圣的荷马，他在说哈利·波特的故事，你们的趣味是在一个档次上吗？于是，争辩就开始了。趣味说会带来一种看法：认为艺术欣赏不过是对于客观对象的主观欣赏而已。一些人面对思想深刻的伟大作品味同嚼蜡，而喜欢一些惊险恐怖或者滑稽荒诞的故事，那么，让他们做喜欢做的事好了。假如他们这么做，对别人无害，对自己能提供快感，达到休息、调节情绪的目的，那也不错。这是一种想法。与此相反，人们从趣味说中，又总结出另一种看法：作品与作品不同，趣味与趣味也不同。一位小学生看儿童画报，可以津津有味。给他讲讲黑猫警长的故事，或者看米老鼠、唐老鸭的动画片，他觉得趣味无穷。但当他长大以后，就不再满足那些儿童故事了。他要开始读更复杂一点的作品。我们能说，这位小学生不是在进步，而只是变化吗？显然不能，他的进步是明显的。随着年龄和知识的增长，他学到了很多的东西，其艺术欣赏能力也在提高。这不否认不同年龄，不同知识水平和欣赏水平的人，可以欣赏不同的东西，他们的审美要求也有权得到满足。但是，既然人的审美趣味与教育水平挂上了钩，再说它们之间无高下之分，就很难成立了。

文化教育水平高与低的人，在欣赏趣味方面的不同可以明显地表现出来。这时，人们实际上就已经不再坚持"谈到趣味无争辩"了。实际上，人们并不是不争辩，而是一直都在争辩。他们聚在一道，说新出的某部电影好或者不好。在他们之中，某些人似乎更能说服别人，使他们的趣味得到更多人接受。一些批评家写批评文章，说服别人也接受他们的观点，其中一些人成为著名的批评家，他们的批评为大众所看重，也让艺术家敬畏三分。在这些活动中，人们心照不宣，都有一个共识：艺术作品是有高下之分的。作家艺术家和其他的艺术从业者生产着不同类型的文学艺术产品，艺术行业的管理者对它们进行着分类管理，并在这种管理中显示出倾向性，这种倾向性就是对高下不同的艺术进行区别对待。从事文学艺术的历史写作的人也在进行着选择，将他们总是"有限的"篇幅，留给他们所认为的最重要和比较重要的艺术家、艺术作品和艺术现象。所有这些，都表明人们在对趣味进行着争辩，并宣示这种争辩的结果。

作为这种争辩的继续，他们确认，人与人的艺术欣赏能力有高下之分。这种高下之分，在有些方面是明显的，有些方面则不明显。人的数学能力有高下之分，遇到一道难题，我做不出来，别人做出来了，我得承认，他的数学能力比我强。人的语言能力有高下之分，我懂一门外语，别人懂三门，我碰到这方面的问题，就向他请教。艺术欣赏能力也是如此。碰到我不懂的艺术品，不能不懂装懂，不能觉得我已经在别的领域有了成就了，或者有了社会地位了，就自然成为艺术方面的专家。我仍然需要通过学习，变得懂一点，懂得多一些，慢慢看出门道，品出味道。

以上是说狭义的美育或艺术教育，这种美育的目的，是培养懂艺术的人。广义的美育则不同，要培养心智健全、全面发展的人。人们的学习，常常被直接的目的所引导，从升学考试到职业培训，都具有直接的目的。这些直接目的，常常使人片面地发展，只发展有直接效用的技能。人们在日常生活中也是这样，常常在生活中学会一些处理各种事务的能力，学会应对各种人际关系的能力，所有这些，也都具有直接功利性。怎样在这些能力的片面发展之上，获得人的知识、能力、性格和修养的全面发展，使学习成为一种生活方式，怎样使艺术能力成为生活的一部分？随着社会的现代化进程的发展，随着教育被日益专业化，学术被日益学科化，人的社会分工越来越成为职业分工，这些问题也就越来越突出。

我们看到，在席勒那里，美育被广义地理解为社会改造的工具；在马克思那里，人的全面发展被看成是社会发展和人的解放的条件。美育被狭义理解成为与种种专业教育并列的一种教育，仅仅培养与艺术有关的技能，这是一种在现代社会才具有的现象。在古代的中国社会，艺术的教育始终都是为培养人，使人全面发展，使社会获得凝聚力联系在一起的。在古希腊，戏剧成为公民教育的一个重要组成部分，从而出现了辉煌的悲剧和喜剧。这些都说明，所谓美育的狭义和广义，其中有着密切的内在联系。长期以来，美学家都将对两者进行清楚的辨析看成是自己的使命。他们要区分真善美，在知识的学习、道德的培养与美和艺术的欣赏之间作出理论上的区分。然而，在实际上，美育理论正是在真善美的连接处展开的，美育研究者要看到的，是这三者在教育实践中的联系和相互促进关系，而不是它们在理论辨析中的区别。具体说来，我们要通过狭义的美育，实现广义的美育，通过艺术和审美的教育，促进社会的和谐。

美术、音乐、戏剧等艺术院校以艺术教育为主，也要重视美育，拓宽视野，不要把艺术教育纯粹技术化，而要进行精神上的提升。我们现在都讲要创新艺术教育，艺术教育的"新"，就是要把美育渗透进去。学会乐器，学会画画，学会唱歌跳舞，掌握这些艺术技能并不等于就是提高了美育水平。艺术教育有技术的一面，也有审美的一面，这两者会相辅相成，也会有不同的取向。

举一个例子。我在北京，住在一幢公寓 16 楼的房里。有一天，我在电梯里听到一位年轻的妈妈和她女儿的对话。这个小女孩大概是放学回来，给妈妈背唐诗："白日依山尽，黄河入海流。欲穷千里目，更上一层楼。"孩子稚嫩的声音清脆悦耳，很讨人喜爱。但这时，这位妈妈提了一个问题："'白日依山尽，黄河入海流'这两句之间是什么标点符号啊？"这让我感到非常不舒服。这里的标点符号重要吗？"白日依山尽，黄河入海流"，这是一幅多么美的画面，如果能引导孩子想象这个画面，要比准确无误地写出标点符号重要得多。孩子妈妈这时想到的是，默写这首诗时，错了标点符号在学校里是不是扣分，她的孩子原本能得 100 分就会变成 99 分了。这其实是舍本而逐末。

我们的生活中到处都有着这种功利性追求和技术性追求。这些追求也重要，但一定要将对美的追求渗透其中。艺术教育成为美育的抓手，就在于在艺术教育的过程中，把美育的精神放进去。空谈美育不谈艺术，美育的目的达不到。"抓手"的意思就是，艺术应该更广泛地渗透到生活各个方面中，从而有益于人的全面发展。美育通过共同的艺术活动，实现着人的社群结合。孔夫子说，诗可以兴，兴发意志；可以观，观风俗之盛衰；可以群，群居相切磋，大家在一起分享。人和人之间待在一起唱一首歌，这实际上就是一个群体共同进行的艺术活动，大家在分享相似的趣味，凝聚共同的感情。

美育还可以影响整个社会，具有民族动员的能力。我们熟悉的好多歌曲都是在抗日战争时期形成的，《义勇军进行曲》《黄河大合唱》《松花江上》等，这些歌在战争时期实现了民族动员的作用。艺术是有功绩的，它不是指具体做成了什么事，而是使人们团结起来，以昂扬的精神共同去做事。

美育与艺术教育有这样一些区别：艺术教育让你学会艺术，学会唱歌跳舞，学会使用乐器、学会画画，提高这方面的能力。艺术院校做的就是这样一些事情。掌握艺术技能很难，没有专科的学校、没有专门的老师来教肯定不行。很多艺术学院都有附小、附中，因为有些东西要从娃娃抓起，这是一方面。另一方面，在艺术教育过程中要充分考虑人的身心发展、社群的发展、社会的发展，这就关乎美育的参与。

四、三位一体的美育实践

当前，美学的"生活转向"是时代所趋，美学理论终究要通过具体的美育实践才能让美学走进人民大众的生活，才能真正发挥以美育人的功能。在传统教育观念中，美学理论研究和美育实践常常是脱节的，二者之间横亘着一道巨大的鸿沟。而在现代教育观念中，美育实践随着美育进入国家教育方针之中而日益丰富和提升，尤其是21世纪以来的这20年，对美育的价值和定位以及在整个教育系统中的基础性作用的认识逐渐明晰，学校美育在课程建设、师资队伍建设、机制建设、品牌项目建设等各方面都取得了较大进展，对提高学生审美与人文素养、促进学生全面发展发挥了重要作用，贯穿学校教育全程的大美育体系正在努力创建之中。当然，也毋庸讳言，由于教育资源尤其是美育资源分布的不均衡，尽管我们现在已经拥有了古今中外的美育理论资源，也基本建立起中国现代美育话语体系，但是美育在当下大众生活实践中的重要地位并未完全确立，尤其是在青少年教育实践中还存在着诸多问题，比如把美育当作德育、智育之外的可有可无、可多可少、可轻可重的点缀，把美育简单等同于艺术教育，强迫青少年学习艺术知识、技能并要求考级，把美育只当作学校教育的任务，如此等等。蔡元培曾在《美育实施方案》一文中认为，彻底的美育，应该是从一个人出生到死亡的美育，即从家庭美育开始，经历学校美育，到社会美育终止。由此，我们需要进一步强化家庭美育、学校美育和社会美育三位一体的育人结构，把美育实践提升到更高的水平。

（一）家庭是美育的摇篮

习近平总书记指出，家庭是社会的基本细胞，是人生的第一课堂，因此我们要重视家庭建设，注重家庭、注重家教、注重家风。每个家庭有每个家庭的家教家风，但审美教育是不可或缺的家教，是美好家风的源头和底蕴，因为家庭日常的环境、气氛、情感和活动，是孩子认知外在环境的基础，它潜移默化地影响着孩子对自然社会的认知，对文化人文的体察，影响着孩子的道德修养、审美观念、价值体系的形成。从这个意义上来说，美育的根在家庭，家庭美育是摇篮，父母是孩子的第一任老师，也是美育的第一责任人。

要做好家庭美育，父母必须遵循美育的特点，必须充分利用家庭生活环境中的一切美好事物对孩子进行审美教育，比如朴素、整洁、美观的房间布置和生活用具，干净、舒适、大方的衣着服饰，和睦、愉悦、文明的家庭氛围，都有助于孩子养成健康的审美趣味。今天的家长大都注意艺术教育对孩子的培养，但关注的重心是音乐、舞蹈、美术等技能特长的培训，为的是将来的升学和求职，功利倾向十分明显。因此，家长必须降低这种功利诉求，着重培养孩子的艺术感受力和鉴赏力，尤其是运用情感、符号和形象等要素进行思考的艺术思维，进而按照艺术美的规律去创新创造。此外，千姿百态、内涵丰富的自然也是极富审美价值的审美对象，家长应将自然美作为家庭美育的重要内容，尽可能地带孩子多走进大自然，使其在自由游戏之中陶冶情感、放飞心灵，在云卷云舒、花开花落之中发现美、欣赏美，真正理解到人与自然之间是一种共生共存的生态关系，从而对自然美、生态美产生真切的认知和理解。

（二）学校是美育的阵地

美育是学校教育的重要组成部分，是培养全面发展的高素质创新人才的重要阵地。党的十八大以来，学校美育教学加速推进，实现了跨越式发展，取得了历史性成就，比如美育政策制度体系更加完善，美育师资大幅增加，高雅艺术进校园、学生艺术展演、"传承的力量"等一系列品牌活动的影响力不断扩大。

当然，目前的学校美育在观念上、实践中都还面临着一些需要厘清和解决的难题，最突出的难题在于，美育常常不是无形地融入学校的整体教育，而是被当作一种以艺术知识普及、艺术方法训练为主导的特殊知识活动，由此在教学中新增课程、分割课时。

事实上，美育在学校教育中应渗透到知识的学习和修养的提高之中，无论是语言和文学教育，还是历史、地理、政治等课程的教育，都可与审美教育结合，而不是在学习之外另搞一套。

如前所述，美育不等同于艺术教育，美育是一个远大于艺术教育的概念，它要通过作为途径和手段的艺术教育（如美术教育、音乐教育、舞蹈教育、文学教育、书法教育），来培养学生的艺术感受力和掌握基本的艺术技能，但美育又不受限于艺术教育，更非知识化的艺术教育，而是一种伴随人的个体生命始终的"成人"教育。为此，我们要以"成人"为目标，要把内在精神的引导放在学校美育的第一位，努力从认识和实践两方面有效地超越"知识化"的美育困境，建构一种指向明确、包蕴丰富的学校美育体系，整合学校教育系统中的各项审美因素，并在日常环境、学校文化、同学关系和师生关系、社团组织与活动以及人才培养规划与教学设计等各个领域中，多元化、多样性、整体性地落实美育实践。同时，要因人而异，考虑到美育对象主体即学生的实际境遇与美育指向的普遍取向之间的现实关系，在现实中生动地感受和理解每个学生的情感发生与发展需要，从而进行情感的丰富和陶养升华，尤其是要努力引导学生直面现实的、生命的矛盾冲突，不断在意识层面、精神自觉中回返真正人的生命完整性。

（三）社会是美育的广场

社会美育是指借助社会上各种专门的美育设施和环境所施行的美育，以全体社会成员为对象，尤其可以兼顾成年人和老人群体的审美需求，在时间、空间、教育内容和课程资源等方面更加灵活和丰富，能够有效弥补家庭美育、学校美育的局限，可谓一种"广场美育"。

美育是全社会的事业，要推进美育事业的发展，就必须依靠全社会方方面面的共同努力。从这个意义上讲，广泛开展社会美育活动，对于提高全民族的文化修养和审美素质具有不可缺少的重要作用。当今时代，物质生活日益繁荣，社会经济、科学技术、网络信息等高度发达，给人们的生活带来无数便利，但也带来拜物主义、享乐主义、极端个人主义等诸多社会问题，导致少数人价值观混乱，道德缺失，美丑不分，人格扭曲，迫切需要社会美育来提高大众的精神生活质量，建设良好的社会审美文化。

近些年，随着国家对美育的重视，社会美育的步伐也不断加快，社会设施美育、社会环境美育、社会日常生活美育等多管齐下，并逐步走向有机融合。其一，电影院、美术馆、音乐厅、文化宫、博物馆、展览馆、公园等社会设施日益增多，尤其是博物馆、美术馆，从免费开放到细分受众，从活化典藏到不断拓展公共教育活动，逐步成为一处公共教育场所。这些社会设施成为社会美育的重要阵地，通过群众性的文化娱乐活动，采取多种多样的形式和方法，使全体成员受到美的熏陶。其二，依托已有的优美的自然景观和人文景观，开发和打造新的自然景观与人文景观，比如北京大运河文化带、滨河公园、步道，通过社会环境的美化对社会成员发挥美育作用。其三，以高尚的人为榜样，通过一些感人的模范事迹影响一般人，比如"感动中国年度人物评选"，使社会成员在日常生活中经受精神道德的洗礼，努力追求自身的道德完善和人格美化，促使全社会形成风清气正的风气。

通过这些社会美育形式，越来越多的人开始走进博物馆、美术馆，走入生态景观，注重个人的艺术品位和美德培养。当然，我们的社会美育在受众人数、普及程度、自觉学习等方面还任重道远，这就需要更多社会力量的支持，需要更多专业美育机构和公共机构进一步发挥自身优势，充分发挥博物馆、美术馆等公共资源的作用，使之在与学校、社区等互动中得到最大化利用，从而进一步普及社会美育，使美育成为国民生活的一部分。

五、用美滋养社会和人生

2018年8月30日，习近平总书记在给中央美术学院的老教授回信中指出，"做好美育工作，要坚持立德树人，扎根时代生活，遵循美育特点，弘扬中华美育精神，让祖国青年一代身心都健康成长。"此后，美育工作在全国全面而迅速地铺开，一个良好的美育格局正在形成。以美育人的工作，古人就在做，在现代有了新的发展，更是当代社会的迫切需要。这项工作自古至今，既一脉相承，也需要创造性转化和创新性发展，以适应新时代的新情况。

（一）美育是文艺繁荣的基础

2014年，习近平总书记在文艺工作座谈会上提出了文艺有"高原"缺"高峰"的问题。过去几十年，中国经济社会有了很大的发展，中国正在从一个世界大国向一个世界强国迈进。与此相适应，中国的文艺和文化也要跟上，强大起来，形成世界影响。

然而，一个时代的文艺高峰，不是凭空而建的高楼。正像珠穆朗玛峰要坐落在世界屋脊喜马拉雅山脉之上一样，文艺的高峰也要有它的根基。文艺的繁荣，高峰的出现，依赖于全社会审美趣味的提高。美育的水平与文艺繁荣有着密切的关系，这是一个从物质生产生活水平到艺术创造力之间的重要的中间层。

一方面，作家艺术家的审美趣味要提高。作家艺术家是"讲故事的人"，但也有一个讲什么故事的问题。过去曾有一段时间出现了"假大空"，"假大空"应该得到批判，同时，我们还要努力寻找时代真正的崇高，并将此表现出来。另一方面，要提高全社会的普遍审美趣味，只有出现爱文艺，懂文艺的广大的受众，优秀的文艺作品才能受到欢迎；只有出现审美趣味高尚的大众，庸俗、低俗和媚俗的文艺才会失去市场。

作家艺术家审美趣味的提高，与其所受教育息息相关。作为社会的一分子，他们也要受教育，其中当然包括人文、社会、科学的知识教育，艺术的技能技巧教育，但更重要的，是要有美育，要有对美的感受力和理解力。美育可以取狭义的理解，指文学艺术的欣赏能力，也可以取广义的理解，包括自然、社会和艺术之美的感受力和辨识力，人的心智和想象力的全面协调发展。这里所说的狭义与广义之分，并不是说两者要截然分开。实际上，人们是通过接触文学艺术，来发展对自然和社会之美的感受和辨识能力，发展心智的，同时，对美的追求也将人们引领到对文学艺术精品的爱好上来。作家、艺术家要有文学艺术的知识、技能和创造力，更要成为时代之美的记录者、揭示者、展现者和捍卫者，成为丑的揭露者和抨击者。大作家、大艺术家，都应该是洞察世情的人、情趣高雅的人、爱好美追求美的人，因而必然是受到美育陶冶的人。

作家艺术家的创作，归根结底，是要向人们传达自己的思想感情，他们所创作的作品，要受到读者和观众的接受和欢迎。读者和观众的欣赏水平高，才能让优质的作品被欣赏，劣质的作品被反对，在社会中实现正向的淘汰。歌唱家常常把一次演出成功的原因归功于听众，认为听众热烈的反应激发了歌唱家的情感情绪，使水平得到了良好的发挥。一首好诗出来，人们争相传诵，就会激发诗人写出更多的好诗。其实，各门类的文学艺术都是如此。对于作家艺术家来说，读者和观众的反馈，在社会上的反响，批评家对他们作品的评价，都无时无刻不在影响他们的创作。能欣赏、懂文学、爱艺术的接受群体的存在，是艺术繁荣的前提条件。

文艺来自人民，文艺为人民服务，文艺接受人民的检验，这样的原则在推动文艺精品的出现，走向高峰的进程中同样适用。文艺是属于人民的，人民在文艺的影响下生活，同时，人民对艺术的要求，人民的欣赏水准，是文艺大树的土壤，文艺高塔的基座。

由此，我们就出现了美育的循环：美育发育状态良好的时代，就有可能出现文学艺术的精品；同时，文学艺术的精品，有可能提高全社会的美育水平。这当然是最理想的状态，也是我们努力的方向。全民族美学修养的提高与文艺精品的产生互为因果。

提高全社会的审美趣味水平，提高学校学生的审美趣味水平，这不是一朝一夕可完成的，要有长期的孕育的功夫。美育起作用的方式，不是一声号令之下，令行禁止，而是慢慢地用美滋润人心，是日积月累的功夫，需要一代又一代人的努力。我们需要从现在做起，经过长期努力，深厚民族的文化积淀，提高全民族的文化水平。

（二）提高社会的美育水平要从多方面努力

美育的正向良性循环是一个理想的状态，但这个状态并不容易实现。一个时代文学艺术缺乏创造力，乏善可陈，是多种原因造成的，需要具体分析。在各种社会状态中，都有着各自的循环：生机勃勃的社会状态，与充满创造力的文学艺术相互促进；浮华拜金的社会状态，也与文艺中的低俗、庸俗和媚俗相互影响。保持正向循环，抑制逆向循环，需要激发一种内生的动力，这只能通过美育才能实现。

美育是一种感性的教育，要通过感性的培养和陶冶才能实现。实现美育，不能像知识传授一样。知晓一个历史或艺术事实，掌握一个数学或物理公式，那只是学习，并不是美育。美育要潜移默化的功夫。我们可在家里背熟一些画家画作的名称，或者在网上看到画作的图样，但这不能取代我们去博物馆或画廊去实地观赏画作真迹。我们可以熟读文学史，但这不能取代我们去潜心阅读欣赏文学史上所提到的名著。对于自然、社会和人，对于我们的环境和所遇到的事件，我们的接触方式也是多样的，从感性的一面去体验，会使我们的境界得到升华。

当代的社会处于急剧变化之中。现代人的一个普遍感受，就是忙碌。有太多的事要做，要去应对，由此产生浮躁心态，无法潜下心来。这是美育水准下降的一个重要原因。

社会的变化是不以人的意志转移的。人不能选择自己所处的时代，而只能在既有的条件下勇于应对。在当下，有两种力量对文艺产生着深远的影响，这两种力量就是市场和科技。当然，这并不是说市场与科技本身与文艺对立，更不是说，由于这两种力量，文艺的高峰就无法实现。它们不与文艺对立，只是改变文学艺术存在的环境，迫使文艺适应这种新环境，做出新的创造。

市场只是一个竞争的环境，它本身并不是对手。就像运动场一样，市场让作家、艺术家在其中竞技。各种运动都有其规则，竞技也有其评价标准。市场中的文艺评价标准复杂多样，是由多种因素构成的。我们并不能简单地说，市场的标准就是金钱的标准。市场的选择，还要归结为读者和观众的选择。作家、艺术家并不是被动地迎合读者和观众的趣味，而是要主动引领这种趣味。这是一种作家、艺术家与读者、观众的循环。美育所能做的事，既影响作家、艺术家，也影响读者、观众，从而在市场行为中加大美的因素。

同样，科技也不与文艺对立。文学艺术作品的创作与生产不能与科学技术绝缘。文学艺术创作既不能单纯成为新科技的展示，也不能对新科技持完全拒绝的态度。文学艺术要很好地利用新科技。以电影为例，艺术上最好的电影，固然不必跟着最新的电影科技亦步亦趋，但也不能刻意拒绝新的科技。新的科技手段可以丰富电影艺术的表现力，也能大大节省制作成本。

在一个飞速发展变化的时代，会出现各种各样的影响社会美育水平的力量，需要通过各种努力来发展美育，托举文艺与时代关系的向上循环。

（三）美育精神要渗透到社会生活之中，改造大众文化

2016年夏天，国际美学协会在韩国的首尔主办第20届世界美学大会，会议的主题是"美学与大众文化"。在世界美学大会的历史上以"大众文化"为主题，这是第一次。这反映出大众文化所带来的影响，引起了美学界普遍的关注。当然，在欧洲和北美，大众文化早在20世纪初随着广播的出现而形成，并在20世纪60年代以后随着电视的普及而得到发展。在中国大陆（内地），大众文化是从

20世纪80年代开始，先是受中国台湾、中国香港的影响，后来又受韩国、日本以及欧美影响，在过去几十年得到迅速发展的。

与此前的精英文艺相比，大众文化有几个突出的特点。

第一，具有很强的生产性，依赖投资和市场的动作。马克思在谈到艺术创作的生产性与非生产性时，曾举了一个例子：弥尔顿像春蚕吐丝一样，出于内在的需要创造了《失乐园》，后来得到了五磅，这时，他不是生产者。如果弥尔顿为了五磅而创作了《失乐园》，他就是生产者了。[1]马克思所说的，是文艺创作与资本的关系，用在这里是合适的。大众文化在资本的运作下生产出文化产品，有着明确的逐利的需求。

第二，大众文化不再像精英文艺那里，刻意要与科技的发展保持距离，从而保持独立性。相反，大众文化拥抱最新的科技成果，以实现大规模的生产和大范围的传播，以降低成本，获取更多的利润。

大众文化满足了人们的审美需求，改变了过去文艺传播范围小的局限，改善了社会上众多人群的文化生活。同时，发展中国的大众文化，也在国际国内的文化市场的竞争方面具有重要而积极的意义。这些都是值得肯定的。

然而，大众文化也常常有着自身的一些缺点。其一，大众文化是消费领先的。它以生产出来供消费的产品的形式出现，因此，它与文艺作品提供长久的审美满足不同，以一次性消费为目的。其二，大众文化追求娱乐性，而常常缺乏内在的精神性。除此以外，人们还对大众文化程式套路化、缺乏原创性、没有思想深度等弊端提出了许多批评。

大众文化所引发的质疑，并不能以放弃大众文化的方式来解决。它既然受到人民的喜爱，就只能一方面发展它，一方面提高它。人民喜闻乐见的东西，我们没有理由反对它；相反，我们要积极促进大众文化的发展，并加以引导。提高的办法，还是美育，要让美育精神渗透于社会生活，提升人民大众的趣味水平，使大众文化得到改造。

---

① 杨柄.马克思恩格斯论文艺和美学：下［M］.北京：文化艺术出版社，1982：522.

大众文化也会构成一种循环。大众文化的需求，会产生大众文化的创作者和生产者，这些创作者和生产者根据需求而作。这种循环当然绝不是封闭的，它受着多种因素的影响。是向上循环，走向对美的追求，还是向下循环，走向对低俗的趋附？这需要我们努力，需要让美育在这个循环中发挥作用。

随着时代的发展，过去的那种精英艺术与大众文化二分的局面会被打破。大众文化中也会出精品，经过时间的考验，其中也会出现新经典。近几年来许多人怀念 20 世纪 80—90 年代制作的几部根据古典名著改编的电视连续剧，就是一个很好的例子。用心制作的东西，就会被人们记住。集聚最好的团队，将之作为精品打造，经过艰苦的努力，会成就艺术的佳作。

（四）从传统汲取营养，发挥美育的功能

中华美育精神，与中华五千年灿烂的文明相辅相成。从上古时的"诗教""乐教"和图像施教的传统，到中古时的诗词歌赋，再到近代社会的戏剧戏曲、说书评弹、小说与书画等，各种艺术门类中，都渗透着以美和艺术施教的精神。传统是一个宝库，我们要很好地利用。

但是，时代在发展，社会生活在前进。在当前的新时代，国际的影响和国内的新发展，文化的新业态与生活的新变化，市场经济的新情况与科技的突飞猛进，都在不断向我们提出挑战。例如，互联网时代如何加强美育，如何让美的内容进入微信、抖音，如何提高网络小说的审美趣味，这些都成为新时代加强美育的突出问题。

其实，在新的社会状态下，在新的生活方式中，新的平台上，都有着与过去的连续性。世界变化很快，我们不能以不变应万变，而只能以变应变，但变动之中有不变的东西。人们的文化需求仍然存在，爱美之心不变。我们要从传统汲取营养，适应时代的发展，采取新的方法、手段和工具，面向社会需要。还是人们常说的，依托本来，吸收外来，面向未来，对传统文化实现创造性转化，在新时代实现创新性发展。

无论是古代的传统，还是现代的传统，都是我们发展美育，为文艺的繁荣筑基铺路的宝贵思想资源。如果说，在过去战争年代，要以普及为主的话，那么，

在今天，迫切需要的是出精品。

精品立于美育水平提高的基础之上，精品也有利于提升美育水平。文艺的繁荣，与社会的健康发展，是互为因果的。通过美育，文艺与社会的循环向上提升，我们就会迎来群星灿烂的时代。

中华美学精神要转化为中华美育精神。美学精神，仍是哲理层面的思考，它要同时具有实践指向，化为美育。实践性才能使美学知识转化为活在当下的东西。中华美学精神是一个宝库，我们要去探宝，但要有主体性。宝是前人的创造，取用的标准是当下的实践。取用又依赖于我们当下的创造。知识中有死的东西，也有活的东西。我们要将死的知识变成活的实践指南。中华美育精神是发展的。要在实践中发展。不要一提中华，就是指古代。以中华美学精神为依托，发展既是中国的又是现代的中华美育精神。

近些年来，经济的迅速发展带来了社会的失衡。以前讲"文化搭台，经济唱戏"，唱戏的人去搭台了，搞经济的人去唱戏，这是不是弄反了？我们都经历过这种状况。我做美学研究也有几十年了，经历过20世纪80年代初的美学热，又经历了20世纪90年代美学的降温。我很幸运在美学降温的那段时间里，在国外留学八年，接受国外美学的系统训练。回来时，中国正好进入21世纪，美学也开始重新繁荣。经济发展到一定的程度，人们发现了社会的失衡以后就会进行补救，所以这些年美学、美育蓬勃发展的原因也正是如此。

美学降温时，从事美学的人曾被人嘲笑为做着一种过时的学问。现在情况又不一样了，美育又变得非常重要。这是社会发展的必然。现在，品位建设成为当务之急。人先要有温饱，温饱解决了以后要有尊严，有了尊严下一步也许就是品位，要有善恶美丑之辨，不仅要建成一个富强的国家，还要建成一个美丽的国家，建设美丽乡村、美丽城市、美丽世界，让大家都成为懂美爱美的人。社会永远需要美，需要美学，也需要美育。

参考文献：

1. 蔡元培.蔡元培美学文选［M］.北京：北京大学出版社，1983.

2. 高建平."美学"的起源［M］.外国美学：第19辑，南京：江苏凤凰教育出版社，2009.

3. 高建平.席勒的审美乌托邦及其现代批判［M］//西方美学的现代历程.合肥：安徽教育出版社，
2014.

4. 高建平."以类相动"：《乐记》体系初探［J］.天津师范大学学报，1985（3）.

5. 梁启超.饮冰室合集：第4册［M］.北京：中华书局，1989.

6. 马克思恩格斯选集：第1卷［M］.北京：人民出版社，2012.

7. 马克思.《经济学手稿》导言（1857—1858年）［M］//马克思恩格斯论艺术：第一卷.北京：中国社
会科学出版社，1982.

8. 孙星衍.尚书今古文注疏［M］.北京：中华书局，1986.

9. 王朝闻.美学概论［M］.北京：人民出版社，1981.

10. 王国维.王国维文集：第3卷［M］.北京：中国文史出版社，1997.

11. 王文锦.礼记译解：下［M］.北京：中华书局，2001.

12. 许维遹.吕氏春秋集释［M］.北京：中华书局，2009.

13. 杨柄.马克思恩格斯论文艺和美学：下［M］.北京：文化艺术出版社，1982.

14. 杨伯峻.论语译注［M］.北京：中华书局，1980.

15. 杨辛，甘霖.美学原理［M］.北京：北京大学出版社，1983.

16. 张彦远.历代名画记［M］//俞剑华.中国画论类编.北京：人民美术出版社，2016.

17. 朱光潜.朱光潜全集：第4卷［M］.合肥：安徽教育出版社，1988.

18. 朱自清.诗言志辨［M］.长沙：岳麓书社，2011.

【本篇编辑：陈嘉莹】

姜丹书艺术教育年谱

陈　星

摘　要：姜丹书（1885—1962），字敬庐，号赤石道人，江苏溧阳人，早年毕业于两江优级师范学堂图画手工科，为中国近现代艺术教育家。其一生在艺术教育领域辛勤耕耘，成就巨人。梳理其艺术教育事业轨迹，能从一个特定的视角更好地理解他作为近现代艺术教育家的精神世界、文化贡献和生命意义，从而丰富人们对其艺术思想、艺术创作和文化站位的认识。

关键词：姜丹书　艺术教育　研究　年谱

作者简介：陈星，男，1957年生，现为杭州师范大学资深教授、弘一大师·丰子恺研究中心主任、《美育学刊》常务副主编、北京大学美学与美育研究中心兼职研究员，以及博士生导师。主要从事弘一大师与丰子恺研究、美学与美育以及文化遗产领域的研究。著有《丰子恺年谱长编》《李叔同-弘一大师年谱长编》《从"湖畔"到"海上"——白马湖作家群的形成及流变》等。

The Chronicle of Jiang Danshu's Artistic and Educational Career

Chen Xing

Abstract: Jiang Danshu (1885—1962), a native of Liyang, Jiangsu, graduated from Drawing and Handicraft Department of Liangjiang Superior Normal School in his early years and was one of the first art educators in modern China. Throughout his life, he dedicated himself to the field of art education and achieved significant accomplishments. By tracing the career of his art education, we can better understand his spiritual world, cultural contributions and life meaning as a modern art educator from a specific perspective, thus enriching the understanding of his artistic thoughts, artistic creation and cultural stance.

Key words: Jiang Danshu　art education　research　chronicle

作为近现代中国重要的艺术家、艺术教育家，姜丹书以其丰富的艺术创作和丰伟的艺术教育业绩享誉人世。欲全面、深入研究姜丹书，须有翔实的史料作为支撑。就姜丹书艺术教育研究而言，撰写他的艺术教育年谱，可展示其从事艺术教育的轨迹，从一个特定的视角更好地理解其作为对于近现代中国艺术教育贡献卓著的艺术教育家的精神世界和生命意义，从而丰富人们对其艺术思想、文化站位与创作的认识。换一角度言之，建立在史料残缺甚至失误基础上的研究是不充分乃至偏颇而失当的研究。故通过对姜丹书艺术教育年谱的撰写，亦可对过往姜丹书研究中的失实表述作必要的匡正和澄清，并为日后的研究提供基本资料。因刊载字数有限，本年谱仅限于姜丹书"艺术教育事业"，其他生平事迹，如创作、交游、家事等，除特殊情形外，原则上不涉及。本年谱为笔者《姜丹书年谱长编》的部分成果，先行发表，以抛砖引玉。

1885年　乙酉　1岁

10月9日（农历九月初二日），申时生于江苏溧阳南渡镇大敦村，此村俗呼"刘家边"。

曾祖寅元，字虎臣；曾祖母董氏、张氏；先祖桂荣，字馨山，贡生；祖母薛氏、于氏；父宝廉，字文彬，太学生；母强氏，该邑上沛埠强公艺山长女。[①]

1899年　己亥　15岁

是年，师从张洪生。

与汤家桥望族汤公克和之幼女汤蕖华订婚。

1902年　壬寅　18岁

3月上旬，溧阳举行县考，初次与试。

4月上旬至5月上旬，赴金坛参加府考。

---

① 据姜丹书.姜丹书教育生活年鉴：自编年谱［M］//姜丹书艺术教育杂著：增订版.上海：上海三联书店，2021：497.

6月上旬至7月上旬，再赴金坛参加院考，未获隽。

是年，仍师从唐光被。

1903年　癸卯　19岁

11月10日，与汤蕖华结婚。

是年，仍师从唐光被。

1904年　甲辰　20岁

春，应童子试。

是年，仍师从唐光被。

1905年　乙巳　21岁

是年，辍学自修，在家坐私塾，收教小学生。

1906年　丙午　22岁

8月6日，长子书梅生。

是年，仍在家坐私塾。

1907年　丁未　23岁

3月上中旬，考入溧阳官学堂（高等小学）。

9月，入两江优级师范学堂图画手工选科乙班。在读期间担任班长。[①]

按：两江优级师范学堂于1902年由两江总督张之洞奏准开办于南京城北之北极阁山脚下。因此校的学区以江苏、安徽、江西为范围，初称三江优级师范学堂，又因科举时代江苏、安徽合在南京举行乡试，称"江南乡试，故两江已包括

---

① 姜丹书.两江优级师范学堂与学部复试毕业生案回忆录［M］//姜丹书艺术教育杂著：增订版.上海：上海三联书店，2021：313-329.文曰："每学期大考（学期考试）出榜一次，以名列第一名、第二名者为正副班长（图工甲班，桂绍烈始终任之。乙班，我和陈琦始终任之），在本班上做一些代表任务。"

此三省，不久改称两江优级师范学堂，直至1911年冬停办，共计办学十年，造就各种师资千余人。1906年，时任学堂监督李瑞清在该校增设图画手工专修科，为近代中国艺术教育学科化之始。

1908年　戊申　24岁

10月25日，长女可群生。

冬，在两江优级师范学堂预科毕业。

是年，因成绩优异，在上下两学期考绩榜上均名列第一。

1909年　己酉　25岁

是年，选入图画手工专科，混称"美术科"，以图画、手工两学科为主科目，音乐为副主科目，另有其他副科目。成绩优异，在上下两学期成绩榜上均列第一。

1910年　庚戌　26岁

夏，"南洋劝业会"开幕于南京三牌楼，至秋末闭幕，以素描石膏模型《马》获得奖状及银牌。

12月，毕业于两江优级师范学堂。毕业生36名，被列为最优等毕业生之一。

按：实际获取文凭为次年3月。

1911年　辛亥　27岁

2月下旬，赴京照章参加学部全国性的复试。

3月，获学部制发之文凭。

参加京师学部复试南返后，在家休息数日，往南京母校之附属中小学任教职。

5月，学部全国性复试在北京发榜，榜示及格，奖授师范科举人。

7月19日，《申报》刊出《杂录》，为"各省优级师范全榜复试名单"，列为两江优级师范图画手工选科复试最优等名单第一名。

8月，至杭州，应浙江官立两级师范学堂聘，经试教，任图画手工教员，以接替日本图画手工教师所遗之教席。[①]

10月，因8月辛亥革命爆发，本月校课将停时返里。溧阳光复后，被选为溧阳县（今溧阳市）政府第三课（学务课）课长。

1912年　壬子　28岁

1月1日，次女雅元生。

3月，兼任溧阳县立高等小学校长。

春，浙江省立两级师范学校开学，仍受聘为图画手工教员，辞去溧阳县立高等小学校长之职，赴杭州。浙江省官立两级师范学堂更名为浙江省立内级帅范学校，经亨颐任校长。因师范教育发展之需，受经亨颐之命，按两江师范艺术教育专科之模式做方案，决定开办一班三年制的高师图画手工专修科，以谋解决全省缺乏艺术师资的困难。

7月，浙江省立两级师范学校高师图画手工专修科在暑期招生，录取学生29名。拟秋季开学。

8月，浙江省立女子师范学校添设五年制本科师范，受聘兼任图画（西画）、手工（一般课程）教师。

9月，浙江省立两级师范学校高师图画手工专修科开课，任手工教师。

1913年　癸丑　29岁

1月至2月，迁居杭州仙林桥东长庆街。

7月，浙江省立两级师范学校更名为"浙江省立第一师范学校"，单办五年制本科师范，并在暑期将高等师范（即前优级师范）部分公共科学生移送北京国

[①] 姜丹书在《浙江两级师范学堂暨第一师范学校回忆录》（姜丹书艺术教育杂著：增订版［M］.上海：上海三联书店，2021：330-339）曰："吉加江宗为图画手工教习，后由我（姜丹书，敬庐，别号赤石，现籍杭市，原籍江苏溧阳，两江优级师范图画手工科毕业，考授师范科举人。工龄届五十年后，以南京艺术学院教授退休居杭）接替。"文中又言："手工教师是我和日人本田利实。"此可认为在姜丹书担任图画手工教师后，校内一度仍有日本教员存在。

立高等师范学校。高师图画手工专修科附设校内，仍从事该科教学，至该科学生毕业。

秋，时浙江省立第一中学实施手工科教学，为兼任教师。

按：兼职五六年，后因课业繁重告辞。其间为该校设置一个特别教室，教竹工、木工。①

1914年　甲寅　30岁

1月22日，次子书竹生。

2月21日，《时事新报》刊出《浙江省杭县省立两级师范学校职员表》，显示其薪水为一百元，薪水排全校第五位。

9月5日，经李叔同介绍加入南社，入社编号459号。②

是年，浙江省立女子师范学校接省教育厅通知，预备选送作品参加次年在美洲所举办的巴拿马运河落成典礼之万国博览会。时在该校兼职，接受校方委托设计一幅《巴拿马运河图》作为刺绣粉本。于是搜集刊物上所载相关工程情况和山海景象照片，绘成一彩色图稿，并在绣花绷子上的板绫面上画轮廓图底，交学生吴善蕙刺绣。作品被选送参加展览，获国际荣誉奖。③

1915年　乙卯　31岁

春，春假中随浙江省立第一师范学校团体至严州（今建德梅城）旅行，沿富春江一路写生。

5月7日，日本提出强迫袁世凯政府承认"二十一条"亡国条约的最后通牒，引起全国人民的抗争，掀起抵制日货的运动，积极参与其中。

7月，1912年的高师图画手工专修科24名学生毕业。

---

① 参见姜丹书.浙江五十余年艺术教育史料［M］//姜丹书艺术教育杂著：增订版.上海：上海三联书店，2021：303-312.
② 参见李海珉.李叔同与南社［J］.莲馆弘谭，2013（9）.
③ 参见姜丹书.浙江五十余年艺术教育史料［M］//姜丹书艺术教育杂著：增订版.上海：上海三联书店，2021：303-312.

按：除高师图画手工专修科毕业生外，该校还培养出诸如潘天寿、丰子恺、刘质平、何元、李增荣、王隐秋等艺术人才。

是年，辞去浙江省立师范附属小学教职。

1916年　丙辰　32岁

2月1日，三女迎春生。

春假中，随浙江省立第一师范学校团体旅行至绍兴，游会稽山、兰亭、柯岩。

是年，偕浙江省立第一师范学校师生三四百人，雇船二十余艘游桐庐桐君山等名胜。

辞去浙江省立第一中学教职。

1917年　丁巳　33岁

4月3日，母强太夫人卒，年63。

4月10日，《时事新报》刊出《手工研究会简章》，其中第十二条写曰："本会暂假下列地址为通讯处（凡会员入会介绍函件及有询问事件请寄上海尚文门内省立第二师范学校桂承之，若有稿件请寄杭州省立第一师范学校姜敬庐二君收）。开会地点临时通告。"

夏，作《美术史》自序。

6月11日，在《申报》发表所提供的关于职业教育意见书，题《中华职业教育社通讯》。[①]

9月，"师范学校新教科书"《美术史》由商务印书馆出版。

按一：时中国师范学校教学方案中有美术史课程，在教育部颁行的"师范学校课程标准"上，在图画课程内就列有"美术史（得暂缺之）"一项。教育部在制订这个课程的同时，已经考虑到一般图画教师的困难，故注明"得暂缺之"四

---

① 此文已收入姜丹书艺术教育杂著：增订版［M］.上海：上海三联书店，2021：6.

字。当时中国尚无美术史教材，也无美术史教师，为此毅然承担美术史的教学任务，并编纂了五年制师范学校用《美术史》。

按二：关于此书的编撰时间，谱主在《与青骑君谈〈营造法式〉》一文中言："余于民国四五年间，在杭州编纂《美术史》……"故可知此书当编纂于1915至1916年间。①

是年，撰《余之手工教育改革经过谈》，涉及纸细工、黏土细工、石膏细工、竹细工、木工和金工。②

1918年　戊午　34岁

3月，所著《美术史参考书》由商务印书馆出版。

是年，兼任宗文中学图学（用器画）教员。

1919年　己未　35岁

2月1日，偕浙江省师范学校校长包仲寅等17人，乘"香取丸"号轮船启程赴日韩考察教育。

按：谱主在《日韩考察中关于美育材料之纪实》（1920年《美育》第3、4、5期连载）中有关于本次考察的内容记述，其抵达长崎的时间是2月2日。浙江人民美术出版社2020年6月版浙江美术馆编《丹心育美——姜丹书与近现代美术教育》中《姜丹书年表》"1918年"条目（第179页）记"农历十二月廿八日启程赴日本、朝鲜考察图画手工教育。"谱主《游日本》诗序曰己未元旦，即2月1日春节抵达长崎。本谱依照谱主《日韩考察中关于美育材料之纪实》一文。

2月2日，抵达日本长崎，寓吾侨商旅店四海楼。③

---

① 姜丹书.与青骑君谈《营造法式》[N].申报，1927-02-13.
② 姜丹书.余之手工教育经过谈[M]//姜丹书艺术教育杂著：增订版.上海：上海三联书店，2021：4-5.
③ 浙江人民美术出版社2020年6月版浙江美术馆编《丹心育美——姜丹书与近现代美术教育》中《姜丹书年表》"1919年"条目（第179页）记"农历元旦"抵日本长崎。本谱依照姜丹书《日韩考察中关于美育材料之纪实》一文。

2月3日，上午参观吾侨商公立之时中学校，考察该校图画手工设施及成绩。下午，参观长崎县立师范学校，复参观该校附属小学，考察其图画教育。

2月4日，上午参观佐古小学校。午后乘车至福冈县（即博多市），寓旅顺馆。

2月5日，上午参观市立实蒙补习学校，适见高等一年级图画课。复参观大名寻常小学校，观察该校各年级图画、手工等教学。午后一时参观福冈县立师范及附属小学，考察音乐教学及手工教室设施。午后四时乘车离开。

2月6日，午后2时抵大阪，住冈本馆。随意观光。

2月7日，至本町桥畔游大阪府立商品陈列所。午12时乘车离开大阪。

2月8日，晨7时抵东京，住旭楼本店。上午游靖国神社旁之游就馆，有国耻之感。

2月9日，上午游上野，观日本画展览会。复至帝国博物馆参观。

2月10日，至东京府女子师范学校附属小学参观，了解各年级手工教学情况并参观幼稚园。

2月11日，该日为日本"天长日"，各校放假，未特别安排。

2月12日，上午参观帝国高等师范学校。复参观该校附属小学，了解手工教学情况。

2月13日，至三越吴服店和浅草公园等处游览。

2月14日，参观东京美术学校。

2月15日，午后至浅草公园旁之日本馆剧场观剧。

2月16日，上午10时由东京乘车出发，晚10时抵达名古屋，寓大松旅馆。途中经富士山。

2月17日，上午参观名古屋市立大成小学。下午游览金城（离宫）建筑，复游热田神宫。晚应主人之请，同人作书画。按：在名古屋期间与郁达夫相识。①

2月18日，上午参观爱知县立第一师范学校，考察该校图画教室，了解其教学设备等。午后3时20分乘车赴京都，晚9时抵达，住日吉家。

---

① 参见姜丹书.答陆丹林征求郁达夫文字书［M］//姜丹书艺术教育杂著：增订版.上海：上海三联书店，2021：164.

2月19日，午前参观京都府师范学校，考察图画教室，察看该校二年级学生水彩画写生及木工练习。见手工成绩室内作品丰富。午后至京都东郊外下鸭小学校（乡村小学）参观，适见进行中之手工课。晚间接待方安排听筝。

2月20日，上午参观京都府女子师范学校。考察该校手工、图画教室及教学。

2月21日，乘车赴广岛，寓鹤水馆。

2月22日，上午参观高等师范，考察该校教学设备。午前11时30分乘车赴下关，晚9时抵达。少息复乘新罗丸渡海赴韩国釜山。

2月23日，上午8时抵达釜山。稍事休息后乘车赴汉城（今首尔），晚9时30分抵达，寓二见馆。

2月24日，上午参观高等普通学校。复参观高等普通女学校。

2月25日，上午游览朝鲜故宫殿。午后参观工业专门学校、工业传习所、中央试验所。晚9时30分乘车途径平壤返国。

2月26日，上午9时许过鸭绿江回国。感其此行足可贡献为美育教材。

5月19日，率领浙江省立第一师范学校四年级全体学生赴江宁旅行参观。

5月，赴杭州平海路省教育会二楼参观浙江省立第一师范学校桐阴画会同人举行的第一次对外美术作品展览。

6月，学生吴梦非、刘质平、丰子恺在上海创办上海专科师范学校，以图画、手工、音乐三门为主科。开始往返于上海、杭州兼课，支持该校数年。

秋，上海专科师范学校、爱国女学联合全国艺术工作者和大中小学校艺术教师发起组织中华美育会，参与发起组织。[1]

11月19日，《申报》刊出《组织中华美育会》，言上海专科师范及爱国女学教职员近联络全国学校同志发起组织中华美育会，列为发起人之一。[2]

1920年　庚申　36岁

2月7日，四女苏春生。

---

[1] 有关中华美育会的成立时间，详见陈星.中华美育会考论［J］.美育学刊，2022（6）.
[2] 另参见组织中华美育会初志［N］.时事新报，1919-11-19.

3月29日，因"一师风潮"，军警包围浙江省立第一师范学校。来校探望学生，后至女子师范学校，见该校师生仍上课，颇有感触，遂向该校校长请求援助，并介绍浙江省立第一师范学校危急之状，请求暂停上课，率女学生全体出动，声援浙一师。

按：事后各校校长开会，有体育学校校长王卓夫提议惩罚，理由为任意干涉他校上课。女子师范校长不以为然，引起冲突。姜氏闻之，曾向女子师范学校校长请辞。①

4月20日，中华美育会出版中国第一本美育学术刊物《美育》杂志。弘一法师题封面。当选为手工编辑主任。在该期发表《我于手工教育上底新主张》《化学的木材雕刻法》。②

5月，在《美育》第2期发表《手工与工业》（节译，原文为日本手岛精一作）。③

6月，在《美育》第3期发表《木质玩具之制法》，开始连载《日韩考察中关于美育材料之纪实》。④

7月，在《美育》第4期续载《日韩考察中关于美育材料之纪实》（未完）。

8月3日，在《时事新报》"来件"栏发表《要和苏省师范学校商榷底问题》（未完）。

8月4日，在《时事新报》"来件"栏发表《要和苏省师范学校商榷底问题》（续完）。

8月，在《美育》第5期续载《日韩考察中关于美育材料之纪实》（续完）。

10月21日，在《时事新报》发表《玩具和教育》。

10月22日，在《神州日报》发表《玩具和教育》（未完）。

10月23日，在《神州日报》发表《玩具和教育》（续）。

---

① 参见陈桂庭.浙江学潮之余闻［N］.时事新报，1920-04-03.浙江一师风潮之余闻［N］.神州日报，1920-04-04.
②《我于手工教育上底新主张》《化学的木材雕刻法》二文已分别收入《姜丹书艺术教育杂著》（增订版）第12—13.《我于手工教育上底新主张》"编者按"误注《美育》第1期出版于1920年4月15日，应系4月20日。
③ 此文已收入姜丹书艺术教育杂著：增订版［M］.上海：上海三联书店，2021：14-15.
④ 此二文已分别收入姜丹书艺术教育杂著：增订版［M］.上海：上海三联书店，2021：16，17-21.

10月24日，在《神州日报》发表《玩具和教育》（续完）。

是年，上半年，曾于浙江女子师范学校课告长假，请金咨甫暂代，下半年销假，继续任课。

1921年　辛酉　37岁

5月13日，《时报》刊出"南京快讯"："浙江第一师范学校教员姜丹书，带领学生40余人，来宁旅行，并参观各学校。"

7月，在《美育》第6期开始连载《手工教授十年笔记》。[①]

秋，在杭州筹备股份公司"中华教育工艺厂"。有《教育玩具公司详细计划书》。[②]

冬，中华教育工艺厂成，被推为经理兼厂长及技师。

9月17日，《申报》刊出各地消息，其中杭州部分有《一师校长问题》，言新校长到任前，由各科主任主持日常工作。作为艺术科主任参与其中。

是年，仍任教于浙江省立第一师范学校、浙江女子师范学校，并兼杭州私立宗文中学校教员。

1922年　壬戌　38岁

2月6日，《申报》刊载《杭州快信》，其中言"浙江教育工艺社，由一师教员姜丹书等发起，现因制造儿童玩具，甚为畅销，添招艺徒，不收学费。报名者颇踊跃"。

2月16日，上海专科师范学校开学，被聘为手工教师。[③]

2月17日，《时事新报》刊出"学校消息"，题"专科师范"，写曰："黄家阙路上海专科师范学校，已于昨日开学，本学期职员，已由校长聘定如次……手工教师姜敬庐君……又该校附属小学，亦同日开学云。"

---

① 此文已收入姜丹书艺术教育杂著：增订版［M］.上海：上海三联书店，2021：16，22-23.

② 姜丹书.教育玩具公司详细计划书［M］//姜丹书艺术教育杂著：增订版［M］.上海：上海三联书店，2021：24-26.

③ 王震.20世纪上海美术年表［M］.上海：上海书画出版社，2005：118.

4月，中华职业教育社出版《中华职业教育社同社录》，名字录于内。

9月9日，三子书枫生。

11月17日，东方艺术研究会在上海成立，为会员。[①]

1923年　癸亥　39岁

3月2日，上午9时，在浙江省教育会参加浙江教育行政研究会会议，研讨中学及师范各科毕业标准及小学校是否专设校长、各县设立教育局议案、修改省教育行政研究会名称、实行二重学年制、小学应参用葛雷学校组织法议案、中小学校编制各科课程纲要案、学校图书馆及运动场酌情开放案等事。[②]

7月，浙江省立第一师范学校与浙江省立第一中学校合并，校名为"浙江省立第一中学校"。仍任该校教师。

秋，起造住宅于杭州西大街凤起桥河下。

9月15日，《政府公报》第2698号刊出《内务部咨复浙江省长准咨补送姜丹书所制西湖模型样本请注册给照应照准文》。

冬，杭州西大街凤起桥河下住宅成，迁入。

本年，在"浙江美术专门学校"兼课，以图画为主科。

按，该校由林求仁（浙江黄岩人，上海美术专科学校毕业）杭州运司河下开办，私立。开办三年，因江浙战争而停办。[③]

1924年　甲子　40岁

1月23日，五女乔春生。

江苏美术展览会筹备会议在上海举行，被推为学校成绩部审查员。[④]

---

① 王震.20世纪上海美术年表［M］.上海：上海书画出版社，2005：127.

② 参见浙江教育行政研究会［N］.时事新报，1923-03-03.

③ 姜丹书.浙江五十余年艺术教育史料［M］∥姜丹书艺术教育杂著：增订版.上海：上海三联书店，2021：303-312.

④ 王震.20世纪上海美术年表［M］.上海：上海书画出版社，2005：150.另见美术展览会筹备进行［N］.时事新报，1924-01-25.苏省美术展览会之筹备员会［N］.申报，1924-01-25.

3月2日，作为江苏省第一届美术展览会学校出品审查主任审查作品。①

3月3日，参加江苏省第一届美术展览会第二日审查会议，审查学校所送作品，担任主持人。②

3月9日，在《时事新报》发表《第一次审查美展出品以后》。③

4月16日，下午泰戈尔应邀在浙江省教育会演讲《到中国的感想》，演讲毕开欢迎会，赠以西湖模型。④

春，兼任上海美术专门学校教授，隔周至沪授课一次。

夏，辞去浙江省立第一中学职。

8月22日，《民国日报》刊出消息：《杭州·艺专聘定教师》："校长沈玄庐君已聘定陈抱一为西洋画科图画主任，周天初为高师科图画主任，傅彦长为音乐主任，姜丹书为手工主任……"

10月6日，《民国日报》刊出消息《艺术师大添聘新教授》。任上海艺术师范大学绘画音乐文学及手工讲师。⑤

1925年　乙丑　41岁

1月27日，《民国日报》刊出《学务丛报》，其中有关上海美术专门学校部分言"该校近添聘俄国名画家斯都宾及美术家李淑良、姜丹书分别担任各科教授。"⑥

3月29日，在《时事新报》发表《手工教育的艺术运动》。

4月26日，在《时事新报》发表《道学先生不要听的几段艺术史谈》。

春，受任上海中华书局艺术科编辑主任职务，并兼上海美术专门学校艺术教育系主任。

---

① 参见江苏美术展览会审查员［N］.民国日报，1924-03-27.
② 王震.20世纪上海美术年表［M］.上海：上海书画出版社，2005：152.
③ 此文已收入姜丹书艺术教育杂著：增订版［M］.上海：上海三联书店，2021：27.
④ 参见泰戈尔在杭讲演［N］.时事新报，1924-04-17.
⑤ 相同内容的报道另见1924年10月7日所载《学务併载》、1924年10月6日《时事新报》所载《学校消息》。
⑥ 另参见美术专门学校近闻［N］.申报，1925-01-28.

6月，上海艺术师范大学与东方艺术专门学校合并为上海艺术大学。

按：曾在该校任教。①

7月8日，《申报》《时事新报》分别刊出《美专组织考试新生委员会》，列为本次考试手工委员。

10月5日，在《时事新报·艺术》第119期开始连载《中国建筑史话》。②

10月13日，在《时事新报·艺术》第120期续载《中国建筑史话》。

10月26日，在《时事新报·艺术》第122期续载《中国建筑史话》。

秋，辞去浙江女子师范学校、杭州私立宗文中学校职。

11月7日，《时事新报》刊出《上海美专近闻》，介绍上海美专近况，其中写口："该校新校舍建筑，动工已有半月，因此项房屋须切合于艺术的建筑，装饰上推委员姜丹书、薛演中等监督其事。闻本学期内当可竣工云。"

11月9日，在《时事新报·艺术》第124期续载《中国建筑史话》。

11月21日，在《时事新报·艺术》第126期续载《中国建筑史话》。

11月28日，在《时事新报·艺术》第127期续载《中国建筑史话》。

12月12日，在《时事新报·艺术》第129期续载《中国建筑史话》。

12月26日，在《时事新报·艺术》第130期续载完毕《中国建筑史话》。

1926年　丙寅　42岁

3月10日，上海美术专门学校春季开学，续聘为手工主任。③

6月19日，江苏省教育会美术研究会职员会议在上海举行，决定日本小学美术成绩展览期间邀请教育名人来会举办演讲会，即日被邀请。

按：1926年6月20日《时事新报》所载《美术研究会审查日本小学成绩——二十七日起举行展览三天》言本次展览于27日起举行，连续三天，而1926年6月28日《申报》所载《日本小学绘画展览会》则言开展日为6月26日。展览会举办

---

① 《上海美术志》编纂委员会.上海美术志［M］.上海：上海书画出版社，2004：276.
② 此文已收姜丹书艺术教育杂著：增订版［M］.上海：上海三联书店，2021：29-51.
③ 参见美专昨行春季始业式［N］.时事新报，1926-03-11.

时间从《申报》。①根据1926年6月29日《时事新报》所载《日本小学绘画展览会延长两日》，本次展览又延长二日，且姜丹书的演讲题目是《手工教育与职业教育》。

6月28日，日本小学画展最后一天，应邀发表演讲。②

8月10日，在《太平洋画报》第1卷第3号发表《孙中山先生之仪型》③及"魏阴碑"（二幅）（与王洪钊并识）。

8月16日，下午参加天马会在上海福州路一枝香举行的常年大会。④

江苏省教育会美术研究会常年大会在上海林荫路该会三楼举行，讨论举办江苏省第二届美术展览会等事宜，在6月28日的演讲被列为会议报告事项之一。⑤

10月8日，四子书山生。

12月8日，因上海美专发生风潮，与众多上海美专教职员一起发表声明，称"本校此次风潮始末，谅各界人士早已洞察，此见报纸所载，揭贴所示谓：全部教职员有另组新校之举，不胜惊骇。同人等供职美专历有年所，此次风潮发生，曾一再劝告学生恪守校规，早日上课，所云同人等共同发起了另组新校，绝无此事，恐外界不察，特此声明。"⑥

12月10日，上海美专当局提出设立临时教职员会，以平息学潮，签名支持该决定，并与李毅士一起被推为临时主席。⑦

12月11日，与上海美术专门学校教师一起在《申报》发表《上海美术专门学校教职员启事》。

是年，原上海专科师范学校毕业生在杭州城隍山阮公祠内开办一私立美术专

---

① 另参见学务丛报［N］.民国日报，1926-06-20.
② 王震.20世纪上海美术年表［M］.上海：上海书画出版社，2005：198.
③ 此文已收入姜丹书艺术教育杂著：增订版［M］.上海：上海三联书店，2021：406.有编者按："此文刊载于《太平洋画报》1926年第1卷第3期，原《太平洋画报》附有黄羲与其雕塑的孙中山先生半身像合影照片。"
④ 参见天马会常年大会纪［N］.民国日报，1926-08-17.
⑤ 王震.20世纪上海美术年表［M］.上海：上海书画出版社，2005：202.
⑥ 王震.20世纪上海美术年表［M］.上海：上海书画出版社，2005：210.
⑦ 王震.20世纪上海美术年表［M］.上海：上海书画出版社，2005：210-211.

科学校，曾在该校讲学。①

1927年　丁卯　43岁

1月5日，参加上海美专教务会议，会议讨论修改学则案，略有修改通过，复讨论学则第八项旁听生存废案，议决于1927年1月起废止旁听生。②

1月8日，参加上海美专教职员会议。会议提议组织上海美专整理校务委员会。议决即日成立，被推为委员。③

2月7日，《时事新报》刊出消息《本学期之上海美专》："上海美术专门学校自风潮平息后，刻已将全部重行组织，兹将该校各部支配及新聘职教员采录如左……手工组主任姜丹书……手工教授姜敬庐"④

2月13日，在《申报》发表《与青骑君谈〈营造法式〉》。⑤

2月，参与中华书局大罢工。

3月24日，参加上海美专教职员联席会议。会议讨论为该校前途扩充计，拟改组为上海美术大学案。议决即日筹备组织临时委员会，被推为临时委员。⑥

3月29日，参加上海美专教员会议。会议讨论学校经济维持案。⑦

5月18日，参加上海美专复校后第一次校务委员会议。⑧

5月25日，参加上海美专第二次校务委员会议。会议由刘海粟代表移交校具、校产、债权、债款、印章、案卷等。⑨

6月，被中华书局裁员。专任上海美术专门学校教育系主任兼教授。

7月1日，与徐尚木联名在《妇女杂志》第13卷第7号发表《中国妇女文学

① 姜丹书.浙江五十余年艺术教育史料［M］//姜丹书艺术教育杂著：增订版.上海：上海三联书店，2021：303-312.
② 王震.20世纪上海美术年表［M］.上海：上海书画出版社，2005：216.
③ 王震.20世纪上海美术年表［M］.上海：上海书画出版社，2005：216.
④ 另参见上海美专之新气象［N］.申报，1927-02-07.
⑤ 此文已收入姜丹书艺术教育杂著：增订版［M］.上海：上海三联书店，2021：52.
⑥ 王震.20世纪上海美术年表［M］.上海：上海书画出版社，2005：219.
⑦ 王震.20世纪上海美术年表［M］.上海：上海书画出版社，2005：220.
⑧ 王震.20世纪上海美术年表［M］.上海：上海书画出版社，2005：223.
⑨ 王震.20世纪上海美术年表［M］.上海：上海书画出版社，2005：223.

与女性美》。①

8月，与朱稣典合编之《新中华教科书形象艺术课本教授书》开始由新国民图书社出版。

11月15日，在《申报》发表《名雕欣赏记》。②

1928年 戊辰 44岁

2月20日，上海美术专门学校开课，被定为艺术教育系图工组主任。③

3月31日，在《新闻报》发表《艺教运动中的手工问题》。④

春，国立西湖艺术院在杭州开办，院长林风眠。在该院教授解剖学、透视学、用器画和美术史。自此每周往来于沪杭之间，三天在国立艺术院，三天在上海美术专门学校。

5月3日，《申报》刊出《湖州旅沪公学近讯》，言"湖州旅沪公学之第五六两次星期演讲会，于日前分别举行。第五次请国立艺术学院教授姜丹书君讲'十全万能的大技术家'"。

5月5日，《时事新报》刊出《湖州旅沪公学近讯》："湖州旅沪公学之第五第六两次星期演讲会，已于日前分别举行。第五次请姜丹书君演讲，第六次请俞翼云君演讲。又该校之《湖校月刊》第二期已出版云。"

5月17日，《时事新报》刊出"全国教育会议专纪"，作为"非会员提案"者有提案《中学应加重艺术教育案》。该专纪特刊出该提案全文。此案亦曾载中华民国大学院编《全国教育会议报告》（1928年8月）。

6月3日，大学院艺术教育委员会在上海国立音乐院举行会议，蔡元培主持，讨论举办全国美术展览会。被推举为征集委员。⑤

---

① 此文已收入姜丹书艺术教育杂著：增订版［M］.上海：上海三联书店，2021：53-55.
② 此文已收入姜丹书艺术教育杂著：增订版［M］.上海：上海三联书店，2021：56.
③ 见1928年2月21日《申报》所载《团体消息》。
④ 此文已收入姜丹书艺术教育杂著：增订版［M］.上海：上海三联书店，2021：57-58.
⑤ 《上海美术志》编纂委员会.上海美术志［M］.上海：上海书画出版社，2004：640.另见艺术教育委员会第四次常会［N］.时事新报，1928-06-05.美术展览会大体办法已定［N］.民国日报，1928-06-05.美术展览会定期举行［N］.申报，1928-06-05.

8月，浙江省立第一中学校改称"浙江省立第一中学"。仍任该校教师。

9月8日，参加上海美专第一次教职员联席会议。①

10月10日，艺苑绘画研究所在上海成立。

按：为入会之会员。②

11月，经亨颐偕画友在上海发起成立"寒之友社"，社名取自经亨颐题画诗"此间俱是寒之友，不道寻常倾盖欢"。加入该社。

12月7日，参加上海美专教职员第三次联席会议。③

是年，应西湖艺术院推荐，参加在南京举行的教育部课程标准会议。颁布的新标准将手工科改称为劳作科，以示提倡劳动教育。

1929年 己巳 45岁

2月16日，《时事新报》刊出《上海美专校务情形》："美专自本学期起校务请刘穗九为代理校长兼教务长……艺术系仍为姜丹书主任"

4月16日，在《美展》第3期发表《美术廿年话两头》。

4月，与汪畏之合编的《手工新教材》由中华书局出版，并作序三。

5月7日，在《美展》第10期发表《中国建筑进化谈》。

7月1日，在《妇女杂志》第15卷第7号发表《建筑史话随笔》。④

7月15日，《申报》刊出"本埠"消息《市暑期讲习会之讲师》，被列为工艺讲师。

7月20日，上海市教育局为谋各小学校教职员进修，延聘富有经验和学识之教师开办暑期讲习会，是月22日起举行始业仪式，23日上午正式开讲。是晚6时上海市教育局局长在大加利菜社宴请相关人士，应邀出席。⑤

---

① 王震.20世纪上海美术年表［M］.上海：上海书画出版社，2005：244.
② 王震.20世纪上海美术年表［M］.上海：上海书画出版社，2005：245.
③ 王震.20世纪上海美术年表［M］.上海：上海书画出版社，2005：248.
④ 此文已收入姜丹书艺术教育杂著：增订版［M］.上海：上海三联书店，2021：65-66.
⑤ 参见欢宴暑讲会讲师［N］.民国日报，1929-07-20.昨日开讲之两暑期讲习会课程［N］.民国日报，1929-07-24.教局长欢宴暑讲会讲师［N］.申报，1929-07-20.

7月23日，在上海市教育局举办的暑期讲习会上讲授"工艺科教学法"，计两小时。①

7月，《教育部全国美术展览会特辑号》刊行，由《妇女杂志》第15卷第7号作为特辑，上海妇女杂志社出版兼发行，有文章刊于其中。②

8月，浙江省立高级中学在贡院之校址落成，设普通科、商科和师范科，男女同校。校长为蒋梦麟。其中初中部属浙江省立第一中学。任该校教师。

9月1日，在上海美术专门学校季刊《葱岭》第1卷第2期发表《手的教育问题》。③

10月31日，在《河南教育》第2卷第6期"问题讨论"栏目发表《手的教育问题》。

11月15日，《手的教育问题》被《辽宁教育月刊》第1卷第11号转载。④

12月28日，参加上海美术专门学校新制第五届学生毕业仪式并致词。

12月29日，《民国日报》刊出"学校消息"，其中第二则写曰："上海美术专门学校，于昨日上午十时，在该校大礼堂举行新制第五届各系毕业仪式，行礼如仪后，首由总务长丁远主席致训词，对于毕业学生勉励有加，继由辅导主任俞全清及各系主任王远勃、郑曼青、姜敬庐，教职员熊受书、张善孖等均有致词，庄重、诙谐，兼而有之，演词毕请陆费伯鸿授凭，同时学生会赠致毕业同学临别纪念徽章……散会时已过午。"

1930年　庚午　46岁

1月17日，上海昌明艺术专科学校成立，校址在贝勒路（今黄陂南路）蒲柏路（今太仓路）口，被聘为手工系主任。⑤

---

① 参见昨日开讲之两暑期讲习会课程［N］.民国日报，1929-07-24.昨日开讲之讲习会课程［N］.申报，1929-07-24.
② 王震.20世纪上海美术年表［M］.上海：上海书画出版社，2005：262.
③ 此文已收入姜丹书艺术教育杂著：增订版［M］.上海：上海三联书店，2021：59-61.
④《辽宁教育月刊》第1卷第11号在转载时有漏句。
⑤ 王震.20世纪上海美术年表［M］.上海：上海书画出版社，2005：271.另见学校消息：昌明艺专［N］.时事新报，1930-02-18.

2月21日，上午10时，参加上海美术专门学校举行十八年度第二学期始业式并致辞。①

4月，原配夫人汤葉华二次中风，半身不遂，瘫痪在床。夫人提议娶副室。

7月7日，上海昌明艺术专科学校暑期补习班开学，担任理论课教师。②

11月27日，上午9时，上海美专校友会举行成立大会，参加大会并发表演说。③

11月，《艺用解剖学》由商务印书馆出版。

冬，副室朱红君入门。朱氏服侍病人，甚得欢心，阖家安乐。

1931年　辛未　47岁

4月，浙江省教育厅制定《整理浙江省师范教育方案》，恢复师范独立办学体制。

春，春假中偕吕凤子游苏州天平山，赴甪直观保圣寺唐塑罗汉。④

5月8日，夫人汤氏卒，年45岁，后即以朱氏为继室。

6月18日，上午9时，上海美术专科学校举行新制第八届各系毕业典礼，参加典礼并致辞。⑤

6月23日，浙江省政府决定在杭州复建省立师范学校一所，校名为"浙江省立杭州师范学校"，将浙江省立高级中学师范科（原浙江省立第一师范学校）的师生及部分图书设备并入。章颐年为校长。任该校劳作教师。

夏末，应邀至绍兴作暑期讲学，并参观当地的师范、中小学艺术成绩展览会。⑥

9月14日，浙江省立杭州师范学校在横河桥租房开学。全校在校生152名，

① 见学校消息：美专昨行开学礼［N］.时事新报，1930-02-22.

② 王震.上海：20世纪上海美术年表［M］.上海：上海书画出版社，2005：281.

③ 见上海美专校友会成立［N］.申报，1930-11-28.

④ 姜丹书.苏州甪直古塑考察记［M］//姜丹书艺术教育杂著：增订版.上海：上海三联书店，2021：219-224.

⑤ 上海美专第八届毕业式［N］.申报，1931-06-19.

⑥ 姜丹书.浙江五十余年艺术教育史料［M］//姜丹书艺术教育杂著：增订版.上海：上海三联书店，2021：303-312.

教员37人。任劳作科教师。

12月，《上海美术专科学校同学录·民国二十年十二月》印行，名字刊于"上海美术专科学校教授名录·二十年度第一学期）。

冬，葬原配汤蕖华于杭州西郊祥符桥南花园冈。[①]

是年，兼任上海新华艺术专科学校课。

中国画团体成立，任常务监事。

曾农髯、李梅庵弟子发起创办"曾李同门会"，参与其中。

1932年　壬申　48岁

4月，被上海美术专科学校推为代表之一（另有张辰伯、吴梦非），往南京出席中小学课程标准会议，并游燕子矶、清凉山等处。

5月26日，五子书苕生。

6月，在国立艺术院月刊《亚波罗》第6期发表《艺术廿年话两头》。[②]

7月5日，杭州市小学工作科成绩展览会在省立高中开幕，应邀作为专家与会审查指导。

按：该展览会于7月10日闭幕。[③]

夏，暑假中，应绍兴教育局邀请讲学，住蕺山小学，游东湖。

8月1日，作为中学课程标准修订委员，在教育部参加中小学课程标准修订，为期七天至8月6日。[④]

8月，所编《小学教师应用工艺》由中华书局出版。

9月6日，《时事新报》《申报》分别刊出《上海美专之新气象》，介绍上海美专为纪念该校20周年组成纪念筹备委员会，为委员。

10月16日，曾在《教育周报》发表的《实施"工作教育"的我见》在《进

---

① 姜丹书.《迁葬》诗序［M］//姜书凯.丹枫红叶楼诗词集.杭州：浙江文艺出版社，2007：326–327.
② 此文已收入姜丹书艺术教育杂著：增订版［M］.上海：上海三联书店，2021：70.
③ 见杭市小学工作科成绩展览会［N］.申报，1932–07–09.
④ 教部请教育家修订中小学课程标准［N］.申报，1932–07–23.

修半月刊》第2卷第1期转载，标"姜丹书演讲，彭惠秀笔记"。

11月23日，出席上海美术专科学校举行该校二十一周年诞辰并补行二十周年纪念大典，并作为教职员代表致辞。①

冬，应吴兴（今湖州）教育局邀往讲学，次子书竹同行，会见旧弟子二十余人，宴集并同游云巢。

是年，兼浙江省立杭州师范学校课。

1933年　癸酉　49岁

4月1日，在《浙江教育行政周刊》第4卷第31号（第187期）发表《劳作教育的药剂性及关于实施的先决问题——上教育部的一封书》。另发表于《民报》，参见本年5月15日条。

4月4日，作为六位介绍人之一，在《申报》刊出广告《郑仁山个人指画展览会》。另五位介绍人为刘海粟、郑曼青、方介堪、谢公展、马公愚。

按：该广告在该报4月5日、6日、7日、8日续刊。另在4月8日、9日《民报》刊出。

4月，所著《透视学》由中华书局出版。

5月15日，在《民报》发表《劳作教育的药剂性及关于实施的先决问题》（未完）。

5月29日，在《民报》发表《劳作教育的药剂性及关于实施的先决问题》（续完）。②

9月8日，《申报》刊出《新华艺专迭有改进》，言"本学期又添聘……姜丹书……等为手工教员……"③

11月12日，中国美术会在南京成立，被选为第一届理事。④

---

① 上海美专廿周年纪念礼［N］.申报，1932-11-24.

② 上海三联书店2021年9月版《姜丹书艺术教育杂著》（增订版）第71—73页收录此文，文末署"廿二年五月写于杭州风起桥边"。

③ 另见1933年9月11日《民报》所载《文艺界》。

④《上海美术志》编纂委员会.上海美术志［M］.上海：上海书画出版社，2004：308.

1934年　甲戌　50岁

3月3日，在《国防教育特刊》发表《中小学工艺教学与国防教育》。

按：此文另刊本年《浙江教育行政周刊》第5卷第27、28、29期合刊。

6月24日，中华艺术教育社筹委会在上海中学成立，被推为筹备员。①

夏，新华艺术专科学校举办暑期艺术讲习会，作为劳作组主任主持相关课程讲习。②

10月21日，中华艺术教育社在上海尚文路江苏省立上海中学初中部举行成立大会，出席会议，被选为监事。③

10月，与王隐秋合编（朱稣典校）新课程标准适用《初中劳作（工艺篇）》（金工上）由中华书局出版。

12月1日，被教育部聘为全国职劳展览会评判委员。④

12月11日，劳作展览会成绩评判委员会在教育部开会，决定评判工作分配，被定为劳作评判之一。⑤

12月13日，作为评委评判全国劳作成绩。

12月15日，教育部会议决定选择优良劳作品供教师参考，"议决由各评判用书面报告全体总意见，各省市及各分件之评语与改进点，交由姜丹书、熊翥高整理，作成绩报告送部。"⑥

12月17日，《民报》刊出消息《文艺界》，其中言"教育部主办全国劳作成绩展览会，已于十二日闭幕，由新华艺专工艺教授姜丹书分别评判后发给奖状。"⑦

---

① 王震.20世纪上海美术年表［M］.上海：上海书画出版社，2005：370.
② 见1934年6月12日《申报》所载《新华艺专主办暑期艺术讲习会》、1934年6月10日《民报》所载《新华艺专主办暑期艺术讲习会》和1934年6月11日《时事新报》所载《新华艺专主办暑期艺术讲习会》。
③ 王震.20世纪上海美术年表［M］.上海：上海书画出版社，2005：376.另见1934年10月22日《申报》所载《中华艺术教育社昨日举行成立大会》、1934年10月22日《时事新报》所载《中华艺术教育社昨开成立大会》。
④ 劳作展览［N］.大公报（天津），1934-12-04.
⑤ 劳展今日闭幕，成绩评判昨开首次会议［N］.民报，1934-12-12.
⑥ 参见1934年12月16日《大公报》（天津）所载《劳作展览·教部昨开结束会议》。
⑦ 另参见1934年12月16日《申报》所载《全国劳作展结束》。

是年，被吸纳为"白社"成员。

按："白社"系潘天寿于1932年倡导成立的国画研究会，创会成员有诸闻韵、潘天寿、吴茀之、张书旂、张振铎。

1935年　乙亥　51岁

1月24日，晚7时在上海福州路致美楼参加两江优级师范同学欢聚宴会。①

2月13日，《大公报》（天津）刊出《劳作展览评判报告》（续）。

按：为评判委员会成员之一。该报告为评判委员会对各省劳作成绩的点评。②

2月21日，上海市教育局四机关举行儿童绘画展览会筹备会议，议决各项事宜，被聘为评判员。③

6月10日，在《学校生活》第107、108期合刊发表《怎样研究劳作》。④

7月26日，在《东南日报》发表《读"清道人轶事"感言》。

7月，与王隐秋合编（朱稣典校）新课程标准适用《初中劳作（金工下）》由中华书局出版。

9月8日，接老友李毅士为中国画会创办季刊征文函。夜半写成《学画心得数则》。

9月23日，在《民报》发表《学画心得数则》。⑤

按：此文另发表于1935年12月《国画月刊》第1卷第11、12期合刊。

9月25日，在《东南日报》发表《"学画心得"勘误》。

10月10日，六子书旗生。

12月，在《国画月刊》第1卷第11、12期合刊发表《学画心得数则》。

是年，辞浙江省立杭州师范学校职，仍任教于杭州艺术专科学校、上海美术专科学校及上海新华艺术专科学校。

---

① 参见1935年1月25日《申报》消息《两江优级师范同学之欢宴》。
② 另参见1935年2月14日《申报》所载《全国劳展总评判报告（六）》。
③ 见1935年2月22日《时事新报》所载《四机关联合筹备儿童绘画展览会》。
④ 此文已收入姜丹书艺术教育杂著（增订版）［M］.上海：上海三联书店，2021：75.
⑤ 此文已收入姜丹书艺术教育杂著（增订版）［M］.上海：上海三联书店，2021：85-86.

中华美术会成立，曾任理事。

1936年　丙子　52岁

1月1日，在《中国美术会季刊》创刊号发表《画斋漫谈》。①

按：该刊同期刊载《中国美术会第三届美术展览会目录》，其中第98、99、100号分别为姜丹书国画作品。

在《教与学》"国防教育专号"第1卷第7期发表《国防教育与工艺教学》。②

1月20日，下午2时在杭州师范学校参加浙中教研究会全体理事及各组主席联席会议。③

3月12日，中华艺术教育社在中华学艺社举行茶会，议决致电教育部，要求恢复艺术教育时数。参加茶会。④

4月26日，杭州市儿童绘画展览会分别在市立佑圣观小学、市立水亭小学开幕，被市政府聘为评判员。同时被聘为评判员的还有周天初、胡葆良、虞开锡、陈望斗。⑤

4月27日，南京中国文艺社春季旅行团为答谢杭州有关方面的接待，在中山公园举办茶话会，应邀出席。⑥

5月5日，在《东南日报》发表《杭市儿童画展评判印象》（未完）。

5月6日，在《东南日报》发表《杭市儿童画展评判印象（续完）》。

5月14日，出席下午2时在上海青年会举行的全国儿童画展评判委员会会议，讨论征集作品、评判标准、展地安排等事项。决定5月17日至19日在八仙桥青年会举行评审。⑦

---

① 此文已收入姜丹书艺术教育杂著（增订版）[M].上海：上海三联书店，2021：87-88.
② 此文已收入姜丹书艺术教育杂著（增订版）[M].上海：上海三联书店，2021：93-94.
③ 参见1936年1月24日《东南日报》所刊《浙中教研究会草拟非常时期教育方案——拟再征求会员意见研究后，呈送教育当局请采择施行》一文和1936年1月27日《华北日报》所刊《非常时期教育方案——浙中教研究会正研讨中，将呈教育当局采择施行》一文。
④ 参见1936年3月13日《民报》所载《本市中小城市艺术教师昨讨论恢复艺教时数》。
⑤ 参见1936年4月26日《东南日报》所刊《儿童画展今晨开幕》一文。
⑥ 参见1936年4月28日《东南日报》所刊《中国文艺社旅行团昨招待杭文化界》一文。
⑦ 见1936年5月15日《申报》所载《全国儿童画展评判会议》。

5月17日，作为评判审查委员在上海市体育场评判全国儿童绘画展作品。为期三天。①

5月21日，被聘为全国儿童绘画展览会评判委员。

6月1日，在《中国美术会季刊》第1卷第2期有《中国美术会第三届职员一览表》，被列入"干事"和"附本会会员录"，通讯处为"杭州艺专"。

6月6日，全国儿童绘画展在上海开幕，为评判委员之一。②

6月13日，作为评判委员，参与全国儿童画展相关工作。③

6月15日，出席全国儿童画展举行评判委员会会议，开始对作品进行评判，计划三日内完成。④

6月29日，作为中国纺织工学院代表参加沪市私立专科以上学校校长联谊会在震旦大学举行的例会。

6月，所编初中学生文库《劳作学习法》由中华书局出版。

8月8日，美术团体"力社"在上海成立，为社员。⑤

8月15日，上海"白社"在苏州城内公园中图书馆举办第四届画展，为期三天，有作品参展。⑥

按：先期前往苏州布置画展。《东南日报》刊出"别有所闻"，其中写曰："白社于十五十六十七等日在苏州开画展，社员姜丹书、潘天寿、张书旂、诸闻韵等，均先期前往布置，并顺便游虞山太湖诸名胜。"同日和次日《苏州明报》刊出《白社第四届国画展览会》广告。该日和8月16日、17日《申报》刊出广告《白社在苏州开第四届画展》。

9月22日，《大公报》（上海）刊出《保护动物会举办学生征文及画展》。为

---

① 见1936年5月18日《申报》所载《全国儿童绘画展昨日开始审查作品》。

② 参见1936年4月4日《时事新报》消息：《全国儿童绘画展聘定评判委员——计王琪等三十六人》、1936年4月4日《申报》所载《全国儿童绘画展聘定评判委员》、1936年6月6日《申报》所载《全国儿童画展今日揭幕》、1936年6月6日《时事新报》所载《筹备半年之全国儿童画展今揭幕》、1936年6月6日《大公报》（上海）所载《全国儿童画展开幕》。

③ 参见1936年6月14日《申报》所载《全国儿童画展开始评判》。

④ 全国儿童画展昨开始评判：三日内可竣，大会明日闭幕[N].时事新报，1936-06-14.

⑤ 《上海美术志》编纂委员会.上海美术志［M］.上海：上海书画出版社，2004：308-309.

⑥ 《上海美术志》编纂委员会.上海美术志［M］.上海：上海书画出版社，2004：687.

试卷评阅人之一。

10月4日，中国保护动物会在上海市商会举行的各级学校护生文画展览会闭幕，被聘为展览作品评判之一。评判结果定于次月一日揭晓。①

10月13日，《申报》刊出《护生文画展成绩优异》，言评选结果下月揭晓，为图画部分评审成员。

11月3日，《申报》刊出《护生文画定元日揭晓》，言中国保护动物会拟举办"护生文画"展览，作品评判员中，"图画部分为姜丹书等五人为评判。"

1937年　丁丑　53岁

1月1日，在《进修半月刊》第6卷第6期发表《小学劳作科教材举隅》。②

中华艺术教育社因首届理监事任期已满采取通信选举方式进行理监事选举，并于下午二时在上海尚文小学举行第二次社员大会时当场开票。当选为监事。③

1月22日，《大公报》（上海）刊出《绘画指导》，所著《透视学》被列为学习西洋画之参考书。

1月26日，在《东南日报》发表《关于蓴社》（未完）。

1月27日，在《东南日报》发表《关于蓴社（续）》（续完）。

2月15日，在《江苏教育》第6卷第1、2合刊（总第62号）"中学教育检讨专号"发表《中学劳作教学实际问题》。④

按：该期《江苏教育》版权页标"中华民国廿六年二月十五日出版"，但作者在文末标注写作日期是"廿六年二月廿四日写于杭州丹枫红叶画室"。疑实际出刊在写作日期之后。

3月7日，在《东南日报》发表《吴中文献展览会巡礼往返记（中）》。

---

① 保护动物会文画展览会昨闭幕［N］. 时事新报，1936-10-05. 护生文画优胜名词下月一日揭晓［N］. 时事新报，1936-10-13. 保护动物会文画展览会昨闭幕［N］. 大公报（上海），1936-10-05.
② 此文已收入姜丹书艺术教育杂著（增订版）［M］. 上海：上海三联书店，2021：102-104.
③ 参见中华艺术教育社昨举行社员大会改选理监事［N］. 时事新报，1937-01-10. 中华艺术教育社昨举行社员大会［N］. 大公报，1937-01-10. 中华艺术教育社昨日举行社员大会［N］. 民报，1937-01-10.
④ 此文已收入姜丹书艺术教育杂著：增订版［M］. 上海：上海三联书店，2021：100-101.

按：暂未见该文第一部分。

3月8日，在《东南日报》发表《吴中文献展览会巡礼往返记（下）》。

3月，在《浙江省中等教育研究会季刊》第6期发表《中学图画教学上的我见》。①

春，受经亨颐之托，与潘天寿、姜心白在西湖边物色"寒之友社"办公房。②

4月29日，在《东南日报》发表《二全美展观感录（一）》。

4月30日，在《东南日报》发表《二全美展观感录（二）》。

5月1日，在《东南日报》发表《二全美展观感录（三）》。

5月3日，在《东南日报》发表《二全美展观感录（四）》。

5月4日，在《东南日报》发表《二全美展观感录（五）》。

5月5日，在《东南日报》发表《二全美展观感录（六）》。

5月6日，在《东南日报》发表《二全美展观感录（七）》。

5月7日，在《东南日报》发表《二全美展观感录（八）》。

5月14日，下午出席第三届杭州作者协会举行的会员大会，被选为该会理事。③

5月22日，赴教育部开会，受聘起草初中劳作教师培训课程计划。

按：详见本年5月24日《苏州明报》所载《本年暑期起教部将训练初中劳作教员·地点大约借用各工业学校，聘姜丹书等起草详细课程》。

6月22日，《申报》刊出消息《讲习会筹备就绪》，言教育部召集七省市初中劳作教员在上海美专、中华职业学校举办暑期讲习会，应邀为讲习会讲师。

6月25日，在《东南日报》发表《全国手工艺展览会参观记（一）》。

6月26日，在《东南日报》发表《全国手工艺展览会参观记（二）》。

6月27日，在《东南日报》发表《全国手工艺展览会参观记（三）》。

6月30日，《大公报》（上海）刊出《大学新闻》，其中"美专"部分述及：

---

① 此文已收入姜丹书艺术教育杂著：增订版［M］.上海：上海三联书店，2021：105-106.
② 姜丹书.寒之友社记［M］∥姜丹书艺术教育杂著：增订版.上海：上海三联书店，2021：286-287.
③ 参见1937年5月15日《东南日报》所刊《杭州作者协会昨举行会员大会》。

"该校奉教部委托，举办二十六年初级中学劳作科教员暑期讲习会，业已聘定何明斋、姜丹书、王隐秋、倪祝华、孙一青等担任讲师……"①

7月14日，下午3时，教育部劳作讲习会始业式在上海美术专科学校艺海堂举行，参加仪式并致辞。

按： 7月15日该讲习会正式开课。②

7月，月初至上海，主讲三省两市中等学校劳作教师讲习会，讲学月余。

8月12日，劳作教育暑期讲习会提前散学，返回杭州。③

8月14日，出门购物，忽闻爆炸声，方知日机已来袭。④

8月15日，清晨闻警报声，继而日机阵阵来袭，偕家人躲避于庭园竹林。上午9时，警报方解除，全家人即匆忙出走，至20里外的祥符桥，得当地董事邬翰卿收容。⑤

10月18日，午后1时，日机飞至祥符桥上空，盘旋侦察。晚警报复作，偕部分家人逃至市外半里许之路亭内。三小时后知祥符桥尚无恙，方归寝。⑥

10月19日，不敢再住祥符桥，搬入相距里许的花园岗地方独家村上陈玉林家暂住。

11月11日，决定家眷先离开杭州向严州迁徙。雇舟由长子率家眷十八九口连夜出走。本人拟跟随艺术团体迁至诸暨，因未赶上行程，亦向严州并道。

按： 时由三子陪伴，翌日三女亦由所服务处逃回。父子女三人在家住三日，整理书画，邮寄外埠友人之处，又在亲戚家候搭便船两三日。⑦

---

① 另参见1937年6月30日《申报》所载《上海美专增科系》、1937年6月30日《民报》所载《校讯》。
② 教部劳作讲习会已开课［N］.民报，1937-07-15.
③ 姜丹书.赠孙一青［M］//姜书凯.丹枫红叶楼诗词集.杭州：浙江文艺出版社，2007：151.
④ 参见姜丹书.艺术家的流浪生活［M］//姜丹书艺术教育杂著：增订版，上海：上海三联书店，2021：266-279.
⑤ 参见姜丹书.艺术家的流浪生活［M］//姜丹书艺术教育杂著：增订版，上海：上海三联书店，2021：266-279.
⑥ 参见姜丹书.艺术家的流浪生活［M］//姜丹书艺术教育杂著：增订版，上海：上海三联书店，2021：266-279.
⑦ 参见姜丹书.艺术家的流浪生活［M］//姜丹书艺术教育杂著：增订版，上海：上海三联书店，2021：266-279.

11月15日，汪亚尘紧急召集教职工临时会议，议决把新华艺术专科学校和艺术师范学校继续在临时校舍办学，以使学生完成学业。时拟继续留在该校。[①]

11月17日，离开杭州。

1938年　戊寅　54岁

1月23日，至兰江。[②]

1月26日，清晨开船往兰溪。

1月27日，傍晚抵金华，寻求王质园、金玉相帮助。

2月9日，欲离去，与家人开"逃命会议"，有主张至江西、湖南；有主张至上海。最后决定赴上海。

2月16日，一路艰辛，傍晚抵达吴淞口抛锚，船员言次日晨进港。

2月17日，上午，船抵上海外滩，急召亲友马育麟、宋祯祥等至码头帮忙。在上海暂住老师萧屋泉家中。[③]

暑期，在某暑期讲习班授课。有讲稿《西画理论》。[④]

是年，续任上海美术专科学校及上海新华艺术专科学校教授，兼任江苏省立苏州女子师范学校撤迁之沪校及上海私立中国纺织染工业补习学校教师、澄衷中学及青年中学教员，并以卖画为生。

1939年　己卯　55岁

1月1日，中华聋哑协会主办的全国聋哑艺术展览在上海静安寺路（今南京

---

① 王震：20世纪上海美术年表［M］.上海：上海书画出版社，2005：438.
② 参见姜丹书.艺术家的流浪生活［M］//姜丹书艺术教育杂著：增订版，上海：上海三联书店，2021：266-279.
③ 姜丹书在《艺术家的流浪生活》一文中记曰："我们乘的是挂意国牌子的德平轮船，照例应于是日傍晚开的。乃因末班之故，客货如山，尽量装运，故延至翌晨（十六日）始开。"根据上下文，此处"十六日"疑系"十七日"之误。又记曰："中华民国廿七年阴历正月十七日朝上，船抵上海法租界外滩……"，根据上下文，此处"十七日"疑系"十八日"之误。见姜丹书艺术教育杂著：增订版［M］.上海：上海三联书店，2021：266-279.
④ 此文已收姜丹书艺术教育杂著（增订版）［M］.上海：上海三联书店，2021：77-81.

西路）成都路（今成都北路）口上海中学举行，所捐作品参展。①

1月，《廿八年上海教育一览》由现代出版社出版。内有"上海美术专科学校"介绍，其中有"教育部委办劳作师资专修科主任姜丹书"之记载。

4月11日，在《新闻报》发表《敬告历代书画展览会观众》。②

按：其文字与本年7月1日所再撰之《历代书画展之观感》基本相同。

4月21日，《新闻报》刊出《镇丹金溧扬五县救济会主办书画会鸣谢》，署"书画会筹备委员谢公展、杨清磐、贺天健、姜丹书、姜可生、林直清、彭寿年、戴金永、郦汉卿、周小坡、马如赓、唐剑侯同谨启"。

5月27日，在《新闻报》发表《美术与工商业》。

按：此文与本年7月再撰之《美术与工商业》文字基本相同。

6月22日，在《新闻报》发表《萧屋泉书画展序幕》。③

6月，所编新课程标准师范学校适用《劳作》（工艺第五册）由中华书局出版。

11月4日，七子书楫生。

1940年　庚辰　56岁

1月30日，因物价上涨，上海美术专科学校校长室发来加薪一成的通知。

2月1日，上海美术专科学校校长刘海粟签署聘书，被聘为该校劳作专修科主任兼教授。月薪40元，五个月致送。

新华艺术专科学校校长徐朗西签发聘书，被聘为该校1939年度第二学期劳作专修科主任兼理论教授。

秋，私立中国纺织染工业专科学校创办，被聘为国文教授兼主任秘书。

12月，与汪亚尘合作之《现代中国艺术教育概观》收于学林社编辑发行，

---

① 王震.20世纪上海美术年表［M］.上海：上海书画出版社，2005：451.另见1938年12月23日《申报》所载《聋哑协会举办全国聋哑艺展》、1939年1月4日《申报》所载爵知《全国聋哑艺展参观记》。

② 此文已收入姜丹书艺术教育杂著：增订版［M］.上海：上海三联书店，2021：82-83.

③ 此文已收入姜丹书艺术教育杂著：增订版［M］.上海：上海三联书店，2021：108.题《萧屋泉先生书画展览会序幕》。

开明书店总经销的《学林第二辑——生命与生存》一书。①

是年，江苏丹阳沦陷前夕，吕凤子急挈眷属及所办正则女学师生经皖鄂入川，历经艰险，在璧山复校。后国立艺专亦迁至璧山，吕凤子任校长。曾被电邀复职，因道阻未果。②

1941年　辛巳　57岁

1月1日，在《纺织染工程》第3卷第1期发表《论中国纺织业之复兴》。③

1月20日，新华艺术专科学校校长汪亚尘签发聘书，被续聘为该校教职。

4月1日，作《〈机织工程学〉序——代吴中一作》。④

按：《机织工程学》，黄希阁著，吴中一校阅，中国纺织染工程研究所1941年4月1日初版发行，中国科学图书公司印刷，华商纱厂联合会、科学仪器馆寄售。书中之序署"三十年春所长吴中一谨序"。

7月12日，作为八位介绍人之一在《申报》刊出广告《黄凤雄国画展》。

8月18日，南屏女子中学校长曾季肃发来聘书，被聘为该校兼任教员，任期自1941年9月1日起至1942年1月31日止，奉脩金国币25元，按五个月致送，须授高中二年级图画课。

9月19日，《申报》刊出《学校汇讯·中国纺织染工专》，言"戈登路（今江宁路）一二五三号中国纺织染工业专科学校，业已上课多日，派往各厂实习之学生，纷纷回校，校务仍由纺织界硕彦黄希阁主持，教授除原有外，又添聘留学专家及国内知名之士，如周家仁、唐孟雄、姜丹书、许先涛、浦增锷、林炫、张剑、施龙等……"

9月21日，与两江优级师范学堂同学十数人在汉口路天乐园菜馆为先师李瑞

---

① 此文已收入姜丹书艺术教育杂著：增订版［M］.上海：上海三联书店，2021：280-285.
② 姜丹书.怀凤子寄四川璧山［M］//姜书凯.丹枫红叶楼诗词集.杭州：浙江文艺出版社，2007：192-194.
③ 此文已收入姜丹书艺术教育杂著：增订版［M］.上海：上海三联书店，2021：120-121.
④ 此文已收入姜丹书艺术教育杂著：增订版［M］.上海：上海三联书店，2021：122.文末署"民国三十年四月一日写于海上".

清廿一周年忌辰之祭典。

11 月 23 日，上海美术专科学校三十周年庆祝会在八仙桥青年会举行，参加大会并致辞。①

1942 年　壬午　58 岁

8 月 1 日，在《永安月刊》第 39 期发表《美与美欲》。②

是年，因物价飞涨，以卖画及在私立学校授课、家庭教师收入为生。

1943 年　癸未　59 岁

3 月 3 日，八子书凯生。

10 月 30 日，在《纺织染工程》第 4、5 卷合订本发表《美术与衣的工业》。③

1944 年　甲申　60 岁

5 月，因故友经亨颐之遗愿，其子放弃杭州"寒之友社"土地继承权，与汪亚尘共同副署作证。

8 月 1 日，私立中国纺织染工业专科学校校长黄希阁签发聘书，被聘为该校教授，聘期自本年 8 月 1 日至次年 7 月 31 日，担任课目为国文，每周授课两小时，薪水为每月国币 2 800 元。

12 月 30 日，上海特别市市立飞虹模范小学校出版《飞虹模范小学四十周年纪念刊》，其中"本校学术讲座讲词纪要"有记："本学期起，又增设教育学术讲座，敦请专家，莅校演讲。计应邀莅校演讲者……上海美专教授姜丹书先生。"

1945 年　乙酉　61 岁

4 月 1 日，携家眷返回故乡溧阳，乡人待之良厚，为杯酒洗尘者甚多，并邀

① 王震.20 世纪上海美术年表［M］.上海：上海书画出版社，2005：488.另见上海美术专科学校举行卅周纪念［N］.申报，1941-11-24.
② 此文已收入姜丹书艺术教育杂著：增订版［M］.上海：上海三联书店，2021：126.
③ 此文已收入姜丹书艺术教育杂著：增订版［M］.上海：上海三联书店，2021：123-124.

请为青年男女讲座施教，其意重在接济其生活。暇则为诗作画以报。

8月29日，因本月15日日本宣布无条件投降，携眷属二十余人雇船经无锡、苏州抵沪。

按：抵沪后仍在上海美术专科学校、私立中国纺织染工业专科学校任教。

秋，抗战胜利后，国立艺术专科学校将在杭州复校。受该校聘，代该校就近办理接收杭州旧校舍和保管校产工作近一年。①

按：该校复校后，因在沪职务甚重，未参与校务。

11月，1941年教育部颁布的《修正初高级中学课程标准》由正中书局出版。内有《中学课程标准编订之经过》，被表述为劳作科委员。

是年，成立于1932年的"中国画会"于抗战胜利后实行理监事制，本年被推举为常务监事之一。②

1946年 丙戌 62岁

1月13日，杭州市作者协会在杭州天香楼芷江厅举行成立大会。为该会的筹备人之一。③

1月14日，与汪亚尘、徐希一等原上海艺术教育研究会执委一起举行会议，商讨恢复计划，决定会址暂设林森中路（今淮海中路）晓光中学，另设通讯处于山海关路育才中学。④

3月25日，上海美术会成立，任理事。⑤

5月7日，下午2时，参加上海市美术协会在静安寺路（今南京西路）康乐酒楼举行的茶会，并发言。⑥

① 姜丹书.浙江五十余年艺术教育史料［M］//姜丹书艺术教育杂著：增订版.上海：上海三联书店，2021：303-312.
②《上海美术志》编纂委员会.上海美术志［M］.上海：上海书画出版社，2004：299-300.
③ "吾人需要民主·需要统一"记杭州作协成立大会［N］.时事新报，1946-01-18.
④ 王震.20世纪上海美术年表［M］.上海：上海书画出版社，2005：535.另见1946年1月14日《申报》所载《简报》.
⑤《上海美术志》编纂委员会编.上海美术志［M］.上海：上海书画出版社，2004：318.另见美术协会成立，选定理监事［N］.申报，1946-03-29.
⑥ 本月底举行美展［N］.民国日报，1946-05-08.

6月1日，在《宇宙》第1年第5期（4月号）发表《人性中什么是艺术的源泉？——"慧"与"灵"——》。

按：该文又收于1947年2月1日出版《宇宙文摘》第1卷第3期。[①]

7月4日，参加小学劳作科课程标准修订会议。[②]

7月7日，继续参加小学劳作科课程标准修订会议。[③]

7月29日，在《申报》发表《劳作艺术的意义》。[④]

8月5日，上海市教育局为修正小学艺术教育课程标准，聘请富有教育经验者为委员，被聘为委员。[⑤]

9月25日，因上海市参议会提议废止艺术教育，与谢海燕、温肇桐、马公愚、郎静山、金启静、汪亚尘、宋寿昌一起在《民国日报》刊出《向市参议会呼吁：我们需要艺术教育》。

按：另在《大公报》刊出同样内容的呼吁，题《今日的上海需要艺术教育吗？》。

10月4日，作《闲话艺术教育的重要性》。受上海美术协会公推起草《反对上海市参议会议决"裁撤市立艺术师范学校"抗议书》。

按：该文录存于谱主《闲话艺术教育的重要性》一文，载1947年1月《镇·丹·金·溧·扬联合月刊》第5期。

是年，继续任私立纺织染工业专科学校教授兼主任秘书。同年该校更名"私立中国纺织染工程学院"。次年再更名"中国纺织工学院"。仍兼任上海美术专科学校课。

1947年 丁亥 63岁

1月31日，下午3时上海市教育局举行会议，谈论在本学期举办儿童劳作美

---

① 此文已收入姜丹书艺术教育杂著：增订版［M］.上海：上海三联书店，2021：139.
② 小学劳作科课程标准修订完竣［N］.申报，1946-07-10.
③ 小学劳作科课程标准修订完竣［N］.申报，1946-07-10.
④ 此文已收入姜丹书艺术教育杂著：增订版［M］.上海：上海三联书店，2021：140-141.
⑤ 《上海美术志》编纂委员会编.上海美术志［M］.上海：上海书画出版社，2004：731.

术成绩展览会。会前已被聘为设计委员。①

1月，在《镇·丹·金·溧·扬联合月刊》第5期发表《闲话艺术教育的重要性》。②

4月15日，参加上海美术茶会于警社举行第二次茶话会。③

4月20日，中国画会在上海育才中学举行会员大会，改选理监事，被选为监事。④

4月26日，上海中国画会第一次理监事会议在冠生园举行，被推为常务监事。⑤

4月，上海市美术馆筹备处设立，被聘为设立委员会委员。⑥

5月8日，下午3时，作为评判委员参加在上海市教育局举行的上海市儿童劳美成绩展览会作品复选委员会议。⑦

6月5日，下午3时，上海市劳作美术成绩展览会评判委员会议在崇德路五区二中心学校开会，作为评判委员出席会议。⑧

6月6日，上海市教育局举办上海儿童劳作、美术成绩展览会，为本次展览会评判员之一。⑨

6月21日，在《申报》发表《论海粟》。

6月25日，《申报》刊出《市教育局组织各种委员会筹备市立美术馆》，列为设计委员会委员。

7月2日，被上海市教育局聘为上海市美术馆筹备处委员。⑩

7月27日，上海市国民教育工作人员暑期讲习会在重庆南路震旦大学开始举

① 参见1947年1月30日《民国日报》所刊《儿童劳美成绩展览明日开会谈论办法》一文及该日《大公报》所载《儿童劳作展览会明日开会讨论》一文。
② 此文已收入姜丹书艺术教育杂著：增订版［M］.上海：上海三联书店，2021：145-146.
③ 王震.20世纪上海美术年表［M］.上海：上海书画出版社，2003：556.
④ 《上海美术志》编纂委员会.上海美术志［M］.上海：上海书画出版社，2004：736.
⑤ 王震.20世纪上海美术年表［M］.上海：上海书画出版社，2005：557.
⑥ 《上海美术志》编纂委员会编.上海美术志［M］.上海：上海书画出版社，2004：321-322.
⑦ 儿童劳美成绩展今举行复选委会［N］.申报，1947-05-08.
⑧ 劳美成绩展览会聘定各组评判人［N］.大公报，1947-06-06.
⑨ 《上海美术志》编纂委员会编.上海美术志［M］.上海：上海书画出版社，2004：738.市教育局国教处长昨招待新闻界［N］.申报，1947-06-06.
⑩ 《上海美术志》编纂委员会.上海美术志［M］.上海：上海书画出版社，2004：739.

行，作为劳作教材教法讲师参与。①

　　冬，撰《寒之友社记》。②

　　11月6日，被上海市教育局聘为修订初高中劳作、美术课程标准及对天才儿童之培养提供具体修订意见专家。③

　　是年，每日在上海西康路中国纺织工学院大楼办公。仍兼任上海美术专科学校课。

　　任上海市美术馆筹备处设计委员。

　　被聘为《中国美术年鉴》编委会委员。④

1948年　戊子　64岁

　　1月28日，在《新闻报》发表《美术协会小言》。⑤

　　1月，上海美术会第二届理事选举产生，当选为理事。⑥

　　2月9日，在《益世报》发表《我对艺专情绵绵》。⑦

　　2月15日，在《民报·艺风周刊》发表《我对艺专情绵绵》。

　　3月8日，在《益世报》发表《中国艺术前途之意见》。⑧

　　3月25日，下午3时，上海市美术社团在市文化会堂联合举行美术节庆祝大会，为主席团成员之一。⑨

　　3月28日，国立艺术专科学校旅沪校友旅行无锡写生，参与其中，同行者有

---

① 见1947年7月24日《申报》所载《本市国教工作人员日内开始暑期讲习》。
② 此文已收入姜丹书艺术教育杂著：增订版［M］.上海：上海三联书店，2021：286-287.
③《上海美术志》编纂委员会.上海美术志［M］.上海：上海书画出版社，2004：741.《申报》1947年11月7日亦有《中学劳美课程标准教局昨召专家修订》之报道。
④ 王震.20世纪上海美术年表［M］.上海：上海书画出版社，2005：572.
⑤ 此文已收入姜丹书艺术教育杂著：增订版［M］.上海：上海三联书店，2021：159.
⑥ 王震.20世纪上海美术年表［M］.上海：上海书画出版社，2005：575.
⑦ 此文已收入姜丹书艺术教育杂著：增订版［M］.上海：上海三联书店，2021：158.
⑧ 此文已收入姜丹书艺术教育杂著：增订版［M］.上海：上海三联书店，2021：161.文题为《对中国艺术前途之意见》。
⑨《上海美术志》编纂委员会.上海美术志［M］.上海：上海书画出版社，2004：744.另见1948年3月26日《申报》所载《文化会堂举行美术节庆祝会》。

孙福熙、刘开渠等。[①]

4月26日，中国画会在上海南京路（今南京东路）冠生园举行年会，被推选为监事。[②]

4月28日，上海中国画会理监事举行宣誓大会，参加宣誓。[③]

6月2日，在《新闻报》发表《人体与艺术》。[④]

6月6日，中华艺术教育社胜利后首届年会在上海举行，为主席团成员。[⑤]

7月21日，《申报》刊出《国教暑期讲习会聘定各科教师》，列为"劳美组"教师名单。

8月2日，《申报》刊出《国教暑期讲习会今日在震旦开课》，文中列讲师名单，列为劳作教学法讲师。

10月10日，王扆昌主编《中华民国三十六年·中国美术年鉴》（上海市文化运动委员会出版，中国图书杂志公司发行），被列为该书校阅人，列入编审委员会名单，为该年鉴"图案"单元题字。

12月24日，国立艺术专科学校上海同学会假绍兴路9号警社召开全体会员大会，被选为监事。[⑥]

12月，所著《小学教师应用工艺》列入潘淡明编《小学工作教师手册》"主要参考书目"。

是年，年底完成"建筑通解"初稿。

1949年　己丑　65岁

3月25日，上午10时，由上海市美术馆、中国画会、青年会等发起的庆祝

① 王震.20世纪上海美术年表［M］.上海：上海书画出版社，2005：577.另见1948年3月27日《申报》所载《文化小新闻》。
② 见1948年4月27日《申报》所载《文化界小新闻》。上海书画出版社2004年12月版《上海美术志》编纂委员会编《上海美术志》将此列为4月25日条目。
③ 王震.20世纪上海美术年表［M］.上海：上海书画出版社，2005：580.
④ 此文已收入姜丹书艺术教育杂著：增订版［M］.上海：上海三联书店，2021：163.
⑤ 王震.20世纪上海美术年表［M］.上海：上海书画出版社，2005：584.另见1948年5月21日《申报》所载《中华艺教社下月六日开年会》。
⑥ 王震.20世纪上海美术年表［M］.上海：上海书画出版社，2005：596.

美术节大会在上海市八仙桥青年会举行，参加大会。^①

4月16日，在《上海教育》第1卷第1期发表《我对天才艺术儿童的看法》。^②

8月1日，中国纺织工学院院长荣鸿元，副院长吴中一、唐鑫源联名签发聘书，被聘为该校国文教授兼主任秘书，每周授课3小时，聘期自本年8月至次年7月。

9月28日，《大公报》（上海）刊出《沪江等十一私立大专校委会名单批准公布》，其中有"上海美专。校务委员会：刘海粟（主任委员兼校长）、谢海燕、宋寿昌、汪声远、洪青、姜丹书、程懋筠、方幹民、汪培元、傅伯良、朱瑚（学生代表）、扈才幹（学生代表）。"

1950年　庚寅　66岁

夏，暑假间，私立中国纺织工学院与私立上海纺织工业学校、私立诚孚纺织专科学院、私立文绮染织专科学校合并，改组为"上海纺织工学院"，迁址大西路（今延安西路），任副总务长。

1951年　辛卯　67岁

夏，辞去上海纺织工学院职，专任上海美术专科学校教授。

是年，五子书苕由中央美术学院华东分院报名参干，派入空军学习。四子书山毕业于上海美术专科学校，经"统一分配"至北京民用航空总局工作。

1952年　壬辰　68岁

夏，在上海美术专科学校参加"思想改造"学习。

秋冬，中央人民政府高等教育部实施"调整院系"，将山东大学艺术系与上海美术专科学校、苏州美术专科学校合并，成立华东艺术专科学校，校址设于无锡北门外社桥，被授予教授衔，派入该校创作研究室作研究工作。

---

① 庆祝美术节大会：二百余人尽兴而散［N］.申报，1949-03-26.
② 此文已收入姜丹书艺术教育杂著：增订版［M］.上海：上海三联书店，2021：200-201.入集时文末署"卅八年三月写于海上"。

是年，用时大半年，完成《透视学挂图》14幅。

移眷属至无锡住校。

1953年　癸巳　69岁

3月22日，为考察甪直唐塑，偕汪声远、俞剑华、曾以鲁、张宜生、申茂之、谢海燕、温肇桐、陈大羽等八人至苏州城，参观吴县（今属苏州市）文物管理委员会古物陈列室及拙政园。

3月23日，晨8时与汪声远、俞剑华、曾以鲁、张宜生、申茂之、谢海燕、温肇桐、陈大羽等八人一同搭乘小轮于10时30分至甪直，即至保圣寺详考唐塑。

按： 考察后于本月内撰《苏州甪直古塑考察记》。①

11月29日，与华东艺术专科学校同人汪声远、俞剑华、张宜生、朱士杰、谢海燕、施世珍、申茂之、陈大羽、马承镳等往无锡芙蓉山倪云林墓考察，由其本乡人平铭奎引导。在倪云林墓前留影。

1954年　甲午　70岁

2月15日，华东美术家协会筹备委员会来函，被吸收为会员。

4月，随华东艺术专科学校团体刘汝醴、申茂之、张宜生、周季豪等至苏州西乡胥口镇体验生活。

5月，赴沪，参加华东美术家协会成立大会。

10月，右足发筋痛病，卧床。按：四个月始渐愈。长期请假，后补课。病愈后即留须以为纪念。

1955年　乙未　71岁

1月，撰《答"华东美术家协会"书》。②

---

① 姜丹书.苏州甪直古塑考察记［M］//姜丹书艺术教育杂著：增订版.上海：上海三联书店，2021：219–224.
② 姜丹书.答"华东美术家协会"书［M］//姜丹书艺术教育杂著：增订版.上海：上海三联书店，2021：225–226.

春夏，经过"反胡风"学习，未受到批判。

1956年　丙申　72岁

2月24日，撰《我一生在艺术教育的途径上长征（代自序）》。[①]

11月，偕华东艺术专科学校选定之同人赴南京，参加江苏省文学艺术工作者联合大会，得遇老同学胡小石。

12月，在《东海》杂志第3期发表《画柿说》。

按：次年1月又刊于《长春》杂志1月号。

冬，华东艺术专科学校评职评薪，被评为三级教授。

是年，华东艺术专科学校为举办一次个人画展，以作为年龄逾70、工龄将届50年之纪念，并有全校同人座谈会，接受献花庆祝。

1957年　丁酉　73岁

春，寒假中，华东艺术专科学校将改迁南京。因年老，提出退休申请。

4月，因与文化部陈叔亮司长谈及艺术教育掌故，撰成《我国五十年来艺术教育史料之一页》。[②]

10月，往南京参观展览会。

1958年　戊戌　74岁

2月，华东艺术专科学校迁址南京丁家桥。

按：同年6月改校名为南京艺术专科学校，后又改称南京艺术学院。

春，完成《晚近美术家小传（共287人）》。

[①] 姜丹书：《我一生在艺术教育的途径上长征（代自序）》，后载于《艺苑》（美术版）1986年第1期。此文亦收入姜丹书艺术教育杂著：增订版［M］.上海：上海三联书店，2021：230-231.编者按曰："这是1956年华东艺术专科学校为姜丹书教授从事艺术教育五十年举办的纪念展览会上，姜丹书先生写的自序……"

[②] 姜丹书.我国五十年来艺术教育史料之一页［J］.美术研究，1959（1）.［M］//姜丹书艺术教育杂著：增订版.上海：上海三联书店，2021：291-294.

7月，所著《艺用解剖学三十八讲》由上海人民美术出版社出版。

10月，正式被文化部批准退休。

1959年　己亥　75岁

1月，在《美术研究》第1期发表《我国五十年来艺术教育史料之一页》。

8月3日，在杭州灵隐参加浙江省美术家协会筹委会第一次座谈会并发言。发言题为《关于文人画和南北派问题的意见》。①

12月10日，往苏州探望病重中的吕凤子。

1960年　庚子　76岁

1月8日，在中国美术家协会浙江分会筹委会主办的内部交流刊物《美术通讯》第4期发表《中国画上的透视问题》。

1961年　辛丑　77岁

7月30日，中国美术家协会浙江分会成立，被选为副主席。

7月，作品《莫干山暖雾育春花》在"杭州市第三届美术展览会"上展出。

10月10日，参加"庆祝辛亥革命胜利五十周年"活动，以"辛亥革命老人"之身份应邀参加浙江省政协组织的相关活动。

10月11日，下午出席纪念辛亥革命五十周年座谈会。

是年，撰写近代艺术教育史料及人物传记。

1962年　壬寅　78岁

3月，撰《浙江两级师范学堂暨第一师范学校回忆录》。②

6月8日，下午三时突患心肌梗死逝世。

按： 6月10日，中国美术家协会浙江分会在杭州凤山门殡仪馆组织公祭，浙

---

① 此文已收入姜丹书艺术教育杂著：增订版［M］.上海：上海三联书店，2021：248.
② 此文已收入姜丹书艺术教育杂著：增订版［M］.上海：上海三联书店，2021：330-339.

江美术学院院长潘天寿主持，杭州大学教授郑晓沧致悼词，浙江省委宣传部及省文化局、浙江省义联负责人及文艺界代表、生前好友、学生近白人出席公祭大会。

参考文献：

1. 曹布拉.杭州师范大学艺术教育史文献汇编卷三：艺术教育年表［M］.杭州：浙江文艺出版社，2012.
2. 陈科美.上海近代教育史1843—1949［M］.上海：上海教育出版社，2003.
3. 陈星.杭州师范大学艺术教育文献汇编卷一：艺术教育图志［M］.杭州：浙江文艺出版社，2012.
4. 姜丹书.丹枫红叶楼诗词集［M］.杭州：浙江文艺出版社，2007.
5. 姜丹书.姜丹书画集［M］.杭州：浙江人民美术出版社，2013.
6. 姜丹书.姜丹书艺术教育杂著：增订版［M］.上海：上海三联书店，2021.
7. 姜丹书.美术史［M］.上海：商务印书馆，1917.
8. 姜丹书.透视学［M］.上海：中华书局，1935.
9. 姜丹书.小学教师应用工艺［M］.北京：中华书局，1933.
10. 经亨颐.经亨颐日记［M］.杭州：浙江古籍出版社，1984.
11. 来新夏，徐建华.中国的年谱与家谱［M］.北京：中国国际广播出版社，2010.
12. 刘晨.杭州师范大学艺术教育史文献汇编卷二：艺术教育文献集成［M］.杭州：浙江文艺出版社，2012.
13. 刘瑞宽.中国美术的现代化：美术期刊与美展活动的分析（1911—1937）［M］.北京：生活·读书·新知三联书店，2008.
14. 潘公凯.中国现代美术之路［M］.北京：北京大学出版社，2012.
15. 潘耀昌.中国近代美术教育史［M］.杭州：中国美术学院出版社，2002.
16. 阮荣春，胡光华.中华民国美术史（1911—1949）［M］.成都：四川美术出版社，1992.
17. 滕固.中国美术小史［M］.上海：商务印书馆，1926.
18. 王震.二十世纪上海美术年表［M］.上海：上海书画出版社，2005.
19. 徐昌酩.上海美术志［M］.上海：上海书画出版社，2004.
20. 郑午昌.中国画学全史［M］.上海：上海书画出版社，1985.

【本篇编辑：刘畅】

学术简讯

谢 纳

2023年9月13—14日，"国务院学位委员会艺术学学科评议组工作会议暨新时代中国艺术学学科体系建构学术论坛"在上海交通大学闵行校区人文学院召开。会议由国务院学位委员会艺术学学科评议组和上海交通大学人文学院共同主办、人文艺术研究院承办。国务院学位委员会艺术学学科评议组专家14人出席会议。上海交通大学党委常务副书记顾锋、人文学院院长王宁教授和艺术学学科评议组召集人北京大学彭锋教授在开幕式上发表致辞；校文科处处长吴文锋教授、人文学院副院长韩振江教授出席，开幕式由人文学院党委书记齐红主持。

9月13日工作会议阶段，学科评议组按照教育部和国务院学位办相关指示精神与工作部署要求，就艺术学一级学科定位、二级学科设置、学位授权点申请基本条件要求等关涉艺术学未来发展的重要事项，进行了深入细致而热烈的讨论，制定新学科目录调整后艺术学学科设置及未来发展的建设性方案。

9月14日上午学术论坛阶段，人文学院党委书记齐红发表欢迎致辞并介绍了学院发展建设所取得的成就，艺术学学科评议组召集人中国艺术研究院孙伟科教授主持论坛会议，文科处处长吴文锋教授出席并发表讲话。与会的学科评议组成员及相关院校专家学者听取了人文学院学科建设发展情况，对艺术学学科建设、高校美育工作、艺术与科技融合等建设成绩给予高度评价并就相关议题提出了宝贵建议。人文艺术研究院夏燕靖教授、宋伟教授、谢纳教授等参加了学术论坛会议。

近年来，人文学院积极拓展人文学科的新增长点和新发展空间，为实现"文史哲艺"学科整体布局和跨越式发展奠定了坚实基础。木次会议的召开，标志着人文学院人文艺术学科建设跃升到一个新的阶段。

与会人员合影

编　后　记

在编辑部同仁的共同努力下，《人文艺术与美育研究》即将面世了。此时此刻，我们内心充满期待，希望整个新面世的成果能够以崭新的面貌展现在学界同仁和广大读者面前。"天地交通，人文化成"——这是我们上海交通大学人文学院的精神旨趣与志业追求，诚然也是我们创办《人文艺术与美育研究》的初衷与诉求。

自《人文艺术与美育研究》筹备创办开始，我们就得到了学界的积极响应和鼎力支持，各位学界同仁对栏目设置、论文选题与创办特色等提出了许多宝贵建议。本卷第一个板块聚焦中国艺术学自主知识体系建构问题，李心峰教授的《当代中国艺术体系研究论纲》、陈岸瑛教授的《在新的历史起点上构建中国自主的当代艺术体系》、孙晓霞研究员的《艺术学、美学的历史交织与互动——兼论中国艺术学自主知识体系的构建》，三篇论文理论视野宽广、当代意识凸显，在中国哲学社会科学自主知识体系建构的整体语境中，探讨中国艺术学自主知识体系建构的问题。

艺术史研究是整个艺术学研究中最为重要的组成部分。一直以来，艺术史叙事始终站在精英主义立场上，忽视非主流艺术中的民间性，方李莉教授的《景德镇民窑：工匠知识的建构与变迁》，为我们展示了民间工艺的艺术史变迁。史学思想对艺术史建构具有历史哲学的方法论意义，夏燕靖教授的《克罗齐史学思想对艺术史学的启示》，通过对意大利著名美学家克罗齐历史哲学思想的梳理，阐释了史学思想与艺术史学之间的内在关联。

作为现代传媒技术背景下诞生的新兴艺术，影视艺术带来了当代艺术审美嬗变，提出了诸多具有"当代性"的艺术问题，王一川教授《影视作品文化修辞风格六维度》一文，运用修辞美学的理论与方法对影视艺术作品的文化修辞风格进行了多维度的探析；周星教授、李昕婕的《120 年中国电影共同体美学视域：地域影像艺术审美创造分析》一文，在百年时间与地域空间的时空交叉中展示了电影美学共同体建构的时空结构。

对于视觉艺术研究来说，图像学研究既是一种理论方法，也是一种研究视角，其功夫在于图像"文本"细读解析，李军教授的《"欧罗巴"的诞生——焦秉贞、冷枚传派美人图与弗朗索瓦·布歇的女神形象》以 18 世纪中法之间文化艺术交往为背景，在中西方比较的视野中拓展了艺术图像研究的空间；李倍雷教授的《〈姨母育佛图〉与〈圣母子图〉比较》，将比较艺术学、艺术图像学与艺术学主题学研究融汇为一种整体研究视域；李向伟教授的《"读图时代"的意蕴及相关问题辨析》一文，辨析了以"读图时代"为表征的大众文化时代的艺术、文化与图像等问题，体现出鲜明的当代性意识。

在艺术管理研究版块，田川流教授《城乡文化建设融合发展的基本理念与策略》一文，以国家城乡文化建设发展为背景，从文化艺术维度探讨了城乡文化建设融合发展的相关问题，彰显了艺术管理研究关注当代的问题意识。

在美育研究板块，我们推出高建平教授的《美育与人的改造》和陈星教授的《姜丹书艺术教育年谱》，两篇文章一注重从理论高度阐述美育与人的全面发展之间的内在关系，一注重美育史料的整理研究，有史有论，史论结合，上下呼应，相得益彰。

"含五行之秀，秉天地之心，六艺炳然，纲纪人伦，折衷道德，人生有用之文，孰大于是？"这是上海交通大学老校长、国学大师唐文治先生所标举的"人文艺术"理想追求。诚然，这无疑也是我们创办《人文艺术与美育研究》的理想追求。我们深知要达到老校长追求的境界，尚需精诚立言，不懈努力。

谢 纳

2024 年 5 月